마자수의 별이 되어

마자수의 별이 되어

초판 제1쇄 인쇄 2014. 5. 15.
초판 제1쇄 발행 2014. 5. 22.

지은이   정 창 근
펴낸이   김 경 희
펴낸곳   (주)지식산업사
         본사 ● 413-832, 경기도 파주시 광인사길53
             전화 (031) 955-4226~7 팩스 (031)955-4228
         서울사무소 ● 110-040, 서울특별시 종로구 자하문로6길 18-7
             전화 (02)734-1978 팩스 (02)720-7900
         한글문패 지식산업사
         영문문패 www.jisik.co.kr
         전자우편 jsp@jisik.co.kr
         등록번호 1-363
         등록날짜 1969. 5. 8.

책값은 뒤표지에 있습니다.

ISBN 978-89-423-7060-3 (03810)

이 책을 읽고 저자에게 문의하고자 하는 이는
지식산업사 전자우편으로 연락바랍니다.

마자수의 별이 되어

—왜란 때 외교로 나라를 구한 어느 역관의 이야기—

정 창 근

지식산업사

차 례

인연의 실마리   7

그 사단   26

마자수를 다시 건너며   51

기다림   66

보은 報恩   82

유 낭자   95

대길이의 꿈   105

당릉군 唐陵君   121

소년기   144

서생포   170

그 딸이 가는 길   187

어두운 개선   202

속사정   218

육지로 올라온 왜구들   223

돌개바람   244

칼자국 264

비보悲報 280

몽진의 길 296

중화전中和殿의 마루 309

대의의 길 327

그 운명 340

동맹군 348

야차夜叉 360

용맹한 사람들 383

이순신과 홍건 410

그 이름들 426

천명天命 441

작가의 말 453

인연의 실마리

통주通州의 밤거리는 조용하다 못해 뭔가 슬픔에 겨워 흐느끼고 있는 듯했다. 북경의 동쪽을 흐르는 운하運河의 도시인 이곳은 온통 휘황한 불빛으로 장식되어 있었다. 통주를 대변하는 운하의 물결은 끝없이 잔잔하고 영롱했다. 양안兩岸에서 비추는 홍등紅燈의 불빛 하나만으로도 고혹을 자아내는 거리는 사람으로 넘쳐 나고 있었다. 조선 한양의 그것에 비할 바 못 되지만 나름대로 질펀한 거리. 처음 보는 아라사 사람에다 희한한 옷차림의 이국 사람들이 거리를 활보하고 있었다. 즐비한 홍등가 그 거리, 저마다 호객하는 눈부신 간판으로 사람들의 눈을 자극하는 그곳에서 흐느끼는 호궁 소리가 객고에 찌든 나그네의 심금을 울리고 있었다.

그 거리의 특징이 그런 것인가. 한 발짝 거기에 들어선 사람들은 저마다 내건 홍등의 그늘에서 요염하게 웃음 짓는 미희美姬들의 자태에 취해 휘청이고 있었다. 매춘의 거리가 적실한 이곳까지 떠밀려 와 넋을 놓고 두리번거리는 자신을 발견한 홍순언은 그만 깜짝 놀라 흐트러진 자신의 행보를 다그쳤다. 북경에 벌써 몇 번째이지만 이렇게 넋을 놓고 거닐어 본 적이 일찍이 없었는데 오늘은 어쩐 일인가 하고 자신을 일깨워 보았다.

다른 이들이야 이곳에 닿기가 무섭게 여기를 찾았지만 그런 부류들과는 담쌓듯 멀리해 온 그로서는 분명 무엇엔가 씌어 있대도 과언이 아닐 듯싶었다. 종복 대길이도 없이 혼자였다.

'아… 내가 정신이 나간 게로구나. 내가 어찌 이런 데서 이리 허둥대고 있지?'

정신을 가다듬은 홍순언은 다시 오던 길을 되돌아가려 했다. 그때 그의 눈에 기이한 간판이 눈에 들어왔고 거기에 관심이 간 그는 거기에 눈길을 주었다.

'술 한 잔에 금 천 냥!'이란, 여태 듣도 보도 못한 문구가 괴상해 호기심이 발동한 그는 내친김에 주렴을 걷으며 술집 안으로 들어섰다. 조선에서도 해 본 적 없는 당돌한 행동이었다.

들어가 보니 딴 집에 비해 너무 조용한 게 의아스러웠다. 조촐한 술상이 나오고 스무 살 가량의 처자 하나가 나오는데 묘하게 마음을 잡아끌었다. '술 한 잔에 천 냥'이란, 조금은 장난기 있는 호객 간판이 마음이 끌리는 그런 자신을 이해할 수 없고 자꾸 고향의 가족 얼굴이 떠오르는 것이 묘했다.

일단 술집으로 들어왔으니 술을 마시는 것은 당연한 일, 그러나 이렇게 술상까지 차려 내오고 작부로 보이는 여인까지 나왔으나 도무지 술 마실 마음이 나지 않았다. 무엇보다 앞에 앉은 여인에 대해 느끼는 야릇한 흥미와 동정 때문에 주춤거리고 있었다.

'아무리 봐도 기생은 아닌 듯한데… 너무 고운 얼굴이며 행동거지가 저런데 어찌 내가 감히…….'

밤은 깊어 가고 옆방에선가 들리던 호궁 소리도 멎고 조용해졌다.

"호호호… 나리, 신랑 신부 신방도 아니고 뭐 그리 부끄러움을 타시는지… 손님도 보아하니 그런 나이는 넘으신 것 같은데. 술잔을 먼저 드시지요. 물론 이 애한테 뭔가 궁금증을 느끼시겠지만, 일단 손님이 이 아이를 사시겠다고 이 술잔을 받은 이상 이 아이는 손님 것이니 주저 마시고 받으십시오."

약간 허리가 휜 듯한 노파 한 사람이 넉살 좋게 주절거리며 들어와 방 가운데서 두 사람을 마주보며 하는 소리에 더욱 기가 죽은 그가 놀라 물었다.

"아, 아니… 이 처자가 내 것이라니. 나는 돈도 없고 과객일 뿐인데. 내건 간판이 하도 괴상해 속내나 알자고 들어와 본 것뿐이오."

"그러실 거예요. 거기에는 깊은 사연이 있고, 듣고 보면 눈물 없이는 못 들을 이야기가 있습니다. 이 아이는 보시다시피 기녀가 아니고…….."

자리까지 잡아 앉으며 말하는 노파 이야기는 다음과 같았다. 어쩌다 자신과 인연이 닿아 찾아든 처자의 이야기는 뜻밖이었다. 속죄을 못 내 죽게 된 아버지를 살리기 위해 자기 몸을 3천 냥에 내놓았다는 놀라운 조건이었다.

"아, 아니 여보시오. 말을 좀 똑똑히 들어 봅시다. 이 처자 아버지가 무슨 일로 그리됐다는 거요? 그렇다면 제 몸을 팔아 아버지를 구하겠다는 우리나라 심청이와 같은 효녀 아니오? 당신 혹시 조선의 효녀 심청이 이야기 들어 봤소?"

"오오라, 그럼 손님은 조선분이시오? 어쩐지 말하는 본새가 우리와 다르다 했지. 응, 알겠구랴. 이 늙은 내가 아무리 외국 이야기지만 그 유명한 심청이 이야기 못 들어 봤겠수. 그렇지요, 조선에 심청이가 있다면 이 명나라에는 이 색시가 있다오. 왜요? 심청이만 못해서 하는 소리에요? 암튼 손님이 이 애 첫 손님이니까 알아서 하시구랴. 일단 돈은 내시는 거죠?"

주워섬기는 노파 이야기는 대강 헤아리겠는데 정작 본인 입이 열리지 않는 것이 답답하고 궁금하여 홍순언은 용기를 내어 물었다.

"나도 이런 일은 처음인데… 그럼 처자가 이렇게 나앉은 지가 얼마나 되오. 내가 그 첫 손님이라니……."

그린듯이 앉아 있던 처자의 자색은 참으로 아름다웠다. 다시 보이는 얼굴이었다.

"네… 할머니 말씀이 다 맞습니다. 제가 이렇게 나앉은 지 한 달이 되어도 저를 사겠다는 사람은 없고 단지 노리개 삼겠다는 이는 몇이 있었죠."

"그럼 아버지는 어찌 됐소. 지금도 옥에 갇혀 있다는 거요?"

"네… 그러니 사정이 급합니다. 관에서는 언제까지 기다릴 수 없고 이달 말까지 못 내면 그대로 형을 집행한다는 겁니다. 저는 죽어도 좋으나 아버지는 살려야 하는데 아무도……."

비 오듯 쏟아지는 처자의 눈물을 보며 가슴 아파하던 홍순언은 못 마시는 술을 마시는 척하며 말했다.

"그럼 처자 아버지는 무슨 일로 그리되셨소?"

"예, 이렇게 된 이상 감출 것도 없고 숨길 일도 아니니 말씀 올리지요."

조정의 호부시랑 **유계하兪啓賀란** 사람은 평소 정직한 관리로 소문난 위인으로 금전관계가 분명해 주위의 신임이 두터웠다. 그런데 무슨 마가 끼었는지 하루는 친구들의 감언에 속아 자신이 관리하던 공금을 도박 자금으로 잠시 빌려 준 것이 사단이 나 그만 공금포흠으로 의금부에 체포되어 그 목숨이 경각에 달린 위급한 상황에 처해 있다는 내용이었다.

"물론 저희 집이나 모든 것을 다 팔아서 충당하려 하지만 턱없이 모자라고 어머니는 병석에서 이 사태를 모르시고 안 돌아오시는 아버지만 찾고 계십니다. 동생들은 아직 어리고 친척들도 이리저리 서로 약속이나 한 듯 외면해 버리고……."

워낙 암띤 성격이나 역관이란 직업 때문에 외국 문물에 씻기고 치여 조금은 이악해졌다고 자신하는 홍순언이었지만 그런 처자의 사정에는 동정이 없을 수 없고 연민이 꿈틀대 그냥 있을 수 없는 작은 압박을 받았다.

'아… 명나라에도 이런 효녀가 있구나. 나는 우리나라의 심청이만 하늘이 점지한 효녀인 줄 알았는데… 아무리 생각해도 이 처자는 살려야겠다. 하늘이 내려 준 이 효녀를 내가 모른 척할 수는 없지. 아, 내게 하늘이 내린 계시로구나.'

바탕이 착한 홍순언은 일말의 의혹도 없이 유 처자의 진심을 믿었다. 그러나 한 가지 꺼림칙한 것은 주인이라는 노파, 교활하게 생긴 그 상호가 마음에 걸렸다. 인상이 안 좋았던 대로 혹시나 중간에서 농간이나 부리진 않을까 하는 우려가 싹터 왔다. 이제 결심이 선 홍순언은 자기가 할 일을 생각하고 있었다.

"대인께서 저를 구해 주시면 저는 제 몸을 내어 맡겨 대인께 봉사하겠습니다. 조선으로 데리고 가서서 저를 노비로 삼으셔도 좋고, 대인 원하시는 대로 하시면 됩니다. 제 평생을 대인이 원하는 대로 하시면 됩니다. 저는 오직 아버지가 감옥에서 나오셔서 하루라도 빨리 가족의 품으로 돌아가시기를 바랄 뿐이고 그게 제 소원입니다. 대인께서 마음을 정해 주십시오. 저도 어쩐지 대인께 기대는 마음이 생기고 그냥 지나치실 어른이 아니실 것 같아 의지합니다. 그러나 한편 생각하면 아버지를 살려 내려면 속이 3천 냥이나 되니 누구도 쉽게 궁리가 나지 않을 일이라서 걱정됩니다. 아무리 제가 대인께 의지하고 또 대인께서 저를 동정하신대도 워낙 큰 액수라 그게 걱정입니다. 할머니가 백방으로 손을 쓰고 있지만 쉽게 길이 열리지 않네요."

이제 흐르던 눈물도 걷힌 얼굴에는 비감이 가득 고여 차마 바로 볼 수 없을 지경이었다. 머리는 공들여 치장하였으나 화장기 없는 민얼굴이 그냥 돋보였다. 일어서서 공손히 술을 따르는 그 거조도 깨끗하고 사지가 균형 잡혀 어디 내놔도 손색없는 미인이었다.

"듣고 보니 딱한 처자의 처진데… 기특한 생각이고 넘치는 효성이오. 그런데 한 가지, 그 액수만 챙겨 주면 아버지는 바로 석방되고 집으로 갈 수 있소? 처자, 혹시 다른 조건은 없는 거요?"

"네, 그 액수만 납부하면 바로 방면이 된다고 합니다. 몸이 불편하시다는 아버지가 혼자 집까지 가실 수 있을지 그것도 걱정이라면 걱정입니다. 따라 놓은 술이 있으니 술이라도 드시고 가시지요. 제가 죄 많은 몸이라 누구에게 감히 이런 엄청난 조건을 이야기하고 도움을 바라겠나이까. 그저 제 마음뿐이지 세상은 그대로 얼음장같이 차가울 뿐입니다."

더욱 괴괴해진 바깥. 취한들의 엇나간 괴성이나 그것을 비웃는 여자들의 교성도 잠잠해진 거리를 맥없이 걸어가는 홍순언의 가슴속에도 그것 못잖게 썰렁한 찬바람이 불고 있었다.

'자, 어렵게 정한 내 마음을 이제 실행하는 일만 남았는데, 그게 될 일인지…….'

무엇엔가 잔뜩 골몰한 그의 발걸음은 그것 때문인지 앞으로 더디게 나가고 있을 뿐이었다. 취중이 아닌데도 무척이나 무거운 걸음걸이. 홍순언은 어떤 결단을 내렸음에도 그게 실행이 가능할지 확신하지 못해 미망하고 있었다. 선행은 분명 선행이고 누구에게나 칭찬받고 자기에게도 떳떳한 일이었지만 그것을 실천하려면 자기 자신에 대한 모험을 할 수밖에 없었기에 더욱 그랬다.

외국의 수도. 야기夜氣가 차가웠다. 몸을 부르르 떤 그는 사방을 두리번거렸다. 그러고 나서 뭔가 작심한 듯 앞을 보고 어둠 속을 헤집고 나가기 시작했다.

조선 역관 홍순언이 동지사冬至使 일행으로 명나라에 온 것은 선조 13년(1580년)의 겨울. 홍순언의 일생에 엄청난 변화와 영욕을 가져오는 계기가 된 때였다.

"아니, 나리 마님. 어디 가셨다가 이리 늦으셨습니까. 다른 나리들은 일찌감치 들어와 모두 잠자리에 든 지 오래됩니다. 무슨 일이 있으셨습니까? 저는 걱정이 되어서 여태 저녁도 안 먹고 눈이 빠지게 기다렸구만요."

자시 무렵에야 후줄근하게 숙소에 들어선 홍순언을 맞은 것은 그때까지 추운 대청마루 끝에 앉아 꾸벅꾸벅 졸며 주인을 기다리던 가복 대길이었다. 그의 넋두리에 조금은 짜증이 묻어 있었다.

"응, 대길아, 그리됐다. 어이 그것 참… 그래, 나갔던 일은 잘 보았느냐?"

왠지 힘이 없어 보이는 주인이 미덥지 않은지 주위를 빙빙 돌며 살피던 대길이가 조심스레 물었다.

"나리, 무슨… 언짢은 일이 있었던 것 같은데… 제가 알아서는 안 되는 일인가요?"

"어라? 이놈아. 내가 일은 무슨 일… 상관 말고 잠이나 자거라.

내일은 내가 조금 바쁘게 생겼으니 너도 머리도 감고 옷도 새 것으로 갈아입어라. 그럴 일이 있다."

홍순언의 가복 대길이가 여기 북경까지 따라온 것은 해마다 어떤 명목으로든지 명나라에 드나드는 주인의 뒷바라지를 하고 있기 때문이다. 벌써 대길이가 북경에 온 것이 이번이 세 번째니 웬만한 길속은 알 만치 알고 있었다.

벌써 가게 앞은 인산인해였다. 발 디딜 틈도 없었다. 언제 무슨 말이 퍼졌는지 사람들은 뭔가 재미있는 일을 기다리는 표정들로 웅성거리고 있었다. 노파는 연신 휜 허리를 흔들며 드나들고 뭔가를 가게 안으로 나르고 있었다.

홍순언이 가복 대길이를 앞세우고 간밤의 술집에 당도한 것은 오시와 미시 중간쯤이었다.

"아니, 주모. 이게 무슨 사람들이요, 응? 설마하니 무슨 구경거리가 있는 것도 아닐 테고……."

"아이구, 말씀 마십쇼. 그 처자가 오늘 조선 사람한테 돈 3천 냥에 팔려 간다고 사람들이 모여들었지 뭡니까. 이 사람들한테 이보다 더 재미난 구경거리가 어디 있겠어요, 안 그래요? 대인, 근데 간밤 약속대로 그건 다 챙겨 오신 거죠?"

"……."

시끄러운 것을 극도로 싫어하는 홍순언의 성미로선 이맛살이 구겨질 것은 당연했다. 따라온 대길이도 처음 보는 광경이었다. 더구나 북경 거리에서 마주친 사람들이니 놀랄 수밖에.

이미 떠날 준비를 마친 처자가 술집으로 들어선 홍순언을 맞았다. 여러 가지 일로 흥분된 표정이 그리 보기 좋지는 않았다. 그녀도 바깥 사람들의 웅성거림에 싫증을 느끼고 있는 것 같았다.

"그래, 처자는 지금이라도 떠날 준비가 된 것 같은데 뭐 뒷일 걱정은 없소? 이 길로 곧장 아버지에게 가면 되는 거요?"

아무리 생각해도 알 수 없는 것이 간밤부터 오늘 아침까지의 일이었다. 무슨 허깨비에 씌었었는지 겁 없이 돈 3천 냥을 챙긴다고 장담했던가. 아무리 생각해도 알 수 없는 일이었다. 그때 그 순간 떠오른 것은 오직 한마디, 아버지의 생전의 목소리였다.

"네가 어떤 길을 걷더라도 내 이 말 한마디는 잊지 말고 세상을 살아가거라. 네 증조부는 가난하게 사시면서도 늘 어질게 살라고 강조하셨다. 비록 보잘것없는 중인 집안이지만 어질게 살라는 가훈을 세우고 자손들에게 그 길을 역설하셨다. 나도 마찬가지다. 할아버지의 그 가르침이 오늘까지 몸에 배어 있다. 무슨 짓을 하든 거기에서 벗어난 일이 없다. 너도 힘써 그 길을 닦고 여행廬行하여라. 우리 인간이 갖춰야 할 오상五常에서 으뜸이 그 인仁이니라. 잊지 말아라."

'그게 분명 인의 길이다. 그 처자를 살리는 길이 그 길이다. 내가 그 돈 때문에 조금 어려움을 당하면 또 어때?'

동지부사冬至副使 심응부가 그렇게 자문자답하며 고뇌하는 홍순언에게 물었다.

"흐음, 그래? 거 돈과는 담을 쌓고 지낸다는 홍 역관이 어쩐 일이오. 홍 역관 입에서 돈 이야기가 다 나오다니……."

"그저 급한 사정이 있어 모몰염치冒沒廉恥하고 말씀 올립니다."

동지사가 가지고 있는 국고금이 있다는 것을 알고 있는 홍순언은 돈 2천 냥을 마련키 위해 비위도 없는 주제에 그만 아쉬운 소리를 하고 말았다. 천 냥은 자기 비상금으로 대체할 요량이었다.

"그거 어렵지 않은 일이지. 다른 사람이라면 모를까 홍 역관이라면 마음 놓고 국고금을 빌려 주지. 돌아가 기한 내에만 호조에 납부하게. 내가 넉넉하게 기한을 잡아 줄 테니까."

자신이 생각해도 알 수 없는 일, 일찍이 고향에서도 그런 돈 주선을 해 본 일 없던 그로서는 참으로 해괴한 일이고 겁 없는 짓이었으니까.

한 번 줘 버리면 다시 찾을 길이 없는, 완전히 버린 돈이 돼 버리는 3천 냥. 누구에게 물건값을 치른 것도 빚을 갚은 것도 아닌, 순전히 버린 돈. 아무리 욕심 없고 돈에 미련 없는 그였지만 막상 그 돈을 건네려니 손이 떨리지 않을 수 없었다.

"자, 약속한 대로 처자 아버지 속을 갚을 돈을 챙겨 왔으니 받으시오. 속히 아버지한테 가서 이 기쁜 소식을 전하시오."

도포 자락에서 꺼낸 3천 냥을 받는 처자의 양손이 떨리고 경황없었다. 노파와 함께 그것을 지켜보고 있던 바깥의 웅성거림이 한층 높아지고 드디어 뭇사람 입에서 뜻 모를 고함 소리까지 터졌다.

"저 처자를 사 간다는 신랑인가 조선 사람이 뉘기요? 어디 얼굴이나 좀 봅시다."

"그래, 얼굴이라도 좀 보자구요. 아무리 돈이 좋기로서니 이 대명국 처자를 일개 속국 조선놈이 사 가? 거 그냥 갈 수 없지. 여기가 북경인 줄 모르고 그래? 그냥은 안되지."

사람들이 저마다 내뱉는 말은 시비조가 분명했다. 사불약차하면 이 거래를 방해라도 놔 주겠다는 노골적인 적의가 묻어 있기도 했다. 그런 쪽으로 웅성거림이 바뀌는 것이 몹시 불안했고 벌써 한쪽에서는 이 비좁은 술집으로 밀고 들어오는 사람이 늘어났다. 문제는 홍순언의 진의가 잘못 전달된 게 큰 일이었다. 사람들은 홍순언의 깨끗한 행동을 인신매매로 여기고 있으니 말이다.

"나리, 이 은혜 뭘로 갚아 올려야 할지 그저 간밤에 저를 딱 한 번 보시고 그런 결정을 내려 주셨으니 저도 이게 꿈인지 생시인지 분간을 못하고 있습니다. 제가 염치없이 이 거금을 받아도 되는지 겁이 납니다. 이렇게 저를 살리시는 대인께서… 어디 사시는 누구라고 함자만이라도 알려 주셔야……. 훗날 제가 죽지 않고 살아 있다면 은혜라도 갚을 수 있게 부디 함자만이라도 알려 주십시오."

눈물이 쏟아져 말을 못 잇는 처자지만 눈물 사이사이로 눈을 들어 홍순언을 바라보는 얼굴은 마냥 굳어 있었다.

"그래요. 아무리 한 번 줘 버리면 끝나는 돈이지만 이렇게 큰돈을 주고도 이름도 밝히지 않는 것은 경우가 아닙니다. 대인 함자만이라도 알려 주십시오."

홍순언은 노파 말도 그렇거니와 자신이 생각해도 그게 도리일 것 같아 조선 한양에 사는 '홍가'라고만 잘라 말하고 입을 닫아 버렸다.

그때, 우지끈하고 술청의 어느 문짝이 떨어져 나가면서 사람들이 쏟아져 들어왔다. 그것을 지켜보던 처자가 치맛자락과 옷소매를 걷어 버선발로 뛰어나가 사람들을 막아섰다.

"여러분! 왜 이러십니까. 진정하십시오. 이 자리는 여러분이 상상하시는 그런 욕된 자리가 아니고 사람이 사람을 살리는 살신성인의 자립니다. 우리 아버지가 모진 일을 당하셔서 죽을 지경에 처해 있는데 제가 몸을 팔아 그것을 면해 보겠다는 효심을 아신 이 대인께서 저를 살리신 겁니다. 결코 저를 이성 취급하여 인신매매를 하거나 그런 게 아닙니다. 이 어른은 제 몸값 3천 냥을 아버지 속으로 그냥 내놓으신 것이고 아무런 조건이 없습니다. 여러분이 그것을 지켜봐 주십시오. 여기에는 저의 뜨거운 눈물과 이 어른의 더운 가슴이 자아내는 한 토막의 인정가화人情佳話가 있을 뿐입니다. 여기에는 시기도 노여움도, 음담이나 비루도 없습니다. 저는 이 돈으로 아버지를 살려내 고향으로 돌아가 죽어 가는 가속과 기울어져 가는 집을 다시 일으켜 세울 막중한 책임이 있습니다. 할 수만 있으면 이 어른께 여러분이 저를 대신해서 감사의 말이라도 한마디 올려 주십시오. 저는 이 어른 때문에 다시 광명과 부모를 찾아 밝은 미래를 약속받았습니다. 제 말을 믿어 주시고 이 어른을 칭송해 주십시오. 감사합니다."

눈물 반 울음 반의 처자 목소리가 길을 메운 뭇사람들 귓전으로 파고들었다. 아까와는 다른 웅성거림이 물결처럼 일어났다.

"저를 낳아 주신 분만 부모가 아니옵고 길러 주신 분, 또 이렇게 재생의 길을 열어 주신 분도 부모가 아닐 수 없습니다. 제가 이 어른을 아버지라 부를 수 있게 해 주십시오. 앞으로 뵙게 될지 어떨지는 모르나 한 번 이렇게 부녀父女의 연을 맺고 싶습니다. 어디 가서 사셔도 저는 아버지 한 분이 조선에 계시다는 것을 보람으로 알고 살겠습니다. 그렇게 용서하여 주십시오. 소원입니다."

많은 사람들이 눈시울을 적시며 망연자실 처자의 말을 듣고 있는 홍순언에게 다가갔다. 얼굴을 올려다보는 사람, 그 도포 자락을 만지는 사람, 손을 잡고 흔들어 보는 축 등, 다양한 사람들이 말없이 그를 환대하고 있었다. 처음 당하는 많은 사람들의 인사치레와 해괴한 일을 당한 홍순언의 가복 대길이의 표정도 마찬가지로 곤혹에 묻혀 있었다.

그렇게 한참을 더 눈물 흘리며 감사의 말을 전한 처자는 한시라도 빨리 아버지를 살려야 했기에 홍순언과 헤어졌다. 그녀는

"꼭 언젠가 다시 뵐 날이 있을 겁니다. 부디 그때까지 강녕하세요."

라는 말을 남기고 떠나갔다. 그렇게 한참을 멀어져 가는 처자의 뒷모습을 바라보던 홍순언은 그녀가 시야에서 완전히 사라지고도 한참이나 깊은 생각에 빠졌다가 생각난 것이 있다는 듯 술집 주인인 노파에게 말했다.

"예 있소, 노인장. 내 돈이 많아서 그런 게 아니고 하도 노인장 마음 씀씀이가 갸륵해서 그러니 하찮은 돈이라고 내치지 마시고 받으시오. 객지에 나오고 보니 호주머니가 가벼워… 정말 애 많이 쓰셨습니다."

돈 열 냥을 따로 챙겨 간 것을 꺼내 노파 손에 쥐어 주며 뒤를 누르는 소리였다. 홍순언도 그 정도 물정은 아는 위인이었다. 눈 감으면 코 베어 간다는 이 홍등가에서 분명 처자를 처음 만났을 노파가 틀림없이 처자를 얼러서 자기 잇속을 챙기지 않을 위인이 아니라는 것을 어림하는 홍순언으로서는 그런 배수의 진을 치지 않을 수 없었다. 노회한 노파와 순진한 유 처자가 곱게 살아가기를 바라는 홍순언의 마음이었다.

"아이고, 고마워라. 이렇게 마음 써 주시는 어른은 어디 가나 복 받고 사시겠수. 그렇게 좋은 일 하시고는 또 나까지 이렇게… 정말 감사합니다. 처자는 떠났지만 웬만하면 제 집에서 찬 없는 저녁이라도 드시고 떠나시죠. 같이 온 젊은이도 배행 같은데 올라 앉으시고, 이것이 연이 돼 또 다른 일도 있을지 누가 압니까. 나리는 용색부터가 후덕하시니 가는 곳마다 상서로운 일만 있겠습니다. 제가 관상을 조금 하는데 앞으로 사소한 관재官災는 있을지라도 대운이 터지고 명진사해名振四海할 상입니다. 후일이라도 제 말이 맞으면 제 생각이라도 한번 해 주십시오."

왠지 허전했다. 거금을 처자에게 건네 준 그 선행 때문만이 아니라 어쩐지 처자의 뒷모습이 자꾸 어른거리는 것이 그 허전함의 원인인 것을 안 홍순언은 쓰게 입맛을 다시며 웃었다. 아닌 게 아니라 처자는 일색이었고, 사내라면 누구든지 한번쯤은 탐심을 먹을 만도 했다.

노파는 간밤에 홍순언이 돌아간 뒤, 입을 놀리지 않으면 사지가 뒤틀리는 버릇 때문에 한시를 그냥 있지 못하고 동네방네에다 그 소문을 퍼뜨렸고 밤새 발 없는 말이 천리 간다고 북경 장안으로 퍼져 나가 그 다음 날 아침 일찍부터 사람들이 모여들게 만들었던 것이다. 그 소문 자체도 엉뚱하게 인신매매라는 둥 조선인 갑부가 명나라 미인을 사 간다는 둥 다분히 엽기적이고 선정적인 내용으로 각색되기까지 했으니.

"나리 마님, 그럼 그 돈을 그냥 줘 버리는 것 아닙니까요. 댁에서 가져온 돈까지 몽땅 주어 버렸으니 집에서 부탁하신 물건은 뭘로 사 가실 건가요. 안방마님이나 아씨가 신신당부한 패물은 어쩔까요. 그냥 가면 저는 뜯겨 죽습니다요."

"……."

아닌 게 아니라 실제로도 난감했다. 새벽같이 일어나 대길이를 설득하는 것은 어렵잖은 일이었으나 집에서 챙겨 온 돈까지 탕진했으니 미상불 대길이 말이 걸리지 않는 건 아니었다. 대길이의 가시 박힌 말이 따끔거렸지만 한 번 엎질러진 물은 어쩔 수 없었다.

북경의 동짓달은 춥기도 했다. 홍순언 일행이 북경을 떠난 것은 그 일이 있은 지 보름 만의 일. 사절단 뒤에 따르기 마련인 일반 상단 맨 끝에 매달린 대길의 행색도 초라하려니와 그의 등짐도 가볍기만 했다. 고개 숙여 콧물을 훌쩍이는 대길의 휜 등이 을씨년스러웠다. 가벼운 등짐에 애달파하는 그의 속마음을 아는 이 누구리오.

저만치 앞서 가는 동지사 일행의 발걸음도 가볍지만은 않는 것이 뭔가 그들도 가득한 근심거리에 부대끼고 있는 것 같았다. 날씨마저도 우중충하고.

대길이도 그랬다. 며칠 전 주인 홍 역관의 알 수 없는 일, 돈 3천 냥이란 거금을 들여 처자 하나 풀어 준 도무지 믿기지 않는 일이었다. 평소 검소하고 치밀한 그의 성품으로 보아 납득이 가지 않는 일이었기에 더욱 그 이유가 궁금한 대길이는 그것 때문으로도 발걸음이 더딜 수밖에 없었다. 그것도 그것이지만 우선 집에 돌아가 당할 일이 너무 끔찍해서도 그렇고, 집안 사정을 빤히 아는 그로서 주인의 분명한 탈선을 어떻게 받아들여야 할지 미망하고 있어서도 그랬다.

다른 역관들이라면 상재가 밝아 돈 1~2천 냥이 그리 큰돈이 아니라 벌기로 든다면 식은 죽 먹기지만 이 주변머리나 융통성이 없고 외고집인 그의 상전으로 말한다면 그렇지 못한 데에 문제가 있었던 것이다. 홍 역관이 가지고 온 천 냥 속에는 말 못할 사정이 있는 돈 2백 냥도 포함되어 있었다. 노리개와 비단을 사 오라는 신신당부가 있었음에도, 다른 역관들의 2천 냥에 맞먹는, 그 피 같은 2백 냥이 고스란히 처자 몸값으로 들어가고 지금 빈손으로 돌아가고 있으니 애가 탈 만도 했다. 가난한 역관 딸 혼수 비용이 그리됐으니… 누가 보든지 그건 대길이 책임이 아니지만 대길이는 그리 쉽게 그 책임을 주인에게 떠넘기는 모자라고 요령 없는 위인이 아니었다. 그리되면 어쩔 수 없이 부부 사이에 싸움이 벌어지고 집안에 우환이 생길 것은 물론 그 빚(공금) 일까지 알려질 것이 뻔했기 때문이었다. 주인에게 충직해서 믿음을 받고 있는 그로서는 그런 일로 주인을 배반하고 싶지는 않았다.

그러나 아무리 생각해도 꾸며댈 핑계가 없는 것이 대길이의 고민, 오죽하면 조선이 가까워지면서 대길이는 살짝 몸살을 앓기 시작했다.

벌써 북경을 떠난 지 달포, 요하의 하늘은 푸르기만 하고 그 아래 펼쳐진 끝없는 황톳길은 가뭇없었다. 무엇인가 희망이 있고 보람이 있어야 걷는 길도 팍팍하지 않고 쉬이 줄겠지만 돌아가야 할 땅에서 벌어질 모든 어쭙잖은 일들을 생각하면 그렇잖아도 고된 길이 더 고됐고, 먼지 속을 걷는다는 것이 못 견딜 고역이었다. 사신 일행, 또 거기에 매달린 상단은 저마다 희망과 기대를 함께 품고 느리게 조선에 닿아 가고 있었다. 북에서 남동쪽으로 향하는 대열이지만 쫓아온 추위가 모두의 동작을 굼뜨게 할 뿐이었다.

"야, 대길아 너 고생스럽지? 네 낯빛에 외꽃이 핀 걸 보니 뭔가 근심이 많은 것 같구나. 너 혹시 어디 아픈 데라도 있느냐? 탁 털어 놓고 말해 봐라."

"아닙니다요. 어디 아픈 데는 없고요……."

대길이의 시르죽은 걸음걸이와 어딘지 맥빠진 몸놀림을 보고 하는 홍순언의 말도 어눌하기는 마찬가지였다. 앞에 가던 그가 말머리를 돌려 일부러 상단 쪽에 붙어 오는 대길이를 찾아와 하는 소리였다.

"걱정이 돼서 그러느만요. 저는 제정신이 아니구만요. 집에 가서 당할 일을 생각하면 정신이 없습니다. 나리도 아시겠지만……."

거기서 또 말문을 닫고 윗눈으로 주인을 쳐다보는 가복이 안쓰러웠다.

다섯 살 때부터 주워다 기른 거나 다름없고 커 가면서 인물 좋아지고 영리해 가르쳐 본 천자문이지만 친아들보다 배움이 알차고

실해 때로 시새움도 났지만 흡족했다. 아쉬움이 있다면 근본이 없다는 것이지만 커 나가는 재미가 그나마 그것을 가려주는 게 다행이었다.

"뭐가 그리 대견해요. 씨도 피도 모르는 무지랭이 데려다 키운 우리가 멍청하죠. 아, 말이 났으니 하는 말인데 소저하고 놀 쩝이나 돼요? 그놈이 감히 어디라고 우리 딸을……."

그렇게 딸과 대길이 노는 것을 흐뭇하게 바라보는 남편이 섭섭하고 얄미워 툭 쏘아붙이는 그의 아내 맹씨의 푸념이었다. 아들 건이는 밖으로만 돌기 때문에 말밥에 오를 겨를이 별로 없었다. 미상불 따지자면 그렇지만 커 나가면서 미운 데 없고 싹싹한 대길이가 밉게 보일 까닭이 없어 '저것이 친자식이라면 얼마나 좋을까' 하는 게 솔직한 맹씨부인의 마음이었으나 어떤 때는 느닷없이 불끈 솟는 시새움 때문에도 눈을 흘길 때가 있었다.

"당신 생각이 그렇다면 수원수구하겠소. 사람이라는 것이 어머니 뱃속에서 나올 때는 누구나 같은 거고 태어나서 자라는 데도 누가 차별을 안 하나 그 핏줄이라는 것 땜에 이리 갈리고 저리 갈리어 각각 다른 사람이 되는 거요. 대길이도 번듯하게 제 부모 밑에서 자랐다면 그 그릇이 저보다 나으면 나았지 못하겠소? 대길이가 우리 친자식이라 가정합시다. 그러면 우리가 저렇게 놔두겠소? 그 어디 사람 차별일랑 말고 모두가 내 살붙이려니 하고 대하시오."

그러나 누가 시킨 것도 아니지만 둘이 커 나가면서 뚜렷이 주종 관계를 선 긋고 나선 것이 참으로 맹랑하고 한편 섭섭하기도 했다. 대길이는 딸을 보고 '아씨'라 칭하고 딸은 '대길이'라고 이름을 불러 관계를 유지했다. 참 신묘한 차별이었다.

"그래… 네 속을 알고도 남는다. 네가 뭣 때문에 그렇게 기죽어 있는지 외꽃이 얼굴에 피었는지 다 아니까 너무 걱정 말아라. 너 알다시피 북경에서 있었던 모든 일, 내가 저지른 일이니까 너는 그 저 아무 걱정 말고 함구해라 일체! 내가 알아서 할 터이니. 그렇게 만 알고 있어라. 아무려면 내가 너 못 당할 일 시키겠느냐."

그렇게 홍순언은 본성이 착하고 상하구별 않고 사람을 대하는 터라 어디 가나 싫다는 사람이 없었다. 한 가지 탈은 너무 욕심이 없는 것.

그렇게 가복 대길이를 한 식구같이 대하기 때문에 그들 주종관계는 친부자 사이보다 더 돈독하고 흉허물이 없었다. 집을 비우는 일이 많은 그를 대신해서 때로는 금전 출납 일까지 맡아 하기 때문에 마님 맹씨의 시새움을 살 때가 간혹 있었다.

대문 밖이 바로 난전골목이라 한 걸음만 내딛어도 그들 잡답雜沓 속의 생활을 직접 보고 느낄 수 있는 게 대길이에게는 재미가 있었다. 허여멀겋고 잘빠진 몸뚱아리에 새파란 나이의 대길이는 어디를 가나 여염집 여자들에게 인기가 있고 그녀들의 입줄에 오르내렸다. 그것이 소저의 애간장을 녹이는 근심거리였다. 집에서는 자기 말이라면 죽는시늉까지 하며 비위를 맞추는 대길이가 좋기도 하거니와 동갑내기인데다가 또 용케 자기의 속셈을 알아차리는 게 한편으로는 믿음직스럽기도 했다. 소저에게는 가복이라기보다는 이제는 이성의 벗쯤으로 의식되는 단계가 됐다. 둘 다 나이 스물을 넘겼으니 그럴 만도 했다.

"야, 아가야. 너 언제까지 어린애가 아니다. 대길이 그놈이 니 오래비냐 뭐냐. 왜 그리 가까이 대하고 위아래가 없냐. 그놈은 우리집 종놈이다. 넌 그걸 알아야 해. 너는 곧 출가할 몸, 그러다 엉뚱한 소문이나 나면 어쩌려고 그러냐. 그리고 밤에 나갈 일도 없는데 뭣 땜에 대길이를 앞세워 저잣거리를 기웃거리냐, 응? 너는 이제 몸조심해야 한다. 만약에 김 진사댁에서 그런 너를 보면 어떻게 생각하겠냐. 대길이하고 앞으로 어디 나댕길 생각 말아라. 아버지가 아시면 너는 큰일 난다."

그러나 소저는 어머니의 지청구를 듣고도 눈을 크게 뜨고 혀를 낼름거렸다.

'흥. 아버지가 보시면 더 좋아하실 텐데 야단이라니.'

소저는 그렇게 어머니의 날이 선 엄포를 우습게 여기고 있었다. 자기보다 더 흐뭇하게 대길이를 바라보시는 아버지의 정겨운 눈을 늘 의식하고 있는 소저에게 어머니의 그 속 빈 강정 같은 말은 엄포지 대수가 아니었다. 지금 혼인 말이 오가는 김 진사댁에 대한 일이라면 시큰둥했다. 사람이 두어 번 다녀간 적이 있는데 누구냐고 눈으로 묻던 대길이의 궁금증 어린 시선을 받아 내기가 힘들었고 어쩐지 매운 연기가 눈 속을 스쳐 지나가듯 얄궂게 뭔가가 배어 나기도 했다.

그렇듯 대길이는 홍순언에게 아들 못지않게 소중한 존재, 단순한 가복 이상이었다. 어쨌든 그렇게 의로운 일을 했지만 앞으로의 일을 어떡할지 그 스스로도 확신이 서지 않는 홍순언과 그와는 다른 이유로 번민에 빠져 있는 대길이는 각자의 걱정을 한가득 안고 조선에 당도했다.

그 사단

 늘 보아 왔고 당해 왔던 일이지만 남편이 외지 출장만 다녀오면 어떤 허탈과 실망에 부대끼는 맹씨부인의 우울증은 남다른 것이었다. 벌써 여러 해를 겪어 오며 느끼는 그 감정은 해가 바뀌어도, 나이가 먹어 간대도 나아지지 않고 오히려 못 견딜 고통으로 와 닿는 게 문제였다. 유독 이재理財와 취리取利에 밝은 맹씨부인으로서는 남편의 결백에 가까운 무욕無慾이 못 견디게 고깝고 마땅찮아 꼭 자기 힘으로라도 고치고 싶은 게 평소의 소원이었다. 물론 한편으로는 자랑스럽지 않은 것은 아니었다. 어떤 부조리와도 손잡지 않는 고고한 결백, 그것은 다른 사람들에게선 찾을 수 없는 장점이기에 마음 한구석에는 자부심으로까지 작용한 것이고 그것이 은연중에 남편에 대한 존경심으로까지 환각되었지만 어딘가 아쉬움이 남는 게 솔직한 심정이었다.

 이번 일만 해도 그렇다. 더구나 대길이를 딸려 보내 딸의 혼수감도 마련해 보겠다는 의도가 무산되고 나니 기가 막히고 남편이 원망스럽기까지 했다. 남편을 더 이상 다그칠 수 없는 그녀는 대길이를 다그칠 수밖에 없었다. 그러나 주인의 함구령이 있는데 쉽게 입을 열 리 없고 평소에도 입이 무거운 그에게서 뭔가를 기대한다는 것은 과분한 욕심이었다.

"도대체 무슨 일이 있었기에 주종 간에 꿀 먹은 벙어리가 된 거요. 아, 일이 있었으면 이런저런 사정이 있었다고 말을 해야지 이거 원… 폭폭해서 살 수가 있나. 그러지 말고 사정 이야기나 좀 해보시구려. 당신이 이 집 가장이라면 그럴 수가 있어요? 대길이 저놈도 갑자기 벙어리가 돼 버리고……."

명나라에 갔다가 돌아온 여장도 풀기 전에 그렇게 대드는 아내를 상대하는 홍순언의 태도는 한마디로 벙어리였다. 물론 하고 싶은 말이 어찌 없겠는가만 아내의 너무 당돌한 다그침에 기를 빼앗겨 버린 때문이었다.

"……."

다른 때보다도 더 말이 없는 남편을 보며 어쩌면 피로에 꽉 절어 있어서 그럴지도 모른다는 생각이 든 아내 맹씨는 속으로 아차 했다. 너무 성급하게 다그친 자신의 경솔을 깨달았기 때문이었다.

'내가 조금 심했나? 아무리 호인인 남편이지만 그렇게 해서는 안 되지…….'

그렇게 자신을 타이르는 맹씨부인도 현명하였다. 그렇게 판을 이끌어 가려고 마음을 고쳐먹은 그녀지만 남편이 돌아온 지 한 달 보름 만에 들어 닥친 조정 호조 관원들의 엄포에 넋이 나가 버렸다. 때마침 남편은 집을 비우고 있었는데, 호조 관원들의 입에서 나온 공금포흠公金逋欠이라는 말이 정문頂門의 일침一鍼이었다. 하마터면 졸도할 뻔한 맹씨부인은 겨우 살아나 그들이 사라진 대문간을 넋을 놓고 바라보고만 있었다. 날벼락 같은 명령이니 어찌 놀라지 않겠는가? 아닌 게 아니라 밤중에 홍두깨도 유분수였다. 특히 지금까지 들어보지 못한 '포흠'이란 말이 벼락이었다.

'2천 냥의 공금포흠이라면 도둑질이나 같은 건데… 엉! 어떻게 된 거야! 도대체 늘그막에 집구석에 경사는 고사하고 이 날벼락이 떨어졌으니… 아이고, 사람 살려! 이것이 꿈이냐 생시냐…….' 맹씨부인의 장탄식에 땅이 꺼질 지경이었다.

생전 남의 것이라면 길에 널려 있는 조약돌 하나, 지푸라기 한 개 주워 본 일이 없이 곧기만 하던 남편에게 그녀 생각에 이 세상에서 제일 추잡하고 더러운 죄명쯤으로 아는 '포흠'이란 말이 들씌워진 것이 경천동지할 일이었다.

남편은 며칠 뒤에 돌아왔으나 그 얼굴 보기조차 징그러워 억지로 눈을 감고 누워 있는데,

"누구 찾아온 사람 없었소, 부인?"

그의 입에서 나온 말이 여간 생뚱맞지 않아 더 기가 막힌 부인이

"서서 구만리를 보고 앉아서 삼천리를 본다더니 당신이 그 짝 났구려. 어찌 그리 집안일을 거울 보듯 하시오. 다녀간 사람이 왜 없겠어요? 있지요, 있어! 당신이 공금포흠 했다고 조정에서 잡아들이라는 명령이 떨어졌답니다. 인자 어떡하실 거예요?"

가지 하나를 더 보태 남편을 떠 보았다.

"……."

그런 말을 듣고도 태연한 것이 얄미워 죽겠는데 거기다 말까지 없으니… 속이 탄 부인이 또 쏘셨다.

"그래도 말을 못 하시오? 어찌 된 영문이오. 인자 우리 집은 끝이 나 버렸네. 당신이 처음부터 말 안 하는 것이 필시 무슨 곡절이 있겠거니 했더니 아니나 다를까 원 세상에, 듣기도 처음인 공금포

흠! 누가 들으면 기절초풍할 일 아닙니까. 도대체 이번 북경에서 무슨 일이 있었습니까? 아이고, 속 터져 죽겠네! 이놈! 저 대길이란 놈 먼저 목을 베야지. 저놈도 한통속인가 말을 안 하니……."

"그렇게 됐소이다. 당신이 그렇게 궁금하면 내 말 하리다. 이번 길에 예삿일이 아닌 엉뚱한 사건이 있었소. 내가 살아오고 앞으로 살아갈 날들에 빛이 될 인간 구원을 했소이다. 그것이 내가 찾은 활인活人의 길이었으니 후회는 없소. 내가 공금을 포흠하여 적덕積德을 하였으니 조상 볼 면목은 있소이다. 내가 당장 오라를 지고 금부에 갇히더라도 그런 명분은 있으니까. 부인, 너무 노여워 마시오. 사람이 살다 보니 별 희한한 일도 있습디다.

나는 내 직업인 이 역관이 그렇게 좋고 만족할 수가 없소. 다른 사람이라면 죽을 때까지 겪고 듣도 보지 못할 일들을 나는 수없이 듣보고 했으니 내 인생이 얼마나 풍족하겠소. 나는 그것으로 만족하오. 당신 호강 한번 못 시켜 주고 끝나는 내 생애가 부끄럽기도 하지만 한편 떳떳하기도 하오. 당신은 말끝마다 다른 역관들의 치부致富를 부러워했었는데 그것은 너무나 단순한 생각이었다는 것을 알아야 되오. 한 줌 연기만도 못한 하찮은 재물을 가지고 아등바등하는 인간 속세가 나는 싫었던 거요. 나는 이번 길에 그것을 뼈아프게 터득했소. 당신이 보탠 2백 냥이라는 돈도 다 날려 버린 내가 무슨 할 말이 있겠소만 후회는 없소.

대길이 그놈은 당신의 그 돈을 없앴다고 죽어라고 걱정하는데 정말 눈물이 납디다. 정직하고 도량 있는 그놈, 내가 함구령을 내렸지만 속은 무척 깊은 놈이오. 그렇게 올곧은 놈이니까 너무 닦달 마시오."

"아이구, 내 못 살아… 응? 천하의 홍순언이 공금포흠이라니!

이 소문이 퍼지면 장안이 다 들썩일 텐데 어쩌나? 들어나 봅시다. 돈 챙기는 일이야 급한 불이지만 곡절이나 알아야죠, 참…….”

대낮에 울며불며 서로 어깃장 놓던 말머리가 이슥한 밤 서로 살을 맞대고 주고받으니 다정해질 수밖에 없었다. 더불어 잠자리 이야기가 깊을 수밖에. 출발하고 돌아오는 길 이야기야 수십 번 들은 이야기지만 이번 북경에서 있었던 일은 너무나 기상천외였으니 입에 침이 마르는 긴장 속에서 그것을 새김질할 수밖에 없었다. 듣는 아내 쪽이 더 긴장할 정도였다. 남편의 허심탄회하게 끌고 가는 이야기가 너무 충격적이어서라도 가만히 듣고 있어야만 했다.

“아이고 그러니까 당신이 이야기한 활인이라는 게 결국 그 일이 아니었소. 낭자 몸값 물어 줘 속량시켜준 일, 그게 얼마나 얼굴이 예뻤으면 당신 같은 사람이 눈독을 들일 정도가 됐을까요. 손목 한 번 안 잡아 보고 돈 3천 냥을 그냥 내버렸다는 거예요? 내가 눈으로 안 봤으니 알 수 없지만 당신 말을 믿기로 하고 모든 것을 참겠어요. 또 그게 지아비를 섬기는 지어미의 길이니까요.”

길게 자세히 북경의 그 낭자 이야기를 전해 주며 거금 3천 냥을 내던진 내력을 이야기하는 남편도 때로 깊이 한숨 쉬지만 그것을 듣고 있는 부인도 치오르는 질투의 불길 때문에 남편의 얼굴에서 눈을 떼지 않고 지키고 있었다. 밤은 지체 없이 깊어 가고.

“물론 당신의 이야기가 다 사실일 것이고, 거짓말 못하는 당신 성미로 봐서도 믿을 수밖에 없는데… 하필이면 명나라 사람일까요. 우리 조선 사람을 그렇게 살렸다면 또 모르겠는데 외국 사람을…….”

그렇게 말하는 부인의 말에는 많은 아쉬움이 묻어 있고 많은 뜻이 담겨 있었다. 그것을 모르는 홍순언이 아니기에 아내의 속삭임에 과민할 수밖에 없었다.

"그렇소. 당신 말에도 일리는 있소. 나도 그것을 모르지 않소만 사람의 도리에는 동서고금이 다르지 않소. 인간이 지키는 최소한의 양심, 그것을 지키기 위해 인간은 동물과 다르게 노력하는 게 아니겠소. 나도 내 나라와 외국을 구분할 줄은 아는 사람이오. 어쩌면 남보다도 그런 차별의식은 더한 줄 모르겠소. 그렇지요, 애국심이랄까 내 나라를 사랑하는 마음도 그렇고 나는 내 직업상 북경이나 그러루한 데를 갈 때면 늘 느끼는 게 그거요. 쉽게 이야기해서 우리 종주국이나 다름없는 명나라만 보더라도 그렇소. 우리나라도 빨리 발전해서 명나라 같은 강력한 국가가 되어야겠다고 생각하오. 그것은 나 혼자만의 바람은 아닐 것이고, 이 역관이란 직업의 특수성이 가져다 주는 일종의 열등의식인지도 모르겠소.

암튼 내가 한 이야기는 그게 전부니까 그리 알고 나를 이해해 주시오. 내가 포흠한 돈은 어떻게 가산을 정리하면 될 것 같으니까 너무 근심 말고 친가로 잠시 옮겨 앉읍시다. 그렇다고 산 입에 거미줄이야 치겠소. 설사 일이 잘못돼 영어囹圄의 몸이 된대도 후회는 없고 또 이 직업에 큰 미련도 없소. 한 가지 아쉬움이 있다면 나라에서 바라는 그런 업적을 못 남긴 것이 죄송할 뿐이오. 그것은 내 힘으로는 해결할 수 없는 거역巨役이었으니까요. 나는 내가 그 터무니없는 짓을 했으면서도 그 여인이 어디 사는 누군지도 모르오. 평소의 나를 잘 아는 당신이라면 그런 나를 충분히 이해하리라 믿소."

밤은 깊어 가고 두 사람은 이야기에 빠져들었지만 몰려오는 잠을 이길 길 없어 설피 든 잠이 깊을 수밖에 없고 이윽고 코 고는 소리가 높아졌다.

그렇게 명나라에서 돌아와 지내던 어느 봄날, 밖이 유난히 시끄럽고 흥겨운 풍물가락에 사람들 마음이 달뜨는지 걷는 사람들 어깨가 저절로 우쭐거리는데 홍 역관 집이라고 무사하겠는가. 하필이면 그날 불공드린다고 일찍 드난살이 여인을 데리고 절에 간 안방마님 덕분에 자유의 몸이 된 두 사람은 풍악 소리에 놀아났다.

"야, 대길아. 오늘 남사당패가 왔다면서. 너는 좋겠다. 구경도 할 수 있고. 나는 어디 나가기나 하겠냐."

아쉬운 듯 몸을 뒤틀며 어린 양처럼 대길이를 건너다보는 소저의 눈은 예사 눈길이 아니었다. 뭔가를 원망하는 듯한 표정이 금방 울 것 같았다.

그런 소저를 바라보는 대길이 역시 조금은 장난기가 묻어 있는 듯 배시시 웃으며 뭔가를 충동질하는 눈매였다.

"아씨, 남사당패 구경하고 싶소? 나랑 같이 갔다 올까요?"

그 말 한마디가 소저, 남사당패를 못 봐 안달하는 그녀 마음에 기름이 되어 불을 당겨 버렸다.

굿은 흥겨웠다. 바로 집 앞 저잣거리 한쪽을 트고 징을 치는 사당패를 둘러싼 수백 명이 벌써 허옇다. 줄타기, 버나돌리기가 끝나고 어름사니의 선소리에 맞춰 꽹가리가 신이 나 있었다. 여자애 사당들이 남사당 무등을 타고 꽃같이 춤을 추고 있었다. 서로 손을 잡을 듯 가까이에서 서로를 지키며 구경에 넋이 빠져 있는 소저와 대길이는 침만 안 흘렸다 뿐이지 온통 정신을 빼앗기고 있었다.

덩덩 덩덕궁 덩덩 덩 덩덕궁 어잇 하는 광대 목소리가 판을 달구어 내고 있었다. 거리로 따지면 집 대문에서 한 열서너 칸쯤 되지만 벌써 이들 두 사람의 마음은 집과는 먼 거리의, 환락의 세계를 떠돌고 있었다. 어느 결에 인파에 밀려 나란히 섰던 두 사람이 사람들 속에 묻히고 대길이가 그때서야 아뿔사 하고 주위를 둘러보았으나 소저가 없어 기겁을 했다.

눈앞이 캄캄해지고 이리저리 사람들 속을 헤집으며 사방을 둘러보는데 그때 저만치 저잣거리 서쪽, 집과는 엉뚱한 곳에서 대길은 자신을 부르는 애절한 소저 목소리를 듣고 화들짝 놀라 그쪽으로 달려갔다. 웬 남자 두 사람에게 끌려가는 소저의 몸부림이 가관이었다.

"대길아… 대길아! 여기다… 여기야!"

두리번거리는 대길이를 보았는지 그렇게 힘겹게 몸부림치면서도 소리는 살아 있었다.

날듯이 다가선 대길. 평소 얌전하기만 한 것 같던 그 몸이 두 사람을 향해 달려들었다. 이미 옷고름이 뜯기고 댕기가 풀려 너풀거리는 것이 거기까지 끌려오면서도 제법 거센 드잡이가 있었던 것 같았다. 소저도 여염집 처자이기는 하지만 만만치 않은 다부진 성품이라 쉽지가 않았는지 두 사내는 어깻숨을 쉬고 있었다.

"아씨. 빨리 집으로 가시오. 여기는 내가 맡을 테니까. 어서 가요. 어머니 올 때가 다 됐으니 늦으면 큰일 나요. 어서 가요."

새벽에 나간 불공길이라 돌아올 때가 된 안방마님이 걱정되지 않을 수 없었다.

"이 새끼! 누군데 우리 일을 방해해. 죽기 전에 꺼져! 이 새끼!"

둘 가운데 큰 놈이 소매를 걷고 나오며 눈알을 부라렸다. 싸움이 벌어졌다.

관중들은 건성 노는 남사당패들보다 결기 돌워 생사 판가름 내는 이 싸움판이 더 재미있는 듯 우르르 그쪽으로 몰려들었다.

"에이 요 X할 년의 새끼들. 할 짓이 없어서 남의 집 처자 납치냐?"

그 자리에서 뛰어 올랐던 대길이의 발이 허공에서 포물선을 그리며 한 놈 턱을 갈겼다. 으악 하는 비명을 지르며 나가떨어진 자가 미처 땅바닥에 널부러지기도 전에 또 한 놈은 범상찮은 대길의 솜씨에 놀라 줄행랑을 쳐 버려 자리가 싱겁게 끝나는가 했지만 그게 아니었다.

못 보던 미색의 처녀와 떠꺼머리 한 놈이 킥킥거리며 남사당패에 빠져 있는 게 눈에 들어온 근처 왈패 두 놈이 눈여겨보다 장난기가 동해 뽀작뽀작 처녀 옆으로 다가가 으젓잖은 짓을 꾸미려던 것이 들통 나 다부진 처녀의 반항을 당했고, 무안해진 두 놈이 처녀를 사람 틈바구니에서 끌어내 뭇사람들 앞에서 무안이나 줄까했던 것이다. 그런데 판이 커지고 대길이가 달려드는 통에 일이 그렇게 된 것이었다. 왈패들도 그렇게까지 일이 커질 줄 모르고 노닥거리다 그만 턱이 돌아가 버렸으니 그들도 어이없기는 매한가지였다.

마님을 따라 가까이에 있는 서흥사에 자주 들르는 대길이는 거기서 안면을 튼 스님들에게서 심심파적으로 택견을 배운 것이 차츰 기예가 늘고 깊은 진리를 터득하자 본격적으로 빠져들어 남달리 숙달이 되었던 것이다. 대길이는 자신의 기술이 늘어 가고 단련이 돼 가자 그것을 일체 비밀에 붙이고 함구해 버렸다. 이제는 절에서도 가르치던 스승과 맞대결을 할 정도로 실력이 늘었다. 배우는 사람이라면 누구나가 한두 번쯤 자기 기술을 자랑하고 싶은 유혹에 빠져들기 마련인데 이를 사리물고 참아 오던 참에 그런 일이 벌어졌고 대길이는 그 자리에서 유감없이 실력 발휘를 해 본 것이다. 결과는 만족스러웠다.

뜯겨진 옷고름과 헝클어진 머리, 구겨진 옷 매무새를 누가 볼까 싶어 잰걸음으로 그 싸움판을 빠져나와 집으로 돌아오던 소저는 집 앞에 거의 다다랐을 때 하필이면 절에서 막 돌아오던 어머니와 정통으로 마주쳐 버렸다.

"아니, 너 소저 아니냐, 응? 그런데 그게 무슨 꼬락서니냐 .이게 어찌된 일이냐."

어머니 노성이 대문 안으로 소저를 끌어 넣었다. 기가 센 소저가 어머니의 그런 책망도 아랑곳하지 않고 씩씩거리며 자기 방으로 들어가 버리자 당황한 어머니는 분통이 터져 견딜 수가 없어 만만한 대길이만 불러들여 자초지종을 추궁하기 시작했다. 유구무언이 된 대길이는 애초에 둘이서 남사당패를 구경가자고 꼬드긴 죄가 있는지라 말문이 막혀 버렸다.

"왜요, 어머니. 저 아무렇지도 않아요. 근데 왜 대길이를……."

"오늘 남사당패가 우리집 앞에서 논다는 것을 내가 알고 있는데 그러느냐. 대길이가 또 꼬신 것 맞지? 그래서 나도 마음이 안 놓여 불공도 드리는 둥 마는 둥 쫓아 내려왔잖냐. 어떻게 된 거냐? 너 누구한테 그런 꼴을 당했냐. 바른 대로 말해라. 혼인 말이 있는 처자가 저잣거리에서 무슨 일을 당했기에 그 꼴이냐. 바른 대로 말 못하겠느냐."

아무리 대길이를 감싸도 곧이 듣지 않는 어머니가 야속하기도 하고 대길이 또 애면 일을 당할까 싶어 속이 타들어 간 소저가 한다는 말이 이랬다.

"하도 바깥 나들이도 못하고 해서 구경한다는 것이 사람들한테 떠밀리고 부대껴 그리된 것이지 딴 일은 없었어요, 어머니. 대길이가 꼬신 것도 아무것도 아니에요."

그렇게 어물쩍 넘긴 그날은 그렇다 치고 그 다음 날 아침나절 아직 열리지도 않은 대문을 두드리는 소리가 요란해 나가 보니 험상

굿은 왈패들 십여 명이 중문을 발로 걷어차며 안마당까지 들어와 소리소리 지르는 것이 꼭 무슨 난리가 난 것 같았다.

"어저께 어느 놈의 새끼가 우리 애들을 건드렸어? 당장 못 나왓! 이 놈의 집구석 불을 싸지르기 전에 빨리 나와!!"

그때 마침 집주인인 홍순언은 볼일이 있어 밖에 나가고 없었다. 부녀자 둘만 있는 집이 금방 초상집이 돼 버렸다. 모든 기미를 알아차린 안방마님이 소저를 불렀고 소저는 입이 있어도 말을 못하는 판국이 돼 버렸다. 어제 대길이에게 야무지게 얻어터진 왈패들이 복수를 한다고 대길이를 찾아온 것이 분명했다.

큰 소동이 벌어지고 동네가 발칵 뒤집히니 구경꾼들이 오죽하겠는가. 벌벌 떨며 이 소동을 지켜보는 안방마님이 대강을 짐작하고 하는 소리가 매서웠다.

"그래, 대길이 그놈 때문에 집안이 쑥대밭 되게 생겼구나. 그놈 어디 갔냐. 빨리 나와서 이 난리를 책임져야지. 그놈 행패가 분명한데 숨기는 어디로 숨어?"

그러나 중문 밖 행랑방에서 이 사태를 맞은 대길이는 태연했다. 자기 때문에 벌어진 소동을 자기가 가로막고 나서야 한다는 것을 알고 있기에 거친 숨들을 몰아 쉬는 왈패들 앞에 모습을 나타냈다. 기세등등하던 왈패들이 대길이 모습에 숨을 죽였다.

"죽이든지 살리든지 내 집에서 썩 나가라, 이놈들아. 대길이 니 놈이 맞아 죽어도 우리는 상관 안 할 테니까 어서 나가라. 그리고 두 번 다시 내 집에 들어오지 말아라, 이놈아."

안방마님은 소저가 그리된 자초지종을 알고 있지만 모르는 척 시치미를 떼고 밤을 넘겼던 것이다. 대길이와 왈패들이 대문을 나가자 안방마님의 독설이 섬뜩했다.

"빨리 대문 걸어 잠그고 어떤 놈도 들이지 마라. 대길이 놈이 와도 소용없다. 세상에 중인집이라고 어떻게 함부로 해도 괜찮은가. 양반 못 된 것이 원통하고 서러워서 못살겠네… 내가…….."

나중에는 분을 못 삭인 그녀가 방바닥을 찰싹찰싹 손바닥으로 치면서 통곡을 터뜨려 버렸다.

대길이가 끌려가고 꼬박 하루가 지나고 밤이 왔다. 온종일 드나드는 이 없고 굳게 잠긴 대문은 요지부동이었다. 그런 가솔 중에서도 제일 안달한 소저가 행여나 끌려간 대길이가 이제 오나 저제 오나 하고 잠을 못 이루던 한밤, 자시를 넘긴 이슥한 시각, 그 집 대문 앞에 나타난 사람 너댓, 뭔가 짊어지고 온 것을 조심스럽게 대문간에다가 내려놓고 소리 없이 사라져 버렸다. 그래도 동내에선 인심을 잃지 않아 동정받는 대길이가 그리되자 동네 젊은이 몇 사람이 끌려가 왈패들한테 어육이 된 대길이를 업어다가 놓고 간 것이었다.

한밤중까지 자지 않고 대길이를 기다리던 소저가 그 기색을 알아차리고 소리 죽여 대문을 열고 대길이를 끌어안았다. 피칠갑이 된 대길이가 행랑채로 기어 들어간 뒤, 어머니 기색을 살피며 소저가 손발을 걷어붙이고 그런 대길이를 돌보며 새벽을 맞았다.

그러나 그 일은 대길이가 그리된 것으로 끝나지 않고 엉뚱한 데로 비화해 이 집에 깊은 재앙을 안겨 주었다. 어쩌다 그렇게 됐는지는 모르나 홍 역관 딸이 왈패들에게 끌려가 곤욕을 당했다는 맹랑한 소문이 삽시간에 장안에 퍼지고 호사가들은 그것 때문에 소저의 혼사길이 막혀 파혼이 돼 버렸다는 황당한 소문까지 덧붙여 흘려보냈다. 소문이 가지가 돋히고 잎이 되어 꽃까지 피어 버렸으니 그 뒤가 어떻게 되겠는가. 애초부터 그리 탐탁하게 생각 않던 홍 역관 집과의 혼인인데 그런 소문이 퍼지자 당사자인 김 진사댁에서는 얼씨구 잘됐다 하고 일방적으로 파혼해 버렸다. 그것도 양반의 전횡이 아니던가? 그러니 홍 역관 집 사정은 뭐가 되겠는가. 그런데 이상한 것은 당사자인 소저와 그 아버지 홍순언의 반응이었다. 다른 집 같으면 남우세스러워 얼굴 못 들게 생겼다고 야단일 텐데 그러지 않고 오히려 잘됐다는 기색이 역력하니.

"고소원이 불감청이라고 그것도 양반지시래기라고 더럽게 거드름 피우고 위세부리는 꼴 차마 못 봐 주겠던데 잘됐지 뭐냐. 잘됐다. 잘됐어. 정말 상놈한테 자식 줄망정 이제는 양반놈들한테 딸 안 준다."

"아이고 여보, 그래도 앞 일이 걱정이오. 인자 파혼당한 저것을 누가 데려가겠소."

"그렇게만 생각할 일이 아니오."

홍순언은 군말 없이 행랑방에 드러누워 끙끙거리는 대길이를 손수 업고 약방으로 달려가 바로 입원시켰다. 이래도 알고 저래도 아는 그 일의 내막을 꿰뚫고 있는 그로서는 그 길이 빠른 길이라고 그리 조치한 것이다. 시비를 해 봤자 손해라는 것을 알고 있음에랴. 무엇보다 그에게 대길이는 자식에 버금가는 존재라 그냥 둘 수 없는 일이었다.

소저는 한술을 더 떠 대길이가 입원한 약방을 찾아다니며 뒷바라지를 맡고 나섰으며 어쩐지 파혼이란 벼락을 맞고도 오히려 더 활달해진 것 같았다. 이 집 내력을 아는 사람들이 참 모를 일이라고 고개를 갸웃거렸다. 그런 가운데 이 집 안방마님은 한 가지 망상에 사로잡혀 식음을 전폐하고 자리에서 전전반측하고 있었다.

'이대로 둬서는 저것들이 기어코 일을 내고 말 텐데 어쩐다? 속

편한 영감은 그런 눈치도 못 채는지 저리도 태평이고… 소저를 대길이 놈한테 아예 줘 버릴라고 저럴까?'

암귀暗鬼를 낳는 안방마님의 생각이었다.

설상가상이란 말은 홍순언 가를 두고 있는 말일까. 딸의 파혼으로 시름에 잠겨 있는 이 집에 또 하나의 큰 재앙이 몰아닥쳤다. 홍순언은 포흠한 돈을 변제하기 위해 가산을 정리한다고는 했으나 어디 일시에 그 목돈을 만드는 것이 쉽겠는가. 몇 년 동안 빚을 탕감하기 위해 백방으로 수소문해 보았지만 방도가 없었고 결국 옴나위없는 영어 신세가 될 수밖에 없었다. 그렇게 홍순언은 의금부 관원에게 끌려갔고 그날로 하옥되고 말았다.

그런데 한 가지 이상한 일이 벌어졌다. 이름 없는 독지가가 나서 푼돈 몇 푼씩을 내놓는 일이었다. 그 방법도 다양했다. 밤중에 안마당에 던져진 돈이 있는가 하면 낯모르는 사람이 안마당까지 들어와서 놓고 가는 돈이 있고 때로는 꾸러미를 내놓고 가는 장사꾼 차림도 있었다. 집이 팔렸어도 그냥 비우라는 게 아니고 딴 거처가 마련될 때까지 마음 편히 살라는 소리도 들었다. 고양이 이마만도 못한 몇 군데 텃밭도 그런 조건이니, 모두의 고마운 처사였다. 그것은 평소 홍순언이란 이의 사람됨을 아는 사람들의 십시일반의 적선이었다. 인심이 노적勞績이라고 그는 외롭지 않았다. 그런 많은 사람들의 따뜻한 손길에 의지해 헤쳐 나가는 나날이 훈훈했지만, 그와 반대로 차가운 비난과 무서운 모함도 야멸찼다. 그것은 은연중에 꿈틀거리는 조정 붕당정치의 부산물인 편 가르기 때문이었다.

하찮은 당하역관 한 사람까지 모두 편을 갈라 그 공과를 시비하니 견딜 수 없는 일. 근거 없이 애매하게 서인으로 분류된 홍순언은 그 반대파인 동인의 입줄에 오르내리고 보이지 않는 수없는 눈에 난도질을 당하는 판이니 모진 소문이 잦아들겠는가.

그렇게 홍순언이 옥에 갇히고 세월은 속절없이 흘러갔다. 가장이 없으니 그 집안이 어찌 되겠는가. 안 봐도 뻔한 일. 날이 갈수록 그 집엔 영락零落의 그림자가 맴돌았다. 바빠진 것은 대길이었다. 일어나는 집이 아니라 기울어져 가는 집안 일꾼은 항상 바쁜 법. 우선 맹씨부인의 친정이 있는 안양 나들이가 잦아졌다. 한편, 남편이 갇히게 된 그날부터 나빠지기 시작한 맹씨부인의 건강이 가족들의 가장 급한 숙제였다. 평소 그리 건강한 편이 못된 맹씨부인은 나름대로 돈 주선 때문으로도 체력이 소진된 탓에 자리에 누웠으나 원인이 어찌 그것뿐이겠는가.

대길이는 맹씨부인 친정 나들이뿐 아니라 주인마님 옥바라지에 정신이 없었다. 그렇게 지난 1년, 호사다마라고 대길이에게 분명한 횡액이 아닐 수 없는 가택연금 사태가 벌어졌다. 정말 느닷없는 일이었다. 나는 새가 부러워할 정도로 훨훨 동서남북 아니 간 곳 없이 날아다니던 대길이에게 그 갑갑증이 오죽하겠는가. 청천벽력이 아닐 수 없었다.

그날도 발이 묶인 대길이가 할 수 있는 일은 사랑마당에 그들먹하게 쌓여 있는 통나무 패는 일뿐이었다. 아침부터 계속된 작업에 숨결이 가빠지고 땀이 비 오듯 했다. 한숨 돌릴 때도 됐다 하고 도끼자루에서 손을 떼고 무심결에 돌아보는 대문간에 얼핏 아이 모습이 지나갔다. 분명히 이 집에 볼 일이 있는 게 틀림없는 몸동작이었다.

"!?"

대길이는 목에 늘어뜨린 수건으로 목덜미를 훔치고 벌렸던 다리를 오므리며 그쪽으로 돌아섰다. 중화참이었다. 안채는 조용했고 사람 기척이 없었다. 얼른 허리를 펴 일어나 밖을 살폈다. 근처 술집 심부름하는 아이 놈이 대문 밖 저만치에서 웃고 서 있었다. 그리고 손바닥을 까불고 있지 않는가.

"?"

순간, 뭔가 짚이는 게 있는 대길이는 재빨리 아이에게 다가갔다. 요행이 인적이 드문 때라, 둘이 만나기는 쉬웠다. 아이가 가리키는 검지를 따라가니 땔 나뭇짐이 즐비한 그 한가운데에 어디선가 본 듯한 여인 얼굴이 웃고 있지 않는가.

"!!!"

기절초풍할 일이었다.

'아니, 저 여자가 여길 다 어쩐 일인가?'

가슴속은 벌써 심하게 쿵쾅거리기 시작했고 모든 것을 알아챈 대길이가 여인을 대문 안으로 끌어들여 행랑방에 밀어 넣고 신고 온 짚세기를 얼른 치워 버렸다.

"이녁, 통도 크네잉. 어쩌자고 이래, 지금 여기가 어디라고 나 보러 온 것 맞지?"

"잉, 이녁 좀 보러 왔지. 하도 소식이 없길래… 히히히히."

배시시 웃는 여인에게서는 서지근한 평소의 술 냄새 대신 뭔가 향긋한 냄새가 솔솔 풍겨 오는 것이 요상했다. 알뜰하고 야무진 주모로는 보이지 않을 만치 느슨하고 헐거워 보이는 모습이었는데 오늘은 그렇지 않은 것이 이상했다. 어느 것이 이 여자의 진짜 모습인가 하고.

"그려, 뭣 땜에… 여길 다 와? 응, 아지매, 정신이 있소 없소? 그냥 무턱대고 날 보러 온 것은 아닐 테고 무슨 일이요, 도대체. 나간 떨어지기 전에 싸게싸게 이야기하고 어서 돌아가요, 나 이러다 제명에 못살다 죽으면 어쩔라고."

그렇게 말하는 대길이도 제정신이 아니었다. 아직 병석이지만 안방마님이 중문 안방에서 콜록거리고 있고 때 없이 드나드는 소저가 본다면 눈에서 번갯불이 날 일이었다. 물론 방 앞 섬돌의 짚세기는 치웠기 망정이지 누가 보면 방 안에 낯선 사람이 들어 있다는 것을 내보이고도 남을 일이라 제정신이 아니었다.

방 안이 무더운지 여인에게서 풍기는 야리꾸리한 냄새는 떠꺼머리 스물여덟 총각의 민감한 관능을 들쑤시고 말았다. 알고 지낸 지 근 1년이지만 이렇게 가깝게 대해 본 적도 마주 서 본 적도 없었던 터라 당황하기는 대길이가 더했으리라. 그러기는 나이 많고 세상풍파 겪을 대로 겪었다는 주모라고 다르겠는가. 여섯 살이나 위라는 데 늘 주눅 들어 있던 주모는 그것 때문으로도 대길이를 마주보기가 늘 눈이 부셨던 것이고. 주인마님의 옥바라지 과정에서 알게 된 밥집 주모는 나이 젊지만 미끈한 용모에 믿음성 가고 경우 밝은 대길이에게 기우는 자신을 속으로 타박해 보기도 했지만 소용없었다. 죽은 서방 말고는 사내를 모르고, 밥집이라는 험한 직업에서 오는 세상 사람들의 삐딱한 눈이 싫었고, 이 장사로 목구멍에 풀칠하는 자신의 처지에서는 언감생심이라고 생각했으나 그것이 한편 삶의 낙이었다.

옥에 갇힌 주인에게 사흘돌이로 차입하는 밥 때문에도 그 집을 정해 외상 거래를 할 수밖에 없는 대길이는 어느덧 주모와의 사이를 오누이쯤으로 알고 지내고 또 주모의 호의에 기대 왔는데 주모 생각은 그것이 아닌 데 문제가 있었다. 한쪽은 이성으로 다른 쪽은 엉뚱하게 평범한 우정으로 알며 대하는 그 사이가 얄궂었다.

그런데 더 큰 문제는 한 사람 옥사쟁이가 이 밥집의 고객이고 잔뜩 주모에게 눈독을 들이고 있는데 대길이가 드나들면서 주모 눈치가 달라져 일이 묘하게 헝클어져 버린 것이다. 어떻게든지 옥사쟁이들에게 잘 보여 이런저런 까다로움을 면해 가며 옥바라지에 여유가 있었던 대길에게 뜻하지 않는 재앙이 몰아닥친 것은 그것 때문이었다. 옥사쟁이 눈에 대길이가 이제는 고얀 놈으로 바뀌어 버렸다. 그러니 여태 부드럽던 옥사쟁이가 태도를 바꾸어 사사건건 토를 달고 나오는 통에 일이 자꾸 커져만 갔다.

 한편, 그렇게 주모와의 사이가 가까워지면서, 빨래 같은 것에 마음 쓰지 못해 입성이 늘 꾀죄죄하던 대길이 입성이 주모 손으로 깨끗해진 것을 눈여겨보던 소저는 속으로 고개를 갸웃거렸다 아무리 보아도 달라진 대길이가 미심쩍어 사흘돌이로 나가는 옥바라지를 동행해 봤다. 왈패들 일로 파혼까지 당했지만 오히려 떡보다 편이 낫게 됐다는 듯 전보다 더 활달해진 소저는 그래도 대길이를 유심히 살피고 있었는데 그런 그의 모습이 그렇게 달라졌으니 어찌 궁금증이 일지 않겠는가.

 어머니 반대를 무릅쓰고 며칠 대길이와 동행하면서 알아낸 것이 그 주모와 대길이 사이. 민감한 처녀 육감에 그런 어줍은 관계가 걸리지 않겠는가. 대길이 처지를 속속들이 알고 있는 주모는 시간을 내어 대길이 입성까지 걱정하고 이리저리 빨래며 여타 일을 곰살갑게 보살폈던 것이다. 그게 옥사쟁이나 소저 눈에 어찌 곱게 보이겠는가.

 그런저런 정황을 꿰뚫어 본 소저는 '그러면 그렇지. 일이 그렇게 됐기에 대길이 놈이 옥바라지에 콧노래까지 불러 가며 신바람이 났었구나' 하고 이를 뿌드득 갈고 눈을 흘겼다.

"그런데 대길아, 일이 참 우습게 됐다야. 나도 처음에는 몰랐는데 알고 보니까 역관 나리가 감옥에서 없어져 버렸지 뭐냐. 너도 그걸 모르고 있었냐? 너 거기 안 나오기 시작한 지 한 열흘? 그렇지, 그 정도 될 것이다. 그리고 니가 안 나오기에 난 니가 그 속을 알고 있는 줄 알았지. 너도 모르는 일이냐? 그럼 딴 데로 옮겼을까? 아니면……."

"뭐라고? 주인마님이 없어졌다고? 그게 무슨 말이야! 하루아침에 없어져 버렸다니. 그게 말이나 돼?"

'가만, 그러고 보면 아가씨도 거기 안 나간 지 며칠 되지? 그러니까 그걸 알고 있었다는 이야기야?'

"그건 그렇고 인자 거기 나올 일이 없게 됐다면 나하고는 언제 또 만나지? 인자 나도 손 털고 대길이하고 어디로든지 가 버렸으면 좋겠는데. 니는 그럴 요량이 없어? 대길이."

그때 밖에는 소저가, 장작을 패다 말고 행랑방에 들어간 대길이가 이상해 방 앞에 다가갔고 신발이 한 켤레뿐이라 무심히 지나치려던 순간, 그 방에서 또 다른 인기척이 나기에 살망살망 귀를 세우고 있었다.

"……?"

누구 사람 소리가 나는 게 더 자세히 들어 보니 그 목소리가 여자여서 기겁을 한 소저가 들은 이야기는 아버지가 감옥에서 사라져 버렸다는 충격적인 소식!

'뭐? 아버지가 없어졌다고?'

그런 청천벽력이 또 어디 있을까? 귀를 더 쫑긋거리고 들어 봤으나 그 말은 두 번 다시 들려오지 않았다. 대길이에게 금족령까지 내렸는데 여기까지 찾아온 여인의 강심장에 놀랐지만 그것보다도 아버지가 감옥에서 사라졌다는 그 말이 더 무서운 소리라 자초지종을 어머니께 고하고 바로 옥으로 달려갈 차비를 하였다. 방을 지키고 있던 어머니가 힘겹게 머리를 쓸어 올리고 입에 물었던 비녀를 다시 낭자에 꽂으며 말했다.

"거기 좀 앉아 봐라. 그러나 저러나 이 집도 망조가 들었구나. 술집 주모가 종놈을 안 찾아오는가, 별 희한한 일이 다 벌어지는구나. 그 여자 입에서 나온 말을 믿을 수 있겠냐. 가지 말고 기다려 보자. 뭔가 기별이 있겠지. 경거망동 말고 벌써 몇 년 동안 갇혀 있던 너희 아버지가 가시면 어디 가시겠느냐. 돈은 진작 갚았으니 형기가 줄면 줄었지 나쁜 일은 없을 거다."

소저는 그렇게 무심하고 태연한 어머니가 그냥 보이지 않았다. 놀라도 크게 놀라고 당장에 그 진위 알아 보려고 펄쩍 뛰실 분이 저리도 태평하다니······.

"참, 대길이란 놈도 이제는 내보내야 할 때가 된 것 같다. 집구석으로 술장사 여편네까지 불러들이고, 이거 창피해서 어디 살겠느냐. 내보내야지 암, 너 파혼당해 동네방네 남우세스러운데 대길이 그놈까지··· 아이고, 속 터져!"

아버지가 그리됐다는데도 그 걱정은 제쳐 두고 대길이 일로 성화를 해대니 아무리 생각해도 어머니가 수상쩍었다. 주모를 달래고 얼러서 겨우 돌려보낸 대길이도 가슴이 뛰기는 마찬가지였다. 이 엄청난 소식을 빨리 마님께 알리고 자기라도 뛰어 나가 주인마님 일을 확인해야 할 텐데 이 특종의 출처를 밝히는 일이 난감해 점심도 거르고 골몰했다. 어쩌면 좋단 말인가? 소저한테 알려 마님 귀에 들어가게 한다? 별의별 생각이 다 일었다. 옳지! 그 주모한테 들었다는 이야기는 빼고 우연히 잠시 거리에 나갔다가 아는 옥사쟁이를 만나서 들었다고 둘러댈까? 그게 가장 그럴듯한 방법이라 무릎을 쳤다.

"나는 그래도 대길이가 거짓말 않고 탁 까놓고 이야기해 줄지 알았는데 너는 여태 나를 못 믿냐? 나는 그래도 너를 위해서는 한다고 했는데 내가 미친 년이다. 정말 나 그 주모년과 네가 놀아나는 것 보기 싫어서 옥바라지도 못하게 한 것이다. 솔직한 이야기다. 그 년 어디가 좋아서 그랬냐. 나이도 너보다 많고 늙었더만, 그 년이 나보다 좋냐? 좋아서 그랬냐? 썩고 자빠졌네. 내가 등신인 줄 알았냐? 니가 길에서 옥사쟁이 한 사람 만나 뭐가 어쨌다고? 아버지가 없어졌다는 이야기 들었다고? 에이요, 음흉한 놈 같으니라고. 중화참에 행랑방에서 주모년 만나서 노닥거린 놈은 언 놈이냐? 그러고 거기 있다 간 여자는 그럼 귀신이란 말이냐? 나 그 말 듣고 바로 어머니한테 말씀드렸는데 어머니는 벌써 알고 계신 것 같더라. 인자 됐냐?"

'뭐, 마님도 알고 있었다고? 응, 그럼 뭐 꿍꿍이속이 있구만.'

한마디 건너짚은 소저 말을 곧이 듣고 맹씨부인에게 고자질 안 한 것을 다행으로 여긴 대길이가 가벼운 한숨을 내쉬었으나 의문은 풀리지 않았다.

'어디로 가셨단 말인가. 혹시 일이 잘못되어 멀리 딴 데로 귀양살이나 안 갔을까?'

그로부터 두어 달 뒤 안방마님이 친정으로 합산하고 주인나리 동생이 빈집을 지키기 시작했다. 대길이는 더욱 할 것이 없게 됐고 매우 심란했다. 소란을 떨어도 보통 소란이 아닐 주인마님의 실종도 전혀 내색 않고, 그런 일은 내 알 바 아니라는 무심한 태도로 친정으로 가 버린 맹씨부인의 행동도 이해할 수 없는 일이라 대길 자신은 속이 뒤집어질 만치 궁금증에 부대끼고 있었다. 무슨 약속이나 한 것처럼 거기에 대해서 말이 없으니… 한술 더 떠서 소저 하는 말은 오히려 대길이 부아를 긁어 세우기에 꼭 좋은 말이었다.

"대길아, 훔쳐갈 것도 없는 집이지만 집 잘 봐라. 아버지가 어디 계신지 나도 모르지만 언젠가는 오시겠지."

누구 약 올리는 소린지 묻지도 않았는데 하는 말이 몹시 얄미웠다.

외가로 솔가하기 전, 그러니까 옥에 갇힌 주인마님이 종적을 감추어 버린 뒤 어떻게 된 것이 오히려 그전보다 더 평온해진 집안에서는 대길이 부르는 일조차 없는 나날이 계속되고 있었다. 누가 봐도 우환이 있는 집이라고 할 수 없는 평온함이었다. 빈집을 지키는 대길이에게 뜻하지 않는 자유가 찾아왔지만 그는 빈집에서 떠나지 않고 잘도 버텼다. 그 주모를 찾아 다닐 만도 하고 이리저리 알게 된 또래의 친구나 북경 나들이 길에서 알게 된 장사치(상단)를 찾아가 소일할 만도 하지만 소저와의 약속을 꼭 지켰다. 외가로 가기 전 그러니까 주모가 다녀가고 나서 며칠 지난 어느 날, 유독 새침해진 소저가 끄는 데가 다름 아닌 자신의 행랑방임을 알고 깜짝 놀란 대길이가 주춤거리자 소저가 말했다.

"나, 사람 안 잡아먹으니까 들어와. 언제는 주모년하고 잘도 노닥거리더만 내가 들어오면 안 되는가? 걱정 말고 들어와요. 할 말이 있으니까."

아무리 생각해도 소저의 그 오금 박는 소리에 기가 죽은 대길이가 꼭 도살장에 안 들어가려고 버티는 황소같이 방문을 배돌자,

"임자, 우리끼리 있을 때는 서로 이름만 부르자고. 나보고 소저아씨 어쩌구 말고 응? 그것이 서로에게 편하니까. 지금까지 내가 버릇없이 군 것 다 용서해, 응?"

"?"

뜬금없는 소저의 코 먹은 듯한 소리에 말이 막힌 대길이가 눈을 실룩거렸다.

"대길이가 이 방에서 그 주모 만나고 있을 적에 어찌나 속이 상하는지 방에다 불이라도 싸지르고 싶드라고. 나 참는 데 혼났어."

어쩔 수 없이 끌려 들어온 방안, 별 수 없이 시지근한 고린내, 총각 혼자 쓰는 방답게 냄새가 요란했다.

"……."

"그래도 괜찮아요. 아가씨, 나는 도무지 뭐가 뭔지 모르겠고, 지금 내가 어떻게 해야 할지 정신이 없어, 아가씨."

"이봐요, 대길이, 그냥 나보고 소저라고 해, 응? 그래야 나도 마음 놓고 할 말 할 수 있을 것 같으니까. 나 할 말 속에다 두고 무척 어려운 세월 살아 왔어. 대길이, 나는 파혼당한 처량한 신세지만 하나도 부끄럽거나 억울하지 않아. 오히려 홀가분해. 그 양반이라고 거들먹거리는 그들한테 사람다운 진실이 있는지 의문이야. 나는 애초부터 그게 걱정이었지. 이건 내 진심이지만 나는 이 신분을 갖고 사람의 가치를 먹이는 세상이 싫었고, 그래서 대길이를 좋아했지. 늘 대길이가 내 곁에 있었으면 싶었던 거야. 대길이 생각은 어때? 좀 들려줄 수 없어? 사람이면 저마다 생각이 있을 게 아냐. 아무리 남의 집 고용살이지만, 이 세상에 대한 눈이 있고, 생각이 있을 게 아냐. 난 대길의 그것이 알고 싶고, 듣고 싶어."

"……."

그렇게 윽박지르다시피 대드나, 하나도 언짢지 않고 고깝지가 않은 게 이상했다.

"왜, 나도 사람인데 생각이 없겠어. 내 출신은 자세히 모르나 마님이 그리된 뒤부터는 생각이 좀 달라지고 내 머리에 붙어 다니는 이 댕기가 귀찮드라고. 나도 이 댕기 떼어 버리고 상투 틀고 사내답게 살아 보려고 궁리도 많았지. 탁 까놓고 이야기하자면 마님이 그리되고 나서는 희망이라는 게 없어지고 정말 환장하겠드라고. 그래서 그 주모가 원하는 대로 어디 낯선 데라도 같이 가 가시버시가 되어서 한번 살아 볼까도 생각했었지.

나도 왜 소저 곁을 떠나고 싶겠어? 나는 시방이라도 소저가 시키는 대로 하고 살았으면 싶지만 그리 안 되는 것이 한이구만 그려. 죄가 될 소린지 모르나 나는 소저 파혼된 것이 얼마나 좋은지 혼자서 속으로 춤을 추었구만 그러네. 소저가 시집가 버리면 나는 나대로 이 집을 떠나려고 마음먹고 있었지. 소저 없는 이 집에서 내가 무엇을 할 것인가. 음, 그건 생각만 해도 징그러운 일이지. 소저 속만 뜨거운 것이 아니라는 것은 나도 알지. 왜 나라고 내 몸이 뜨겁지 않겠어. 내 몸도 소저 못잖게 뜨겁고 단단하지. 내가 소저 손을 잡으면 소저 손도 금방 녹아내릴 것 같은 생각이 들어. 한번 잡아 보고 싶은 그 욕심을 꿀꺽꿀꺽 집어 삼킨 것이 몇 번이었는지 나도 몰라. 왜 내 가슴인들 뛰지 않겠어, 소저. 소저 생각만 해도 잠이 안 온 밤이 얼마나 많았는데…….”

그 말이 대길이 입에서 새어 나오자 귀를 세워 듣고 있던 소저가 바르르 떠는 몸을 내밀어 대길이를 얼싸안았다. 뜨거운 포옹과 밝은 미소, 신분을 뛰어넘은 사람과 사람끼리의 멋진 사랑이었다.

“그래. 나는 그것도 모르고 그냥 대길이만 야속하다 했구만. 고마워, 대길이. 나 같은 걸 그렇게 생각하다니 눈물이 날 지경이구만. 앞으로 우리끼리 있을 때는 꼭 오늘같이 부르자고. 근데 아버지는 어디 딴 데로 옮기셨나 봐. 어머니는 통 궁금해하시지 않으니. 그 속을 알 수 있어야지.”

“내가 알면 당장에라도 쫓아가겠는데… 소저도 모르는가, 아버지 소식?”

“응. 어머니는 뭔가 아시는 눈치인데 통 내색을 안 하시니 알 수가 없어. 암튼 큰일은 없는 것 같으니까 대길이도 마음 놓고, 인자 거기 그 밥집 안 가지?”

“그렇게 날 못 믿어! 한 번 안 간다고 했으면 그렇게 알지. 원 사람도…….”

그렇게 어중되게 말을 마치면서 일어나는 대길이가 무슨 일인가 허리를 구부리더니 얼굴을 찌푸리며 그만 작게 아이고, 하며 비명을 내 질렀다. 얼굴을 찌푸리며 연신 허리께를 어루만진다. 뭔가 상처가 도져 통증을 느낀 모양이다.

“아이고, 어쩌지. 대길이, 그때 그 상처가 아직도 말썽을 부리는 거 아냐?”

왈패들한테 당한 뭇매. 그때 상처입은 자리는 시간이 꽤 흘렀음에도 이렇게 가끔 말썽을 부리곤 했다.

“나 땜에 당한 고초가 시방 또 말썽이구만. 미안해서 어쩌지, 대길이, 내가 좀 문질러 줄까?”

“에이, 소저도… 이것 가지고… 괜찮아. 걱정 마.”

빙긋이 웃으며 올려다보는 대길이 눈에 걸린 소저 얼굴이 붉게 물들어온다.

마자수를 다시 건너며

위풍당당이란 말은 걸맞지 않았다. 어딘지 주눅 들고 느슨한 행렬이 지나는 길목마다 시들한 가을 햇살만 풍성할 뿐이었다.

선조 17년(1584년)의 여름, 느닷없는 사신 행차가 마자수(압록강)를 건너 질펀한 억새밭이 이어지는 요하성遼河省을 지나고 있었다. 푸른 물이 일렁이는 마자수 강심江心에는 무심한 갈매기 몇 마리 초라한 이 행차를 바라는 듯 배 주위에서 끼웃거리고 있었다. 대소인원 마흔을 넘는 행렬이지만 여느 때와는 다르게 인마도 숙연하고 으레 따르는 상단도 없는 간편한 행차였다. 그래도 격식은 차렸는지 수레에 따른 호위무사나 부서원의 수행은 질서가 정연했다.

한양을 출발한 지 어언 두 달 남짓. 서두르는 길이 아닌 듯 속도가 느리고 행중에 이상이 있는지 자주 대오가 멈춰 서서 앞뒤 인원이 분주히 위치를 바꾸고 뭔가를 세심히 점검한다. 분명 행보는 기신거렸다. 사람의 움직임이라면 어쩐지 성치 않은 몸을 억지로 움직이는 모양새다.

비가 내린다. 아까까지는 그래도 대오가 밉지는 않았는지 행보를 방해 않던 날씨가 느닷없는 비를 뿌려댔다. 모두 멈춰 서서 우장을 챙긴다. 상황이 상황인지라 제대로 된 것은 별로 없고 별의별 희한한 우장이 다 있으나 그것이 거센 빗발을 막기에는 턱없이 모자랐다. 그렇다고 대오를 아주 세우자는 것은 아니다. 다음 역참까지는 어떻게든 버텨야 했는데 남은 길이 멀었다.

"이러다간 비 다 맞겠는데 어쩐다. 여보시오, 그쪽 우장을 이쪽 환자 쪽으로 가져와요. 급하니까."

그렇게 거센 빗발은 아니지만 우장 없이는 금방 물주머니가 되고도 남을 우량雨量이었다.

"이쪽 나리들이 그리되면 곤란한데 얼마를 가야 민가가 나오나. 좀 안내한테 물어보지 그래. 우장도 우장이지만."

앞뒤에 딸린 거덜들이 떠드는 소리였다. 그만치 사태는 다급했다. 안내인이란, 사신들의 행차 인도인을 말하는데, 이들이 국경에서부터 안내를 맡아 하는 것이 관례였다.

대오의 후미 마상馬上의 인물에 모두의 시선이 집중되는 듯했다. 우장도 그 인물에게 몰리지만 제대로 비를 피하지 못하는 모양이었다.

저 멀리 왼쪽에 명나라의 산해관山海關이 보이기 시작했으나 비안개 속에 마치 신기루같이 하늘 한쪽에 떠 있었다. 어디를 둘러봐도 비를 피할 만한 의지依支가 보이지 않고 막막할 뿐이었다.

급하게나마 우장을 챙긴 숙숙한 대열이 다시 움직이기 시작했다. 해거름의 발걸음은 빠르기도 해 대오의 전방은 이미 어둠이 차지하고 있었다. 사람들도 추위를 느끼는지 대오의 행색이 오스스하고 조금은 창백했다. 마음 탓일까. 어쩐지 명나라 땅은 조선 땅보다는 눅눅하고 차가웠다.

지금 한창 조선에서는 원인 불명의 괴질이 창궐하여 많은 목숨이 희생되고 민심이 흉흉해 조선 조정은 갈피를 못 잡고 정황 수습에 어려움을 겪고 있었다. 명나라에서는 또 그들대로 외침이 잦아 국내 사정이 밝은 편이 못되었다. 이렇게 내외 여건이 혼란할 때 명나라를 찾아가는 사절단 일행, 정식 명칭은 종계변무주청사였다. 당상역관 두 사람에 당하역관 17명의 많은 숫자였다.

　"괜찮으시오? 홍 대인! 이제 다 온 것 같은데 어때요. 견딜 만하십니까?"

　아까부터 대오의 관심이 쏠리던 후미 마상의 인물에게 앞서가던 어느 무장이 던지는 걱정스러운 말이었다.

　그러나 근드렁거리는 마상의 인물은 묵묵부답으로 그저 어둠을 응시하며 흔들리고 있을 뿐이었다. 몹시 피로한 기색에 허리가 구부러지는 것이 어떤 고통을 참고 있는 것 같았다. 간신히 그 고통에 반항하듯 허리를 억지로 펴 일어나 보지만 이내 쉽게 다시 어깨가 처져 버린다. 그런 주인을 따라 말도 지쳤는지 보조가 더디다. 힘겹게 어둠을 헤쳐 나가는 대오가 이윽고 도착한 곳은 어느 역참, 행렬은 일시에 소란에 빠지고 여기저기서 고함 소리가 터져 나왔다. 많은 인원이 쉬어 가기에 충분한 공간은 아니었지만 어찌하여 모두 앉을 자리, 먹을 음식이 마련돼 여기저기가 시끌짝해졌다.

　"먼저 홍 대인부터 편한 자리로 모시고 의관을 불러와!"

　사신 한 사람이 빠르게 걸음을 옮기며 수하에게 이르는 말이 다급했다. 복장이 다른 명나라 안내인이 사신 일행의 시중을 드는 등 모두 거동이 민첩했다.

　돗자리가 깔린 시원찮은 방 한칸의 바닥은 차가웠다.

　"이런 데다 어떻게 환자를 눕히라고, 망할 자식! 자기들이 쓰던 방이라도 비우라고 해! 그래, 사신 대접이 과객 대접도 아니고 뭐야.”

결기 돋은 관원 하나의 목소리가 걸걸했다.

“아이고, 홍 역관. 이게 당최 죄송해서 어떡합니까. 좀 어떠십니까. 도무지 면목이 없어서 이거 참… 좀 이쪽으로 돌아누우셔서 우리 이야기를 들어 보십시오. 뭐라 드릴 말씀이 없습니다만. 족제비도 낯짝이 있다고, 허허.”

두 사람 가운데에서 으뜸가는 사람인지 늙수그레하고 단정한 정장의 사내가 허리를 구부리며 방바닥에 누워 있는 사람에게 하는 소리가 많이 기죽어 있었다.

“아이고, 으음… 나는 괜찮소이다만 제조 어른이 고생이시겠네요. 아이고, 나는 이 이상 꼼짝을 못하겠으니 나는 여기 두고 먼저 가십시오. 나 없이도 일은 추릴 수 있을 것 아닙니까. 나는 지금 꿈인지 생신지 내가 어떻게 해서 여기 와 있는지 분간을 못하겠소이다. 어떻게 된 것인지 내막이나 좀 알려 주시구려. 내가 왜 이 사절단에 끼게 됐는지 참.”

자신의 옆구리 한쪽에 손바닥을 대고 찡그린 얼굴로 눈도 제대로 못 뜨고 하는 그 사람의 소리에 온통 짜증이 묻어 있었다.

“우리가 너무 서두른 것 같소이다. 용서하시오. 아직 옥에서 입은 상처가 낫기도 전에 이런 무리한 원행을 했으니…….”

환자보다는 분명 직책이 높은 것 같은 그 사람들임에도 뭔가 죄책 때문에 아랫사람이 분명한 환자에게 말대꾸도 제대로 못한다.

“거듭 송구하오이다. 홍 역관 말대로 여기서 우리가 돌아올 때까지 요양을 하시면 좋겠지만 사정이 워낙 중대한지라 홍 역관이 꼭 가야 할 일이기에 이렇게 무례를 범했소이다. 사정 이야기는 차차 듣기로 하고 우선 몸을 좀 추스르시구려.”

내의원에서 수행한 봉사 한 사람이 곁에 앉아 환부를 들춰 보며 침대통을 뽑아 든다.

"그것 참… 제조 영감, 아무리 생각해도 우리가 무리수를 둔 것 같소. 저 사람 저대로 두고 갈 수도 없고 그냥 데리고 가자니 가다가 무슨 일이 날 것 같고… 어쩌면 좋소. 나는 걱정이 되어서 밥맛이 다 떨어져 버렸소이다."

"음… 영감 말이 맞는 것 같소. 그것 참… 지금 의원이 보고 있으니까 나오면 물어봅시다. 정 용태가 안 좋으면 두고 갈 수밖에 없지만 그리되면 거기서의 일이 차질이 생기고 공들여 꾸민 일사一事가 도로아미타불이 되지 않을까 그게 걱정이오. 참으로 일이 공교롭게 됐소. 주상전하의 성화만 아니더라도 저 사람이 나은 후에 출발해도 되는 건데… 오늘 이 자리에서 예까지 그 사람을 데려온 자초지종이나 이야기하고 양해를 구합시다. 후일 무슨 일이 터져도 서로 앞가림이나 할 수 있게 말이외다."

"그러게 말이오. 내가 생각해도 두판 잡기고 요행수를 바라볼 수밖에 없고… 근데 대감, 우리가 너무 건너짚은 거 아닌가 모르겠소. 만약에 저 사람을 찾는 사람들이 이번에는 모르쇠 잡지나 않을까 그게 걱정이오. 지난번에도 두 번씩이나 손수 나와서 저 사람을 찾았지만 말입니다."

종계변무주청 정사 대제학 황정욱, 부사 홍성민은 자기들이 벌인 공작이 파탄이나 되지 않을까 적이 걱정이라 서로 눈치 보기에 바빴다.

당하역관 홍순언이 공금포흠으로 세상을 떠들썩하게 하며 하옥돼 벌써 2년째 영어의 몸이 돼 있었다는 것은 세상이 다 알고 있었다. 그 사이 동료들과 가족의 노력으로 포흠한 돈을 변재하고 나서는 그에 대한 비판적 시선도 많이 희미해져 있었다. 있는 듯 없는 듯 그의 영어 생활에도 여유가 생겨 감시가 그리 엄한 편도 아니었고 언제든지 출소할 수 있는 그런 부류로 선별돼 있었다. 어디까지나 순리로 문제를 풀려고 노력하는 그로서 나머지 영어 생활이 힘겹거나 고되지 않았다.

그러던 어느 날 느닷없이 옥문이 열렸다.

"고생 많았소이다. 이제는 자유의 몸이고 직책도 원상 복귀됐으니 바로 직무에 복귀하십시오."

전혀 예상치 못한 일이지만 광명을 다시 찾는다는 것은 반가운 일. 그런데 한 가지 알 수 없는 일이 있었으니, 그에게 기다리고 있는 일은 집으로 돌아가는 것이 아니라 명나라행이었다.

"사정이 급하게 됐으니 상부 지시대로만 하시오. 물론 몸도 불편하겠지만 어쩝니까. 지금 나라 사정이 시급하고 중요하니 바로 명나라로 떠나시오. 이것은 주상전하의 지엄한 어명이니 그리 알고 준비하시오."

직속상관이랄 수 있는 제조 고경우가 하는 말을 듣고 어안이 벙벙해진 홍순언은 사방을 두리번거렸으나 자기의 궁금증을 풀어 줄만한 이가 아무도 없었다. 그렇다고 아랫사람 아무나 붙잡고 물어볼 수도 없는 일.

"가족은 다녀와서 만나고 정사 말씀대로 우선 출발부터 합시다. 가면서 자세히 이야기할 테니까 너무 놀라지 마시오. 이번 행차가 그리 다급하고 신중하게 됐소."

그렇게 끌려온 것이 이번 행차길의 내막이었다. 홍순언으로서는 오늘 이 자리에 오기까지 아무런 영문도 모르고 그냥 말에 실려 왔대도 틀린 말이 아닐 정도로 경황없는 북행길이었다. 몸은 적탈될

대로 돼 버려 장시간의 여행에 무리가 많았다. 본시 튼튼한 체질이 아닌 그가 햇볕도 못 보고 웅크리고만 있던 몸을 그렇게 함부로 하니 탈이 날 수밖에 없었다. 그저 황정욱과 홍성민이 야속하기 그지없었다.

처음 옥에 갇힐 때의 과격한 치죄治罪 때문에 받은 상처는 수형생활 내내 속병으로 잠복해 밖의 가족들을 곤혹게 했고 그 뒷바라지하는 대길이의 약 심부름이 안쓰러웠다.

타향 명나라 땅 어디 이름 없는 곳, 봉놋방에서 받은 내의원 봉사의 치료가 충분할 수 없는 건 당연할 일. 영문이나 알았으면 상처라도 덜 아플 텐데 전후 사실은커녕 가는 방향도 모르는 그에게서 그저 터져 나오는 건 한숨뿐이었다. 그러나 한 가지 안심할 수 있는 것은 일행이 모두 동료이며 낯익은 사람들이라는 게 위안이 됐다.

일행이 거기서 이틀을 묵은 것도 순전히 그의 병환 때문이었다. 내의원 봉사의 한 이틀 정양靜養만 하면 좋아질 것이라는 진단 결과 때문이었다. 앞날의 길흉도 점칠 수 없는 이 길을 서둘러서 좋을 리 없을 거라고 지레짐작한 사신 일행이 내의원 봉사 말을 방패 삼아 주저앉은 이틀이었다. 가기는 가는데 전도가 불안하니 그 발걸음인들 가볍겠는가.

"사실 내막이 이렇소이다. 너무 곡해 마시고 우리의 충정도 이해하시구랴. 대명회전 그 일이 어디 보통 일이고 쉬운 일입니까. 우리나라로서는 제2의 건국만큼이나 중차대한 일이고 주상전하께서는 그 일에 정치생명을 걸고 계신대도 모자라지 않는 일인데……."

내용은 이랬다. 말인즉 홍순언의 석방은 공식적인 게 아니고 편법을 이용한 일시적인 가석방이었다. 그러니까 왕의 지엄한 명령으로 또다시 대명회전 수정의 주청사 일행이 꾸려지고 바야흐로 명나라로 떠날 채비에 바쁜 역관들은 모두 제정신이 아니었다. 추상같은 왕의 한마디 때문이었다.

"이것은 역관의 죄로다. 이번에 가서 또 시정 약속을 받아 내지 못한다면 수석 통역관의 목을 베리라."

벌써 몇 번째 종계변무주청사가 갔음에도 요지부동한 명나라 태도를 무슨 수로 바꾸게 하고 그것을 관철시키겠는가. 이번 길에 그것이 성사되리라는 보장도 없는데 왕명은 저리 지엄하니 모두 죽을 맛이고 내키지 않는 발걸음일 수밖에 없었다. 거기서 어떤 묘안이 떠오른 주청사 일행의 정사 황정욱은 부사 홍성민을 끌어들였다. 그는 벌써 두 번이나 선위사와 동지사를 이끌고 명에 다녀온 바 있어 그쪽 실정에 훤했다.

"여보시오 부사, 지금부터 내가 하는 말 잘 들어 보시오. 죽을 병에도 살 약이 있다고, 우리가 잘만 하면 이번 주청사 일을 잘 마무리할 수 있을 것 같소. 길고 짧은 것은 대 봐야 안다고 내 궁리가 먹혀들지가 의문이지만 잘만 하면 될 것도 같은데……."

그가 꺼낸 말은 다름 아닌 홍순언의 이야기였다.

"우리가 갈 때마다 어쩐 일인지 명나라 측에서는 공식 접빈사는 아니더라도 상당한 지위에 있는 사람들이 홍 역관을 찾는단 말이오. 특히나 예부시랑이란 사람이 홍 역관을 간절히 찾는 게 아무래도 무슨 곡절이 있는 것 같아요."

"아아, 그렇소이다. 내가 다른 정사와 한 번 같이 간 일이 있는데 그런 기억이 납니다. 언젠가 한 번 그런 일을 겪은 것 같아요."

아닌 게 아니라 정사 황정욱의 말은 사실이었다. 그때 동지사로 갔을 때도 북경에 가까운 어느 도시에 다다랐을 때 명나라의 귀빈

행차가 요란한 풍악까지 울리며 다가와 공손히 맞으며 하는 이야기가,

"혹시 행중에 홍 역관이 계시면 말씀해 주시오."

였는데, 너무나도 은근하고 정중한 말에 동지사 일행 모두는 어리둥절했다. 예전에 경험해 보지 못했던, 보기 드문 일이어서 그랬고 더구나 찾는 사람이 다름 아닌 일개 역관이라 더욱 당황했다.

"그분이 벌써 이태나 북경 출입을 안 하시니 괴이한 일입니다. 혹시 고향에서 무슨 변고가 있어 못 들어오시는가 궁금해서 여쭈어 보는 것입니다."

일개 역관인 홍순언을 그리 찾는 것도 이해할 수 없는 일이었지만 그런 정중한 환대가 조선 사신이 갈 때마다 계속되니 오히려 환대를 받는 쪽이 면구스러울 정도였다.

'으음, 홍 역관이 뭔가 명나라 조정에 연고가 있긴 있구나. 그렇다면……'

그것이 부사 홍성민이 겪은 사건의 시말이고 역관 홍순언이 명나라에 든든한 연고가 있다는 심증을 굳힌 동기였다.

"그래서 하는 이야긴데 물에 빠진 사람이 지푸라기라도 잡는다고 명나라 조정에 연고가 없는 우리가 그런 사람 덕이라도 받을 수 있으면 큰 도움이 되지 않겠소. 그들 거동으로 보아 홍 역관이 가면 이번에도 큰 환대를 받을 것이 틀림없는데 어떻소, 영감 생각은."

"그래서 정사 말씀은 이번 행차에 홍 역관을 데리고 가자 그건가요?"

"이해가 빨라서 좋습니다. 그렇죠. 바로 그겁니다. 틀림없습니다."

"나도 그런 생각을 안 한게 아니고 애초부터 그걸 궁리했었죠. 아, 아무리 공금포흠이지만 그걸 다 변상하고 2년씩이나 옥살이 했

으면 방면할 시기도 됐잖소. 이리저리 시끄럽게 할 것도 없이 몇 사람만 알게 가석방해서 동행시키면 누이 좋고 매부 좋고. 안 그렇습니까?"

"우선 홍 역관이 공식 석방되어서 행차에 동행한다고만 아랫사람들한테 입단속시키세요. 다른 건 제가 알아서 할 테니까."

"암튼 조심해서 꾸밀 일입니다. 다른 데 말이 새어 나가면 큰 덤터기 쓰니까요. 그럼 홍 역관을 일단 집에 돌려보냈다가 동행시키는 겁니까? 아니면……."

"그게 문제에요. 일단 집에 돌려보냈다 하면 일이 커지고 말이 퍼져 공작이 어려워지니까 옥에서 나오는 즉시 일행으로 꾸며 출발시키는 겁니다. 본인한테는 안된 이야기지만 꿩 잡는 게 매라고 일만 성사시키면 되는 거 아닙니까. 그래서 나는 홍 역관 부인에게도 은밀히 내통할 방도를 궁리해 놨죠. 일단 돌아올 때까지는 그 일을 극비에 붙이라고……."

"……."

홍성민의 얼굴은 개운치가 않았다. 모든 것이 의문투성이라 불안하고 자신의 불만도 없지 않아서였다.

'모든 것을 비밀에 부치고 일을 하다 잘못되면 여러 놈 모가지 달아나게 생겼는데… 어쩌나?'

부사 홍성민은 그렇게 사리판단을 하고 있었으며, 여차하면 빠져나갈 궁리에 바빴다.

"그러니까 우리 말을 고깝게 듣지 말고 일신의 안녕보다 나라의 대역사大役事로 알고 힘을 내 보시오, 홍 역관. 다 같이 살자는 취지이지 잘못하자는 게 아니니. 대강 들려드릴 이야기는 끝났소. 그러니까 홍 역관은 기억을 더듬어 명나라 조정 내의 연고를 생각해 보시오. 우리가 하는 말은 어디까지나 겪어 보고 들은 이야기이지 지어낸 말이 아니오.”

오는 도중 병환으로 수척해질 대로 수척해진 홍순언은 그래도 응급처치를 받아 이젠 보료 신세는 면하고 앉아서 사람들 말을 듣고 있었다. 그러나 아무리 기억을 더듬어도 모르는 것은 모르는 일이었다.

“예예… 무슨 말씀인지 알고 남습니다. 죄 많은 이 몸을 이렇게까지 보살펴 주시고 중차대한 변무주청 일까지 맡겨 주신 그 은혜 뼈에 사무칩니다만, 그렇다고 모르는 것을 안다고 허언虛言을 할 수는 없는 일. 그 예부시랑인지 석성인지 하는 사람은 아무리 생각해도 알 수 없는 인물이고 모르는 일입니다.”

홍순언 말을 듣고 죽을힘을 다해 이리저리 주선해 홍순언을 빼어 내 일행에 합류시킨 정사 황정욱은 이마가 서늘해질 수밖에 없었다. 그는 그 순간 자기 신상에 닥칠 어떤 불상사를 예감하고 부르르 몸을 떨며 홍순언 얼굴에 주었던 자신의 시선을 힘없이 거둬들였다.

황정욱의 얼굴이 거의 흙빛이 되었지만 정작 홍순언도 답답하기는 마찬가지. 들려 준 전후사로 보아 자신에게 잔뜩 기대와 희망을 걸고 있는 두 사람이 다시 보이고, 자기를 이렇게까지 이용하려 드는 그 저의가 괘씸하기도 했지만 어쩔 수 없는 일. 생래적으로 남을 먼저 이해하려고 노력하는 홍순언에게는 그것도 부담스러운 일이 아닐 수 없었다. 그런 까닭에 홍순언은 미망에 빠져들었다. 이제 자신은 어떤 처신을 해서 궁지에 몰린 사신 일행을 도울 것인가. 그도 착잡한 심경인데 어찌 안색인들 흐려지지 않겠는가.

그러니 아무리 생각해도 황정욱과 홍성민은 불안할 수밖에 없었다. 처음엔 노기등등했지만 나중에는 제 풀에 기가 죽어 원망스럽게 자신들을 노려보던 선조의 얼굴이 다시 떠올랐다. 역관 한두 놈쯤은 각오해야 한다는 왕의 압박에 두 사람은 저절로 몸서리가 쳐졌다.

동행하는 홍순언에 대한 자신들의 맹신에 가까운 믿음이 재앙의 근원이 될 수 있다는 어떤 기우와 불안, 과연 홍 역관이 그들이 상상하듯 명나라 조정에 인맥이 있는가가 의문이었다. 홍 역관의 과거 경력으로 보아 충분히 그럴 수 있는 시간을 가졌었다고 치부할 수도 있지만, 모든 게 미지수인 이 상황에서는 전망도 어둡기는 마찬가지라 그날의 어전회의가 또다시 떠올랐다.

황음荒淫 탓인지 붉고 까칠하게 상기된 용안은 그렇지 않아도 우러르기 어려웠다. 만조백관이 도열한 자리, 선조의 목소리는 카랑했다. 맨 앞에 불려 나가 부복한 정사 대제학 황정욱이나 부사 홍성민은 엎드린 몸을 지탱하는 팔에 경련이 오고 있었다. 중신들의 날카로운 시선과 무언의 중압 때문이었다.

"고개를 들고 평좌하여 과인의 말을 들으시오. 태조가 건국하신 지 2백 년이 다 돼 가는 이때, 아직도 우리 조선국의 역사를 바로 쓰지 않고 우방에 대한 예의를 다하지 않는 명나라의 속셈을 분간키 어려운 것이 작금의 상황이오. 그간 조선은 수십 차례나 그 오류를 변무辨誣코자 사신을 보내 노력하였으나 그때마다 좌절하는 불행을 겪었소. 그것이 이른바 대명회전인 것은 천하와 백성과 여기 신료들 모두가 아는 일이고 그것이 좌절되는 고통은 이루 말할 수 없소. 나라의 정통성이 훼손되어 겪는 국가 대소사의 손실이 얼마인지 잘 알 것이오. 그것을 지연시키고 기피하는 명나라의 의중을 누가 속 시원하게 밝히는 사람이 없소. 그간에 들인 노력이 억울하지도 않소? 출중한 수단과 영민한 머리를 가졌다는 이 많은 신료 중에 그것을 아는 이가 없다는 것은 통탄할 일이오. 입만 열면 충성을 고창高唱하는데 그 충성이라는 것이 무엇이오? 국가가 이렇게 누란의 위기에 처했을 때 그것을 타개하여 공헌하는 신하가 없다는 것이 부끄럽지도 않소? 그 많은 사신이 가고 공들였으나 결과가 전무하니 도대체 어떻게 된 일이오. 모두 다 꿀 먹은 벙어리란 말이오? '그 일은 변무주청사가 할 일이지 내 알 바 아니라'고 발뺌하며 당쟁이나 일삼는 게 충성이오?

물론 사신들의 노고를 모르는 바 아니지만 엉뚱하게 역관이란 지위를 이용해 치부에 눈이 뒤집힌 작자가 없었는지 한번 되돌아보시오. 대명회전 변무는 국가적 대사고 제2의 건국에 버금하는 대역사요. 이것을 소홀히 하고 등한시하는 자가 있다면 천벌을 받고도 남을 것이오. 아니, 천벌이 아니라 과인이 용서치 않을 것이오. 세간에 들리는 사신들에 대한 이런저런 비방과 폄훼가 있지만 과인은 그걸 믿지 않았소. 그러나 이 시점에 와서 결과를 놓고 볼 때 그것을 부정했던 과인이 어리석었다는 것을 깨달았소. 이번 사신의 정사인 대제학 황정욱 공은 이번이 몇 번째 사행이오?"

추상같은 선조의 질책이 쏟아져 나오는 가운데 식은 땀을 흘리던 황정욱은 세웠던 상체를 다시 숙이며 엎드린 채 아뢰었다.

"예 전하, 연전에 두 번이고 이번이 세 번째인 줄로 아옵니다."

"그럼 부사는 몇 번째요."

역시 떨고 있는 홍성민도 납작 엎드린 채 가냘픈 목소리로 말했다.

"예, 소신도 연전에 두 번이고 이번이 세 번째이옵니다."

그의 목소리는 들릴 듯 말 듯.

"고얀지고. 그렇게 자주 다녔다면 뭔가 그쪽 눈치나 실정을 알

만도 한데 전혀 몰랐단 말이오? 그 이유가 뭐고 원인이 어디에 있다고 보오?"

"……."

사실 주청사 일행이 하는 일이란 형식적이었다. 중계변무주청이면 대명회전의 오류 수정을 관철시키는 것인데 그러지 못한 이유는 대부분이 사신들의 역량 부족 때문이었다. 상대방 눈치나 보고 예우에 따른 제반 행습行習만 지키고 상대방의 구차한 변명이나 듣다가 돌아오는 게 겨우니 그 어려운 일이 관철될 리 만무했다. 누구 한 사람 나서서 끈기로라도 대명회전 오류 수정 조정관을 물고 늘어지는 이가 없었던 것이 그 원인이었다. 그리고 또 하나, 속방이나 다름없는 조선 왕실의 내력을 그렇게 깨끗하게 수정해 줄 의욕이 명나라에는 없었던 게 솔직한 이야기. 종주국으로서는 속방의 그러저러한 약점을 쥐고 있는 것이 여러모로 유리하고 외교적으로도 우위를 차지할 수 있기 때문에 그런 저의를 감추고 있었대도 과언이 아니었다. 이렇게 서로 엇박자가 계속되며 그것이 속 시원히 수정될 수 없는 것이 숨겨진 사정이었다.

"왜 말이 없소?"

음성을 높인 선조가 잔기침을 거듭하다가 뭔가를 작심한 듯.

"물론 모든 책임이 주청사 일행에만 있는 것은 아니오. 맡은 분야가 다르기 때문에도 그럴 수 있다지만 주청사신에 대한 신료들의 전폭적인 지원이 부족하다는 것, 아무리 자기 일이 아니라고 해도 너무 방관과 무관심에 빠졌던 것이 문제요. 이래서야 어찌 주청사신이 의욕을 갖겠소. 그야말로 거국적인 관심과 지원이 있어야 할 것이오. 다른 일에는 중구난방 백가쟁명이던데 오늘 같은 날은 왜 그리 조용하오. 할 말이 있으면 해 보시오, 모두들."

평소 귀찮을 정도로 자기 말꼬리를 붙들고 늘어지는 신료들이 오늘은 입을 봉하고 있는 것이 얄밉고 괘씸해서 선조의 말에는 다분히 조롱기가 묻어 있었다. 선조는 나름대로 신료들의 백가쟁명을 좋게 보지만, 반대를 위한 반대나 군더더기에는 싫증을 내고 있는 터였다.

식은땀을 흘리고 있는 정·부사 두 사람을 바라보고 있는 신료들의 표정도 그리 밝은 편은 아니었고 다들 떫은 얼굴들을 하고 있었다. 하물며 그런 분위기에서 왕의 노성이 금방 벼락이 돼 자신들에게 떨어지지 않을까 전전긍긍하는 두 사람은 오죽할까.

"어쨌든 결정한 일이니 출발에 지장이 없도록 각별히 배려하오. 그러나 이번 사행에서도 결과가 없으면 그 책임을 면키 어려울 것이오."

사형선고나 다름없는 왕의 말이 정수리를 내리치는 번개보다도 무섭고 차가웠다. 앉은 자리에서 일어설 기력마저 없어진 두 사람은 신료들이 떠난 텅 빈 편전에서 움직일 줄 몰라하고 있었다.

그것이 잊을 만하면 귀찮을 정도로 떠오르는 사신 파견 논의 때의 풍경이었다. 이제 예정대로라면 내일 정식으로 명나라 접빈사와 인사를 나누고 자금성에 들어가게 되어 있었다.

'과연 우리 운명이 어찌 될 것인가. 홍 역관을 찾는 사람이 누구일까? 만약에 찾는 이가 없다면?'

몸이 자꾸 떨려 오고 오줌이 마려웠다. 변소를 찾아 바지춤을 내려 오줌발을 갈기고 나니 잘게 몸이 떨렸다.

'죽을 때 죽더라도 기는 죽지 말자!'

호기 있게 변소를 나서는 황정욱의 어깨가 쫙 펴진다. 그러나 어쩔 수 없이 그 얼굴은 시르죽어 있었다.

기다림

칙칙한 어둠이 어느 결에 묽어졌는지 먹빛 그 속이 왠지 헐거웠다. 조여 왔던 야기도 느슨해졌다. 그럴 수밖에 없는 것이 밤이 너무 이 슥해졌기 때문이리라. 대궐 안 강녕전 우람한 몸채의 주춧돌을 스쳐 가는 찬 기운에 방금 주려周廬를 나온 나졸의 기지개 켜는 소리도 주 눅 들었고, 그 전립氈笠 자락들이 간신히 펄럭이는 소슬바람도 은밀 했다. 밤은 이미 음기를 지나 양기를 향해 용트림하고 있었다. 뒷뜰 한쪽을 샛노랗게 물들이며 땅바닥을 장식하던 노목 은행잎이 밤눈에 도 너무 선명하게 그 빛깔을 부조하고, 용마루를 장식하는 잎새들의 황금 빛깔은 시들어 가는 별빛에도 영롱하고 화려하게 제 빛깔을 자 랑하고 있었다. 밤에 보는 장관이 또 이리 화려할까.

지독한 한기에 뒤채이는 몇 개 은행잎의 몸부림이 눈에 띈다. 그 래도 그 빛깔만큼은 그지없이 고왔다. 낮에는 수만 마리 노랑 나비 의 군무群舞가 그럴까 싶게 일대 장관을 이루며 파닥거리던 은행잎 도 밤과 더불어 생기를 잃은 게 분명했다. 이제는 그 땅바닥에, 용 마루에 엎디어 미동도 없다.

늦가을의 축시 초이니 한기도 어지간히 무서리를 부르고 있었다. 주려에서 몇 발짝 벗어나지 않는 모닥 불꽃이 피워 올린 그을음이 수직으로 오르는 것을 보아하니 바람도 없는 것 같았다. 움직이는 나졸 걸음걸이도 그것 때문인지 무겁고 느렸다. 그들이 서로 마주 보며 내뿜는 입김이 허공에서 허옇게 고싸움을 한다.

강녕전에 여태 불이 밝다. 바깥의 어둠에 맞서 아까까지도 기세 좋던 그 불꽃도 이젠 가까워 오는 새벽에 밀리는지 시들했다. 그 불빛을 흘금거리는 나졸들 발걸음도 그 불빛만큼이나 활기가 없다. 바깥과는 달리 일곱 자루의 왕초가 불을 밝히는 강녕전 안의 너른 온돌방은 조금은 끈끈했다. 윤이 나는 바닥은 또 그것대로 온기를 내뿜고 있어 공기가 무거울 수밖에 없었으리라. 밖의 적막이 두려운지 가끔 왕초의 심지 타는 비명이 고즈넉한 방안을 휘젓는다.

"도 내관, 게 있느냐?"

묵직한 음성이 쏟아져 나왔다.

방 가운데 술상을 앞에 하고 보료 위에 가부좌를 틀고 앉아 술잔을 기울이던 사내, 흐트러진 동저고리 바람에 불콰한 얼굴, 당이 느슨한 망건이 위태롭고 더하여 흘러내린 머리카락 몇 올이 살쩍에서 흔들린다. 관복에 사모를 쓴 중늙은이 내관 한 사람이 나는 듯이 들어와 사내 술상 앞에 공손히 시립한다.

"예, 전하. 분부 받고 왔사옵니다."

"오냐… 술을 더 가져오너라."

거나하게 취한 목소리가 흐리다. 좀체 귀를 세우지 않으면 들을 수 없을 만치 낮은 음성이었다. 왕이다. 조선조 14대 왕 선조 임금. 오늘 밤도 술상을 앞에 하고 밤이 이슥토록 뭔가에 골몰해 있었다.

"전하, 술은 이제 그만 드시고 침소에 드셔야 하옵니다. 곧 축시가 되오니……."

더 이상 말을 끌지 못하고 시립한 채 도 내관이 몸을 떨었다.

임금은 안색이 달라지는가 싶더니 갑자기 카악 하고 가래를 돋우어 술상 모서리에 있는 요강에다 뱉고 입을 손등으로 훔치고 나서 말했다.

"흥, 이놈이 이제 보니 낮에 편전에서 과인을 몹시 괴롭히던 놈들과 한통속이구나. 그래 과인의 말이 그렇게 시답잖느냐?"

"아… 아니옵니다. 소신은 그저 전하의 옥체를 염려해서 올리는 말씀일 뿐이옵니다. 예, 대령하겠나이다, 전하."

기는 듯 걷는 듯 뒷걸음질치는 도 내관을 물끄러미 바라보는 선조의 눈정기가 많이 모자라고 흐트러진 모습은 그의 망건당줄이 느슨하게 처져 있는 것에서도 엿볼 수 있었다. 게슴츠레한 눈은 곧 감길 것같이 무겁게 보였다. 뭔가를 생각하는 그의 관자놀이가 팔딱인다. 낮에 있었던 편전 회의에서 신하들의 중구난방이 생각난 것이다. 무엇엔가 잔뜩 기갈 들린 듯 도 내관이 챙겨 온 술을 거푸 두 잔을 마신 임금은 한숨을 돌리고 말했다.

"이 봐라, 도 내관. 오늘이 며칠이냐. 거 봄에 간 변무주청사辨誣奏請使가 올 때가 됐는데 여태 소식이 없으니 어찌 된 것이냐. 궁금해서 견딜 수가 없구나. 편전에 나가면 시답잖은 일로 갑론을박하여 과인의 심기를 어지럽히는 신료들이 한심해서 견딜 수가 없고, 기다리는 변무사는 종종무소식이니. 어이 참, 고얀지고. 어쩌면 좋으냐……."

평신저두平身低頭하며 듣고 있던 내관 도일수가 고개를 들어 그런 선조의 용안을 조심스레 올려다본다.

"뭐, 이번 변무사 일행에 대해서 너는 듣는 게 없느냐. 이렇게 늦는 데는 뭔가 까닭이 있을 게 아니냐."

"전하. 저 같은 소인이 어찌 그런 중대한 국사를 알 수가 있사오며 들은 것이 있겠나이까."

"음, 그렇겠구나. 과인은 춘추 선위사宣慰使보다 변무사 일행의 동향이 더 궁금하고 걱정돼서 하는 소리다."

거기서 또 눈을 감고 혼잣말을 중얼거린다. 그렇게 말하는 선조가 초조하고 암담하기는, 밖으로 내어 말할 수 없을 만치였다. 그것은 자신의 정치생명을 걸다시피 한 명나라 대명회전大明會典 수정 문제인데 여태 해결이 안 되니 살아 있어도 살아 있는 것 같지 않은 게 요즘 그의 심경이었다.

보위에 오른 지 열일곱 해가 지났고, 그 사이 수없는 변무사가 명나라를 다녀왔지만 해결의 기미가 안 보이는 게 큰 문제였다. 거기에 대해 무관심한 명 조정의 속내를 짐작할 수 없는 게 또 걱정거리였다. 정말 열성조 대할 면목이 없지 않을 수 없고, 그래서도 요즘은 더 좌불안석이다. 식음도 식음이지만 정사에 뜻이 없는 것이 솔직한 이야기였다.

'해마다 선위사가 갔을 때도 이러지는 않았는데…….'

들었던 술잔을 놔둔 채 멍한 시선으로 자기를 내려다보는 선조의 얼굴이 민망한지 도 내관이 조심스레 말했다.

"전하, 소신이 들은 이야기가 있사오나 궐 밖의 소식이라……."

도 내관이 선조의 용안을 우러른 채 말을 중단하자 선조의 낯빛이 크게 바뀐다.

"뭐? 궐 밖에서 무슨 이야기를 들었단 말이냐, 니가. 과인이 들어서 안 될 소리가 따로 없으니 아뢰어라, 상관 말고."

"그게 실은 아뢰옵기가…….."

"무엇 하느냐! 어서 아뢰어라. 듣고 싶구나. 어떤 말이라도 너를 책망 않겠으니 어섯!"

"실은 지난봄에 간 변무사 일행에 관한 이야기온데 그것이 떠도는 말이라 감히…….."

선조의 낯빛에 생기가 돌고, 들었던 술잔도 놔둔 채 술상 앞에 부복하여 이야기를 이어 가는 도 내관을 바라보는 눈에 어떤 기대가 묻어나고 있었다.

"으음…….."

얼굴을 약간 숙인 듯 도 내관 말을 듣고 있던 선조의 입에서 깊은 신음이 입에서 새어 나왔다. 몇 번 고개를 조아리며 말을 마친 도 내관이 더 깊이 허리를 꺾으며 일어서서 대여섯 발 물러나 제자리에 시립한다.

"괘씸한 것들… 그런 중대한 일을 과인 몰래… 고얀 것들이구나. 네가 아뢴 말이 어디까지나 사실이렷다?"

"그저 저잣거리에서 주워들었을 뿐 근거가 없는 이야기오니 굽어 살피소서 전하. 소인이 경솔해서…….."

"네 잘못이 아니다. 돌아오면 밝혀질 일이지만서두. 그러면 그 홍 무엇이라는 게 당상역관堂上譯官이렷다?"

"아니옵니다. 그것도 근거가 없는 것이기는 하오나 당하역관堂下譯官인 줄로 아옵니다."

"흐음. 그래? 하기야 당상역관이라면 과인이 모를 턱이 없지. 그럼 그야 어떻든 성과나 있었으면 좋겠구나. 그런 자가 있었다니 신기하고 기특한 자 아니냐. 꼭 한번 보고 싶구나. 홍가洪家라 홍가…….."

뭣인가 잔뜩 호기심이 가는지 벌건 선조 얼굴에 한가닥 실웃음이 슬쩍 지나간다.

"그럼 어떤 연유로 하옥돼 있었는지 그 까닭은 모르느냐? 과인은 그것이 궁금하구나."

"공금포흠 때문에 하옥돼 있었다는 것만 들어서 알고 있사옵니다, 전하."

"너도 알다시피 봄에 간 변무사는 대명회전 수정이란 막중한 책무를 가지고 간 것이고 이번에도 그것이 해결이 안 되면 큰일이다. 이런 내 속을 아는 신료가 과연 몇이나 되는지 참으로 걱정이다. 네 말을 듣고 보니 더욱 궁금증만 나고 좌불안석이구나. 그 홍가를 빼돌려 수행시킨 데는 그만한 까닭이 있을 텐데 어떻게 네가 그 내막을 알아낼 수가 없겠느냐. 편전에 나가 누군가에게 이런 말을 물어볼 수도 없고……. 그것보다 먼저 그 홍가라는 역관의 내력을 알고 싶구나. 필시 일을 도모했다면 당상역관이나 종계변무사가 꾸몄을 텐데 그 내막이 무엇인지… 대명회전보다 시급하고 중대한 일이 없다는 것을 그들도 알고 있는 이상……."

"예, 전하. 소인은 그저 그런 말을 주워듣기만 했을 뿐 전후 지각이 없사온지라."

"이놈아, 국가의 녹을 먹는 놈이 그 정도를 추측 못한대서야 말이 되느냐. 본래 종계변무사라는 것은 당상역관 두 사람과 당하역관 일곱 명을 보내는 것이 원칙이다. 홍 역관이 그렇게 수행했다면 당하역관 여덟 사람이 갔겠구나. 날이 밝는 대로 너는 급히 홍 역관의 신상을 알아보고 내게 급히 아뢰어라. 그러나 누구한테도 이 이야기를 해서는 안 된다. 알겠느냐?"

"예, 분부 받잡겠나이다. 소인이 감히 어찌 그런 말을."

윗목에 시립한 도 내관의 주름진 얼굴에 피로의 기색이 역력하고 자꾸 감기는 눈이 그것을 말해 주고 있었다. 때는 이미 축시를 지나고 있었다.

어느덧 선조는 술상을 앞에 한 채 보료 위에 쓰러져 깊이 잠들어 있었다. 눈을 휩뜬 도 내관이 조심스럽게 다가가 들고 온 비단금침 한쪽을 펴 선조 몸을 덮고 물러나며 술상을 한 옆으로 치운다. 이따금 불꽃을 튕기며 타고 있는 강녕전 밖의 모닥불 기세도 새벽 기운에 한풀 꺾였는지 주춤거리고 있었다.

그 무렵 선조는 심한 대인기피증에 걸려 편전에 나가지 않는 날이 겹쳐 궐내를 긴장시켰고, 신료들과의 잦은 의견 충돌로 간혹 정사에도 차질을 빚고 있었다. 아직도 경진년의 대역질에 시달리던 일을 떠올리면 몸이 떨려 오는 공포감을 떨칠 수 없고 그 일로 해서 다시 병을 얻지 않을까 걱정하는 그였다. 거기에 곁들인 동·서인의 붕당싸움에 왕권조차 흔들리는 위기를 맞고 있는 상황이었다. 그런데 설상가상으로 조선을 노략질하는 왜구가 끊이지 않아 국정이 흔들리는 절체절명의 상황에 놓여 있었다. 이런 되돌릴 수 없는 상황을 맞아 심약한 그는 술을 가까이할 수밖에 없었다. 사면초가가 틀림없는 그로서는 신새벽에 술을 마시며 내관에게 고충을 토설하는 것이 어쩌면 당연한지도 몰랐다. 그만치 그는 의기소침해 있었다.

본시 선조는 적통嫡統이 아니었음에도 선대 명종의 낙점으로 보위에 올랐기에 정통성 시비에서 자유로울 수 없는 몸이었으므로 언제나 열등의식에 빠져 신료들 눈치 보기에 바쁜 처지였다. 그런 그였기에 명나라의 대명회전 종계 기록의 오류에 과민했고, 그것을 자기 대에 어떻게든지 시정하려고 종계변무주청사 파견에 공을 들였고, 그것만이 자신의 좁은 정치적 입지를 강화시킬 수 있는 오직 한 가지 활로라고 믿고 있었다. 그러기에 이번 홍순언 사건도 흥미 이상의 관심에서 보고 있었다. 그것이 도 내관으로 하여금 홍순언에 대한 내사를 지시한 이유였다.

 잰걸음이었다. 간밤에 강녕전에서 주리를 틀린 내관 도일수는 아침나절 잠시 눈을 붙였다 일어나 급히 의관을 정제하고 궐을 나섰다. 그가 물어물어 찾아가는 곳은 청계천 남쪽 중인촌. 그럴 수밖에 없는 것이 이 날 안으로 왕에게 약속한 대로 그 일을 복명해야 했기 때문이었다.

 다시 생각해도 왕에게 그 말을 발설한 것은 경솔한 짓이었다. 물론 그때 분위기를 보아서는 하도 왕이 안쓰럽고 보기 민망해 알고 있는 사실을 말하지 않을 수 없었지만, 이런 덤터기를 뒤집어쓸 줄은 몰랐었다. 그는 후회하고 있었다. 그는 주기적으로 궐 밖에 나가 이런저런 세론世論을 듣는 것으로 낙을 삼고 있었으며 세상 돌아가는 바람을 쏘이지 않고는 견딜 수 없는 위인이었다. 그렇다고 그가 어떤 정치적 목적이 있어서 그러는 것은 아니었다. 그런 그의 귀에 우연히도 역관 홍순언의 일이 들어온 것이고, 그로서는 그저 명나라에 가는 사신들에게 흔히 있을 수 있는 일로 치부하고 대수롭지 않게 여겼던 반면 왕에게는 그 일이 큰 충격으로 와 닿았던 것이다. 실로 꿈엔들 짐작 못한 일이었다. 우선 그는 사람들에게 추심하기로 하고 그 근처에 접근했으나 입고 온 도포가 문제였다. 신분을 감추기가 어려워서였다. 적어도 민심을 읽으려면 복장부터 마음 써야 하는데 양반 티 낸다고 거추장스럽게 입고 왔으니 사람들이 그를 배돌 것은 당연했다. 그렇다고 갑자기 의관을 바꿀 수도 없어 그 차림 그대로 주막을 찾아 한쪽에서 귀를 세웠다. 그것도 여의치 않자 주모를 따로 불러 인정전人情錢을 몇 잎 찔러 주며 말을 꺼냈다. 그래도 경계를 늦추지 않던 주모도 거듭되는 채근에 입을 열 수밖에 없었고, 이 양반 냄새 나는 위인이 듣고 싶어 하는 대상이 다른 사람도 아닌 일개 역관, 그것도 호인으로 이름났고 올곧고 평판 나쁘지 않은 홍순언 이야기라 마음을 놓을 수 있었다.

"별걸 다 물으시우. 아 그 양반이야 동네가 다 아는 역관 나리 아뉴. 사람 좋기로 이름났고 집안 화목해 이 장안에 그 사람 나쁘달 사람 없는데 또 뭘 알려고 그러시우. 어디 내놔도 트집 잡힐 사람은 아니라는 것만 알면 되우. 더 아시려면 저쪽 모퉁이 돌아 번듯한 기와집이 그 집이니 바로 그 댁 마님한테나 물어보시구랴. 무슨 일인지 모르지만 요즘 사정이 안 좋아 그 집도 팔려구 내놨답디다. 아니 벌써 팔렸다지 아마? 무슨 사단이 있는가 들리는 말이 딱해요. 형편이 말이 아니랍디다."

들고 보니 나는 게 궁금증이고 캐 보고 싶은 그 집 내력이었다. 그는 또 한 번 저잣거리 틈새에서 윷판을 벌이고 있는 허름한 사내를 꾀어 막걸리 사발을 안겨 주며 물었는데 그 대답이 걸작이었다.

"그분 이야기라면 말 마슈. 댁이 무슨 억하심정抑何心情으로 그분 뒤를 캐는지 모르나 건들지 마슈. 그분 일이라면 사생결단 하는 게 내 사정이오. 인정 많고 경우 밝아 싫다는 사람 없고, 그분한테 좀 언짢은 일이 있는 것 같아 나도 속이 안 좋소. 더 알고 싶은 게 있으면 직접 가서 가솔한테 물어보슈."

들던 대로 집은 썰렁했다. 여기까지 와서 쭈뼛거릴 것도 없다고 작심한 그가 가장 먼저 한 것은 우선 사랑채 밖에서 큰소리로 인기척을 내는 일이었다. 꼴은 그래도 갖췄으나 우선 집안의 냉기가 마음에 걸려 목소리도 주눅이 들 수밖에 없었다. 그 인기척에 웬 사내 하나가 나와 말한다.

"그런데 뉘댁이신데 이 누추한 데까지 찾아 오셨는지… 그분은 내 형님 되시는데 지금 국사로 명나라에 사신으로 가고 안 계시오. 무슨 일로 이렇게 어려운 걸음을 하셨고, 누구신지? 실은 이 집도 그리 형편이 좋은 편은 아니고 솔가하여 낙향을 준비 중에 있습니다. 그리 아시고 돌아가십시오. 더 할 말이 없는 집안 사정이니 그리 아시고."

그러나 그냥 그렇게 발길을 돌릴 수 없었던 도 내관이 홍순언의 일을 더 캐묻자 그 아우 된다는 남자는 마지못해 홍순언이 공금포흠으로 하옥돼 있다가 사신단의 일원으로 지금 명에 가 있다는 이야기를 무슨 비밀처럼 들려 줬다.

"이런 말은 남이 알아 좋을 게 없고, 평생 올곧았던 형님께 누가 되니 혼자만 알고 계십시오. 내 쓸데없는 소리를 경망스레 지껄이는 것이 후회되오만 그리 아십시오. 근데 댁은 뉘신지요. 나 보기에 출사出仕 중이신 분 같은데?"

꼬리를 잡히면 큰일이다 싶은 그는 적당히 백수로 지내는 한량이라 둘러대고 그 집을 나왔다. 성과가 전혀 없는 그날의 행보였지만, 후회는 없었다.

근방을 한 바퀴 돌면 안면 트고 지내는 시정잡배들을 만나 다른 이야기도 귀동냥할 것 같은데 그날은 어쩐 일인지 그 족속들이 씻은 듯 그림자도 없었고 홍 역관 일도 그 정도밖에 알아내지 못한 것이 무척이나 아쉬웠다.

내관 도일수는 내시부에서도 고참으로 선대인 명종 때부터 지밀

至密내관으로 근무하는 위인이고, 그의 영향이나 발언이 제법 폭이 넓어 젊은 내시들의 기강도 간섭할 만치 무게가 있었으나 옥의 티라고 할까. 그조차도 빠져나갈 수 없는 파쟁에 휩쓸려 서인西人으로 굳이 분류되는 게 안타까운 일이었다. 그는 워낙 파쟁을 싫어해 무색無色을 주장하고 그렇게 언행했으나 밖에서 보는 눈은 그게 아니었다.

그것을 선조도 알고 있었기에 간혹 왕의 말 상대로 삼으니 드물게 술상 앞에서 어주를 맛보기도 한 요긴한 인물. 그는 누구보다도 왕의 속을 알고 신료들과의 갈등에서 늘 왕의 편에 서서 사태를 분석하는 처지였다. 간밤에도 왕이 자작自酌하는 술상 머리에서 몇 번이나 긴 한숨을 내쉬는 것을 보았고 심지어 그는 왕의 자격지심(적통이 아니라는)을 누구보다 헤아리고 있어 왕을 향한 측은지심이 그의 가슴을 떠날 사이가 없었다.

그는 다시 홍 역관 집을 찾아가 사방을 경계했다. 우선 둘러보는 집안이 너무 괴괴한 게 의심이 갔다. 아무리 주인이 출타 중이라지만 큰 가대家垈가 이리 을씨년스러울 수 있을까 하고. 시끄러운 저잣거리를 안고 있는 이 집이 그와는 너무 대조적이어서도 기분 좋은 편이 아니었다. 그런 그의 눈에 비친 사람 하나. 중문 안에서 이쪽을 바라보고 있으니 관심이 안 갈 수가 없었다.

'가솔인가?'

그는 힐끗 그쪽으로 눈길을 주었다. 행색으로 보아서는 아랫사람이 분명하지만, 그 생김새가 만만찮은 게 마음에 걸렸다. 허여멀건 얼굴에 훤칠한 체구, 꾹 다문 입이 뭔가 범상찮음을 내보여서도 그랬다.

'나이는 스물예닐곱?'

자기를 마루에서 그냥 배웅하고 사랑으로 들어가 버린 홍 역관의 아우라는 위인의 조금은 비위에 거슬리는 응대에 불만이 있던 터라 그쪽으로 관심 가는 게 당연했는지도 몰랐다.

"험."

그는 한 번 헛기침을 가볍게 토해 내며 그쪽으로 돌아섰다.

"이 댁 식구요?"

"……."

그러자 그 젊은 사내가 한 번 골머리를 추켜세우더니 오른손 엄지와 검지를 들어올려 콧마루를 잡고 코를 팽하니 푸는데, 이쪽을 얕잡아보는 것 같아 기분이 상한 도일수가 똑바로 그 위인을 바라보며 두 손을 뒤로 하여 뒷짐을 지었다.

"말을 못하는 병신이구면. 아니면 귀머거린가 왜 대답이 없어?"

"헤헤헤헤, 벙어리도 귀머거리도 아닙니다. 다 듣고 있어요. 물론 이 집 가솔이기는 한데… 찬밥 신세라. 무슨 말씀이신지요."

'야, 이놈 봐라. 말본새가 여간 아니네.'

"그럼 한 가지 물어보자. 이 집 식구는 네 놈 혼자뿐이냐? 왜 집이 이렇게 나간 놈의 집구석 같냐? 다 어디 갔느냐?"

"에, 분명 나간 집이 맞기는 합니다만……."

"이놈! 말대꾸가 불순하구나. 너의 주인장이 없으면 안식구라도 있어야 할 게 아니냐. 모두 어디 출타했느냐."

"예예, 말씀하신 대로 안식구들은 마님 친정인 안양으로 내려가시고 보시다시피 집이 비어 있습죠."

"안양? 그럼 네놈만 집을 지키고 있단 말이냐. 너 이름이 뭐냐?"

"그런데 나리는… 혹시 궐에서 나오신 어른이 아니십니까? 제가 보기에는 그렇습니다만. 제 이름은 대길이고 성은 천가이옵니다."

대답하는 요령이 참 재미있었다. 묻는 말에 앞서 제 생각을 내세우는 게 고약했다.

"뭐… 대길? 그놈 참 성이 천가라… 나이 몇이냐 그래."

도일수는 아무리 보아도 흥미가 동하는 바람에 속으로 웃음을 참으며 거드름을 피웠다. 꼭 듣고 싶은 답변이 있어서가 아니고 더 붙들고 싶어서였다.

"뭐 나이까지 물으십니까. 이제 겨우 서른에 가까워졌습니다. 그럼 이제 제가 나리에게 물어도 되겠습니까? 무슨 일로 이렇게 찾아오셨는지 저도 궁금해서……."

"허…참! 그놈 알고 싶은 것도 많구나. 그건 네가 알 것 없다. 나 인제 볼일 보았으니 그만 갈란다. 으응……."

거드름을 피우고 돌아서는 그는 속으로 고개를 갸웃거리고 있었다. 혹시나 그 사이 아까 사랑의 그 위인이 뭔가 거동이 있을까 싶어 그쪽으로 뻗어 나가던 신경을 이제 완전히 대길이에게 옮겨 왔다가 그것도 끊어지고 대문 쪽으로 돌아서는데 사내가 말을 건넸다.

"나리, 괜찮으시다면 제 말씀 한마디만 듣고 가시지. 뭐 나쁜 일은 아니니까요."

"할 말이 있다고?"

사내는 이미 중문 문지방을 짚고 있던 손을 놓고 조금은 계면쩍게 한두 걸음 그에게로 다가오고 있었다.

"그으래, 할 말? 어디 해 보아라, 무슨 말이냐."

"예, 나리. 송구합니다요. 큰소리로 못할 말이라서."

사내는 몸을 옹송그리고 연신 허리를 조아리며 다가와 그의 귀에다 대고 뭔가 작게 소곤거린다. 사내 눈이 대문 밖 저잣거리로 향하고 있었으나 표정이 꽤나 진지했다.

"뭣?"

귀를 빌려 줬던 그가 화들짝 놀라며 두어 걸음 떨어져 나가 사내를 노려본다.

"참이냐? 네가 헛것을 본 것이 아니냐?"

"아닙니다요, 어느 안전이라고 그런 말을… 절 믿으십시오, 나리."

사내는 습관적으로 골머리를 추켜올렸다.

"가만, 너 대길, 대길이랬지. 근데 어디서 그걸 보고 있었냐?"

"네 저쪽 더구메가 하도 어지럽고 찾을 것도 있어 올라갔다가 우연히 내려다본 거지요. 틀림없습니다. 아마 지금 저잣거리에서 또 그러고 있을지 모르지요. 조심하십시오. 나도 내 집에 오신 손님이라 내 편으로 알고 말씀드린 것뿐이니까요."

'허, 그놈 참… 그러나 어찌 됐건 듣고 보니 기분이 좋을 리 없는데… 너 대길이랬지? 고맙구나. 암튼 너 혼자만 알고 사랑의 작은 나리한테도 입 봉해라. 해서 좋을 리 없는 말이니까. 그리고 집안 식구 누구한테도. 알겠냐? 이건 너와 나만 아는 일로 하자, 응?"

사내는 그렇게 말하는 도 내관을 찬찬히 쳐다보다가 고개를 가볍게 끄덕이며 뭔가 이해가 간다는 표정으로 돌아섰다.

"예예, 알겠습니다. 그렇게 하지요. 나리도 살펴 가세요. 제가 가시는 곳까지 모셨으면 좋겠는데 그럴 사정이 아니어서… 용서하십시오. 또 오십니까? 또 오시면 이 대길이 꼭 찾아 주십시오. 나리와 저는 어쩌면 할 이야기가 많을 것 같은 생각이 듭니다. 기다리겠습니다."

"그놈 참…….."

도일수는 돌아서서 한 발짝 거리로 나갔으나 어쩐지 발이 헛놓이는 것 같은 기분이 들었다. 빈총도 안 맞은 것만 못하고 듣고 보니 꺼림칙해서였다. 어쩔 수 없이 주위가 둘러봐지고 괜히 앞쪽에 신경이 쓰였다. 참 알 수 없는 자였다. 양반댁, 중인집 할 것 없이 많이도 드나들었고 겪은 종놈들도 많았으나 아까 같은 경우는 거의 없었기에 저절로 고개가 갸웃거려졌다. 우선 걸리는 것이 뻣뻣한 고개, 도포 차림과 갓만 보고도 그저 평신저두平身低頭 하는 여느 아랫것들과는 달랐고, 늠름한 표정이며 이쪽이 밀리는 그 기상이 얄궂었다. 도대체가 아랫사람같지 않은 넉넉한 품새와 태도가 마음에 걸렸다. 인상 또한 깨끗하고 거기서 오는 품위도 내칠 수가 없었다. 아무리 생각해도 두 번 생각을 키우는 그자의 거동이었다. 그리고 들려 주던 이야기와 그 끝을 누르는 다짐이 그자를 다시 생각하게 만들었다. 사내가 귓속말로 전한 이야기란, 누군가가 아까부터 자신의 뒤를 쫓으며 그 일거수일투족을 감시하고 있는 것을 목격했다는 것이었다.

그는 속으로 허허거리며 길을 걷고 있었으나 속은 헛헛했다. 밝은 햇빛과 붐비는 사람들이 자아내는 잡답雜沓이 답답하기도 하거니와 두렵기도 했다. 아무리 힘 없고 가진 것 없는 이름 없는 백성이지만 어찌 속인들 없겠는가. 바야흐로 왜란이 터진다는 얄궂은 소문 때문에 잔뜩 긴장하고 있는 시국에 있어서랴.

근래 부쩍 잦은 왜구의 출몰, 거기에 심약한 선조가 헤쳐 나갈 고난의 길. 침략 야욕에 겁먹은 백성을 무마할 방도를 잃은 왕의 무력을 동정하는 그는 그날 얻어들은 민성民聲에 왜구를 걱정하는 목소리가 높은 것을 염려하지 않을 수 없었다. 백성들이 민감하게 불안을 감지하고 있는 것이 문제였다. 다른 어떤 것보다 시급한 것이 왜구 문제였으나 그것 말고도 산적한 국사 때문에 왕은 사면초가가 아닐 수 없었다. 위기는 시시각각 이 나라 하늘을 먹구름처럼 뒤덮어 오고 있었다. 위기가 곧 기회라는 말도 있지만 그것을 그렇게 효과적으로 전용轉用할 수 있을까. 대명회전 때문에 몸살을 앓다 죽을 정도로 골병이 들어 있는 왕이 안쓰러운 도일수는 속으로 입맛을 다시며 막 들어선 궁궐 강녕전의 우람한 지붕을 올려다보며 가볍게 한숨을 내쉬었다. 또 왕에게 당할 고초를 걱정해서라도 안 나올 수 없는 한숨이었다.

보은 報恩

앞뒤 좌우 확 트인 대청사 방, 발을 친 마루에 누워 있는 홍순언의 발치에는 처녀 하나가 성장盛粧을 하고 부채로 바람을 모으고 있었다. 17~18세 정도로 보이는 앳된 여인은 곱게 차린 명나라 풍의 복색이었지만 아무래도 한더위에는 무겁게 보였다.

눈을 뜨려고 해도 어찌나 눈꺼풀이 무거운지 그것도 귀찮았다. 손발을 꼼지락거려 봤다. 움직인다. 더웠다. 가는 여름. 9월 초입이지만 지루했다.

여기 당도한 지 벌써 두 달째. 아직도 뱃속에서는 소리가 요란하고 뱃가죽이 등에 찰싹 달라붙어 있어 꼴이 사납게 보였다. 조선에서 옥살이 근 2년이면 이미 체질은 거기 익숙하여 어떤 악식惡食도 견딜 만치 적응돼 있고, 그런대로 살아남았는데 북경길 두 달 남짓의 강행군에서 또 고장이 나 버렸다. 흔히 물 갈아 마시다 토질병이 도졌다고들 하는데 알고 보면 그게 모두 세균의 질환이지 딴 게 아니었다. 불결한 물 관리가 주인主因이었다. 그 먼 길 이곳저곳에서 마시는 그 애매한 물에 어찌 세균인들 없겠는가. 그래서 걸리는 게 설사병. 그러나 또 하나의 이유는 과도한 기름기 섭취. 옥살이와 행역길에서 밭아 버린 창자가 갑자기 쏟아져 들어오는 기름기를 마다하고 내지르는 비명이 이른바 설사라는 비상구. 북경에 닿아 공식 접빈 행사에 참석하면서부터 먹은 과도한 지방이 불러일으키는 육체의 혁명을 어찌 그라고 비켜 가겠는가. 다른 사람은 몰라도 원체 옥살이로 이미 건강이 망가질 대로 망가졌던 홍순언은 기어코 탈이 나고 말았던 것이다.

"깨어나셨는지요, 홍 대인."

낭랑한 목소리가 몽롱한 의식 속에서 자맥질하는 홍순언의 귀에 들려왔다. 부채로 더위를 쫓아내던 소녀가 하는 말이었다.

"……."

"깨어나시면 이 약을 꼭 드시라고 마님께서 신신당부하시다 잠시 자리를 비우셨는데 지금 올릴까요?"

고마운 말이고 황송한 일이었다. 간신히 몸을 일으켜 세운 홍순언이 그 야윈 손을 들어 올려 시녀가 받쳐 든 약사발을 받아 천천히 입으로 가져간다. 목울대가 위아래로 움직이면서 약사발이 기울어진다.

"으흐흐."

그의 입에서 가벼운 웃음이 새어 나오고 비긋이 웃는 얼굴이 시녀 쪽으로 돌아간다.

"아가, 고맙다. 나 때문에 네가 고생이구나. 이제 좀 시원해졌으니 가서 볼일 보아라."

해가 서쪽으로 많이 기울어져 그늘이 넓어지고 있었다.

홍순언이 이 객루客樓 대청에 누운 지도 벌써 이레째. 거의 두 달 동안 그 혼자서 도맡다시피 한 대명회전의 수정 작업. 명나라 쪽

관리도 네 사람이나 나와서 그 역사役事를 돕지만 그 속도는 몹시 지지부진했다. 어느 조직이나 마찬가지지만 조직이 움직인다 해도 성원 전체가 움직이는 게 아니라 그 가운데 몇 사람이 핵심이 되고 나머지는 보조 역할에 불과하기 때문에 부하負荷는 몇 사람만 짊어지기 마련. 이 대명회전 작업도 그와 같은 실정이었다. 애초부터 명나라 관리들의 상대가 홍순언이었기 때문에 모든 일에는 홍순언이 중심이 될 수밖에 없었다.

공식적인 접빈 절차가 끝나고 상호 친선을 위한 향연 순서가 됐을 때 벌어진 진기한 광경은 실로 감동적이었다. 접빈사 일행과는 다른 관복을 입은 한 무리 관원들의 행차가 영빈각에 닿고 화려한 복색의 악공들이 취주하는 음악이 그들의 행보를 당황하게 했다. 이윽고 도착한 그들 일행 중 책임자로 보이는 관원이 나와서 접빈사 일행을 제치고 조선 주청사 일행 앞에 나서며 말했다.

"혹시 사신들 중에 홍순언이라는 역관이 계신가 묻고자 합니다."

정중하나 우렁찬 목소리로 고개를 숙이며 묻는 말에 모두가 얼굴을 쳐다보았다.

분명 명나라 예조의 접빈사보다 더 높고 강한 위치에 있는 관원들로 보였다. 조금은 방자하달 정도로 접빈사를 대하는 것이 어찌 보면 무례하게 보이기까지 했으니까. 대제학 황정욱은 자기에게 묻고 있는 그쪽 관원을 향해 공손히 머리를 조아렸다. 화려한 복색이 어느 계급에 속하는지도 알 수 없었지만 고개 숙여 손해 볼 것 없다고 생각해 깊숙이 숙인 고개를 들었을 때 상대의 웃는 얼굴이 부드럽게 자기를 바라보자 황정욱은 안심하며 말했다.

"예, 말씀하신 홍 역관이 행중에 있음을 감히 말씀드립니다. 무슨 연고로 그분을 찾으시는지……."

"아하… 드디어 그 어른이 이 땅에 오셨군요. 허허 반가운 일, 어디 계시는지 감히 얼굴이라도 봬야겠습니다."

그 말에 조선 관원들의 표정이 일시에 밝아지고 작은 탄성이 잔잔하게 일어났다. 죽었던 풍악이 다시 소리를 높이고 가라앉았던 식장 분위기가 들뜨기 시작했다. 공식적인 접빈 행사는 뒷전으로 밀려나고 사적인 관원들의 행사가 오히려 활기를 띠기 시작했다.

"홍 역관님, 이쪽으로 나오십시오."

정중한 말씨였다. 홍성민이 행중에서 홍순언을 데리고 걸어 나오면서 사방을 두리번거리며 명나라 관원들을 바라보았다. 꼭 시장 바닥에 놓인 촌닭처럼 기가 죽어 있는 홍순언의 몰골은 썩 보기 좋은 편은 아니었다. 명색이 관리라면 외국의 대소문물에 씻기고 닦기여 행동거지가 어느 정도는 세련될 법도 한데 홍순언은 도대체가 그렇지가 못했다. 일행 50여 명 중에서 그래도 명나라에 가장 익숙한 사람이 홍순언인데도 그날의 그는 그렇지 못했다.

"대인이 홍 역관 나리신가요? 삼가 인사드립니다. 저는 명나라 예부시랑 석성石星이라 하옵고 대인을 오래전부터 기다리던 사람이옵니다. 대인이라 부르기도 부족하고 제게는 장인이나 다름없는 귀인인데 이렇게밖에 인사드리지 못하는 결례를 너그러이 용서하시기 바랍니다. 오시느라 얼마나 고생하셨습니까. 저는 장인어른께서 오실 줄 믿고 여러 차례 조선 사정관을 찾아 나섰으나 무슨 연고로 이번에야 오시게 됐는지 무척 궁금해하며 기다렸습니다. 자, 이쪽으로 나오시죠."

"……."

그렇잖아도 길어지는 행사가 지루해 몸을 비비 꼬던 홍순언은 느닷없는 자극이고 놀라운 일이라 눈이 커지고 바싹 긴장했다. 그러

면서 눈앞에 벌어진 광경에 정신을 빼앗기고 있었다. 그러니 입을 열지 않을 수 없는 상황에서

"누구신데 소생 보고 장인이라고 하십니까. 고향에 있는 딸 하나, 아직 출가 전이라 나를 장인이라 부를 사람은 없는데……."

말을 중동무지른 홍순언의 표정이 재미있었다.

"예, 그러실 줄 알았습니다. 우선 저쪽으로 옮기시어 정식으로 저의 하례를 받으시면 궁금증이 풀리실 것입니다."

너무 융숭하고 정중한 안내였다. 건물에 들어서자 앞서 가는 관원들의 관복에 찬 패옥佩玉 소리가 은은했다. 어디선가 또 다른 악공들의 취주도 들려왔다. 접빈사 접견장도 크고 넓었으나 그 별실은 더 휘황하였다. 지금까지 보지 못한 산해진미가 즐비한 주안상이 마련돼 있는 장막 뒤에 누군가 여인네가 있는 것 같았다.

"앞서서 저희들의 인사를 먼저 받으시죠. 4년 전에 장인께서 마지막으로 여기 다녀가실 때 어느 밤거리의 작은 술집을 떠올리십시오. 그날 밤 장인께서는 누구도 해낼 수 없는 선행을 하셔서 사람 하나를 구해 내신 일이 있으셨습니다. 그것을 기억하시면 저의 또, 제 실인室人의 인사를 받으실 연유를 아시게 될 것입니다."

"아…아니… 그럼……."

눈을 멀뚱멀뚱 뜨고 이 진기한 광경을 바라보고 있던 홍순언은 한참 눈을 깜박이다가 이윽고 빙그레 미소를 띠우며 눈이 작아졌다.

"으음, 오호라! 이제 생각나는군."

무의식중에 나온 말은 지금까지 써 오던 명나라 말이 아닌 조선 말이었는데, 그도 그럴 법했다. 그 기억을 기점으로 홍순언의 거동이 조금 자유로워졌다. 자리를 고쳐 앉은 홍순언은 그 미소를

그대로 간직하고 있었다. 바람에 밀려 가는 연기를 헤집고 드러난 물체의 윤곽처럼 어떤 기억이 선명하게 드러났다.

'아, 그럼 그 일, 그 낭자 때문인가?'

"아버님! 어찌 소녀 일을 그렇게 기억 못 하십니까. 저는 여태까지 하룬들 잊어 본 적이 없는 아버님 얼굴과 음성입니다. 저를 모르시겠어요, 아버님!"

그때 장막을 걷고 나온 여인 한 사람. 두 시녀 부액을 받다가 그만 그 주안상 앞에서 허물어지는 여인은 분명 그날 밤, 자신의 돈 3천 냥으로 풀려난 유 낭자 그 사람이었다.

"어허… 이제 알겠구려. 그때 그 낭자가 아닌가? 아니 어떻게 된 거요. 이렇게 반가울 수가… 응? 이런 반가운 일이…….."

"이이는 제 남편입니다. 벌써 몇 해가 흘렀는데 제겐들 어찌 변화가 없었겠습니까. 아버님은 최근까지 건강하게 계시다가 얼마 전에 돌아가시고… 남편 이름은 석성石星이고 지금 출사 중인 예부시랑禮部侍郞이올습니다."

"장인어른, 그런 연유로 이렇게 늦게 인사드립니다. 허물을 많이 용서하십시오."

"그때 분명 제가 그랬습니다. 저를 낳아 주신 것도 부모요, 그런 위기에서 저를 구해 주신 것도 부모라고. 그래서 저는 이렇게 아버님이라고 부릅니다. 용서하세요. 제가 살아 있는 이상 아버님을 제 힘닿는 데까지 모시겠습니다. 조선에 돌아가셔도 길이 있으면 제가 힘껏 봉양하겠습니다."

"그렇습니다. 제게도 장인이나 다름없는데 전들 왜 내자의 뜻과 다르겠습니까. 여기 이번에 오신 일이나 사적인 일 모두 제 힘닿는 데까지 보살피겠습니다. 하념하십시오."

나부시 절을 올리는 내외를 보고 있는 홍순언도 뭔가에 감동됐는지 아니면 그 일로 해서 겪은 고초가 생각나선지 두 줄기 볼을 타고 흐르는 눈물을 마냥 버려 두고 그 복받치는 감동에 잠시 빠져들었다.

"허허, 이런 복덩이가 다 있나, 응? 그래 홍 역관 그게 사실인가? 그렇다면 천하에 우리 같은 복 많은 사람들도 없네. 홍 역관이 우리 일행 50여 명을 살렸어. 암 살렸고 말고."

"그러게 말입니다. 대감 말씀이 옳습니다. 홍 역관의 역할이 진짜 나라를 살렸습니다. 명나라에서 얻은 사위 덕에 그 중요한 일을 성사시킨 소감이 어떻소?"

"아닙니다. 아직 일도 끝나기 전인데 속단할 수가 있습니까. 해 봐야 아는 것이죠. 저도 그게 조금 걱정이 됩니다."

"암튼 이번 일은 시간이 걸리지만 홍 역관이 주동이 되어서 끝내시오. 우리는 그저 홍 역관만 바라보고 있을 테니 그리 알고……."

석성! 명나라 조정에서 예부시랑으로 출사 중인 그는 폭넓은 인맥과 친분을 가진, 촉망받는 신진 인물에다가 군벌의 지지까지 받고 있어 운신의 폭이 넓었다. 그런 그가 조선 조정의 일대 현안인 종계변무주청 사업을 측면 지원이나마 돕겠다고 나섰으니 얼마나 반갑고 든든하겠는가.

"저도 장인어른의 고충을 잘 알고 있습니다. 주청사신사의 고충도 알고 있고 그것이 어떻게 돌아가고 있는지 잘 압니다. 제가 알기로 건국한 지 2백 년이 될 때까지 그런 오류가 그대로 있다는 것은 명조 양국으로 봐서도 바람직하지 않는 일입니다. 하도 자주 거론돼 조정에서도 이 문제를 모르는 사람이 없을 정도로 알려져 있습니다. 그렇다고 그것이 쉽게 해결될 문제도 아니고… 암튼 힘든 일이지만 제가 한번 힘써 보겠습니다."

백 번이라도 먼저 꺼내 보려던 말, 참으로 불감청不敢請이 고소 원固所願이라고 이렇게 먼저 말문을 열어 주는 석성이 고맙고 믿음 직스러워 홍순언은 그가 한 말을 전부 사신에게 전했는데, 그들에 게는 또 얼마나 반가운 소리겠는가. 홍순언은 그렇게 대견하게 자 기를 추켜세우는 두 사람을 그저 멍하니 바라볼 뿐이었다. 또한 그 게 전혀 가능성이 없는 일도 아니었으니.

권하는 술이나 풍악 소리가 모두 딴 세상일처럼 들보였다. 이렇 게 영접 받은 사신 일행도 일행이지만 어떻게 해서 그렇게 어렵다 는 변무관계가 그리도 수월하게 순서대로 수정되어 가는지 직접 그것을 담당하는 관원들도 모르는 일이었다. 그것을 지켜보는 주 청사 일행의 말단 관원들도 모두 황감해 제정신이 아니었다.

그렇게 연일 술상이며 산해진미에 녹아난 홍순언의 창자가 무사 할 리 만무했으니 그 다음 날부터 시작한 대명회전 수정 작업에 큰 지장을 초래하고 말았다. 설사 때문에 잠시도 편히 앉아 있을 수가 없고 풀 방구리에 쥐 드나들 듯 변소에 드나드니 그 꼴이 뭐가 되 겠는가. 사람 죽을 일이었다. 약을 먹고 며칠 쉬었으면 싶으나 사 정이 그것을 허락하지 않으니 뭐가 되겠는가. 물론 전의감에서 의 원이 나오고 약이 마련되지만, 그게 또 대수겠는가. 시방 홍순언은 초가을의 건들마가 불어오는 늦더위에 시달리며 그 후유증에서 벗 어나지 못하고 아직도 약을 먹으며 몸을 추스르고 있는 중이었다.

유씨부인의 정성스런 약시중으로 건강은 곧 회복되어 갔고 거의 끝나 가는 대명회전 작업으로 귀국길을 준비하는 사신들은 모두 희색이 만면한 모습이었다.

꼭 두 달 동안의 지독한 투병생활이었다. 홍순언은 설사병을 안고 매일이다시피 조정 중신들과의 면담을 견뎌 낸 자신이 대견하기도 했다. 물론 석성의 도움 없이는 기대할 수도 없는 일이었다. 묘하게 돌아가는 명나라 조정의 분위기에서 노골적으로 반대하는 일부 신료들의 방해와 지연공작 등 셀 수 없이 악조건이 많았으나 그것을 하나부터 열까지 말끔히 치워 주는 석성의 지극한 보은의식이 한량없이 고맙고 감동적이었다. 그 바람에 사귄 신료들도 많았다. 그 짧은 시일에 홍순언은 명나라 조정에 많은 지기를 얻었고 도타운 정을 나누는 친구도 생겼다. 겉으로 보기에 명나라 관료들과 친밀감을 나누는 것이 진정한 의미의 종계변무일 수도 있겠지만 내용이 내용인지라 글자 하나 소홀히 할 수 없이 수정에도 만전을 기해야 했다.

첫째, 태조 이성계 부친 이름이 오기誤記였다. 태조의 부친은 이자춘李子春인데 고려 때 벼슬아치였던 이인임李仁任으로 올려 놓았으니 어찌 되겠는가. 불과 글씨 석자라고 대수로이 여기겠는가. 그것으로 끝난 게 아니라 태조가 왕씨 임금 네 사람을 죽이고 나라를 세웠다고도 기록되어 있었다. 그것만이 아니고 사소한 기록까지도 모두 오류 투성이니 이러고서야 어디 나라의 정통성이 바로 서겠느냐는 것이 조선의 입장이었다. 그것을 일일이 수정하는 것이 얼마나 어려운 일이며 명의 심기를 엿보며 일하지 않을 수 없는 것 또한 고역이 아니겠는가. 2백여 년이나 움켜쥐고 있던 비기秘記를 고치라고 선선히 내준 명의 속셈도 가늠하기 쉽지 않은 일이고, 조선의 이씨 왕조에 대한 커다란 모욕일 줄 알면서도 변무를 지연시킨 것은 명나라의 독선이라 하지 않을 수 없었다. 그러나 어찌 되었든 다행히도 이번 사신 일행이 그 일을 마무리짓고 귀국을 서두르고 있는 상황이었다.

"홍 역관의 영광이고 대명국의 큰 은혜올시다. 이번 일이 이렇게 유종의 미를 거뒀으니. 허허, 참 감개무량하오. 그런데 그렇게 쇠약한 몸으로 고된 노정을 견디실 수 있을지 걱정이오."

황정욱의 말처럼 사실이 그랬다. 조선에서 출발해 지금까지 계속해서 고생을 해 왔던 터라.

"제 뜻대로라면 일도 끝났겠다 장인어른은 여기 남으셔서 몸보신도 하시고 우리 신료들과 교관하시다가 내년에나 돌아가셨으면 한데 그럴 수 없으실 것 같네요. 듣자하니 그간 유고가 계셨다는데 붙들 수도 없을 것 같아 제가 보교步轎와 교군을 준비하였습니다. 국경까지는 우리 부담으로 모시기로 했으니 그리 아시고 보교에 오르시지요."

참으로 알뜰한 석성의 배려였다. 석성의 귀라고 소문이 비켜 가겠는가. 이리저리 떠도는 사신 일행의 소문으로 홍순언이 옥고를 치렀다는 것을 알게 된 석성은 또한 그 이유를 나름대로 추측하고 그 사정을 헤아려 손을 썼던 것이다.

보교 속에 요강까지 준비한 부인 유씨도 무던했다. 마음 같아서는 붙들고 싶은 은인이지만 책임 있는 그의 처지를 이해한 그녀는 그저 눈물로 모든 것을 대신할 수밖에 없었다.

"아버님… 가시면 또 언제 뵈올지… 제 뜻 같으면 같이 나가서 고향의 어머님도 인사드리고 싶습니다만 아시다시피 제 처지가 이러니… 사람일은 모르는 것이오니 언제 느닷없이 제가 조선에 나가게 될지 누가 압니까? 어머님께도 안부 전해 주시고 듣자니 혼전의 따님이 계시다는데 같이 챙긴 물건 중 그 동생 것도 들었으니 갖다 주십시오."

별도로 딸린 마차 한 대에 그득한 명나라 선물이 황감했다. 더욱

이 그 안엔 유 낭자가 직접 수를 놓은 비단이 가득했는데 거기엔 빠짐없이 보은報恩이라는 두 글자가 선명했다. 그것을 보고 코끝이 찡해진 홍순언이 유 낭자에게 말했다.

"낭자, 내가 이런 대접을 받아도 괜찮은지 모르겠소. 몸 둘 바를 모르겠구려. 내 또다시 올 기회가 있을 것 같으니까 그때 또 만나기로 합시다. 낭자의 말대로 사람 일은 모르는 것. 내가 명나라에서 살게 될지 또 유 낭자가 조선에 나오게 될지 누가 알겠소. 마음이나 변하지 말고 지냅시다."

"아버지… 그렇게 병중이신데 그 먼 길이 괜찮을지 걱정입니다."

"장인어른, 가셔서 좋은 일 많으시고 또 오십시오. 이제 여기 오셔도 외롭지 않게 제가 다 손을 써 놓았으니 친구 분들이 많을 것입니다. 우리와 조선은 불가분의 관계이니 여기 누군가가 주재駐在하면서 외교를 하는 것이 오히려 성과가 있을 것 같아 제가 알아보는 중입니다. 그리되면 장인어른이 오셔서 주재하실 수도 있습니다. 기회는 꼭 만들겠으니 저로선 장인어른께서 오실 수 있길 바랍니다."

그렇게 환대와 성과를 한아름 챙겨 가는 홍순언의 마음속에 어찌 기쁨과 희망만 있으리오. 고향 떠나올 때의 그 석연찮은 가석방이나 집안일, 딸의 파혼 문제 같은 것이 기쁨에 반비례하여 가슴속에 어두운 앙금으로 차오르는 것을 어찌할 수 없었다. 그냥 보듬고 가기에는 벅찬 감정들이었다.

또 하나 가슴 아픈 일. 누구에게도 여태 입 밖에 내놓지 않던 아들 일이 가슴 밑바닥에서 때 없이 치밀어 올라와 가슴앓이로 바뀌는 것이 못 견딜 고통이었다. 하나 있는 자식, 둘도 없는 딸. 그 모두에게 나랏일을 본다고 소홀했던 자신의 행동이 가책됐다.

통이 큰 아들 건이는 어릴 적부터 떠돌이 기질이 있어 주유천하를 불사했다. 어릴 적 그나마 눈이나 뜨게 해 주겠다고 서당엘 보내 겨우 눈은 떴으나 워낙 성질이 괴팍하고 거칠어 중인이라고 놀림받는 것에 앙심을 품고 양반집 아이들 몇 놈을 골탕먹인 것이 화가 되었다. 결국 다니던 서당도 때려치우고 집을 나가 소식이 없다가 나이 열여덟 되던 해 정월에 느닷없이 중치막 차림으로 나타나 큰절하는 바람에 놀란 제 어미가 혼수상태에 빠진 일도 있었다.

"야, 이놈아. 네가 양반도 아닌 것이 차림이 이게 뭣이냐."

홍순언의 가시 박힌 질책에 섭섭한 듯 아버지를 쳐다보던 아들이 퉁명스레 말했다.

"그 양반 타령 고만하시지요, 아버지. 저도 이제 돈 벌어 공명첩 얻어 양반 될라니까요. 그리 아십시오."

참으로 4년 만에 만나는 아들을 통곡으로 보듬고 싶은 그 어머니 맹씨부인도 속으로 오열을 삼키며 하고 싶은 소리가 없었겠는가.

"아이고, 여보시오. 아무리 자식 잘못이지만 오랜만에 들어온 자식한테 그 무슨 매정한 소리요. 아이고, 이놈아, 너도 사람이면 이 애미 가슴 그만 태워라. 얼마나 고생했냐. 안 죽고 살아온 것이 천행이다. 조상 덕이다, 참말로. 얼마나 굶고 돌아 댕겼냐, 이놈아."

아내 서슬에 제대로 자식 닦달 한 번 못한 홍순언 역시 눈가에 이슬이 맺혔다.

아들은 어떤 바람이 불었는지 그 뒤 전라도 무안 땅에서 염전을 하다가 그것도 팔자에 없는 짓인지 꼬임에 빠져 밑천을 죄다 날리고 오히려 사기꾼으로 몰려 도피 중이라는 실토를 옥중에서 듣고 아연했다. 지금도 자식 행방은 묘연했고 사기꾼으로 몰려 지명수배 중인 것으로 알고 있으니 복장 터져 죽을 일은 그것 말고 또 있을까.

'뿌리는 한없이 선량한 놈인데 어쩌다가 일찍부터 반상班常을 알아 가지고 삐딱해졌는지.'

보교 속에서 흔들리는 홍순언의 가슴 밑바닥에는 자식에 대한 애틋한 잔정이 눈물이 되어 흐르고 있었다.

'머리는 나쁘지 않아 가끔 엉뚱한 짓을 하는 게 탈이라면 탈인데 어디 가서 굶지나 안 하는지, 그새 어디 잡혀가서 옥살이나 안 하는지.'

그런 홍순언도 자식에 대한 굳건한 믿음은 있었다. 어떻게든 살아남을 것이라 한 올의 희망을 갖고 있었다.

'그놈 나이도 잊었구나. 지금 몇 살이냐?'

보교 안에서 혼자 꼽아 보는 손가락.

'응… 벌써 그리됐나? 서른이 내일모레구나.'

그렇게 시커멓게 타들어 가는 가슴 알 길 없다는 듯 보교는 휘영청 밝은 대낮 같은 달밤에 앞으로 잘도 간다. 귀국길의 사신 행차는 밤 즈음에 벌써 마자수에 가까워 오고 있었다. 희소식을 갖고 가니 바쁜 걸음이라 그럴 수밖에. 쉬어 가자는 간청에도 돌아갈 길이 바쁘다는 보교꾼들의 고집 때문에 그냥 좋을 대로 하라고 내어 맡기고 있지만 미안한 마음은 금할 길이 없었다.

교대로 가마를 메고 가는 보교꾼들도 고된지 숨소리가 거칠었다. 그것을 타고 가는 홍순언의 마음도 좋을 리 없었다. 명나라 사람들인 보교꾼들은 마자수까지만 가게 되어 있으니, 거기서부터는 자신도 말을 타거나 걸어야겠다고 작심했다. 오히려 그게 홀가분할 것 같았다. 홍순언의 나이 쉰다섯, 동짓달의 일이었다.

유 낭자

　이렇게 감동적인 해후가 있었으나 그 내막이 궁금하지 않을 수 없다. 도대체 어떤 일이 있었기에 유 낭자가 하루아침에 명나라 예부시랑의 아내가 되어 나타날 수 있었단 말인가. 그것을 먼저 짚고 넘어가는 것이 도리일 듯, 홍순언이 은혜를 베풀어 구해 준 뒤에 유 낭자에게 어떤 일이 있었는지 한번 들여다보자.

　명나라 어양漁陽은 하북성 밀운현에 위치해 있다. 풍광 수려하고 토질이 비옥하고 농업이 발달하여 예부터 풍요의 고장으로 이름났고 자연스레 향속이 발랄하여 수준 높은 문화를 자랑하고 있었다.

　그 고장, 좋은 환경에서 수학하던 석성石星이란 재사才士 한 사람이 있었으니, 능력이 출중해 주위의 선망을 받고 있었다. 소년등과는 못했으나 행실이 단정하고 누구에게나 호평을 받는 위인이었다. 묵묵히 때를 기다리며 학구에 여념 없던 그는 어느 해 봄 묘한 소문을 듣고 생각에 빠져들었다. 희한한 효녀 이야기를 들었기 때문이었다. 상처한 몸으로 아직 후처를 못 본 처지라 거기에 관심이 갈 것은 당연했다.

"그래, 자네가 무슨 이유로 내 딸한테 청혼을 하는가. 세상에 많은 것이 처자들인데 하필이면 흉이 많은 내 딸을……."

자기 몸을 팔아 아버지의 속을 물고 구출했다는 유씨 낭자 이야기는 한때 명나라가 내세우는 자랑거리가 아닐 수 없었다. 그 이야기를 흘려듣지 않았던 서생 석성은 만사를 제폐하고 유 낭자 집으로 달려가 자신의 뜻을 그 아버지에게 전하고 혼인을 허락해 달라며 그 앞에 엎드렸다.

"보아하니 수학하는 서생 같은데 장차 환로宦路에 나갈 몸이 아닌가. 그런 사람이 어찌 학문에 정진하지 않고 이리 외람히 혼담에 매달리는가. 이런 사리에 맞지 않는 짓은 외도가 분명하이. 그대의 과실을 불문에 붙일 터이니 그만 요설을 접고 돌아가게."

"예, 말씀을 듣고 보니 대인의 질책을 받아도 변명의 여지가 없습니다만, 제 생각으로는 인간 백행百行의 근원이 효孝요, 지고의 가치로 알고 있는 저로서는 유 낭자의 절세의 효행이 어찌 존경스럽지 않겠습니까. 저도 미거하나마 우리 서생들의 귀감인 백이숙제를 흠모하고 그 행사에 참여하고 있는 몸으로 어찌 유 낭자의 효행을 간과하겠습니까. 저는 아직 낭자의 얼굴도 본 적이 없고 오직 그 효행에 감복하여 이리 외람히 대인을 찾아뵙고 부끄러운 저의 포부를 피력하는 바입니다. 널리 살펴셔서 저의 소망이 가납되도록 주선해 주시기 삼가 바랍니다."

제법 완고한 유계하였지만 거기 밀려 물러날 석성이 아니었다. 제 포부를 완곡히 고집하며 지구전을 펴 나갔다.

'아니, 아직 내 딸을 안 보았단 말인가? 허허… 그러면 내가 헛짚고 이 젊은이를 다룬 게 아닌가.'

아닌 게 아니라 절세의 가인이라고까지는 할 수 없어도 보기 드문 미색이라고 어릴 적부터 말이 많았던 딸이고 보니 은근히 자랑도 했고 자부심도 있었던 유계하로서는 자신의 처지는 우습게 됐어도 딸만큼은 그 자색과 명성에 걸맞은 신랑감을 택하리라 마음먹고 있었다. 그런 그에게 석성의, 어찌 보면 치졸한 구혼 방법은 내키지 않았으면서도 묘하게 여운이 남았다. 허를 찔린 것 같은 당혹감을 떨쳐 버릴 수 없었다. 딸의 자색만 보고 거기에 매료된 흔히 볼 수 있는 평범한 남자로 알았던 그에게 석성이란 사내는 분명 특이한 사람이었다. 특히 백이숙제를 흠모하며 지금도 그 종묘에 제사 지낸다는 말을 들었을 때는 사내 얼굴이 다시 보였다.

백이숙제伯夷叔齊는 은나라의 처사이고 아버지는 고죽도孤竹島이다. 이 형제는 효성이 지극하고 총명하며 학문이 매우 뛰어났다. 나라 주위의 존경을 한 몸에 받은 재사들이었다. 주나라 무왕이 약소국 은나라를 치려 할 때 그 처사가 옳지 못하다고 충간을 하였으나 듣지 않자 수양산에 들어가 고사리를 꺾어 먹다 굶어 죽었을 정도로 절개가 굳은바 후세, 특히 선비들의 귀감이 된 인물들이었다. 그런 그들을 존경하고 흠모한다니 가상한 일이었다.

"한 가지 내가 물어볼 말이 있소. 연전에 내가 형소刑訴 파직을 당해 불명예스러운 집안으로 타락하고 말았네. 가뜩이나 환로에 나갈 몸이라면 이런 데서 취처娶妻 한다는 것이 불리하고 어쩌면 앞길이 막힐 수도 있는데 그런 것을 생각해 본 적이 있는가? 우리 집은 그런 집안일세."

"……."

유계하의 말. 청천벽력 같은 그 말을 듣고 있는 석성의 표정이 일시 굳어진 듯, 그 눈으로 유계하를 올려다 보다가 이윽고 석성이 말했다.

"저로서는 처음 듣는 대인 말씀이오나 그것과 제 뜻은 별개인 줄로 아옵니다. 제가 설사 출사를 한대도 제 품행이 환로를 좌우하는 것이지 어찌 처가 이력이 거기에 작용하겠나이까. 모든 것이 저하기 나름으로 판가름 나는 게 관속의 예지인 줄 아는데 저는 그런 것에 조금도 개의치 않고 오직 의로써 그것을 타개할 용의가 있습니다."

그런 실랑이 아닌 실랑이가 계속되는 가운데 시일이 가고 유계하의 마음속 한 자리에 작게나마 석성이란 인물이 자리잡기 시작했다. 석성은 자신의 혼담에 매파나 다른 사람을 거치지 않고 단도직입적이었다. 유계하는 그 점을 좋게 보고 후하게 점수를 주었다.

그러던 어느 날, 두 번째 방문을 마치고 돌아가는 석성이 대문을 막 나서자 조정의 무관 정락이 들어왔다. 유계하와 조정에서 돈독한 사이인 정락은 병부상서를 지낼 정도로 능력 있는 인물로 평가받고 있었다.

어서 오라는 인사를 나눌 겨를도 없이 정락 장군은 유계하 집에 선뜻 들어섰다. 거기에 당황한 유계하가 말했다.

"아, 이 사람아! 갑자기 그렇게 들이닥치면 어떡하오. 내 놀랐지 않소."

"아하하하, 바빠서 그랬소이다. 용서하시구랴. 그나저나 혹시 대인께서 그자, 금방 나간 사람을 아시오? 허허… 세상 참 좁다. 그 사람을 아신다니. 세상 참 좁아. 그 사람이 여긴 웬일로 왔다 간 것이오?"

"허허… 정 장군께서 그 사람을 아신단 말이오? 내 말하겠소이다. 보아하니 그 사람을 잘 아시는 것 같으니……. 다른 일이 아니라 내 딸한테 청혼한 사람이오. 아시겠소?"

"아니… 뭐? 허허… 참, 세상 좁네. 가만, 우선 좌정이나 하고 이야기합시다."

꿍, 소리를 내며 시원한 대청에 마주 앉은 주객은 먼저 그 이야기가 급했다.

"내 유 대인께 그런 딸이 있다는 건 알고 있었소만 워낙 미색이라 철부지 남정네들이 꽃을 찾아 넘나드는군요. 그래, 그 사람도 그 부류의 한 사람, 벌나비나 다름없소?"

연전 절강성 부유 고을을 여행할 때 정락은 신분을 숨기고 수레에다 종복 한 사람만 데리고 갔었다. 때마침 호우가 쏟아져 길이 끊겨 곤경을 치르고 있는데 근처의 호족으로 이름난 석성의 도움으로 그 곤경을 모면한 일이 있는지라 그를 기억하기는 쉬운 일이었다. 몇 사람이 길을 다져서 수레가 무사히 빠져나갔다. 그 노고를 치하하는 정락의 인사를 받는 석성의 태도는 너무 담백했다.

"그 뒤 알고 보니 그 근처에서 이름난 호족의 아들이고 학문이 깊다는 말을 들었소이다. 효성도 지극하다더군요. 아, 그런데 그때 답례도 제대로 못하고 작별했었는데 그 사람을 글쎄 여기 유 대인 댁 문전에서 만났으니 참, 기연입니다 그려. 허허허허… 그 사람도 총망중이라 나를 못 본 것 같은데… 어이, 참… 만나서 서로 악수라도 한번 할걸."

참 공교로운 일이라고 속으로 웃고 있는 유계하는 시치미를 떼며 말했다.

"정 장군, 미상불 딸 혼기가 되니 그쪽으로 마음이 움직이는 것은 사실이오만 어디 마음에 드는 짝이 있습니까. 말이 있기는 더러 있는데 모두……."

"모두가 어쨌다는 거요. 마음에 차지 않는다는 겁니까? 보리밥

쌀밥 가리다 시간 다 보내지 말고 웬만하면 골라잡으세요. 천지가 운수소관으로 돌아가니 너무 욕심 내지 말고… 그 석성이란 사람 어디 내놔도 손색없고, 첫째로 마음에 드는 게 잰 체 안 하는 그 겸양이 좋습디다. 내 말 참작해 결정하시오. 따님이 미색이라 듣고 있지만 그런 사람은 외관에 치중 안 할 것이오. 내 말 틀렸소이까? 그 사람, 집안도 좋다는 말을 들었소이다만, 집안? 거 아무짝에도 쓸모없는 것이, 저 잘나 제 길 열어 가는 것이지 집안이 영향 주는 거 아니오. 내 관상은 못하지만 얼굴을 보니 괜찮습디다. 제 발등의 불은 너끈히 끄고 남을 위인으로 보입디다.”

  그렇게 우여곡절을 겪은 혼담이 일사천리였다. 그 사이, 뜻밖에 유계하가 자진해서 딸을 만나 보라고 사람을 보냈기에 처음으로 석성은 당사자를 만나 보기는 했으나 혼담에 이렇게 탄력이 붙을 줄은 몰랐다. 그렇게 성혼이 됐다. 새 둥지는 북경에 틀었고 겹경사라고 바로 출사의 길이 열렸다.
  이 혼담의 1등공신은 누가 뭐라 해도 정락 장군일 수밖에 없었다. 정 장군이 그렇게 하고 싶어서 그리된 것은 아니지만 우연한 기회를 만들어 주었으니 어찌 그의 중매 덕분이라고 하지 않을 수 있을까.
  절강성 명사와 군벌이 움직이는 이 혼례는 대단한 성황 속에서 거행됐다. 조정에서는 유계하의 과거 상처 때문에 소극적인 반응을 보였지만, 각계각층의 호응은 그와 정반대였다.
  효라는 지고의 이념에 뜻을 같이해 맺어진 이들 부부가 추구하는 가치도 역시 효일 수밖에 없었다. 그것은 신부 유 낭자의 그 소문난 효행에 바탕한 세간의 소문 때문이기도 했다. 핵심은 효였다.

"부인, 이제 때가 안 됐소? 당신의 그 일에 대한 집념, 아버지에 대한 지고한 효행은 누가 뭐래도 당신의 상징이 될 수밖에 없고 그 사건의 진원震源에 대한 것은 내가 알아야 할 것 같소. 말해 주시오. 아버지를 살릴 수 있었던 그 원인 제공자에 대한 모든 것. 그것은 그분에 대한 보은의 차원에서 꼭 알아야 될 일이오. 내가 알기로는 상대 인물이 조선의 역관이라는데 사실이오?"

그런 질문이 남편 석성의 입에서 나온 것은 결혼식이 끝난 며칠 후의 일. 그렇잖아도 그 사건의 자초지종이 궁금하던 석성이 먼저 말을 꺼낸 것은 어쩌면 당연한 일인지도 몰랐다.

"예, 말씀하신 대로 조선의 역관 홍씨인데 이름은 모르고 그저 성씨만 겨우 확인했을 뿐이에요. 그분도 자기 함자를 굳이 대려고 하지 않아 어쩔 수 없었습니다."

"허허… 기막힌 일이오. 그 정도의 선행을 하고도 자기 이름을 감추는 그분은 도대체 어떤 인물인가 궁금하니 우리가 조선에 가서라도 찾아 보은해야 할 일이오. 내가 바쁘지만 않다면 단신으로라도 찾아가 엎드려 인사드려도 모자랄 분인데… 어쩐다, 이 일을?"

"서방님의 그 초사焦思, 알고도 남습니다. 그런 생각은 서방님보다 제가 더 하는 바에요. 날개만 있다면 훨훨 날아서라도 조선에 가고 싶습니다. 그도 그렇지만 일개 역관의 몸으로 그런 큰 금액을 챙겨 주고 돌아가서 아무 일도 없었는가 그것이 못 견디게 궁금할 뿐이에요."

"그렇겠소. 당신이면 그러고도 남을 일. 보통 사람은 그냥 해낼 수 없는 일을 해낸 남자 중의 남자. 우리 그러지 말고 이렇게 합시다."

그들 내외가 생각해 낸 묘안이란 게 바로 조선에서 사신이 오면 관계기관에 연락해서 그 가운데 홍 역관이 있는가 확인하자는 것이었다. 물론 석성이 앞장서서 그 홍 역관의 돈 3천 냥도 마련해 놓았다. 그러나 어쩐 일인지 한 해가 다 가고도 두어 차례 조선에서 사신이 왔다 갔음에도 정작 홍 역관이 안 오는 것이 불안하고 초조했다.

그런 석성의 일이 조정 안에 알려지자 꼬리에 꼬리를 무는 칭송이 그에게 쏟아졌다. 그 일로 석성이 동분서주하는 것을 알고 조선 사신이 왔다 하면 접빈사接賓使 쪽에서 먼저 알려 줄 정도였다. 석성의 부탁이 없어도 먼저 홍 역관 수행 여부를 알아보는 게 어느덧 관행처럼 되어 버렸다.

"석 시랑, 너무 상심 마시오. 이번에는 안 왔지만 다음에는 꼭 오겠지요. 내가 나서서 그 연유를 알아보았지만, 사적인 사정이 있어서 못 왔답니다. 그러니 어떡합니까."

그쪽에 관계하는 동료들이 하는 말에는 진정한 우정과 성의가 담겨 있었다. 그만치 석성의 홍 역관 찾기는 화제가 돼 있었으니까. 너무 애를 태우는 남편을 보다 못한 유 낭자가 말했다.

"서방님, 너무 상심 마십시오. 그런 분이라면 어디를 가나 남의 입줄에 오르내리지 않고 사실 거예요. 이번에도 오지 않으면 조선에 가는 사신 한 사람에게 경비를 주고서라도 홍 역관을 찾아보도록 하면 어떨까요? 그것이 훨씬 빠른 길인 것 같습니다. 그게 소녀 생각인데 서방님 생각은 어떠하신지요."

"것도 좋은 생각이오. 나도 미처 생각 못했구려. 그럽시다. 우리가 경비를 쓴다면 일해 줄 사람은 있을 거요. 흔히 어디 갈 때 마음과 다녀온 뒤 생각이 다르다는 말이 있듯이 우리가 은혜를 입었을 당시에는 금방이라도 보은할 것처럼 작심하지만, 시일이 지나면 그 생각이 묽어지기 마련인 게 인간의 속성 아니오. 지금의 우리의 작심도 시일이 가면 퇴색할지 모릅니다. 그분이야 우리에게 거금을 던지고 바람처럼 사라진 것을 보면 그런 일에 괘념치 않고 지낼 정도의 분 같기는 하나 그렇다고 우리가 가만히 있으면 안 되는 것 아니겠소. 보통 사람은 아닐 것이오. 모든 것을 초월한 범상찮은 인물이 분명하오.

이러고 있을 때가 아닌 것 같소. 우리가 이렇게 그분에 대한 생각이 간절할 때 아주 특단의 조치를 취합시다. 그분이 오기만을 기다리는 것은 달리 말한다면 책임 면피로밖에 볼 수 없잖겠소. 양심을 속인다는 것이오. 이번에 또 조선 사신이 온다는 말이 있으니 우선 그것을 알아보고 이번에도 안 오면 내가 직접 조선에 사람을 보내 보겠소. 그리 아시오, 부인."

단호했다. 자신보다 더 적극적인 석성의 태도를 보고 유 낭자는 속으로 안도의 한숨을 내쉬고 있었다.

그렇게 적극적인 석성의 행위를 두 가지로 분석하는 유 낭자였다. 하나는 처의 간절한 소망을 참작하는 남편으로서의 사랑에 바탕한 배려이고, 다른 하나는 보은의 가치를 진정으로 이해하고 공감한 자발적 행동인데, 남편의 경우는 과연 어느 것인가 하는 야릇한 기대와 궁금증이 생기는 것을 어쩔 수 없었다.

그렇게 미망하는 유 낭자에게 기쁘기 그지없는 일이 있었다. 어느 날 우연히 사랑에 든 조정 손님들이 주고받는 말을 본의 아니게 엿들은 뒤부터 가라앉지 않는 가슴의 동계動悸가 문제였다.

"그러나 저러나 이 집 대주는 하는 일도 바쁜데 그런 데까지 틈을 내고 있으니 이러다가 다른 일이나 안 일어날까 걱정이오."

"그게 무슨 소리요. 왜, 석 시랑이 무슨 일이라도 저질렀소?"

"허허… 그게 아니라 쓸데없이 맡은 분야도 아닌 외국사신 접빈사 만나는 데 시간을 낭비하고 있으니 하는 소리요. 산적한 조정 일이 끝나기가 무섭게 퇴청은 않고 그쪽 사람들을 만나고 있으니 집에서 좋아할 까닭이 있겠소. 석 시랑의 그런 외도는 이미 알려져 있는 일이지만 집에서도 알고 있는지… 아까도 보아하니 이 댁 안방마님이 그것 때문인지 수심이 가득한 얼굴이던데…….″

천만뜻밖의 일. 남편의 퇴청이 늦는 것이 공무 때문인 줄 치부해 온 유 낭자에겐 엉뚱한 이야기였다. 너무 황감스러운 일이라 오히려 죄책감이 들 정도였다. 집에 와서는 그런 일이 있다는 것을 한 번이라도 발설한 적이 없는 그 잔정, 추구하는 가치에 대한 그 지고한 열의와 실현 의지의 굳건함이 돋보였다. 그러니 남편에 대한 신뢰와 존경심이 더해 갈 수밖에 없었다. 남편은 아내에 앞서 보은이란 가치를 충분히 터득하고 있었던 것이다.

출사 후 얼마 되지 않아 실력을 인정받아 석성은 조정 중신들의 시선을 한 몸에 받고 관심의 표적이 되었다. 더구나 무관들의 호의를 받은 석성은 그쪽으로 인맥을 키워 나갔고 아울러 그를 중용하려는 기운이 싹트기 시작해 그의 양양한 앞길이 열리기 시작했다. 석성, 그는 그만치 야심 찬 인물임과 동시에 사려 깊은 인물이었다.

대길이의 꿈

망태기 속을 자주 들여다보며 조심스레 걸어오는 대길이 행색은 어지간히 초라하고 후줄근하다. 대문을 지나 중문께에서 안을 기웃거리는데, 그때 마루에서 누군가가 손짓을 하며 섬돌에 내려선다.

"야 대길아, 그게 뭐냐. 밥이면 좀 빨리 달라. 엄마도 무척 시장해하신다."

쌀이나 찬거리가 있을 턱이 없는 이 집에 그래도 먹는 사람이 대길이 말고 둘이니 당장에라도 밥을 차려야 하기 때문에 시방 대길이가 나가 밥 두 그릇을 사 오는 길이었다. 안양으로 아주 거처를 옮긴 안방마님 맹씨부인이 오랜만에 집단속을 하러 한양에 왔다가 하룻밤을 잤으니 그럴 수밖에 없었다. 그래서 어머니를 따라온 소저도 그저 대길이 처분만 바라보고 있었다.

잠시 뒤 도란거리는 모녀 목소리가 간간이 그릇 부딪히는 소리에 섞여 밖으로 새어 나왔다. 대길이도 입이기는 마찬가지지만 밥집에서 일해 주는 대가로 차려 주는 것을 먹기 때문에 끼니 걱정은 없어 두 그릇만 챙겨 온 것이었다.

아침 햇살이 푸졌다. 지붕 용마루 위에 참새 떼가 간밤의 무서리가 쟁그라운지 부르르 몸을 떨고 깃털을 세워 뭐라 조잘댄다. 동짓달이니 그럴 수밖에. 이윽고 마루에 내놓은 유기 밥그릇에 내리쬐는 햇살도 곱고 부드러웠다.

"야, 소저야. 괜찮냐, 이러고도?"

중문 밖에 나온 소저를 흘금거리는 대길이 눈이 중문 안쪽을 향하고 있었다.

"응, 괜찮아. 엄마도 아침 드시고 꼭 한잠 주무셔야 속이 편하니까. 드시고 지금 주무셔. 왜… 겁나?"

그때 대길이가 왈패들에게 당해 초주검이 돼 들것에 실려 들어왔던 것이 생각 난 소저가 가볍게 한숨을 내쉬며 사방을 둘러본다. 분명 그것은 대길에게 닥친 횡액이었으니까. 더구나 놀라운 것은 언제 익힌 택견 솜씨인지 왈패 한 놈이 나가떨어진 게 도무지 신기할 수밖에 없었고 그때 비로소 남자의 그늘을 실감한 소저였다. 아무리 코 큰 소리를 하는 여자지만 사내 그늘을 벗어날 수 없다는 어떤 달디단 체념이 조금은 흐뭇했으니까.

한 달 만에 자리에서 일어난 대길이지만 다치기 전보다 어떤 판인지 더 믿음직스럽고 눈부시게 보이는 것도 예삿일이 아니었다. 어머니의 얼음장보다도 더 차가웠던 내침과 아버지가 직접 업고 가는 대길이가 피투성이 되어 근드렁거리는 것이 어찌나 불쌍한지 눈물을 머금으며 바라봤던 그때의 정경. 그런 반송장을 업어다 놓은 아버지는 아무 말 없이 그저 무덤덤한 표정으로 피 묻은 대길이의 옷을 갈아입히지 않았는가. 어머니의 그 매정스런 독설도 아버지의 그 표정 앞에는 무력하고 나약했다. 그때부터 분명 달라진 대길의 모습을 보며 사내를 강하게 의식하고 자신의 어떤 잠재의식에 놀라 혼자 거울을 들여다보던 일도 떠올랐다. 어제의 대길이가 아니었다. 그때부터 대길을 대하는 소저의 모든 언행에 뜻이 담기기 시작했다. 눈짓 한 번 말 한마디 허튼 것이 없었다.

"야, 나 어쩜 좋냐. 오늘 가면 언제 만날지도 모르고, 니가 안양에 올 일도 없고. 삼촌 핑계 대고 올 수도 없고 아버지 오실 날짜도 가까워 오는데 말이다."

"그렇구나, 아버지… 그래, 오실 때가 됐지. 내가 두 번 모시고 간 적이 있어서 대강 움직이는 것을 알지. 그렇잖아도 내가 지난번에 이야기한 말 너도 기억하지? 그 궁에서 다녀간 사람 이야기, 마님이 가신 일이 굉장히 중요하고, 일이 잘못되면 마님이 또 다칠지 모른다는 이야기."

금세 겁먹은 눈이 된 대길이 버릇처럼 사방을 둘러보며 목소리가 점점 작아지는데 소저도 따라 몸이 움츠러든다. 아직도 들어설 때의 그 모습 그대로 망태기를 여태 짊어지고 있는 대길이가 우스운지 소저는 그에게 다가가 망태기를 벗겨 내 행랑방 쪽 중방에 박혀 있는 대못에 걸어 놓는다.

"그래, 그래도 다행히 일이 잘 해결되어서 돌아오고 계시단 소식이 닿았으니 다행이긴 한데, 그래도 여전히 걱정은 걱정이네.

뭔가를 알고 있는 듯하면서도 입을 봉하고 있던 안방마님이 얼마 전에야 주인마님이 일이 있어 남들 모르게 은밀히 명나라로 향했고 거기의 일이 잘 풀려서 돌아오고 있단 소식을 한결 편안해진 얼굴로 털어놓아 그동안의 궁금증이 해결된 대길이었다. 그런 이유로 이제 대길이도 한결 속이 편해졌고 자연스레 다른 일에 온 신경이 쏠렸다. 두 사람은 이제 보통 사이가 아니었다. 김 진사댁과 파혼됐을 때 소저는 눈치꾸러기 반찬 먹은 강아지가 돼서 어머니 눈

밖에 날 정도였다. 본인은 오히려 속으로 후련했지만 겉보기에는 그게 아니었다. 그 반작용 때문만은 아니었지만 그런 뒤 두 사람 사이는 더 가까워졌다.

"내… 마음속에 짚이는 데가 있는데… 소저야, 잘 들어라. 오빠가 저리된 것도 알고 보면 집안… 아니, 집안이라기보다도 지체, 흔히 지체란 말을 잘 쓰는데 더 확실히 이야기하자면 신분이란 말로 대신할 수 있어. 간단히 이야기해서 반상의 구별은 그 지긋지긋한 신분제 때문에 그리된 게 아니냐. 양반이 못 된 그 한, 양반과 상놈 사이에서 어정쩡하니 끼어 있는, 꼭 박쥐 같은 존재로 양쪽에서 괄시받은 이 중인이란 신분에 분통을 터뜨리고 있는 거야. 차라리 상놈 신분이면 까놓고 무얼 못하겠냐. 나도 그러기는 마찬가지지만 속은 다 있다. 건이 형이 속을 끓이고 있는 것도 바로 그것 때문이야. 갓이 크고 작은 것이 무슨 상관이야. 작은 갓 쓰는 중인이라고 큰 갓 쓴 양반놈들과 다를 게 뭐야."

대길이도 신분을 알 길 없는 애매한 존재였다. 안방마님의 고향, 경상도 진주에서 다섯 살까지 자라다 형편이 잘못돼 안방마님한테까지 그 양육문제가 돌아왔으나 집안 드난살이로 맡겨져 나이가 들었고 건이를 따라 서당에 다니며 어깨너머로 책을 가까이했다. 자라면서 인품이 헌칠해진 대길이는 그래선지 홍순언의 귀여움을 받아 때로는 명나라 말이라도 한두 마디 하게끔 자유가 보장됐었다. 그렇게 커 나가면서도 그 어린 입에서 어머니란 말이 한 번도 나온 적이 없었을 만치 아이는 단단한 데가 있었다. 외아들 건이를 잘 따랐지만 그가 가출한 뒤에는 혼자 매사를 처리해야 했다.

"나 아버지 오시면 그냥 절로나 가 버릴까 보다. 집에 있기도 싫고 그렇다고 또 시집이나 가라고 볶아대면 그 일을 어떻게 감당하겠냐. 인자, 나 시집가기는 다 틀렸잖냐. 그건 대길 니가 더 잘 알 것이다, 왜 그런지. 나 네 눈치만 보고 있대도 과언이 아냐. 그렇다고 둘이서 도망갈 수도 없고. 오빠가 어디 있는 줄 알면 그리로 가 버렸으면 싶은데, 그때 왔다 갈 때 들으니 전라도 어디서 염밭을 한다는데 어딘지……?"

"그 나이에 혼자 염밭을 할 정도면 대단한걸. 나보다 두 살 위면 이제 서른도 안 됐는데 염밭 주인이라… 주인마님 닮아서 조금 통이 큰 편이 아니라고, 건이 형이?"

어릴 적부터 불러온 '건이 형'이 입에 붙어 있는지라 대길이도 두 살 위인 건이를 꼭 형이라 부르고 있었다.

"나 아무래도 보살이 되는 게 제일 뱃속 편할 것 같다. 너만 바라보고 있다가는 아무것도 안 되고… 이렇게 우리가 세상 눈치만 보고 살아야 하는가 생각하니 참 억울하다. 대길아, 나도 인자부터는 너 보고 말을 놓을 수도 없고… 암튼 내가 많이 모자랐다. 아버지가 오시면 뭔가 결단이 나겠지. 이 집구석이 망하든가 흥하든가. 나 절로 가 버리면 대길이 너는 어쩔래? 그대로 이 집에 붙어 있을 거야, 어쩔 거야. 분명히 말하라고. 나도 대길이 마음을 아직도 믿을 수 없어."

두 사이는 이제 불가분이었다. 그만치 그 사이는 끈끈하고 뜨거웠다. 그때 그 생각만 하면 대길이는 지금도 얼굴이 후끈거리고 오금이 저렸다. 마지막 명나라 마님 수행길에서 돌아올 때 북경에서 저지른 주인마님의 터무니없는 짓으로 무일푼이 돼서 소저 선물 하나 못 산 그 실망 때문에 울상이 된 자신을 보고 정작 주인마님은 속 편한 듯 말했다.

"야, 대길아! 왜 그리 니가 죽을상이냐. 소저 선물 하나 못 산 것이 그리도 안타깝냐. 기회는 또 있다. 이번에 못 샀어도 다음에 기회가 있잖냐. 왜? 소저가 화낼까 봐? 이 고얀 놈, 소저와 무슨 약속이라도 있었던 게로구나, 허허."

그 정겹던 말이 농담일망정 얼마나 포근하고 알뜰한 마음 씀씀이였던가. 뭔가 자신의 마음을 도둑맞은 것 같아서 어딘지 허전하던 그때 그 심경이 또 부끄러웠다.

'주인마님은 분명 내게 정을 느끼고 계신 어버이 같은 분, 이번 길 무사히 돌아오실는지…….'

모든 감정에 앞서 그런 오롯한 섬김의 마음이 드는 자신이 스스로도 흡족했다.

아들 건이보다 대길이 공부가 많다는 것을 알고 있는 홍순언의 고민이 그것이었다. 흐뭇하기도 하고 조금은 투기 같은 심사가 불쑥불쑥 솟아오르기도 하고.

'저놈이 내 자식이라면 쓸모가 많은데… 사내새끼로서는 손색없고…….'

무엇보다도 품성이 넓어 싫다는 사람 없는 그것이 아깝고도 얄미운 점이었다. 저것이 뼈만 제대로 된 놈이라면 뉘 물건이 될지도 모르는데……. 그렇게 대길이를 보는 눈에 한 가지 에누리가 있는 홍순언이었다. 경우에 따라서는 딸의 배필로 삼고 싶은 욕심도 있지만 그럴 때면 앙칼진 아내 목소리가 떠올라 얼른 그 생각을 지워 버리곤 했다.

"어디 딸 줄 데가 없어서 저런 천것한테… 원 세상에… 나리 생각이 정 그렇다면 차라리 내가 죽어 없어져 버리는 것이 나을 것 같네요. 소저 인물이 저게 보통 인물입니까? 지금도 몇 군데서 말이 들어오고 있잖아요. 그런데 하필이면… 세상에 그리되면 우리 집안이 뭐가 되겠어요. 건이도 생사를 모르는 판에……. 그런 소리는 하지도 마세요."

그것뿐이 아니었다. 사사건건 대길이 일이라면 쌍지팡이 짚고 나서서 훼방 놓거나 악담하는 맹씨부인을 이해 못한 홍순언은 차라리 저렇게 꼴보기 싫어하면 지금부터라도 남남이 되는 것이 낫지 않을까, 측은한 눈으로 바라보고 있었다.

"그럴 거야. 나 같은 처지에서 시방 무슨 말을 하겠어. 이도 저도 안되면 나는 고향이랄 것도 없는 데로 돌아가 화전민이나 되는 수밖에 없어. 이자 이야기하는데 나 스무 살 넘어서 언젠가 안방마님이 손수 노자까지 챙겨 주시면서 '너도 나이가 스무 살이 넘었는데 네 조상이나 고향을 모른대서야 말이 되느냐. 가서 네 고향도 둘러보고 네 부모 흔적이라도 찾아봐라. 내가 도울 수 있는 길은 이것뿐이다. 너도 부모를 모르니까 가서 자세히 알아보고 산소라도 찾아봐라'고 하신 적이 있었지."

그러면서 일러준 이름 두엇을 가지고 찾아간 곳에서 한 해를 머물면서 그 이름을 찾고 헤맸으나 들리는 게 모두 쓸쓸한 소식. 어머니로 짐작되는 여인은 그가 세 살 때 성가시게 철마다 노략질해 들어오는 왜적들에게 끌려가 소식이 없고 그 뒤 2년 만인 그가 다섯 살 때, 그를 돌보던 아버지란 사람도 고기잡이 나갔다가 풍랑을 만나 생사가 불명해져 이 손 저 손을 거쳐 한양으로 보내졌다는 게 그동안의 다리품에서 얻은 소식의 전부였다. 결국 부모의 흔적도 찾을 길 없는 맹랑한 고아라는 것만 확인하고 돌아오는 길에 섧게 우는 남해 바다 갈매기가 부러울 정도의 비감에 빠졌던 대길이었다.

어릴 적부터 딴 애들 같으면 입에 달고 살 어머니라는 말을 모르고 자랐고, 고향을 다녀온 뒤부터는 칼로 자르듯 잊어버린 피붙이에 대한 미련이었다. '내게는 고향이나 피붙이가 없다. 있는 것은 험난한 현실. 나를 이만치라도 자라게 해 준 이 집이 있을 뿐이다'는 옹근 보은의 결심이 있을 뿐이었다.

"그랬구나. 나도 몰랐어. 거기 다녀온 뒤 생각이 많이 달라졌겠는데 어때? 다시 가 보고 싶잖아? 고향이라는 데에?"

"그걸 말이라고 해? 내 속을 쑤셔도 분수가 있지. 그런 고향에 다시 가 보고 싶은 사람이 어딨어. 내 말을 조금이라도 새겨들었다면 그런 인정머리 없는 말이 나와? 정말 정 떨어지네."

'아이고 내가 아픈 데를 찔렀구나. 대길이도 사람인데 어찌 설움인들 없겠는가. 내가 너무 경망스런 말을 했구나.'

금세 소저 얼굴이 붉어지고 눈매가 아래로 처졌다. 후회의 표정.

"그건 실수라고 봐 주지. 그런데 나는 거기 다녀와서 한 가지 느낀 게 있었어. 명나라에 갔을 때 우리보다 더 큰 나라에 엄청난 사람들이 있다는 것을 알고 우리의 우물 안 개구리 같은 생각이 어리석었다는 것을 알았지. 다시 말해 정신 차리지 않으면 언제 어떻게 될지 모르는 게 우리 처지란 말야. 결국 주인마님이 명나라 말로 일을 보시는 것도 우리가 약하기 때문이라는 것을 알았지. 우리가 좀 더 사람 수가 많고 힘이 있다면 저들이 우리말로 우리에게 사정해 올 것이 아닌가 하는 계산이 나오더라고.

그런데 고향에 다녀온 뒤에는 생각이 또 바뀌었지. 쪽발이라는 강도떼가 우리를 해악하는 것을 보고 말이야. 명나라야 점잖게 우리를 볶아 먹지만 쪽발이는 그게 아닌 것이 분통 터지는 일이지. 그놈들은 총칼 대놓고 생명까지도 도륙해 내는데 우리도 그냥 있을 수 없다는 것 아니겠어. 결국 나라가 이것을 막고 백성들을 살려야 하는데 나라가 힘이 없고 눈감아 버리니까 백성들이 그렇게 처참하게 죽어 가지 않느냐는 생각이 들고 정신이 번쩍 들더라구. 아! 그제야 나라라는 것, 그것이 그냥 있는 것이 아니고 백성을 위해서 있어야 한다는 생각에 눈을 뜬 거야. 무조건 쪽발이는 무참히 쳐 죽이고 사지를 쭉쭉 찢어 죽여야 우리가 산다는 그 생각, 말을 바꾼다면 우리가 우리나라를 지켜야 살 수 있다는 생각이 굳어진 거야. 그러지 않고서는 살 수 없어. 그것이 제각기 자기 나라에 살고 있는 백성의 마음이어야 한다는 신념이 생긴 거지. 이대로는 안 된다는 생각이었어.

거기서 돌아와 이리저리 알아보니까 우리 조선이 생기고 여태까지 쪽발이의 노략질이 셀 수 없이 많다는데 단 한 번도 우리는 쪽발이들한테 먼저 쳐들어간 적이 없더군. 그걸 어떻게 생각해, 소저는? 한두 놈이 와서 고깃배 대 놓고 재물 훔쳐간 것은 더 셀 수 없고. 이게 사람 사는 세상인가. 그래서 하는 말인데 우리도 힘을 길러 쪽발이가 한 번 훑어가면 쫓아가서 세 번 칼침으로 찌르고 그 시체를 포로 떠서 까마귀밥을 만들어야 한다는 이야기야. 내 달라진 생각이 이거야, 소저. 소저가 아무리 여자지만 나라가 어떻게 돌아가고 있다는 것 정도는 알고 있어야 해."

잠시 계속되던 대길의 말이 끝나자 소저가 뭔가를 깊이 생각한 듯 고개를 가만히 주억거리고 옷고름을 매만지며 먼 산에 눈을 준다.

"그래서 하는 이야기인데… 남자라면 생각이 같을 수도 있겠구나 하고 나름대로 아는 사람들 이야기를 들어 봤더니 생각이 제각각이더라구. 모두 먹고사는 데 정신이 없어서 그런 생각 가진 사람이 별로 없어! 슬픈 이야기는 대부분 사람들이 쪽발이엔 이를 갈다가도 이런 내 생각을 말하면 그저 시큰둥하게 듣는 둥 마는 둥 한단 거야. 간혹가다가 핏대 올려 성토하는 이도 있지만 가뭄에 콩 나기야. 정말 눈앞에서 당해야 혼쭐이 나서 정신 차릴 위인들이야. 나, 이도 저도 잘 안 되면 어디 포구에라도 가서 패거리 만들어 쪽발이 씨 말리는 왈패라도 될까 생각 중이야. 그래서 우리 어머니 넋이라도 달래 줄까 해. 내 나이 이제 겨우 서른도 안 됐지만, 잘하면 어머니도 살아 계실 나이지 어딘가에. 다 부질없는 생각이지만 말이야. 남에게 있는 어머니가 왜 내게는 없는지 참……."

"……."

묵묵히 듣고 있던 소저가 곁눈질로 대길이를 훔쳐보는데 그 눈도 제법 충혈돼 있었다.

"나도 생각이 많기는 마찬가지다. 나는 곧 죽어도 양반가 나부랭이들같이 살고 싶지 않아. 나는 어떻게든지 부모 그늘을 떠나면 떠났지 그런 생활 안 할 거야. 그러고 보면 내가 파혼당한 것이 천만다행인지 몰라. 내가 설령 다르게 산대도 방법은 있을 거야. 아, 막말로 농사도 지을 수도 있고 장사도 할 수 있지. 이 중인 신분이란 게 뭔데. 바로 장사치 아냐. 내게 돈은 없지만 한다면 할 수 있단 말이지. 대길이가 하는 이야기도 그 이야기 아냐. 약차하면 못 할 것이 없다는 그 각오. 그러면 됐지, 더 뭘 바라겠어."

이미 뭔가 판을 짜 놓고 거기 투신할 계획이 있는 사람답게 두 사람 말은 묘하게 공통점을 가지고 있었다. 뭔가 집을 떠나 자립하겠다는 큰 목표에 에둘러 접근하고 있었다. 다시 말하면 가족이라는 틀을 벗어난다는 선언이었는데, 두 사람은 뭔가 지향점은 같았으나 건진 것이 없었다. 답답한 일이었다.

그렇게 오전을 넘기고 그날 낮 맹씨 안방마님과 소저가 아쉬운 듯 뒤돌아보며 안양으로 돌아간 뒤 텅 빈 집 안에서 허전한 듯 사방을 두릿거리며 중문 안에서 서성이는 대길이도 무척이나 스산해 보였다. 혼자 남은 그 행랑에 군불이라도 때려고 대문간에 쟁여 둔 삭정이 다발을 건드리다가 대문 밖에서 안을 기웃거리는 사람 그 림자를 보고 고개를 쳐든 대길이가 가볍게 탄성을 질렀다.

'아… 아니, 저게 누구야.'

많이 본 듯한, 그러나 의복이 엉뚱한 중늙은이 한 사람이 빙그레 웃으며 성큼 대문에 들어섰다.

"누구십니까? 누굴 찾으시는지요. 이 댁에는 저 말고 아무도 없 는데."

말투가 공손해질 수밖에 없었다.

'어디서 봤더라. 익긴 익은 얼굴인데… 아아! 가을에 왔던 그 도 포 입은 선비? 어쩐지 많이 본 얼굴 같더라니…….'

속으로 무릎을 탁 친 대길이가 머릿수건을 벗고 꾸벅 절을 했다.

"응 대길이랬지. 잘 있었느냐. 용케 알아보는구나. 그래, 별일은 없고? 허허."

예전에 아무도 없는 집에 와서 홍순언의 안부를 묻던 그 사람, 그때도 수수께끼 같은 말 몇 마디 남기고 총총히 사라진 그 사람, 왠지 친근하게 느껴지는 그 체온이 알맞아 좋았다.

"오늘도 빈집이구나. 안주인께서는 오늘 안 오셨느냐?"

"예, 안 그래도 어제 오셨다 하룻밤 주무시고 돌아가신 지 얼마 안 됐습니다. 주인마님 소식도 궁금해서 바람도 쏘일 겸 한 번 다 녀가신 것 같습니다."

그러면서 탐색의 눈으로 사내를 흘겨보는 대길이 얼굴도 조금은 궁금한 듯 보였다. 사내는 장사꾼 복색으로 그때의 도포와 딴판이 었다. 그러나 그 옷이 보듬는 몸에서 풍기는 뭔가 모를 기품은 그 때와 같았다.

'참, 알 수 없네. 그때는 도포 차림이라 쉽게 감을 잡았었는데.'

바로 그 순간, 누군가 사람 하나가 대문간에 지게를 받치고 무엇을 내려놓고 있었다. 바로 이 집에 갖다 주는 물건인 양 한가운데 버텨 서서 내려놓은 것은 잘 손질된 질그릇에 단지 두 개.

'웬 질그릇 단지지?'

조심성 있게 내려놓은 뒤 지게꾼은 그 사내에게 목례만 하고 사라져 버려 몹시 궁금했다. 사내 얼굴과 질그릇을 두어 번 번갈아 보는 대길이 표정이 재미있다는 듯 가볍게 웃음을 띤 사내가 말했다.

"궁금해할 것 없다. 저건 고추장인데 약에 쓰는 거다. 주인마님이 돌아오시면 드실 거니까 잘 들여 놓아라. 아주 정성들인 약이니까 그리 알고."

대길이는 묻지도 않는 말이지만 알려 준 것이 고마워서 뿌적뿌적 다가가 내려다보았다. 아주 깨끗이 손질된 단지 두 개가 앙증맞았다. 대길이는 다시 한 번 사내를 건너다보았다. 손을 대도 되냐는 승낙이라도 받으려는 듯.

"어서 갖다 놓고 나오너라. 너한테 할 말이 있다."

대전내관 도일수가 홍순언 집을 찾은 것은 두 번째, 그때 홍순언이 명나라로 떠난 뒤 그 소문을 듣기 위해 찾아와 두서없이 이리저리 둘러보고 묻던 것이 어제 일 같았다. 오늘은 이전과는 다른 뜻으로 찾아온 집이니 조금은 여유롭게 다른 것들에 관심이 가는 게 사실이었다.

홍순언의 성공이 파발로 알려지자 앉은 자리에서 벌떡 일어나 춤이라도 추고 싶었던 선조는 그 주역 홍순언이 이질에 걸렸는데 일을 처리하느라 시간이 없어서 그 병을 그냥 안고 돌아오는 중이라는 보고를 받고는 금방 얼굴이 흐려졌다. 이에 선조는 어의 허준을 불러 사실을 이야기하고 우선 그가 돌아오면 쓸 약을 조제케 했다. 희소식에 딸려 온 소식에 무척이나 상심한 나머지 허준을 불렀던 것이다.

고추장을 주로 한 희한한 복용약이 만들어지고 그것이 두 질그릇 단지에 담겨져 홍순언 집으로 득달같이 배달된 것이다. 돌아온 뒤에 보내도 될 약이었지만 선조는 마음이 바빴고 그렇게라도 홍순언 개인에 대한 감사의 표시를 하지 않고서는 못 배길 정도였다.

홍순언은 아직 명에서 돌아오지 않았지만 이미 그에게 기울어진 선조의 마음이었다. 이에 그를 아끼는 마음으로 내관을 시켜 약을 갖다 주는 것에 더해 혹시라도 그가 조정을 들었다 났다 할 정도로 시끄러운 붕당 싸움에 끼어들지는 않았는지, 혹 그렇다면 어느 붕당인지를 은근히 알아보라고 하명했던 것이다.

"나리, 한마디 물어봐도 되겠습니까, 아니면 그만둘까요?"

"무슨 말이냐, 말해 보아라."

그때 첫 인상이 좋아 끌리는 데가 없지 않았던 떠꺼머리라 도일 수에게는 오늘도 대길이의 인상이 좋았다.

"나리가 어디서 오셨는가, 그게 굉장히 궁금해서 그럽니다. 저런 귀한 약을 주신 분도 알고 싶고, 또 당연히 알아야죠."

"허허… 그놈 외수가 없구나. 그냥 어느 독지자가 선심 쓴 것으로 알면 안 되겠느냐? 물론 보낸 사람이 없다면 거짓말이겠지만… 으음… 그냥 궁에서 보낸 것이라고 알고 있거라. 나중에 주인이 오시면 자연히 알게 될 것이니라. 그것보다도 나는 너의 궁금증 못지않게 묻고 싶은 게 있는데 답해 줄 수가 있겠느냐. 언제까지 떠꺼머리로 지낼 것이야. 나는 그것이 더 궁금하다. 네 나이 제법 된 거 같은데, 음… 지금 몇 살이냐?"

"나리 짐작대로 하시지요. 자랑할 것도 없는 노총각, 아니 노총각이 아니라 알고 보면 애기 아버집니다요. 누구한테 말 안 한 비밀을 나리께 처음으로 말씀드립니다요. 이 댁에서도 모르는 제 비밀이지요. 그러나 지금은 어쩔 수 없이 떠꺼머리가 분명합니다. 한시바삐 상투를 틀고 싶지만 짝이 없네요. 나리가 어디 이놈 짝이라도 하나 맞춰 주시면 좋겠네요. 죄송합니다. 헤헤……."

"아니, 아이 아버지는 뭐고 떠꺼머리는 또 뭐냐, 이놈. 알고 보니 초면에 부랄 잡는 놈 아니라고!"

대길이를 곱게 쳐다보는 도일수의 얼굴에는 그저 잔잔한 웃음이 고여 있을 뿐.

"근데 대길아, 한 가지 더 물어봐도 되겠느냐. 주인 마님이 가신 뒤 이 댁에 찾아오는 사람이 없었느냐? 평소 주인마님과 교분 하던 분이나 또 달리 못 보던 얼굴 말이다. 그런 분들이 혹시 들르지 않았느냐?"

"나리도 참, 아, 주인마님을 아시는 분들은 모두 주인마님의 거취를 다 알고 있는데 뭣 하러 빈집에 찾아오겠어요. 이제 세상이 다 아는 주인마님 일일 텐데 말입니다."

'하아, 그렇겠구나…….'

자기가 생각해도 멍청한 질문이라 도일수는 속으로 웃었다.

"네 말 듣고 보니 그럴 만도 하다. 암튼 네가 빈집 지키느라 애를 많이 쓴다. 네 말대로 그 댕기풀이를 하도록 한 번 힘써 보마."

"헤헤헤헤헤… 나리 감사합니다요. 이 못난 놈을 그렇게 생각해 주시니… 저는 나리가 궁에 계신 것으로 알고 있겠습니다. 고맙습니다. 그런데 저에겐 한 가지 소원이 있는데 혹시 들어주시겠는지요. 댕기풀이도 좋고 다 좋은데 이것이 제일 중하지요."

"무슨 소원이냐. 빨리 말하거라. 나도 갈 길이 바쁘다."

사방을 휘둘러본 대길이가 그 사내 귀에다 입을 대고 한참을 수군거리자 사내 눈이 점점 커진다.

"너 지금 한 말이 사실이렷다. 으음… 그렇다면 내가 너를 다시 봐야겠다. 네 뜻이 정 그렇다면 내가 도와주마. 걱정 말고… 때가 되면 내게로 오너라. 그건 그렇고… 아까 네가 말한 비밀을 내게 말해 줄 수는 없겠느냐."

"예… 나리, 그러겠습니다."

"사람과 사람 사이에 빈말이란 게 없다. 나는 너를 믿으니 너는 나를 믿고 말해 보아라. 경우에 따라서는 내가 네 힘이 돼 줄 수도 있으니까 걱정 말고. 그리고 아까 말한 그 일도 초심을 굽히지 말고 준비해라."

그 비밀이란 게 이랬다. 소저 어머니 맹씨부인이 마련해 준 돈으로 고향을 찾아 이리저리 부모 소식을 알아보던 대길이는 그 길이 막히고 돌아갈 길도 막히자 어디 더부살이로 새경이라도 받을 생각으로 들어간 어느 집에서 마침 그 집 드난살이 살던 처녀와 눈이 맞았고 그 결과가 임신이었다. 그것을 안 안주인이나 처녀 부모가 대경실색했음은 당연한 일이었다.

"우리가 알아서 할 테니까 너 사는 데 주소나 알려 놓고 가거라. 무슨 일이 있으면 알려 주마."

이런 말 한마디와 함께 그 집에서 쫓겨나 소저 집으로 돌아와 살다가 그 처녀가 사내아이를 낳은 뒤 출가했다는 것을 알고 망연자실했던 것이 벌써 6년 전 일이다. 아이는 거기서 그 처녀 부모가 키우고 있다고 한다. 이건 아직 소저도 모르는 비밀, 사실 그것 때문으로도 대길의 마음은 늘 무겁기 한량없었다.

"허허… 그놈 도가 터도 너무 일찍 텄구나. 그래, 으음, 알았다. 주인댁도 모르는 비밀이 그것이렷다."

대길이의 속내를 듣고 난 도일수가 하는 말이었다.

당릉군 唐陵君

　국경, 조명朝明을 가르는 마자수가 유유히 흐르는 조선 땅에도 흰 눈이 폴폴거리고 있었다. 첫눈인가? 그래, 동짓달의 북방이니 그럴 만도 하지. 의주진義州鎭은 때 없이 분주하고 소란했다. 많은 인마가 뒤섞여 움직이니 그럴 수밖에 없으리라. 명나라에 갔던 종계변무주청사 일행이 돌아오는 길. 더구나 그들은 대명회전 수정이라는 큰 성과를 거뒀으니 그 길에 소맷바람이 날 수밖에 없었다.

　그런 그들의 경사를 자축하고 영접한다는 한양 사신들이 벌써 와 있고 그들을 맞은 의주 절제사 윤기원의 붉은 얼굴이 동헌에서 분주하고 노기 띤 그의 음성이 뜰 밖에까지 울린다. 며칠 동안의 소란이니 그도 어지간히 신경이 곤두서 있었다고 해도 지나친 말이 아니다. 정오가 되자 하늘거리던 눈발도 멈추고 쾌청한 하늘은 이들의 귀향을 반기듯 바람조차 잔잔했다. 명나라로 갈 때 그렇게 숙연했던 사신 일행의 뒤로는 깃발까지 나부끼고 인마의 움직임이 활기에 차 있었다. 얼추 백 명을 헤아리는 인마가 느리게 움직이며 길을 나아간다. 저 속도면 한양까지 열흘 정도 걸릴까.

그 대열 중간의 마상에서 움직이는 주청사 정사 황정욱은 자꾸 뒤를 돌아본다. 마자수까지 명나라 보교로 왔던 홍순언이 그것을 버리고 말로 바꿔 탔기 때문이다. 노오랗게 시든 그가 보교를 버렸으니 뒷탈이나 없을까 그게 걱정이었다. 오늘의 성공과 영광을 가져다 준 영예의 주인공이니 그럴 수밖에 없으리라. 그러나 신기한 것은 마자수까지 계속되던 그 이질痢疾 증세가 거짓말처럼 그쳐 버린 것이다. 마자수 이남(조선)의 물이 그렇게 좋은 약이었던가? 풍토병이란 게 그런 것인가? 가벼운 한숨을 내쉰 정사 황정욱의 얼굴에 가느다란 미소가 얼핏 스쳐 지나간다.

의주 절제사 정삼품 당상관인 윤기원이 당하역관인 홍순언에게 내보인 지나치리 만큼 공손한 언행이 우스워서였다. 그것이 시류時流인가? 과공過恭이지, 분명. 수하나 다름없는 신분에게 내보인 비나리… 거기서 생각이 멎은 황정욱은 고개를 떨군다. 얄팍한 관리들의 추세 심리, 이제 홍순언이 어찌 될 것인지의 점괘 정도는 풀고 있는 윤기원으로서 그럴 수밖에 없었으리라는 것이 황정욱의 가벼운 위로이리라. 왕이 지금 어떤 생각을 갖고 있으리라는 것쯤은 그도 헤아릴 수 있었다. 물론 논공행상의 대상에 자신도 포함되리라는 것도 예단하고 있었지만. 또 뒤를 돌아본 황정욱은 인마에 가려 보이지 않으나 대오가 정연한 것이 홍순언에게 별일이 없는 것 같아 고개를 다시 바로 했다.

'참, 고지식하고 교기驕氣라고는 눈 씻고 보려야 볼 수 없는 저런 사람이 또 있어?'

그는 속으로 혼자 중얼거렸다. 직접 상대한 것은 두어 번이지만 멀리서 들보이는 그에 대한 소문이 그랬다. 그리고 이번에 상대해 보니 역시 그런 자신의 판단이 틀림없다는 것을 알게 됐다. 그의 태도는 늘 그렇듯 그저 무덤덤한 게 어찌 보면 얄밉기까지 했다. 그것이 그에 대해 호감을 갖게 한 이유였다. 황정욱은 고개를 끄덕이며 하늘을 보았다. 갈 때 그렇게 애먹이던 그의 건강이 북경에서 기어코 말썽을 일으켜 가슴 졸였는데 우리나라 물을 마신 뒤로는 씻은 듯이 나았으니 우선 자신의 잔 근심이 없어진 게 여간 다행한 일이 아니었다.

그는 시방 홍순언에 대한 좋은 인상을 유지할 수 있는 객관적 여건을 즐기고 있대도 과언이 아니었다. 또 그는 무욕이 순언의 장점이자 아쉬운 점이기도 하다고 생각했다. 벌써 두 번이나 동행한 사신길이지만, 늘 돌아올 때는 빈 손인 게 의아스러웠는데 그 이유가 본시 그의 무욕 탓이라는 결론 앞에는 절로 고개가 숙여졌다.

그랬다. 탐욕스런 수행원들이나 과욕한 역관들이 소지품 검사에서 늘 말썽을 일으키고 추태를 보이는 것이 못마땅했으나 홍 역관은 언제나 빈손이라 말썽이 없고 개운했다. 그것을 알고 있는 황정욱이었기에 이번에도 그 점은 안심하고 있었다.

주청사 일행이 무사히 한양성에 당도한 것은 1584년 섣달 초닷새. 역시 백설이 서설瑞雪인가. 사신 일행은 눈에 묻힌 한양성에 닿아 만조백관의 환호를 받았다. 주청사 일행이 돌아오고 그 다음 날부터가 국경일이나 마찬가지일 정도로 한양은 한껏 고무되어 있었다.

제일 기뻐한 이는 뭐니 뭐니 해도 선조였다. 연일 대취해 저러다가 건강이나 해치지 않을까 지밀들의 걱정이 태산 같았다. 그만큼 선조는 흥분돼 있었다. 전국 지방 관아에 이른바 어주라는 것을 하사하니 주효가 즐비해 모두 흥청거렸다. 아울러 이번 종계변무주청사 일행에게 후한 논공행상이 있을 것이라는 풍문이 돌았다. 모두 들뜬 기분으로 그것을 기다리는 눈치였다.

그렇게 돌아온 홍순언이지만 근심은 태산 같았다. 사람이 누구나 갖기 마련인 집안에 대한 궁금증과 염려, 더구나 소식도 모른 채 끌려가다시피 사신 일행에 묻혀 한 해 가까이 비운 집안일이며, 옥에 갇히면서부터 부실했던 아내 건강 등이 그것이었다. 아무리 국사가 중하고 급하다 해도 가정을 그 뒤에 놓을 수는 없는 일이 아니던가. 한양에 닿은 그는 우선 공적인 업무를 조정에서 끝내고 무거운 마음을 지닌 채 집으로 향했다.

그렇게 우여곡절을 겪은 요 몇 년 사이 적몰된 가산은 이미 채권자의 손에 넘어갔지만, 홍순언이 대성大成해서 돌아온다는 말을 듣고 채권자 모두가 한 발짝씩 물러나 있는 상황이었다. 그것도 시류인가! 홍순언은 돌아오자마자 국고에서 채무를 모두 청산해 위아래가 깨끗해졌다. 본시 청빈한 그가 채무자가 되었을 때 그를 아는 채권자는 그를 단순한 채무자로 보지 않고 곤궁한 이웃을 일시 구제하는, 이웃 사이의 정의로 대했기에 그 관계에 아무런 감정의 앙금이 없었다. 그런 이유로 애초 소유권만 넘어갔지 점유권은 인정된 채 그대로 유지됐다. 살던 집에 그대로 사는 격식을 갖추어 준 채권관계였다.

그러나 집에는 크나큰 우환이 기다리고 있었으니 그것을 뉘라서 예견했겠는가. 자신을 제일 먼저 대문간에서 큰절로 반겨 줄 대길이 얼굴이 안 보이고 중문 안에서 버선발로 달려 나올 외동딸 소저가 없는 것이 커다란 놀라움과 의문이었다. 병약한 아내야 기껏해야 장지문 열고 내다보는 게 고작이겠지만, 보교가 대문을 지나 사랑 앞에 설 때까지도 다른 이는 모르나 대길이 얼굴이 없는 것이 괴이하여 두리번거린 홍순언은 가슴이 철렁 내려앉았다. 그만치 홍순언은 대길에게 야릇한, 어떤 기대 같은 것을 느끼고 있었다. 집안 분위기는 예상했던 대로 어둡고 충충했다.

"그래, 그새 집안에 별일 없소?"

곧 쓰러질 듯 수수깡처럼 피골이 상접한 샛노란 아내 얼굴이 안 타까이 장지 너머에서 흔들리는 것도 예상했던 일. 거기다 대고 하는 겉치레 인사가 집안이 왜 이리 괴괴하느냐는 추궁으로 들릴 수도 있었다.

"그런데 딸은 어디 가고 대길이 놈 얼굴도 안 보이니 어찌된 일이오, 응?"

"……."

오래된 병치레에 푸른 기만 남아 있는 맹씨부인은 그저 할 말 없다는 듯 고개를 숙이고 말이 없다.

"옷이나 갈아입으시고 차차 이야기합시다. 나도 친정 가 있다가 그제야 집으로 왔지요. 나리가 거기 가 계시는 동안 쭉 집을 비워 두었더니……."

자신의 물음에 답하는 아내의 말이 엉뚱했다.

"……."

"그나저나 고생이 많으셨네요. 나야 집에 있는 사람인데, 나리의 고생에다 대기나 하겠어요. 내가 모자라 딸자식 하나 간수 못하고, 뵈올 낯이 없네요. 이게 무슨 기박한 팔자지 딸 하나 있는 것이……."

머리맡 반닫이 아래 서랍 속에서 꼬깃꼬깃 접은 편지를 펴 건네 주는 맹씨부인의 안색이 더욱 흐려졌다.

"……?"

무심히 받아든 그것이 종이 쪽지임을 알고 있으나 진기한 물건인 듯 한참 내려다봤다. 한참 만에 종이쪽지에서 눈을 뗀 홍순언이 어깨숨을 내쉬면서 고개를 꺾고 천장으로 시선을 돌렸다.

"으흠… 그러니까… 참, 일 맹랑하게 됐구나."

말을 중동무지르고 입맛을 다셨다.

어머님께. 불초 소녀 이렇게밖에 제 마음을 전하지 못하는 어리석음을 용서하옵소서. 이제부터 저는 부모님 슬하를 떠나 혼자 살아 볼 작정입니다. 용서하세요 어머니. 저는 제가 마음먹은 대로 살아 볼 생각입니다. 저를 욕하신다 해도 별 수 없습니다. 대길이와 함께하는 세상이 어떤 것일지는 아직 모르나 함께 살아 볼 작정입니다. 잘 되면 찾아뵙겠습니다. 남의 집에서 불쌍하게 크고 있다는 대길이 아들도 데려다 키우겠습니다. 어머니, 아버지, 강녕하시고 오래오래 사십시오. 아버지 돌아오시면 저의 잘못 용서하시라고 꼭 전해 주십시오. 불초 딸이 떠나면서 올립니다.

종이를 접어 아내에게 건네는 그의 눈이 조금은 충혈되어 있었다.

"내 잘못으로 딸 하나 있는 것 잃었구려. 그 파혼 때문에 제 딴에도 설움이 쌓인게로군. 으음, 그럴 수 있지. 여자 자존심으로 양반에 능멸당한 그 치욕이 얼마나 깊었겠소. 알겠소, 부인, 너무 상심하지 마시오."

"다 이 년 잘못으로 그리됐습니다. 크게 나무라 주십시오. 내 몸만 아프지 않았어도 그런 일은 없었을 터인데… 정말 드릴 말씀이 없네요.

그 사이 건이도 한 번 안양으로 저를 찾아왔다 간 일이 있었지요. 지금도 그 일이 잘 풀리지 않아 동가식서가숙하는 것 같습디다. 몸

은 건강한 것이 그런대로 밥은 안 굶는 것 같고, 곧 그 일이 해결이
되면 다시 무안으로 간다고 그럽디다. 그 애도 어디서 들었는지 제
누이 파혼 이야기를 알고 있더이다. 집안에 무슨 악운이 들어서 이
런지… 조상 뵈올 면목이 없습니다. 용서하세요. 다 제 불찰이니.
부끄러운 것은 대길이와 하필이면 짝이 됐다는 그것 한 가지……."

그윽한 눈길로 아내 얼굴을 바라보던 홍순언이 말했다.

"그게 어쨌다는 것입니까. 하필이면 도망을 가도 종과 갔다는 그
게 그렇게도 언짢다는 겁니까. 하하, 참 부인의 소견이 그렇게 좁
을 줄 미처 몰랐구려. 좁게 보면 그게 그럴 수도 있겠지만, 넓게 보
자면 그 애는 인간 본연의 길을 타의 없이 걸어 나간 것뿐이오. 반
상이 유별하다지만 우리는 중인 계급이고, 그 쥐뿔도 없는 양반 계
급과는 달리 인간의 자유가 좀 더 보장된 계급에 속해 있잖소. 공
정해야 할 인간사회에 계급이 웬 말이오? 계급 그 자체가 모순이
다 이겁니다 부인! 그 애는 제짝 제대로 찾아갔으니 너무 자괴할
것 없소. 걸핏하면 알량한 국사를 돌본다고 애들 교육도 제대로 못
시킨 내게 죄가 있다면 있소. 내가 생각해도 거기에 내 정신을 너
무 쏟아부은 것 같아 후회도 되오. 나랏일이 무엇인지……."

한숨처럼 새어 나오는 홍순언의 넋두리가 조용한 방 안을 맴돌
고 있었다. 인간 제백사가 새옹지마라고 명나라에서 세운 큰 공로
에 조정이 환호하는 이면에는 이렇게 집안에 엉뚱한 우환이 생기
니 참으로 공교로운 일이 아닐 수 없었다. 그렇잖아도 쇠잔한 몸,
집안에 끼어든 악운 때문에 기신거리던 그는 자리에 눕고 말았다.

그렇게 자리보전한 지 석 달 만에 홍순언에게 조정에서 날아온
기별은 덮어놓고 더 쉬라는 전갈뿐이었다. 그렇게 고생하던 이질
은 씻은 듯 가시고 건강도 좋아졌다.

1585년, 나라에서 시행하는 봉작예식이 거행됐다. 만조백관이 대례복에 홀기를 들고 도열한 하늘에는 오방색의 깃발이 춤추고 곳곳에서 울리는 아악은 장막 속에서 은은했다. 차가운 날씨 탓인지 모두 긴장돼 보였다.

왕 선조가 들어서며 아악이 멎고 도승지 목소리가 낭랑하게 울려 퍼졌다. 종계변무주청사 일행에게 내려질 가자와 녹봉祿俸이 어떻다는 것이 입에서 입으로 떠돌기는 했으나 막상 교지가 읽힐 순간이 되자 모두 목에 침을 삼키는 소리가 들려왔다. 긴장의 순간. 그날의 식은 오로지 사신 일행이 대상이었다.

"태조 건국 이래 어언 2백 년을 헤아리는 연치가 흘렀으나 종묘사직을 바로세울 우리의 역사가 제대로 기술되지 않아 겪은 내외의 고충은 이루 말할 수 없이 수치스럽고 불명예스러운 것이었으나 마침내 명나라 대명회전에 변무되어 바로잡혔으니 어찌 이 나라의 경사가 아니겠소. 제신들의 노고로 이루어진 수정된 역사는 길이 빛날 것이며 이 나라 종묘사직과 만백성이 함께 경하하고 염원할 것이오. 오늘 그 새로운 역사를 창조한 역군의 노고를 위로하는 봉작식을 올려 모두의 공로를 치하하고자 하오. 모두 그리 알고 함께 축하하기 바라오."

순서대로 교지가 읽히고 봉작이 내려졌다. 새 이름이 나올 적마다 환호성이 터지고 아악이 울려 흥을 돋우고 분위기는 축하 일색으로 고조돼 갔다. 그러나 모두의 관심사인 이번 대명회전 수정의 대역사를 이루어 낸 역관 홍순언에 대한 기대는 남달랐다.

마침내 그의 순서가 됐다. 홍순언을 당릉군에 봉하고 광국2등공신을 제수한다는 도승지의 목소리가 식장 안에 퍼지자 탄성과 함께 작은 수런거림이 잔물결처럼 일어나 잠시 식장 안을 맴돌았다.

남양인南陽人 홍순언. 당하역관인 그는 이로써 판돈령부사 당릉군 당상역관이 되었다. 선묘조하무후증수충익모수기광국공신판돈령부사봉당릉군병조참판善廟朝下誣後證輸忠翼模修記光國功臣判敦寧府事封唐陵君兵曹參判으로 일약 공신 반열에 올랐다. 그의 직계職階는 종2품. 광국공신은 모두 19명이고 홍순언과 같이 논공 받는 2등공신은 모두 7명이었다

각계의 찬사가 빗발치고 그를 칭송하는 백성들의 목소리가 자자했다. 선조는 그것으로도 모자라 그가 살고 있는 지대를 보은동報恩洞이라 개칭하여 하사하였다. 그러나 이러한 경사 뒤에 으레 뒤따르는 음해와 시기가 있기 마련이어서, 그 뒤로도 많은 논란이 있어 선조를 곤혹케 했다. 그러나 선조는 그런 잡음을 거들떠보지도 않고 홍순언을 중용했다. 누가 왕명을 거스르겠는가. 그러나 이 사건은 많은 신하들의 불평을 사, 끝내는 여러 신하들이 상소를 올려 왕을 간하고 나섰다.

미상불 그럴 수 있는 것이 양반도 아니요, 일개 중인 신분을 그렇게 파격적으로 승진시키니 국기가 문란해진다고 들고 일어날 만도 했다. 특히 그것은 동인들이 더했다. 생래적으로 붕당을 싫어하는 그에게 붕당朋黨을 강요하는 것이 못마땅했으나 어느새 그는 서인으로 분류되어 반대파의 비이성적인 반파배척운동이 도를 넘고 있었다. 괴로운 일이었다. 또한 그것으로 해서 입게 될 손실도 각오해야 했다. 그것이 나중에 가서는 노골적인 적의敵意로까지 나타나는 경우가 있어 홍순언의 입지가 어려워진 경우가 허다했다.

일약 조선의 귀족이 된 홍순언을 대하는 뭇사람들의 태도가 그전과 판이했다. 명나라에서 막 돌아왔을 때와 일단 중신 반열에 올라선 뒤의 대우가 그랬다. 그는 그런 세속과 통속通俗이 싫고 역겨

웠다. 그래서 그것을 보는 눈도 담담할 수밖에 없었다. 그것을 맨 먼저 거니챈 것이 엉뚱하게도 속세와는 담을 쌓고 사는 구중궁궐 안의 왕 선조였다

선조는 홍순언의 일이라면 모르는 것이 없을 정도로 밝았다. 그는 홍순언에 흥미를 느끼기도 하고 어떤 기대심리를 갖고도 있었다. 내관 도일수가 두어 번 더 왕명으로 저잣거리에 나가서 이리저리 얻어 들은 홍순언의 일을 왕에게 고한 뒤부터는 홍순언에게 더 관심을 갖게 되었다. 그것은 도일수 또한 마찬가지였다. 주인의 심기를 미리 알아 모시는 종복의 본능인지는 모르나 그는 충실하게 그 일을 해 나갔다. 홍순언의 가계家計며 가솔, 심지어 그의 기호에다 교제 범위까지 미주알고주알 캐내 왕에게 고해 바쳤다. 왕도 그것을 마다하지 않으니 그럴 수밖에. 그러면서 자연히 그 또한 홍순언에게 호감을 갖게 되었다.

왕명으로 그 앞에 부복한 홍순언 당릉군은 당황했다. 공적으로는 한두 차례 대면한 적이 있으나 독대하기는 처음이었기 때문이다.

내관 도일수가 구석에 시립해 있는 강녕전 별실. 기름기 번들거리는 온돌. 너른 자리는 훈훈했다. 쌍학이 나는 화려한 흉배胸背가 수 놓아진 홍순언의 조복이 유난히 돋보였다.

"으음, 당릉군… 병고가 있다는데 지금 어떻소. 그 먼 데까지 고행이 자심했다지요? 거 참…….."

"예, 전하, 지금은 쾌차하여 아무 일이 없사옵고 건강하옵니다. 이 모두가 전하의 하해 같은 은덕이옵니다."

처음 맞는 왕과의 독대. 그러니 속과 겉이 함께 떨릴 것은 당연했다. 그의 상체를 버티고 있는 양팔이 떨리는 것도 무리는 아니었다.

"그렇다니 다행이오. 암튼 이번 일은 당릉군의 힘으로 된 것인

즉 과인은 만족스럽게 여기오. 그 땅 보은동인가? 어떻소, 마음에 드오?"

왕이 도 내관에게 묻는 표정으로 얼굴을 돌리니 도 내관이 허리를 꺾고 아뢴다.

"예, 보은동으로 알고 있사옵니다 전하."

"예, 여부가 있겠나이까. 과분하고 또 과분한 처사인지라 올릴 말씀이 없사옵니다."

"과인은 그것도 모자랄 것 같아 달리 더 내릴 것이 없는가 생각 중에 있었소. 그건 그렇고 들으니 허허… 참. 듣기도 아까운 인정가화人情佳話였더구려. 그 덕분에 당릉군이 큰일을 해낼 수 있었다니 흔한 말로 선한 끝은 있다는 말이 맞지 않소."

"황송하옵니다, 전하. 모든 것이 부족한 소신으로서는 그저 황감할 뿐이옵니다. 부끄럽고 몸 둘 바를 모르겠나이다."

"듣자하니 집안에 우환이 있다는데 어떻소?"

"예, 대수롭지 않은 것으로 알고 있사옵니다. 심려 놓으십시오."

놀란 당릉군 홍순언은 굽힌 허리를 더 굽히며 얼굴을 숙여 생각했다. 당하역관으로 있을 적에는 꿈도 꿀 수 없었던 주상과의 독대가 이루어진 것부터가 황공하고 죄송한 일인데 하물며 집안의 하찮은 일까지 알고 있으니 슬그머니 겁이 나기도 했다.

'어디까지 알고 있을까 상감이……?'

"과인은 당릉군 부인의 병환도 잘 알고 있소. 조정에 지금 허준이라는 명의名醫가 어의御醫로 있는데 혹시 만난 적 있소? 그 의술이 매우 뛰어나오. 과인도 몇 차례 그의 손을 거쳤고 왕자들도 그의 의술로 목숨을 건진 일이 있을 만치 대단하오. 어쩌면 당릉군하고 닮은 데가 많이 있지요. 무욕無慾한 게 닮은 점일 거요. 한번 만나 보시구려. 그런 뜻이 있다면 과인이 바로 전의감典醫監에 하명하겠소."

그러고는 그 시선이 도일수 대전내관 얼굴로 간다. 여차하면 거행하라는 신호가 분명했다.

"전하, 황공하옵니다. 어찌 소신 같은 처지에 감히 어의의 손을 기대하겠나이까. 성은이 하해와 같사옵니다. 전하."

"아니 그럴 것이 없소. 병이라는 것은 다 때가 있는 것이요. 아무리 명의라도 때를 놓치면 소용없는 것이니 오늘이라도 바로 그의 진찰을 받아 보도록 하시오, 당릉군. 당릉군 가사가 태평해야 나랏일도 태평할 게 아니오."

"황공하옵니다. 망극하옵니다. 예, 그리 하겠나이다. 전하."

홍순언을 내려다보는 도 내관의 얼굴에 얼핏 웃음이 스쳐가고 이어 시선이 상감에게로 옮겨졌다.

"과인이 당릉군을 부른 것은 다름이 아니고 경의 의견을 듣기 위해서요. 지금 우리나라를 둘러싼 주변의 정세가 너무나 어지럽고 맹랑해 어떻게 그것을 조정하지 않고는 장차 큰 화가 될 것이 걱정되오. 여진족 문제도 그러하거니와 왜구 일이 제일 걱정이오. 이대로 뒀다가는 장차 큰 화가 될 것이 뻔해 당릉군이 보는 정세를 알고자 해서 그렇소. 기탄없이 그간 명나라에 왕복하면서 듣고 본 여러 가지를 말해 보시오. 특히 명나라에서 보는 왜구 문제 같은 것 말이외다."

"어찌 미천한 소신이 그런 것을 아뢰올 수 있을지 외람되올 뿐이옵니다. 다만 부족한 식견이나마 알고 있을 걸 아뢰옵자면, 지금 명은 내우외환으로 많은 어려움에 처해 있사옵니다. 국내 여러 군데서 민란이 일어나고 외국의 직접적인 침입이 계속되어 정세가 매우 어려우며, 특히 누르하치가 국토를 빼앗고 있어 조정이 분란에 빠져 있사옵니다. 그런 관계로 명은 일본과 직접적인 관계는 아직 없는 것으로 아옵니다. 남쪽 항주 쪽 이남에 침입한 왜구 때문에 견문발검見蚊拔劍을 할 수도 없고, 그렇다고 방치할 수도 없는 속앓이를 하고 있는 상황이지만 장차 양국 관계가 어떤 형식으로든지 정리가 될 것으로 예상되옵니다. 왜것들이 지금 전열을 가다듬은 이상 우리 땅에서 뭔가 불길한 조짐이 예상되어 소신도 거기에 주목하고 있사옵니다. 소신도 그게 걱정되는 바이옵니다.”

“으음… 그렇게 명의 사정이 어려우면 우리에게도 좋은 일은 아니오. 솔직한 이야기로 우리도 남의 도움 없이 자주적인 국가 운영을 하려고 노력하나 워낙 국력이 약해 애를 먹고 있잖소. 우리에겐 아직도 명의 도움이 절실하지 않소. 그러니 당릉군이 그 점을 잘 조절해서 계속 명의 지원을 받을 수 있도록 배려해 주시오.

앞으로 어떻게 사태가 진전될지 모르나 이대로는 안될 것 같소이다. 그런 의미에서 과인은 율곡이 주창했던 십만양병설을 심금을 울리는 시의적절한 충간忠諫의 말로 알고 그쪽으로 모든 역량을 집중하고 있는데 일부 철부지 신료들의 반대가 문제인 것이오. 얼마나 우리 실정에 들어맞는 주장입니까. 역시 율곡다운 논리지요. 지금 이 나라에는 당릉군만치 명나라에 인맥이나 연고가 있는 인물이 없습니다. 무리한 부탁 같지만 당릉군이 이 난관을 헤쳐 나갈 수 있도록 힘을 보태 주시오. 될 수만 있다면 해마다 한 번씩이라도 명에 가서 화친을 도모하고 황제 폐하께 문안이라도 올려 주시오.”

일국의 왕으로서 조금은 체면을 접고 그 같은, 어쩌면 하소연으로 들릴 수 있는 말을 아끼지 않는 모습이 홍순언의 마음을 아프게 했다. 얼마나 답답하고 조급했으면 저런 수위의 말을 할 수 있을까, 하고 그 진위를 가리기라도 하려는 듯 잠시 왕의 얼굴에 자기 시선을 정지시킨 홍순언이었다. 그럴수록 책임을 절감하게 된 홍순언은 자기도 모르게 한숨을 내쉬며 고개를 숙였다. 율곡에 대한 왕의 깊은 신뢰를 읽을 수 있는 자리였고 자신에게 더 친밀하게 대하는 왕의 뜻을 받아안았다. 황감한 일이었다.

선조는 용의주도했다. 이번 기회에 홍순언을 친명외교의 교두보로 삼을 것을 작심하고 나름대로 머리를 쓰고 있었다. 물론 자연인 홍순언의 인간됨에 매료되어서이기도 했다. 선조는 먼저 그 인간됨에 감복하고 있었으니까.

"망극하옵니다. 주상전하, 어찌 미천한 소신이 그토록 막중한 책무를 수행할 수 있을지 그저 송구하고 걱정될 뿐이옵니다. 윤허만 계신다면 지금 당장이라도 명에 가서 상주常住할 의향도 있사옵고 종묘사직이나 이 나라 백성을 위해 분골쇄신할 각오가 돼 있사옵니다. 하명만 하시옵소서, 전하."

"당릉군의 노고는 늘 보고 있으니 걱정 마시오. 언제 기회가 오면 명을 보는 눈으로 일본에 가서 한 번 살피고 오시오. 사신이 가기도 하오만 모두 눈이 제각각이라서……. 같은 역관의 처지에서 한 번 그들을 탐색해 보시구려. 물론 다른 역관들과 의견도 나눠 보시고. 자, 술이나 한잔 하시오. 허허… 그 어의 허준을 지금이라도 만나 보시겠소?"

"예, 전하. 분부하신 대로 일본에 가서 소신이 원하는 몇 가지를 꼭 보고 오겠나이다. 소신도 그런 기회를 엿보고 있었나이다. 제 병도 병이지만 내자의 병은 다 아는 병이오라 시일이 되면 자연치유도 가능하와 어의의 손을 댈 것도 없는 줄 알고 있사옵니다."

참으로 황공한 일, 상감이 내미는 술잔을 안 받을 수도 없는 일,

지엄한 주상의 잔을 받는 홍순언의 양손이 부들부들 떨리는 것도 무리는 아니었다. 도 내관이 그런 홍순언을 지켜보고 서 있었다. 그 얼굴에 미소가 스쳐 갔다.

"과인은 지금도 잊을 수 없는 일이 있소. 과인의 명으로 일본에 다녀온 율곡이 조희석상에서 강원도 사투리로 일본을 평하던 일이오. 그 강원도 사투리가 그렇게 혼감하게 들릴지 몰랐소. 그것도 그것이지만 율곡의 뼛속까지 차오른 그 우국충정의 정신은 참으로 본받을 만한 일이었소. 요절한 게 아깝소. 그런 신하 한 사람만 더 있었더라도 지금 나라가 이렇게 어지럽지는 않을 것이오. 어떻소, 내 생각이, 율곡을 너무 지나치게 칭찬하는 것 같소?"

"아니, 옳습니다. 소신의 생각으로도 문성공은 누가 뭐래도 희세의 충신으로 추앙받아 마땅한 인물이고 생전의 그 충정은 타의 추종을 불허하는 바이옵니다. 전하의 그 말씀에 감히 누가 과찬이라 하겠나이까. 황공하옵니다."

이것이 홍순언이 봉작을 받고 처음으로 마련된 왕과의 독대자리에서 주고받은 대화고 그것이 계기가 돼 한 해에 두 번은 독대를 하게 되었다.

네 사람이 맨 보교가 보은동 홍순언의 사가 중문 앞에 멎었다. 그 안에는 단정하게 의관을 정제한 당상역관 홍순언의 담담한 얼굴이 보였다. 내려선 보교 밖에서 한참 하늘을 우러렀다. 기척이 있고 사람들 서넛이 달려 나와 그 앞에 저두했다.

"대감마님, 이제야 퇴청하십니까."

그런 그 앞에 함치르르한 순백의 도포에 큰 갓을 쓴 늠름한 기상의 사내가 시립하며 말을 걸어 왔다.

"……?"

홍순언이 한 발 다가서며 이 느닷없는 틈입자를 위아래로 훑어본다. 본래 시끄러운 것을 싫어하기 때문에 집안에서도 인적을 멀리 하는 그에게 반가운 객은 아니었다.

땅거미가 질 무렵의 봄날이라 아직도 석양빛이 살아 있었다.

"뉘신지? 어디서 오셨소? 날 보러 오셨소? 내 집에 오셨으니 우선 듭시다."

객은 보성군수 시돈영柴敦英이었다. 본래 신실치 못한 그는 조정의 중신들에게 등을 대 전횡을 일삼아 평판이 그리 좋은 편이 못되는 위인이었다.

"말씀드리기 황송하오나 일찍이 찾아뵙지 못한 죄 용서하십시오. 대감 자제분 건이와는 호형호제하는 사이로 어릴 적 동문수학하던 막역한 사이입니다. 제가 나이 위라 형이라 불리는 처지이옵고 어릴 적 대감을 뵈온 적이 한두 번 있습니다."

"……."

이자가 무슨 말을 하려고 이렇게 사설이 긴가 싶어 의심 품은 눈으로 바라보는 홍순언의 속은 썩 달가운 편이 아니었다. 인상부터가 반지빠르고 교활하게 생긴 작자의 거동이 매스꺼워서였다.

"그럼 무슨 일로……."

말을 꺼내던 홍순언은 속으로 아차 했다. 저쪽에서 먼저 꺼내야 할 말을 이쪽에서 했으니 속 보인 것이 아닌가 해서.

"차차 말씀 올리겠습니다."

그가 그곳에 찾아온 이유는 이렇다. 홍건, 홍순언의 외아들은 자신의 신분을 비관하여 젊었을 적부터 주유천하를 일삼고 양반이었다면 선비들과 어울려 시가를 읊고 청유를 즐겼을 성격임에도 그러지 못한 자신의 처지를 한탄하며 한때 아버지를 따라 명나라에 드나들며 상재商才를 키워 볼까도 생각했다. 허나 외세에 빌붙는다는 굴욕감 때문에 뜻을 접고 우연히 알게 된 출사 중인 지인 시돈영을 보성고을에서 만나 교관하다가 그가 영광군수로 옮기면서 염전 개발에 눈을 떠 그의 도움으로 사업을 펴 나갔다. 돈이 없는 건은 몸으로 때우고 돈은 시 군수가 대기로 했다. 그것이 부안 곰소에서 결실돼 제법 너른 염전을 마련하게 되자 마음이 바뀐 시돈영이 자기 명의로 그것을 등기해 버리고 건은 권리 없는 종업원으로 만들어 버린 사건이 벌어진 것이다.

온갖 궂은 일 힘든 일을 마다 않고 거기 매달려 실질적인 주인에 다름 아닌 홍건이 낙동강 오리알이 돼 버리니 두 사이가 벌어지고 원수지간이 된 것은 당연한 일. 뱃속 검은 시돈영은 그대로 뒀다가는 후일 자신이 불리해질 것으로 알고 돈 천 냥을 쥐어 주며 홍건을 회유하였으나 될 턱이 없는 일이었다. 그런 진상을 아는 사람이 우선 염전 개척 당시부터의 일꾼들이니 증인이 좀 많은가. 거기에 꼬리를 내린 시돈영은 돈 만 냥을 챙겨 다시 회유하였으나 효과가 없자 다른 방도를 궁리하던 터에 뜻밖에도 중인 신분이라고 늘 시뻐보아온 건의 아버지가 일약 귀족 반열에 올라서고 종2품 당상관에 제수되니 기절초풍할 일이었다. 자칫 잘못했다가는 큰일이 날 상황이라 다시 간지奸智를 발동시켜 직접 홍순언을 찾아온 것이었다.

"이야기를 듣고 보니 사또와 내 자식 사이의 시시비빈데 그것을 나더러 어쩌란 말이오. 사또가 만나서 해결할 문제 아니오. 그 애가 서운타고 할 수밖에 없잖소. 댁 이야기만 들어도 벌써 댁의 경우가 틀렸는데 하물며 본인 입에서 직접 이야기를 들어 본다면 어떻게 달라질 것인지… 허허… 그것 참."

"그래서 대감께서 제가 챙겨 온 돈을 받으시고 자제분을 만나시 거든 친구지간에 수원수구할 것이 아니라 순리대로 처리하라고 말씀 전해 주시라는 외람된 부탁을 올립니다. 저도 솔직한 이야기로 그 말썽 많은 염전에 그리 미련이 없습니다만……."

"그러면 이야기가 간단하잖소. 그 돈을 주지 말고 그 애 앞으로 명의를 돌리든가 아니면 공동 소유로 하든가. 내 의견이 어떻소?"

애초에 이 대화가 절친한 사이도 아닌 조금 거북한 사이의 이야 기였고, 더구나 대화 상대가 홍순언으로서는 대면하기 싫은 자가 아니던가. 그러니 긴장이 깔릴 수밖에. 시돈영으로서는 어떻게 해 서든지 가지고 온 돈을 맡기고 일어섰으면 싶으나 상대가 상대인 만큼 그럴 수도 없고 좌불안석이었다.

'흐음… 이놈이 보통은 넘는구나. 제 주제에 금관자金貫子? 금관자 는 종2품 이상만이 할 수 있는 것인데. 종4품 나부랭이가 감히…….'

우선 금관자를 하고 있는 시돈영이 홍순언의 눈에 거슬렸다. 거 기서 홍순언은 시돈영을 탐관오리의 전형으로 치부해 버렸다. 그 러면서 묘하게 자식에 대한 동정심이 치솟았다

'이런 놈한테 걸려들었으니… 그런 결과가 된 게로구나.'

"다시 부탁 말씀 올리는데 대감께서 자제분을 찾으셔서 이 돈을 꼭 좀 건네 주시면 생광이겠습니다. 제가 원체 틈이 없어서……."

'허허… 이 고얀 놈 봐라. 나한테 덤터기 씌우려고? 안되지.'

사람 좋고 남에게 싫은 소리 못하는 홍순언도 그렇게 할 수 없는 일이라고 목에 힘을 줬다.

"날 보시오, 사또. 거듭 이야기하는데 왜 내가 이 돈을 받아야 하 는지 분간을 못하겠소. 그것은 어디까지나 사또가 품을 팔아서라도 그 아이를 찾아 해결할 일이지, 내가 어떻게… 그건 턱도 없는 소리

요. 아, 말이야 바로 하자면 행정관인 사또가 걔를 찾기 쉽지 내가 찾기가 쉽겠소. 또 언제 집을 찾아들지도 모르는 그놈을…….”

미상불 맞는 말이었다. 마음만 있으면 못할 것도 없는 시돈영의 처지였다. 점점 꼬여 가는 심기가 불편해진 시돈영은 자식의 친구에 대한 배려 같은 게 전혀 없는 홍순언의 외골수에 적잖이 불쾌를 느끼고 있었다.

‘어디 두고 보자. 네가 벼락 감투를 쓰더니 사람이 달라졌구나. 흥, 중인 주제에…….’

피가 오른 시돈영이 속으로 이를 사리물고 홍순언을 곁눈으로 흘겨보았다. 찾아온 본의가 없어진 시돈영은 인사도 하는 둥 마는 둥 그의 사랑을 나와 버렸다. 밖에는 종복 한 사람이 주인이 다시 들고 나온 돈 보따리를 받아 말안장에 붙들어 매는 데 정신이 없었다.

“뭣이? 된장에 상치쌈?”

두 나인의 시중을 받으며 점심 수라를 들고 있던 왕 선조가 들었던 숟가락을 허공에서 멈추며 도 내관의 얼굴에 시선을 박았다.

“예예, 된장 한 보자기와 새우젓에 상치 한 주먹, 거기다 시래기국에 보리밥이 전부였사옵니다. 전하.”

선조의 격한 목소리에 겁을 먹은 도 내관이 이번에는 좀 더 천천히 했던 말을 반복하며 윗눈으로 그 얼굴을 한 번 올려다보고 그대로 바닥으로 시선을 떨궈 버린다.

“그게 사실이렷다! 짐의 말대로 끼니때를 맞춰 가 봤단 말이지?”

“예…예, 밖에서 기다리고 있다가 점심상이 들어간 것을 보고 바로 뒤따라 들어가…….”

뜻밖이었다. 설마……. 선조는 수라상이 물러간 뒤에도 한동안 뭔가를 골똘히 생각하고 있었다. 며칠 전부터 조정에는 이상하게 홍순언을 걸고 넘어지는 상소가 빗발쳤다. 뜻하지 않는 지진. 그것은 격렬하고 끈질겼다. 애초 종계변무가 끝나고 그 논공행상에 불만이 많던 신료들의 반대와 성토는 한때 국사가 뒷전으로 밀려날 정도로 계속됐으나 한 달을 못 넘기고 그 정당성과 적절한 시의성에 눌려 시나브로 진화됐다. 그런데 이번에 재연한 그 폭풍은 예상 밖의 일이었다. 심지어 유적지에 있는 죄인들에게서까지 불평이 들려오고 여태 중립적이던 신료들도 어쩐 일인지 반대 여론에 가세하여 그 판도를 바꿔 버렸다.

홍순언의 독선이 심하고 상인들과 결탁하여 폭리로 얻은 재물이 창고에 넘쳐난다는 둥 심지어 매관매직에 손을 뻗친다는 둥 실로 경천동지할 중상과 모함이 날아들고, 그 아들의 탈법을 고발하는 지방관의 장계 또한 날아드니 왕의 눈치만 보고 있던 신료들도 그냥 있을 수 없는 상황에 빠져 버렸다.

첫째, 상감의 입지가 어렵게 됐고 거기에 따르는 대책이 없는 게 큰 문제였다. 일단 진화되기는 했으나 붕당관계로 그 여진이 남아 일종의 기우는 남아 있었지만 일이 이렇게 맹랑하게 재발되리라고는 상상도 못했던 왕으로서는 난처한 일이었다. 솔직히 당황했다. 그러나 아무리 생각해도 홍순언의 사람됨이 그럴 수 없다는 결론을 내린 상감은 조정의 여론을 무마시킬 수 있는 대비책이 시급했고 밤새 전전반측하면서 홍순언의 집을 탐색 잠행할 것을 생각해냈다. 홍순언만 깨끗하다면 어떤 여론의 불화살이라도 막아 낼 자신이 있기 때문이었다. 그처럼 선조의 홍순언에 대한 신임은 두터웠다.

'절대 그럴 사람이 아니다. 더구나 상재도 없는 사람이 폭리를 취하고 매관매직을 하다니. 하늘로 머리 두른 사람은 다 웃을 그 말을 누가 곧이 듣겠는가.'

그 모든 것이 일개 지방관인 시돈영의 농간이었다는 것을 어찌 상감이 알 것이며 더구나 당사자인 홍순언이 짐작이나 했겠는가. 그 사이 김제 군수로 전보된 시돈영이 꾸며 낸 농간의 진상은 대략 다음과 같았다.

홍순언에게서 제 뜻을 거절당하자 발끈 일어선 중인계급에 대한 경멸과 증오, 언제부터 자기들이 이 나라 양반으로 백성 위에 군림하였던가 하는 반발에 힘입어, 주로 자기가 등대고 있는 중신들을 찾아가 모의한 것이 홍순언에 대한 모함극. 그는 극도로 흥분돼 있었기에 그 모함극 자체의 실효성實效性을 조금도 의심하지 않았다. 다만 그렇게라도 하지 않고서는 못 배길 개인적 감정의 분출의 결과였으며 그런 이유로 그 방법도 저돌적일 수밖에 없었다. 그러나 의외로 중신들의 호응이 컸고 그들을 결속시키는 효과를 낳아 반응이 좋았다. 바꿔 말한다면 평소 당릉군에 대한 편견과 아집에 사로잡혀 있던 패거리가 거기에 쉽게 부화뇌동附和雷同하여 큰 지진으로까지 번져 나갔던 것이다.

그러니 거기 대응하는 선조의 의지 또한 강할 수밖에 없었다. 1차 파동을 겨우 넘겨 평정을 되찾을 만한 시기, 그렇잖아도 국내외 정세가 불안한 시기에 국론을 분열시키고도 남을 지각변동이니 그 마음이 더욱 노여울 것이 당연한 일이었다.

"모두 우국충정의 발로라고 보오. 허나 그것이 혹여 무고한 개인의 명예를 훼절하는 허위성 중상이거나 모략이라면 철저히 조사하여 지엄한 국법으로 다스릴 터이니 그리 아시오. 이건 그냥 좌시할 수 없는 중대 범죄이지 순수한 뜻의 행위가 아니라고 보오. 만약에 조금이라도 그런 기미가 포착되면 지위 고하를 막론하고 가차 없이 처벌할 것이오."

그것이 먹혀들었는지 백가쟁명, 입에 거품을 물며 심지어 용상 앞에서까지 발을 구르며 핏대를 올리던 신료 몇 사람은 왕의 그 말에 그대로 사색이 되어 부들부들 떨 정도였다.

'고얀 것들 같으니라고. 어디 두고 보자.'

선조는 그 얄팍한 민심에 조삼모사朝三暮四하는 신료들 면상을 훑어보며 속으로 중얼거렸다. 선조는 확실한 물증이 있었고 심증이 굳었기에 그렇게 당당하게 신료, 특히 우유부단하게 시류에 편승하여 좌고우면하는 부류에게 단호할 수 있었다. 홍순언 집을 방문하고 돌아온 도 내관 말을 듣고 회심의 미소를 띤 선조는 혼자 중얼거렸다.

'그러면 그렇지… 내 눈에 아직 아무 이상이 없는데, 감히 제 놈들이.'

'판돈령부사 당릉군 밥상이 그 정도라면 그의 검소와 절제를 알고도 남을 일이구나. 음, 정말 청빈한 인물이구나.'

선조의 밀지를 받고 여름 한낮의 더위를 피해 보은동 홍순언 가의 사랑 그늘에서 서성이던 도 내관은 안으로 들어가는 밥상을 따라 방으로 들어섰다.

"허허… 이 어찌된 일이오. 이거 대전별감 아니요. 오늘은 공교롭게 점심때가 되어 오셨소. 어떻소. 염반鹽飯이라도 같이 하시겠소? 보다시피 찬이 이렇소이다. 허허… 궁하고는 천양지차라……."

밥상에는 상추 한 접시와 된장 보시기, 새우젓 시래기국에 보리밥이 한 그릇, 그것도 달게 먹는 홍순언이 달리 보였다. 누가 보나 놀랄 만한 귀족 종2품 당릉군의 밥상에 도 내관이 입을 벌렸다.

'이렇게 검소할 수가… 내가 잘못 본 게 아닌가? 이거야 원…….'

"소인은 궁에서 한술 뜨고 왔습니다. 괘념치 마시고 어서 진지 드시지요".

"허허… 그렇다면… 나 혼자서라도."

그 말을 들은 선조는 잠시 숟가락질을 멈췄다가 이내 얼굴이 풀어지며 선대 세종조의 명재상 황희 정승의 고사를 떠올리며 빙그레 웃었다. 이쯤 되면 닭 쫓던 개 지붕 쳐다보는 격이니 반대 일파의 꼴이 우습게 되고 시돈영은 관복을 벗고 하옥돼 상투를 풀게 되었다. 선조의 끈질긴 추적으로 그 모함의 진원이 밝혀졌기 때문이었다.

그해 가을 선조는 종계 개정에 관한 제사를 올리고 대명 선위사 宣慰使 파견을 결정하였다. 그 시기 명은 누르하치의 침략으로 국토 일부가 잠식당하고 있어 국내가 소연한 상황이었다.

"지금 우방 명나라는 미증유의 국난을 당해 전 백성이 고통을 받고 있소. 이럴 때 우방으로서 그들을 선위할 필요가 있어 선위사를 파견할 것을 명하오. 그 정사正使에는 판돈령부사 당릉군을 임명토록 하시오."

편전을 울리는 선조의 목소리는 카랑하고 묵직했다. 홍순언에 반기를 들었던 신료들의 산멱을 찌르는, 비수와도 같은 그 하명에 모두가 움찔한 것은 당연한 일이었다.

소년기

　이렇듯 국가의 대역사大役事를 이룬 홍순언은 대체 어떤 사람일
까. 잠시 그의 소년 시절을 들여다보자.

　"큰애야, 작은애야? 누구 말이냐? 역관댁이라면…….

　형제가 서당에 같이 다니기에 그렇게들 불렸다. 두 살 터울의 그
들은 어딜 가나 같이 다니고 체구도 비슷하니 흔히 호칭에 착오가
있을 수 있었다.

　"물론 큰애지. 그 애 한번 신통해. 들어 보겠나?"

　사단은 이랬다.

　"그 이웃에 유식한 노마님, 한 사람 살았는데 역관댁 애를 많이
귀여워했대요. 변비가 심한 노마님이 그때마다 고생하는 걸 언젠
가 훔쳐본 아이가 그게 한두 번에 끝나는 것이 아닌 줄 알고 저도
고민에 빠진 거야. 남 어려운 걸 못 보는 아이는 어떻게 해서든지
그 고통을 덜어 주려고 깐에 노력했고, 어린 소견에도 수소문했나
봐. 아주까리 기름을 먹으면 그게 시원하게 뚫린다는 말을 듣고 이
리저리 신발차 모아 둔 걸로 그 기름을 사다가 권한 거야. 아, 귀여

운 이웃애가 권하는데 누가 마다하겠어. 좀 넉넉하게 먹은 게 그냥 설사가 줄줄 새서 이제는 그게 큰일이 됐거든. 아이도 놀라고 노마님도 탈진해 누워 버린 것을 동네에서 알고 살려 낸 거야. 어때, 이만하면 그 아이 알 만하지? 심성이 고와요. 어린 것이 싹수가 있어. 기특하지 않아?"

"거 희한한 일이네. 어디서 귀동냥해서 그 꾀가 생겼을까. 하여튼 가상한 일이로고."

이렇듯 회자된 그 이야기가 엉뚱한 데로까지 퍼져 뜻밖의 칭찬이 들어오기도 했다. 그 뒤부터는 할머니의 순언 사랑은 전보다 더 각별해졌고 친손자가 아닌데도 그럴 수 있을까 싶게 더 정을 주고 귀여워했다. 그 노파는 양반이고 배운 것이 많아 순언에게 서당 강講도 미리 집에서 해 줄 정도의 식자가 있고, 예의범절이 분명해 배울 게 많았다. 순언의 집 뒤쪽 작은 집에서 혼자 살지만 몸가짐이 늘 올바르고 깨끗했다. 특히 옛 이야기로 순언을 사로잡아 밥만 먹으면 할머니를 찾아가는 아들 때문에 슬무를 대고 있는(골치를 썩는) 순언의 부모였다. 아이는 거기서 받은 영향이 컸다. 거기서 인간의 오상五常을 배웠다. 부모로부터 배움이 왜 없었겠는가만 어쩐 일인지 아이는 그쪽을 선호하는 것 같았다.

순언의 아버지는 아들을 어떻게든지 공부시켜 자기처럼 역관의 신분을 유지시켜 보려고 마음먹었으나 그게 뜻대로 안되는 게 안타까운 일이었다. 중인 신분이 한이었다. 신분 상승 보장이 안 되는 역관이란 직업의 한계를 알고 있는 순언의 아버지로서는 자식이 벌써 그런 속내를 알고 있는가 그게 걱정이었다. 다른 관료들과는 달리 논공행상이 두드러진 역관 업무는 쉬운 일이 아니고 상재商才가 없으면 부지하기 어려운 직업인데 그게 없는 순언이가 역관이 된대도 순탄할까. 그것도 걱정이 안 되는 게 아니었다. 더구나 그것을 개버룩 털 듯 마다하니 어쩌면 편이 떡보다 낫게 됐다고 한숨 지었다.

"날 보오, 부인. 거 순언이 말이외다. 사내새끼가 좀스러운 거 아뇨? 서당공부 잘한 것이나 남을 위하는 일 같은 것도 좋은데 애가 너무 욕심이 없어요. 안 그러오?"

"그러게 말예요. 제 아우는 그렇지 않은데… 걔는 머리도 좋고 다 좋은데… 저대로는 안되겠어요."

말을 잇지 못하는 건 남편의 말에 전적으로 동의한다는 뜻이 분명했다.

남편 홍연洪淵의 고민을 모르지 않는 부인 김씨였다. 소작 부치던 땅도 있으나 아들은 농사에는 뜻이 없고, 무위도식이 계속됐다. 며칠씩 가출했다가 돌아오기도 하고, 그것을 보고만 있을 수 없는 부모 속도 좋을 리 없었다. 순언은 결국 중인들이 해야 하는 기술 배우기밖에 할 게 없다는 것이 불만스러웠다. 아버지의 역관 일에는 더더욱 흥미가 없고 그렇다고 허드레 농사꾼도 어중간했다. 그런 아이는 나이가 들면서 나들이가 많아지고 도시락을 싸들고 나갔다가 해동갑해서 돌아오는 날이 많아졌다. 참 이상한 일이라고 가족들이 고개를 갸웃거렸다. 내색은 않지만 아들에 대한 기대가 남다른 이들 부부는 걱정 때문에 밤잠을 설치기 일쑤였다.

"야, 아무래도 니가 수고해야겠다. 나이 먹은 내가 하는 것보다 동생인 니가 한번 해 보아라. 밥만 먹으면 나갔다 종일 어디서 무얼 하는지 네 형 뒤를 좀 캐 봐라. 그러다 사람 버리게 생겼으니."

순언의 아버지 홍연이 어느 날 작은아들에게 부탁하는 말이었다. 두 형제는 늘 붙어 다니다가 순언이가 서당을 고만둔 뒤로는 노는 게 각각이었다. 더구나 순언은 장가갈 나이가 돼 이래저래 가족들이 거기에 마음쓸 일이 많아졌다. 동생이 순언의 뒤를 밟기 시작한 며칠 뒤.

"야야 뒤를 좀 밟아 봤냐? 미처 뒤를 못 캤냐?"

"아니에요, 아버지. 뒤를 캐는데 페일언하고 귀신이에요, 귀신. 집에서는 서리 맞은 구렁이지만 밖에 한 발만 나갔다 하면 번개에요 번개. 내가 한눈 한 번 팔았다 하면 흔적이 없어져 버리니. 그렇게 해 여러 날을 허비하다가 겨우 찾았어요. 그런데 형이 간 데가 어딘 줄 아세요, 아버지? 놀라지 마셔요. 삼개나루에요, 삼개나루. 거기서도 이 사람 저 사람 만나 무슨 이야기를 하는지 바삐 돌아다녔다가 도시락 까먹고 헌 뱃속에 들어가 거기서 낮잠 한소끔 자고 나서는 이리저리 기웃거리다 돌아오는데 그 길순이 복잡해요. 여기저기 정신 나간 사람같이 돌아다니기 때문에 그 뒤를 밟기가 여간 어려워요. 잘은 모르겠지만 암튼 형이 뭔가에 씌어도 단단히 씌었어요"

"……."

"……."

눈도 깜빡이지 않고 아들 말을 듣고 있는 내외가 서로의 얼굴에 시선을 박은 채 말을 잊는다. 아무리 해도 이해할 수 없는 순언의 거동 때문에 골이 깨어져 나갈 지경인 그 아버지는 꼭 풀 수 없는 수수께끼를 보듬고 애를 태우는 사람 같았다. 그런 끝에 직접 자신이 나서 그 뒤를 밟기로 작심하고 나섰다. 아닌 게 아니라 가는 데가 삼개나루, 수많은 사람들이 악머구리 끓듯 하는 그곳을 기웃거리는 초라한 아들 순언이를 봤을 적에는 그대로 가슴 미어지는 안쓰러움을 맛보지 않을 수 없는 일이었다.

'도대체 쟤가 왜 저럴까? 이 포구에 무슨 볼일이 있다고 저러나?'

하루는 이상한 일이 벌어졌다. 입이 딱 벌어진 아버지는 자기 눈을 의심했다. 분명 아들 순언이 헌 배를 수리하는 편수 지시를 받아 움직이는데 그 행동이 너무 날렵해서였다.

'저럴 수가, 이제 보니 저놈이… 여기서 날품을 팔고 있구나. 그러지 않고서야 저럴 수가 있어?'

그날 밤 늦게까지 불을 밝힌 내외는 방구들이 꺼져라 하고 깊은 한숨을 내쉬며 말을 잊고 벽에 그려진 자신들의 그림자만 하염없이 바라보고 있었다. 또 한 번 풀 수 없는 수수께끼를 붙들고 고통에 시달렸다. 고민에 빠져든 내외는 며칠 만에 의견을 모았다.

"저대로 뒀다가는 무슨 일이 나게 생겼으니 서둘러 장가를 들입시다. 당장 신부를 구할 수 있게 사방에 매파를 놉시다. 서둘러야 되겠소. 잘못하다가는 자식 하나 잃게 생겼으니… 어이 그것 참 변이로다…….."

홍연, 그도 살림이 넉넉하다고는 할 수 없으나 역관이란 직업이 있고 농토 몇 마지기에서 들어오는 도조가 있어 양식 걱정은 안 하는 편이었다. 다른 역관들처럼 부유하지는 않으나 그렇다고 가난하지도 않았다.

"그래도 자식인데 언제 한 번 제 속이나 들어 봅시다. 장가도 좋고 뭐 다 좋은데 제 뜻이나 알아야죠. 만약에 혼처 구해 놨다가 싫다고 하면 어쩌겠소. 안 그래요?"

그렇게 오금을 박고 들어오는 아내 말에도 일리가 있는지라 물었던 구새 먹은 곰방대를 내려놓으며 아내에게 말했다.

"것도 그렇소. 평양 감사도 제 싫으면 안 한다고, 아무리 장가라도 뜻이 없으면 안 되는 거 아뇨."

가슴 아픈 일은, 그렇게 칭찬이 자자하던 큰아들 순언이가 거의 폐인이 되다시피 세간의 눈 밖으로 사라져 버리니 그 고통 또한 견딜 수 없는 일이었다. 그것은 비단 그의 부모뿐 아니라 일가친척 모두가 느끼는 불행이었다

"도대체 네 뜻이 무엇이냐. 이제 너도 일가를 이룰 나이가 됐으니 장가를 드는 게 어떻겠냐. 우선 당장 네 직업이 없어 독립은 어렵겠지만 한 집에 있다가 차차 제금 날 수도 있고 농사에 뜻이 없으면 장사에 손을 대 보는 게 어떻겠냐. 하기야 너는 어릴 적부터 그쪽으로는 재간이 없고… 그 참… 어쩐다……."

"……."

오랜만에 부모 앞에 불려 간 순언이 그렇게 조여드는 부모 말을 내칠 수 없어 꺼낸 말은 놀랍게도 다음과 같았다.

"아버지, 어머님께 죄송한 말씀이오나 우선 저는 장가를 들 뜻이 없고 제가 하고 싶은 것을 했으면 해요."

"그래, 네가 하고 싶은 게 있다니 처음 듣는 이야기다. 말해 봐라. 뭐냐?"

홍연 내외는 거기서 허를 찔린 듯 눈을 크게 뜨고 자식 얼굴에 시선을 주었다. 평소답잖게 굳어 있는 아들이 안쓰럽기도 하고 언제 한 번 자기들 뜻을 거스른 적 없는 아들이 이럴 때는 갑갑하기까지 했다.

"그래요. 저도 많이 생각해 보고 이 세상을 어떻게 살아갈 것인가도 궁리해 봤으나 제게는 뚜렷한 길이 보이질 않아요. 우선 저한테는 이 세상의 문물을 많이 볼 수 있는 기회가 있어야 될 것 같아요. 저는 어디 딴 나라에 가서 좀 더 많은 것을 듣고 보고 싶습니다. 우리나라가 삼면이 바다고 외국에 나가려면 첫째, 바다를 이용해야

되는데 그러자면 배가 있어야 하고 그래서 오래전부터 그쪽을 궁리해 왔어요. 배만 얻어 탈 수 있으면 어디든지 갈 수 있고 거기에서 얻는 견문과 식견으로 좀 더 색다른 일을 할 수 있을 것 같아요. 그래서 저는 큰 배에서 일할 수 있는 길도 찾았어요. 우리처럼 작고 갑갑한 나라에서는 할 일이 없을 것 같아서 궁리한 겁니다."

들고 있는 홍연의 눈이 점점 커져 가고 입에서 새던 곰방대 연기도 잦아들었다. 심각한 표정이고 어머니 얼굴에도 궁금증이 묻어난다. 남편과 아들 얼굴을 갈마보는 순언 어머니의 눈동자가 바쁘게 움직인다.

"뭐? 니가 배를 타고 멀리 딴 나라에 간다고?"

"그럴 뜻이 있긴 있는데… 지금 생각 중입니다. 결정한 건 아니고요."

그것은 일종의 심리전이고 자신의 의사표시였다. 자기가 마음을 그렇게 먹어도 부모는 반대하고 견제할 것을 의식한, 어찌 보면 완만한 대듦이었다.

"제 말만 있으면 태워 주겠다는 사람도 구해 놨어요. 물론 그 배에서 일해 주니까 돈은 안 들 거예요."

"무엇이? 말만 떨어지면 다 가게 돼 있다고? 그럼 인마, 왜 이제야 그런 말을 하는 거냐? 너 혹시 우리 몰래 도망가려고 그런 건 아니지? 응? 말해 봐라."

"예, 안 그래도 오늘 내일쯤 말씀드리고 경우에 따라서는 편지만 남기고 갈 생각이었어요. 어머니, 아버지, 용서하세요. 기왕에 이리됐으니 아버지, 호패나 하나 만들어 주세요. 아무래도 그것이 있어야 될 것 같네요."

굵은 눈물 두어 방울이 방바닥에 떨어지는 것을 신호로 후다닥방을 나가는 아들을 다시 붙잡아 앉힐 수도 없는 일이었다. 아버지는 사태가 이리 심각하게 바뀌어 가는 게 겁도 나고 뒷맛이 씁쓸할 수밖에 없었다.

"호패가 필요하겠지요. 밖으로 나돌아 다니려면. 여보, 영감, 이제는 쟤가 나가나 안 나가나 호패는 있어야 할 나이 아닌가요. 하나 만들어 줍시다."

부인의 착 가라앉은 목소리가 뭔가를 재촉하는 것 같았다.

이윽고 잠시 나갔다가 매무새를 정리하고 다시 돌아온 아들은 차분하게 자신의 뜻을 부모에게 전했다.

"아버지가 마음에 두고 계시는 역관 일도 제게는 뜻이 없었어요. 용서하세요. 아버지 말씀을 거스르는 불효를 나무라 주시고요. 아무래도 저는 그쪽은 안 맞는 것 같아 마음을 바꾼 겁니다. 저는 어떤 틀에 박히거나 누구에게 얽매이는 직업은 내키지 않습니다. 아버지, 이해해 주십시오."

거기서 말을 중동무지른 아들의 표정에 시선을 모은 내외는 문제가 복잡해졌다고 이맛살을 찌푸렸다.

"어쨌든 네 말대로 외국을 택한다면 역시 앞서는 게 말이다. 이렇거나 저렇거나 너는 천상 외국어를 배워야 할 운명이구나. 그것 참 공교롭게 됐다."

역관 홍연이 탄식처럼 되뇌는 말에는 많은 감회가 묻어 있었다. 자식 눈에 비친 역관이란 직업이 어쨌기에 세습을 마다하고 보다 너른 세계를 찾겠다고 저리 철없이 나대는가 싶고 또 그것을 막을 재간도 없고. 휴우, 하는 홍연의 한숨 소리가 방안에 조용히 꼬리를 끌고 있었다.

1548년 홍순언 나이 19세, 명종 3년의 일이었다. 여진족이 평안도 만포에 침입했고 명나라에도 호광의 묘민이 봉기하며 국내가 소란했다.

삼개 나들이가 시작되면서 조금 뜸해진 뒷집 할머니 댁이 생각나 찾은 것은 부모 앞에서 눈물을 보인 그날부터 사흘 뒤의 일. 제 뜻을 부모님께 털어놓고 나니 속이 후련해 한결 가벼워진 마음이었다.

"너 마침 잘 왔다. 그렇잖아도 네 얼굴 잊어버릴 것 같아 누구 사람을 보낼 참이었다. 사람은 때때로 얼굴이 바뀌어 자기 자신의 운명을 그대로 내보내게 되어서 얼굴만 봐도 그 사람이 어떤 일이 있는가 알 수 있고, 나는 이 나이 먹도록 그것 한 번 틀린 적이 없다. 네가 서당 공부할 때야 그저 그러려니 했는데 너도 이제 호패 찰 나이가 되고 네게 일이 생겨 얼굴이 바뀔 시기가 됐기에 퍽 궁금하게 여기던 참이었다. 어디 보자 네 얼굴, 많이 달라졌고 이자 헌헌장부가 됐구나.

아, 그리고 내 뒤에 숨어 있는 처자는 내 먼 친정 손자뻘 되는 애다. 남녀칠세부동석이지만 이 방에서는 할 수 없다. 이 추운데 밖에 나갈 수도 없고."

아닌 밤중에 홍두깨라고 느닷없는 일을 당한 그가 당황하는 것을 보고 할머니가 손뼉을 치며 깔깔거렸다. 들어올 때 보니 할머니 신발이 한 켤레뿐이어서 여느 때처럼 무심코 들어서기는 했으나 손님이 있는 줄 나중에사 알고 할머니 등 뒤쪽에는 시선을 주지 않으려고 안간힘을 쓰는 것을 할머니가 눈치챈 모양이었다.

"순언아, 일이 이렇게 됐으니 내 처지가 우습게 됐구나. 한 방에 있으니 어쩔 수 없고, 이 처자 나이는 너보다 두 살 위다. 이제 구면이 됐으니 상대의 신상을 알아야지. 집이 좀 멀어서 자주 못 오지만 간간이 만나거든 서로 알은 체나 해라. 어쩌냐, 순언아.”

할머니의 그 말에 씩 웃는 것으로 그 처녀에게 인사를 대신했으나 왜 이렇게 가슴이 할랑거리는지 도무지 얼굴을 들 수 없는 일이었다.

“얼굴을 보니 요즘 네가 마음이 떠서 제정신이 아니구나. 어디 갈 데라도 있는 거냐? 음… 그런데…….”

할머니의 모든 것을 알고 있는 순언으로서는 할머니 말이 금과옥조가 아닐 수 없고, 그 신통력에 감탄하고 있는지라 눈이 똥그래지고 그 입을 바라보는 눈에 힘이 들어갔다.

“…….”

그때 할머니 등 뒤에 있던 처녀, 입에 손을 대고 웃음을 못 참겠다는 듯 몸을 비비꼬던 처녀가 일어서서 방문을 열고 마루로 나서며 말했다.

“할머니, 또 올게요. 오늘 잘 놀다 갑니다.”

고운 목소리고 자태 또한 요나했다. 치렁한 붉은 댕기가 잘 어울렸다. 갑자기 할머니가 순언의 무릎을 가볍게 집적거리면서 눈짓을 보내 왔다.

“!!!”

엉거주춤 일어선 순언이 얼굴이 빨개 가지고 처녀가 닫은 문을 다시 열고 밖을 내다봤다. 인색한 이별 인사인가. 총총히 사라지는 처녀 두루마기 자락이 사라질 때까지 문을 여미지 않던 순언은 그저 뭔가에 홀린 듯 그쪽만 바라보고 서 있었다 .

“인자 갔다. 문 닫고 앉아 봐라. 섭섭하겠지만 할 수 있느냐. 후일 또 만날 수 있을 테니까 오늘은 그만 마음 돌리고… 그런데 네

게 무슨 일이 있는 게 분명한데… 나한테 말해 줄 수 없겠느냐. 듣자하니 집에서도 너를 여읜다고 사방에 매파를 놓고 너는 너대로 무슨 근심이 있는 것 같은데… 말해 봐라. 들어 보자. 너는 내가 어릴 적부터 내 손자같이 키워 왔고 너도 나를 친할미로 알고 따랐잖느냐. 어서 해 보아라. 나도 네 얼굴만 봐도 다 안다. 그러나 네 입으로 직접 듣고 싶구나."

그윽히 바라보는 할머니 눈길이 부담스러운지 순언은 한참 고개를 숙이고 있다가 말문을 열었다. 간간이 한숨을 쉬는 그 어깨가 나이답잖게 무겁고 애잔했다. 이야기는 결국 순언 자신의 고민이 전부였다. 여태 못 보던 진지한 그 표정에 할머니도 얼굴 표정이 조금은 굳은 듯싶었다. 그러면서 떠오른 것은 며칠 전 어려운 걸음을 한 순언이 어머니의 곤혹스런 표정이었다.

아무리 중인인 역관 집이지만 속사정이 어려운 내력을 남에게 까밝힌다는 것은 누구나 내키지 않는 일인데도 순언의 부모는 결국 아들의 어려움을 할머니에게 통사정해 뜻을 물어 보자고 마음먹었고 조언을 듣기 위해 찾아 왔던 것이다. 깊은 이야기를 듣고 있는 노인의 아미가 좁아진다.

"아주머니 이야기 대충 알겠고 그렇다면 내가 순언이를 한번 설득해 보리다. 그러나 너무 믿지는 마십시오."

경우 밝은 노마님의 다짐 두는 말이 든든해 돌아가는 그녀의 발걸음도 가벼울 수밖에 없었다.

순언의 이야기가 끝나면서 떠올랐던 순언이 어머니 얼굴도 사라졌다. 고개를 두어 번 주억거린 노인이 순언이를 향해 바로 앉는다. 손바닥을 들어 위아래로 조용히 흔든다. 다 알았고, 그러니 진정하라는 상대에 대한 의사표시였다.

"으음… 알겠다. 순언이가 그새 많이 자랐다. 몸보다도 마음이 자랐다는 뜻이다. 어른이 됐구나, 응."

그렇게 바라보는 은근한 눈길 속에는 자오록이 피어오르는 무한한 자애가 깃들어 있고 또 그것을 놓치지 않는 순언의 눈에도 고마움의 정이 고스란히 담겨 있었다. 이 노마님의 지극한 사랑을 자기 혼자만이 받아 안고 온 그간의 고마움이 새로웠다. 무한한 사랑이었고 그것은 부모 형제 같은 피붙이에게서나 느낄 수 있는 감정이었다.

"니가 컸다는 것은 다른 뜻이 아니고… 네가 세상을 보는 눈이 생겼다는 이야기다. 천자문을 들고 네가 나를 찾아 왔을 때가 눈에 선하다, 녀석!"

방긋이 웃으며 순언의 말을 받은 노마님의 넋두리였다.

"저는 이제 어쩌면 좋을지 중심을 잡을 수 없어요, 할머니……."

"그래, 그럴 것이다. 순언아, 나는 처음부터 네게 글자를 가르치면서 동시에 사람을 가르쳤다. 사람의 도리라는 것이 첫째, 부모 속을 편케 하는 것이다. 알겠느냐? 그것이 그리 복잡한 것도 큰 것도 아니다. 니가 꿈꾸는 세상이 그것에서 비롯되어야 한다는 이야기다.

나 네 속을 알 것 같다. 네가 바라보는 세상, 그것에 네가 만족할 수 없는 것은 당연하다. 내가 양반의 처지에서 이 세상을 바라봐도 누구나 불만을 가질 수 있는 질서고 규범이다. 이 나라가 싫으니 다른 나라를 찾겠다는 그게 벌써 너의 이상 아니냐. 순언아, 다시 말하면 이 조선은 너의 집 앞마당이고 바다는 울타리 밖 세찬 바람과 눈보라가 휘몰아치는 막된 곳이라고 보면 된다. 생각은 쉽다. 내 것을 버리고 남의 것을 얻자면 노력이 필요하고 용기가 있어야 하는 것. 그 용기와 노력은 그냥 얻어지는 게 아니라 우선 순조로운 인간관계에서 비롯되고 순리에서 얻어지는 것. 네가 남의 것을 알려면 먼저 그 나라 말을 알아야 하고 그래야만이 그 진수를 얻어 낼 수 있는 것이다. 덮어놓고 남의 나라에 간다고 모든 게 얻어지는 것이 아니다. 지금도 계속되는 왜구만 봐도 알 수 있잖느냐. 그들은 남의 것을 얻자고 온 것이 아니고 빼앗고 분탕질치러 온 것이다. 너도 마찬가지, 너도 외국에 가서 그러려면 말이 필요 없다. 가서 기분 내키는 대로 얼렁뚱땅 해치워 버리면 되니까… 알겠냐? 내 말뜻. 순언아, 너는 어릴 적부터 영리한 아이로 소문나 있었다. 니가 나한테서 배운 지 10년이 넘었지만 너는 늘 앞서 갔다. 그래서 가르치기 수월하고 편했다."

"할머니, 이제야 알 것 같아요. 남의 것을 얻자면 남의 나라 말을 익혀야 된다는 것 아니에요?"

웃눈으로 할기시 할머니 얼굴을 지키던 순언이가 무엇인가 머릿속에 짚이는 게 있었는지 눈을 두어 번 깜빡이다 별안간 하는 말이었다.

"그렇다. 그게 바로 답이다. 음… 그래, 바로 말해서 네 갈 길을 가려면 우선 그래야 한다는 이야기다. 그러니 꼭 그 길을 가려면 내일부터라도 말을 배워라. 우리를 둘러싼 나라가 많지만 제일 크고 영향력이 많은 나라는 뭐니 뭐니 해도 명나라다. 딴 나라도 있지만 모두 잔챙이 아니냐. 명나라 말을 익히는 게 빠른 길이다. 네 생각이 이제 옳게 뚫렸으니 그 길로 파고들어라. 장사를 해서 돈을 벌겠다는 것도 아니고, 다른 나라 문물을 배워 책을 쓰겠다는 네 포부라면 빠를수록 좋다. 그게 도움이 된다. 서둘러라. 긴 이야기가 필요 없는 네 주변머리가 좋다."

무엇 때문인지 가볍게 어깨숨을 쉬며 빙그레 웃는 노인 얼굴을 새삼스레 바라보는 순언 얼굴에도 다소의 안도감이 감도는 것 같았다.

'이렇게 쉽게 짐을 부릴 수 있다니 다행이다. 역시 주변머리 좋은 나이야. 그런데…….'

노인은 짊어진 짐을 쉽게 내려놓는 것이 못내 황감한지 그 웃음이 길게 꼬리를 끌고 있었다. 그 짐이란 순언이 어머니의 거절할 수 없는 부탁, 딱한 정황을 벗어날 지혜를 마련해 달라는 간절함, 바로 그것이었다. 그런데 힘들일 것도 없이 순언의 자발적 행동으로 난제가 해결된 것이다.

"그건 그렇게 네가 스스로 해결했으니 다행이고, 어쩌나, 이런 말을 해도 괜찮겠느냐? 순언아."

그 이야기가 끝나자 자세를 조금 무너뜨리며 노인이 말했다.

"예, 무슨 말씀이세요? 할머니."

"너 장가 들이겠다고 야단 난 모양인데… 그래 장가갈 생각은 있느냐? 순언아."

고개를 꺾고 굽어 내려다볼 정도로 순언의 얼굴을 지키는 할머니 얼굴에 활짝 꽃이 피었다.

"몰라요. 집에서 그러는 것 같은데 저는 아직 할 일이 너무 많은 것 같아요."

그 얼굴이 홍당무였다

"허 참 자식, 말은 그래도 속은 그게 아닐 테지. 응, 그래 마음에 드는 신붓감이라도 있느냐? 말 들으니까 신랑감 좋다고 딸들 주겠다는 데가 많다는데……."

한 번 작심하면 한눈을 팔지 않는 순언의 성미로 일은 잘 풀려
나갔다. 순언의 생활에 탄력이 붙고 일상이 학구 체제로 바뀌었다.

"순언아, 너 오늘 모든 것을 작파하고 안국방 최 참판 댁에 갈 일
있다. 너는 모르니까 만수만 따라가면 된다. 알겠느냐?"

만수가 뭔가 조그만 상자를 들고 나선 것은 아침이 끝날 무렵.
그날도 순언의 일정은 바빴다. 그러나 아버지 분부니 어쩔 수 없
는 일.

"가는 시간이 있으니 일찍 가서 얼굴만 보이고 오너라. 너 아직
모르지? 할머니 이야기. 오늘 그 할머니 칠순잔치를 큰댁에서 치
르는데 우리도 인사를 해야 한다. 너 때문에 노심초사하시는 할머
니가 얼마나 고마우냐."

그 일이 있고부터는 할머니를 끔찍이 챙기는 순언 부모는 그렇게
그날을 알고 있었던 것이다.

'할머니가 벌써 그렇게 됐나?'

무심히 속으로 중얼거리는 순언은 엉뚱하게 할머니 얼굴에 겹치
는 어느 처녀 얼굴을 떠올리고 깜짝 놀라 얼굴을 붉혔다.

그것은 어느 겨울날 할머니를 찾아갔을 때 할머니 등 뒤에서 자
기를 쳐다보며 웃던 그 처녀 얼굴이 떠올랐기 때문이었다. 금박댕
기를 한 그 처녀의 치렁한 머릿채가 생각났다. 후딱 머리를 저어
그 생각을 털어 내고 앞서 가는 만수 등에 내려앉은 벌레 한 마리
의 비비 꼬는 날갯짓을 바라보았다.

참판답게 으리으리한 가대며 대문 앞에 놓은 수십 채 가마에 사
인교며 마필들 때문에 발을 들여 놓을 빈틈이 없고 그것을 정리하
는 청지기의 고함 소리가 시끌벅적했다.

최 참판의 후실로 슬하가 없는 노마님은 정실 자식의 간곡한 만

류에도 불구하고 그 아들들 편히 있으라고 혼자 사는데 그 아들들 효성이 지극하다는 것이었다. 그런 계모의 칠순잔치에 또 정성이 알뜰했다. 그 시기 풍속으로는 측량하기 어려운 가족관계였다.

집 안도 마찬가지. 수많은 사람들로 벅신거리는데 어디 가서 누굴 찾아 선물을 전할 것인지 난감했다. 그런데 만수는 용케 알았는지 벌써 보따리를 전했는지 빈손이었다. 그때였다. 무심코 뒤를 돌아다보는데 언제 본 것 같은 미색의 처녀 하나가 가까이 서 빙긋이 웃으며 고개를 까딱거리는 것이 자신을 향한 인사 같아 자신도 떠꺼머리를 숙이며 답례했다. 처녀 쪽의 오른손이 오르고 손바닥이 까닥거린다. 그쪽으로 오라는 신호가 분명했다.

"할머니가 찾아보라고 하시기에……."

속삭임이었지 다른 게 아니었다, 처녀의 말은.

"순언아, 니가 올 것 같아 재 보고 찾아보랬는데 한 번 보고도 용케 찾아 냈구나, 호호호."

언제 나왔는지 젊은 여인 두 사람의 부액을 받으며 다가오는 노마님은 순언의 어깨를 어루만지며 웃고 었었다. 저택의 큰 몸채 한 가운데 너른 방에는 사람들이 꽉 들어찼는데 거기 좌정한 노마님이 기라성 같은 도포 자락들의 큰절을 받고 있는 것이 신기하게 보였다. 늙은이, 장년, 중년, 청년 들이 수도 없이 그 앞에 큰절을 올리고 촛불을 밝힌 엄청나게 큰 교자상에 산해진미가 가득막했다. 지금까지 못 보던 흥겨운 자리, 풍요한 마당이었다. 악공들의 아악이 울리고 언제 대령했는지 기녀들의 춤사위가 나붓했다.

또래의 처녀들과 동년배의 총각들이 넘쳐나는 집안 여기저기에는 남녀노소 구분 없고 또 반상의 차이 없이 흥청대고 있었다. 발을 조금만 잘못 디디면 사람과 사람이 부딪히기 일쑤고 그럴 때면

가가대소로 그 허물을 서로 떠안으려 양보하는 게 흐뭇했다. 바깥과 판이한 분위기였다.

순언의 눈에 노마님이 자리에 앉은 채 손짓하는 게 보였다. 이제 겨우 슬하의 인사를 받고 딱딱한 분위기에서 풀려난 것 같은 모습이 부드러웠다.

그 순간이었다. 자기도 뭔가 노마님께 큰절 한 번쯤은 올려야 될 것 같은 기분이 들고 모든 이들이 그런 자기를 눈여겨보고 있는 것 같아 쭈뼛거리는데 느닷없이 부딪쳐 오는 사람 하나를 미처 비키지 못하고 그만 그 자리에 넘어지고 말았다. 미끄럽고 번들거리는 마루가 원망스러웠다. 얼른 일어나 그 사람을 올려다보았다. 또래로 보이는 한 처녀였다. 또래의 그 처녀도 홍당무가 돼 어찌할 바를 모르고 있었고 손에 든 쟁반과 찻종이 저만치 바닥에 뒹굴고 있었다. 뜬금없는 충돌의 잘못은 분명 상대에게 있으나 그걸 따질 겨를과 분위기가 아니라 우선 털고 일어날 수밖에 없었다.

"허허, 총각, 미안하오. 워낙 사람이 많고… 용서하시구랴."

허우대 좋고 기름기 번들거리는 얼굴에 넉살 좋게 생긴 50대 초반의 사내가 가까이 오며 하는 소리는 진정한 사과가 묻어 있지 않았다. 어딘지 조금은 농기 섞인 말투가 자신의 거동을 눈여겨보는 것 같았다. 의복도 함치르르한 고급 비단 옷에다 치장도 모두 값져 보였다. 그야말로 이 집 상객 같은 냄새가 나는 위인이었다.

"혹시 홍 총각이 아닌가? 그렇다면 내 딸 실수를 용서하게. 나는 총각을 잘 아는 사람인데, 괜찮다면 나하고 이야기를 좀 할까?"

일방적이었다. 이쪽 승낙도 듣지 않고 앞서는 그 사람은 마루를 내려서 토방에서 갖신을 신고 뒤도 돌아보지 않고 몸체 못잖게 규모가 큰 별채로 향하는 게 아닌가. 대단한 독단이었다. 망설이는 순언을 힐끗이 뒤돌아보는 것이 두말 말고 따라오라는 무언의 채근 같아 따라서 섬돌을 밟았다. 그 사람은 가다가 다시 돌아서서 카악 하고 가래를 돋워 마당에다 내리꽂았다. 거기에도 거침이 없었다.

"춘부장님 함자가 못 연자시지? 총각은 순언이고?"

"예, 그런데 어인 일로 여기까지 저를 부르셨는지요. 어르신은 뉘신지요?"

순언은 상대가 우선 보기 싫고 구역질 나는 양반이 아닌 데 마음이 먼저 놓였고 대면하기가 부드러웠다.

종로 유기전 최대응은 알짜 부자로 소문나 있었다. 양반인 최 참판댁과는 신분이 다르나 세교라 해도 틀린 말이 아니게 사이가 가깝고 돈독했다. 솔직한 이야기로 최 참판댁의 후견으로 치부했대도 지나친 말이 아닐 정도로 끈끈한 사이였다. 오늘 그 댁 노마님 칠순 잔치에 빠질 수 없고 적잖은 부조를 했기에 운신의 폭이 넓고 그의 기침 소리도 거침없었다. 금지옥엽 딸 하나 나이가 차 매파가 드나드는데 우연히 순언의 일이 그의 귀에 들어갔고 왠지 거기에 혹한 그는 다른 데 제쳐 두고 빠져들어 어떻게든지 성혼시키라고 매파를 구워삶았다. 그저 아무것도 모르는 눈먼 순언의 부모는 그쪽으로 기울 수밖에. 만약에 성혼이 돼 개업을 원한다면 한밑천 떼어 주는 것도 조건에 넣었으니 이야기가 부드러울 수밖에.

최대응은 들리는 소문으로 홍순언의 선량한 심성과 모나지 않은 인품에 점수를 많이 줬고 욕심이 생긴 것이다. 그리고 오늘 당사자가 온다는 것을 알고 미리 와서 기다리고 있었던 터였다. 한편 순언이 어머니도 일부러 틈을 내어 며느릿감 얼굴이라도 봐 두겠다고 이 집을 찾았다. 아들 순언이 모르게 사람들 틈을 비집고서.

그러나 일이 이렇게 돌아가는 것을 까맣게 모르고 있는 노마님으로서는 눈여겨보고 있는 순언이가 어떤 처녀와 부딪혀 쓰러지면서 이어지는 일련의 사태를 바라보며 고개를 갸웃거렸다. 속으론 그때 그 처자와 순언이를 마음에 두고 있는 노마님으로서는 그렇게 될 수밖에 없었다. 자기도 알고 있는 최대웅과 그 집의 내력, 외동딸의 혼기에서 일어나는 어떤 의구! 재빨리 모든 것을 헤아린 노마님은 사정이 조금 바빠졌다. 좋게 이야기해서 선의의 경쟁자가 될 수 있는 그 집 딸과 자기 의중의 처녀 일이 맹랑하게 얽혀 들었다.

그 사이 그 틈을 이용해 최대웅의 아내가 어물쩍 사람들 틈에서 순언이를 훔쳐보는 것으로 사윗감 선을 봐 버렸다. 그것을 순언의 어머니가 알 턱이 있겠는가. 애가 닳은 것은 노마님, 이대로 가다가는 죽 쑤어 개 좋은 일 시키게 생겼으니. 귀띔까지 해 둔 그 처녀에게 뭐라 변명할까 하고 미망했다. 그러나 이미 처녀를 한 번 본 순언이 마음이 끌려 있는 이상 그쪽으로 유도할 수밖에 없다고 다짐했다. 그렇게 일을 꾸민 지 며칠이 지나고 순언이와 그 처녀의 만남을 주선하며 선수를 쳤다. 두 살 위의 이 처녀, 그때 나이 스무 살! 온양맹씨 집안의 현숙한 여인이었다.

자신만만하던 최대웅 집에서는 야단이 났다. 잘될 듯하던 혼담이 자꾸 제자리걸음을 하고 매파 발걸음이 허공을 딛고 있음에야. 순언 아버지도 모든 것을 꿰뚫고 머리를 싸맸으나 첫째, 당사자인 순언이 요지부동인 데는 도리가 없고 그 때문에서라도 노마님이 뒤에 있는 쪽으로 방향을 돌릴 수밖에 없는 일이었다. 그렇게 양반에게 약한 게 중인 계급인 역관 집안. 추세趨勢하는 건 아니지만 장사치보다는 그쪽이 낫다는 계산이 없지 않았던 순언의 부모였다.

한편 순언의 중국어 학습은 일취월장하였고 배우는 상대도 다양해졌다. 아들이 말을 배우기 시작했다는 말에 속으로 춤을 춘 홍연은 수단과 방법을 가리지 않고 교재며 개인교수를 끌어댔다. 일주일에 한 번은 자신이 직접 중국어로 그 실력을 가늠해 보았다.

처음부터 의도했던 바 없지 않았던 홍연은 자식의 진로를 막연한 뱃사람이 아닌, 뭔가 국가 조직의 일원으로 키우고 싶어 생각에 생각을 거듭한 끝에 자식에게 밝히지 않고 역관의 길로 유도하기 시작했다. 그래서 처음부터 중국어에 한정하지 않고 몽골어, 만국어, 오키나와어, 위구르어 등을 섭렵토록 유도했다.

순언의 손에서 이제 중국어 교본인 〈노걸대〉가 떠날 사이가 없었다. 홍연은 이제 아들의 목표는 삼개나루가 아니라 저 멀리 서쪽 명나라 수도 북경의 자금성이라는 것을 때때로 암시하며 눈을 그쪽으로 돌리게 했다. 어떻게 마음먹었던지 아들 또한 아버지의 그런 복안을 아는지 모르는지 수긋하니 지시를 따르는 것이 대견했다. 속으로는 이 모든 것을 이룬 노마님에게 고마워하고 그 영향력에 감탄하고 있는 것도 사실이었다.

이제는 아들 움직임에 변동이 없다는 것을 자신한 홍연은 어느 날 개인 교수에서 돌아오는 아들을 붙들어 앉혔다.

"야, 순언아, 너 보기에 어떠냐. 내가 이 직업 때문에 집을 너무 자주 비우는 것 아니냐? 그래서 집안일이나 어머님이 힘드시는 것 같은데 말이다. 사실 나도 집을 오래 비울 때면 가솔들한테도 미안하고 농사 조금 있다는 것도 감농도 못하고 마음이 찜찜할 때가 많지만, 한 가지, 내 작은 몸이 우리 조선을 대표한다는 자부심에 위안을 받는다. 양반층도 흉내 못 낼 그런 일을 하고 나면 얼마나 뿌듯한지 내가 이 길로 나오기 잘했다는 보람을 느낀다. 역관 직업이라는 것이 그렇다. 양반한테 차별받는 중인이지만 일단 국제 무대에 나서면 유창한 외국어 실력과 국제 감각, 예절뿐 아니라 상대와 소통할 수 있는 학식까지 갖춰야 하는 자랑스런 직업이다. 너는 다행이 그 기초 학문이 될 수 있는 사서삼경을 끝냈으니 일은 쉽겠지만."

일부러 거기서 말을 중동무지른 아버지는 그런 질문이 어떤 의미로는 모험의 결과를 확인하려는 작업일 수도 있다는 것을 자각했다. 한편, 그렇게 아버지의 말을 쫓는 아들 순언이도 그 거듭된 아버지 말이 무엇을 뜻하는지 생각하느라 잠시 눈을 깜빡거렸다. 어쩐지 아버지 말이 풍기는 의미가 묘해서였다. 무엇인가를 암시하는 그 말이 왠지 자꾸 신경에 거슬리고 어쩌면 자신에게 어떤 행동을 충동질하는 것 같은 기분이 들었다. '그 기초 학문이랄 수 있는 사서삼경을 끝냈으니 일은 쉽겠다'라는, 다분히 함축적인 말이 그것이었다.

"또 한편으로 역관은 나라로부터 인정받는 국제 무역상이다. 말하자면 나라의 허락을 받은 장사꾼이라는 말이다. 그리고 외교 실무를 맡아 하는 관료에 다름 아니다. 한 가지 아쉬움이 있다면 양반들은 그런 일을 하는 역관들을 가벼운 일을 하는 사람들로 치부하고 대등한 지위를 인정 않는 경향이 있다. 그러나 그런 일쯤은 명색이 나라를 대리하는 사람으로서 능히 감당할 수 있는 책무로 여기면 된다."

마치 아들 순언이 지금 그런 일을 맡아 하는 역관쯤으로 알고 하는 충고의 말 같은 것이 미심스러웠다.

"그래서 저는 그 일이 싫고 양반들의 오만이 마땅찮습니다. 두고 볼 수 없다는 겁니다."

"그렇다. 그건 나도 마찬가지다. 너의 그 혈기를 어찌 이해 못 하겠냐. 하고도 남는다. 허나 사람은 항상 먼 앞날을 내다볼 줄 알아야 한다. 지금 내가 하는 말은 꼭 너에게만 하는 이야기가 아니고 모든 사람들에게 들려 줄 말이다. 우리뿐만 아니라 사람 사는 세상이 다 그렇다는 것이다. 내가 밖에 나가면 그것이 실감 난다. 비단 중국뿐 아니라 멀리는 만주, 몽고, 아라사까지 그 나라 사람들과 말을 주고받지만 서로 먼저 상대를 알려고 발버둥치는 것. 그것이 인간의 본능이라고 할 수 있다. 그 의욕 또한 대단하더라. 그렇게 해야만 남보다 앞설 수 있다는 간단한 이치, 그걸 네게 들려 주려고 그런 거다.

이야기가 조금 달라지는데… 굳이 먼 조상을 이야기할 것도 없이 네 증조부께서는 일찍이 의학을 공부해서 의원의 길을 걸으시며 중생에게 봉사하시고 나라에 이바지하셨지. 비록 명의는 아니더라도 빈자貧者의 일등一燈으로 추앙받았던 분이셨느니라. 환자와 돈을 떼어내 생각하신 분이시라. 그래서 곤궁을 못 벗어났지만 늘 집안은 화목하고 마음 편했었다. 네 할아버지는 그분의 뜻을 이어받으실 요량으로 그 길을 택하셨고 가훈을 늘 존중하고 그 길로 정진하며 타의 모범도 되셨다. 네 증조부님은 돈과 거리가 멀게 사셨고 그 손자인 나는 자칫 돈과 가까워 보이는 직업을 택한 것이 상반됐지만, 나는 할아버지 뜻을 저버리지 않으려고 각심했고 지금도 그 신념에 변화가 없어 떳떳하다. 나도 그 길을 택할까 하다 뜻한바 있어 이 길로 들어섰지만, 거창하게 이야기해서 나라와 백성을 위해서는 대동소이 하다는 것을 알고 나서 이 길에 더욱 집착했다. 가난한 중생을 돕는 의원이나 나라와 백성의 이익을 위해 움직이는 내 직업이나 결국 같다는 것을 확인했고, 내 말 한마디가 나라와 백성의 이익을 위한다는 것을 인식하게 됐고 이 역관이란 직업이 결코 허술하지 않다는 것을 알게 됐다. 자부심도 생기더라.

다만 그때 한 가지 아쉬운 게 있다면 다른 역관들은 상재가 있어 돈도 잘 버는데 나는 그렇지 못하니 내가 모자란 것 같아 때때로 자괴감도 생기더라. 그래서 귀여운 너에게 좋은 옷 한 벌 못 사 입혔다. 그런 아버지를 원망이나 안 하는지, 허허……."

　"네, 아버지 하신 말씀의 골자는 터득한 것 같습니다. 저도 생각이 있으니까 두고 보십시오. 결코 아버지를 실망시켜 드리지 않겠습니다."

　순언으로서는 그날의 아버지 말에 평소 느끼던 다소의 고까움이 없는 게 묘했다. 이전에는 배를 타는 데 무게를 두었기에 일어나는 조금의 반발이나 슬미움이 없는 것이, 그렇다고 아버지 직업을 세습한다는 결심이 확실이 선 것은 아니었는데 그쪽으로 기우는 마음도 없지 않은 것이 사실이었다. 조금은 괴로운 일이 분명했다. 갈등이 심해지고 착잡했다. 나라와 백성에 그렇게 초점을 맞춰 본 적이 없었던 그에게 아버지의 간곡한 말에서 오는 중압은 단지 견디기 괴로운 것은 아니었다. 나라와 백성에게 돌아오는 이익, 그렇다면 그것을 먼저 생각해야 하는 것이 아닌가 하고 고개를 갸웃거렸다. '나도 이 나라의 한 성원이고 백성의 한 사람인데…' 하는 야릇한 동류의식의 맹아를 처음 대하는 작은 감격이 새로웠다.

　그렇게 생각이 꼬리에 꼬리를 무는 아들에게 아버지가 빠뜨린 말을 보탰다.

　"나도 사실 일행과 함께 걷는 괴로운 길이 결국 그 길과 맞닿아 있다고 생각하면 천리길 만리길도 고되지 않았고, 너희들 얼굴 못 보는 안타까움이나 따순 아랫목에서 느끼는 오붓한 행복감을 굳이 마다하고 걷는 길의 고됨을 이겨 내는 힘이 났다. 그 보람을 느끼며 오늘까지 무사히 소임을 다하며 늙어 왔다."

아버지의 그 말은 그런 순언의 마음의 여울에 소리를 보탰다. 그렇게 마음속에 기복이 생기는 게 또 이상한 일이고 작은 충격으로 와 닿았다.

'그렇게 역관이 대단한 건가? 한번 붙어 봐?'

순언의 마음속에서 조금의 시기심이 발동했다. 홍순언 아버지 홍연의 오묘한 심리전이 주효한 순간이었다.

양쪽에서 불이 붙은 홍순언의 혼담이었다. 매파들의 얽히고설킨 움직임 때문에 혼란이 생긴 그 일을 두고 이제는 점잔만 빼고 있을 수 없는 노마님이었다. 위신만 챙기다가는 총각을 놓치게 생겼기에 일어나는 조바심, 그게 골칫거리였고 결국 무거운 몸을 이끌고 나섰다. 자기 꾀면 웬만한 건 다 처리될 줄 알았던 노마님 앞에 경고등이 켜졌다. 후광과 권세만 믿고 한눈을 팔던 노마님은 정신을 차리고 순언 총각 보호에 나섰다. 사불약차하면 최대응에게 순언이를 빼앗기게 판이 돌아가고 있어서였다. 부모의 무언의 압박에도 굴하지 않고 끝내 견뎌 낸 홍순언 앞에 맹 처자는 족두리를 쓰고 마주설 수 있었다.

그때 나이 스물한 살, 홍순언의 일생에 새로운 문이 열리기 시작했다. 결국 노마님의 책략으로 혼사는 그렇게 끝이 나고 말았다. 순언도 거기에 적극적으로 동의한 덕에 가능한 일이었다. 그러나 새 길을 걷는 홍순언과 그의 처 맹씨부인은 마음이 편치 않았다. 사려 깊은 부인이 몇 번 노마님을 통해 들은 바 있어 알고 있는 남편의 문제. 바깥 세상을 보고 싶어 하는 마음과 아버지의 일을 이어받는 마음 사이의 갈등. 그 문제가 아직 풀리지 않아 적잖이 고민 중이라는 것을 알고 있기에 그녀 자신도 고민에 빠진 것이다.

그러나 그녀는 슬기롭게 남편을 유도해 나갔다. 결국 부모가, 노마님이 바라는 방향으로 이끄는 게 최상의 길이라 여겼고 자기 뜻도 그분들과 같다는 것을 알렸다. 남편을 어린애 다루듯 보듬었다. 그러니 아무리 고집이 세고 뚝심이 있다는 홍순언도 어쩔 수 없이 그 품에 안길 수밖에 없었다.

남편의 진로에 대해 이제는 맹씨부인이 말머리를 잡고 나갈 수밖에 없었다. 우선 그녀는 남편의 심기를 살피는 데 마음썼다. 어떤 자의식의 단경을 맞아 갈등하는 그를 어떻게 대하면 좋을지 궁리를 했다. 남편이 멀리 집을 나서면 가는 길이 어딘가 살펴보았고 불편을 덜어 주고 바깥일을 간섭하지 않았다. 입안의 혀처럼 곰살갑게 사내를 보살폈다.

"저도 외국어 몇 마디는 할 줄 알아야 될 것 아닌가요? 명색이 역관집 며느리가 외국어 한마디 못한대서야 되겠어요?"

"아니 부인까지… 꼭 그럴 필요가 있을까요? 나만 배우는 것으로도 족할 텐데……."

"그럼 서방님께선 지금 재미 삼아 배우시는군요, 중국어를……."

무리 없는 유도였다. 맹씨부인은 살짝 눈을 들어 그 말의 반응을 살피는데,

"그게 그렇지 않소. 물론 재미 삼아서도 그러려니와 어차피 나는 그 말을 배워야 할 어떤 숙명 같은 것을 느끼는 사람이오. 꼭 역관이 되겠다는 것도, 또 밖으로 나가기 위해서도 아니고… 거 참… 암튼 우리는 이 외국어와 함께하지 않고는 살 수 없는 나라가 돼놔서 하는 소리요."

"그럼……."

그렇게 한참 뜸을 들였다가 또 습관처럼 말을 중동무질렀다.

"왜 말을 하다 마오, 부인. 할 말이 있는 것 같은데……."

"……."

순언은 끝내 입을 열지 않는 아내가 조금 의아스러웠으나 개의치 않았다. 그는 그런 부인의 뒤에 다가서 왼손으로 그의 등을 가만히 안았다. 아내가 그를 돌아보며 살짝 웃었다. 맹씨부인, 더운 방이라 함초롬히 땀이 배어난 이마를 훔치는 그 손길이 희고 부드러웠다. 유난히 끈적하게 감겨드는 그날 밤 아내의 손길이었다.

봄볕보다 따사로운 아내의 유도에 따라 홍순언은 나이 서른이 넘어 무사히 국가고시 잡과에 합격했으나 정식 등과는 5년 후의 일. 그는 수석 합격이었다.

서생포

　서생포 바다는 어둡고 무척이나 조용했다. 바다 쪽에서 불어오는 바람도 겨울처럼 맵고 사나웠다. 그래서인지 갈매기도 시르죽은 울음소리만 맥없이 이어 갈 뿐이었다.

　하도 흔해 빠진 일이라 본체만체하며 될 수 있으면 문제를 만들지 않고 그냥 넘기려는 관의 무사안일이 백성들은 원망스러웠다. 또 사건이 터졌다. 바다에 시신이 떴다. 하나도 아니고 세 구씩이나. 중년의 사내에 마흔 줄의 아낙네가 엎어진 채 떠 있고 또 하나 이제 갓 어린이 티를 벗은, 열두 살 정도 됨 직한 계집애가 역시 치마도 없이 엎어진 채 떠 있었다. 주검은 한 가족 같았다.

　"세상에 찢어 죽일 놈들! 저것도 계집이라고… 쯧쯧쯧… 하늘은 뭐하는 거야. 벼락을 안 때리고, 응. 딴 때는 잘도 거들먹거리던 더그레 자락들도 오늘 같은 날은 눈 씻고도 못 보겠으니, 원……."

　시체를 건져 올려 모래톱에 뉘어 놓은 서생포 사람들이 웅성거리고 어디선가 곡성이 튀어나오는가 하면 사람들이 점점 불어난다.

　왜구였다. 몇 놈이 언제 어떻게 와서 무슨 짓을 하고 갔는지는 모르나 분명 부녀자 겁탈이 목표였다는 게 중론이었다. 특히나 숨진 사내의 얼굴은 무참했다 이마를 뭔가 둔기로 내리쳤는데 움푹 들어간 자리에는 피 흔적도 없다.

"관것들이야 어디 시골구석의 좀도적 사건쯤으로 알고 있겠지만 당하는 백성들 처지에서야 그렇게 만만한 일이 아니잖는가. 죽기 아니면 살기니까."

시체를 둥글게 에워싼 사람들이 벌써 백여 명으로 불어났다. 웅성거림 속에 목탁 소리가 들린다. 그것이 계속되자 사람들 소리가 잦아든다.

"나무아미타불 관세음보살."

걸걸한 목소리가 우렁차게 솟아오른다. 회색 장상에 붉은 가사를 두른 노승 모습이 유난히 음울해 보인다. 그 발치에는 방갓과 행낭인 듯 회색 봇짐이 덩그렇게 놓여 있다. 굵은 주름살에 덮힌 얼굴은 얼마나 햇빛에 시달렸는지 구릿빛이고 돋아난 머리칼은 순백이었다. 큰 키다. 나이 칠순으로 보이는 손에서 흔들리는 염주가 잘게 소리를 내며 목탁 소리를 받치고 있었다.

그 뒤에서 모둠발을 하고 사람들 속에서 주검을 기웃거리는 사람 하나. 큰 갓을 썼지만 어딘지 꾀죄죄하고 객고에 찌든 모습이 가히 보기 좋지는 않았다. 염불을 하는 노승과 불과 서너 자 거리에서 간간이 사람들에게 한두 발 떠밀려 밖으로 비어져 나왔지만 이내 또 무리에 달라붙는다. 30대 중반의 사내 기골은 중 못잖게 굵었다. 구레나룻도 거뭇거뭇했다.

"이러다간 조선 사람 씨 다 마르겠다. 어디 분해서 살 수가 있나!"

그 과객이 중얼거리듯 하는 소리에 한두 사람이 그쪽을 돌아본다. 왜구에게 당한 어촌 주민들이 그렇게 비탄에 잠겨 있지만 정작 그들을 보호해야 할 관아에서는 소식이 없다. 물론 관가까지 거리가 멀기도 했지만 왜구가 자주 출몰한다면 정기적으로 기찰이라도 해야 하는데 전혀 거기에 대해서는 대책이 없으니 당하는 백성들만 억울하고 분통 터질 일이었다.

그 사람들 중 아까의 젊은 과객보다 십여 세 많을 것 같은 사내가 사방을 둘러보고 입맛을 다시며 사람들 앞에 나선다.

"에이, 징한 놈의 새끼들. 저렇게 사람을 꼭 죽여야 하나? 즈들과 우리가 무슨 악연이라고 이렇게 거덜을 내지? 그나저나 관아에서는 코빼기도 안 보이니 누굴 믿고 살란 말이야, 젠장!"

그러고는 또 주변을 두리번거린다. 아무리 보아도 토박이는 아닌 듯싶다. 그도 과객 냄새가 났다.

"그러게 말입니다. 누굴 믿고 살란 것인지… 원, 제기랄 놈들 같으니라구."

아까의 젊은 과객이 그렇게 말을 끌면서 나이 많은 과객 앞으로 또 얼굴을 내민다.

나이 많은 과객이 주춤 물러서 그 얼굴을 마주본다.

"어디서 오셨소이까. 여기 분은 아닌 것 같은데……."

"네, 아까… 서생포가 하도 좋다기에 구경 나왔다가 이 사람들과 함께 예까지 따라왔습니다. 댁은 여기 안 사시는가요?"

"아아… 실은 나도 길손이외다. 여기 온 지 두 주가 다 되어 가지만 벌써 두 번째 왜구요. 이럴 수가 있습니까? 먼젓번은 사람은 해코지 안 했는데 이번에는 한 가족을 도륙 냈구려. 댁은 어디서 오셨소이까? 보기에 댁도 나그네 같은데……."

"예, 맞습니다. 나 사연이 있어 이렇게 갯가만 골라 다니는 좀 모자란 사람입니다."

동네 사람들과 조금 떨어진 자리에서 두 사람 수작이 시작되고 그게 길어지는 듯싶었다. 바람이 불어와 옷깃을 서너 번 펄럭이다 지나갔다. 어느덧 하늘에 구름도 많아졌다. 정식 인사가 없어도 두 사람은 금방 친해졌는지 대화에 탄력이 붙기 시작했다.

"노형, 술 하시오? 우리 이럴 게 아니라 초면에 부랄 잡는다고 저쪽 저기 주막에 가서 술이나 한잔 합시다."

나이 든 과객이 젊은이를 앞장서 모래톱을 올라간다. 젊은이가 머쓱한 표정으로 천천히 뒤따른다. 동네 사람들도 뭔가 볼일이 생겼는지 뿔뿔이 흩어진다. 이윽고 주막에 자리를 잡고 앉자 나이 든 과객이 말한다.

"술값 걱정일랑 말고 갈 길이 바쁘다면 모를까 아니면 나하고 하루쯤 넘겨 봅시다. 나 덜떨어진 반풍수로 이 나라 아니 간 데 없이 바쁜 몸이지만, 저런 꼴을 보고 그냥 지나치기 어렵네요."

"저, 아직 연약年弱합니다. 말씀 낮추십시오. 하하."

젊은 과객이 피식 웃는다.

"그럼 고향은 어디시오? 말씨가 한양 근처 같은데."

그렇게 이야기하면서 나이 든 과객이 젊은 과객의 큰 갓을 자꾸 흘금거린다.

"한양 태생이지만 남도 쪽에 오래 있었기에… 별것도 아닌데 큰 갓 쓴 것이 쑥스럽지만 주유천하 하는 데는 조금 편리해서 그냥 쓰고 다닙니다."

"아니, 그럼 양반이 아닌데 큰 갓을 썼단 말이오? 허허… 참 희한한 일이네."

"그렇다는 게 아니라 본시 이런 거추장스런 복색은 질색입니다. 그쯤 알고 계십시오."

젊은이 말을 어떻게 새겨들어야 할지 눈을 깜빡깜빡하던 나이 든 과객이 말했다.

"그러니까 양반은 양반인데 갓 쓰고 도포 입고 어쩌고 하기가 귀찮다 그거구먼."

"예, 바로 그겁니다."

'거 희한한 양반 지스러기 하나 보겠네. 그렇지만 흔한 인물은 아닌데…….'

나이 든 과객이 속으로 중얼거리며 흥감한 표정으로 젊은이를 지킨다.

"참 재미있는 분이시구려. 다른 사람은 큰 갓을 못 써서 안달인데. 허허 참, 그것이 싫다니. 그럼 시하侍下이시오? 가족은?"

"예, 물론입니다. 가족도 있으나 사정이 있어 아직 동거를 못하고 있습니다. 그 까닭을 알고 싶으시다면 말씀 못 드릴 것도 없지만 하도 시시한 이야기라… 꼭 알고 싶으시다면 이따 천천히 말씀 드리죠."

경우가 밝은 젊은 과객은 자기 일이 충분히 상대의 호기심을 유발할 만한 것을 알고 그것을 일부러 비켜 가지 않고 궁금증을 풀어 주겠다고 선약을 한 것이다. 그러나 속으로 아차 하고 무릎을 친 사내는 지관地官의 얼굴을 찬찬히 바라보며 실없이 웃었다. 그것을 재빨리 거니챈 지관 또한 능수능란했다.

"꼭 알고 싶은 건 아니고 심심파적이 없는 나그네길에서 푸접 삼아 듣고 싶을 뿐, 꼭 들려 달라는 건 아니오, 젊은이 허허…….."

이쯤 되면 뭔가 말 못할 사정의 젊은이인 것 같으니 굳이 그를 궁지에 몰아넣고 싶지는 않았던 것이다.

"아저씨라 해도 괜찮으시다면 그렇게 부르겠습니다. 말 듣고 보니 몸 둘 바를 모르겠습니다. 저도 이 갓 이야기만 나오면 속이 뒤집힙니다. 알고 보면 그 신분 질서에 녹아 이렇게 뜬구름 쫓는 신세가 됐대도 과언이 아닙니다. 나 벌써 전국을 돌아다닌 지 이태가 되지만 이렇게 왜구가 심한지는 처음 알았습니다. 이래서야 어디 조선 사람이 살았다고 할 수 있을까요?"

주모가 벌써 세 번째 주전자로 바꿔 오고 빈자리가 없는 주막은 사람들이 벅신거린다. 5월의 한낮이면 빈자리를 찾을 수 있을 시간인데 이렇게 사람이 넘치는 게 이상했다. 그때였다. 아까 사람들에게 에워싸여 시신에게 염불을 올리던 노승이 주막에 들어서며 천천히 사방을 휘둘러본다. 앉을 자리를 찾는 게 분명했다. 주모와 수작하는 것이 쉽게 딴 데로 갈 것 같지 않았다.

"죄송하지만, 손님 한 분 여기 한쪽에 모셨으면 하는데, 괜찮으시겠어요? 딴 데는 남은 자리가 없어서⋯⋯."

주모가 다가와 앞치마에다 손을 닦으며 꺼낸 말에는 송구함이 묻어 있었다. 네 사람이 앉을 평상 대여섯 개가 꽉 차 있으니 그럴 수밖에 없었으리라.

대답은 들을 것도 없다는 듯 뿌적뿌적 다가온 노승이 방갓을 조금 들었다 놓는 것으로 인사를 대신했다. 다가오는 노승에게서는 보리밥 쉰내가 물씬 풍겨 오고 뭔가 또 다른 냄새도 그것을 거들고 있었다.

"괜찮으시다면 한쪽을 실례하겠소이다. 곡차를 드신 모양인데 방해해서 송구스럽습니다."

"원, 별말씀을. 대사님과 동석한다는 게 얼마나 영광이겠습니까. 안으로 더 조여 앉으시죠."

지관이 은근슬쩍 너스레를 떨며 노승의 비위를 맞췄다.

"그럼 실례하겠습니다. 그런데 아까 보니 손님들은 타지분들 같은데, 어디서…….."

"예, 저는 법성포에 사는 반풍수올습니다. 여기 온 지 벌써 열흘 넘고 앞으로 갈 데가 많습니다. 대사님께서는 어디서…….."

말을 중동무지르고 노승 얼굴을 바라보는 지관에게 노승이 입맛을 쩍 하고 다시고 나서 말했다.

"근처 범어사에 있는 몸입니다. 나도 우연히 이곳에 들렀다가 그런 참극을 보고…….."

노승도 말을 아끼며 젊은이에게 시선을 돌렸다. 이제는 네 차례라는 듯. 그런 무언의 채근에 그냥 있을 수 없는 젊은이가 자신을 간단하게 소개하고 나서 장난기 섞인 말투로 덧붙인다.

"대사님, 저희들이 먼저 들었습니다만 곡차 한잔 하시겠습니까? 불가에서는 술을 곡차라 한다는데 괜찮으시다면…….."

"하하하… 그려, 곡차가 분명하지요. 고마운 말씀이군요. 근데 나한테까지 돌아올 게 있다면 모를까, 응."

목울대가 꿈틀거리면서 꿀꺽꿀꺽 술을 넘기고 안주를 집는 저분질에 약간의 수전증이 있었다. 안 줬다면 서운해할 노승의 주량이고 기호였다.

"허… 곡차 맛 기가 막히다. 손님들 것만 축낼 게 아니라 나도 한잔 사겠습니다."

안주로 순대를 썰고 시켜 먹는 국밥도 소머리국밥인데 노승은 그런 것 개의치 않고 시원시원하게 비워 나갔다. 확실히 몽구리였다. 이제 자기 밥상도 아랑곳하지 않고 아주 합석이 된 세 사람의 환담이 거나했다.

"그런데 젊은 분을 보아하니 양반님네 같은데 이런 소승과 어울려도 되는지요. 당최 죄송해서 곡차를 들기는 했소이다만. 허허…
그것 참."

또 중동무지른 말이 뭔가를 암시하는 것 같았다.

"괜찮습니다. 저도 그런저런 것 전혀 개의치 않으니 대사님 마음
내키시는 대로 하십시오."

"내 직업이 직업인지라 전국 방방곡곡 아니 간 데가 없소이다만
이 서생포, 참 보잘것없는 포구지만 내 보기에도 정말 요긴한 자리
요. 쉽게 말해 원수 같은 일본, 왜구 그것들과 전쟁이 붙었다 하면
여기 말고 붙을 데가 그리 많지 않다는 이야기요. 영일만도 좋고
또 울산만도 괜찮지만 이 서생포만 한 데가 없어요. 그래서 왜것들
이 여기를 그렇게 분탕질을 자주 치는 거요, 알고 보면."

"그러게 말입니다. 이건 그냥 둘 일이 아니고 근본적인 대책을
세워 전쟁이 붙든지 해야지 될 일입니다. 아, 그렇게 우리나라가
욕심나면 통째로 삼켜 버리든가. 이런 꼴로 당하고도 살았다고 할
수 있을까요."

그저 먹고 마시는 데에만 정신없던 노승도 이야기가 그런 쪽으로
옮겨 가자 숨을 가다듬고 시선을 두 사람에게 던지며 이 사이를 쭉
쭉 빨고 있었다. 그리고 뭔가를 생각하는지 고개를 가만히 주억거
리면서 신중한 표정으로 바뀌었다.

"말이 났으니 하는 이야긴데 고려 고종 10년이던가요? 이 나라에
왜구가 들어왔지요. 김해 땅으로 말입니다. 그 뒤 연이어 주로 동해
안과 서해안에 수단과 방법을 바꿔 가며 350년 동안에 약 1천5백 번
을 침범했으니 어찌 되겠소. 방귀가 잦으면 뭐가 어쩐다고 꼭 무슨
일이 터져도 터질 거요. 두고 보시오. 그런데 나라라고 있다는 주제
에 한 번도 대거리를 못하고 당하고만 있으니 어떻게 된 거요."

"그런데 지관께서는 어찌 그리 깊고 자세히 그것을 알고 계시는지 소생 같은 무지랭이는 도무지 감을 못 잡고 그저 감복할 따름입니다."

"가만… 두 분의 말씀 재미있게 듣고 있소이다만 소승도 그 문제라면 몇 마디 할 말이 있을 것 같소이다. 워낙 큰 문제고 중대한 사안이라 경솔히 입을 놀릴 수는 없소이다만…….."

그때까지 듣고만 있던 노승이 한 무릎을 앞으로 내밀며 참견해 왔다.

"……."

"……."

두 사람은 끼어드는 노승의 말에 호기심이 가는지 동작을 멈추고 똑바로 그의 표정을 살폈다.

"뭐 그럴 만한 재미있는 말씀이라도… 대사님이라면 특별한 이야기가 있을 것 같은데 해 보시지요."

젊은이가 자리를 열어 주듯 한쪽 무릎을 세우며 자세를 허물었다.

"지관님 말씀에 토를 다는 건 아니지만 나도 들은 이야기가 있지요. 암튼 이대로는 안되겠다는 생각은 두 분과 다를 바 없습니다만. 소승이 알기로도 그 350년 동안의 왜구 문제는 내가 알기로는 이렇소. 우왕 3년 최무선은 화통도감을 설치하고 화포를 제조하여 금강 입구 진포에서 왜선 8백 척을 불태워 버렸는데 그때 왜구 본거지는 대마도였소이다. 또 그에 이어 이 태조는 황산에서 왜구의 주력 부대를 무찔러 이른바 황산대첩荒山大捷을 이뤄 냈었소이다. 그런데 고려 말 왜구는 수도 개경까지 노략질을 자행해 나라를 쑥대밭으로 만들었지 뭡니까. 당시 왜는 아시카가의 무로마치 막부가 세워져 국내의 민란이 평정되고 거의 전국적인 지배력을 강화하였지만 서부의 구주 지방까지는 그 위력이 미치지 못하고 있었지요. 이러한 가운데 구주 방면 민간인이 왜구로 변모하여 조선은 물론 멀리 중국의 동남부 연안까지 침탈했던 것이오. 그런 와중에 조선 정부가 견디다 못해 일본 막부 정권과 일본 호족들과 통교하여 숨통을 터 주고 그들을 우대하는 회유책을 써서 무마했었죠. 그때 통교한 데가 내의포와 부산포, 염포였지요. 이런 길고 긴 변화 과정이 왜와 우리 관계고 지금도 대마도에서는 공식적인 통교를 틈타 이런 노략질을 계속하고 있는 거죠. 이제 사실상 공식적인 통교는 허울뿐이고 그들은 야욕을 버리지 못하고 계속 우리를 괴롭히고 있는데 그것을 막지 못하는 국력의 취약이 원망스럽고 분통 터질 일이지요."

"……."

"……."

노승의 입에서 나온 말을 듣고 있던 두 사람은 할 말을 잃고 있었다. 그러자 노승이 말을 이어 나갔다.

"내가 조금 아는 척했는데 여기에는 그럴 만한 이유가 있지요. 내가 젊었을 적 왜에 가서 겪은 일 때문에 그래요. 내 발자취는 말씀 못 드릴 것도 없소이다. 실은 내가 나이 스물이 못 돼 어부였는데 어느 날 고기잡이 나갔다가 표류해 대마도에 흘러들어 밀입국자로 잡혀 가진 고초를 다 겪고 1년이나 왜에 붙들려 있었지요. 죽을 고생을 다하며 일본을 떠돌다 돌아와서 출가할 때 나이 스물세 살, 꼭 45년 됐소이다. 전국 사찰에서 수도하다 5년 전에 범어사로 왔소이다. 나무 관세음보살."

"하하… 네, 대사님께 그런 고단한 과거가 있었다는 것 미처 몰랐습니다."

젊은 과객이 술 한 잔을 채워 다시 노승 앞에 내밀며 하는 깍듯한 대접.

"지관님 말씀도 틀린 말은 아니고 우리의 각오가 모두 그러해야 한다는 것은 두 말이 필요 없소이다."

"제 생각은 그렇습니다. 나는 내 직업상 뱃사람을 상대하는 경우가 많은데 그들 생각을 말씀드리자면 왜를 보는 눈이 우리와는 다릅니다. 우선 왜것들은 섬나라이기 때문에 아무리 국력이 강하고 인구가 많아도 어디 대고 비빌 데가 없어 대륙 진출 교두보가 필요하죠. 그래서 눈을 돌린 데가 조선 아닙니까. 어떻게 조선을 발판 삼아 대륙에 들러붙어 볼까 하는 야심이 생겼고, 또 그들의 생래적인 침략 근성은 버릴 수 없어 가까운 조선에 먼저 칼을 들이댄 거죠. 그리고 섬나라지만 원래 지진이 많아 늘 불안하기 때문에 달리 그들이 정착할, 말하자면 제2의 영토를 물색하던 판에 국력이 만만한 조선이 눈에 들어왔고 상대해 보니 홀가분하니까 그동안 집적거린 겁니다. 또 하나, 이 조선이란 나라가 중국의 속방 같으니까 '에에라, 우리도 못 먹을게 뭐냐'고 막 보고 달라든 게 아닙니까? 아무것도 모르는 뱃사람들도 그 정도는 알고 있더라구요. 그게 맞는 이야기 아닙니까? 대사님."

"예, 그렇소이다. 맞긴 맞는 말인데 내 생각은 그렇소. 왜것들이 지금까지는 막부정치로 그들의 힘이 분산돼 있었으나 도요토미 히데요시가 집권하면서 그 힘이 집결돼 강력한 국력을 확보하게 됐고 급기야 그 힘을 해외 침략이란 쪽으로 돌리게 된 것이 아닌가 모르겠소. 세상천지 어디를 둘러봐도 섬나라인 그들은 갈 곳이 조선밖에 없다는 것을 절감한 거요. 그 길만이 살길이라고. 결국 뱃사람들이나 노형 생각이나 오십보백보라고 봅니다. 한 가지 첨부하자면 조선과 명나라의 밀월 관계를 보고 자기들도 명나라와의 외교를 원한 게 아닌가 모르겠소. 그리된다면 아까 말한 대로 결집된 힘으로 한번 밀어붙여 보겠다는 망상을 하고 있는 것 아니겠소."

"그럼 명나라까지 넘본다는 말입니까, 일본이? 도사님, 그렇게 그들은 대륙에 집착하고 있다는 이야기입니까?"

"그렇고 말고요. 그들의 본심이 곧 드러날 것입니다. 머지않았어요. 우리는 그 시기를 꿰뚫어 보고 대비해야 하는데 워낙 국력이 약해서… 저 조정 좀 보세요. 동인 서인 뭐 거기다가 남인 북인으로까지 갈라져 서로 핏대를 올리고 있으니 큰일 아닙니까. 나 직업이 직업인 만큼 이 팔도 땅 안 가 본 데 없이 돌아다니지만 이렇게 명당 많은 나라 없어요. 어디 밖에 안 나가 봤지만 그래요. 이런 좋은 땅덩어리 없습니다. 그야말로 금수강산이지요. 이러니 언놈이고 욕심 안 내겠소. 여기는 벌써 두 번째 오는 길인데 참 전략적 요충이지요. 충청도 한밭, 전라도 남원, 경상도 진주 같은 데는 그야말로 전쟁이 났다 하면 제일 먼저 불이 당겨질 곳입니다."

"나도 깜냥에 많이 보고 다녔지만 그렇게 좋은 곳이 많은지 미처 몰랐습니다. 그럼 대사님이 보시기에 우리나라 국운은 어떻습니까? 지금 명나라에 밀착돼 태평성대를 구가한다는 이 나라가 언제까지 갈지, 아시는 대로 말씀해 주십시오. 나도 뭔가 사업을 한다고 돈냥이나 없애며 가족까지 버리고 동가식서가숙하는 몸이지만 앞날이 결코 밝다고는 못하겠고. 지금이 과도기라 혼란스러운 것인지 아닌지 모르겠어요. 하루빨리 이 상황이 끝나고 결말이 나야 될 것 같은데 말입니다."

오전이 지나고 있었다. 시끌벅적하던 포구가 조용해지고 더그레 자락들이 팔랑거린다. 어디서 무슨 짓을 하다 이제 왔는지 왕방울 같은 눈알만 뒤룩거리고 공연히 사람들을 노려본다. 사또 떠난 뒤의 나팔이랄까. 썩 보기 좋은 꼴은 아니었다.

몇 번 고개를 주억거리며 두 사람 말을 듣고 있던 노승은 무엇에 취했는지 어느 틈에 젊은 과객 무릎 곁에서 팔베개를 하고 드르렁 드르렁 코를 골며 잠에 빠져 있었다. 코 고는 소리도 요란했다.

"그래요, 양국의 앞날이 그리 순탄치만은 않을 것이 사실이고 명나라는 모든 것에 앞서 만주의 누르하치를 잘 요리해야 해요. 앞으로 명나라가 얼마나 갈지 모르지만, 누르하치 거 무시 못 합니다. 그자는 꿈이 크고 끈질긴 사람이지요. 암튼 명나라와 그자의 악연은 빨리 끝날수록 좋고 최악의 경우 누르하치 덕을 단단히 볼 거요. 지금도 틈만 있으면 명나라에 집적거리는 것이 꼭 왜것들이 조선을 못살게 구는 것과 차이가 없어요. 두고 보십시오. 어쩌면 그들 때문에 큰 나라인 명이 주저앉을지도 모르니까, 하하하하."

"그렇다면 조선은 그냥 언제까지 부개비잡혀 굴신도 못하고 죽어지내야 된다는 말인데, 이건 제 주권도 없는 나라 꼴이 아닙니까."

"그렇소. 심지어 상대방 개가 죽어도 고애사告哀使를 보내고 방귀만 뀌어도 사신을 보내 눈치를 살펴야 하는 이 나라, 정말 안타까운 일 아뇨. 북경 한양 만 리길에 연중 사신들 발걸음 없는 날이 없으니 얼마나 창피한 일인가요, 응."

비스듬히 벽에 기대 앉았던 과객이 지관 입에서 사신이란 말이 튀어나오자 갑자기 상체를 불끈 일으켜 세우고 상에 턱을 고이고 상대를 노려본다. 무슨 말엔가 충격을 받은 듯했다. 그리고 표정이 굳어지며 눈매가 싸늘해졌다. 꾹 다문 입술이 야물다. 그러고는 어깨가 내려앉을 만치 깊은 한숨이 그의 허파에서 새어 나온다. 하늘을 한 번 우러르고 눈을 내리깐다.

"어느 나라나 주권이 없는 나라는 허수아비이지 다른 게 아니오. 우리가 모르는 세계 어디고 이런 부조리는 판을 치고 있대도 과언이 아니오. 왜것들도 허수아비 나라 하나쯤은 만들어 자기들 수족을 삼아야겠다는 생각이 어찌 없겠소. 우리가 경계해야 할 것이 그것 말고 다른 게 있을까요?"

"지관님 말씀이 바로 진립니다. 술까지 얻어 마시고 좋은 말씀 많이 모셨습니다. 전 한양에서 자랐지만, 전라도에서 일을 좀 했습니다. 주유천하가 내 뜻은 아니지만 이런 꼴로 돌아다니기도 진력이 나고 어디고 자꾸 기대고 싶은 의타심이 생기는 게 부끄럽습니다. 뭔가를 쫓고 또 뭔가에 쫓기는 몸 같은 이 처지가 우스꽝스럽습니다. 오란 데는 없어도 가 볼 데가 많아 오늘 인상 깊은 이 서생포를 하직할까 합니다. 도사님 말씀대로 이 서생포가 그렇게 요지라면 언제 다시 제 머릿속에 되살아나는 일이 있을 것 같은 예감이 듭니다. 저는 서해안에서 남원을 들렀다가 진주를 거쳐 이곳에 왔습니다만 오기를 잘했다는 생각이 들고 제 인생에 어떤 발전의 계기가 될 것 같은 생각이 듭니다. 지관님, 가시는 길 평탄하십시오. 길에서 만난 흔해 빠진 어느 박가로 아시면 되겠습니다. 이것도 인연이라고나 할까요."

젊은 과객은 자기 성을 박가라고 속인 것을 조금은 가책하고 있었다.

그렇게 세 사람 목숨을 조용히 장사 지냈는데도 포구는 다시 무심하게 일상으로 되돌아와 있었다. 아침나절의 그 설움이 언제 있었나 싶게 갈매기 울음소리가 속절없이 파도를 가르고 있었다.

왜구! 오늘도 또 어제도 있었고 앞으로도 있을 그것에 대비하는 백성들의 노력은 아무것도 없었고, 그것을 알아서 예방하는 관의 배려 또한 어디에서도 찾아볼 수 없었다. 이렇듯 한바탕 난리를 치르고도 시간이 지나면 무위로 끝나는 게 항상 있는 일이고 또 그것이 현실이었다.

지관이 일어서서 행장을 수습하고 노승이 부스스 일어나 충혈된 눈으로 사방을 뚜렷거린다. 제 딴에는 꽤 긴 시간을 잔 것같이 느껴지는 모양인데 불과 반 식경도 못 되는 잠이었다.

"내가 곡차에 취해서 횡설수설한 것 같은데 실수나 없었는지… 두 분 많이 양해하시구려. 소승은 이제 슬슬 걸어서 양산 쪽으로 옮길 생각입니다. 어디 가시든지 몸 성하시고 하시는 일마다 형통하시기 바랍니다. 나무 관세음보살."

지관에 이어 젊은 과객도 인사를 남기고 자리를 떴다.

"어려움이 많습니다. 아주머니, 이 포구가 이리 소란스러워서야 어디 장사인들 마음 편히 하겠습니까. 야단이네요. 또 언젠가 만날 날이 있겠죠. 아까 그분은 언제 여기에 온 적이 있습니까? 온 지 오래됐던가요?"

지관과 노승이 떠난 뒤 아직도 자리에서 몽그작거리던 젊은 과객이 술자리를 치우는 주모에게 하는 말.

"아이고, 네네… 알다 뿐인가요. 지관을 말씀하시는 거죠? 네네, 그분 여기 오신 지 얼마 안 되지만 종종 들르세요. 술을 무척 좋아하시나 봐요. 사실 이 서생포가 만만한지 쪽발이들이 너무 자주 분탕질을 치니 사는 것 같지도 않고 나도 언제 벼락을 맞을지 무서워 죽겠어요.

손님은 처음 뵙지만 언제 어디서 많이 본 것 같고 그러네요. 가시게요? 잘 가셨다가 또 오세요. 그때는 제가 잊지 않고 서생포 명물 안주 만들어 드릴게요. 오늘은 워낙 바빠서……."

"아이고, 고마운 말씀입니다. 여러 가지 인상에 남은 이 서생포를 꼭 찾을 이유가 또 생겼네요."

과객의 허튼 수작인지는 모르나 너스레를 떨고 있는 주모의 대꾸는 그렇게 알뜰했다.

"꼭 오십시오. 기다리겠습니다. 지금까지 다녀가신 하고많은 분들 다 기억은 못하지만 손님만큼은 잊히지 않을 것 같습니다. 예, 기억하겠습니다."

'으허허… 과분한 말씀. 고맙기는 한데 그렇게까지야…….'

느긋한 표정으로 자리에서 일어난 과객이 서투른 솜씨로 갓을 매만지며 머리에 쓴다. 얼굴이 붉어진다. 거울이라도 있으면 거기다 그 모습을 비춰 보기라도 하고픈 표정이다. 자기가 생각해도 어색한지 둘러보는 얼굴에 홍조가 핀다.

성을 굳이 박가로 한 것도 죄스러운데 갓까지. 이 과객은 다름 아닌 홍건이었다. 아버지가 돌아와서 느닷없이 이 나라 귀족이 됐다는 풍문을 바람결에 들었으나 하나도 반갑지 않았다. 그러나 그 풍문의 진위를 따져 볼 것도 없이 큰 갓을 쓰고 싶은 것 또한 솔직한 그의 심정이었다. 넉살 좋은 일이라고 자기 자신을 핀잔해 보기도 했지만 그런 마음이 계속 솟아나는 것은 어쩔 수 없었다. 홍건은 다시 난바다 쪽으로 시선을 던진다. 서생포 파도 소리가 아스라하다. 홍건의 생각이 마냥 이어지고 있었다. 서생포를 떠나는 홍건은 너무나 무겁게 차오른 머릿속의 상념에 겨워 촌보를 옮길 수 없는 상황에 맞닥뜨렸다. 그는 시방 뭔가 커다란 밑그림을 그리고 있었다. 그것은 그의 오랜 고뇌의 결과이기도 하지만, 어떤 결의가 곁들여 있어서도 그랬다. 서생포가 그 그림의 한쪽을 선연히 자리잡았다. 그것은 서생포를 떠나서 그릴 수 없는 그림이니까. 그만치 눈으로 직접 본 서생포는 보배로운 지형이요, 전쟁 때 크게 한몫을 하고도 남을 전략적 요지였기 때문이었다. 발걸음을 멈춰 선 그는 다시 한 번 천천히 자기 시야에 들어온 서생포 포구와 그 앞에 펼쳐진 난바다를 둘러보고 고개를 끄덕거렸다. 그가 머릿속에 그리고 있는 것은 대체 어떤 그림일까.

그 딸이 가는 길

　1591년 선조 24년은 어두운 해였대도 과언이 아니었다. 철 이르게 퍼진 전라도 지방의 괴질로 사람들이 삼대 쓰러지듯 해 전국에 사람 왕래가 끊어지고 나름대로 살아가던 일부 지방의 토착경제가 와르르 무너지는 굉음이 새해 들머리인데도 방방곡곡에 울려 퍼졌다.

　동해나 서해 바닷가에는 왜것들의 노략질에 항거하는 민초들의 비명이 끊이질 않았다. 설상가상이었다. 그러나 누구 하나 그런 백성들의 참상을 보살펴 주는 이 없고, 못 본 체 얼굴 돌리는 이른바 관것들의 돼먹지 못한 비인간성에 민초들은 치를 떨 뿐이었다.

　충청도 땅 강경 갯가에서 조금 떨어진 장터거리는 내포평야의 중심답게 번창하고 있었지만 거리에는 사람들이 드물었다. 언제나 같으면 장날이라고 벅신거리는 사람들이 평양, 대구에 버금가던 이 강경장이 왜 이럴까? 긴긴 봄날 권태가 꾸역꾸역 몰려드는 그 날의 형편은 그렇다 치고 흉년이 들어 누렇게 들뜬 사람들의 얼굴마다 싯누런 버짐까지 피었으니 어찌 아니 비참하겠는가.

날씨는 아직 추운데 대여섯 명의 또래 아이들은 그런 장터의 분위기 같은 건 알 바 아니라는 듯 제가끔 소리를 지르며 깔깔거린다. 그중 한 아이는 아얌을 쓰고 바지 차림인데 제법 영리하게 생긴 얼굴이 깨끗했다. 그러나 흘러내린 누런 콧물이 빈번하게 오르내린다.

시들한 햇볕 기우는 해를 한 번 올려다본 아이가 이번에는 오른쪽으로 머리를 돌려 가게 쪽을 훑는다. 장터 구석이니 한가할 수밖에. 한 줄로 늘어선 가게들의 표정도 날씨만큼이나 오소소하고 썰렁했다. 그러니 장사가 될 턱이 있겠는가. 첫째로 사람이 없으니.

한 가게는 낡은 빈지짝 서너 개를 땅바닥에 펴고 그 위에 뭔가 펴 말리는데 시커멓고 윤이 나는 물건을 늘어놓으니 보기조차 거북하고 섬뜩했다. 그것은 사람의 머리털이 분명했다. 다른 가게들도 자기들 물건을 펴 보이는 건 마찬가지인데도 그 집하고는 분위기가 달랐다. 자세히 가게 안을 들여다보니 벽 사이에 시커먼 머리털이 주렁주렁 매달려 있어 더욱 섬뜩했다. 다리〔月乃〕를 파는 가게였다. 팔고 사는 물건이 사람 몸에 붙었던 머리털이니 괴기怪奇스러움은 충분했다. 그런데 가게 안 뒷마당에는 그것들이 산더미같이 쌓여 있지 않는가.

그때 한 사내가 느린 동작으로 가게 안에서 몸을 내밀고 그 앞에서 노는 아이들을 훑는다. 아까 그 아얌 쓴 아이와 순간 눈이 마주치고 고개를 끄덕인다. 아이가 누런 콧물을 옷소매로 싹 닦아 내며 싱긋 웃고 사내도 눈으로 웃으며 화답한다. 그렇게 햇볕도 기울고 있었다.

바람이 인다. 약한 서풍이 불어오면서 그 시답잖은 거리에 먼지를 일으킨다. 두어 사람이 기웃거리는 가게 안에서 사내가 걸어 나와 사람들을 응대하는데 모두 여자들이고 들고 온 물건은 다 머리카락이다. 자기 머리를 잘라온 것이 부끄러운지 수건 쓴 머리를 이리저리 매만지며 얼굴을 붉힌다. 얼마나 곤궁했으면 저럴까 싶으니 그 얼굴들이 다시 보였다. 다리 매매는 그렇게 쉽게 끝나고 다시 조용해진 거리는 더욱 을씨년스러워졌다. 저녁참이라 더욱 그랬다.

"아버지, 엄마 언제 오셔요. 저녁땐데 배고프시겠네요."

밥상머리에 앉은 아까 그 야얌 쓴 아이가 하는 소리에 사내는 희게 이를 드러낸다. 나이는 어리나 깜냥에 속 깊은 아이를 어루만지듯 바라보다가 많이 흡족한 표정으로 입을 다문다.

"그래 영태 니 생각도 그러냐. 곧 올 것이다. 걱정 말고 너나 많이 먹어라. 그리고 오늘 서당 안 갔었냐? 서당에는 인자 안 갈래?"

"왜요 아버지. 갔다 왔어요. 가서 강도 받고 그랬는데요?"

"응, 그래. 하하하하… 우리 영태 참 잘한다."

사내 웃음소리가 너무 커 궁색한 가게 안 단칸방에서 자반뒤집기를 한다.

아이 이름은 영태. 그 아이는 서당에서 공부는 으뜸이었으나 서당이 그리 가고 싶은 데가 아닌 것이 고민거리였다. 그것 때문에 서당 갈 때마다 많이 쭈뼛거린다. 애들이 어떻게 알았는지 그것을 꼬투리로 놀리는 것이 질색이었으니까.

"아이고 인자 저녁 먹는구나. 영태야, 엄마 오는데 내다보지도 않냐, 응?"

"아니야, 엄마. 그렇잖아도 지금 엄마 이야기하는 중이야. 엄마, 많이 배고팠지?"

'저 낳은 어미가 아닌데도 저렇게 정이 생길까?'

사내 생각이었다.

"응, 아니다. 아이고, 착한 것, 그렇게 엄마 걱정했어? 오매 고마운 것."

석새 무명 톱톱한 옷차림에 역시 석새 짚신이 투박했다. 나이 서른 중반의 여인이라 보기 어려운 촌스럽고 남루한 차림새. 허나 그 옷이 보듬고 있는 육체는 생기발랄하고 속살이 희었다. 먼지가 보얗게 오른 털메기를 탁탁 털며 들어서는 여인에게서는 노독 냄새가 확 풍겨 온다. 얼마나 걸었는지 머리에 인 보퉁이에도 먼지가 올라 있었지만 까칠한 얼굴만은 반반했다. 그렇게 차린 여인의 옷 주제가 어딘지 엉성한 게 부러 그렇게 꾸민 흔적이 엿보였다. 자세히 보면 머리도 그렇고 수건을 깊이 쓴 것도 그러했다.

여인은 그 밥상에 밥 한 그릇과 수저만 보탰다.

"그래, 오늘은 어땠소. 새벽에 나가야 만나는 사람들 다 만났소?"

사내가 대견한 듯 바라보는 여인이 고개를 주억거린다.

"그럼요. 별을 이고 나간 사람을 자기들이 무슨 재주로 피해요. 거의 만날 사람 다 만나고 물건도 죄 챙겼어요. 그러니 너무 값을 깎을 수도 없고… 하기야 불쌍한 사람들 머리털을 사는 것부터가 마음 내키지 않는 일이지만 어떡해요. 그것도 장산데… 벌써 이 짓 수년인데 내가 직접 나가서 머리 임자 만나 흥정하는 데도 이젠 신물이 나요. 우리도 이제는 가게 넓히고 사람도 하나 씀 직한데. 그렇잖아요. 그리고 오는 내내 그 괴질이 무서워서 혼났어요. 물건은 많이 나오지만."

"그럴 거요. 나도 당신 내보내 놓고 얼마나 걱정했는지. 이제 며칠 쉬도록 하시오. 충청도 북부 지방은 내가 나서서 돌아볼 테니까. 그리고 가을쯤에는 안으로 더 들어가 터를 더 크게 잡읍시다.

우리 말고 또 한 집이 그 복판에서 크게 재미를 보고 있잖소. 우리라고 돈만 주면 큰 자리 왜 못 잡겠소. 당신이 일부러 꾸미고 다니는 그 억지 옷주제 이젠 보기도 싫소. 옛날 같은 당신의 고운 맵시를 다시 보고 싶으니까 빨리 그렇게 합시다. 오늘은 해넘이까지 두 다리 쭉 뻗고 쉬기나 하시오. 내가 말린 것 짊어져다 넘기고 올 테니까 그리 알고."

여인이 걷는 길, 억세고 거친 사내들, 도붓장수나 장돌배기들과 어울려 걷는 길이 어찌 평안키만 바랄 것인가. 늘 조마조마 가슴 조이며 걷는 위태로울 길을 생각해 부러 꾸민 엉성한 의복이나 몸가짐, 그래서 발이 아플지라도 신고 있는 털메기며 거친 옷, 누가 보나 논다니는 아니면서도 거지꼴은 가까스로 벗어난 것처럼 보이는 험한 행색이 필요했다. 땡볕에 타면 타고 그을리면 그을린 대로 내어 맡기는 목덜미, 드러난 살결이며 얼굴하며 손등이나 손목이 어찌 곱겠는가. 가슴 아픈 도붓장삿길이었다. 여인은 그것을 참아 내며 수년을 보냈다. 그 사이 어찌 위급한 상황인들 한두 번 겪었겠는가. 그러나 여인은 다기지고 영민해 요행히 고비를 수도 없이 넘기고 이제 그 장삿길에 나서면 모르는 이 없이 유명해 오히려 혼자 걷는 길보다 안전하고 흥겨웠고 그녀가 모르는 장사치가 이제는 그녀 앞에 공손히 대령할 수밖에 없었다. 그녀보다 푸접 없는 남편이 걷는 장삿길이 오히려 딱딱했다. 그러나 여인은 주도면밀했다. 오늘도 어쩌면 전라도 땅까지라도 발품을 팔아야 할 것 같아 거기 대비한다고 이렇게 꾸미고 새벽길을 나섰던 것이다. 그만큼 그 고을에서는 이제 모르는 이 없을 정도로 성장한 부부의 다리 장사였다.

부부가 팔 걷어붙이고 해낸 다리 장사는 몇 번의 굴곡이 없지 않앉지만 그런대로 속살은 쩌 갔다. 애초 큰 밑천이 있었던 것도 아니고 보아주는 뒷배가 있었던 것도 아니었다. 장바닥에 나가 걸리는 다리 팔러 온 뜨내기를 낚시질하듯 건져 올리며 헌 가게 방도 빌리고 길에다 빈지짝 벌여 가며 기신거린 장사가 점점 살이 붙었다. 끼니도 많이 굶었고 한뎃잠 자는 일도 숱했다.

아무리 장바닥 한 귀퉁이의 보잘것없는 가게지만 충청도 일원 장사치들의 신용이 두터워져 어지간한 거상 못잖게 자금줄도 생기고 융통이 가능했다. 관아에서 눈여겨볼 만한 장사치로 성장한 이들에게는 가게를 옮기는 일만 남아 있었다. 한 가지 근심이자 성가신 일이라면 이제 대놓고 관에서 손을 벌리는 일이었다. 그것도 공공연히.

그렇게 시간은 흘러 1587년 그들 부부는 드디어 숙원이던 가게 이전을 단행했다. 조선 3대 장터라는 강경장에서도 한복판에 터를 잡은 이들은 서로 부둥켜안고 울면서 가게 이전을 자축했다.

굴러 온 돌이 분명한 이들은 박힌 돌들이 시새울 정도의 번창을 이룩하고 승승장구했다. 남편보다 아내가 장사 수완이 뛰어나 사업을 키워 나간 것은 알 사람들은 다 아는 사실이었다. 더 희한한 것은 여자가 방방곡곡을 돌아다니면서 익힌 기술로 양조장을 만들어 본격적으로 술까지 빚기 시작한 것이다. 그러니 기존 업자가 좋아할 턱이 없고 다리 전문집은 말할 것도 없고 그 외의 가게들도 모두 경계 대상으로 치부해 시기하고 나섰다. 구른 돌이 강경 장바닥의 판도를 바꿔 나가니 이들을 좋게 볼 턱이 없고 모두 사촌이 논을 사는 것처럼 배 아파했다.

사람들에게 장터에 새로 술도가가 생겼다는 것은 대단한 일이고 흥밋거리였다. 가대도 크게 잡고 창고가 여러 개일 정도로 장바닥 근처에서 볼 수 없는 큰 규모라 관아에서도 달리 볼 수밖에 없었다. 혈혈단신 일가붙이 하나 없는 고단한 몸으로 일군 그 끈기에 사람들은 혀를 내두르고 더구나 자식 하나 알뜰히 키운다는 것은 분명한 화젯거리였다. 그러나 당사자인 그 부부로서는 걸어온 길, 살아온 공간이 어찌 평탄하고 순조롭기만 했겠는가. 형극荊棘, 바로 그것이었다. 세상인심이라는 것이 두 가지로 나타난다는 것에 마음 쓰지 않았다. 좋게 보는 축이 있으면 나쁘게 여기는 사람들이 있다는 것을 잘 알고 있었기 때문이다.

그 집 문전에는 언제나 사람이 드나들 정도로 이제 그들은 은진현감도 어쩌지 못하는 거상이 돼 있었다. 그러니 이들은 이사 오기 전보다 조신하기가 더 어렵고 사람 눈치를 보아야 했다. 그렇게 살얼음판을 걷듯이 지내 오는 이들 앞에 기어코 한 가지 이해할 수 없는 흉사가 터졌으니, 그것은 여주인에 대한 당국의 갑작스런 소환이었다. 이미 몸집이 굵어진 이 다릿집을 종6품인 현감이 다루기에는 벅차 바로 공주감영으로 이송되었다.

아들 영태 서당에 일이 생겨 그것 수습하느라 시간을 빼앗겨 바쁜 걸음을 치다 집에 돌아와 보니 집 앞에 늘 보던 사람들이 아닌 관아 사람들이 늘어서 있는 것이 이상해 걸음을 멈추는데 그런 그녀를 보고 나졸 한 사람이 나서며 말했다.

"아주머니, 기다리다가 눈 빠져 죽을 뻔했소. 자 어서 갑시다. 현감 나리가 기다리고 계십니다. 곡절은 모르고 빨리 데려오라 하시니 알 수 없는 일이죠."

은진현감은 이들 부부와 잘 아는 사이고 아무리 급하고 엄한 일이라도 그렇게 험하게 닦달하고 서운한 말로 다룰 처지가 아니었는데, 아닌 밤중도 아니고 벌건 대낮에 당한 곤욕이었다. 뭐라고 대거리할 수도 없는 일. 그저 관원의 얼굴만 쳐다보는데 손에 들린 붉은 오랏줄만 빙빙 돌리고 있던 관원 하나가

"자, 아주머니 이만하면 봐줄 만치 봐줬으니까 이 오라로 묶기 전에 어서 갑시다. 빠를수록 좋으니까."

인심 쓰는 척 다그치는 말이 몹시 얄미웠으나 어쩔 수 없었다. 그 관원도 생판 모르는 얼굴이 아니고 두어 번 인정전을 찔러 준 적이 있는 위인이라 얼굴이 그냥 보이지 않았다. 그러나 싹 바꿔버린 안면을 무슨 수로 되돌리겠는가. 아무리 생각해도 이런 대접 받을 꼬투리가 없고 까닭도 없는 것이 궁금해 몸이 닳아 관아까지 가는 발걸음이 시원찮았다.

장터에서는 큰 구경거리가 생겼다고 사람들이 웅성거리고 엄마 어디 가냐고, 달라붙지 않고 의젓하게 묻는 영태며 놀란 토끼 눈으로 사태를 지켜보는 남편이 액색했다.

"가서 무슨 일인가 알아보고, 못 오게 생겼으면 알리겠으니 너무 걱정 마셔요."

참말로 오라만 안 채웠지 몸을 묶인 거나 다름없었다. 앞뒤 좌우에 여섯 명이 호위하는 행렬은 충분히 삼엄하고 또 볼만한 구경거리였다. 그런 데에 갈수록 잘 차리고 행색이 깨끗해야 된다는 그녀의 생활신조 탓에 여인은 더 잘 차려입었다. 참으로 기가 막힐 일이었다. 살아온 30여 년, 자랄 때 부모에게서 꾸중 한 번 듣지 않고 자란 그녀로서는 상상조차 할 수 없는 엄청난 모욕이었다. 눈물이 나왔다. 뭔가에 억눌린 분함. 사람을 이렇게 다뤄도 괜찮은가. 사회적 약자인 자신을 한탄하는 눈물은 줄줄이 꼬리를 물고 흘러내렸다.

공주 관아는 은진현의 그것과는 비교가 안 되게 삼엄하고 웅장했다. 말로만 듣던 공주 관아! 공주목사 성낙현은 본시 한양 출신인

데 홍천목사로 있을 때 노략질이 심했고 거기에 맛을 들여 이리저리 잔머리 굴려 훑어 들인 돈을 같은 패거리인 중신들에게 갖다 바치고 눈도장을 받아 충청도로 영전한 위인이었다. 공주에 와서도 그 버릇 못 놓고 백성들 등가죽 벗긴다는 말이 자자할 정도로 탐학이 자심했는데 공교롭게 걸려든 것이 다리 장사로 치부했다는 아녀자였으니 입맛을 다실 수밖에.

"네 이년! 여기가 어딘 줄 알기나 하느냐. 네가 여기까지 끌려올 때는 반드시 까닭이 있다는 것을 모르지 않을 터. 네 년이 어찌 감히 국법을 어기고 백성을 괴롭히는 적당과 내통하여 질서를 어지럽히느냐? 변명해도 소용없다. 네 년의 죄상은 이미 백일하에 드러나 있으니 이실직고하렷다."

생전 처음 당하는 이 엄청난 엄포 앞에서도 단정한 차림으로 목사 앞에 부복한 그녀의 흐트러짐 없는 모습에 성 목사는 조금은 기를 앗긴 듯했다.

"불문곡직하고 저 년을 형틀에 묶어 주리를 틀어라. 그래야 바른 말이 나온다."

형리들이 달려들었다. 사태가 심각해지는 것을 깨달은 그녀가 고개를 쳐들고 말했다.

"말씀하신 적당과의 내통이라는 것이 무엇을 뜻하는 것인지 분명히 밝혀 말씀해 주시면 제가 아는 대로 아뢰겠나이다."

고성이 오갈 수밖에. 사실 목사는 지금 강경에서 날아든 어떤 참언讒言 한마디, 당사자가 장사치란 말을 근거로 소드락질을 꾸민 것으로 진위는 알 것 없고 우선 걸려들었으니 털어 보자는 심보였다. 강경 바닥에 널린 게 그녀의 경쟁자이니 이런 일은 전혀 상상 밖의 일이 아니었다. 천만뜻밖의 말. 그 내용을 간추리자면 이렇다.

여인이 강경 장바닥에 둥지를 튼 지도 벌써 4년. 첫 해 이사 오자마자 서둘러 액막이굿을 하고 그런저런 푸닥거리도 해서 마음을 달래고 연이어 남사당패를 끌어들여 자기 장삿길 행운을 빌었고, 인근 삶들을 위로한다는 뜻에서 놀이를 벌여 장바닥 흥을 돋우어 준 일이 있었다. 갈 곳 없는 남사당패에게 더운 잠자리와 먹을 것을 후사했고, 행중에 병자가 있어 그들 예정을 이틀이나 지연시키면서 치료해 주고 돌아갈 적에는 창고에 쌓여 있는 양식 가마니를 그들 힘껏 지고 가라고 창고 문을 활짝 열어젖힌 적이 있었다. 그것이 그녀가 할 수 있는 오직 한 가지 적선이었다.

그런데 그것이 화근이었다. 오랜만에 길마다 당하는 허기와 주린 창자를 달래 줄 쌀 풍년을 만나 거기 엎어져 죽어도 좋으니 양껏 짊어지고 한밤중에 떠난 남사당패를 누구는 도적 떼라고 비아냥거리고 수군거렸다. 그런데 그 소문이 고약하게 퍼져 나갔다. 그리고 그것을 뒷받침할 수 있는 증후가 여러 곳에 있었다. 참으로 공교로웠다. 그 남사당패는 전라도 땅 정읍에서 놀던 패거리인데 전라도면 안 가 본 곳이 없는 그녀에게 낯선 사람들이 아니었고 오다가다 만나 실없는 농담으로 서로의 객회를 덜어주던 사이였다. 그래서 남사당패는 그녀가 강경 장바닥에 둥지를 틀었다는 소문을 듣자 그 행운을 빌기 위해 언제 한 번 남사당연회를 틀겠다는 약속을 지킨 것뿐인데 고약하게 도적 떼로 취급받게 됐고 결과적으로 그녀를 궁지에 몰아넣게 되었다. 하필이면 한밤중에 쌀가마니를 지고 수십 명이 소리 소문 없이 사라져 버렸으니……

"이년! 그래도 네가 발뺌을 할 것이냐. 한 발만 남쪽으로 내딛어도 전라도 땅인 강경에서 네년이 남사당패에게 쌀가마니를 지고 나르게 했으니 그게 전라도 운장산과 덕유산으로 이어지고 급기야 지리산에까지 닿을 수 있는 도적 떼의 보급로가 되지 않느냐. 너는 변명의 여지없이 도적 떼의 보급책이다. 이실직고하고 형을 받아라!"

일은 그렇게 파국으로 치닫고 있었다. 그렇게 문초가 계속되면서 그녀는 몸이 망가지고 의복은 걸레가 되었다. 목사가 동업자의 밀고(핑계)로 그녀를 묶은 의도는 단순한 소드락질이었지만 암팡지게 달아오른 그녀의 항변에 일이 점점 크게 번져 나갔다.

여인은 생래적으로 남사당패를 구휼하는 데 관심이 있었다. 한양에 살 때 아버지를 따라 안성까지 남사당패 구경을 가서 더없이 가련한 것이 그들이라는 것을 알게 됐다. 꼭두쇠 꽹과리에 맞춰 누비는 삼천리 방방곡곡, 가는 데가 고향이요, 만나는 이가 부모일 수밖에 없는 이 천애의 고아 집단, 그 때문에 남사당패에게 그녀가 갖는 연민의 정은 깊었다. 장삿길 수백 리 골골 가는 데서 어쩌다가 마주치는 그들 패거리를 만나면 생돈이라도 적선했고 등을 어루만져 주기도 했다. 또한 무등 타고 기예를 보이며 민중의 고린전을 구걸하는 그들을 깊이 위로하며 웃음지어 보였다.

그렇게 그녀와 남사당패는 인연이 깊고 도타웠다. 그런 그들에게 잠자리 주고 음식 나눠 주며 잘 가라고 쌀가마니 지워 준 것이 도적 떼와의 내통이라고 을러대며 돈을 빼앗으려는 목사의 간계가 읽혔을 때는 세상천지 인간들이 모두 야차로 보여 그녀는 갇힌 옥 안에서 이를 뿌드득뿌드득 갈며 무서운 저주를 큰 갓 쓴 놈들에게 퍼부어대고 있었다.

관가에 붙들려 온 지 어느덧 두 달. 장사에 좋은 시절을 옥에 갇혀 지내는 영태 엄마의 속은 속이 아니었다. 대강 1년을 두고 보면 언제쯤 다리가 많이 나오는지를 알 수 있는데, 허구한 날 옥중에서 썩으니 그 날짜들이 사무치게 아깝고 발을 동동 구르게 안타까웠다. 환장이란 말을 여기다 두고 하는 것인가.

강경에서 공주까지, 무엇에 분노했으면 그렇게 빨리 달려왔을까. 기우는 석양에 공주에 닿은 영태 아버지는 홀린 듯 옥에 갇힌 아내를 잠시나마 지켜보다가 옥바라지가 끝나자 돌아가야 했다. 여인은 그런 남편이 가엾기 그지없었다. 아내 얼굴을 잠시 굽어보고 이내 강경으로 향하는 남편의 몰골은 사나웠다. 그러니 장사가 될 턱도 없고 애면글면 모아 둔 양조 식재료나 기구가 녹슬고 무뎌 갈것은 뻔한 일. 그제야 겨우 장바닥 인심이 영태집으로 돌아오고 동정하는 소리가 들리기 시작했다.

사건이 이상하게 해결의 실마리가 보이지 않고 뭔가 자기 계획대로 돌아가지 않고 이런저런 말이 생기자 당황한 목사는 초조해졌다. 시삐 본 여인의 대거리가 예사롭지 않고, 또 그런 사건에 응당 따라야 할 증거도 부실하고, 무엇보다 증인, 사건의 판세를 뒤집을 증인이 없으니 뒤가 켕겨 왔다. 들자니 무겁고 놓자니 깨질 것 같은 이 사건이 목사의 오목가슴에 가슴앓이를 안겨 주고 있던 어느 날.

질탕한 술자리가 벌어졌고 음담패설로 까르르 웃는 기생들의 속옷가지가 수상쩍게 돌아가던 차에 기생 하나가 역시 발그레 상기된 얼굴을 들어 자기가 들고 있는 술주전자에 잔을 내밀고 있는 공주목사의 얼굴을 훔쳐보며 말했다.

"제가 영감께 한 말씀 올려도 되겠습니까?"

"허허, 그년, 무슨 말이냐. 사양 말고 해 보아라. 설마 네년이 내 수청을 거절한다는 말은 아니겠지? 응? 사실대로 아뢰어라."

"아이고, 제가 감히 어느 안전이라고… 그것이 아니오라 긴히 말씀드려야 되겠기에… 귀를 좀 대시와요, 나리."

눈을 희번덕이고 잔에 찬 술을 홀딱 마시고 잔을 탁, 하고 소리 나게 술상 머리에 내려놓은 목사가 그 긴 말 얼굴에 제멋대로 돋아난 수염을 한 움큼 모아 잡고 으음, 하고 한 번 거드름을 피우며 얼굴을 기생 쪽으로 기울였다.

"어디 들어 보자. 무슨 말이 그렇게 내밀하냐?"

큰 눈을 끔벅거리며 듣고 있던 목사 얼굴이 순간 어두워지며 귀를 떼고 잡아먹을 듯이 기생을 노려보는 눈에 금세 핏기가 돌기 시작했다.

"뭣이! 너 그게 사실이냐? 어서 들은 소리냐. 너 그 소리 다시 입 밖에 내지 말고. 알겠느냐? 가만… 너는 지금부터 어디 나가지 말고 누구와 만나지도 말고 내 말 있을 때까지 내 옆에서 꼼짝 말아라. 알겠느냐, 응?"

갑자기 얼굴이 핼쑥해진 목사가 주안상을 보듬고 있는 댓 사람을 훑어보더니 곁의 기생 옆구리를 쿡쿡 찔러 눈짓 한 번으로 방 밖으로 달고 나온다. 착잡한 표정으로 끌려 나온 기생 역시 파르르 떨며 뭔가에 놀라 긴장한 듯한 얼굴로 협실로 들어섰다.

"아까 그 말을 사실대로 다시 아뢰어라. 너 잘못했다가는 사람이 죽고 사는 문제가 생기니 그리 알고 거짓말 같은 건 꿈도 꾸지 말아라. 네가 들은 그대로… 알았지?"

이마를 맞댄 목사와 기생의 밀담은 그렇게 시작됐다. 기생은 은진 고을에서 태어나고 자라 잔뼈가 굵었고 강경 바닥에서 이름을 얻었다. 그래서 그런지 웬만한 강경 사람 일은 손바닥 보듯 하고 있었다.

그날 밤 준마 한 필 파발이 급사急使를 태우고 한양으로 향했다. 대사헌 박두율의 집이 그 목표였다.

"뭐? 당릉군 딸이라고? 아니 가만, 야, 너희들 잠깐 나가 있으라. 다시 부를 때까지. 어서!"

대사헌 박두율은 질탕한 술자리에서 받아 든 공주목사의 파발을 받아 몇 자를 읽다 그만 깜짝 놀라 눈이 휘둥그레졌다. 남이 들어서도 보아서도 안 될 이야기라서였다.

'이자가 못 죽어서 환장을 했나. 당릉군이 누군데 그 딸을 건드려. 허허… 이거 큰일났구나.'

공주목사의 배경인 박두율은 다급한 공주목사의 서장을 보고 망연자실했다. 우선 동석한 기생들이 엿들을까봐 내쫓고 파발을 들고 온 형방에게 말했다.

"이놈, 네가 공주 감영 형방이 맞느냐. 그래 그 죄인은 풀어 줬느냐? 아니면 지금도 옥에 있느냐."

"예, 제가 떠날 때까지 하옥돼 있는 줄로 알고 왔습니다."

"뭣이? 방면 않고 옥에 그대로 있다 그 말이냐? 허허 이거 야단났구나."

박두율은 좌중의 궁금증을 덜어 주기 위해 서장의 내용을 알려주고 그 반응을 살폈다.

"보시오. 이런 천치가 다 있소? 당릉군이 누구요. 지금 성상의 총애를 받아 뜨는 해와 같은 사람인데 그 딸을 데려다 일을 냈으니 이거 큰일 아니오. 어쩌면 좋소, 이 일을……."

술자리에서 기생의 귀띔으로 하옥돼 있는 여자가 당릉군의 딸이라는 것을 알게 된 공주목사는 놀란 김에 자기 배경인 대사헌에게 사람을 급파한 것이다. 자기가 생각해도 겁나는 일이고 앞뒤 경황 없어 우선 그의 의향부터 타진했던 것.

"이 봐라, 이 천치 같은 놈아. 상대가 그런 인물이라면 바로 방면하고 피해 보상도 해 줘야지. 그대로 붙들어 놔? 큰일 났다. 네 놈은 바로 내려가 내가 시키는 대로 하고 바로 목사를 올라오라고 해. 만약에 이 사실이 알려지면 줄초상 난다 이놈아, 어서 갓!"

당릉군 홍순언의 외동딸이 그렇게 소용돌이를 일으켰으니 세상에 비밀은 없는 일. 소저는 그날로 방면돼 집에 돌아와 방바닥에 앉아 두 발을 뻗고 아버지를 불러 외치며 통곡을 터뜨렸다. 실로 아슬아슬한 위기, 1591년 4월의 일이었다.

어두운 개선

"부인 좀 어떻소. 내 말 들리오? 정신을 차리고 내 말 잘 들으시오."

거기까지 말을 마친 당릉군 홍순언은 조복을 벗으며 방 아랫목의 부인 맹씨를 멀거니 내려다보며 다음 말을 이었다.

"무슨 말씀을 새삼… 대감 나 다 들립니다. 마음 놓고 하십시오. 무슨 말씀을 하시려고 또 이러실까요. 오래 살아온 세월이지만 하도 어이없는 일이 많았기에 이젠 놀라지도 않습니다. 이보다 더 놀라운 세상 더는 만나지 않고 살다가 가야죠. 해 보십시오, 대감."

농 속에다 조복을 채곡채곡 개켜서 넣어 놓고 동옷 바람에 망건만 쓴 홍순언이 부인 이부자리 옆에 좌정하고 양손을 요 밑에 넣고 온기를 점검한다. 차가운 바깥 날씨가 바로 미닫이 밖에까지 와서 서성이기 때문일까?

"무슨 말씀인데 하시다 마십니까? 궁금합니다, 대감."

대감이란 칭호에 힘을 주는 것으로 보아 마음속에 뭔가 요동치고 있음을 짐작할 수 있다. 맹씨부인의 목소리가 누운 채 일어선다.

"……."

눈을 지그시 감고 뭔가를 읊조리는 홍순언의 목울대가 꿈틀댄다. 잠시 명상에 잠긴 듯.

"내가 기가 막혀 말이 안 나와 이렇게 자신을 달래고 있는 거요. 내 가슴이 미어지는구려, 부인. 들어 보세요. 소저가 글쎄 지금 충청도 땅 강경 장바닥의 장돌뱅이로 지내고 있다지 뭐요. 아이고… 나는 부인을 생각해 그 말이 차마 나오지 않았는데 괜찮겠소?"

"뭐에요? 그 애가 어쨌단 말이오. 그 애가 장돌뱅이라니 그게 무슨 말씀이오. 아이고, 내 가슴이야! 세상에 대감, 그 말이 적실합니까? 빈말은 아니겠지요? 이런 변이 있나."

"……."

얇게 움직이는 홍순언의 가슴이 오르내리는 것이 빈번하다. 숨이 가쁜 모양이었다. 두 손으로 움켜잡은 이불을 버스럭거리며 상반신을 일으킨 맹씨부인의 비녀를 뺀 머리가 치렁하다. 그것이 등 위에서 뱀처럼 요동친다.

"어쩌려고 이러오, 부인. 일어나서 어쩌겠다는 거요. 내가 말한 대로 그 애가 거기서 장사꾼으로 산다지 않소. 아주 판박이 장사꾼으로 기반을 잡았다지 뭐요."

"아이고! 대감 좀 소상히 알려 주세요. 가시버시와 산다면 어느 놈하고 산답디까, 응? 대길이 놈은 아니겠지요, 설마……."

맹씨부인은 대길이를 꿈에서 보는 것조차 싫어하였다. 남편이 돌아오기 전에 약속이나 한 듯 쪽지 한 장 남겨 놓고 가출해 버린 딸년. 그런 딸이 원수 같던 그때 생각은 달라졌지만, 맹씨부인으로서는 대길이가 따라나섰다는 데서 여전히 이가 갈리기는 마찬가지였다.

"그래서… 그래서 어쩐답디까. 언 놈이 서방이고 자식 놈이 아들인가요, 딸인가요?"

"대길이 그놈이 잘 보살피고 있다오. 그러니 너무 걱정 말고. 아들 하나 있다는데 그 애 이름이 뭐 영태라나. 잘 크고 있다니 우리가 뭘 어쩌겠소. 벌써 7년인가 됐지 않았소. 세월이 약이라니 그리 아시구려."

대길이를 헐뜯지 않는 홍순언의 마음 씀씀이는 지금도 변함이 없고 대길이의 그늘에 안주하는 딸을 다행으로 여기고 있는 말투였다.

"그러니까 살아 있었구려, 죽지 않고. 응, 이 애미 가슴에 모닥불을 붙여 놓고."

요 위에 엎드려 어깨를 들먹이며 우는 아내를 내려다보는 홍순언. 그의 볼에도 시름없는 눈물 줄기가 천천히 흘러내리고 있었다. 유독 애지중지 키워 온 딸, 영특하고 사내보다 다기지다고 자랑하며 보살펴 온 딸, 소저의 그 흑단 같던 머리를 쓰다듬은 기억이 새로웠다.

그날 조정에서도 바쁘기는 마찬가지였다. 때마침 명나라에서 교역단이 와서 시끄럽던 참에 점심을 먹고 잠시 식곤증에 빠져 있는 그에게 다가온 것은 뜻밖에도 동인으로 이름난 대사헌 박두율이었다. 그런 그가 다가와 넌지시 운을 뗀 이야기.

"당릉군 대감에게 여식이 있다는 이야기는 처음 듣소만 지금 어디에 출가했던가요?"

불쑥 내뱉는 말이지만 듣는 사람으로서는 조금은 짜증 나고 약점 잡힌 것도 같아 고개를 쳐들고 쳐다보자 "아, 달리 그러는 게 아니라 내 듣기로는 따님이 집을 나가서 딴 일을 하고 있다는데 대감께서 알고 계시나 해서… 험……"이라며 말을 삼킨다. 뭔가 딸에 대해서 알고 있는 눈치고 그것이 조금은 심각한 일일 것 같은 심증이 든 홍순언은 눈치를 채고 얼른 동곳을 빼 버렸다.

"대감께서 뭐 그 애에 대해서 알고 계신 것 같은데 그렇다면 말씀해 보시지요. 나는 이제 딸애 하나 이 세상에 없는 걸로 알고 포기한 지 오랩니다. 말씀해 보시지요."

마음속의 번민을 못 견뎌 기어코 가출이란 극약 처방을 택한 딸에 대한 연민은 늘 가슴속에 속병으로 응어리져 때 없이 욱대기어 고통받던 터에 이렇게 엉뚱하게 그것이 덧나니 착잡할 수밖에 없었다. 이제는 감추고 말 것도 없는 일. 홍순언으로서는 기왕에 까밝혀졌으니 될 대로 되라는 심정이었다.

대사헌 박두율이 털어놓은 딸 이야기, 그것은 어디까지나 그 자신의 공로를 전제로 한 생색내기에 지나지 않았다.

강경 장바닥에서 다리 장사로 어느 정도 기반을 잡은 소저가 대둔산의 산적패와 내통한 것이 탄로 나 고생하는 것을 자기에게 줄대고 있는 공주목사가 잘 처리해서 석방 처리했다는 이야기였다. 처음에는 누군지도 모르고 좀 험하게 다루기는 했으나 나중에야 당릉군의 외동딸이라는 것을 알고 편의를 봐 줬다는 데는 할 말이 없었지만 그 입을 통해 딸의 현재를 알았기 때문에 우선 고맙다는 인사가 따를 수밖에 없었다

"대감께 수고를 끼쳤소이다. 미거한 딸애가 실수를 한 것 같소이다. 그 공주목사란 분께도 내 인사 전해 주십시오. 딸애는 내가 별도로 단속하겠습니다. 고맙습니다."

"그러니까 대감께서는 따님이 거기 있었다는 것을 여태 모르고 계셨다는 것입니까? 그렇습니까?"

두 번 세 번 다짐 두듯 쑤시고 들어오는 대사헌이 얄밉기는 했으나 할 수 없는 일이었다.

"……."

거기에 대해서는 두말이 있을 수 없는 터라 어물거리는 홍순언의 어색한 처지를 또 감싸 주는 척하는 박두율.

"예, 알겠습니다. 대감 처지 이해하고도 남습니다. 모두 잘된 일이니까 안심하십시오."

공주목사가 기생에게서 기절초풍할 말을 듣고 그 밤을 도와 한양으로 파발을 띄워 자기 실수를 대사헌에게 미리 알려 손을 쓴 것이다. 공주목사는 만약 자신의 실수가 범인의 부친인 당릉군 귀에 들어가면 일이 고약하게 뒤틀릴 것 같아 선수를 친다고 대사헌에게 그 내용을 알리며 자신의 실수는 일체 언급 안 했지만 산전수전 다 겪은 대사헌은 속으로 허허거리며 그것을 모르는 척, 공주목사 말대로 홍순언을 만나 사전에 봉쇄해 버린 것이다. 공주목사가 잡혀 온 소저를 너무 심하게 다루고 더하여 벌금까지 호되게 징수한 것은 물론 엄청난 뇌물을 먹은 것은 알 만한 사람은 모두 아는 사실이었다.

공주목사가 기생에게 들은 이야기는 이랬다. 기생들이 많이 쓰는 다리를 취급하는 소저를 대신해서 그런 데만 드나드는 이른바 거간꾼이 있는데 그 사람에게 언젠가 지나가는 말로 소저의 아버지가 지금 조정에서 인정받는 역관이란 말을 듣고 그들끼리 소저의 근본을 알게 되었고 소저가 잡혀 곤욕을 당하자 그 사실을 목사에게 발설했던 것이다.

조정 소식에 빠르고 눈치 잰 목사에게는 엄청난 소식이었다. 왕의 신임을 한몸에 받는 광국2등공신 홍순언에게 걸리면 목이 성치 않을 것이라는 것을 예감한 그는 그 즉시 파발을 띄웠던 것이고 사정만 허락한다면 홍순언 무릎 아래 부복하여 두 손을 싹싹 빌며 구명이라도 하고 싶었다.

홍순언은 대강 돌아가는 판세를 보아 공주목사라는 자의 뒤를 캐어 보고 그들의 속셈을 낱낱이 알고 있었기에 추악한 관리들의 소드락질에 희생된 딸의 처지를 동정했다.

"내가 내일이라도 일어나 기어서라도 그 애가 있다는 데를 가 봐야겠어요. 그냥은 못 있을 것 같아요, 대감. 몰랐다면 모를까 알고 난 이상 어찌 그냥 있겠어요. 아이고, 불쌍한 내 새끼! 이러고 누워 있을 수만은 없습니다. 건이란 놈도 얼굴 한 번 비치고는 오도 가도 않고, 속 터져 죽을 일이오. 아이고, 이년의 팔자, 인자 좀 편히 지낼 만하니 엉뚱한 일이 터지고……."

"부인! 부인 마음 모르지 않소. 그런다고 성질대로 할 수 없는 게 세상만사요. 모든 일에는 순서가 있는 것. 우선 그 말의 진위부터 확인합시다. 그런 연후에 움직입시다. 그게 슬기로운 행동이오."

용의주도한 홍순언은 고개를 갸웃거렸다. 지금 조정 안의 공기는 자신에게 그리 나쁘지 않았다. 어찌 보면 모두 자신의 향배에 촉각을 곤두세우고 있대도 과언이 아니었다. 뭐 특별히 동이니 서이니 하는 붕당을 가까이하지 않고 선조의 뜻대로 움직이는 자신이었지만 일단 기류가 바뀌면 자신의 위치도 흔들릴 것이라는 나름대로의 판단은 있는지라 대사헌의 그 말을 소홀히 치부할 수 없다고 생각을 굳혔다. 중인이란 신분에서 많은 신료들의 반대를 무릅쓰고 2등공신 당릉군으로 일약 당상관이 된 자기를 시기하는 패거리가 아직도 득세하고 있는 조정 분위기를 알고 있는 홍순언은 그 정도 자구책은 강구하고 있었다.

홍순언은 내내 딸 일을 곰곰이 생각했다. 그냥 둘 것인가 아니면 자기 그늘로 돌려 세울 것인가를. 방갓 차림으로 어둠 속을 걸으니 안 그래도 어두운 시야, 더욱 어둑했지만 충분히 얼굴을 가릴 수 있어 안성맞춤이었다. 서둘러야 되겠다는 다급한 생각에 보름의 말미를 얻어 잰걸음으로 충청도 땅을 찾은 당릉군 홍순언의 행색은 초라했다.

짧은 해가 산 너머로 총총히 모습을 감춘 어둠 속에서 승려 복색한 사람이 강경 장바닥 한가운데 자리잡은 양조장 대문에 서서 가만히 기척을 살폈다. 소저가 감옥에서 나온 지 한 달. 그러나 기가 센 소저는 나오자마자 (느닷없이 영문도 모르고) 바로 술 빚기에 들어갔고 그새 뜸하던 다리 장사에 남편을 내몰았다. 낮에는 움직이고 밤에는 일찍 자리에 들어야 일이 순조롭기 때문에 초저녁에 자리에 든 소저는 누군가 찾는 사람이 있다는 군식구 말에 이맛살을 찌푸렸다.

'또 관것들이나 아닌가?'

소저는 조금은 겁먹은 눈으로 장지 밖을 응시했다.

"마님, 좀 나와 보세요. 누구 아는 분 같은데 통 말을 안 하니."

너른 마루, 방 안 등불에 비친 추레한 옷주제의 사람 하나가 성큼 올라선다. 그를 알아본 소저의 동공이 커진다.

"아니, 아버지 아니세요? 아이고, 아버지이! 아버지! 이게 웬일이에요!"

사내를 끌다시피 방 안으로 모시고 들어온 소저가 두 손으로 장삼 자락을 끌어안았다.

"오냐, 나다. 애비다. 얼마나 고생하냐. 어디 보자, 얼굴. 응, 이 것아, 이게 웬……"

"아이고, 아버지, 오신다면 기별이라도 하시지 이 추운데… 이렇 게 오시다니…….."

그때 쉬잇, 하고 홍순언의 오른손 검지가 입에 닿는다.

"야야… 목소리 죽이고 아버지 소리 빼라. 너 혼자냐? 다 어디 갔냐?"

"네 아버지 영태는 벌써 자고요. 그 사람은 아직 안 돌아왔구만 요. 곧 올 거예요."

'그 사람'이라고 남편을 대명하는 소저 얼굴, 그렇게 보고 싶던 딸 을 어루만지듯 눈으로 훑는 홍순언의 눈가에도 뭔가가 반짝거린다. 그러고는 대길이를 '그 사람'으로 부르는 딸의 입가를 다시 본다.

군식구를 물리치고 목소리를 낮춘 소저가 울먹이며 엄마 안부를 묻는다.

"저쪽에 있을 때부터 좋지 않던 몸이 좋을 턱이 있겠느냐 그만그 만하지. 그것보다도 거기 있을 때 몸 다친 데는 없었느냐? 말해 보 아라."

관것들의 행태를 알고 남는 그로서는 딸의 몸에 이상이나 없는가 그게 걱정이었다. 그러나 소저는 아버지의 물음은 듣지도 못했다 는 듯 큰절을 하러 몸을 일으켰다.

"아버지, 큰절 받으세요. 이 못난 딸의 불효를 용서하시고요."

새삼스레 큰절 올리는 소저가 이마에 댔던 두 손바닥에 끈적한 땀이 배어난다.

"오냐 오냐. 이게 참 어디 내놓고 말도 못할 남우세스러운 일이지 만… 어쩌겠느냐. 어긋난 서로의 처지에 너무 마음 상하지 마라."

곧 쏟아지려는 눈물을 참으면서 딸의 큰절을 받은 홍순언의 마음도 울적하기는 마찬가지였다.

"내가 왔다는 것 아무도 모르게 해라. 다 생각이 있다. 그렇게 해라."

소저도 여태 왜 자기가 갑자기 풀려났는지 그 속내를 전혀 모르고 있었는데 어쩌면 그것이 도리어 마음 편할지 몰랐다. 자기를 잡아 가둔 공주목사의 간계를 전혀 모르고 있었으니……. 한편 공주목사는 자신의 술수가 위아래로 빈틈없이 먹혀들어 사건이 소리 없이 일단락된 것으로만 알고 있었으나 홍순언은 그보다 한 수 위. 목사나 대사헌의 서툰 단막극을 꿰뚫어 보고 있었으니까.

그날 밤 이슥해서야 돌아온 대길이는 우선 아내 눈치가 이상한 것을 보고 무슨 일인가 하며 방 안에 들어왔다가 깜짝 놀라 눈으로 아내를 다그쳤다. 깜빡 시든 잠결에 자기를 깨우는 소리를 듣고 눈을 뜬 홍순언.

"아이구, 나리 마님. 이게 웬일이십니까. 여기를 다 오시고. 인사 받으시죠. 죽을 죄를 지었습니다. 용서하십시오."

대길이는 벌써 기가 죽어 어쩔 줄 몰라하며 주눅이 들어 있었다. 주인댁 외동딸과 밤봇짐 싼 지 10년 가까운 세월, 가슴속에 응어리진 죄책감. 그 죄업이 언제 신원伸寃될지 미망하며 그 신산스러운 세월에 고뇌하던 그가 별안간 나타난 주인마님을 대하자 몸이 오그라드는 죄책감에 빠졌던 것이다.

"허허, 그 무슨 망발이냐, 대길아. 이제는 네가 내 사위가 돼 한 가족이 됐는데 주인마님이라니… 당치도 않다. 사위자식도 자식인데 어찌 그러느냐. 이제 아버지라고 불러라. 참 무심한 놈 같으니라고. 암튼 애들 썼다. 내 생각은 그렇다. 무릇 사람은 같다고. 한 하늘 아래 태어난 사람들이 어찌 천한 자와 귀한 자로 나뉘어 보기 싫은 다툼을 계속하는지 알 수 없는 일이다. 사람은 모름지기 공정해야 된다는 거야. 양반이란 계급을 누가 만든 거냐고? 내가 중인 출신이라 하는 이야기가 아니다. 나는 지금 어엿한 귀족으로 봉작됐지만 하나도 달라질 것이 없는 사람이다. 다시 말한다면 중인이고 싶다는 거다. 네가 내게 주인마님이라고 하는데 그것은 큰 잘못이다. 주인과 종이라는 것이 어찌 가당키나 한 일이냐. 공정만이 인간사회의 최종 목표다. 그리 알고 앞으로 네 입에서 주인마님이란 말이 안 나오도록 노력하고 나를 아버지로 불러라, 꼭!!"

"……."

대길이가 홍순언의 말에 어마지두하자 홍순언이 덧붙였다.

"쉽게 납득이 가지 않겠지만 내 생각이 그렇다는 것을 잊지 말아라. 지금까지의 주종관계가 명징한 제도, 그것이 이른바 봉건이다. 나도 지금 그 파도 속에서 큰 물줄기에 떠밀려 가고 있지만 그것은 자율이 아니다. 나는 어디까지나 그것을 거슬러 보려고 안간힘을 쓰지만 나 혼자 힘으로는 어찌할 수 없구나. 거기에 내 고통이 있다. 그런 줄만 알아라. 너도 좀 앞선 머리로 세상을 보기 바란다. 너만이라도 그렇게 되면 나는 만족하겠다."

그러자 그때까지 황감해하던 대길이도 서서히 제 맘속에 있던 이야기를 털어놓기 시작했다.

"예, 아까 말씀하신 것과는 조금 다른 이야긴데요. 시방 우리나라 형편이 말이 아니고 이 깊은 충청도까지 왜놈들 행패 소식이 들립니다. 누가 그러는데 왜것들 노략질한 것이 여태까지 합치면 7백 번이 넘는다는데 나라에서는 뭘하고 있었는지, 저 같은 사람들도 궁금해하고 분도 나고 그러네요. 이러다가는 왜것들이 팔 걷어

붙이고 한꺼번에 몰려올지 모른다고들 하는데 아버님 생각은 어떠신지요."

"허허… 천대길이 대단하구나. 네 입에서 그런 말이 나오다니. 내가 헛소리는 안 했구나. 음… 거 그런 생각이 있다는 게 중요하다. 그렇다. 지금 이 나라 형편이 말이 아니다. 만신창이라 왜것들한테 꼼짝을 못하는 이 나라가 서글플 뿐이다. 사람들이 자꾸 죽어가니 꼴이 말이 아니다. 사람이고 나라고 제 힘으로 제 앞에 닥친 재앙을 물리칠 수 있어야 하는 거다. 내 처지 내 신분에서 보면 그것은 더욱 그렇다. 답답한 일이로고. 시급히 대책을 세울 일인데, 조정의 꼬락서니는 어떠냐. 그 사이에서 애가 타는 것이 명나라 역관인 나다."

"그래서 드리는 말씀인데… 나라가 이렇게 불안하고 위급하니 당최 마음을 놓을 수 없고 무슨 일을 해도 안정이 안 돼 걱정입니다. 저는 본성이 장사에는 뜻이나 재주가 없어 언제든지 기회가 오면 군관이 되어 나라 지키는 일을 하고 싶었습니다. 이제야 아버님께 말씀드리지만, 영태 엄마한테도 그런 뜻을 말했으나 들어먹지를 않아 시방 이러고 있습니다. 이제 말씀을 올리지만 저는 진즉에 그런 길로 나서려고 길을 찾고 있었지요. 오래전에 저는 대전내관으로 있던 도일수 나리와 약속을 했었지요. 그분 말씀이 언제든지 마음이 정해지면 자기한테 이야기하라고, 한양이나 지방이나 어디든지 그 길로 갈 수 있게 손을 써 주신다고 하셨어요."

"아니… 도일수라니. 대전내관인 그런 사람을 네가 어찌 알고… 음… 그래서 그 사람과 무슨 약조를 했다는 거냐?"

홍순언은 놀랐다. 대길의 입에서 대전내관 도일수 이야기가 나올 줄은 꿈에도 몰랐다. 거기서 홍순언은 자기가 옥에 갇혔다가 명나라 사신길에 올랐을 때 상감 지시로 내관 도일수가 몇 차례 자기 집을 방문했다는 사실을 알게 됐다.

'허… 그런 일이 있었다니. 도일수와 대길이가 만나 그런저런 이야기가 오갔구나. 흐음, 군관이라, 군관…….'

홍순언은 묘하게 머릿속이 헝클어지는 동시에 가벼운 흥분을 느꼈다.

"그래, 꼭 그 길로 가야만 직성이 풀리겠냐? 그러면 네 처자식은 어쩔 셈이냐. 어디 한번 말이나 들어나 보자."

"예… 저도 그것을 생각 안 하는 바는 아니었어요. 근데 군에 간다고 사람이 다 죽는 건 아니고, 인명재천이 아닌가요. 또 제가 잘못되더라도 아내는 충분히 자식 키우고 집안 지키며 살아갈 수 있을 거구만요. 저는 그렇게 믿고 있습니다. 그리 쉽게 전쟁이 나 난리가 난다고도 할 수 없고요. 아무튼 저는 그렇게 작심했구만요. 사내자식이 나라를 위해서 몸 바친다면 불고가사不顧家事해야지요."

'허, 그놈… 참… 하긴 애초에 저놈이 종으로 들어올 때부터 생각이 엉뚱했으니까.'

거기서 홍순언은 딸의 표정을 살폈다. 남편의 속에 든 말을 듣고 어떻게 반응하는가 싶어서였다.

"암튼 대견한 일이다. 딸아, 네 평소의 기개대로 뜻을 한번 펼쳐 보아라. 지금이라도 당장 내 품으로 너희를 감싸고 싶지만 그렇게 되면 오히려 너희 일을 방해하는 결과가 되고 장래가 어둡다. 당릉군이란 호화찬란한 깃발, 광국공신이란 어마어마한 위세는 지금 당장은 유효하고 힘이 있지만 내가 죽은 뒤에는 달라진다. 지금은 내 그늘에서 너희들 대까지는 안락할지 모르나 그 이후는 어찌 될지 모르지 않느냐. 차라리 지금이 너희들에게는 좋은 기회다. 기틀을 닦고 길을 열어라. 그리고 먼 앞날을 내다보아라. 이제 앞으로의 세상은 재물이 사람을 따르는 게 아니라 재물이 사람을 옭아매 꼼짝달싹 못하게 할 것이다. 그 재물을 좇는 사람들의 피투성이의 싸움이 끝없이 이어질 것이다 그런 세상이 꼭 온다. 언제가 될지 모르지만 말이다. 그렇다고 그 운명을 비켜 갈 수는 없으니 너희들은 과감히 그런 세상에 뛰어들어야 하고 거기서 소외되는 약한 자, 가난한 무리를 구휼하면서 살아가는 게 사람의 도리가 될 것이다. 나도 지금 그 길을 찾는 데 골몰하고 있다. 내가 자주 다니는 명나라에도 병폐는 만연돼 있다. 결국 재물은 사람들의 맹목이 길러 낸 무한한 탐욕 때문에 진리를 눈멀게 하고 정의를 시들게 한다.

이제 보아라. 명나라? 지금 한참 그들과 어울려 밀월을 즐기고 있지만 그들이 언제 우리에게 등을 돌릴지 그건 모르는 일이다. 또 있다. 이 조선 땅에도 틀림없이 그 간악한 왜적의 무리가 마수를 뻗쳐 올 것이다. 그것들은 우리 조선 사람으로서는 영원한 맞수, 아니 적이다. 천년만년 우리를 괴롭히는 그들의 만행은 셀 수도 없다. 그것들하고는 아무리 우호를 유지하려 해도 안 된다. 이제 두고 보아라. 우리 자손만대 길이길이 그들의 이빨은 우리의 살점을 파고들 것이다. 나도 그래서 지금 역관이란 신분으로 명에 사대하고 있지만 적을 상대한다는 의식하에서 그들을 연구하고 있다. 우리는 우리의 힘이 필요하다. 나는 누구에게 아쉬운 소리하는 것을 죽기보다 싫어하는 사람이다. 그런 내가 역관이란 신분으로 명나라에 갈 때마다 아쉬운 소리하며 비라리하는 것은 참으로 못 견딜 고역이다. 강자에 빌붙는 그 비굴함. 그것을 밥 먹듯 하는 내 심정이 어떻겠냐. 지금 명나라는 가히 우리의 종주국이나 다름없이 우리의 주인 행세를 하고 있지 않느냐. 그런 그들에게 뭔가 도움을 바란다는 건 참으로 못 견딜 고통이다. 내가 왜 역관이 돼 이런 고역을 치르는가 하는 자괴가 치밀어 오를 때면 사는 맛이 없어진다. 결국 내 힘이 없으니 그렇구나 생각하면 그저 허탈해진다. 8년 전에 율곡이 십만양병설을 주장했는데 참 대단한 일이었다. 이 태평성대에 그 무슨 재수 없는 소리냐고 일부 철부지 신료들이 들고 일어나 야단들이었는데 그보다 시의적절한 말이 또 어디 있겠느냐.

이야기가 길어지는데… 딸아, 개인이고 나라고 그 힘이 있어야 한다는 생각, 너희들도 힘이 없으면 아무것도 못한다는 게 내 생각이다. 남을 돕자고 해도 내 것이 있고 힘이 있어야 한다. 너는 어릴 적부터 생각하는 것이 다르고 조금은 객기가 있어 나는 아들에게 바랄 수 없었던 어떤 기대를 가졌었지. 단지 아녀자로 키워서 남의 집에 줘 버리는 아쉬움이 없지 않았던 것이 솔직한 이야기다.

딸아, 나도 내 잔명을 대강 예측한다. 내가 언제 죽을지 말이다. 인간의 욕망은 끝이 없다. 나도 나름대로 세운 지표가 있고 계획이 있었다만 그게 불가능할 것 같아 안타깝고 허탈하다. 나는 네 어미한테 구박도 받고 핀잔도 들었지만 이제 와서 생각하니 내가 그래도 잘했다는 생각이 든다. 다른 역관들은 장사 잘해 돈도 많이 벌고 재미도 보는데 왜 당신은 그러지 못하냐고 바가지도 긁던 어미도 무리는 아니다. 나도 인간인데 어찌 욕심이 없겠냐. 그러나 나는 그것이 싫었느니라. 왜 그런지 모르나 그런 말을 듣고 나면 오히려 속이 편해진다. 천상 나는 무욕 무탈한 승려 팔자를 타고 났는지도 모른다. 하하하."

눈물 속에 아롱진 아버지 얼굴이 두 개 세 개로 보이는 착시 속에 울고 있는 소저 머릿속에 떠오르는 것은 그렇게도 가슴 졸였던, 결행의 시간이 다가오던 그날 밤의 일이었다.

파루가 치고 어슴푸레 날이 밝아 오는 한양성에서 등에 작은 봇짐 두 개를 짊어 맨 떠꺼머리 머슴과 그 앞에 쓰개치마를 둘러쓴 양가의 마님 차림이 서둘러 남대문을 빠져나간다. 누구 쫓는 이도 없음에도 유독 바쁜 걸음걸이가 수상쩍으나 수문장은 연신 하품만 하면서 대강 훑어본다. 나가는 사람보다 많은 수의 들어오는 사람에게 던지는 시선이 험상궂기는 하나 아직도 잠에 취한 그 눈정기는 시들하고 입으로는 깊은 한숨을 내쉬었다. 호패가 없는 떠꺼머리가 검문에 걸리지 않는 것이 천행이었다. 쓰개치마는 인물이 고와선지 한 번 거들떠보고 그냥 턱짓으로 통과됐으니까.

주인마님과 종복으로 변복한 소저와 대길이가 한양성을 떠난 것은 1584년. 종계변무주청사 일행이 소기의 목적을 달성하고 돌아오는 길에 의주를 지났다는 소식을 들은 두 사람은 서둘러 보따리를 쌌다. 그게 사신 일행들이 한양성에 당도하기 사흘 전이었고 쪽지 한 장만을 어머니 앞에 남긴 소저가 눈물을 훔쳤다.

삼개나루가 눈앞에 다가왔다. 그들은 배를 탈 예정이었다. 호주머니에 든 것은 기껏해야 겨우 돈 몇 냥, 소저의 패물을 판 돈과 대길이 모은 용돈이 전부였다. 큼직한 돛단배를 얻어 탄 그들의 행선지는 멀리 충청도 강경나루.

"인자 나만 바라보고 살아, 소저. 나도 소저만 믿고 살 테니까. 못되어도 이보다는 못되지 않겠지. 이제 시작이야. 그런데… 마님은 어떡한다? 몸도 성찮으신데… 하기야 곧 주인마님이 오시니깐 괜찮겠지만……. 우리가 꼭 무슨 도둑질한 거 같은 생각이 들고 마음이 찔리는 게 괴이하구만."

오던 길을 되돌아보며 그래도 어머니를 생각하는 건 역시 여자 마음인지 울먹이는 소저 등을 어루만지며 대길이가 말했다.

"임자, 엎질러진 물이야. 마음 독하게 먹어야 해."

배의 돛 위에 갈매기 두어 마리가 사뿐히 날아오른다. 그 그림자가 푸른 물 위에 곱게 투영된다.

그날의 먹먹한 기억에 잠겨 있던 소저는 다시 현실로 돌아와 눈앞의 아버지를 바라보았다.

홍순언이 마음 편치 못한 며칠을 보낸 뒤 충청도를 떠난 것은 도착한 지 닷새 만의 일. 깨끗이 빨아 땟국이 빠진 장삼은 개어 짊어지고 설백의 도포에 금관자가 번쩍이는 갓을 쓰고 나섰다. 아버지와 헤어지는 것이 아쉬워 눈물을 흘리며 물결치던 딸의 어깨를 떠올리는 홍순언의 눈에도 이슬이 맺혀 있었다.

속사정

임진전쟁 전의 일본 사정은 한마디로 난마처럼 얽혀 혼란의 끝에 달해 있었다. 15세기 후반에 상인을 앞세운 서양 세력이 동양, 특히 일본으로 밀려들어 신흥 산업도시가 발달하여 본래의 봉건적 지배구조가 위협을 받는 상황에 놓이게 됐다. 그 혼란을 수습하기 위해 필요한 건 걸출한 인물의 출현이었다. 그때 도요토미 히데요시가 혜성처럼 나타나 그 시대의 유산을 한 아름 안고 국가를 통일시켰던 것이다.

도요토미 히데요시는 국민을 하나로 결집시키고 그 힘을 국외로 돌리기 위한 방법을 모색했고 그 결과가 외국과의 전쟁이었다. 위험한 발상이었지만 호전적인 그는 위험을 무릅쓰고 전쟁을 추진하기로 했다. 그는 전쟁이 과거 그 혹독했던 전국시대에서 얻은 전쟁 수행능력을 효과적으로 발산하고 신흥 상업 세력의 역량을 약화시킬 수 있는 일거양득 전략이라는 것을 확신했다. 천황제 이데올로기에 길들여지고 조직의 이익이라면 목숨을 걸 정도로 적극적 습성에 젖은 국민들을 그렇게 유도하기란 쉬운 일이었다. 그래서 창안한 것이 대륙정복이라는 묘수고 그 첫 시도로 도요토미 히데요시는 1587년 대마도주에게 조선이 일본에 사신을 보내어 수호修好할 수 있도록 방법을 모색하라고 하명하였다. 그가 조선과 수호하려는 목적은 첫째, 서로 협력하에 명을 치자는 저의에서였다. 그의 명령을 받은 대마도주는 사신을 보내어 조선에 통호通好할 것을 의뢰했다. 선조는 이 제의를 일언지하에 거절했다가 중신회의 숙의熟議 결과 종전 관계대로 사신을 받기로 결정했다. 그러나 이내 한 가지 내용이 무례하다는 이유로 봉서만 받고 사신을 돌려보내지 않은 채 회답을 유보했다. 결국 수로가 좋지 않다는 이유로 통신사를 보낼 수 없다는 결론을 내리고 대마도주 사신 일행을 그대로 돌려보냈다.

그 뒤로 일본은 계속 통신사를 보내 줄 것을 요구했으나 조선은 이에 응하지 않다가 1589년 9월에 일본의 실정을 파악하기 위해 격론 끝에 통신사를 보내기로 결정하였다. 그러나 그해 10월에 정여립의 모반사건이 일어나 그 사항은 지연되었고, 이듬해에야 겨우 통신사를 인선했는데 통신정사는 황윤길, 부사는 김성일이었다. 그러나 다녀온 이들의 보고는 각각 달랐다. 서인인 황윤길은 일본의 전쟁 준비를 자세하게 전한 반면 동인인 김성일은 그와 정반대로 전쟁 준비는커녕 전혀 대비가 없고 도요토미 히데요시는 두려워할 만한 인물이 못 된다고 보고했다. 중대한 실수였다.

당시 일본 막부의 실세 3인은 오다 노부나가, 도요토미 히데요시, 도쿠가와 이에야스였다. 그중에서 오다 노부나가는 두견새가 울지 않으면 그 자리에서 죽여 없애야 할 정도로 성급했기 때문에 심복에게 살해당했다. 도쿠가와 이에야스는 두견새가 울지 않으면 울 때까지 기다리자는, 아주 노련하고 교활하며 충돌을 싫어하는 인물이었다. 도요토미 히데요시는 집요하고 끈질긴 인물로 두견새가 울지 않으면 무슨 방법을 써서라도 울게 만들어야 한다는 호전파인데 그것을 간과하고 만 것이다. 김성일의 오보로 마음을 놓은 조선 조정은 뒤통수를 치고 들어오는 도요토미 히데요시의 칼날을 전혀 눈치채지 못하고 있다가 임진전쟁을 맞고 혼비백산한 것이다.

그 이후에도 선사위 오억령이 일본이 조선의 땅을 빌려 명나라를 칠 준비가 끝났다고 보고하기도 했으나 묵살당하고 오히려 파직을 당하는 우스운 일이 벌어지기도 했다.

일본의 조선 침략 명분이나 시의성을 애써 외면했던 조정도 동요하는 민심에는 어쩔 수 없이 민감하여 주목하지 않을 수 없었으나 이미 그때는 돌이킬 수 없을 정도로 늦어 버린 뒤였다.

왜관에 머무르고 있던 왜인이 차츰 줄어들고 기미가 이상해 김수를 경상감사로, 이관을 전라감사로 윤성각을 충청감사로 정해 무장을 재촉했으나 이미 적은 만반의 준비를 갖춘 뒤였다. 조정은 뒤이어 신립을 경기도와 황해도에 이일을 충청도와 전라도에 급파하며 방어시설을 점검하였으나 사후약방문이었다.

조선은 오랫동안 지속된 평화로 전쟁 준비가 전무했고, 일본은 거기에 비해 오랜 전쟁을 통해 연마한 병법, 무술, 축성술, 해문술 등을 정비하고 서양에서 전해진 신식 무기인 조총을 대량생산하여 전쟁 준비에 총력을 기울이고 있었다.

이와 같이 일본의 침략 근성은 어디에서 비롯됐는가. 천황제 아래 팔굉일우八紘一宇라는 해괴한 논리를 창안해 인근 제국은 모두 천황의 성은을 입어 한집 한 가족이 되어야 한다며 인근 국가 침략의 발판을 삼았다. 특히 은인자중隱忍自重, 때를 기다리는 주도면

밀함과 천황의 명령에는 숙명적으로 복종해야 한다는 국민성이 결합되어 광기의 원천이 되었다.

조선 초의 대일정책은 일의 무역 요구와 노략질 사이에서 회유책과 강경책을 병행하는 방향으로 나타났다. 당시 일본은 아시카가 다카우지의 무로마치 막부가 수립되어 국내의 반란을 진압하고 전국적인 지배력을 거의 완성했지만 서부 규슈 지방까지는 그 위력이 미치지 못하고 있었다. 이러한 가운데 규슈 지방의 백성들이 왜구로 변하여 조선은 물론 저 멀리 중국의 동남부 연안까지 침입했던 것이다. 이에 조선 정부는 일본 막부정권 및 일본 서부 대소 호족들과 통교하여 왜구를 금압禁壓하고 끌려간 조선인의 송환을 요구하였다. 적극적인 회유책을 써서 수령에게 투항하거나 귀화를 권유하였으며 관직을 주어 우대하는 정책까지 썼는데 이른바 수직왜인受職倭人들이 이것이다. 수직왜인들 중 일본 거주자에 한해서는 1년에 한 차례의 무역이 허용됐다.

그러나 왜구의 악행은 근절되지 않았고 특히 대마도의 왜구는 조선과의 교역이 통제되자 더욱 노골적으로 약탈하기 시작했다. 이에 세종 때는 이종무李從茂를 시켜 대마도정벌을 단행하기에 이르렀는데 그때가 1419년이었다. 이 강경책은 큰 효과를 거두어 대마도주 종씨宗氏는 여러 차례 사신을 보내 사죄하였으므로 이에 조선 조정은 내이포(웅천), 부산포(동래), 염포(울산) 등 세 개의 포구를 개항하여 교역을 허락하고 이곳에 각각 왜관을 두어 그들의 편의를 돌보게 했다. 그 결과 왜인의 내왕이 빈번해지고 미포 교역량이 많아졌음으로 이를 제한할 필요가 생겨 세종 25년(1443년) 대마도주와 계해조약癸亥條約을 체결하고 세견선歲遣船은 1년에 50척, 세사미두歲賜米豆는 200섬으로 제한했다.

그러나 3포에 거주하는 일인들이 국정을 위반하는 비행이 많았으므로 중종 때는 이를 엄히 통제했다. 이에 불만을 품은 왜인들이 폭동을 일으키자 조선 정부는 이를 진압하였다. 이를 삼포왜변三浦倭變(1508년)이라 했다. 3포의 교역이 중단돼 버리자 대마도주는 간청을 계속했고 이에 조선 조정은 중종 7년(1512년)에 임신조약壬申條約을 체결했는데, 이때 계해조약 때 정해 놓은 세견선과 세사미두의 교역량을 각각 반절로 줄여 버렸다. 그 후, 중종 39년(1544년)에는 사량진왜변蛇梁鎭倭變이 명종 10년(1555년)에는 을묘왜변乙卯倭變이 있었다.

조선 조정의 명에 대한 사대事大, 일본에 대한 교전交戰 등의 외교정책은 임진전쟁 때까지 계속되었는데, 16세기 후반 동아시아의 국제정세에는 큰 변화가 있었다. 중국에서는 만주의 여진족이 크게 융성하였고 일본에서는 도요토미 히데요시에 의해 1백 년 동안의 전국시대가 끝나고 통일이 이루어졌다. 피비린내 나는 비극의 서막이었다.

육지로 올라온 왜구들

곡우穀雨를 며칠 앞둔 산속은 제법 촉촉하기만 할 뿐 춥지도 덥
지도 않았지만 뜻 모를 살기가 감도는 탓인지 그 기운이 으스스했
다. 좁은 고개와 협곡이라고 부를 만한 지형, 양쪽에는 아름드리
삼나무가 울울창창해 밝은 낮에도 숲 속은 어둑했다. 고개는 너무
가팔라서 숨을 몰아쉬지 않고는 못 넘을 정도였고 장정 두 사람이
양팔을 벌려 막아도 빈틈이 없는 너비의 길은 먼지가 풀석이고 간
간이 이는 작은 회오리바람에 갈잎 몇 개가 한가운데서 뱅뱅이를
돌다 어디론가 흩날려 버렸다. 그런 좁은 길에 나무가 통째로 수십
그루 넘어져 길이 막혀 있었다. 한길에 널린 삼나무 더미를 헤쳐
넘으려면 위험하기도 하려니와 시간이 걸렸다. 빈손인 나그네가
넘는대도 한 식경은 넉넉히 걸릴, 이를테면 마음먹고 길을 막은 거
였다. 그러나 그 근방이 너무 적막했다. 삼나무 사이사이에 밀생한
잡목들이 이따금 바람에 흐느껴 소리를 낼 뿐 숨이 막히게 조용하
고 높은 나무 사이로 오르내리는 청설모 두어 마리가 긁어내리는
나무껍질이 한가로이 흐느적거리며 내려앉는다. 그러나 분명 여러

사람의 인기척이 숲속에 팽팽했다. 자세히 보니 서른 명이 넘는 사람들이 잡목 속에 몸을 숨기고 삼나무로 막은 고개 저 너머에 신경을 모으고 있었다.

임진년 4월 스무나흘의 조선 경상도 밀양군 삼낭진면 작원고개. 말하자면 가지산의 연봉 중 하나인 이 산속에 잠복한 사람들은 4월 13일, 조선에 침입해 동래성과 부산성을 차례로 함락시킨 적의 밀양성 공격을 저지하겠다고 나선 조선의 의병들이 틀림없었다. 그러나 그건 너무 무모한 일이었다. 천 명이 넘는 왜병을 겨우 백 명이 그것도 구식 무기로 막아 보겠다니 기가 막힐 일이었다. 그들을 지휘하는 밀양부사 박진도 가진 것이 겨우 손도끼였다. 아까까지 그것으로 삼나무를 베어 넘겼고 허리에 찬 칼이라고 해 봐야 왜군의 일본도를 당해 낼 수 없는 보잘것없는 것이었다. 입산할 때 백여 명이 넘던 인원이 다 도망가고 겨우 30여 명 남아 대장 박진의 눈치만 보고 있고 녹슨 창 몇 자루와 활이 무기의 전부이니 사기가 바닥을 헤맬 것은 자명했다. 모두 공포에 떨고 있었다.

"와 이리 오줌이 마렵노, X팔. 그냥 옷에다 지리빈지까. 영 몬 참겠는데."

"쉿!"

쪼르르 쪼르르.

한겨울을 넘기며 말라 버린 갈잎 위에 싯누런 오줌발이 그것도 주눅이 들었는지 힘없이 흘러내린다.

"마, 쥑인다 캐도 몬 참겠다."

바지춤을 까고 거무티티한 물건을 꺼낸 서른 남짓의 젊은이는 턱을 덜덜 떨며 얼굴이 새하얗게 질려 있었고 말소리도 떨리고 있었다. 그곳을 지키는 열 사람의 얼굴도 마땅찮게 구겨져 있었다. 마른침이 넘어가는 소리도 없이 모두가 무서움에 떨고 있는 것은 극도의 긴장 때문이었다.

"마, 그놈의 조총을 누가 당하노. 한 번 터지면 사람 한두 놈이 죽는기 아인데 말이다."

왜병의 조총이 두려운 의병들의 당연한 넋두리. 저만치 앞쪽 키를 넘는 갈나무에 상체를 숨긴 채 전방을 주시하는 박진 대장의 우람한 상체가 아무래도 거슬린다. 모두 가쁜 숨을 쉬는 게 부담이 되는 듯 한두 번 주위를 둘러본다. 시간이 자꾸 흐른다. 모두의 시선이 베어 넘긴 삼나무 너머 허공으로 모아진다. 거기에 나타날 왜병들의 삿갓이 무서운 것이다. 조선에 나타난 지 불과 사나흘 만이지만 검게 칠 먹인 대나무로 엮은 왜군의 삿갓은 가히 공포의 대상이니까.

"어이, X발! 와 이리 또 똥이 마렵노, 응."

아까 오줌발을 갈기던 바로 옆 사람이 이번에는 좀 크다 싶게 투덜거린다.

"온다! 온다! 조용히 해라 마! 싸고 싶으면 싸 삐리지, 와 시끄럽게 구노, 머슴애가."

구린내가 확 풍겨 온다. 겁에 질려 숨도 제대로 못 쉬고 근방의 서너 사람이 모두 이맛살을 찌푸린다.

저만치 상체를 일으킨 박 대장이 이쪽에 신호를 보낸다. 땅거미가 가까운 시간, 손바닥을 펴서 작게 좌우로 흔드는 것이 뭔가 행동을 유보하라는 게 틀림없었다. 모두 눈이 커진다. 뭔가를 포착한 듯한 대장 지시에 또 한 번 모두가 마른침을 삼킨다. 오합지졸은 이들을 두고 하는 말일까. 부산성과 동래성이 떨어지면서 패주한 조선 관군은 그야말로 추풍낙엽이었다. 그 요란한 소리로 우선 기를 죽이는 조총의 위력 앞에는 대항할 자가 없었다. 독전관이 목이 터져라 외쳐대는 공격 명령도 소용없었다. 그야말로 거미 새끼 무색하게 도망가는 병졸을 누가 막을 것인가. 유비무환이 아니라 무비유환으로 노닥거리던 조선군의 궤멸은 자업자득이었다. 여기저기서 이삭 줍듯 긁어모은 관군 몇 명에다 억지 징모한 민간인, 활도 제대로 다루지 못하는 농민들 손에 억지로 녹슨 창검을 쥐여 줬으니 그것이 제대로일 수 없었다. 왜적의 다음 공격 목표가 밀양성일 것을 예상한 밀양성주 박진은 그렇게 해서 엉성한 백여 명 부대를 이끌고 가지산에 들어와 적이 밀양성을 공격하려면 불가피하게 통과해야 할 작원계곡 봉쇄에 나섰던 것이다.

도요토미 히데요시의 신임을 받은 고니시 유키나가가 이끄는 조선 정벌 제1군 1만 8천 명이 부산항에 들어온 것은 4월 13일, 해상에서 일박한 그들은 아무런 저항도 받지 않고 부산항을 점령한 후, 조선의 맹장 송상현이 지키는 동래성을 포위했으나 부산성과는 다르게 난공불락이었다. 관민 전체가 혼연일치가 되어 수성작전을 펴는 데는 포위밖에 대책이 없었다.

성안의 기와라는 기와는 다 벗겨져 쌓이고 돌이란 돌은 모조리 총탄 대용으로 쓰였다. 문관인 송상현이 전립을 비껴쓰고 창검을 높이 흔들었다. 그는 그 순간만큼은 훌륭한 무장이었다. 그의 탁월한 작전 지휘로 조선군의 사기가 올랐고 적이 가진 조총의 위력 앞에서도 기죽지 않고 수성전을 펼쳐 나갔다.

왜적의 조총이 자주 불을 뿜었고, 그 위력 앞에 조선군의 수가 차츰 줄어들었다. 모아 둔 기왓장과 돌멩이가 비전투원인 노약자의 가녀린 팔뚝을 떠나 갑옷으로 무장한 왜병들 머리 위에 우박처럼 쏟아지고 그 파편에 맞아 비명을 지른 적군의 수도 늘어났다. 그야말로 처절한 공방전이 벌어지고 피아간의 비명과 조총 소리가 하늘을 찔렀다.

잠시 뒤 흩뿌리기 시작한 비 때문에 싸움은 소강상태에 들어가고 판세가 뒤집히는가 싶었는데 적의 증원 부대가 오면서 대세가 다시 역전되고 말았다.

"송 대장, 이대로는 안 되겠소. 특공대를 만들어 혈로를 뚫읍시다. 이대로 가면 전멸밖에 돌아올 것이 없소. 서두릅시다."

동래에까지 응원 온 밀양군수 박진은 아직도 관복을 입은 채 화살을 날리고 있었다.

"박 대장, 고마운 일이오만 내가 이 동래성을 떠나 어디로 가겠소. 다른 장수들처럼 부하를 버리고 도성 쪽으로 북상하기는 싫소. 여기를 지키다가 자진할 생각이니 그런 말은 두 번 다시 하지 마시오. 그것보다 박 대장, 옷 갈아입고 성을 빠져 나갈 사람들이나 긁어모아 주시오. 사람들이 자꾸 줄어드는데 애처로워 못 보겠소. 서두르시오."

비는 개었으나 이미 물주머니가 된 민간인들은 빗물인지 눈물인지를 얼굴에 매단 채 흙탕물 속에서 기왓장이나 돌멩이를 주워다 던지기 좋게 쌓고 있었다. 여기저기서 조총에 맞은 인마의 비명이 들려왔고 어디선가 뜻 모를 함성이 들려오는 걸로 보아 어느 쪽 문이 박살 난 것 같았다. 어느새 농투성이 옷차림으로 바꿔 입은 박진이 손에 든 기왓장을 사다리를 걸고 올라오는 적병에게 던지는 몰골이 처절했다. 그는 송상현이 부탁한 대로 성 밖으로 나가려고 틈을 보고 있었으나 방도가 없어 발을 구르고 있었다. 서문 쪽에서 함성이 들린 시간이 술시, 가까워 오는 이내에 양쪽의 사기도 시들해져 갔다.

날이 샌 다음 날 성은 멀쩡한 데 없이 상처투성이고 소리가 죽은 성내는 빈집같이 적막할 뿐이었다. 노성怒聲을 지르며 적군에게 돌벼락을 안기던 그 많은 사람들은 그림자도 보이지 않고 눈 뜨고 볼 수 없는 참경이 여기저기서 벌어지고 있었다. 핏물이 강이 되어 흐르고 쌓인 주검에서는 아직도 간혹 비명인지 신음인지 모를 소리가 새어 나오고 있었으며 가끔 왜병들이 조총을 틀어쥐고 그 시체더미 사이를 헤집고 있었다. 피비린내가 바람에 실려 왔다 사라진다.

한밤을 어떻게 지새웠는지 모를 박진 대장은 아무리 찾아도 보이지 않는 성주 송상현을 찾다가 지쳐 민가에서 눈을 좀 붙인다는 것이 깜박 잠이 들었다. 눈을 떴을 때는 이미 한낮이 기울고 있었다. 사위는 적막한데 누군가의 훌쩍훌쩍 우는 소리가 들려왔고 그 소리의 주인공이 아녀자가 틀림없어 튕겨 일어나 귀를 세웠다.

"송 대장이 죽었대요. 왜적들이 쏘았대요."

그러고는 또 한참 말소리가 울음에 묻히는 것 같아 박진은 몸을 세워 소리 쪽으로 돌아섰다. 그곳에 있는 부녀자들 서넛이 흐트러진 모습으로 비녀도 없이 산발한 머리를 아무렇게나 틀어 올려 묶은 모습은 꼭 상청 앞에서 곡하는 여인네들 같았다.

'아아… 이제 동래성도 끝이구나. 그러면 나는 어떻게 한다?'

커다란 물음에 맞닥뜨린 박진은 몸을 숨기고 있다가 밤이 돼서야 성을 빠져나갈 수 있었다. 아침나절 송 대장의 죽음을 슬퍼하던 그 여인네들의 기지로 몸을 숨길 수 있었던 그는 그 낮이 길기만 했고 여기저기서 들리는 부녀자들의 비명을 사지가 찢어지는 아픔을 견뎌 내며 들어야 했다. 그 비명이 무엇을 뜻하는지 알고도 남는 그에게는 그것이 형틀에서 당하는 고신拷訊보다 더 고통스러운 형벌이 아닐 수 없었다.

송상현은 성이 함락되자 태연하게 자신의 집무실에 들어와 무장을 벗고 평복으로 갈아입은 후 자리에 앉아 의연하게 북방에 국궁 재배하고 단도를 꺼내 들었다. 백설보다 희디흰 그의 도포 자락에는 오직 조국을 위한 일편단심이 묻어 나오고 있었다. 그때 한 사람의 왜적 장교가 고개 숙여 인사를 올리며 집무실에 들어왔다.

"송 부사님, 이러지 마시고 잠시만 몸을 피하십시오. 잠시면 됩니다. 살아서 돌아가 다시 이 전쟁을 수습하셔야죠. 자, 어디 저 병풍 뒤에라도 숨으십시오. 조총부대 망나니들만 피하셨다가 성을 빠져나가십시오. 그 뒤는 소관이 책임지겠습니다."

'당신은 누군데 적장인 나를 살리려 드느냐'는 물음이 담긴 송 부사의 얼굴이 의아스럽게 그 왜장을 노려본다.

"저는 일본 제1군 소속 장교입니다. 쓰시마에서 조선과 교역할 때 그 상단의 호위를 위해 두어 차례 부사님을 뵌 적이 있어 그렇습니다. 자세한 이야기는 다음에 하기로 하고 어서 제 말씀을 따르십시오."

비록 그의 조선말은 서툴렀으나 뜻은 충분히 통했다.

"당신들은 은혜를 원수로 갚은 야만족에 불과하오. 우리가 얼마나 일본을 도왔으며 얼마나 오랫동안 당신들에게 당했어도 앙갚음하지 않고 선린善隣으로 대했거늘 그에 대한 보답이 겨우 이거요? 당신은 누구요. 도대체 나를 어떻게 하려고 숨으라는 거요. 나를 조국을 배반한 졸장부로 만들어 죽이려는 거요, 뭐요?

"그게 아닙니다. 저는 우리 대장 고니시 유키나가 님을 존경하는 일개 무장일 뿐 다른 뜻은 없고, 평소 우리 대장님의 평화사상을 존중하는 평화주의자의 한 사람일 뿐입니다. 이 전쟁의 모순을 너무나 잘 알고 있어서 조금이라도 보탬이 되려고 그럽니다. 부디 내치지 마시고 제 뜻을 따라 주십시오."

그때 벼락 치듯 요란한 소리와 함께 문이 짓뭉개지며 눈에 핏발이 선 채 조총을 든 예닐곱의 무사들이 쳐들어왔다.

"야, 이거 대장 놈 아냐? 여기 숨어 있었구나. 너는 우리 손에 죽는다."

순간 두 사람 사이의 대화가 끊어지고 살기가 감돌았다.

"야, 이분은 적장이 맞기는 한데 나와 이야기 중이고 단판을 짓고 있다. 이분 말만 들으면 우리는 다음 성에 무혈입성할 수도 있다. 조금만 기다려라."

그러나 흥분돼 있는 그들은 자기들 직속상관도 아닌, 일개 군관의 말 따위는 우습다는 듯 말했다.

"시끄럽소. 당신이 뭔데 이자와 단판 중이라는 거요. 우리 목표는 적장의 목이오. 그 목을 베서 다이쇼〔大將〕에게 갖다 바치면 천금상이 나올지 모르오. 비키시오. 방해하면 당신을 쏘아 버릴 거요. 비키시오."

이미 눈에 쌍심지가 켜져 있는 그들은 눈에 뵈는 것이 없고 숨결조차 거칠었다.

"잠깐, 내 말대로 이분 말을 따르면 다음 성도 무혈입성이 가능하다는데 끝내 그럴 거야?"

이쪽도 가파른 노성이었다. 그러나 효과가 없었다.

"쓸데없는 소리! 쏴라 쏴! 쏴 버렷! 그래서 목을 베야 한다."

누군가를 부추기는 듯한 소리는 어찌 보면 명령일 수도 있었다. 좁은 방 안에 술내와 함께 조총에 쓰는 유황 특유의 톡 쏘는 냄새가 코를 찔러 왔다. 의관을 정제하고 흐트러짐 없이 의자에 앉아 있는 동래부사 송상현의 모습은 너무나 경건하고 의젓했다.

"끝까지 내 말 안 들을 거야? 이놈들!"

아까의 장교가 짧게 소리 지르는 동시에 벼락 치는 소리와 함께 다섯 자루의 조총이 일제히 불을 뿜었다. 송상현의 새하얀 도포 자락이 금세 시뻘겋게 물들어 버리며 그 상체가 기우뚱하며 의자에서 굴러 떨어져 방바닥에 깔렸다.

"에이, 요놈의 새끼들. 끝내 내 말을……."

"이런 개새끼! 지금은 전시야, 전시!"

그들 가운데 누군가가 조총 개머리판으로 장교의 등을 갈겼는지 그가 몸을 비틀어 꼬면서 송상현 곁에 넘어졌다.

"적장을 쏘았다아! 이놈 목을 베어라! 와아아!"

그러나 그 환호성에 화답하는 소리는 그 어디에서도 들려오지 않았다. 방 밖에서 웅성거리는 병졸들은 약속이나 한 듯 차가운 낯빛으로 허세 부리는 이들을 노려볼 뿐이었다. 쓰러진 장교가 겨우 몸을 건사하고 일어나 사방을 두리번거렸다. 그때 어디선가 전쟁이 일어나기 전, 조일 양국 통상 사절단의 중심인물이던 현소라는 승려가 나타났다.

"참 어리석은 짓이다. 이 사람은 적장이지만 이렇게 보낼 분이 아닌데. 모두 실성을 했구나, 응? 허허 참……."

모두 침통한 표정으로 송상현의 주검을 둘러쌌다. 어디선가 칠도 하지 않은 생목으로 급조한 관이 마련됐고 수의도 없는 송상현의 주검을 염한다고 입고 있는 도포 위에 굵은 밧줄이 칭칭 동여매졌다. 어디선가 훌쩍이는 소리가 일어났다. 그 자리에 있는 왜구들은 그저 방 안에서 일어났던 이 일을 모두 지켜볼 뿐이었다. 현소도 장삼 자락으로 눈물을 씻어 내며 독경을 하고 있었다.

"우리 손으로 정중히 치상합시다. 아무리 전쟁 중이지만 지킬 도리는 지키는 게 전승국의 예의 아니오."

성 밖에 마련된 묘지에 그들 손으로 묘비가 세워졌다. '조선 충신 송공 상현지 묘'라는 묘비는 나무로 깎아 세운 것이지만 그들의 성의가 묻어 있었다. 한 가지 분통 터질 일은 송상현의 묘비가 세워지는 그 순간에도 왜병들의 분탕질은 그 근처에서도 계속돼 비단 찢어지는 부녀자들의 비명이 곳곳에서 들려오고 있었다. 그것은 무엇을 말해 주고 있겠는가. 듣고 있는 사람들이 더 잘 아는 일이었다. 동래성이 실함이 되고 참수된 조선군 희생자는 3천 명이고 포로가 된 수만도 5백 명이었으니 그 잔혹상이 어떠했겠는가.

나중에 알려진 일이지만 송 부사는 그렇게 죽고 양녀를 비롯한 그의 가솔들은 일본으로 잡혀갔다가 강화회담 도중에 돌아왔다. 그러니 그 한이 얼마나 깊었겠는가. 사무친 한이 하늘에 닿을 수밖에 없는 일이었다.

삼나무 더미 위에 그렇게 두려워하던 검정 삿갓이 나타났다. 그것은 가히 공포의 그림자로 하나, 둘, 셋, 꼬리를 물고 삼나무 더미 위에 올라선다. 그들은 대담하게도 그 위에서 큰 소리로 뭐라 지껄이며 발로 또는 손으로 그것을 밀거나 끌어당겨 보지만 꿈쩍도 않자 또 뭐라 소리 지르며 이번에는 그 큰 나무토막 사이로 비집고 들어가 총구만 이쪽에다 대 놓고 몸을 숨겼다. 그들의 동작은 민첩했다. 들쭉날쭉한 총구지만 총렬은 모두 이쪽 대원들이 몸을 숨기고 있는 잡목 숲을 향하고 있었다. 일시 그들의 잡담이 중단되고 다시 적요에 휩싸인 공포가 찾아들었다. 그 너머에 또 수많은 후속부대가 있으나 소리가 없는 게 더 불안했다. 필시 많은 숫자의 왜병이 이 좁은 계곡에 들어왔으니 와자지껄할 만도 한데. 이쪽도 마찬가지로 숨 쉬는 소리도 들릴 것 같은 침묵, 삼나무 더미 속에서 왜병들 모습은 보이지 않고 섬찍한 총구만 보일 뿐이었다. 그때 뒤에서 알 수 없는 어떤 기합 소리가 들리는가 싶더니 천지를 찢어 발길 것 같은 굉음이 울리면서 삼나무 더미 위에서 흰 연기가 솟아올랐다.

쾅, 쾅, 쾅, 쾅! 벼락 치는 소리는 여남 번 울리다 죽었다. 그저 누렇게 시든 갈잎으로 가려져 있을 뿐인 이쪽 가지산 숲속에서 어이크! 억! 하는 비명이 서너 군데서 동시에 터졌다. 은신해 있던 조선군들이 날아든 총탄에 치명상을 입으며 낸 단말마의 비명이었다. 그야말로 봉사가 문고리 잡기였다. 그저 짐작만 대고 쏜 총에 어육이 된 사람이 있었으니 억울한 게 아니라 분통이 터질 일이었다. 총성이 멎고 난 산속은 다시 적요가 감돌고 총을 쏘고 난 왜병들도 침묵을 지킬 뿐.

부스럭거리는 소리가 나고 뚝딱, 뭔가 부러지는 소리에 겹쳐 쿵, 하는 가벼운 지동이 울리고 숲 속이 어수선했다. 낮은 비명과 신음이 이어지고 속삭임이 들렸다. 그러나 모두가 숨 막히는 긴장 속에서 일어난 일이라 상황을 파악하기가 어려웠다. 불을 뿜던 조총의 총구는 이제 보이지 않고 그들이 숨었던 삼나무 더미 속도 조용한 게 사람 그림자도 없다. 아무리 생각해도 알 수 없는 일이었다. 그렇게 밀려 왔던 얼추 천여 명 넘는 부대가 자취를 감췄으니……

고니시 유키나가 휘하 1개 지대의 숫자는 1천6백 명. 그들에게는 작원고개의 혈로를 뚫어 주력 부대의 밀양성 공격을 도와야 할 막중한 임무가 주어졌던 것이고 또 다른 1개 지대의 조총부대가 삼나무로 엉성하게 구축된 차폐에 막히자 30여 명에게 조준 없는 눈먼 총격을 퍼부어대 그들을 혼비백산시킨 것이다. 밀양성 실함의 시초가 된 작원고개의 허망한 패주였다.

매복 중에 조총 세례를 받은 조선군 30여 명은 그 자리에서 전멸을 면한 것만도 천행이라는 듯 각자 뿔뿔이 도망가 버렸다. 부상자와 시체를 그냥 버려둔 채. 허거픈 일이었다. 그때까지 그래도 대장이란 위엄은 지키기 위해 숨어 있던 박진도 벼락 치듯 한 적의 기습에 넋이 나가 버려 움직이지 못하고 그냥 떨고만 있었다. 한참이 지나 적의 대부대가 달려들어 자기들이 죽을힘을 다하여 구축해 놓은 삼나무 방책을 순식간에 들어내 없애고 썰물 빠지듯 고개를 지나 밀양성으로 쇄도해 들어간 것을 보고도 박진은 소리 한 번 지르지 못하고 그 자리에 못 박혀 있었다.

'아아… 밀양성이 이제 끝나는구나. 이게 천심天心이라면 하늘도 무심하다.'

도망가 버린 3천여 군졸은 고사하고 아까까지 자기 수족처럼 가까이에서 나름대로 무기를 들고 적을 노리던 마지막 30여 명도 흔적이 없으니. 고개를 넘는 왜적들은 소리가 없이 질서가 정연했고 무엇보다 놀라운 것은 그 속도였다. 명색이 순찰사에다 밀양성주인 자기가 이렇게 낙오가 됐으니 어디다 대고 무슨 말을 할까. 말끔히 치워진 고갯길에 아까까지도 길을 막은 수북했던 삼나무 더미가 마치 요술처럼 치워지고 사라졌으니 괴이하여 하릴없이 그 자리에서 맴을 돌며 하늘을 우러러 장탄식을 했다.

'이제 누구를 찾아갈 것인가. 패주한 아군의 뒤를 따라 앞뒤 덮어 놓고 북상한다? 아니다. 밀양으로 들어가 현장에서 부하 단 한 사람이라도 수습하자.'

박진은 이마에 손을 대고 눈을 감았다. 쪼그려 앉아 우선 다리 힘을 길렀다. 그대로는 안 되겠기에 다리를 뻗고 그냥 뻑적지근하게 퍼질러 앉았다. 지금 같으면 왜적의 칼날이 번득여도 속수무책

일 것 같고, 앉아서 창이면 창 조총이면 조총을 그대로 받고 싶을 뿐이었다. 공연히 눈시울이 뜨거워지고 대상 없는 원망이 박진의 가슴에 차올랐다. 몇 끼를 굶었는데도 전혀 시장하지 않았다.

얼마나 지났을까. 연줄이 끊어진 연이 하늘거리며 소리 없이 땅 위로 가라앉듯 그의 의식도 그렇게 하늘거릴 때 갑자기 차가운 쇠붙이가 뒤통수에 섬뜩했다.

"!?"

"손을 들고 일어나시오."

젊은 목소리지만 뭔가에 주눅 들어 있는 게 분명했다. 눈앞에는 왜것들의 조리라는 신발이 눈에 들어왔다. 그것을 감싼 발싸개 또한 왜것들이 틀림없었다.

"바그진〔朴〕 대장이오?"

또 다른 목소리는 그보다 젊고 가파르나 우리 발음이 아니었다.

'아! 왜적들이구나.'

박진은 물에 빠진 사람이 덮어놓고 물 위만 보고 양손을 허우적거리듯 두 손을 추켜올렸다.

"일어나시오."

아까의 목소리가 제법 정중하게 달라져 있었다.

"손을 묶지 않을 테니 우리 앞을 서서 걸어가시오. 도망칠 생각은 말고요."

두 사람 다 조총을 들고 있으나 자기에게 겨누지 않는 것이 이상했지만 박진은 뒤돌아보지 않고 앞장서서 산을 내려왔다.

얼마 안 되는 거리지만 산비탈이라 걷기가 조심스러웠다. 거기는 불면 날아갈까 싶은 집 서너 채가 있었는데 그 가운데 특히나 허름한 가옥 안에는 병졸이 수월찮게 득실거리고 있었다.

잠시 그 안에 있던 병사들의 말소리가 죽고 조용해지더니 젊은 왜적 장교가 뭐라 지시를 내리자 그중 몇 명이 아까의 그 조선말을 하던 병졸 뒤를 이어 다시 산으로 오르는 게 이상했다. 그들의 태도는 은근했다. 박진을 그 집까지 끌고오기는 했으나 행패는 없었다. 전시에 있을 피아의 격렬한 적대감 같은 것도 없고 낯 모르는 어른 대하듯 젊은이들의 태도가 공손했다.

잠시 후 그 안에서는 비명과 노성이 터지고 고함 소리가 낭자했다. 30여 명 중 왜적의 조총에 맞아 부상한 두 사람이 먼저 실려 와 치료를 받고 있는 중이었다. 갑자기 산중 폐옥이 야전 병원으로 변했는가. 약이 있을 턱이 없는데 치료라고 변변하겠는가. 기껏해야 상비약 정도일 텐데 그래도 잔인하다는 왜적들에게서는 보기 드문 일이라 박진은 눈이 휘둥그레졌다. 그때 왜군 장교 하나가 박진 대장에게 다가서며 말했다.

"나 사야기 가네가토입니다. 바그진 대장님 말 많이 들었습니다. 이 사람 우리 역관입니다."

그러니까 그의 말인즉, 자기소개 정도밖에 못하는 조선말이니까 역관을 통해서 이야기하겠다는 거였다. 역관이라 불리는 사내는 30대 초반의 조선인인데 뭔가에 주눅 들어 있는지 그저 불안한 눈으로 박진을 바라보며 가네가토의 말을 옮기고 있었다. 그가 하는 말을 간추려 보면 이렇다.

사야기 가네가토는 당년 24세의 젊은이로 제1군 소속 말단 조총 부대 소대장이지만 고니시 유키나가의 신임을 받고 있는 저격수였다. 부산성과 동래성을 함락시킨 부대를 지원해서 박진 대장의 무훈을 잘 알고 있고, 부대장 이하 간부들에게도 박진이 화제가 되고 있다고 이야기했다.

"그러면 당신들은 나를 어쩔 셈이오? 죽이려면 빨리 죽이시오. 나 할 이야기는 이것뿐이니까."

그 말을 옮기기 전에 미리 알아들은 젊은 장교 가네가토가 정색을 하고 박진을 바라보며,

"우리는 당신을 죽이지 않습니다. 바그진 대장이 가고 싶은 데로 가십시오. 포로도 아니니 그냥 가시오."

제법 또렷한 조선말로 이렇게 이야기한 뒤 정중히 고개를 숙였다. 그러면서 역관에게 뭐라 빠른 어조로 잠시 이야기하는데 그것을 옮기자면, 고니시 유키나가 대장은 평화주의자로 이런 명분 없는 전쟁에 나서기를 원치 않아 되도록 살육을 피해 왔고 앞으로의 전쟁을 빨리 끝내고 강화하기를 바라고 있다고 한다. 자신도 그 뜻을 받들어 박 대장님 같은 충의의 인물의 자유행동을 허락하고 될 수 있으면 훗날 다시 만났을 때는 동일한 목적을 위해 일하는 처지가 됐으면 좋겠다는 말이었다.

그 말을 듣고 있는 박 대장의 표정을 지키는 그의 눈매는 제법 날카로웠지만 삿갓을 벗은 그의 얼굴은 비록 갑옷을 입고 있을망정 선량해 보였다.

"그러면 당신은 나를 살려 보낸다 그것 아니요? 적군의 장교로서 나는 그것을 이해 못 하겠소."

그 말을 옮기는 역관의 말을 들은 가네가토는 고개를 크게 주억거리고 빙긋이 웃었다.

"나도 이 전쟁을 싫어하고 기회만 있으면 고향으로 돌아가고 싶지만 전쟁이 그리 쉽게 끝날 것 같지 않아 걱정이오. 그래서 하는 이야기니까 마음 놓고 가십시오. 도처에 의병이 일어나고 있다는데 대장께서 어찌 그것을 모른 척하겠습니까. 빨리 가서 그 사람들

을 통솔해야 할 것 아닙니까?"

맹랑한 말이었다. 참 알 수 없는 일이라고 고개까지 갸웃거리는 그를 보고 가네가토가 다급한 듯

"빨리 가시오. 늦으면 안 좋은 일이 생길지 모르니까. 어서 가시오."

역관을 거치지 않고 박진에게 윽박지르듯 독촉했다.

"이렇게 말할 때 어서 가십시오. 사령관님, 저를 용서하십시오."

역관의 말도 간절했다. 밤이 되어서인지 부상병 두 사람은 이제 조용했다. 그냥 두고 가기에는 안됐지만 상황이 상황인지라 지체할 수 없어 박진은 그들을 뒤로하고 어둠 속으로 나섰다.

참수당한 이의 수가 3천이 넘고 포로가 5백이 웃도는 참극이 있었던 밀양성은 피비린내만 감돌고 있었다. 이미 아비규환이 휩쓸고 간 성내에는 움직이는 게 없고 남은 것은 오직 주검뿐이니 그럴 수밖에 없었다. 한마디로 무참하다고밖에 말할 수 없는 참경이었다. 부녀자의 대부분은 강간 끝에 칼을 맞았고 남정네는 거의가 참수되었으며 코와 귀가 없는 주검이 거의 대부분이었다. 왜병들은 자신들의 충성심을 증명해 보이기 위해 조선군 시신에서 귀와 코를 잘라 소금에 절였다가 본국 다이쇼에게 보냈다. 다이쇼는 그것을 보고서야 비로소 그 부대 지휘관의 무공을 인정하고 논공행상을 했다니… 너도 나도 앞을 다투어 비전투원의 그것이라도 챙기려드니 뭇 주검들이 모두 코나 귀가 없는 게 태반이었다. 죽어서도 서러운 조선 백성들의 비극이었다.

성내에 잠입한 박진은 아무도 만나지 못하고 자신의 목숨 부지하는 데 신경을 곤두세워야 했다. 왜군 제1, 제2부대가 북상한 뒤의 성안은 적막강산이었다.

'가네가토, 가네가토라…….'

또 다시 지는 해를 바라보며 박진은 자신을 살려 보낸, 도무지 알 수 없는 속내의 적장 이름을 허거프게 중얼거리며 남루한 옷차림으로 왜군들이 지나간 길을 조심스럽게 뒤따라 나섰다. 그런 박진의 뒤를 따르는 소년 하나가 있었다. 앳된 나이에 남루한 한복 차림이었지만 얼굴 한쪽을 무명베로 가리고 있는 것이 요상했다.

박진은 자신을 속이고 후퇴해 버린 이각을 떠올리고 있었다. 그의 최후가 비참했다. 그 뒤 이각은 자기 가족들을 먼저 피신시키고 울산으로 가 안동 판관 윤안성을 만나 작전을 상의했으나 윤 판관의 공격 명령에 겁을 먹고 병영을 이탈하고 말았다. 그 뒤 그는 도원수 김병원에게 붙잡혀 처형을 당했고 그 바람에 모였던 병사들마저 풍비박산이 나 버렸던 것이다. 쓰라린 회상이었다.

박진은 다시 돌아올 것을 스스로에게 다짐하며 가지산의 지는 그림자를 묵묵히 바라보고 서 있었다. 어디론가 향하는 두 사람의 그림자가 무척이나 을씨년스러웠다. 박진의 발걸음은 무거울 수밖에 없었다. 따라오는 소년 철규의 발걸음도 마찬가지였고.

"야, 철규야. 상처는 좀 어떠냐."

"네, 괜찮습니다. 조금 아리기는 한데요. 그것보다 아저씨가 시장하시겠네요."

"응, 다 똑같지 뭐."

하기야 박진을 잘 모르니까 아저씨랄 수밖에 없는 철규였다. 밀양성, 그 아비규환 속에서 왜군 칼을 맞고 시체더미 속에서 신음하는 소년을 보았을 적에는 문득 자신의 죽은 아들 생각이 나서 덮어놓고 끄집어내어 상처를 치료해 주고 먹을 것도 구해 줬지 않는가. 그 아이가 철규였다. 상처는 보기 흉하게 왼쪽 눈꼬리를 세로로 지나고, 그 길이가 실히 두 치가 되니 얼굴 한쪽은 완전히 일그러져 꼴이 처참했다. 그래도 아이는 활달했다. 좀체 궁한 표정을 짓지 않는 게 신통해 더욱 끌렸다. 지금 정처 없이 북상하는 길동무가 돼 있는 두 사람, 아직 고향이 어디고 부모가 누구인지도 모르는 두 사람이었다. 서로 간에 성도 모르고 겨우 이름만 아는 두 사람의 상주를 목표로 한 발걸음은 멀리 못 가 대구 근처에서 되돌아와야 했다.

겁 없이 솟아 새들의 하늘길까지 막는다 해서 이름 붙여진 새재, 추풍령 그리고 죽령, 이렇게 세 곳이 소백산백의 요새며 관문인데 시방 이 세 곳에 왜적이 밀려들고 있으니 뉘라서 안심하겠는가. 방어하는 조선군으로서는 하늘이 내려 준 천혜의 요새였지만 왜구에게 고갯길은 관문이자 엄청난 장애물이었다. 그런데 이를 간과한 조선 조정은 천벌을 받아도 쌌다. 알량한 식견들로 이 천혜의 요새 가치를 낮게 평가했으니.

이일과 신립 두 장수도 이들 관문에서 저지 작전을 펴지 않았다. 좋게 이야기해서 천려일실千慮一失이었다. 오죽하면 뒷날 새재를 지나던 명나라 원군 주총사령 이여송이 그 지형 자세를 살펴보고

'조령이 우뚝 높이 백 리를 뻗어 분명 하늘이 한 나라를 지키려 했도다. 이렇듯 험한 요새를 갖고도 알지 못해 지키지 않았으니 신 총병(사령관)도 가히 무모하구나.'

라고 탄식했을까. 그런 새재의 가치를 몰라보고 이용할 줄 모르는 조정에는 어떤 인물들이 있었을까.

싸울 졸병 하나 없이 지휘할 군관만 몇 사람 거느리고 전쟁터로 나선 이일이 새재를 그냥 그대로 넘어 경상도 문경에 이르니 거기에는 사람 하나 없었고 성은 텅 비어 있었다.

경상도 순찰사가 흩어져 버린 군기를 잡고 사람을 긁어모아 병력을 재편성했으나 이미 때는 늦어 있었다. 문경 이남의 수령들도 모두 군사를 이끌고 대구로 모여들었으나 사후약방문이었다. 한양서 내려오기로 한 장수도 내려오지 않고 순변사도 오지 않을뿐더러 식량이 모두 바닥이 나 버렸다. 눈치 빠른 병졸들은 사태를 일찌감치 헤아리고 그대로 줄행랑을 치니 무주공산이 될 수밖에 없는 일이었다.

왜적 7개 부대가 부산에 상륙한 지 보름 만의 일이었다. 전광석화 같은 왜군의 진격 속도였다. 빈손으로 걷는대도 그보다는 못할 텐데 어찌 무장하고 보급부대까지 딸린 이들의 행군 속도가 그리도 빠를까. 그러니 전황은 짐작하고도 남을 일. 왜적 앞에 저항다운 저항이 없었다는 게 확실했다. 하늘을 우러러 통탄할 일이고 이리저리 왜군들 칼밥이 돼 그 피로 강산을 적시니 힘 없는 백성들 보기가 민망하지 않겠는가.

왜군의 공격로는 가토 기요마사가 2만 2천8백 명을 이끌고 부산포에 상륙하여 양산, 언양, 울산, 경주, 안동, 단양, 충주로 나가는 길과 구로다 나가마사가 1만 1천 명을 거느리고 진해 안골포 김해성주-추풍령-청주-한양으로 향하는 고니시 유키나가가 이끄는 부대 1만 8천7백 명이 대구-안동-으로 나가는 세 갈래가 있었다. 그 부대 편제는 다음과 같았다.

1군 고니시 유키나가- 1만 8,700

2군 가토 기요마사- 2만 2,800

3군 구로다 나가마사- 1만 1,000

4군 모리 요시나리- 1만 4,000

5군 후쿠시마 마사노리- 2만 5,000

6군 고바야카와 다카카게- 1만 5,000

7군 모리 데루모토- 3만

8군 우키타 히데이에- 1만

9군 하시바 히데가쓰- 1만 1,500

　제1군은 4월 28일 저녁에 충주성을 함락했고 29일에는 뒤따라 새재를 넘은 왜적 제2군의 주력과 충주전에서 합류했다. 어이없는 추풍령 실함이었다. 패인은 신립의 무모한 작전 때문이었다. 새재 사수를 건의한 참모들의 말을 듣지 않고 병력을 이끌고 충주성을 나와 탄금대에 배수의 진을 쳤다. 원래 야전의 명수인 신립이지만, 일본의 조총과는 첫 대면이라 그의 작전이 주효할지 의문이었다. 모두의 불길한 예상은 적중해 이 전투에서 피아의 희생자 수는 기록으로 전한 게 없지만 개전 이래 최대라고 표현할 수밖에 없었다. 두말할 것 없이 조선군의 처참한 패배였고 배수의 진을 치고 있었기에 많은 조선군 기병들이 왜군에 밀리면서 남한강 물에 익사했다. 종사관 김여물, 무사 이종장, 조방장 변기 등 조선군 장수 전원이 전사했고 신립 또한 참담한 심경으로 강물에 투신 자살했다.

　고니시 유키나가와 가토 기요마사는 여기서 작전을 협의하여 한양 공격을 결정했다. 이날 제1군은 큰 비를 무릅쓰고 충주를 떠나 예정대로 여주로 진출, 선두는 남한강을 건넜고 5월 1일에는 주력부대가 큰 비로 홍수가 난 강에 뗏목을 띄워 양평을 지나 2일에는 용진도에서 북한강을 건넜다. 용진도 가까이 양수리에서 남한강과 북한강이 만나 큰 물줄기를 이루고 한강 본류를 이루면서 도도히 흐르고 있었다. 강을 따라 서쪽으로 빠르게 전진해 나간 왜적은 속도를 늦추지 않았다. 그렇게 왜적은 한양성 바로 앞까지 다가와 있었다. 조선의 운명은 말 그대로 풍전등화, 한 치 앞도 알 수 없는 형국이었다.

돌개바람

　그날부터 꼭 8년 만의 봄이다. 강녕전의 용마루도 여전하다. 그 가을의 샛노란 은행잎 대신 하늬바람에 실렸다가 다시 날려와 내려앉은 황사가 희끄무레할 뿐, 간간이 그 너른 칠흑의 기왓장 위에 힘없는 돌개바람만이 사뿐히 일었다가 사라지곤 했다.

　자시를 넘는 시각, 이제 양기를 맞은 새벽인데 아직도 건물 안에는 불이 밝다. 장년壯年의 한 사람이 그 밤처럼 동저고리 바람으로 술상을 앞에 두고 땀을 흘리고 있는데 그 눈이 제법 시뻘겋다. 조선 14대 왕 선조다. 마흔한 살의 그는 분명 정력적이다. 진득이 어느 한끝에 시선을 주고 있으나 관자놀이가 팔락인다. 심기가 몹시 불편한 것 같았다. 여느 때 봄처럼 입하를 앞둔 날씨는 수월찮이 무덥고 끈적거린다. 뜰 앞에 피운 모닥불이 사방으로 흔들린다. 약한 바람 탓인가. 번 교대 때가 아닌지 주려周廬가 호젓한 게 나졸들이 단잠을 자는 모양이었다.

　쭈욱 소리가 나게 들이킨 술잔을 술상에 탁, 때리고 입가를 그냥 손등으로 쓰윽 문지른다. 그리고 안주도 집지 않는다.

"으음 그놈이⋯ 고얀 놈 같으니라고 동서 놈들이 나라를 거덜내는구나. 그놈 김성일도 동인이렷다. 으음⋯ 아니다. 그런데 너 여태 그러고 섰느냐? 그러지 말고 앉아라, 앉아!"

도 내관은 왕의 분기탱천을 이해하고 있었기에 도리어 그런 왕을 동정하고 있었다.

전쟁 전부터 왜국을 정탐하려고 수신사라는 이름으로 각각 다른 파벌의 황윤길과 김성일 두 사람을 보냈으나 돌아와서 하는 이야기가 서로 다른 데 문제가 있었다. 정사正使 황윤길은 왜구가 전쟁 준비에 광분하고 있으니 거기에 대비해야 한다고 주장한 것과 달리 부사副使 김성일은 왜구는 태평성대를 구가하며 전쟁 같은 것은 꿈도 꾸지 않노라고 보고했고, 조정은 김성일의 말을 믿고 그의 낙관론에 따라 모든 것을 평화 체제로 바꾼 게 탈이었다. 진행 중인 축성 공사나 무기 조달, 군졸 조련 등 평상시에도 해 오던 여러 가지 군사 행동을 일제히 중단해 버렸다. 공연히 불안을 조성해 민심을 소란케 할 필요가 없다는 이유였다. 조정은 그야말로 김성일의 말 한마디에 무장을 해제한 거나 다름없는 상황에서 침략을 맞았으니 어찌 되겠는가. 그러니 선조가 김성일을 좋게 보려야 볼 수가 없었다.

선조가 말머리를 돌리고 시립한 도 내관을 향해 손짓까지 해 가며 앉기를 권한다.

"전하⋯ 소인이 어찌 감히⋯ 아무렇지도 않습니다. 이대로가 좋습니다. 괘념치 마시옵소서⋯⋯."

그건 누가 보나 딱하고 안쓰러운 일이었다. 벌써 그렇게 서 있기 시작한 게 술시 말이고 지금이 자시 말이니 긴 시간이었으니. 망건 밖으로 비어져 나온 왕의 살적이 눈부셨다. 벌써 종계변무가 성공하자 뛸 듯이 기뻐하던 8년 전의 그 얼굴이 아니고 제법 주름이 잡힌 얼굴에는 굵은 이랑이 두어 개 깊다. 키도 조금은 작아진 듯도 하고. 그러니 아무리 상감이래도 도 내관 눈에 측은하게 보였을 게 틀림없다.

"웬만하면 그 자리에 앉거라. 그래야 과인이 편하게 너와 이야기할 수 있을 것 같다. 앉거라."

"그러하오시면……."

못 이기는 듯 천천히 그 자리에 가부좌를 하고 앉는다. 그 눈으로는 계속 왕을 지키면서.

"응, 그래야 과인이 편하다. 아까 하다 만 이야기는 뒤로 미루고… 그런데 너 요즘 궐 밖에 나가 본 적이 있느냐? 어떻더냐, 사정이? 본 대로 아뢰어라."

"예, 전하. 마침 어저께 점심나절에 잠시 다녀왔사온데……."

거기서 말을 중동무지른 도 내관은 뭔가 주저하는 눈치가 역력했다. 왕의 눈치를 보는 게 틀림없었다.

"그런데 왜 말을 하다 마느냐? 괜찮다. 보고 들은 대로 솔직히 아뢰어라. 과인은 그게 궁금하고 또 알아야만 하기 때문이다."

"아뢰옵기 황송하오나 궐 밖은 지금 온통 난리 속이고 제정신 가진 사람이 별로 없어 보이옵니다. 모두 겁에 질려 우왕좌왕할 뿐 질서가 없사옵고 모두 피난길을 재촉하는 것 같사옵니다, 전하."

"으음… 그것 참 큰일이구나. 그런데 양반들 동태는 어떠하냐?"

"양반들이라 하옵시면?"

"양반도 모르느냐. 큰 갓 쓰고 도포 입은 놈들 말이다. 그놈들이 문제인 것이다. 그것들이 앞장서서 상사람들 겁주는 거 아니더냐."

"……."

다시 일어선 도 내관이 읍을 한 채 벌벌 떤다.

"그놈들 동태가 궁금하다 그 말이다. 양반들 말고도 너 보기에 다른 점이 없더냐?"

"예, 전하. 소인이 알아 본 바로는 상인들도 물건을 거둬들이고 있사온대 특히 미투리를 찾아보기가 여간 힘든 게 아니라 합니다. 아마도 모두 먼 길 갈 채비로 매점매석을 한 때문으로 사료되옵니다."

"……."

왕의 눈이 허공에 지릅떠졌다. 극도의 흥분을 자제하는 것 같았다.

"미투리가 없어졌다? 흐음… 그 까닭을 알 만하다. 고얀지고."

부산진성주 이발과 동래부사 송상현이 전사했다는 장계를 받고 새파랗게 얼어붙었던, 낮의 편전에서의 자신의 몰골을 떠올린 그는 또 한 번 방바닥이 꺼져라고 긴 한숨을 내쉬며 사방을 두리번거렸다. 이일과 신립 두 장군이 충청도에서 대패하였다는 장계가 또 꼬리를 물었으니 어찌 되겠는가. 조선반도 허리가 싹뚝 잘려 버린 거나 다름없었다.

4월 스무아흐레 밤이 그믐날 새벽으로 줄달음질하고 있었다. 한양 실함失陷이 눈앞이다. 왜군 척후병이 한강 이남에 나타났다는 급보도 낮에 받았으니 사실 선조 자신이 그렇게 한가하게 술잔을 기울이고 있을 계제가 못되었다. 그러나 어쩌랴.

'그렇게 빠를까?'

고개를 젖혀 천정을 올려다보던 선조의 목울대가 꿈틀거리며 그런 독백이 소리 없이 새어 나왔다. 4월 13일, 부산진과 서생포에 상륙한 왜적이 20일도 되지 않아 한양성을 위협하고 있으니.

'그야말로 전광석화가 아닌가.'

어제 낮에 팽팽한 긴장감 속에서 궁궐로 들이닥친 파발들의 다급한 발걸음과 군마들의 투레질이 그렇지 않아도 다급한 조정 분위기를 한층 얼어붙게 하였다.

눈동자가 허공에 뜬 신료들은 붕어처럼 입만 뻐끔거리며 서로 눈치 보기에 바빴고, 왕 자신에게 쏠린 시선에 어쩌면 가벼운 살기까지 감도는 게 마뜩찮아 일찍 강녕전으로 몸을 사린 뒤 거푸 술잔만 비웠던 것이었다. 사방을 두리번거리다 이번에는 그 시선이 허공에 떴다가 도 내관 얼굴로 떨어진다. 그 눈길을 받은 도 내관의 표정이 굳어진다. 굳어진 게 아니라 움츠러들고 급기야는 겁에 질려 버린다.

"여봐라, 도 내관. 그 자리에 앉아서 과인의 말을 들어라. 너는 날이 밝는 대로 대궐을 나가 한강으로 가라. 나가 보면 정황을 알 수 있을 것이다. 사정이 급하니 바로 들어와 결과를 아뢰어라. 이제는 군부의 보고를 믿을 수 없다."

그만치 그는 초조했고 감정에는 날이 서 있었다. 몽진을 생각하고 있는 선조의 급한 심정은 말로 다 표현할 수 없었고, 누구에게도 말 못하고 속을 태우고 있었던 것이다. 정말 벙어리 냉가슴이었다.

낮 동안 악머구리 같은 신료들의 '통촉'이란 말에 아주 신물이 났고, 선조는 그 말을 두 번 다시 듣고 싶지 않아 회의를 일찍 파했던 것이다.

"전하, 종묘사직과 옥체를 위해서라도 몽진은 촌각을 다투는 일이오니 속히 결정하시옵기 바라나이다. 통촉하여 주시옵소서."

신료의 대부분이 앵무새같이 뇌는 그 목소리들이 지겨웠다.

"하오나 전하, 몽진은 그렇게 쉽게 결정할 일이 아니옵고 먼저 명나라에 원병 주청사를 파송하는 게 좋을 듯하옵니다. 일단 몽진에 나서시면 백성들의 그 원성을 어떻게 감당할 것인지 그것도 감안하지 않을 수 없는 일이옵니다. 통촉하여 주시옵소서."

중신 이덕향과 이항복의 주장은 대쪽 같으나 몽진을 주창하는 여론에 밀려 소리가 차츰 줄어들고 있었다. 백 번 생각해도 이덕향과 이항복의 말은 지당한 주장이었다. 몽진이 그렇게 간단한 일이 아닌 것이, 그 의미는 밖으로는 백기 투항이고 안으로는 국정 포기나 다름 아니기 때문이다. 백성의 눈은 오직 왕의 일거수일투족에 쏠려 있다. 사불여의事不如意하면 들고 일어나 왕의 도피를 실력으로라도 저지하겠다는 저항의식이 팽배해 있는 것을 왕은 모르지 않았다. 그게 1592년 임진년 4월 스무여드레 날 아침나절의 편전회의 소묘素描였다.

세자 책봉 문제로 가뜩이나 심정이 복잡한 왕은 우선 미봉책으로 공빈 김씨 소생의 광해군을 세자로 책봉하여 분조分朝 형식을 갖춰 몽진의 제1단계 수순을 밟아 놓은 상황이었다. 또한 김명원을 도원수로 방어진을 준비했다.

이것이 그날의 결산이고 왕은 다음 행동을 결정 못하고 미망하고 있었다. 왕도 인간인지라 이성에 앞서 어떤 감정을 추스르지 못해 내심 당황하고 있었다. 그것은 김성일에 대한 격심한 저주와 증오에 찬 살의였다.

'내 손으로 그놈을 못 죽이고 눈치를 보아야 하는 처지가 원통하구나.'

그 분기탱천은 기어코 그 전날 아침의 편전회의에서 폭발하고 말았다.

"경들도 들으시오."

그날의 선조는 연이은 격무 탓인지 착잡한 감정 때문인지 누가 보나 몸이 지쳐 있고, 안색 또한 파리했다. 장년! 나이 마흔의 그 눈은 누구라도 마주치기만 해도 금방 얼어붙을 것 같은 살기 띤 안광을 뿜고 있었다.

"아! 태조 건국으로부터 꼭 2백 년이 흐른 오늘 종묘사직이 굳건해 만방에 그 위용을 자랑해야 하는 이때, 왜구를 맞아 국운이 풍전등화인데 신료들은 무엇들 하고 있는 거요. 실망을 금할 수 없어 하는 소리요. 국가 존망의 기로에 섰대도 과언이 아닌 이 난국을 자초한 게 누군지 묻고 싶소. 국론 분열의 책임이 누구한테 있다고 생각하오. 과인이 이 자리에 오른 지 어언 25년이오. 그간 과인은 오직 한 길, 탕평책·국론통일이 치세의 목표였고 국태민안國泰民安이 지고의 국정 지표였소. 그러나 오늘의 현실은 암담할 뿐 아니라 그 반작용으로 나라가 거덜 나게 생겼는데 경들은 이 사실을 어떻게 받아들이고 있는지 궁금하오. 다시 이야기하자면 파쟁에 함몰된 이 나라 정치는 그야말로 목불인견目不忍見이오. 그 대표적인 사례가 이번 왜구를 당해 일어난 국론 분열을 유발케 한 간접 책임자라 할 수 있는 일부 동인들의 행태이오. 실로 땅을 치고 통곡을 해도 시원치 않을 이 혼란을 야기시킨 인물이 바로 통신부사 김성일이오. 어쩌자고 국가의 명운이 걸린 그런 중대한 공론을 일개 당쟁의 잔재인 사감으로 처리할 수 있단 말이오. 그 결과가 과연 무엇이오?"

거기서 잠시 목소리를 잠재운 선조가 왼쪽 손바닥으로 이마를 짚으며 눈을 감았다. 편전엔 숙연하다 못해 싸늘한 침묵이 흐르고 신료들은 표정이 몹시 어둡다 못해 모두 무겁게 한숨만 토해 내고 있었다. 누구 한 사람 입을 여는 이가 없고 때로 고개를 쳐들고 천장에 시선을 던져 표정을 감추고 있었다.

"들으시오. 과인의 말에 두서가 없지만 지금 궐 밖 시전의 사정이 어떤지 아는 사람이 있으면 말해 보오."

거기서 또 말을 중동무지른 선조가 눈을 치뜨고 줄느런한 신료들의 얼굴을 훑는다.

"……."

"……."

"전하 무슨 말씀이시온지."

이항복이 차마 더 있지 못하고 고개를 들며 송구한 듯 상체를 접었다.

"지금 궐 밖은 아수라장이오. 모두들 과인의 동향에 촉각을 곤두세우고 있소. 시전에는 물건이 없고 넘치는 것이 파락호들뿐이오. 장바닥에 그 흔해 빠진 미투리가 없어요. 왜 그런지 아오? 내가 먼저 한시바삐 피난길을 가겠다는 욕심으로 다 사들였기 때문에 자취를 감췄소. 한 죽에 두 냥 하던 미투리가 한 켤레에 두 냥으로도 살 수가 없소. 말 또한 모조리 없어졌다고 하오, 말이. 이 무슨 괴변이오? 말 한 필 세내려 해도 흔적이 없다지 않소. 누구 그런 실정 아는 사람 있으면 나서 보시오. 뭣들 하는 것이요, 당신들이 도대체."

신료를 닦달하는 선조 얼굴은 아까와는 다르게 벌겋게 충혈돼 있고 용포 밖으로 길게 나온 오른손 손가락 다섯 개가 허공에서 부들부들 떨고 있었다. 눈 흰자위가 많이 보였다. 신료들 표정이 아까와는 다르게 이번에는 서로 당황하는 표정을 감추지 않고 무언가를 서로 작게 소곤거리고 있었다. 선조의 파언적破言的인 격한 말과 파격적인 공세에 허를 찔린 게 분명했다. 누구 한 사람 선조 입에서 그런 말이 나올지는 예상하지 못했다.

"또 있소. 일부 성안이나 밖에서 분탕질이 시작되고 폭도로 변한 양민들이 양반들 집만 골라 방화한다는 소리도 들리는데 그것도 못 들었단 말이오, 응? 내가 늘 궐 안에만 있으니까 아주 귀를 막고 사는 것으로 아는데 그런 소리도 여태 못 들었을 게 아니오? 말해 보오! 궐 밖은 수라장이오 수라장! 이 사태를 누가 야기한 거요. 이건 나라를 기망한 중대 범죄요, 극형으로 처단해야 마땅하오. 통신부사 김성일은 어디 있소? 이 사태를 당해 자진이라도 해야 할 인물이. 고얀지고! 이대로 갔다가 과인이 몽진이라도 하는 날에는 적군에 앞서 폭도들이 먼저 궐에 방화하게 생겼소. 두고 보시오. 궐을 비우기 무섭게 불길이 치솟을 거요."

"전하, 소신 이덕형 삼가 아룁나이다. 망극하옵게도 소신들조차 모르는 민정에 대한 전하의 깊은 성찰은 부끄러울 뿐입니다. 국가가 존망지추存亡之秋한 것은 신臣들의 불충으로 여기시고 처벌하여 주심이 가한 줄로 아옵니다. 더욱이 파당적 의식구조를 버리지 못하고 거기에 집착한 나머지 국론을 분열시킨 그 죄 죽어 마땅하옵니다 전하. 소신의 무능을 함께 처벌하여 주심이 마땅하다고 사료되옵니다."

창자를 쥐어짜는 듯한 이덕형의 대죄待罪의 변辨이 드디어 터져 나왔다. 말을 마친 이덕형이 눈물을 흘리면서 이마를 조아렸다. 실로 시의적절한 그의 발언이었다.

묵묵히 듣고 있는 선조의 머리가 희미하게 흔들린다. 폭포수 같은 선조의 질타를 그냥 듣고 있기도 민망하고, 또 뭔가 대꾸가 있어야 군신 사이의 체면이 설 것 같아 침묵을 깨고 꺼낸 이덕형의 말이었다. 짓눌리고 머쓱했던 신료들은 그의 그 말 한마디에 기사회생하여 겨우 왕의 얼굴에 시선을 돌릴 수 있었다.

"그렇소, 경의 말이 미상불 틀린 말은 아니오. 이는 돌이킬 수 없는 실책이고 이 나라 정사를 담당한 백관들로서는 백성을 대할 면목도 염치도 없는 일, 만기萬機는 공론公論에 따르라는 말을 무색케 하는 막중한 실책임을 각심하기 바라오. 그 당사자는 중죄인으로 다스릴 수밖에 없는 줄 아오. 대체 그 통신부사 김성일은 지금 어디 있는 거요?"

일찍이 선조의 이런 감정의 소용돌이를 겪은 일 없는 신하들은 주눅이 들어 있어 그 말에도 대답이 없었다. 그러나 선조는 꼭 그 대답을 듣고자 하는 건 아니라는 듯 이어 말했다.

"과인은 신료들의 의견과 정세를 참고하며 우선 몽진으로 가닥을 잡았으니 모두 그리 아시오. 시간이 없소."

"전하. 황공하옵나이다. 망극하옵니다."

몽진을 결정했지만 선조는 머릿속으로 여러 생각을 하고 있었다. 먼저 한양을 떠나면서 동시에 주청사 일행을 급파해야 했다. 이미 구전됐을 왜구의 침입 때문에 명나라도 조용하지 않을 것이라는 게 선조의 생각이었다. 그는 어디까지나 명예로운 몽진이 되기를 원했다. 그러기 위해서는 백성을 납득시킬 명분이 있어야 했다. 그러나 턱밑까지 비수를 들이댄 왜적들을 무엇으로 막아 내며 어떤 변명을 해야 하는가가 문제였다. 결국 일단 적을 피하려면 몽진을 할 수밖에 없었다. 그러나 그것이 백성들이 눈 뻔히 뜨고 바라보는 대낮일 수는 없고 부득불 야음을 틈탈 수밖에 없었다.

"전하, 모든 게 바쁘고 화급한 일이기는 하오나 원병 주청사 파견 문제는 이 자리에서 논의가 있어야 될 것 같사옵니다. 이 기회를 놓친다면 영영 그에 대한 발의가 없을 것으로 사료되어 올리는 말씀이옵니다."

한양 방어 도원수로 지명받은 김순원이 꺼낸 말이었다. 선조 자신은 몽진보다도 그 문제가 더 급했음에도 차마 일국의 국왕으로서 그것을 먼저 꺼낼 수는 없는 일이라 눈치만 보고 있던 참이었다.

　"아뢰옵기 황송한 말씀이오나 지금 명나라는 여진족과의 분쟁 때문에 조정이 많이 흔들리고 있는 줄 아옵고 벌써 그쪽에서도 구전으로 왜구의 전모를 파악하고 있는 줄 아옵니다. 이것은 왜구 못잖게 중대한 문제이오니 신중을 기하셔야 될 줄 아옵니다. 가능하다면 지금 명나라에 가 있는 당릉군 홍순언 대감을 통해 명나라 조정을 움직여 보는 것도 한 방편일 수 있는 줄로 아옵니다."

　입을 다문 선조는 신하들에게서 눈을 떼지 않고 잠시 생각에 잠겼다. 참으로 절묘한 시점에 자기 의중을 짚어 낸 발언에 선조는 속으로 쾌재를 불렀다.

　당릉군 홍순언은 선조의 신임이 두터운 당상역관으로서 대명회전 관계로 국가적 난제를 신속히 처리해 국가 백년지계의 기틀을 마련하고 누적된 종묘의 위기를 극복케 한 주인공이 아니던가. 당하역관에서 일약 당상역관으로, 거기에다 군君으로까지 봉작되고 공신전과 노비까지 하사받은 인물. 그러나 이에 불복한 신료들의 빗발치는 반대 상소로 국정이 한때 마비될 정도로 말이 많았다. 이제 다 과거가 돼 버렸지만 그 시기만 해도 선조는 그것 때문에 운신의 폭이 좁아 국정 수행이 어려울 정도였다.

　벌써 오래전의 일이라 신료들은 거의 다 잊었을 만한 사건이지만, 워낙 반대가 거셌기 때문에 선조로서는 갖은 회한과 아쉬움이 있었다. 국정 발의에 정실情實이 개재돼서는 안 되겠다는 옹근 마음이었다. 더 나아가 홍순언의 독자성을 살리고 싶은 게 선조의 마음이었으니까. 선조는 누군가가 그를 호명하여 그로 하여금 원병

주청의 일익을 담당케 하려는 저의가 없지 않았다. 한 가닥 또 희망이 있다면 홍순언이 이 전쟁 소식을 접했다면 그냥 방관만 하고 있을 위인이 아니라는 나름대로의 기대가 없지 않았기 때문에도 그가 호명되기를 원했다.

"그건 대찬성이오. 그렇지 않아도 홍 대감의 역할을 기대하던 참이었는데… 마침…….."

또 누군가가 그렇게 힘주어 꼬리를 달자 동서를 막론하고 당릉군 이름이 불리었다. 선조로서는 기대하던 바였다. 동서 양측에서 고루 그가 호명되기를 바란 대로 일이 흘러가고 있었다. 잠시 소연해진 편전 안은 홍순언의 일로 신료들 모두가 입술에 침을 튀겼다. 그것은 어느 한쪽에 치우치지 않는 고른 여론이었다.

"그 문제는 행궁에서 다시 논의키로 하고 우선 비공식으로라도 당릉군에게 사람을 보내는 것이 가당한 일로 사료되오니 통촉하시옵소서, 전하."

이항복이 마감하는 말이었고 몽진은 5월 3일 밤으로 결정되었다. 그 시각으로부터 꼭 24시간 뒤가 출발 시간. 편전을 나서는 선조는 쓸쓸히 웃었다.

'참 고얀 것들 같으니라고. 나와 당릉군의 사이를 건너짚고 비라리하는 축이 있었으니… 흥!'

그건 맞는 말이었다. 신료들 중에는 당릉군과 선조의 있지도 않는 사적인 관계를 넘겨짚는 이가 있었고 또 거기 추세하는 자가 있었다. 그 시기 선조와 홍순언 사이를 평범한 군신 간으로 보지 않고 어떤 사적인 관계로 보는 이들이 많았으나 그건 그릇된 판단이었다. 홍순언의 인간됨과 그의 공적을 생각한다면 그런 파격적인 포상이 하등 이상할 것도 없는 일이었는데.

대전 내관 도일수가 궐 밖 삼개나루에 나타난 것은 그날 아침 한 겻이 지난 때였다. 한가한 한량 패거리 차림으로 나갔다가 곤욕을 치른 일(홍순언 집을 찾아 갔을 때)이 떠올라 차림새도 상사람으로 했다. 그때와는 상황이 달라 함부로 양반 차림을 했다가 무슨 봉변을 당할지도 모르는 일이었다. 그만큼 백성들의 적의는 섬뜩했다. 벌써 길에는 인적이 드물었고 있다고 해야 모두 다급한 발걸음의 상사람들, 그것도 남정네들뿐이라 어딘지 분위기가 살벌했다. 시간 때문에 말을 탄 그는 어딘지 부자연스런 자신의 행색에 조금은 주눅이 들어 있었다. 어딘지 까칠한 여염의 말들과 다른 반질거리는 말고삐나 말굴레며 촘촘히 따은 말갈기까지, 정성 들인 가축의 흔적이 돋보이는 말은 입에 물린 재갈도 깨끗했다. 그러니 그런 말을 탄 내관이 속으로 불안한 것은 당연했다.

　평소 그 시각이면 드나드는 고깃배에 모여드는 사람들로 백차일을 치고 그 소리가 가히 악마구리 같을 텐데, 씻은 듯 조용한 갯가에는 갈대밭을 흔드는 기러기 떼의 날갯짓이 한가로울 뿐이었다.

　'원, 이렇게 적막강산일 수 있을까, 허허… 참…….'

　둘러보는 도 내관 얼굴에 슬쩍 두려움이 지나간다. 그러나 다행한 것은 행인 누구나가 그런 도 내관의 속내를 알아채거나 눈여겨보지 않는다는 것이었다. 모두 제 갈 길이 바빴다. 강가는 죽은 듯 적막했다. 안개강이었다. 왜적이 진을 치고 있다는 남안南岸이나 그야말로 볼썽사나운 뒤를 남기고 있는 북안北岸이나 마찬가지였다. 남안이 눈에 보이지 않아 안타깝지만 할 수 없는 일이었다. 북안이 불안한 건 사실이었다. 배라는 배는 모조리 강기슭에 매어 두었거나 아예 뭍으로 끌어올려 놨지만, 너무 간수가 허술해 생각 같아서는 혼자서라도 물가에 내려가 모두 끌어다 불이라도 싸지르고 싶었다. 만약 야음이라도 틈타 남안에서 헤엄 잘 치는 몇 놈만 건너와 끌고 간다면 큰 화근이 되고도 남을 일이고 훔쳐간 배 한 척이 적의 대군을 도강시킬 수 있는 구멍이기 때문이었다. 그런 위험성에도 겨우 노끈이나 새끼로 형식만 갖춰 갈대 같은 것에 옭아 매 놨으니 얼마나 위험천만한 일인가. 수도 없는 배를 그렇게 허술하게 방치해 놨으니. 몸이 떨려 온 도 내관은 그 자리에 어찌할 바를 모르고 서 있었다. 아무리 둘러봐도 그 강가엔 자기처럼 한가하게 어슬렁거리는 사람이 없어서도 그랬다. 말을 달렸다. 거기서 동쪽으로 말머리를 돌려 한강을 거슬렀다. 어디를 봐도 배는 강심에 없고 강가에 모두 묶여 있기는 했으나 하나같이 허술했다. 그런데 웬일일까. 안개가 벗겨진 한낮의 강을 헤엄쳐 건너오는 사람이 있었으니. 놀라운 일이었다. 눈을 비비고 다시 굽어다 보았다. 틀림없다.

이쪽 기슭에는 군데군데 초소가 세워져 강남을 경계하고 있는 것이 특이했다. 검문도 삼엄했다. 행인도 없는 그 길 위아래를 둘러봐도 인적이 끊긴 길에서 검문을 당하는 기분은 묘했다. 거칠었다. 모두 살기뿐이었다. 대전내관 신분으로 그 검문을 통과하기는 쉬웠으나 그들이 의아스레 바라보는 눈초리가 부담스러웠다.

물살을 가르고 가까이 기슭에 닿은 사람은 50대의 수척한 사내. 맨 먼저 달려든 게 초병들, 다루는 솜씨가 거칠었다. 먼저 그 사람의 정체부터 따져 묻는 초병은 왜적의 세작 여부에 심문의 초점을 맞추고 있었다. 남안에서 배가 없어 발을 구르는 왜적의 휩뜬 눈초리가 보이는 것 같았다. 초병들 사기는 형편없으나 검문만은 매서웠다.

"나… 나 말이오? 가솔들은 모두 성 안에 있고 노모 목숨이 경각인데 누구 처리할 사람이 없어 죽기를 각오하고 물 건너 왔수다. 빨리 가게 해 주시오. 시방 강 건너에는 적이 꽉 절어 있어 엄청납니다. 여염집을 헐어 뗏목을 만들고 있어요. 그게 아마 지금쯤 끝나고 오늘 밤엔 건너올 거요. 틀림없어요. 그놈들은 사람을 모아 밤에 강을 건너와 배를 훔쳐가게 할 거요. 지금 저쪽에도 배가 제법 많아요. 그 배와 뗏목을 타고 건너오기로 말한다면 엄청난 숫자가 올 수 있을 거외다. 하여튼 그리되면 한양성도 얼마 못 갈 거외다.”

사내는 추운 날씨도 아닌데 많이 떨고 있었다. 굶으며 찬물을 건너온 탓도 있지만, 공포 때문이 적실했다.

“큰 집 헐은 것은 큰 것, 작은 집 부순 것은 작은 뗏목을 만들고 큰 뗏목에는 조총과 화약을 실어 준비가 여간 아닙니다요. 밤에는 틀림없이 건너올 텐데 한양성이 큰 걱정이네요. 제발 가게 해 주시오, 나리들.”

눈물에 잠긴 사내는 말을 더 잇지 못하고 그대로 땅바닥에 퍼질라 앉아 울음을 터뜨렸다.

‘아… 몇 시간 안 남았구나. 전하 말씀대로 오늘 밤에 몽진하겠구나. 이 일을 어쩐다?’

사지에 소름이 끼쳤다. 신시辛時가 지나고 있었다. 공연히 눈물이 난 도 내관은 옷소매로 눈을 훔치고 달리기 시작한 말에 박차를 가했다.

캄캄한 밤, 더구나 억수로 쏟아지는 빗줄기는 꼭 왕의 몽진길을 가로막는 백성들의 원한 어린 울부짖음을 대신하는 듯 거세고 굵었다. 너무 어둡고 줄기찬 빗발에 켜 든 호롱이나 횃불이 금세 꺼지고 또 그 불씨마저 젖어드니 다시 불 붙이기도 쉽지 않았다.

비를 피하기 위해 도롱이를 짊어진 호위하는 신하들의 갓 위에 쏟아지는 빗소리도 꽤 요란하고 비를 가린 어가도 비를 피할 수 없기는 마찬가지였다. 빗물이 뚝뚝 듣는 그 아래 왕의 용포에도 빗물이 번들거린다. 어가 곁을 서성이는 당상관들도 우비가 없기는 마찬가지. 그대로 빗물을 뒤집어쓴 꼴이 말이 아니었다. 이 기막힌 왕의 몽진 행차를 통탄하듯 낙뢰가 번쩍이고 뇌성이 우르렁거린다.

일반 국도래야 너비 겨우 일곱 자가웃인데 비해 한양—평양길은 조금 넓어 열 자가 빠듯했다. 거기 들어 어가는 노폭을 고려해 특별히 맞춘 것이지만, 그럼에도 어가 운신이 불편했다. 진창길을 한 걸음 한걸음 옮기는 어가가 꼭 제자리에서 맴을 도는 것 같았다.

그렇게 보내는 사람이나 떠나는 사람들 제각기 가슴 속에 쌓인 착잡한 감정의 응어리 때문에도 눈물 바람이 나지 않을 수 없었다. 흠뻑 젖은 몸을 마음대로 움직일 수도 없고, 그렇다고 어둠 때문에 발치께가 위태한데 빨리 옮겨 디딜 수도 없는 일이었다. 뒤에 처진 당하관이나 나인들이 숙숙하게 배웅하는 울음소리가 고즈넉하게 떠나는 어가의 닫집을 울리고 있었다.

한 가지 그 어둠을 뚫고 가는 선조의 마음을 어둡게 하는 것은 그렇게도 입에 침이 마르도록 몽진을 주장했던 신료들 몇몇 얼굴이 안 보이는 것이었다. 마지막 출발을 앞두고 의당 호종해야 할 그 인물들이 안 보이니 그것을 어찌 새겨야 할지 미상불 기분이 언짢았다. 말없이 어가에 흔들리는 선조 자신도 울적하고 처연한 기분을 달랠 길 없어 자주 사방을 돌아보나 모두 어둠뿐이었다. 명색이 국도인데 이럴 수 있을까 할 만치 좁은 길. 어가를 맨 목도꾼들의 발이 자주 길섶의 도랑에 빠져 어가가 기웃거리는 게 심히 불안하나 어찌할 수 없는 일이었다. 삼렬종대의 목도꾼들은 한 줄에 여덟이라 도합 스물네 명이 매는 어가는 무겁지 않으나 그 길 너비가 좁아서 자주 뒤뚱거렸다. 지존을 태운 어가를 맨 목도꾼들이 오죽하면 그렇게 흔들리게 할까. 선조 곁의 왕후는 그렇잖아도 병약한 몸을 이끌고 어가에 오르기는 했으나 그 고역을 치르기에는 턱없이 모자란 체력 때문에 기신거리는 것이 곁에서 보기에도 안쓰러웠다. 그런 왕후가 부수수 상체를 일으켜 뒤를 돌아다보았다. 완연한 병색에 강행군을 견딜 성싶지 않은 용태의 그녀가 작게 선조를 불렀다.

"전하… 저기… 저기를 좀 보시오소서. 저건 분명 대궐이 불타고 있는 불빛 같은데… 한번 보시오소서."

"!!!"

왕후의 채근에 못 이겨 돌아보는 선조의 표정이 굳어졌다. 칠흑의 어둠 저 멀리 뒤로하고 온 대궐 안 한두 곳이 대낮같이 밝은 게 이상해 어가를 멈추게 하고 허리를 곧추세웠다.

뒤따르는 많은 신료들의 말발굽 소리가 일제히 멎고 도보로 뒤를 이은 별관 나인들도 걸음을 멈추었다. 조금 높은 야산 어디쯤을 지나고 있던 때였다.

"전하… 전하… 고정하시옵소서. 저게 비록 대궐이 타는 불이래도 이제는 어쩔 수 없사옵니다. 고정하시오소서. 왜적이 성내에 진입한 것이 틀림없습니다."

질펀한 땅바닥에 모두 엎드린 호종 인마가 일제히 고개를 조아린다.

"전하! 황공하옵니다. 신들의 불찰로 돌이킬 수 없는 재난을 불러온 데 오직 죽음으로 사죄할 뿐이옵니다. 소신들을 죽여 주시옵소서."

모두의 얼굴에는 빗물인지 눈물인지 물기가 번들거리고 어가 위의 상감 얼굴에도 비분과 불안의 그림자가 일렁이고 있었다. 호위 무관들의 전립이 횃불을 받아 번들거리고 패도가 속절없이 비에 젖고 있었다.

'아… 이 무슨 변괴인고. 이 나라의 명운이 어찌 되려고 이러는지.'

왕의 신음 소리가 가냘프게 흘러나왔다. 밤바람이 일었다. 아무리 초여름이지만 흠뻑 젖어 버린 사지에 불어오는 밤바람은 선득거릴 수밖에 없고, 그 냉기가 뼛속까지 파고들 것은 당연했다.

그렇게 망연자실하고 있기를 한참, 간신히 정신을 수습한 왕의 손짓에 따라 땅바닥에서 일어난 인마가 움직이기 시작했다.

"전하. 아뢰옵기 황송하오나 촌각을 지체할 수 없는 상황이옵니다. 조금만 참으시면 금천 땅이옵니다. 워낙 어두워서……."

선도 군관이 조아리며 거의 기어드는 목소리로 말했다.

"저 불은… 저 불은 왜적이 지른 것이 아니다. 과인의 부덕을 나무라는 백성들이 내린 천주天誅의 불길이 아니고 무엇이겠느냐. 왜적들이 도강을 했대도 성안에까지 들어올 시간은 아니다. 이게 백성이 내린 천주라면 어쩔 수 없는 일, 과인이 그 죄를 달게 받아야 하거늘. 아아, 천지신명이시어. 이것이 제게 내리는 열성조의 징벌이라면 달게, 달게 받겠나이다."

"전하… 전하… 망극하옵니다. 신들의 불충을 엄히 물으시옵소서. 어찌 이러고도 신들이 살았다고 할 수 있사오리까. 전하."

다시 진창에 꿇어 엎드린 대열에서 이번에는 통곡이 터져 나왔다. 칠흑의 어둠을 난도질하는 푸른 벽력이 너무도 섬뜩했다. 그것은 가히 공포였다. 한 발도 앞으로 나아가지 못한 어가 주위에는 그저 나인들의 애끓는 울음소리만 넘칠 뿐이었다.

'그래. 그건 분명 천주다. 하늘이 이 못난 사람에게 내리는 벌이다. 내 분신分身 같은 백성이 나를 배반하고 대궐에 불을 지를 때는 이미 민심이 나와 나라를 떠난 것이 아닌가. 아아… 이 일을 어찌 할꼬.'

마음 약한 왕 선조는 그렇게 대궐의 화재를 비통해하고 있었다. 지지부진한 몽진 행렬이 그 먹빛 어둠 속에서도 한 걸음 두 걸음 평양 쪽으로 움직이는 것만도 다행이었다. 야영 같은 것은 꿈도 꿀 수 없는 일.

그 시기 한양성은 어땠는가? 무서운 바람이 휘몰아치고 있었다. 비가 흩뿌리는 한양성 밖 한강변엔 왜적들의 모습이 검을 뿐이었다. 그런데 웬 바람일까. 그것은 조선의 상징인 대궐이 화마에 휩쓸려 일어나는 일시적 열풍이었다. 그 열풍은 주위의 냉풍을 빨아들여 회오리바람을 만들고 그것이 일으키는 강한 흡인력은 다시 질풍에 가까운 바람을 불러일으켰다. 무서운 바람, 비도 마다하는 그 바람은 확실히 격렬했다.

북안에 기어 붙은 왜적이 탄 뗏목은 흡사 장마 끝에 표류해 오는 부유물浮遊物 같았다. 뗏목 수천 개가 두서없이 남안에서 북안으로 기어 붙고 있었다. 한강의 유속流速을 생각해 도착 지점보다 훨씬 상류 쪽에서 출발하는 항법航法으로 접근하고 있었다.

큰 뗏목에는 뒤에 조총조가 미리 자리잡아 조준을 하고 있다가 사정거리에 들면 발포하면서 상륙을 시도하는 전술을 쓰니 형식적인 방어를 하던 초소 같은 것은 순식간에 박살이 나 버리는 상황이 벌어졌다.

왜적의 행동은 기민하면서도 신중했다. 그들도 이목이 있고 정보가 있으니 그럴 수밖에. 도강작전을 펼치기 전에 이미 수많은 세작을 상륙시켜 왕의 몽진로를 알고 있을 정도였지만, 단 한 가지 어디에 어떻게 숨어 있을지 모를 백성들의 반항이 두려웠다. 지금 그들은 거기에 촉각을 곤두세우고 있었다.

이미 도성 안 동서남북 어디선가 불빛이 솟아오르고 있는 것도 왜적을 긴장시키는 요인의 하나였다. 노략질과 분탕질 그리고 방화는 자기들이 먼저 저질러야 할, 패전국에 대한 일종의 응징인데 그 우선권을 적국 폭도들에게 빼앗겼으니 통분할 일이었다. 불의 기세는 점점 거세지고 어둠 속 사방에서 함성이 솟아올랐다.

왕에 대한 백성들의 원한이 얼마나 사무쳤으면, 적개심과 배신감이 분노로 바뀌어 그들이 호사를 누렸던 그 궁궐에, 그들이 그렇게 아끼고 사치를 일삼던 대궐에 불을 질렀을까. 그 궁궐을 지으면서 뭇 백성의 호혈을 얼마나 빨았으면 그 궁궐만 봐도 이가 갈렸을까. 거기에다 불을 지른 백성들은 타는 불길 속에 널름거리는 화마를 보고 얼마나 작약했을까.

왜적 제1군대장 가토 기요마사, 제2군대장 고니시 유키나가가 이끄는 왜적 대부대가 한양에 입성한 건 임진년 5월 초이튿날의 일이었다. 몇 번 드잡이하다가 드디어 한양성 사대문이 활짝 열리고 왜적의 무혈입성이 시작되었다. 대궐은 무서운 기세로 불타고 있었다. 아… 조선의 낙조여…….

칼자국

어떤 길이 됐건 피난민들이 썰물처럼 빠져나간 뒤로는 강토가 텅 비어 버렸대도 과언이 아니었다. 동서남북이 훤하고 먼지만 이 는 그 뒤에는 나는 새들도 없었다. 적막강산, 거기에는 오직 피비 린내와 물건이 타는 매캐한 냄새만이 가득할 뿐이었다. 곳에 따라 서는 아직도 왜군들의 분탕질에 재화가 타다 남은 연기들이 자욱 했다. 벌써 잡초가 무성한 좁은 길, 밀양에서 의령으로 향해 가는 길에 두어 사람 그림자가 얼씬거린다. 자세히 보니 여남은 살 난 총각 하나와 짚신감발에 패랭이 쓴 보부상 한 사람. 보부상 차림 은 어딘지 몸이 약해 보였으나 동작만큼은 민첩했다. 등에 짊어진 가벼운 봇짐이 그런대로 구색을 갖추고 있었다. 나이는 잘해야 스 물네댓.

총각 얼굴에 생채기가 나 있었다. 보기에도 고약한 칼자국이 하 필이면 왼쪽 눈꼬리를 지나갔으니 그 인상인들 곱겠는가. 흔한 바 지저고리에 머리띠를 둘렀으며 역시 짚신감발 차림에 손에 든 것 은 아주 작은 봇짐이었다. 가벼운 몸차림이다. 길은 그렇게 지루하게 뻗어 있어 좀체 줄지 않을 것만 같으나 두 사람의 잰 발걸음에 시나브로 줄어든다.

그렇게 거칠어지고 흐물거리는 강산 어딘가에 의병이 떴다는 소리가 들린 지도 벌써 며칠, 사람들이 있어야 그 반응도 궁금해하는데 이렇게 사람들이 없어서야 어디……. 질풍 같은 왜적이 지나간 자리는 그저 허허로움뿐.

두 사람 발걸음은 가벼웠다. 주저하는 기색은 없었다. 약간의 경계심이 감도는 얼굴이라면 과민일까. 길에는 사람이 없는데도 오는 도중 무슨 일을 겪지 않고서는 내보일 수 없는 긴장감이 남아 있었다. 하루해가 쉽게 가고 서쪽 하늘에 노을이 졌다.

밀양에서 창녕까지 이틀 걸렸다. 창녕을 지나 예까지 또 이틀째는 걷기도 많이 걸었다. 간혹 길손이 있으나 모두들 잰걸음이고 긴장한 낯빛들이었다. 언제라도 길가 풀숲에 몸을 숨길 수 있게 준비가 완연했다. 엇갈리는 순간에도 마주 오는 사람의 시선에서 제 시선을 떼지 않기 쑤였다. 이 길이 창녕에서 의령으로 가는 유일한 길이고 지나간 왜적 부대의 일부가 아직도 도로를 장악하고 있어서 그럴 수밖에 없었다.

왜적들은 기마병 숫자가 적었고 보급이 어려워 출병 때부터 그 수효를 제한해 왔다. 상륙한 왜적들은 먼저 찾는 것이 조선 여자였고 다음에 눈에 불을 켜는 것이 이 기마였다. 운반 수단인 이 기마 확보가 후방 부대에 절실했다. 그래서 사람들은 말발굽 소리에 민감했고, 그 소리만 나면 재빨리 몸을 숨기는 게 버릇이 되어 버렸다. 전쟁이 일어난 지 얼마 안 되어 사람들은 그런 자구책을 슬프게도 빨리 터득했다. 두 사람이 아까 내보인 그 가벼운 긴장감도 실은 그런 까닭이었다.

"오늘 거기까지 못 가더라도 창녕 땅은 벗어나야 하지 않겠느냐. 너 창녕 땅에 한 번이라도 가 본 적 있느냐? 뭐냐, 네 이름이……."

패랭이 보부상 차림이 총각에게 묻는 말이었다. 얼마나 걸었는지 두 얼굴에 먼지가 뽀얗다.

"아직도 누나, 내 이름 모르나? 헤헤… 얄궂다. 내 달수야, 달수. 창녕 땅 딱 두 번 가 봤제. 그런데 그때 가던 길이 아잉게. 요상타, 누나."

"그라면 괘안타. 설은 길이 아니니 마음 놓았다. 빨리 가자. 밥은 얻어 먹고 잠은 또 빈집 신세 져야제, 달수야잉."

"사람이 있어야 밥이라도 얻어 먹제. 또 굶는 거 아이가."

사내아이는 밀양성 함락과 함께 삼대 쓰러지듯 죽어 간 밀양 백성 수천 명 속에서 살아난 소년, 왜적의 칼을 맞고 눈꼬리가 찢어져 출혈 때문에 빈사 상태에 있던 아이, 바로 그 소년 권달수였다. 그때 싸맸던 얼굴 한쪽의 붕대는 없어졌지만 그 흉터가 볼썽사나웠다. 그 나이의 예쁜 얼굴에도 걸맞잖는 흉한 상처였으니 본인의 심정은 또 어떠하겠는가.

마을이랄 것도 없는, 한두 사람이 숨어 사는 빈집을 용케 만나 숨어들어 보니 간간이 왜적들이 지나가는데, 그들도 이 땅의 팽팽한 공포가 겁나는지 경기 들린 것같이 정신없이 도망치듯 달려왔다 달려가 버렸다. 하기야 선발대나 주력 부대가 그렇게 많은 사람을, 특히 부녀자나 노약자를 죽였으니 혹시라도 모를 보복이 겁도 날 만했고 원귀가 있다면 그 수많은 귀곡성에 사지인들 뒤틀리지 않고 무사하겠는가. 사람 열 명 중에 여덟은 그냥 칼 맞아 죽고 하나는 굶어 죽고 하나가 겨우 도망가 목숨 부지했는데 어디 가서 사람을 찾겠는가. 적막강산이다.

"그래, 누나, 갈 데까지 가다가 또 빈집 신세 지지 뭐. 근데 이거 뭔지 알아? 누룽지야, 누룽지. 저녁에 이거 씹어 먹고 물 한 그릇 마시면 그대로 잠이 오겠지 뭐."

소년이 손에 들었던 작은 꾸러미를 들어 보이며 씨익 웃었다.

"……."

석양 바람에 날리는 패랭이 밑의 잔머리가 성가신지 두 손가락을 접어 그것을 패랭이 밑에 쑤셔 넣는 그 얼굴도 햇볕에 그을려서 그런지 분홍색이다. 예쁜 얼굴은 아니지만 귀염성 있게 생긴 젊은이라 누구나 한 번쯤은 눈여겨볼 만했다. 살갗도 무던히 희고…….

길갓집을 피해서 조금 더 들어가 지대가 낮은 두어 집을 찾아든 두 사람은 우선 잠자리부터 마련하느라 사방을 두리번거렸다. 불편하더라도 위험을 피하기 위해 궁핍한 집을 택했다. 그리고 찾는 것이 마실 물이었다. 울을 벗어난 과수 몇 그루 밑에 흐릿한 우물이 있는 것이 그나마 다행이었다. 개구리 두어 마리가 네 활개를 쫙 벌리고 떠 있는 푸른기 도는 우물물은 도저히 마실 수 없을 것 같아 어쩔 수 없는 일이었다.

달수라고 제 이름을 밝힌 소년은 밀양부사 박진의 도움으로 목숨을 건진, 밀양성 동쪽 큰 버드나무 아래 대장간집 막내아들이었다. 전쟁이 나기 전까지는 집안에서 말썽 부려 눈총을 받을망정 어머니 사랑은 독차지한 귀염둥이였다.

"그러니까 나는 말이지, 누나 잘 들어 봐. 형은 잘도 참고 아버지 기술을 배우는데 나는 영 그 풀무질이 딱 질색이야. 아버지는 먼저 대장장이가 되려면 풀무질부터 배우라고 그 뜨거운 불가마 옆에 나를 쭈그려 앉히고 하루해가 다 가도록 풀무질만 시키니 나중엔 산수갑산을 갈망정 영 못 참겠더라고. 에잇, 내가 이 짓 아니면 못 먹고살 것이냐고 도망 나와 며칠을 동무들과 어울리며 집을 비웠어. 그리되니 제일 걱정한 게 엄마일 수밖에. 사방에 나를 찾아 댕기시다 이레 만에 찾아와서 하는 말이 앞으로는 풀무질 안 시키고 물건 배달만 시킨다는 다짐이었어. 그걸 믿고 집에 들어간 것까지는 좋았는데 그때부터는 형의 감시를 견딜 수 없어 또 집을 나가 이번에는 밀양서 멀리 떨어진 외가로 숨어 버린 거야."

"야, 달수야! 내일 일을 생각해서 거기까지만 듣고 자자, 응?"

누나라고 불리는 패랭이가 하품을 물며 하는 소리에 달수는 그만 제 욕심을 접고 눈을 붙였다. 그러나 패랭이를 쓴 그녀는 그러고도 한참 동안 잠을 이루지 못했다. 품에 있는 박진 대장의 내밀한 서찰 때문에도 마음을 놓을 수 없고 가는 내내 신경 쓸 수밖에 없는 일이었다. 그녀의 이름은 계월. 밀양 관아 관기로 있다가 전쟁이 나자 재빨리 몸을 숨겨 살아난 계월이에겐 박진 대장이 염라대왕이었다. 그만치 그녀는 박진 대장을 무서워하고 있었으니까.

안개 깊은 새벽의 발걸음은 빠르기도 했다. 간밤의 단잠에 힘을 되찾은 그들은 표정부터가 밝고 거칠 것이 없었다.

"간밤에 하다만 이야긴 저녁에 더 듣기로 하고 오늘 해안으로 거기 찾아가자. 대장님이 많이 걱정하실 테니까."

"그래요. 누나 말대로 나야 뛰어서라도 갈 수 있다지만 의령 땅인걸요. 그런데 아까 삼거리에서 길이나 제대로 찾아들었는지 모르겠어요. 어! 그런데 저게 뭐지요, 누나?"

계월이 쪽으로 몸을 돌리려고 뒤를 눈여겼던 총각이 눈을 크게 뜨고 입까지 벌리며 손가락질까지 하는 게 이상해 계월이도 눈을 거기에 맞췄다.

"?!"

이들이 걸어 온 길 앞에 뭔가 먼지가 일며 한 떼의 인마가 다가오는 것이 보였기 때문이었다. 난리를 피해 숨어 버린 사람들이라면 새벽 나들이가 없을 텐데… 그렇다면 그 주인공이 누구일지는 안 봐도 뻔했다.

"누나, 쪽발이들이요. 빨리 숨읍시다. 빨리욧!"

눈이 밝기는 계월이도 마찬가지지만 이 새벽에는 달수만 못했다. 수레가 없이 말 세 필과 그것을 끄는 세 왜적의 갑옷과 창검이 아침 햇살에 번쩍이는 광경은 두 사람 눈에 공포로 다가들었다. 빠른 걸음으로 달려오는 인마는 순식간에 이들 뒤에 붙기 시작했다. 두 사람은 순간적으로 길섶에 몸을 숨겼다. 풀밭이었다. 이제 피기 시작한 어린 잎을 단 나무 그늘에 시야가 트인 길이라고는 앞쪽밖에 없었다. 양쪽은 온통 숲으로 막혔으니 그럴 수밖에. 쪽발이들이 뭔가 큰 소리로 떠드는 것이 필시 이들 두 사람을 찾는 게 분명했다. 각기 탄 말 이외에 빈 말이 두 필인데 거기엔 큼직한 짐 덩어리가 몇 개 실려 있었다. 깊지 않은 닥나무 여린 가지 몇 겹 뒤에 몸을 감췄던 계월이가 금방 그들 눈에 띄어 길가로 끌려 내쳐졌다. 세 사람이 소리 지르며 동시에 달려들어 그녀를 쓰러뜨렸다.

비명이 터지고 패랭이가 벗겨져 나가고 삼단 같은 머리가 와르르 쏟아져 나와 본색이 드러나고 말았다. 손뼉을 치며 뭐라 소리 지르는 것을 보니 사람이 여자라는 데 만족한 환호성인 듯했다. 다행히 조총은 없고 일본도와 창이 무기의 전부였다.

"달수야, 사람 살려라! 나 죽는다!"

악에 받친 계월의 비명이 새벽 공기를 가르고 퍼져 나갔다. 일본도를 비껴 들고 달수가 몸을 사려 숨어 있는 자리를 또 한 놈이 기웃거린다. 위기였다. 두 놈이 달려들어 계월이의 저고리를 잡아 찢어 벌써 속옷 속 젖무덤을 움켜쥐고 낄낄거리고 있지 않은가. 매지 않고 그냥 서 있는 말이 투레질을 하자 한 놈이 얼른 달려 나가 끌어다 길가 건장한 단풍나무에 매는 동안 계월이 바지춤을 벗기려던 왜적 한 놈이 갑자기 목을 움켜쥐고 칵 하며 고개를 숙이는 게 아닌가! 순식간에 벌어진 일이었고 쓰러진 왜구는 더 이상 소리가 없었다. 목을 두 손으로 받치고 고개를 숙인 그자의 손 사이에서 붉은 피가 쏟아져 나오며 앉은 자세가 허물어지더니 그대로 길바닥에 뻗어 버렸다. 그것에 당황한 계월이는 놀라서 흐트러진 옷 그대로 그자를 내려다보고 있었다. 말고삐를 매던 한 놈이 놀라 엉거주춤 돌아서서 쓰러진 자에게 뭐라 소리를 질렀다. 그때였다. 언제 어떻게 길 위쪽으로 건너갔는지 달수가 양팔을 벌리고 뭔가 그자에게 던질 자세를 취하고 서 있었다. 말고삐를 잡던 놈이 눈을 크게 흡뜨고 달수를 노려보며 달려들려고 한 발을 떼는 순간, 쉿, 하는 소리와 함께 달수 손에서 뭔가가 날아와 그놈 얼굴에 박혔다.

"으악!"

하는 짧은 비명과 함께 그자가 눈을 감싸고 길에 쪼그려 앉았다. 역시 눈을 감싼 손바닥 사이에서 선혈이 줄줄 새어 나왔다. 무엇을 던졌는지 달수가 재빨리 계월이에게 다가와서 그녀를 다독거렸다.

"잠시만 몸을 숨겨요. 나머지 한 놈도 요절내 버릴 테니까! 그냥 숨어 있어요."

두 번째 놈 얼굴에 박힌 것은 주머니칼 같은 쇳조각. 그것이 그자 왼쪽 눈에 박혔으니 죽은 거나 마찬가지, 목젖에 그것을 맞은 왜적 한 놈은 벌써 아무런 움직임도 없었다. 달수가 그자 일본도를 뽑아 들고 눈을 다친 왜적의 등을 향해 내리그었다. 윽, 하는 비명과 함께 활처럼 휘어 버린 그 등에서 피가 쏟아져 나왔다.

"응?!"

그때 달수를 찾으러 깊이 들어갔던 왜적 한 놈이 길에 나와 이 광경을 보고는 사방을 두리번거리다 그만 줄행랑을 친다.

"간다, 이 새끼야! 가만 있거라! 내 칼이 간다."

달수가 자세를 바로 하더니 뭔가 쇠붙이를 허리춤에서 뽑아 들었다. 거리가 가까우니 날아간 쇠붙이가 소리도 없다. 불과 두어 칸 거리, 이쪽에 등을 보이고 있던 그자의 뒤통수에 칼침이 꽂혔다. 그러니 앞으로 꼬꾸라질 수밖에.

도저히 나이 열댓의 솜씨라고는 할 수 없는 절묘한 살인의 솜씨. 장난이 아니었다. 실로 기막힌 솜씨, 언제부터 달수가 표창을 지니고 있었을까? 하도 놀랍고 무서워서 나이답지 않게 훌쩍 훌쩍 울고 있는 계월이는 그 눈물 속에서도 달수, 너무 커 버린 모습의 소년을 훔쳐보고 있었다.

달수는 새하얗게 질린 얼굴로 두 손으로 일본도를 들고 질질 끌고 가더니 얼굴에 표창을 맞은 자의 뱃구레를 또 쑤셔 버렸다. 이미 숨이 끊어졌는지 미동도 없었다. 5월이었지만 새벽의 바람은 찼다. 길에 널부러진 시체를 어찌할 수 없는 두 사람은 그냥 말만 이끌고 길을 나섰다.

"누나, 말 탈 줄 알면 하나 골라 타고 가자. 걷는 것보다야 나으니까. 못 타? 그럴 테지. 자, 내가 이 놈 다섯 마리를 다 하나로 엮을 테니까 맨 앞 말을 우리 둘이서 타자고……."

달수가 주검에서 자기 표창을 뽑아 왜적들 바지춤에 피를 닦아 내 다시 고의춤에 꽂으며 하는 말에는 가시가 있었다.

"나 어린 나이지만 이렇게 않고서는 못살 것 같아요. 누나, 아버지 어머니 일을 생각하면 내 손으로 이것들 간을 내어 씹어 먹어도 분이 안 풀립니다. 나중에 내 이야기 들으면 나를 나쁜 놈이라고 못할 것입니다."

길바닥 위에 먼지를 일으키며 떨어지는 달수의 눈물이 방울을 잇고 있었다.

'무슨 한이 저리도 깊은가 참, 알 수 없네.'

계월이도 더 이상 그 눈물을 못 보고 고개를 돌려 버렸다.

"하기야 나도 밀양성이 떨어질 때 이제는 죽었구나 했지만 그 뒤에는 왜적 손 하나 닿지 않고 살아났는데… 그런데 아까 그놈 손이 내 몸에 닿자마자 사지가 오그라드는데… 어휴. 그런데 어떻게 달수는 그렇게 그것을 잘 던지는지. 나는 도무지 뭐가 뭔지 모르겠고… 암튼 달수 덕분에 살아난 게 꿈만 같아, 정말."

"그래, 누나, 나도 이 알량한 솜씨로 그렇게 큰일을 해낼진 몰랐어. 나 열한 살 때부터 아버지 대장간에 지천으로 깔려 있는 쇳조각을 주워 모아 칼끝 같은 것을 몰래 만들어 그저 심심하면 던지고 또 던졌지요. 그게 벌써 5년 됐나? 그렇게 던지고 쏘고 하다 보니 이제는 나는 새는 어렵지만 땅 위의 새라는 새는 웬만하면……. 암튼 그게 그렇게 햇볕을 볼지는 몰랐지요. 그런데 아까 죽기 아니면 살기로 던지기는 던졌지만 그놈들 갑옷을 다 입고 있어 빈틈이 없는 것이 미치겠더라구요. 던지기는 던져야겠는데… 그래서 할 수 없이 얼굴과 뒤통수를 노렸지요. 그런데 하늘이 도왔는지 그렇게… 내가 생각해도 신통하더라구요. 하기야 저 세 놈이 한꺼번에 달려들었다면 이야기는 달라지지만, 암튼 다행한 일이었어요."

"아니야. 그것도 그것이지만 달수 표창 솜씨 때문에 정말 나는 놀랐어. 그 솜씨 그냥 썩히기에는 아까운 재주 아닌가?"

너무 미약해 보이는 소년 달수는 우선 계월이를 앞에 태우고 자기는 뒤에 타고 말 네 필 고삐를 이어서 끌고 나간다. 참으로 진기한 모습의 인마人馬가 길을 가니 한나절 만에 스쳐 간 사람이 더러 있으나 누구 하나 시비하는 이가 없었다.

"이제 왜적 만나도 아까 같은 짓은 못하니까 재주껏 도망가는 거요. 약속이 없더라도 의령 땅 유곡면을 찾아갑시다. 나도 인자 그런 엄두가 날 것 같지 않으니까."

기이한 행렬은 그날 내내 조선반도 남단 의령 땅을 향하고 있었다. 그날이 서기 1592년의 6월 초열흘, 조금씩 더워지는 날씨, 그러나 의령 땅에 들어서기까지는 했으나 유곡면까지 못 가고 부림면 관할에서 머리띠를 질끈 동여맨 죽창부대의 검문에 걸리고 말았다.

"아무리 생각해도 너희들밖에 심부름 보낼 사람이 없다. 달수 혼자도 안 되고 계월이는 더구나 어렵고 어쩌냐? 계월이가 남장을 하고 달수가 동행해라. 이 서찰 하나로 이 나라가 죽고 산다. 왜적들이 어떻다는 것을 알고 남을 너희들이라면 해내고도 남을 것이다. 혹시 왜적한테 걸리더라도 이 서찰만큼은 절대 들켜서는 안 된다! 들키는 날에는 사람 수천 명이 죽고 사는 난리가 나니까. 달수야, 괜찮겠냐. 너는 가족이 몰살해 속이 속이 아닐 것이다만 어쩌겠냐. 그 복수를 위해서라도 이 서찰이 거기 꼭 닿아야 한다."

밀양부사 박진이 실함된 밀양성에서 막 일어나기 시작한 의병과 전국 의병들끼리의 연대를 위해 그 책임자인 곽재우에게 서찰을 띄운 것이었다. 미상불 의령 땅의 의병은 사기가 충천해 있었다. 최전방 감시 초소의 척후에 걸린 달수와 계월이는 즉시 유곡면 본부로 인계되었다. 부림면에 들어서니 벌써 분위기가 다른 곳과 달랐고 많은 인원들이 바삐 움직이는 게 심상치 않아 보였다.

"허허… 음, 알았다. 이름이 달수? 거 대단하구나! 그렇게 솜씨가 좋단 말이지? 으음."

거기까지 말한 사람의 이름이 곽재우라는 것을 안 것은 하룻밤을 지새우고 다음 날 아침 그 앞에 불려가기 전 딴 사람으로부터 얻어들은 이야기. 조직의 내막이며 범위, 목적 등 전혀 속내를 알 길 없는 그들은 그냥 불려간 대로 이야기를 들을 수밖에 없었다. 서찰은 이내 전날 밤 몸수색에서 빼앗긴 뒤라 새삼스러운 것도 없었다.

그런데 가서 보니 그 분위기가 참으로 특이했다. 달수나 계월이도 이런 자리는 처음이지만 여러 계층 사람들이 흉허물 없이 둘러앉아 제 소견을 거침없이 쏟아 내고 듣는 이들도 그것을 흘려듣지 않고 새겨듣고, 또 그걸 허심탄회하게 받아들이는 자세가 놀라웠다. 노인에서 시작해 젊은 처녀 총각까지, 갓 쓴 이에서 시작해 팔 걷어붙이고 논밭에 금방 일 나갔다가 들어온 농투성이, 평정건 쓴 유생이나 장사꾼, 두서없이 모인 여러 사람까지. 그들이 서로를 조금도 의식하거나 저어하지 않는 것이 달수 같은 사람에게는 참으로 맹랑했다. 희망찬 자리였다. 알고 보니 이 무리를 사실상 이끌고 있는 곽재우라는 사람은 갓을 써도 큰 갓을 써야 하는 양반 중의 양반임에도 밤이 꽤 깊은데 숨이 턱에 닿게 달려와서 뭔가 상황 보고를 하는 전령도 스스럼없이 그분께 바로 말을 하고 나가니 알 수 없는 일이었다.

"그래, 오늘 밤에는 여러분께 좀 별난 손님, 아니 손님이 아니라 앞으로 우리 편이 될 유능한 어린 장수 한 분을 소개할까 합니다. 여기 이 총각과 처녀인데, 멀리 밀양서 이틀 밤낮을 가리지 않고 귀중한 연락을 가져오신 분이고 앞으로 여러분과 뜻을 같이할 분입니다. 나이는 어려도 대단한 분입니다. 그 지옥 같은 밀양성에서 살아나 달려온 여걸입니다. 오는 도중 이 두 사람이 왜적 세 놈을 척살하고 조총에 쓸 화약을 몽땅 갖고 왔습니다. 어떻소? 대단하죠? 또 말 다섯 필까지 몰고 왔으니 말입니다."

거기서 그 사람은 달수와 계월의 무용담을 사실 그대로 들려 주고 나서 소개를 마쳤다. 그러자 듣고 있던 모두가 환호성을 지르며 두 사람의 가세를 축하하였다.

"이 총각은 별난 재주가 있어 우리 조직 별동대에서 활약해야할 것 같습니다. 이 처녀는 후방 부대에서 많이들 도와주고 협력하세요."

"야아, 저 나이 어린 총각이 그렇다면 우리에게 대단한 원군 아녀! 그 조총 가진 쪽발이를 다 그 표창으로 날려 버리구 싸움한다면 무서울 것도 없네, 뭐. 혹시 가지고 있으면 좀 보여 주시오, 도령."

어느 장사치 차림이 짓궂게 물고 늘어지자 마지못한 듯 달수가 일어나 고의춤에서 짜그락거리는 쇠붙이 서너 개를 꺼내 손바닥 위에 펼쳐 보였다. 조악한 물건. 그러나 만들다 만 주머니 칼토막 같은 투박한 쇠붙이는 묘하게 어떤 비린내를 풍기는 것이 섬뜩했다.

"지금 이것을 표창이라고까진 할 수 있을까 모르겠네요. 제가 우리 집 대장간에서 아무렇게나 두들겨 맞춘 것이라 볼품이 없어요. 쪽발이 세 놈 피 맛을 봐서 그런지 지금 그 피비린내가 날 것입니다. 이게 바로 쪽발이 피 냄새니까 잘 맡아 두세요. 앞으로 우리가 얼마나 많이 이 냄새를 맡을지 모르지만 그때마다 이맛살 찌푸리지 마셔요."

"으음… 그래 듣던 대로 보통이 아니구만. 이름이 달수? 대단하구만 그래. 우리도 피에 굶주린 늑대가 되어야 이 전쟁을 이길 수 있소. 동지들, 이 소년 동지 말을 새겨들읍시다. 다시 이야기하지만 이 동지는 가족이 눈앞에서 몰살당하는 것을 보고 저 잘생긴 얼굴에 무서운 생채기까지 만들지 않았소이까? 그러니 속이 안 뒤집어지겠소. 누님과 어머니가 눈앞에서 능욕당하고 그것을 본 아버지가 화덕 속의 벌겋게 달궈진 낫을 맨손으로 들고 왜적 등을 찍다가 일본도 칼밥이 되고 그것을 보다 못한 형이 달려들자 조총을 쏘아 즉사시키고 그 어머니와 딸을……. 그것이 여기 이 달수 동지가 당한 참극이오. 그러고도 모자란 그들은 이 달수 동지 얼굴을 두쪽 내려고 일본도로 내리치고만 것이지요."

무겁게 고개 숙인 방 안 사람들 낯빛에 결연한 적개심이 감돌고 굳게 닫은 입술은 뭔가 결의를 다지고 있는 듯했다. 한쪽에서 아까부터 시르죽은 낯빛으로 대장 말을 듣고 있다가 이야기가 자기 일에 미치자 눈물을 떨구던 달수가 그만 소리 내어 울음을 터뜨리고 말았다. 두엇 여인네들도 벌써 치마를 뒤집어쓰고 거기에다 코를 풀고 손바닥으로 맺힌 이슬, 눈물을 씻어 내리고 있었다. 숙연한 방 안에는 그지없는 비애가 조용히 감돌고 있었다.

"여러분이 국가에 봉사하는 방법은 여러 가지가 있으나 우선 내가 말한 대로만 하면 됩니다. 여러분은 각기 자기 직업이나 능력을 가지고 있습니다. 그런 각기 다른 소질대로 움직이면 됩니다. 농부는 농부대로, 장사꾼은 장사꾼대로 우리 조직을 도우면 됩니다. 서생은 서생대로 또 백정이면 또 어떻습니까? 자기가 하는 일을 통해 조국에 헌신하면 되는 것입니다. 여자분들은 집에서 하는 일 그대로 해 주시면 되는 것입니다. 자기가 하는 일을 자기가 맡아서 하는 역할 분담, 이것이 요체입니다. 그래야만 우리는 이 전쟁을 승리로 이끌 수 있습니다."

역할분담론을 강조하는 곽재우 대장의 이야기는 수많은 사람들을 설득하는 데 충분한 효과가 있었다. 그는 공평무사, 평등한 세상이 온다는 것을 역설했으며 모두는 박수로 그 말에 호응했다.

　"결국 우리의 창의倡義 목적은 부모를 구하고 조상을 보호하며 가족과 나라를 구한다는 데 있다는 것을 강조하고 싶습니다."

　대장 곽재우의 맺는 말에 이어 엉엉 우는 소년 권달수의 울음소리가 숙연한 자리를 더욱 애달게 하고 있었다. 계월이도 앉은 그 자리에서 연신 어깨를 들먹이며 울고 있었다. 어떻게 태어나 얼마나 신산스럽게 자랐기에 저렇게 섧게 우는가. 관기로 굳어 버린 자신의 반생애가 이런 큰 변란을 맞아 풍비박산 났으니 얼마나 서럽고 원통했을까.

　잠시 숙연했던 자리가 다시 추슬러졌다. 한 가지 두드러진 것이 있다면 대장은 어떤 나이, 어떤 신분에 대해서도 말을 낮추는 일이 없고 모두 존댓말을 쓴다는 것이었다. 처음에는 듣기 거북했지만 나중에는 모두에게서 위화감을 없애고 하나로 융합되는 효과가 생긴다는 것을 깨달았다.

　의병의 창의는 크게 세 가지로 나누어지는데, 첫째는 대가족제도 하에서 가족구성원을 보호하기 위한 것이고, 둘째는 부락이나 같은 지역적 조건에 처해 있는 몇 개 취락 단위의 연합이었으며 셋째는 국가나 민족을 위한다는 대의적 창의였다. 이중에서 가족창의가 가장 많고 그 다음이 취락창의, 대의창의 순이었다. 시대별로 보자면 그 특징이 두드러졌는데 임진전쟁 이전에는 가족창의가, 전쟁 이후에는 취락창의가 성행했다. 그 이후 가족창의와 취락창의가 서로 손을 잡고 대의창의로 발전해 온 것이 조선 의병활동의 변천과정이라고 볼 수 있다.

의병 지도자들은 거의가 전직 관리, 유학자들로서 사회적 지위나 영향력이 큰 명문가 출신이었기에 일반 백성들의 절대적인 신임과 지지를 받은 바 있으나 관군은 그와 대조적이었다. 곽재우는 헐벗은 의병에게는 자기 옷을 입혀 주고 처자의 옷을 벗겨 군졸의 처자에게 입혔으니 이에 감동한 사람들이 구름처럼 모여들었다. 그는 통솔권의 확립과 의병을 모이게 하는 요체로써 자신을 비범한 영웅으로 만들 필요가 있었기에 항상 붉은 천으로 만든 겉옷을 입고 당상관의 복식을 갖추었으며 천강홍의대장군天降紅衣大將軍이라 자칭했다. 그래서 아군이나 적군 또는 명군, 나아가서는 백성들도 그를 그렇게 부르고 지칭했다.

사흘을 쉰 권달수는 막 조직된 곽재우의 별동대에 소속되어 평시에는 연락을 맡되 전투 시에는 산병조 최전방에서 활동하기로 했다. 화덕에서 벌겋게 달궈지고 있는 숯불 속의 쇠를 보는 달수의 눈망울이 또 물기를 머금는다.

"야, 이놈아, 머슴애가 왜 그리 눈물이 많냐! 응, 엄마 생각이 난 게로구나. 자자… 그러지 말고 풀무질이나 좀 해라. 일손이 달린다."

수많은 사람들 속에서도 달수가 제일 가까이 정을 붙인 사람이 다름 아닌 의병부대 대장장이. 하기야 거기서 달수가 쓸 표창을 만드니 그럴 수밖에.

"내가 이 풀무질에 넌더리가 나서 도망 다니다 기술도 못 배우고 겨우 이 표창으로 새나 잡고 까치나 날렸는데… 지금 생각하면 아버지 말을 들었어야 했어요. 그랬다면 오늘 같은 날 아저씨처럼 내 손으로 내가 쓸 표창이나 무기도 만들 수 있을 텐데. 에이 참, 또 괜시리 아버지 생각난다."

한쪽에다 코를 팽하니 풀고 돌아서서 대장간 화덕에다 손바닥을 문지르고 풀무에 손을 댄 달수가 한바탕 돌아서서 사람들을 돌아본다. 달수에게는 이미 그가 쓸 수 있는 표창과 그것을 꼽는 가죽 혁대가 지급돼 있어 언제든지 전투에 참가할 수 있도록 이른바 무장이 다 갖춰져 있었다.

밀양에서부터 같이 움직이던 계월이는 이제 배치된 곳이 달라 자주 볼 수 없었지만 매일 들뜬 기분으로 전투를 기다리는 달수의 가슴은 부풀어 있었다.

달수는 이곳에 도착한 날 곽 대장이 남긴 말이 잊히지 않았다.

"부모를 구하고 선조를 보호하며 가족과 나라를 구한다는 생각으로 싸우면 달수 전사도 훌륭히 보국할 수 있으니 그리 각심하시오."

그는 달수에게 여전히 존댓말을 쓰고 있었다.

6월 13일, 지방에서 창의한 고경명, 김천일 휘하 의병과 연대하는 곽재우 의병 별동대가 거창을 지나 육십령을 넘는 위풍당당한 대오 선두에서 길을 줄이는 권달수의 모습이 돋보였다. 활짝 웃는 그 낯에는 이제 더 이상 어두운 그림자가 없었다.

비 보悲報

"정상참작은 하겠으나 공과 사는 엄격히 구분해야겠다는 게 내 주관이고, 또 직무 수행 지침이오. 사소한 일 같지만 워낙 시일이 지났고 또 국제문제여서 황제 폐하께서도 이 일을 알고 계시니 만치 소홀히 다룰 수는 없소이다. 철저히 조사하여 양국 국익에 추호라도 유루가 없도록 처리하겠으니 그리 아십시오. 입건된 지 벌써 1년이 경과해 본청에서도 사안의 심각성을 알고 있으니 과려 마십시오. 사실, 국제문제가 1년 동안이나 계류돼 있다는 건 아주 드문 일이라 우리도 그 점을 인식하고 있소이다. 조사해 본 결과 왜국 상인들과 조선 선원 사이에 모종의 검은 거래가 있었다는 것도 밝혀지고 또 그 증거가 드러난 이상 처리를 미룰 이유가 없지 않소. 아무리 조선과 대명제국 관계가 왜국하고는 다르더라도 우리의 지엄한 사법제도를 과시하기 위해서라도 구형대로 처리하겠소이다.

공적인 이야기는 그것으로 끝내고 사적인 이야기를 하자면 홍 대인에 대한 소관의 감회는 정말 무량하오이다. 우선 연만하신 홍 대인께서 하찮은 선원 17명의 안위를 위해 불고 2천 리도 마다 않고 왕림하신 것이나 돌아가실 길, 그 험하다는 뱃길도 마다하지 않으셨다니 참으로 대단한 일이니 누구나가 본받을 민족애라고밖에 볼 수 없습니다. 이곳에서도 그 사건 자체의 귀추를 떠나 홍 대인에 대한 칭송이 자자하오이다. 더구나 당하역관으로도 사건 처리에 지장이 없음에도 손수 조선국의 외교직까지 겸하시고 내왕하신 것 소관도 감탄하고 있소이다. 벌써 홍 대인께서 이 사건 때문에 보낸 시간이 거의 1년이 넘었으니 사적으로 손실이 많을 것으로 사료됩니다. 피고들은 재판이 끝나는 대로, 생존자는 대인께서 원하시는 대로 송환하겠습니다. 그 일은 소관이 앞장서 처리해 귀국 수군 발전에 조금이라도 보탬이 되도록 전력하겠소이다. 사실 왜국과 조선은 다 같은 외국이지만 조선은 어디까지나 혈맹 아닙니까? 반면에 왜것들은 2백 년 이상 우리를 노략질하던 원수지요. 그게 다른 점 아닙니까? 그들은 불법과 합법을 가장하여 무역 마찰을 빚고 있지 않습니까? 우리도 적당한 시기가 오면 무력으로 일거에 그 뿌리를 뽑아 버리려고 기회를 엿보고 있습니다.

불행히도 왜국이 조선을 침범하려는 징후가 곳곳에 나타나 있는 이 시점에서 또 복잡하게 이런 문제까지 야기됐으니 우리 처지에서도 곤혹스러운 일입니다. 거듭 말씀드리지만 대인께서 부탁하신 그 일이 사실로 나타나면 지체 없이 대인 말씀대로 처리하겠습니다."

처음 공적으로 자신의 처지를 밝혀 말할 때의 태도와는 전혀 다르게 우호적 태도로 대하는 절강성浙江省 성장 송주宋朱는 오히려 조선국 역관 홍순언을 위로하는 듯 말머리를 이끌어 나갔다.

1591년 명나라 성도省都 항주杭州 항에서 있었던 왜국 무역선 야오이마루 선원 30여 명이 일으킨 위조금괴 판매사건에 연루된 조선 무역선 양광호 선원 17명이 불법 무역 혐의로 체포된 사건이 일어났다. 평소 조선 어부와 선원을 위장하여 불법 어로나 노략질을 일삼던 왜것들은 또 대명천지에 버젓이 정식 무역선을 위장하여 항주항까지 침투하여 그곳 경제 질서를 교란시키는 불법을 자행해 오던 터였다. 그 사건이 계기가 되어 일망타진되기는 했으나 그 결과, 엉뚱하게도 조선 선원 17명이 주범으로 둔갑해 오라를 차게 됐으니 해괴한 일일 수밖에 없었다. 조명 관계가 급속도로 냉각될 것은 불을 보듯 뻔한 일.

건국 2백 년을 넘어 쇠퇴기에 접어든 명나라지만 아직도 그 국위가 아프리카 등 남쪽까지 뻗히고 있어 무역의 중심지인 동시에 마르코 폴로의 동양견문록에 들뜬 세계인의 호기심과 동경의 대상으로 부상해 가히 '중국 러시'를 이루고 있던 때, 중국에서도 관광과 무역의 중심지인 절강성 성도 항주에 몰린 세계의 관광객이 어찌 범람하지 않으리오. 그러니 범죄인들 기승을 부리지 않겠는가.

약삭빠른 왜것들의 상혼이 여기라고 비켜 가겠는가. 평소에는 견원지간인 조선 사람이 그런 데에서는 가장 가까운 이웃인 양 비라리하는 그 술수에 놀아난 조선 사람이 그 술수를 모르고 꼴까닥 넘어가 피해를 보는 경우가 있었는데 항주의 그 사건도 그런 허술한 대일 경계심의 유루에서 비롯된 것.

세계 곳곳에서 밀려든 악머구리 같은 관광객(실은 황금 수집광이나 노다지 캐러 온 부류)이 아우성인데 왜것들이 그 사람들을 상대로 위조 금괴를 유통시켜 한몫 잡고 발을 빼 버린 일이다. 애매한 조선 선원 몇이 그 공모자로 몰려 걸려들었으니 어디다 대고 하소연할까.

"암튼 홍 대인의 그 지극한 동족애는 감탄할 수밖에 없습니다. 소관, 이 나이 먹도록 관직에서 외국 관리들 많이도 보아 왔고 특히 조선 관료들을 겪기도 했지만 유독한 분입니다. 그것이 바로 애국이 아니고 무엇이겠습니까?"

"별 과찬의 말씀입니다. 명나라같이 큰 나라면 또 모르겠으나 우리 조선이야 원체 식구가 적어 서로 챙기고 보살펴야 그 세가 유지되는 데는 어쩔 도리가 없습니다. 큰 식구를 거느린 가장이야 말할 나위 없지만 작은 식솔 가장은 늘 식솔 챙기는 게 일 아닙니까? 그래서 그런 것이지 뭐 특별한 관심이 있어서 그런 건 아닙니다. 사실, 이번 일만 잘 처리되면 소생도 바랄 나위 더 없고 한 근심 덜겠습니다. 만약에 소생이 말씀드린 대로 일이 처결되도록 성장 어른께서 배려해 주시면 더 드릴 말씀이 없겠습니다. 선처 바랍니다."

성장으로서는 난감한 일일 것이 붙잡힌 조선 선원들은 덤터기를 썼다고는 하지만 워낙 사건이 널리 알려졌기 때문에 처결은 공정할 수밖에 없었다. 압류된 것도 1천5백 섬지기 범선 한 척이었고 거기 실렸던 여러 재화는 그 값만 해도 수만 냥이 넘는 액수였다.

홍순언 역관이 이 사건에 뛰어든 지 거의 1년 만에 항주를 두 번 왕복했으니 그것만으로도 그에게는 큰 고역이었다. 한 번은 도보였다. 더구나 도보로는 한 달이 넘고 마필로는 보름 남짓, 선편으로는 열흘 정도가 걸리는 거리였다.

조선 정부의 어떤 요청이나 암묵적 지원이 있었던 게 아니라 이번 선원 억류사건은 순전히 홍순언의 자의적인 개입이며 그것도 북경 정가에 떠도는 이야기를 듣고 알게 된 일. 다른 무역 관계 일 때문에 북경에 왔다가 다른 분야의 조선 관리들은 시큰둥한 사건에 뛰어든 것도 어쩌면 홍순언의 생래적인 동족 챙기기 때문이 아닌가 싶었다. 그가 자의적으로 개입하고서야 절강성 정부에서도 중앙정부에 정식으로 역관 파견을 요청했던 것.

홍순언이 항주를 떠난 건 1592년 4월 8일. 애초 정해진 선편으로 북상했다. 1년 가깝게 항주 외항에 정박해 있던 조선 무역선 양광호는 그 시기 배의 배수용량排水容量을 표시하는 석수표시로 1천여 석의 큰 배였지만 압류당한 채 꿈쩍도 못했다. 그야말로 물화를 실었으나 임자 없는 배, 유령선과 마찬가지였다. 그런 무역선 양광호를 뒤로하고 항주항을 떠나는 홍순언의 가슴속에는 만감이 교차하고 있었다. 왜적의 침입이 임박했다는 정확한 정보를 가지고 있는 그로서는 타고 있는 뱃길이 더디게 느껴질 수밖에 없었다. 기항지는 청도青島였다. 거기까지 닷새, 그간에 무슨 일이 벌어지지 않을까 조바심하는 그에게는 부침하는 현두舷頭가 가르는 파도가 원망스러울 뿐이었다.

4월 13일 청도에 입항한 중국 무역선 소연호가 보급을 위해 내항에 정박했고 승무원 전원이 상륙했다. 거기서 꼬박 일주일을 넘긴 홍순언으로서는 한시가 시급한데도 근황을 알 수 없는 조선 일이 쥐가 나게 궁금했다. 무슨 일이 있었다면 진즉 있었을 법한데 조선에서 오는 배가 없으니. 결국 열흘째 외항을 드나드는 대소 선박을 물색하던 그는 할 수 없이 배가 들어오면 제일 먼저 신고하는 관리소로 뛰어 들었다. 어디가 됐건 들어오는 배면, 적어도 조선 근해를 지나왔다면 하다못해 조선의 냄새라도 맡을 수 있을 것 같은 조급한 심정에서.

"당신은 뭔데 어제부터 여기서 그렇게 조바심치고 그러오? 여기는 외인外人 출입금지구역이니 나가시오. 저 밖에서 기다리시오!"

타는 속도 몰라 주는 냉정한 항만 관리자가 얄밉고 섭섭했으나 할 수 없는 일. 명화明貨 닷 냥을 챙겨서 은근슬쩍 찔러 주자 금방 태도가 달라진 사람이 무슨 일이냐고 되묻는 말이 살가웠다.

"나, 조선의 역관인데 조선 소식이 궁금해서 그러니 좀 알려 주시오. 전쟁이 날 것 같다는 모든 이들의 말이니 마음을 놓을 수 없구려!"

"아, 그런 이야기라면 진작 나한테 물으시지. 어제 들어온 배에서 들은 이야긴데 조선은 벌써 왜놈들이 상륙해 북상 중이라던데 모르셨소?"

"뭐, 뭐가 어쨌다고? 자세히 말 좀 해봐요. 젊은이."

뇌물 약효 탓인지 상기된 젊은이가 주절거린 말은 다음과 같았다. 언제 침공이 시작됐는지는 모르나 왜적이 문경새재를 넘어 충주 땅을 넘보는 것을 들었고 그리된다면 지금쯤은 한강을 넘보는 시기가 아니겠느냐는 말이었다. 그 소식을 듣고 재물포를 떠나 온 배라니 짐작이 가고도 남을 일이었다.

'어허, 이거 큰일 났구나. 부산포가 떨어졌다는 기별이야 현지에서 올린 봉화불로 인지했겠지만, 가만 오늘이 4월도 스무여드레라……'

홍순언은 하얗게 발을 동동거렸다.

"그렇게 됐다면 조선 왕은 더 북쪽으로 도망가야 할 것 아녀, 뭐라든가… 파천! 그래, 파천이지. 그 파천을 시작했는지도 모르지요. 영감님, 그렇지 않겠습니까?"

항만 관리자가 방정맞은 생각으로 하는 소리가 홍순언에서는 벽력 소리와 같았다. 섬뜩한 말이었다. 가장 예민한 오관을 쑤셔 오는 말이라서였다.

'그럴지도 모르지. 어쩜 저자 말이 맞는 말이다. 이거 어떻게 한다? 파천! 파천!'

그렇게 되뇌는 홍순언의 입술도 굳어진 듯싶었다.

'무비유환無備有患이나 유비무환有備無患이 맞지만 김성일의 호언으로 무비 상태가 돼 버린 조정은 지금 꼴이 뭐가 됐을꼬.'

청도—북경 파발은 사흘이 걸리고 청도에는 이름뿐인 조선 예부 지소가 있긴 있으나 그 실상을 알고 있는 홍순언은 말 한 필을 사 들여 청도를 떠났다.

'틀림없이 북경으로 소식이 갔다면 지금 한참 달려들 텐데… 내가 먼저 닿아야지. 큰일 나겠구나.'

홍순언이 탄 말은 꼬리를 수평으로 한 채 화살처럼 달려 나가고 있었다. 오직 걱정되는 건 마상의 인물, 홍순언의 건강이었다. 나이 육순이 넘은 그가 그렇게 버틸 수 있을지…….

그 시기 북경에는 예부 산하 외국 사절 영빈 기관이 있었고 조선도 예외 없이 거기 한몫을 하여 인원을 상주시키고 있었다. 그곳에 있는 사람이 신점이었다. 또한 조선통신사 등 연중행사나 외교관계에 따라 수시 드나드는 객원사절을 위해 마련된 객관에는 조정에서 파견된 인원이 상주하고 있어 본국과의 교신은 이곳에서 하게 되어 있었다.

홍순언은 대명회전 변무의 성공적 종결로 일약 공신반열에 오르고 명에 대한 외교적 창구의 상징적 인물로 인정받아 매년 한 번씩 주재관으로 파견되는 역할을 맡아 하고 있었다. 말하자면 비상근 대명주차전권대사對明駐箚全權大使라고나 할까.

신점申點의 태도는 평상과 같지 않았다. 전쟁 전에 명에 왔으나 돌아가지 못하고 객청에 머물러 있는 그는 무척 소침해 있었다. 아닌 게 아니라 명나라 형편도 말이 아니게 얽히고설켜 있어 대놓고 말 한마디 할 처지가 못 되었다. 조국의 전쟁 발발설을 못 접했다면 모를까, 두 귀로 엄연히 들은 그 폭탄선언! 피투성이 전쟁에 휩싸인 누란의 위기를 알고 난 이상 제정신이 아닐 것은 너무 뻔했다. 어디 달려가 누구를 붙들고 이야기도 못하고 객청 안에서 이리저리 밖을 궁싯거리는 그는 갈데없이 덫에 걸린 짐승 꼴이었다.

같이 파견 나온 관원 몇 사람 붙들고 이야기를 나누며 조선에서 전해 올 전쟁 소식에 목말라 있는 신점에게 홍순언의 출현은 실로 빈사의 병사에게 기사회생의 명약과 같은 것이 아닐 수 없었다.

"아이고, 이거 홍 대감 아니십니까? 어디 갔다 인제 오신 겁니까? 소신 여기서 아무도 못 만나고 분사憤死하는 줄 알았습니다. 전쟁 소식은 들리고 명나라 조정은 본체만체하지. 참으로 죽는 줄 알았습니다. 대감, 도대체 어디 갔다 오시는 길이십니까?"

조선 조정 예부禮部 소속 당상관인 신점이 마치 어린애처럼 눈물까지 글썽이며 늦게 나타난 당릉군을 보고 염치 불고하고 엉겨 붙으며 하는 말의 반절은 울음이었다.

"허허… 그렇게 됐소이다. 대감, 고향이 저 꼴이니 낸들 어찌 속이 안 타겠소. 절강성에서 오는 배 안에서 전쟁 소식을 들었는데 그렇다면 고향은 어찌 되는지요. 대감은 그 소식을 언제 어디서 들었소? 이러고 앉아 시간만 축낼 게 아니라 뭔가 여기서도 대책을 세워야 되지 않겠소이까?"

"그러게올시다, 대감. 저도 그 생각에는 동감입니다만 여기서 저 혼자 무엇을 어떻게 할 것인지 도무지 엄두가 나지 않고 속은 타들어 가지… 돌아갈 형편이면 그냥 걸어서라도 길을 나서겠는데 그것도 절차가 있고 본국 훈령이 있어야 하고. 그나저나 우리는 어찌 됩니까, 대감. 인제 오셨으니 어떻게 조정에 연통이라도 넣어 보고… 참, 저라도 먼저 돌아가 지시를 받아야 하지 않을까요?"

"그게 좋은 듯싶고 내 여기 들르기 전 이곳 조정 중신 몇 사람을 만나 보기는 했소이다만, 눈치가 달라요. 그래서 이렇게 도착하자 마자 뵙지 못하고 이제야 오는 길입니다. 나도 이런 일에는 이골이 나고 남의 눈치 하나는 볼 줄 안다고 자부합니다만……."

거기서 말을 중동무지르고 담뱃대를 뽑아든 홍순언의 낯빛은 그리 밝지 않고 형언할 수 없는 곤혹이 우뭇가사리같이 끼어 있었다. 그것이 신점의 눈에 읽혔다. 뭔가 마뜩잖은 감정이 아직 여과되지 않는 기색이 역력했으니까.

홍순언이 청도에서 내리 3일 동안 달려와 처음 만난 것이 이쪽 조정의 병부상서 석성이었다. 그를 꼭 맨 먼저 만나려던 건 아니지만 어떻게 알고 그쪽에서 사람을 보내 왔기에 찾아가 마련된 자리였다.

"대감한테 말하고자 하는 것은 다름이 아니라 나와 연고가 있는 나라 병부상서 석성의 말이오. 그런데 그 사람이 대뜸 아닌 밤중에 홍두깨 격으로 글쎄… 나 참 기가 막혀서……."

거기서 말을 중동무지른 홍순언은 신점을 그윽이 건너보며 동의를 구하는 듯 하다가 한참 만에 다시 말을 이었다.

"들어 보시오. 대감, 그가 하는 말은 기절초풍하게도 지금 평양까지 몽진해 계신 주상전하가 가짜다 이겁니다. 이럴 수 있어요?"

"아… 아니 대감, 그게 무슨 말씀이오? 내가 듣기에도 황당한 이야기, 애들 장난 같은 이야기인데 명색이 일국의 병부상서라는 사람이… 기가 막힐 일입니다. 그래 뭐라 하셨소, 대감께서는?"

요지要旨는 병부상서 석성이 입에 담은 말은 진심이었고 본인도 그런 말을 입 밖에 내는 것을 달가워하지 않는 것 같았으나 그게 조정의 분위기라는 것을 전제로 전해 준 이야기라는 것이다.

"우리 명나라는 속방인 조선이 그런 장난을 하지 않는다는 보장이 없기 때문에 분위기가 그렇습니다. 이것은 나만의 독단이 아니고 대소 신료들의 공통된 의견입니다. 아, 침공해서 열흘이 못돼 한강을 넘어 평양까지 함락시켰다니. 그리고 왕은 왜군이 나타나기가 무섭게 도망가서 국경으로 피신하고 말입니다. 저도 이런 말 드리기 죄송하지만 누가 들으나 보나 이는 조선과 왜국의 분명한 야합이라는 게 조정의 중론입니다."

석성의 말이었다. 그 소리를 들은 신점은 미치고 팔짝 뛸 노릇이었다. 홍순언도 답답하기는 마찬가지였으나 이대로 있어서는 안되겠다는 표정으로 신점에게 말했다.

"그러나 저러나 우리가 여기서 이렇게 주저앉아 냉가슴만 앓을 게 아니라 뭔가 대책을 세워 봅시다."

"예, 대감 말씀에도 일리는 있으나 여기도 형편이 그리 좋지 않아 선뜻 무슨 말이고 나오지 않습니다. 이 사람들이 덮어놓고 우리에게 그런 억지 소리하는 데는 나름대로 이유가 있고 또 노리는 바가 없지 않은 것 같습니다. 아시다시피 이들은 우리에게 그리 좋은 인상을 가지고 있는 것도 아니고 오히려 덤터기 취급을 하는 눈치가 보입니다. 대감께서도 그걸 못 느끼셨소이까?"

"그 말씀 한번 잘하셨소이다. 이네들 눈치가 그렇다는 건 동감입니다. 말을 달리하자면 별 볼 일도 없는 나라, 도울 것도 도움을 받을 것도 없다는 이야기가 아니겠소. 속방이라고는 하나 한편으로는 조금은 경계를 해야 마음이 놓이는 나라, 그들의 조선관이 이렇듯 애매한데 더 무슨 말을 하겠소이까.

이들의 억지 소리를 잠재우기 위해 내가 얼마나 궁색한 변명을 한 줄 아시오. 결국 조선은 마음을 놓을 수 없는 나라고 언젠가 한

번은 배신을 할 거라는 이들끼리의 암묵적 합의를 가지고 있었던 거요. 그래서 그런 이야기가 공공연히 떠돈 거외다. 나는 그랬어요. 우리가 명나라 도움 없이 살아날 수 없는 숙명을 타고난 나라라고 엄살도 부리고 심지어 주상전하의 정치철학도 피력 안 할 수 없었어요. 대명회전에서 비롯된 종계변무주청사 건을 들어 우리처지를 이야기하고 외침을 모르는 문치의 나라에서 왜국을 사갈시하는 백성들의 반일감정도 기탄없이 이야기했지요. 심지어 김성일의 대일 낙관론 때문에 일어난 국가 미증유의 재앙이라고 역설했지요.

그러면 국가가 이 지경이 될 때까지 왜 원병 주청사 한 사람 보내지 않았느냐고 또 약점을 잡아채지 않겠어요. 그래서 그 말끝에 말꼬리를 잡고 늘어졌지요. 전쟁이 일어난 것이 무슨 애들 장난이라고 한번 맞아 싸움도 해 보지 않고 덮어놓고 이웃나라 보고 도와달라고 손 내밀겠습니까, 하고 반론을 폈지요. 그 말을 듣고는 모두 고개를 끄덕입디다만, 이들은 우리를 도울 적극적인 의사가 없는 것 같아 불안해요. 그러더니 이번에는 국난이 그렇다면 하다못해 전국 어느 한 곳에라도 의병이 일어날 만도 한데 그것도 없으니 그 소문의 진위가 의심스럽다는 겁니다. 그래서 나도 억지소리 한 번 했지요. 내가 배편으로 들어온 소식이라며 국내에서 시방 서른 곳 넘게 의병이 일어나 왜적들을 당황케 하고 있다고 둘러댔지요. 그랬더니 거기에 대해서는 더 말이 없습디다.

그 말끝에 부끄러운 일이나 김성일이 국가 백년대계가 걸린 문제를 서로 소속한 당파가 다르다고 상반된 견해를 날조하여 보고한 사실, 그것도 이야기 안 할 수 없었어요. 속 보이는 짓인 줄 알면서 말입니다. 어쩝니까? 오해를 풀기 위해서는.”

홍순언의 이야기였다.

"그렇지요. 그래요 우선은 이들의 오해를 풀어야 하니… 암튼 대감께서 큰일 하셨습니다. 저 같은 것은 감히 꺼내지도 못할 이야기 아닙니까? 홍 대감께서 계셨으니 망정이지 누가 감히 이 어려운 문제를 그렇게나마 풀 수 있겠습니까?"

"말이 났으니 하는 이야긴데… 두서없는 말입니다만 그렇게라도 주워 맞춰 우선 우리의 화급한 사정을 이야기 안 할 수 없었지요. 그것도 병부상서와 비서진 몇 사람과 나눈 사담私談 비슷한 말이라 효과가 얼마나 클지 그것은 의문입니다. 다행히 병부상서는 내 말을 깊이 이해하는 것 같았으나 중신들이 문젭니다. 그래도 병부상서가 그 점을 고려해 오늘 다시 자기에게 했던 것과 같은 줄거리를 중신들이나 황제 폐하께 직접 개진해 보라고 자리를 만들겠다니 얼마나 고마운 이야깁니까. 결국 편전, 그렇지요. 중화전中和殿에서 경연經筵하듯 자세히 저간의 사정을 알리라는 거였어요. 나로서는 불감청이 고소원이지요. 한번 부딪쳐 보는 거죠. 그래서 효과가 있다면 좋겠는데……. 지금 일이 이렇게 돌아가고 있는데 우리 조정에서는 원병 청원사라도 꾸미고 있는지 그게 큰 걱정이오, 대감. 만약에 이번 자리가 마련이 안 되면 어떻게 해서든지 황제 폐하와 독대하는 자리라도 한번 만들어 하고 싶은 이야기를 해 보겠는데 그리될지… 지금으로서는 꿈도 꿀 수 없는 일이지만."

"글쎄올습니다. 그나저나 이거 정말 속이 타서 못 견딜 일입니다. 조정 중신들이 모두 전하를 호종했는가 아니면 분조分朝가 되어 두 패로 나뉘어졌는지 도무지 갑갑해서 견딜 수가 없습니다. 전하께서도 지금 어디에 행궁을 차리고 계시는지……."

"발 없는 말이 천리 간다고 도보로 한 달 이상 걸리는 조명 간의 거리가 어떻게 된 것인지 소식이 바람처럼 빨라요. 한양 실함이 꼭 열흘 전이고 고니시 유키나가, 카토 기요마사가 주력이었다는 것도 이쪽에서 벌써 알고 있어요. 그야말로 바람처럼 빠른 소식이 놀랍습니다. 그러니 한마디라도 허튼 소리가 나오겠어요."

"암튼 빨리 가서 이 사실을 조정에 알려야 하니 오늘 오후의 입궐 결과를 기다렸다가 바로 출발토록 합시다. 이번에는 시간이 없으니 길순을 바꿔 한번 모험을 해 봅시다. 우선 천진으로 나가 배를 세내어 그 배편으로 대련으로 곧장 나갔다가 대련에서 난바다로 나가지 말고 그 연안을 따라 동진해서 먼저 의주 땅으로 들어가십시오. 물론 처음이라 엉뚱한 장애가 있고 또 헤매기도 하겠지만 저 멀리 북쪽으로 도는 우리의 평소 길순보다 며칠은 빠를 수 있는 이 길을 개척해 봅시다. 물론 비용이 들겠지만 내게 공금이 있으니 말이면 말, 배면 배, 닥치는 대로 이용합시다. 공금을 이런 때 안 쓰고 언제 쓰겠습니까? 그러니 걱정 말고 내 뜻을 따라 주시오. 대련으로 직행했다가 대련에서 형편 보아 육로를 택하든지 그건 신 대감 선택에 맡기겠소. 원래 길이라는 것은 정해져 있는 것이 아니고 개척하기 나름이니.

평양을 버리셨다면 의주밖에 갈 데가 없으니 무조건 의주로 향해 가면 못해도 열흘 정도는 빠를 것이오. 백사불리百事不利해 내가 또 다시 공금횡령으로 옥고를 치르거나 목이 달아나는 경우가 있어도 이건 명분이 있는 횡령이니 모든 것을 내게 맡기고 떠나도록 하시오."

그날, 낮의 북경은 잔뜩 흐려 있었다. 느지막이 자금성을 나선 조선의 역관 홍순언은 사방을 두리번거렸다. 상재商才가 그리 밝지 못한 그였지만 워낙 윗자리에서 다루는 공금이 많고 또 위탁금이 적잖아 그의 수중에 늘 돈 몇 천 냥은 준비되어 있었다. 북경에서 천진까지의 파발은 세로 빌렸으나 천지에서 조선까지 갈 배는 통째로 사들이고 사람도 구했다. 조선에 도착하면 배를 그냥 주겠다는 조건에 사공도 쉽게 구할 수 있었다. 조선까지 제반 항해 비용을 부담하는 조건이니 뉘라서 마다하겠는가.

오후 경연장(편전회의)에서 여러 중신들과 황제 앞에서 병부상서 석성의 사회로 시작한 회의에 불려 나온 조선국 당상역관 홍순언은 어제 병부상서 석성에게 변무辨誣했던 내용을 순서만 바꿔 더 자세히 황제에게 상주하고 그에 따른 질문도 받았다. 유창한 중국어에다가 손색없는 임기응변의 변무는 매끄러운 정도가 아니라 일사천리였다. 듣고 있던 신종 황제가 감탄할 정도의 아귀 맞는 설명이었다. 어디 한 군데 찔러 봐도 허점이 없을 정도였다.

"예, 폐하께서 심려하신 대로 왜국과의 야합이 허설虛說이었다는 증거는 곧 이 나라 조정에 정문正文하게 되어 있사오니 그리 아시고 순망치한脣亡齒寒 격인 조선의 위기를 감안하시어 선처하여 배려해 주시면 조선의 2천 만 백성은 폐하의 성은으로 기사회생할 것이옵니다."

처음부터 주의 깊게 조선의 형편에 귀 기울이고 있던 황제는 얼굴을 끄덕이며 말했다.

"잘 알았소. 그러면 귀국에서 보내 올 국서를 되도록 빨리 짐에게 보여 주시오. 역관의 말로 보아 사태가 위급하고 심각한 것 같은데 과인이 선처하겠소."

참으로 파격적이었다. 일개 이방인 조선국 역관! 정식 사신도 아닌 사람의 말에 그렇게 대응하는 황제의 말에 모두 놀란 것은 물론

이고 그중에서도 병부상서 석성의 놀라움이 컸다. 우선 자신은 역관 홍순언과 개인적인 친분이 있지만 그렇지 않은 많은 반대파 중신들 설복이 가능할까 그게 큰 걱정이었다. 그런데 뜻밖에도 황제의 일성一聲으로 사태가 급변했으니 그럴 만도 했다. 쉽게 이야기해서 도와 봤자 별것 없고 실리가 없는 이웃을 돕는 데 부정적인 시각을 가지고 있던 중신들이 어찌 됐건 긍정적인 분위기로 돌아선 게 큰 다행이었다.

말석, 사신들 수행원 석에서 가슴 졸이며 이 대파노라마 같은 홍순언의 명연기를 지켜보던 신점은 속으로 쾌재를 부르며 무릎을 쳤다.

'됐다. 이제 조선은 살았다. 허허, 당릉군 참 대단한 사람이구나.'

왕이 당릉군으로 채록하고 당상관으로 봉작한 것을 눈에 쌍심지를 켜고 반대했던 중신들에게 오늘의 이 광경을 꼭 보여 주고 싶은 게 그 순간 신점의 심정이었다. 사실 솔직히 말하자면 자기보다 아래였던 홍순언이 일약 종2품으로 승차한 것이 못마땅했었는데 그것이 오늘 낯부끄러운 가책의 씨앗이 될 줄은 몰랐던 그였다.

'역시, 큰일 할 사람은 따로 있구나. 홍순언! 조선을 구할 인물인가?'

큰 의문을 간직한 채 천진으로 떠나는 신점은 가슴속이 후련하기도 했지만 한편으론 앞으로 조선에 돌아가 맡은 바 임무를 잘할 수 있을지에 대한 불안이 가슴을 짓눌러 왔다. 신점은 자기가 자금성에 들어가 황제 말을 듣지 않았던들 이런 조바심은 안 일어났을 것이라고 생각했다. 그리고 또 한 가지, 홍순언에 대한 지금까지의 과소평가가 죄책으로 가슴 한편에 무겁게 자리잡고 있었다.

"대감, 나 혼자 돌아가도 괜찮으시겠소이까? 당최 죄송스러워서… 가서 제 소관사는 착실히 처리하겠으니 하념하시고 더 많이 힘을 써 주셔야 되겠습니다."

"자, 이거 돈 몇 푼, 저 사공 달래 주시구려. 내가 저 사람 가솔까지 확인했으니까 큰일이야 없겠지만 혹시 누가 압니까? 무장은 했지요? 중신들에게 내 말 잘 전해 주시고 전하께도 장계 형식으로 몇 자 올리기는 했으나 그것으로 설명이 부족할 것입니다. 대감이 잘 설명해 주시구려."

처음 가는 뱃길, 바라는 것은 그저 빠르고 안전하게 가는 것이니 그걸 기원할 수밖에. 멀어져 가는 배를 향해 손짓하는 홍순언의 마음도 몹시 착잡했다. 홍순언은 수평선 너머로 사라지는 돛폭을 마지막으로 총총히 돌아섰다.

그런 그의 머릿속에 떠오른 한 가닥의 기억. 대명회전 수정 작업을 끝내고 고국으로 돌아와서 받은 거국적인 환영과 추앙. 그것은 이 나라에 일찍이 없었던, 미증유의 은혜였다. 포상과 표창이 파격이었다. 반면 그것을 반기는 뭇사람들이 있었는가 하면 하찮은 중인 주제에 군 봉작이 웬일이냐고 들고 일어났던 수많은 양반 계급의 우박 같은 비난과 성토는 견디기 힘들었다. 기억의 비단 폭은 끝이 없이 이어졌다. 반백의 턱수염이 해풍에 나부낀다. 그로부터 어언 8년, 흘러간 세월을 뒤돌아보는 홍순언의 얼굴에 잔주름이 무심했다.

몽진의 길

　칠흑과 폭우는 그 밤 한양을 버릴 때와 어쩌면 그리도 닮았을까? 차이가 있다면 호종扈從이 형편없다는 것이다. 어가를 매는 어가꾼의 숫자가 배행 내관이나 나인들보다 적고 마필에 올라탄 관복의 수가 줄었고 배행도 눈에 띄게 성겼다. 한양을 떠나올 때 그나마 호기와 위엄은 간데없고 그저 숙숙히 걸어가는 호위군사의 전립에 떨어지는 빗방울 소리가 처량할 뿐이었다.

　목적지는 의주 땅, 이제 이 나라의 최북단을 향해 움직이는 어가도 그 자체가 비통이며 설움이었다. 횃불 수도 드물었다. 군관들의 패도에 부딪히는 그 불빛들도 어딘지 시들했다. 6월 중순이면 벌써 더울 때고 모내기에 쫓겼던 농군들의 곤한 단잠이 깊은 밤 술시戌時이니 인적도 없어야 하거늘 이상하게 앞길에 적잖은 인기척이 느껴지는 건 웬일일까? 떠난다고 서러운 것 없고 나선다고 붙잡을 사람 없는 맹맹한 길손들이었다. 어가에 높이 앉은 왕의 용포도 늑늑하게 서슬이 죽어 있어 오히려 보기가 민망한데 하물며 왕비의 두발에 장식된 칠보단장은 어쩌겠는가.

강풍에 햇불이 위태롭게 깜박인다. 숫자마저 모자란 그것들이 만약에 꺼지기라도 하는 날에는 말하기 거북하지만 뭔가에 쫓기는 야반도주의 패거리쯤으로 보여도 호소할 데가 없었다. 그 찬바람과 살갗에 닿기만 해도 몸이 으스스 떨릴 빗방울이 무서웠다. 모두가 물주머니였다. 사모에 떨어지는 빗방울이 적시는 조복이 무사할 수가 없고 어가를 가리는 천개天蓋마저도 네 귀에 빗물이 고여 출렁이고 있었다. 그때였다. 어디 어느 어둠 속에서 날아오는 돌맹이인지가 툭탁 하면서 어가 맨 뒤 오른쪽 지주에 맞고 땅바닥에 떨어졌다.

"?"

"?"

선도 군관이 미처 못 보았기 망정이지 만일 보았다면 금방이라도 군도 빼들고 쫓아 나갔을 텐데. 또 이번에는 훅, 하고 천개 위에 떨어졌다가 땅바닥으로 툭 하고 떨어졌다. 그때서야 사태를 짐작한 조복 하나가,

"어느 놈이냐! 무엄하다!"

큰소리로 뒤쪽 어둠을 향해 고함을 질렀다.

그런 기미라면 어가꾼이 맨 먼저 알기 마련이라 첫 번째 돌맹이 세례부터 거니챈 어가꾼들이 발을 멈추고 수군거리기 시작했다.

"멈춰라!"

이윽고 선도 군관의 입에서 호령이 떨어졌다.

"야반도주가 웬 말이냐? 백성들 내버리고 어디로 가는 행차냐! 부끄럽지 않느냐!"

"어이쿠!"

드디어 왕의 입에서 작은 비명이 터졌다.

"전하, 어인 일이십니까?"

적잖은 돌맹이가 날아와 왕의 왼쪽 팔꿈치를 후려갈긴 것이다.

"어느 놈이냐, 무엄하다!"

어가가 땅바닥에 내려지고 나인들이 우르르 달려들어 왕을 둥글게 에워쌌다. 돌맹이 숫자가 자꾸 늘어나 이제는 내관이나 나인들 몸 위에도 쏟아졌다.

"저런 것을 왕이라 믿고 있는 백성들이 불쌍하다. 왜적들 무섭다고 명나라로 도망가나. 저런 놈의 왕은 박살을 내 버려라!"

호위 군사들이 어둠 속 소리를 찾아 달려 나가나 기척이 없는 걸로 보아 그 정체를 찾아내지 못한 것이 분명했다. 여자 목소리도 들려온다. 멀리서 어가를 향해 날아들기 때문에 적중은 안 되나 그게 엉뚱하게 마필에 맞아 말이 질겁하고 비명을 지르며 뛰어오르고 마상의 인물은 낙상을 하고, 이윽고 횃불이 더 당겨지고, 현장이 보이고, 이리저리 어지러운 일행의 추태가 보이기 시작했다. 아직도 나인이나 내관들은 왕을 옹위하고 있었다.

"가거라! 명나라로 가서 잘 먹고 잘 살아라! 저걸 왕이라 믿고 살아 온 우리가 바보지. 하하하하, 파천이 뭐냐, 야반도주지!"

온갖 걸쭉한 욕지거리와 야유가 쏟아져 들려오고 소리가 가까워졌다 멀어지면서 돌팔매도 줄어들었다. 만만한 조복들만 그 자리에서 눈만 희번덕거릴 뿐 사방으로 흩어졌던 호위 무사들만 맥없이 돌아오고 있었다. 한양성을 빠져 나올 적에도 혹시 있을지 모를 백성들의 저항이 염려됐으나 다행히 별일 없이 소요의 틈바구니에서 용케 빠져나올 수 있었다. 그러나 평양은 사정이 달랐다. 왜적이 상륙해서 꼭 59일 만의 비참한 재몽진이었다. 평양에서 어떻게든지 버티다가 한양 수복을 바랐던 왕의 기대는 산산조각이 나 버렸다.

햇불 몇 개가 힘겹게 밀어내는 어둠은 완강했다. 잠시 기를 앗긴 일행이 어찌할 바를 모르고 제자리에서 서로를 쳐다보며 두리번거렸다. 조복들과 군관들이 서둘러 켜 든 한두 개 햇불이 대열의 앞 뒤로 번갈아 달려 나갔다. 그 짧은 사이 힘겹게 찾은 적막도 아까운지 산새가 울고 있다. 왕이 천천히 몸을 일으킨다. 그 얼굴이 햇불을 받아 가면처럼 일그러져 있었고 괴기까지 감돌고 있었다. 그런 용안도 용포도 어두웠다. 하늘을 우러러 탄식한다. 나인이 한두 발 물러나며 소리 없이 흐느낀다. 돌아서는 내관들 얼굴엔들 어찌 물기가 없겠는가.

"전하, 오르시옵소서. 빨리 이 지역을 빠져나가야 될 것 같사옵니다. 시각이 너무 지체되어서 옥체 상하실까 염려되옵니다."

"으음… 알았다. 모두 애쓴다."

그 말이 끝나고 왕의 중얼거림이 이어진다.

"아아, 밤에도 속절없이 흘러 서쪽으로 가는데 한양으로 돌아가려는 한 가지 생각은 강물과 같이 도도히 흐르는구나. 아, 이 파천의 길이 언제 끝날지 모르나 나의 괴로운 뜻을 가련히 여기며 하늘도 슬퍼하는구나. 하늘이여 어찌 이 연(昖:선조의 이름)을 낳으시어 이런 시련을 안기시고 벌을 주시는지. 어찌하여 한양을 수복하지 못하고 어둠 속에서 장탄식하는고. 사직에 고하지 못하고 만백성에 사죄 못하는 이 심정, 뉘라서 짐작이나 하겠는가. 불쌍한 것은 이렇게 허둥대는 나보다도 나라를 잃고 못난 왕을 원망하는 백성뿐이구나. 내가 임금답지 못하여 능히 백성을 보호 못하고 나만 존재하기를 도모하다가 백성을 화합하는 데 실수하고 한 번은 섬 오랑캐를 맞는 데 실패하여 국가를 잃고 이렇게 북지방으로 파천 아닌, 도망길을 재촉하지 않는가, 백성이 어육이 되어 버렸으니… 멀고 먼 푸른 하늘이여, 이것이 우리에게 내리는 벌이 아니겠는가! 죄가 오로지 내게 있으매 참으로 부끄러운 일이로다."

그런 독백을 마친 왕의 용안에도 눈물이 흘러내렸다. 호위 무관들에게 쫓겨 간 것인지 아까까지 왕을 조롱하던 사람들 목소리는 사라지고 빗소리만 어둠과 장단 맞추고 있을 뿐이었다.

한양을 떠난 지 이레 만에 평양에 도착한 몽진 행렬이 행궁을 차린 지 얼마 되지 않아 재파천에 나섰다. 의주가 지척인데 길은 멀기만 했다. 평양은 그래도 감영監營이 있어 행궁으로서의 체면은 지킬 수 있었으나 의주의 사정은 그렇지가 못했다.

"아뢰옵기 황송하오나 지금 명나라 사정은 우리와 대동소이한 것으로 파악되고 있사옵니다. 그쪽도 외구外寇에 시달리기는 마찬가지옵고 규모는 작으나 여러 곳에서 겪는 외침으로 국가 비상사태라 해도 과언이 아니옵니다. 어리석은 소관의 생각에도 그런 상황의 명나라에 원병을 청한다는 것은 재고할 일로 사료되옵니다."

초라한 행궁, 의주 동헌의 한쪽에 자리잡은 왕의 편전 앞에서 벌어진 이른바 어전회의 자리에서 거기까지 호종한 영의정의 조심스런 발언이었다. 한양에서 평양까지 호종했던 신료의 3분의 1이 탈락하니 몽진 대열도 초라하지만 원체 중신들이 빠져 버리니 의결 기구로서 어전회의의 정족수가 문제였다. 그러나 누구 하나 그것을 문제 삼을 수도 없는 일이었다.

"과인도 경의 생각에 동의하오만, 그렇다고 우리를 도울 여력이 없다고 볼 수는 없지 않겠소. 어떻게든지 이 고비를 넘기려면 명의 지원이 필요하니 중지衆志를 모아 난국을 타개해 봅시다!"

"그것보다도 우리는 명 황제의 의중을 먼저 살펴 일을 추진해야 한다고 사료되옵니다. 이야기가 다른 방향으로 흐른 경향이 있사오나 지금 명은 우리를 의심하고 있습니다. 그게 사실이고 어제 막 도착한 사신 신점의 말로도 그것이 입증되었습니다. 다름이 아니오라 우리 조선이 왜국과 내통하여 명을 치려는 공작을 진행시키고 있다는 다분히 허황된 뜬소문에 과민하게 대응하고 있다는 사실입니다. 그 소문은 벌써 이 전쟁이 일어나기 전에 떠돌기 시작했는데 아무래도 왜적들이 어떤 목적을 가지고 고의적으로 퍼뜨린, 조명 사이의 이간책의 일환으로 해석되옵니다. 그러나 당사국인 명나라에서는 그것을 좌시하지 않고 조선을 의심할 수밖에 더 있겠사옵니까? 그래서 그들은 그 진원을 캐고자 갖가지 방법을 쓸 것입니다. 우선 세작을 놓아 조선을 탐색할 게 뻔합니다. 그들은 대국이고 또 그런 쪽으로 우리를 능가하는 조직이 있는 줄로 아옵니다. 그런 사정을 감안해서 우리의 진의를 밝히고 사신의 파견과 자료 수집이 시급합니다. 홍순언 대감도 그 점을 강조했고 또 명에 그것을 역설하였으나 아직도 반신반의하고 있사옵니다. 홍순언 대감도 나라의 정식 소명자료와 왜적의 농간을 증명하는 서류 같은 것을 사신에게 지참시킬 것이 유효하다는 생각이옵니다."

언제나 신중한 이항복의 발언이 좌중을 진정시켰다.

"아니, 그럼 홍순언 대감이… 신점이… 벌써 왔단 말이오? 왜 그걸 진즉 과인에게 말하지 않고 배알도 안 시킨단 말이오. 지금 그보다 급한 일이 또 뭐가 있단 말이오."

왕의 추궁을 받은 이항복이 조아리고 뒷걸음질을 치며 나갔다. 좌중은 왕의 진노로 잠시 차갑게 식어간 듯했으나 한참 후에 명에 갔던 사신 신점이 입시하여 한 발언으로 다시 숙연해졌다.

"예, 소신이 알고 있기로 명나라는 이 대감이 말씀하신 대로 거기에 대해 과민할 정도로 의심을 갖고 보고 있어 거기 대응하는 홍순언 대감도 혼신의 힘으로 그것을 변무辨誣한 덕에 다소의 여유를 얻은 듯하옵니다. 홍 대감을 존경하는 명의 병부상서 석성의 후견도 한몫을 하고 있고, 또 그분은 우리의 공식적인 청원사請援使가 와야 한다고 저리 조급해하고 있사옵니다. 아무리 홍순언 대감과 친분관계가 돈독하기로서니 그것만으로는 미흡한지라 정식 교섭이 병행되어야 한다는 게 그분의 주장이옵니다. 그렇게만 된다면 황제나 조정이 움직일 가능성이 높다는 이야기였사옵니다. 그러하니 하루 속히 청원사를 급파해 이 난국을 타개해야 할 것 같사옵니다. 통촉하여 주시옵소서."

엎드려 국궁하는 신점의 허리가 펴질 줄을 몰라했다.

지난해의 흉년이 비켜 가지 않고 거기에 부대끼는 백성들이 기아 선상에서 초근목피로 연명하는 가운데 몽진행렬이 당도하였으니 그 지방이 어찌 되겠는가. 적지 않은 숫자의 호종 인원이 축내는 양식도 걱정이었다. 보리라고는 구경도 못하던 궁중 식솔의 입에 생전 처음 대하는 그 지방 잡곡밥이 맞을 리 없고 그것이 거듭되자 사람들 얼굴에서 기름기가 빠지고 모두 까칠해졌다. 그것은 왕이라고 다를 수 없었다. 그런 까칠한 얼굴을 쳐들고 모두 왕의 용안을 우러른다. 혹시 무슨 좋은 소식이라도 나올까 해서였다.

"과인도 그렇게 나올 줄 알았소. 당릉군만 고군분투하는구려. 그런데 어떻게 용케 당릉군을 만나 일이 그리 아귀 맞게 잘 진행되고 빨리 올 수 있었소?"

왕의 그 물음에 다시 허리를 숙인 신점이 명나라 조정에서 있었던 일이며 홍순언이 공금을 써 배를 얻어 새 길을 개척해 일정을 줄일 수 있었다는 경위를 자세히 설명했다.

"으음, 그 기지機智가 참으로 가상한 일이오. 암튼 당릉군의 그 배포는 당할 자가 없구려. 속히 청원사를 꾸려 즉시 출행토록 하시오."

학鶴의 일성一聲! 저마다 작은 목소리로 의견을 주고받던 신료들이 일제히 고개를 들어 왕을 우러른다.

"……."
"……."
"……."

저마다 뭔가 할 말이 있는 것 같으나 그 기회를 다른 이에게 양보하는 듯 서로를 바라보며 눈길을 돌렸다.

"그런데 한 가지 아뢰올 말씀이 있사온데……."

조심성 많은 이덕형이 머리를 조아렸다.

"무슨 말이오. 이 자리가 어떤 자리요. 모두의 언로를 열자는 자리가 아니오. 아무리 하찮은 일이라도 기탄없이 이야기하시오."

"그것은 다름이 아니오라 곧 명 황제의 성절聖節이 다가오는 것으로 알고 있사옵고 성절 축하사를 보내는 것이 정례화되어 있사온데 그것을 어찌 처결하면 좋을지……. 청원사 사신도 가야 하는데, 하필 이것과 겹치니 공교로운 일이 아닌지 저어되어 아뢰는 말씀이옵니다."

"그렇습니다. 이 대감 말씀대로 이번 성절사는 청원사와 겹치기 때문에 뭔가 차별성을 내보여야 될 것 같사옵니다. 속되게 말씀올린다면 아쉬운 소리 하러 가는 사람이 차려야 할 예를 갖춰야 한다는 말씀이옵니다. 이 점에 대해서 각별한 방법이 계신 분이 있으시면 기탄없이 밝혀 주시기를 바랍니다."

"……."

"……."

그런데 그 말이 떨어지기가 무섭게 모두 꿀 먹은 벙어리가 되어
버린 것이 이상한 일이었다. 아까까지 뭐라 소곤거리던 그것마저
도 숨을 죽여 버렸다. 또 서로 눈치 보기가 벌어지고 그것은 지금
조선의 실정과 명 신종 황제의 성절이라는 서로 상반된 상황에 대
한 당혹감 때문이라면 맞는 말일까.

백가쟁명百家爭鳴이라면 맞을까? 미처 꺼내지 못한 각자의 의견
에 묘수가 있겠지만 내놓고 말 못하는 사정들은 각기 달랐다. 제일
염려되는 것이 우선 왕의 의향에 반하는 의견인데 결과를 예단豫斷
못해 함부로 입 밖에 내지 못했을 것이다. 섣불리 의견을 내놓았다
가 왕의 심기나 건드리지 않을까 하는 두려움이 우선 앞섰다.

"모두들 들으시오. 과인이 알기로 모두에게 출중한 지혜가 있을
것으로 생각되나 말을 아끼는 이유 또한 모르지 않소. 과인은 대소
신료들의 의견을 크게 두 가지로 알고 있는데, 하나는 황제의 성절
사절과 그 봉물 문제이고 또 하나는 청원 주청사 일일 것으로 알고
있소. 두 가지 다 중요한 현안으로서 소홀히 할 수 없는 일. 첫째,
이 전란 중에 어떻게 봉물을 챙길 것인가, 그게 초미의 급선무라는
데엔 의견이 같을 것이오. 어떻소?"

왕은 거기서 말을 중동무지르고 좌중을 둘러보았다. 좌중이라야
이간장방을 터서 만든 임시 편전 겸 회의소, 거기에 옹송그리는 십
여 명 초라한 관복들이 서로의 눈을 마주 바라본다.

"예, 전하, 옳으신 말씀이옵니다. 신들의 의견도 모두 그 두 문제
에 집약되어 있사오나 그 봉물 문제에 많이 주저하고 있는 것이 사
실이옵니다. 이 전란 중에 어떻게 그쪽 구미에 맞는 봉물이 마련될

까, 그게 큰 걱정이었사옵니다. 두 번째 문제는 인물만 선별되면 내일이라도 송출이 가능하오나 그게 염려되어 도무지 말문이 열리지 않사옵니다."

"예, 소신도 그와 같은 의견이고 다른 모든 신료들도 그러한 줄로 알고 있사옵니다. 바라옵건대 전하께서 이 문제를 의중하신 대로 일괄 타결하심이 옳은 줄로 아옵니다."

"예, 소신들도 그와 같은 생각이오니 전하께서……."

몇 사람이 입을 열어 그 의견에 동조하며 왕의 결단을 촉구했다.

"……."

잠시 그런 신료들의 술렁거림을 바라보고 있던 왕이 입맛을 다시며 다시 한 번 신료들을 훑어보았다. 뭔가 아직도 결심이 서지 않은 듯 찜찜한 얼굴이었다. 또 비를 부르는지 파르스름한 번개가 어둠을 가르며 이 소리 죽인 모두의 마음속을 엿보기라도 하듯 때 없이 번쩍였다.

신하들의 의견이 거의 그렇다손 치더라도 쉽게 결단할 수 없는 문제였다. 국가끼리의 청원 문제도 그렇거니와 종주국의 의심을 받고 있는 속방의 처지에서는 신중에 신중을 기하지 않을 수 없었다. 신임을 받고 있는 상황이라도 어려운 청원 문제인데 불신에다 의심까지 받고 있는 처지이니 더 뭐라 말할 것인가. 좌고우면하지 않을 수 없는 왕과 신하들 처지였다.

"모두 들으시오. 기다린다고 좋은 방법이 나오는 것도 아니고 이미 신료 여러분의 의향을 대충 짚었으니 과인이 결정을 내리겠소. 황제 성절사절은 청원사와 별도로 파견하고 봉물 문제는 과인의 서간으로 우리의 어려운 사정을 이야기하겠소. 갑작스런 전란으로 봉물을 챙길 수 없다는 사정을 간곡히 기술하겠소. 쉽게 이야기해서 천냥 빚도 말로 갚겠다는 생각이오. 설마하니 전란 중인 나라에서 봉물이 오지 않는다고 트집 잡을 사람이 어디 있겠소.

그것은 그렇게 처결하고 시급한 청원사 문제나 논의합시다. 우선 왜적들이 보낸 정명가도征明假道에 따른 서류와 이쪽 전황을 서면으로 알리는 것이 좋을 것 같소. 그런 우리의 성의를 보이면서 청원 주청을 해도 해야 할 것 같소. 경들의 의견은 어떻소?"

거기에 대해서 이의를 보이는 이가 어디 있겠는가. 이내 시차를 두고 떠나도록 사신들 인선이 바빠졌다.

그러나 들려오는 전황은 먹장구름이었다. 암담한 앞날이었다. 앞뒤 꽉 막히고 하늘마저 내려앉는 기분으로 의주 행궁의 나날을 보내는 왕에게는 기대가 있을 수 없었다. 명 황제 성절사에 봉물 한 점 지참 못 시킨 그 열등감에 버거워하는 왕의 그 심중을 뉘라서 짐작이나 하리요. 더구나 가까이서 매일 얼굴을 맞대는 근처 백성들의 초췌하고 핏기 없는 얼굴에 있어서랴.

성절사와 청원사를 별송한 것은 그래도 국가의 채신에 걸맞은 외교적 위신을 갖추기 위함이라는 것은 두말할 나위가 없다.

성절사로는 유몽정柳夢鼎이 결정되었다. 역관은 아니지만 중국어에 조예가 깊고 건실한 사람으로 능히 성절사를 맡고도 남을 인물이었다. 왕도 그가 선발된 데 만족하고 기대하였다.

"신이 어찌 감히 전하의 하명을 거역하겠나이까. 부족한 신의 역량으로는 처리할 수 없는 막중한 책무이오나 성심을 다해 전하의 뜻을 상주하고자 하오니 하념하시옵소서."

그렇게 부복하는 성절사 유몽정의 눈에도 어느덧 물기가 배어 방울 되어 바닥에 떨어졌다.

행궁에서 바라다보이는 동북방 마자수 건너 명나라 땅에 작게 솟은 봉우리가 이고 있는 울울창창한 숲, 거기도 안개가 가려 빼어난 자태를 볼 수는 없으나 윤곽으로 짐작되는 그 수려한 경관! 거기를 바라보는 왕의 눈에도 눈물이 없을 수 없었다. 왕은 지금 깊이를 모를 슬픔에 잠겨 있었다.

"보시오, 유 대감, 어떻소? 지금 과인의 심경을 바로 아는 이 아무도 없을 것이오. 과인이 과인 혼자 살려고 구명도생하는 게 아니오. 아직 세자 책봉 안 된 마당에 과인이 어찌 그런 생각을 했겠소. 알다시피 임해군은 국경 지방 근처로 초병招兵을 나가 있고, 광해가 혼자 지키던 평양성이 불타버린 지도 오래되었소. 지금 국가 비상시라 부득이 분조를 단행해 그에게 일익을 담당케 하고 있으나 과인의 구상은 그게 아니오. 세자를 책봉한다면 의(영창대군) 차례가 되나 아직 나이가 어리지 않소. 그런 상황에서 과인마저 왜적의 수중에 떨어진다면 조선은 망하는 거요. 그런 파국을 피하고 명의 도움으로 국체나마 유지해 보겠다는 게 과인의 뜻이오. 그런 까닭에 황제에게 과인의 처지를 알려 주어 재기의 기회를 달라고 주청하는 것이오. 이게 과인의 마음이오."

그 대목에서 눈물이 없을 수 없는 왕은 신하 앞인데도 기어코 몇 방울 눈물을 보이고 말았다. 풍전등화도 약한 표현이랄까. 조선은 누란의 위기에 처해 있대도 과언이 아니었다. 전국에서 일어나는 각 고을 의병들의 속 시원한 승전보와는 거리가 멀었다. 지리멸렬한 관군의 대항도 왜적 앞에서는 당랑거철이었다. 그러니 의주 행궁의 몰골이 더욱 더 초라해질 수밖에.

"이건 사대적 발상이 아닌, 오직 구국의 일념에서 작심한 과인의 각오이니 그리 알고 유루遺漏 없도록 전력하시오."

돌아서 나오는 유몽정의 눈에서도 눈물이 흘러내리고 있었다. 일국의 왕이 오죽하면 신하인 자기에게 속에 있는 소리를 했을까 생각하니 인간 선조에 대한 연민의 정이 가슴 벅차게 밀려드는 것을 어찌할 수 없었다. 또한 조선이란 나라를 지탱하는 백성들을 향한 강한 동정심이 그런 눈물을 자아내게 됐는지도 모를 일이었다. 그것은 분명 사랑의 눈물이 아니고 무엇이겠는가!

중화전中和殿의 마루

  그렇게 경황없이 신점을 다급하게 보내 놓고도 안달을 잠재울 수
없는 홍순언은 그때 그 기분 그대로 행장을 차려 명나라 신료들에
게 하직인사를 했으면 싶었다. 신점을 떠나보낸 그의 마음은 꼭 타
들어 가는 등잔의 심지 같았다. 앞으로 열흘 그리고 의주에서 또
꾸물거리기를 열흘, 되짚어 온다고 해도 한 달이면 50일을 기다려
야 조선서 보낸 원병 청원사 얼굴을 볼 텐데 그 시간을 명나라에서
죽치고 앉아 기다려야 한다는 결론이 난 홍순언은 두말없이 다음
날로 파발을 탔다. 그 50일에 조선 전황이 어찌 전개될지 누구도
장담할 수 없는 일이어서 그는 타는 듯이 조급했다.
  그렇게 돌아온 그가 의주 행궁에 닿으니 아니나 다를까. 여태 원
병 청원사 준비도 없이 미적거리고 있으니 어찌 피난 조정이 얄밉
지 않겠는가. 홍순언이 명에 남아서 일을 꾸미니까 어쩌면 이쪽에
서 보낸 청원사가 출발하기 전에 원병 부대가 도착하지 않을까 하
는, 요행수를 바라고 있는 것이 눈에 읽혔기에 그는 분연할 수밖에
없었다.

그런 보추 없는 생각은 명이라고 크게 다르지 않았다. 그가 갑자기 털고 일어난 그 순간까지도 '원병'의 '원'자도 뉘 입에서 나오지 않고 그저 대국의 체면을 지킨다고 조선의 정식 청원사를 기다리고 있었으니까. 어쩌면 양국의 상황이 그렇게 피장파장으로 꼭 같은지 모를 일이었다. 그것도 운수소관인가. 홍순언은 그런 생각에 줄곧 속으로 부대낄 수밖에 없었다

불과 몇 달 전만 해도 대궐 안에 울리던 선조의 쩌렁쩌렁한 목소리는 간데없고, 연약한 모습에 그지없이 초라한 목소리가 듣는 이의 심금을 울리고도 남았다.

"당릉군도 알다시피 우리 사정이 이 지경이 되어도 명나라에서는 종무소식이구려. 조승훈의 선발대가 왔다고는 하나 그건 비전투부대나 같고 왜적의 도발을 그냥 보고만 있으니 어쩌면 좋단 말이오. 이제 당릉군밖에 이 위급을 구할 사람이 없을 것 같구려. 지금 당장에라도 되돌아가 명나라에 뭔가 자극을 줘야 될 것 같소. 경의 생각은 어떻소?"

"망극하옵니다, 전하. 소신이 어찌 전하의 흉중을 모르겠나이까. 알고도 남사옵고 일각이 여삼추로 급하고도 급합니다. 이 나라의 위급을 구할 방도는 오직 명의 지원군이라는 것도 모르지 않고 소신의 힘으로 되는 일이라면 지금 당장이라도 되돌아가고 싶사오나 전하의 윤허가 아직 없사와 추이를 살피는 중이었사옵니다."

"아니, 보시오. 그렇게 위급함을 알았다면 과인의 윤허를 기다릴 것이 아니라 채근조차 못하오? 당릉군조차……. 과인은 누구네 누구네 해도 당릉군 한 사람에 대한 믿음이 컸고 경이라면 뭔가 일을 앞당길 줄 알았소. 참 한심한 일이오. 과인의 기대를 저버리지 말

고 속히 행장을 차려 떠나도록 하시오. 가서 어떤 일을 하건 과인은 괘념 안 할 테니 좋은 결과를 얻도록 하시오. 이덕형이 이미 출발했으니 너무 뒤처지지 말고 될 수 있으면 두 사람이 동시에 자금성에 닿도록 발을 맞춰 보시오.”

“예, 황공하옵니다. 분부 받자옵고 윤허하신 대로 움직여 분골쇄신하겠나이다. 전하.”

조아리는 홍순언의 눈에도 뭔가 물기가 배어 나왔다. 초췌한 선조의 용안과 울음 머금은 목소리는 듣는 이의 심금을 울려 기어코 눈물 한줄기가 홍순언의 까칠한 볼을 적셨다.

“그러시오. 며칠이라도 쉬어야 명에서 돌아온 행역이 풀릴 것인데 쉬지도 못하고 안됐소 그려.”

배석한 중신들도 약속이나 한 듯 말이 없고 모두 어둡고 수심 찬 표정들이었다. 어전에서 물러난 홍순언은 우선 승정원에 들러 뭔가 문서 한 장을 만들어 품에 넣고 나왔다. 대전에서 물러날 때의 긴장감으로 홍순언의 얼굴은 도승지가 건네주는 문서를 받을 때까지도 펴지지 않았으나 혼자 되어 마음을 정리하고 나니 담담히 개어 있었다.

의주를 떠난 지 한 달 만에 당도한 명나라 조정의 분위기는 날씨와는 다르게 냉랭했다. 지난 번에는 우연한 기회에 황제를 알현할 수 있는 요행을 얻었으나 이번에는 일국의 정식 원병 청원 정사正使로 와서 그것도 공식적인 자리에서 알현하는 것이니 그때와는 분위기가 사뭇 다를 수밖에 없었다.

“그대가 조선국의 원병 청원사인가? 언제 한 번 만난 적이 있는 것 같은데…….”

"예, 소신이 지난 번에 절강성 일로 잠시 폐하를 알현한 적이 있사옵니다."

"그럼… 그 역관이 이번에는 정식 청원사가 되어서 왔단 말인가?"

황제가 자기와의 대면을 기억하고 있다는 사실 때문에 홍순언은 입이 막히고 말았다. 그저 희게 나부끼는 황제의 턱수염만이 눈에 들어올 뿐이었다. 대전을 가득 메운 황금색이 눈을 자극했기 때문에 눈이 부셔 그 안에 자리잡은 사람의 얼굴도 보이지 않았다. 그저 황제의 얼굴에 달려 있는 그 희고 탐스러운 수염만 눈에 들어왔던 것이다. 무엇보다 황제는 목소리가 우렁찼다. 그 앞에 부복한, 넉넉히 50~60명은 됨직한 대소신료들의 홍의와 황의가 내뿜는 빛 또한 지나치게 현란했기에 홍순언은 괜스레 주눅이 들었다.

실히 스무 간이 넘을 듯 넓고 우람한 마루 저 너머 고루高樓 위의 용상에 앉은 노인의 위용은 한마디로 좌우전후에서 여의주를 물고 있는 용의 머리마냥 그저 빛을 발할 뿐이었고 홍순언은 그 빛만 봐도 머리가 숙여지는 위압을 느꼈다. 여기 자금성, 그 엄청난 규모의 건물에서도 황제만 드나든다는 중화전 마룻바닥은 왜 이리 차고 서늘한가. 중화전 전체의 공기인들 어찌 서늘하지 않겠는가.

"예, 소신이 바로 청원사이옵니다. 폐하."

어쩔 수 없이 떨리는 홍순언의 목소리였다. 황제는 부복한 신하가 두 손으로 바치고 있는 서류에서 문서를 뒤적이다 집어 들었다. 서류는 조선 국왕이 보낸 청원사 신임장으로, 중차대한 시기인 지금 명나라 황제 곤룡포라도 부여잡고 매달려야 할 판국에 요긴한 서류였다. 역관을 통해 장황하게 늘어놓는 설법보다는 말 잘하고 중국어를 유창하게 구사할 수 있는 사람이 청원사로 들어가 직설로 통사정해야 한다는 홍순언 자신의 주장에 따라 병부상서 석성의 묵인까지 얻어 이루어진 자리였다. 석성은 어떻게 해서든지 조선 파병이 성사되기를 바라는 사람이니 홍순언의 주장에 반대할 이유가 없었다.

그중 한 장을 집어 든 황제가 그 문서와 그 앞에 부복한 조선국 사신 홍순언을 번갈아 보며 내뱉은 말은 너른 중화전을 울릴 정도로 자못 위엄 있었다. 웬만한 사람은 듣기만 해도 기죽기 꼭 좋은 음량音量이었다.

"일국의 국왕이 왜적 따위에 몰려 어찌 백성과 국토를 버리고 혼자만 살겠다고 그럴 수 있느냐. 이건 누가 생각해도 해괴망측한 짓이다. 아주 괘씸한 처사다. 이런 나라에는 원병을 보낼 수 없다. 싹수가 있어야 뒤를 봐주는 사람도 용기가 나고 기대가 되는 것인데. 암튼 이런 나라에는 원병을 보낼 수 없으니 돌아가오. 나는 그리 못하오. 중신들 중에 원병을 주장하는 사람이 있으나 그 반대도 많소."

황제 신종은 우선 그렇게 해서 상대방의 약점을 들춰내 기선을 제압했다. 그 안에는 그렇게 해서 동맹국(우방)으로서 파병 문제의 주도권을 잡겠다는 의도가 다분히 숨어 있었다.

노기까지 띤 신종의 수염이 떨리는 것을 보고 상황이 여간 불리해진 것이 아니라고 판단한 홍순언은 작심한 듯 고개를 쳐들고 말했다.

"사려 깊지 못한 결정은 한때 우리 신하들도 반대하고 후회했사오나 우리 군주께서도 단견短見을 뉘우치시고 바로 생각을 바꾸셔 지금 백성이 한 덩어리가 되어 혈전을 계속하게 진두지휘를 하고 있사옵니다. 폐하께서 조선의 이런 사정을 깊이 헤아리셔서 차제에 조선이 환골탈태할 수 있는 기회를 만들어 주실 것을 조선 2천만 백성은 바라고 있습니다. 폐하께서 그렇게 용단을 내려 주신다면 조선 백성은 그 은혜 백골난망이겠으며 모두 명나라를 위해서 죽을 각오가 되어 있는 줄로 알고 있사옵니다.

　명나라에서 보면 조선은 명나라의 입술과 같고 그 입술을 노리는 왜적들은 조선이란 입술을 깨물고 나서 바로 명이란 치아齒牙를 해치려고 달려들 것입니다. 우리 속담에 입술이 없어지면 이가 시리다는 말이 있사온데 지금 명나라가 그런 형편에 직면하고 있다 사료되옵니다. 왜장 도요토미 히데요시가 부르짖는 정명가도征明假道라는 말도 있습니다. 좁은 국토에서만 살아온 왜적들은 필경 명나라를 점령하여 저 넓은 만주 어디에 자기들 본거지를 만들어 이 동양 전체를 석권할 흉계를 꾸미고 있습니다. 폐하, 어찌 하잘 것 없는 소신이 허언을 논하오리까. 그런 왜국을 상대로 전쟁을 벌이고 있는 조선은 분명 명의 입술이고 대문이 아닐 수 없사옵니다. 이런 조선을 돕지 않고 누구를 돕겠습니까? 부디 지금이라도 바로 원병을 파견하여 저 극악무도한 왜적을 소탕해 주십시오. 명과 조선은 예로부터 형제의 나라로 자타가 인정하고 있사옵니다.”

　폭포수 같은 홍순언의 명나라 말이 쏟아져 나와 자금성 중화전 마루를 흥건히 적시고 수많은 중신들 폐부를 찌르고 돌았다. 용상에 비켜 앉은 황제는 진지한 표정으로 물 흐르듯 유창한 홍순언의 말발에 취한 듯 눈을 감고 듣고 있었다. 잠시 뜸을 들인 홍순언이 이번에는 조아렸던 머리로 마룻바닥을 짓찧었다.

　“폐하, 외람되이 지나친 소신의 두서없는 말씀을 들어 주시는 그 은혜 갚을 길 없사오나 한마디 더 아뢰지 않을 수 없습니다.”

　마룻바닥에 짓찧은 이마가 벌겋게 충혈이 되어 금방이라도 거기서 붉은 피가 한두 방울 떨어질 것 같은 상황이었다.

"할 말이 더 있으면 쉽게 끝내도록 하오. 지금 이 나라도 변방 오랑캐 때문에 모두 밤잠을 설치고 있으며 그쪽으로 출동한 군의 수효가 많아 모두 전시체제를 갖추고 있소. 그래서도 조선 파병은 난사難事로 알고 있소."

"폐하, 성은이 망극하옵고 황공한 일이오나 명조 간의 신의와 우의는 반석 위에 세워진 튼실한 건축물과 같은 것이고, 우리는 그것을 자랑으로 알고 명나라의 융성을 기원해마지 않았습니다만 혹시나 이런 관계에 먹칠을 할 수 있는 사건이 있었으니 어찌 하면 좋겠사옵니까. 명나라는 세계 제일의 대국으로 그것을 긍지로 세계 만방을 이끄는 대국으로 알고 있사온데, 그런 대국이 하찮은 조선이라는 나라를 미끼로 침략자 왜적을 회유한다는 말이 있사옵니다. 어찌된 사실인지 여쭙지 않을 수 없습니다. 왜적은 간악하고 흉포한 자들입니다. 그들에게서는 금도襟度라는 것을 바랄 수 없습니다. 귀축鬼畜만도 못한 오랑캐입니다. 그런 왜적과 대명국이 협상한다는 말이 있는데 이것이 세상에 있을 수 있는 일인지 궁금합니다. 대국 명나라가 왜적 오랑캐와 세상 사람들 귀를 의심케 하는 더러운 흥정을 하고 있다니 하늘을 우러러 통곡할 일이 아닐 수 없습니다."

"아니, 잠깐 청원사는 들으오. 무슨 근거, 어떤 일로 터무니없이 과인 앞에서 이 나라를 폄훼하는 거요. 만약에 그것이 근거 없는 낭설임이 밝혀지면 청원사도 효수감이오. 말을 아껴서 차근차근 이야기하오."

신종은 손가락질로 홍순언을 닦달했다. 때는 이때다 하고 더욱 평신저두가 된 홍순언이 목청을 가다듬고 신종 앞에 듣고 본 일을 낱낱이 고해 바쳤다. 즉 왜적과 흥정하는데 조선이란 미끼를 던져 주고 전쟁을 종결 짓자는, 명이 추진하고 있는 조선의 분할점령계획을 밝혔다. 듣고 있던 신종이 경악한 것은 물론 그 계획을 은밀히 진행시키고 있던 중신들도 대경실색하고 사색이 되었다.

"폐하, 말씀 올리고자 한 것은 그와 같사옵니다. 설마하니 명이란 대국이 이런 치사한 방법으로 전통적인 우방 조선을 난도질하려 했다고는 생각할 수 없으나 아니 뗀 굴뚝에 연기 나느냐는 속담이 원망스러울 뿐이옵니다."

그 나라 말을 본토인보다 더 유창하게 하는 홍순언 앞에서 황제는 주저할 수밖에 없었다.

"신의 입에서 나온 말은 소신이 책임지고 언제든지 제 목을 양국 간의 우의를 위해서 바칠 각오가 되어 있사오니 이 사건을 철저히 밝히시어 세계에 빛나는 대명제국의 국위를 손상시키는 일이 없도록 배려해 주시면 감사하겠나이다. 소신이 올린 오만방자하고 외람 무도한 말씀이 사실이 아니기를 소신은 마음속에서부터 빌어 마지않사옵니다."

홍순언의 볼 위로 눈물이 끝없이 이어지고 있었다. 조국의 백성을 위하는 뜨거운 열정이 눈물이 되어 명나라 황제 신종의 면전에서 강이 되어 흐르고 있으니 아무리 권위주의에 빠져 있는 신종인들 어찌 감회가 없겠는가.

"청원사는 들으오. 과인도 청원사 말을 듣고 많은 것을 깨달은 바 있고 또 방념放念했던 조선국 문제에 관심을 갖게 됐소. 그러나 왜적과 조선을 분할점령한다는 말은 금시초문이고, 그저 청원사의 말이 사실이 아니기를 바라는 바요. 아무려면 왜적과 조선을 분할 통치까지야 하겠는가. 과인도 그 내용을 알아보고 선후책을 강구할 테니 그만 감정을 거두오."

확실히 홍순언의 그 발언은 정문頂門의 일침一鍼이었다. 거국적인 조선 분할점령이란 계획을 황제가 모를 턱이 없다고 단정한 홍순언의 기막힌 진검승부였다. 눈에 띄게 당황한 황제가 중신들 쪽으로 던진 필사적인 시선, 뭔가 구원을 요청하는 듯하던 그 표정에 홍순언은 그만 속으로 무릎을 쳤다. 동시에 쾌재를 불렀다. 그만치 그는 재치가 있었다. 참으로 아슬아슬한 곡예요, 대담한 능청이었다. 이렇듯 홍순언은 애국애족에는 철저한 인물이며 역관이면서도 사대에 기울지 않은 곧은 인물이었다.

"아무리 급해도 돌다리도 두들겨 건너라는 속담이 있듯이 우리 명나라도 사정이 있으니 며칠 말미를 주십시오. 황제 폐하께서 그리 말씀하셨고 조정의 중론도 조금은 파병으로 기운 듯하니 마음 편히 객관에서 쉬시기 바랍니다. 이덕형 청원사도 어르신의 이번 처사에 혀를 내두르며 감탄하고 있습니다. 자기가 황제 앞에 서서 몇 날 며칠 갑론을박했어도 요지부동이었던 폐하를 움직인 게 바로 장인어른이라고 말입니다. 황제 폐하께서 그리 말씀하셨으니 가부간에 하명이 계실 것입니다."

파병 찬성파 대표주자 석성이 하는 말에는 여유가 듬뿍 담겨 있었다. 그랬다. 조선을 떠나 올 때부터 홍순언은 황제를 독대할 수 있는 방법을 찾는 데 골몰해 있었다. 백척간두에 매달려 있는 조국의 명운을 걸머진 자신은 북경에서 명나라 중신들과 이마를 맞대고 주저앉을 이유도 없었을뿐더러 그것이 하루 이틀에 끝나지 않을 것이라는 판단이 섰기 때문에 그러한 묘안을 석성에게 이야기하고 그의 주선을 부탁했던 것이었다.

한발 먼저 귀국한 정식 청원사 이덕형의 보고를 받은 조선의 선조는 오죽하면 눈물까지 그렁그렁한 채 벌린 입을 다물지 못했다.

"그러면 그렇지. 당릉군이 해냈구료. 내가 사람 잘못 봤지. 이번 명과의 전시 외교가 원활한 것도 모두 그의 공이오. 그리되면 파병도 시간문제가 될 것이고 홍 대감에게 찔린 신종 황제도 제 양심이 있고 위신이 있어 어쩔 수 없이 파병으로 기울겠구려. 경들의 의향은 어떻소?"

"망극하옵니다. 소신들의 생각도 전하와 대동소이하옵니다. 그렇다면 원군援軍 영접에 모두 소홀함이 없어야 할 것으로 사료되온데 어찌……."

"그것은 어려운 일이 아니오. 김명중으로 하여금 접빈사를 맡도록 하고 차후 계획을 세워 보시오."

신하들의 의중을 짚은 선조가 자못 위엄 있는 목소리로 말하자 모두 고개를 조아렸다.

그러나 홍순언의 활약으로 금방이라도 올 것 같던 지원군은 감감무소식이었다. 전황은 더욱 불리해져 선조는 국가 수호의 의지를 잃고 치욕적인 망명을 결심하기에 이르렀다. 명나라에 구원 요청을 하기 위해 망명의 뜻을 밝힌 자문(중국과 오가는 문서)을 부쳤다.

'궁빈을 이끌고 상국(명나라)에 내부(망명)코자 원합니다.'

그 같은 자문을 받은 명나라에서 큰 소동이 벌어졌다. 한 나라의 왕이 망명해 온다는 사실은 외교적으로 작은 사건이 아니기에 그랬고, 전쟁에 패하여 도망 오는 것과 다름없으니 그 추격군(왜적)에게는 명나라에 쳐들어올 결정적인 구실을 주게 되는 꼴이었다. 그렇지 않아도 서북방 몽골족의 반란으로 정신이 없는 판에 만일 망명해 들어오는 조선 국왕을 좇아 동북 방면에 왜적마저 쳐들어

오면 여간 큰일이 아닐 수 없어서였다. 명나라 국토가 전쟁터가 될지도 모르는 일이었다. 명으로서는 원치 않는 일이었다. 차라리 구원병을 보내서 자국 영토 안에서 싸우게 함으로써 명나라 영토에 전화가 번지는 것을 미리 막는 게 나았다.

'국왕이 도피하다니, 측은하도다. 원병을 보낼 테니 그 사이 힘껏 싸워서 나라를 지킬 것이로되 앉아서 당하는 일이 없도록 할지어다.'

황제 신종이 칙명을 내렸다. 원병은 보내되 망명은 허용하지 않겠다고 달래는 내용이었다. 칙서를 받아 조선에 통첩을 보낸 명나라 요동부 총병 양소훈은 한 술 더 떠서 선조를 꾸짖었다.

'나라를 버리고 도망 온다면 국민이 싸울 마음이 없어질 것이니 강을 건너 올 생각을 마시오.'

굴욕적인 망명 외교였으며 모욕이 아닐 수 없었다.

"여보시오, 당릉군. 나는 어찌나 불안한지 잠을 제대로 못 자고 먹은 것이 소화가 안 될 정도였소. 지금 요동 총병 조승훈이 마자수를 건너왔소. 드디어 움직이기 시작한 명군이오. 당릉군이 서둘러 그쪽에 연통을 넣어 보도록 하시오."

"예, 망극하옵신 분부 거행하겠나이다. 전하, 소신이 미처 피난 조정의 급박한 사정을 헤아리지 못하고 사적인 일에 시간을 낭비하였나이다. 황공무지로소이다."

"아니오. 그것은 경의 개인사를 몰랐던 과인의 잘못도 있는 채근이었소. 오히려 과인이 지나친 것 같소. 과인 생각에는 지금 움직인다는 조승훈 선발대만 가지고는 왜적을 막는 데 역부족인 것 같소. 이 나라에 상륙한 왜적을 축출하려면 아무래도 명의 대부대가 움직여야 될 것 같은데 경의 생각은 어떻소?"

"황공하옵니다, 전하. 소신이라고 어찌 전하의 생각을 헤아리지 못하겠나이까? 전하의 생각이 옳다고 여깁니다. 지금 수군을 제외하면 전국적으로 일패도지한 관군이나 의병들 사기도 땅에 떨어져 어떤 과감한 변화가 없이는 전쟁을 계속할 수 없을 것으로 사료되옵니다. 전하."

"그래서 그 해결책으로 명의 대대적인 증원군이 속히 이 땅에 들어와야 한다는 이야기요. 당릉군이 조 선봉장을 만나 보고 서둘러 명나라에 들어가 공작을 해야 될 것 같구려. 청원사 한 사람 가지고는 안될 것 같으니 당릉군이 시급히 움직여야 되겠소."

"예, 깊으신 전하의 혜안 받들어 모시겠나이다. 전하, 소신이라고 어찌 조 선봉장에게만 만족하겠나이까. 조 장군을 만나 보고 바로 머리를 들리겠나이다."

피난 조정의 궁핍상은 목불인견이었다. 우선 상감의 용안도 그렇지만 걸치고 있는 용포도 꾀죄죄했다. 용안에는 초조의 기색이 떠날 사이가 없고, 대전내관 말을 들으면 동북 방면으로 분조해 나간 세자 광해군의 안위에 대해 너무 과민하다는 것이었다. 그럴 수밖에 없는 것이, 왜적이 동북 지방까지 추적해 들어가 세자 뒤를 쫓고 있다는 것을 왕도 알고 있기 때문이라는 것이다.

왜적 장수 가토 기요마사가 임해군과 광해군이 모병을 위해 동북지방 첩첩오지까지 들어갔다는 것을 알고 생포하려고 혈안이 되어 있다는 것도 이쪽은 알고 있었다. 전쟁이 나자 세자로 책봉된 광해군은 부왕의 뜻을 잘 받들어 분조의 역할을 잘해 나가고 있으나 병력의 열세 때문에 늘 불안에 떨고 있었다. 부왕 선조는 이런 사정을 잘 알고 있기에 명의 지원군 오기를 학수고대하고 있었다.

"여보시오, 당릉군, 경이 잘 안다는 석성 상서尙書를 한번 크게 움직여 보시구려. 지금 명나라 실정은 석성이 좌지우지한다니 힘을 써 보시구려. 이번 조승훈 선봉장 출병도 이덕형이 순무학걸에 여섯 차례나 글을 보내고 그 집 마당에 엎드려 울며불며 구걸하다시피 구원병을 요청한 결과였소. 그래서 겨우 도강渡江을 한 것이지 그렇지 않았으면 어림도 없는 일이었소. 그것도 석성이 추인追認하며 겨우 성사된 일이니 기가 막힐 일이며 듣자니 그렇게 출병한 명나라 군사들의 행패가 자심하다고 들었는데 이 일을 어찌하면 좋을지……."

조승훈 휘하 장졸 천 명이 당도한 것은 틀림없으나 그들에겐 왜적과 접전을 벌이지 않고 후속 부대가 올 때까지 의주의 피난 조정을 보호하는 역할이 맡겨졌다.

의주 백성들은 파천 자체를 반대하고 왕의 행차를 실력으로 제지까지 했다. 의주에서부터 그 우여곡절을 겪으니 분조는 뭐가 되겠는가? 대전내관을 부르는 선조의 모습은 초췌하거니와 대령한 내시들도 추레하게 보이기는 마찬가지였다. 분조는 왜적 제2군 점령 지역인 함경도와 제1군 점령 지역인 평안도 사이를 세로로 가르는 낭림산맥의 산간지대를 타고 남하 북상을 계속하면서 군사를 초모하고 백성들을 격려하였다.

한편, 평양을 점령한 왜적 제1군 사령관 고니시 유키나가는 더 이상 진격을 않은 채 일정 장소에 주둔하고 있었다. 순안과 영유가 지척인데도 전혀 움직이지 않았다. 불가사의한 일이 아닐 수 없었다. 평양 북쪽 평안도 민심이 점차 안정되고 피난 조정의 전쟁 대처 능력도 많이 원활해졌으며 활기를 더해 나갔다. 유성룡은 안주 순찰사 이원석과 순안 도원수 김병원을 순천에 머물게 하면서 흩어진 군사들을 수습하여 장차 반격의 기반을 다져 나갔다. 동시에 명의 지원군 접대 준비도 해야 했다. 진격 예정도 주요 지점에 미리 군량軍糧과 군마 사료를 준비케 하고 청천강에도 부교(뜬다리)를 만들어 두고 명군의 도강을 대비했다.

패주하는 적의 공격을 늦추어 군대를 재정비하고 반격에 나설 수 있는 시간을 준다는 것은 공격군에게는 작전상 있을 수 없는 일인데도 평양의 제1군은 패주하는 조선군을 계속 밀어붙일 수 있음에도 그러지 않고 일체의 공격을 감행하지 않는다는 점이 이상했다. 조선군으로서는 흩어진 군사를 재편성하고 명군과 연합할 수 있는 좋은 기회이자 황금 같은 시간이었다.

어릴 적부터 전쟁에서 잔뼈가 굵은 고니시 유키나가가 이 같은 전쟁의 기본적 원리를 모를 리 없었다. 원래 평화주의자였고 이 전쟁의 무모함을 잘 알고 있었던 고니시 유키나가가 더 이상의 진격으로 명을 자극해서 확전이 되는 것보다는 강화 교섭을 통한 전쟁의 조기종결을 바랐을 것이라는 추측도 가능했다. 그러나 그보다 더 확실한 것은 그가 남해와 서해를 돌아 대동강을 거슬러 올라오게 되어 있는 증원군을 기다리고 있다는 사실이었다.

도요토미 히데요시의 조선 침공 기본 전략은 수륙 병행전이었고 이미 투입된 제9군까지의 15만 8천7백 명 외에 제10군에서 16군까지의 11만 9천 명은 규슈 나고야의 전진기지에서 예비대로 대기시켜 언제든지 출병이 가능토록 되어 있었다.

이런 와중에 평양의 유키나가가 승려 현소를 시켜 피난 조정의 선조에게 글을 보내 왔다.

'일본 수군 10만여 명이 지금 서쪽 바다를 건너오는 중인데 그렇게 되면 대왕의 행차는 장차 어디로 가렵니까?'

순순히 항복하라는 협박장에 다름 아니었다. 그러나 더 중요한 것은 유키나가가 남서해를 돌아 수군 10만 명이 곧 도착하리라고 믿고 있었다는 것이었다. 그로서는 히데요시가 조선침공작전을 짤 때 그가 선봉군으로 육로로 평양까지 진격할 경우 남서해 수로로 10만 증원군을 편성하여 평양에서 합류, 명나라로 침공해 들어가도록 계획되어 있음을 알고 이를 기다리고 있었던 것이다.

그런 그가 이 같은 사실을 바탕으로 조선 조정에 큰소리를 칠 때 수군 10만 명은 올 수가 없게 되었다. 이미 남해 수로는 조선 수군 이순신의 전라좌수영 함대에 의해 철저하게 저지되고 남서해 제해권은 조선 수군의 장악하에 있었다.

왜적의 조선 침공군 예비대 10만 명은 나고야 전진 기지에 그대로 묶여 버리고 말았으며 그중 상당수 병력은 이미 조선에 증파되어 경상도 일대의 조선 의병과 싸우고 있었다. 결국 왜군의 진격은 평양에서 저지되었고 부산으로부터 평양까지 길게 뻗은 보급로는 조선군의 끊임없는 공격으로 교란되어 갈수록 보급이 어려워졌으므로 날이 갈수록 지연되었다.

유성룡은 '우리 국가가 보존되는 것은 오로지 남해 해전에서의 승리 때문이었다'고 《정비록》에 기록할 정도였다. 이순신의 남서해 제해권 장악은 조선에 최후의 승리를 안겨 주는 것으로 그치지 않았다. 전쟁이 끝난 뒤 일본의 정변政變에 지대한 영향을 주어 왜의 역사를 달라지게 만들었다.

조선 수군에게 제해권을 빼앗겨 나고야 전진기지에서 출병 못 한 10만여 명의 병력 가운데에는 에도의 대영주 도쿠가와 이에야스의 군사가 포함되어 있었다. 출병하지 못하니 자연스레 그의 군사력은 보존되었고, 그 결과 히데요시가 죽은 뒤 거기 충성하던 고니시 유키나가의 군사를 격파하고 전 일본을 장악, 도쿠가와 막부를 건설할 수 있었다. 재미있는 인과응보가 아닐 수 없었다.

수군의 연전연승은 물론 이순신이라는 뛰어난 지략을 겸한 유능한 장수가 있어 가능했던 일이지만 이는 반만 알고 나머지 반쪽은 모르는 이들의 말이다. 이 모든 것은 수군을 뒷받침하는 국민적 총력안보의식이 작동한 결과이고 그에 못지않게 그것을 뒷받침하는 과학 기술의 역할이 컸다는 사실을 간과해서는 안될 것이다. 조선의 천문, 제지, 요업, 조선造船 등의 뛰어난 기술은 이미 세계적 수준에 올라 있었다. 특히, 주조술은 그중 으뜸이었다. 주조화포의 개량생산이 가능했기 때문이었다.

지원군 조승훈 부대나 조선군의 노고도 만만치 않았다. 지원군이래서 상전처럼 구는 지원군은 골칫거리였다. 명색이 지원군이라는 허울 좋은 이름 때문에 겪는 민폐도 이만저만이 아니었다. 피난 조정을 경호한다는 구실로 벌어지는 갖가지 조선군과의 갈등은 자심했고, 이럴 때 가장 난감한 사람이 홍순언이었다. 선조도 그런 폐단을 알고 있고 또 예견했기에 당릉군으로 하여금 조승훈을 만나보라고 채근했던 것이 아닌가.

며칠 전 바쁜 틈을 비집고 조승훈을 만난 홍순언은 아연실색했다. 복장이나 기타 행적으로 보아 명군 중낭장쯤 되어 보이는 군관 하나가 조선군 중간 간부쯤으로 보이는 한 사람을 꿇어앉혀 놓고 닦달하는 것이 눈에 들어왔다. 그런 일이라면 개별적으로 얼마든지 처리할 수 있는 일인데다가 공적公的 장소에서 부대원들이 전부 도열해 있는 상태에서 조선군 군관의 무릎을 발로 툭툭 차며 욕설을 퍼붓고 있으니 꼴이 뭐가 되겠는가?

"……."

아무리 보아도 난감한 정경이라. 그 길로 사령관에게 달려간 홍순언을 보자 빙글거리며 그 광경을 보고 있던 조승훈이 후딱 정색을 하며 뭐라 자기편 중랑장에게 소리 질렀다. 보여서는 안 될 모습을 더구나 홍순언에게 내보였으니 얼마나 민망했겠는가.

"아… 홍 대인, 얼마 만입니까? 나 여기 온 지 몇 달이 됐지만 아직 홍 대인에게 인사도 못 드리고 해서……."

역관이래도 군 칭호를 받고 있는 몸이고 더구나 본국 조정과 깊은 관계가 있는 홍순언은 어느 모로 보나 조승훈에게 불편한 존재인 것만은 분명했다. 그걸 모르는 조승훈이 아니고 또 그걸 못 짚는 홍순언이 아니기 때문에 두 사람의 상면은 껄끄러울 수밖에 없었다.

"저 조선군 군관이 영 말을 안 들어요. 우리 군은 지금 조정 경호를 맡고 있는데 우리에게 협조를 안 해 군무 수행에 지장이 많지요. 그래서 저렇게 추궁을 하고 있는 겁니다. 속이 많이 상해요. 우리도 조선군의 지위를 많이 존중합니다."

그런 정경을 보고 좋아할 조선 사람이 누가 있겠는가. 그런 눈치를 챈 조승훈이 농을 치지만 홍순언의 얼굴에 나타난 불쾌감을 어찌 간과했겠는가. 그러나 그것보다 자신의 서투른 표정 관리 탓에 제 풀에 기가 죽은 조승훈의 표정이 더 가관이었더라. 자기에게 비라리하는 그의 얼굴이 보기 싫은 홍순언은 계면쩍게 돌아서며 입맛을 다셨다.

시원한 건들마가 땀방울을 식혀 주는 가을이 됐는지 전란에 시달린 뭇사람들 얼굴에 그래도 조금씩 생기가 돌아나나 원체 먹는 것에 쪼들린 탓에 안색들은 그리 좋지 않았다. 그러나 그 전란 중에도 눈치 봐 가며 땅에 꽂은 풋것들의 결실기가 가까워 오는 것이 보람인 듯 굴풋한 표정의 백성들은 행여나 하고 북쪽에서 들려 올 명의 지원군 소식에 귀를 세우고 있는 판국이었다.

그간 도처에서 일어난 벌떼 같은 의병들도 처음에는 왜적들의 조총에 삼대 쓰러지듯 맥을 못 추었으나 그 조총의 결함을 알고부터는 거기에 상응해 분전해 나갔다.

봉건적 전제군주제도 아래서 백성들은 나라에 대한 수많은 의무만 있고 권리는 전혀 향유하지 못한다. 하지만 고통받는 피지배자의 신분계급이면서도 이들은 국가 유사시에는 기꺼이 나라를 위해 싸우다가 어느 이름 모를 산야에서 한 줌의 흙으로 돌아가기를 마다하지 않았던 것이다.

대의의 길

비 뿌려 서리 재촉하는 하늘의 심술이 새삼스럽지 않았다. 길은 험했다. 곳곳에 널려 있는 아직 치우지 않는 주검이 벌써 반년이 됐으니 백골인들 무사하겠는가. 거의가 의병들의 것이었다. 관군이래야 숫자도 적을 뿐 아니라 치상이라도 했으니 그 흔적이 없겠지만 의병, 결기 하나로 일어나 대장의 호령 한마디에 좌우로 썰물처럼 몰려다니다 모진 왜적의 조총에 희생된 넋을 위해서 누가 서러운 눈을 감기게 해 줄까.

그 길이 멀었다. 평안도 북단 의주 땅에서 전라도 무장까지 너무 까마득한 먼 길, 걸어서 잘해야 한 달인데 전란을 겪은 그 땅에 행보가 순조로울 수가 있겠는가. 끊긴 게 길이고 불타 버린 것이 여염집인데 어딜 가서 누굴 찾아 끼니를 이으며 말 먹이를 구하고 길을 줄일 것인가? 그리고 밤이면 나타나는 수상쩍은 그림자는 또 어찌하고.

애초 떠날 때의 예산은 완전히 빗나가고 우선 곳곳에 있어야 할 역참이 없는 것이 무인지경이나 다름없었다. 의주에서 타고 온 말이 평양 못 가서 절름발이 됐으니 갈아 탈 데가 없어 그때부터 도보, 배행 하나 없는 외로운 나그네 길에 나선 조선의 대역관 당릉군 홍순언은 그만 미망에 빠져 버리고 말았다. 끼니가 제대로일 수가 없고 지나는 길 각 고을의 동현인들 무사해 거기 들러 행색을 추스르고 의지하겠는가. 무엇보다 멋모르고 나선 길이 그렇게 험할지는 그 자신도 예상 못했으니까. 자신의 신분만 믿고 가다가 나타나는 대소 행역行役이 자심할 줄은 짐작도 못했다. 그럴수록 지방 관아를 이용하라던 왕의 말이 떠올랐다. 막상 당해 놓고 보니 그 말이 공치사가 아니었다는 것을 실감할 수 있었다.

"이번 길을 따져 놓고 보면 분명 명분 있는 병부의 일인데 어찌 명색이 종2품 당릉군의 신분으로 배행하는 사람 없이 이 전쟁으로 폐허가 된 땅을 단기 필마로 간단 말이오, 조정이 제대로라면 의당 갑사로 하여금 호위케 하는 것이 원칙이거늘… 어쩌다 나라가 이 꼴이 돼서……."

거기서 말을 끊은 선조가 장탄식하는 바람에 자리가 숙연해졌다.

"이보시오, 홍 대감. 과인이 일국의 군주로서 책무를 다하지 못하고 이런 궁벽한 산골에서 분투를 삼키고 있지만 어찌 중신들 개개인의 궁색한 속사정조차 모르고 있겠소. 모두가 다 알다시피 홍 대감은 지금 몸이 둘이라도 모자랄 요긴하고 바쁜 몸이라는 걸 왜 모르겠소. 이번 무장길도 알고 보면 거기 이순신을 만나 전략적 중대사를 꾸미러 가는 거 아니겠소. 홍 대감의 탁월한 지략과 출중한 애국심의 발로가 아니면 도저히 성사시킬 수 없는 계획인데 하물며 그런 길을 호위 못한 조정이 한심할 뿐이오. 너그럽게 접어 생각해서 처리토록 하시오."

지난여름, 홍순언은 왜적에게 치명상을 입히며 국토방위의 최선봉에 서서 구국의 총포를 쏜 해신 이순신을 돕는 일대 모험극을 꾸몄고, 지금 그 계획 실천을 위해 그 당사자 이순신을 만나러 가는 길이었다. 선조도 홍순언의 치밀한 계획에 감탄하고 홍순언에 대한 가자加資가 결코 과중한 것이 아니었다는 것을 신료들에게 내보일 수 있는 기회였기에, 또 한 번 만족해하고 있었다.

　"전하, 소신의 일로 너무 괘념치 마시옵고 하명하시는 것이 좋을 듯하옵니다. 각 고을의 실정도 파악해서 상주할 요량으로 간편한 해로를 버리고 위험한 육로를 택하였사오니 소신의 충정을 헤아려 주시기 바라옵나이다. 지금쯤 아마도 절강성에서 사람이 도착해 있을 것으로 사료되어 마음이 조급하온즉 바로 떠날 수 있도록 윤허하여 주시기 바랍니다. 한시바삐 가서 충무공을 만나 전략을 의논해야 차질이 없을 듯하옵니다."

　"알겠소. 과인이 일찍이 당릉군을 알지 못한 것이 후회되고 안타까운 일이오. 대명회전 때부터 경의 우국충정을 모른 바 아니고, 이번 명나라 조정과의 여러 난제를 속결한 그 지극한 애국적 결단도 후일 논하기로 합시다. 헌데 이번에 또 전라도길, 그 중요한 일 때문에 노구를 무릅쓰고 간다니 과인은 할 말이 없소 그려. 그런데 도대체 경의 춘추가 어찌 되었는지 궁금하오. 웬만한 사람이면 바깥일 접고 들어 앉아 음풍월吟風月이나 할 처진데 이렇듯 나랏일로 그 노고를 마다 않으니 가히 충신 중의 충신이 아닐 수 없구려."

　"소신, 겨우 회갑回甲으로 아직도 나라의 부름이면 어디든 갈 용의가 있고, 몸은 건강한 편입니다. 해소가 조금 있을 뿐으로……."

　"흐음… 그래도 젊은 나이도 아니니… 과인이 오래전부터 생각한 것이 한 가지 있는데, 다름 아니라 언젠가 말한 적 있듯이 지금 과인을 돌보고 있는 허준이라는 어의가 있는데 매우 충직한 인물이고 의학에 달통했으며 어의御醫의 자격이 충분한 사람이오. 어쩌면 과인에 대한 충성은 홍 대감과 비교하여 난형난제일 만치 닮은 데가 있지요. 과인이 알기로 그의 과거 역시 파란만장했고, 더하여 칠전팔기의 굳은 의지는 홍 대감을 닮은 데가 많소. 첫째, 홍 대감과 같이 자신을 내세우지 않는 것이 과인의 마음을 사로잡았었지요. 한번 만나 보시구려. 의술도 의술이지만 예언 또한 신묘하나 좀체 입을 열지 않는 게 좀 고집스럽소. 다른 것은 모르나 과인이 다리를 놓을 테니 만나 우선 홍 대감이 지병인 해소에 관해 그의 자문을 받아 보도록 하시오. 아마 좋은 결과가 있을 것으로 믿소."

"아니, 전하. 망극하옵기로 소신의 지병에 대해서 어의를… 망극하옵니다. 전하."

허리와 고개를 꺾은 홍순언을 바라보는 선조 얼굴에 미소가 스쳐지나갔다. 만감이 교차되는 듯 고개까지 조금 끄덕이는 것 같았다.

"과인이 어찌 홍 대감 일을 소홀히 하겠소. 국가에 지대한 공헌을 세운 중신의 신상을 왕이 모른대서야 되겠소. 과인이나 이 조선으로서는 보배로운 충신인데. 과인이 알아본 바로는 지금 가족이 이산되어 퍽 어려운 처지에 있다는데… 이 일이 끝나고 돌아오는 길에 그 일도 한번 갈무리해 보는 것도 시간을 아끼는 좋은 방법이라 보오. 부인의 행방도 알아보고, 듣자니 아들과 딸 또한 서로 소식을 모르고 있다는데 사실이오? 과인은 그게 걱정이 되어 하는 소리외다. 아무리 국사가 중요하지만 그래도 가족은 한 번쯤 챙겨보는 것도 가장의 도리가 아닌가 싶소. 어떻소 홍 대감?"

"망극할 뿐이옵니다. 소신이 미거하여 집안을… 건사 못하고 전하에게까지 심려 끼친 것, 죽어 마땅하옵니다. 전하."

왕이 언제 비천한 처지의 자기 신변까지 수소문해서 알고 있는 가. 아무리 생각해도 모를 일이었다. 황송하고 망극한 일이라 어마지두한 것도 사실이었다.

"어찌할 것 없이 이번 전라도길 이순신과의 일이 끝나면 바로 목포 어디엔가 있다는 아들과 경상도에 있다는 딸 내외를 찾아보도록 하시오. 이것은 어명이니 그리 알고 시행하시오."

그저 황송하고 송구할 뿐이었다. 원래 자기를 내세우지 않고 뭐가 됐든지 일단은 사양해 놓고 보는 습벽이 있는 홍순언으로서는 왕의 자신에 대한 과분한 관심이 버거울 수밖에 없었다. 그러면서도 일어나는 한 가지 무거운 책임감, 절강성장과 모의했던 그 일이 과연 자기 계획대로 될지에 대한 중압이 그것이었다. 자신의 계획대로라면 가뜩이나 고전하는 우리 수군에 엄청난 전술적인 효과가 있을 것이라 기대되는데…….

그는 절강성 성장과의 단판에서 단도직입적으로 양광호에 실려 있는 선하船荷 전부를 건네주고 선원과 배만 돌려보내는 편에 육군과 수군에서 절대 필요한 화약 3백 근을 조달해 주는 조건을 내걸었던 것이다. 성장이 그 자리에서 수락했기 때문에 믿고 떠나왔지만 매관매직과 뇌물 풍조가 만연해 있는 명나라 실정으로 보아 솔직히 반신반의한 것도 사실이다. 그때 제반 상황으로 보아 선원과 빈 배는 돌려보낼 것이라는 믿음이 있었기에 성장의 두 어깨를 힘껏 끌어 잡으며 격려했던 게 아니던가. 적어도 화약은 모르나 동족 17명의 생환은 확신했으니까. 선화는 비단과 호피 등 값진 재화가 많아 교환 조건으로는 이쪽이 밑지는 상황이었다. 그러나 인명은 돈으로 환산 못하는 것임에 있어서랴. 단지 그런 상황으로 몰고 간 왜적들의 농간이 억울하고 가증스러울 뿐이었다.

홍순언은 줄곧 선조 측근에서 대명정책 수행에 관여했으며 대명 실무를 관장해 왔다. 그렇게 나날의 업무에 시달리는 홍순언 자신의 건강도 그리 좋은 편은 아니고 또 그것을 지탱할 지구력 또한 한계에 이르러 있었다.

그런 홍순언에게 왕의 시선이 향할 것은 너무 당연했다. 이제 믿고 의지할 데는 명밖에 없고, 그 명과의 대화창구가 오직 홍순언밖에 없는 상황이고 보니, 왕이 아니더라도 모두의 시선이 집중될 수밖에 없는 일이었다.

그런 와중에 날아든 비보가 있었으니 함경도 국경인들이 반란을 일으켜 거기 분조 행궁에 있던 두 왕자를 포로로 하여 왜적과 협상을 벌이는 참담한 일이 벌어졌다. 임해군과 광해군의 일이었다. 그들은 왕자를 포로로 하여 국경인 회령에 입성하였다. 의병들의 연패 소식에 이은 흉보가 아닐 수 없었다. 그렇게 꺼져 가는 국운의 등불을 살리는 이는 오직 이순신뿐이었다. 그야말로 파죽지세, 일단 접전이 시작되면 궤멸로 끝이 나는 왜적은 한사코 수군을 피해 행동을 은밀히 감행하나 조선 수군의 신출귀몰에는 당할 재간이 없고 연전연패로 이어지는 작전에 자신들의 보급로도 제대로 확보 못해 지상군 진격에 결정적 차질이 생겨 왜군 제1진은 진격을 중단할 수밖에 없는 중대한 고비를 맞게 되었다. 그 결과 왜적 제1대 고니시 유키나가 제2대 가토 기요마사는 동북 국경 방면 진격 작전을 포기할 수밖에 없었다.

명의 조정에서는 정식 원병을 파견하기 전에 왜적의 진위를 파악코자 왜적을 잘 아는 심유경沈惟敬을 조선에 파견키로 결정하였다. 조선에 나온 심유경은 일단 왜적 장수 고니시 유키나가를 만나는 데 성공하였으나 적의 진의 파악에는 실패하였다. 명군의 진격을 눈이 빠지게 기다리는 조선 조정으로서는 피가 타들어 가는 초조와 긴장의 나날이 계속될 수밖에 없었다. 날이 점점 추워지니 피아의 월동 준비도 전쟁만큼이나 시급하고 중요했다.

　호남지방에는 일찍이 서리가 내려 첫 얼음이 얼고, 그 전화 중에서도 김장 걱정에 정신이 없는 백성들은 파릇파릇 아직도 잔명을 유지하는 채전菜田에서 눈길을 거둘 줄 몰라했다. 전쟁으로 망쳐 버린 벼농사도 벼농사지만, 전화의 틈틈이 가꿔 기른 배추와 무에 쏟는 정성 또한 눈물겨웠다.
　부안군 근처를 지나는 홍순언도 이제 어지간히 몰골이 초췌했다. 아무리 당릉군 종2품 벼슬아치지만 몇 끼씩 굶고 또 전전戰塵에 그을리니 그럴 수밖에 없었다. 왜적이 휩쓸고 간 큰 길가 거의가 불타 버리고 얼씬거리는 강아지 새끼도 얼마나 굶주렸는지 피골이 상접하고 사람 모습에 기겁을 하고 동네 울타리 속으로 숨어 버리기 일쑤였다. 하루해가 쉽게 저 버리자 들녘에는 안개가 깔리기 시작하고 빨리 닥친 어둑밭에 사위가 을씨년스러웠다. 아까부터 배고픔에 허덕이던 길손 한 사람은 그것보다 타는 목을 축일 물 한 그릇이 간절한데 그것은 눈에 띄지 않고 아직도 새파랗게 무청을 자랑하는 무가 토실한 자태를 자랑하고 있는 것을 발견했다. 먹을 것을 잊은 지 이틀이 지났으니 무의 그 허여멀건 육질이 어찌 눈에 안 들어오겠는가.
　사방을 두리번거렸다. 갓 쓰고 똥 누기 예사라는 속담대로 갓을 썼어도 할 짓은 다 한다는 이야기, 체면 차릴 것이 없다는 것인데 목젖이 내려앉을 만치 몇 번 군침을 삼키던 홍순언이 가던 길가의 시퍼런 무밭에 들어섰다. 그는 마지막으로 주위를 또 확인했다. 사람은 없다. 그러고는 서 있는 자리에서 제일 가까운 발부리께의 제일 큰 것에 손을 대고 힘을 쓰자 뿌직 하는 소리와 함께 뽑힌 무가 묵직하게 그의 손에 들렸다. 이윽고 무의 단단한 겉껍질을 벗기는 소리가 들렸다. 깨끗이 자란 무는 땅 밖으로 비어져 나온 파란 부분은 그럴 필요도 없지만 땅에 묻혔던 부위를 벗길 때는 어쩔 수 없이 입으로 겉껍질을 벗겨내기 때문에 그 소리 또한 제법 요란했다. 겉껍질과 침이 함께 튕겨져 나오는 그 소리와 속살이 씹히는 소리 때문에 주의가 산만해진 홍순언이 한참 요기療飢에 바쁘다가 느닷없이 목덜미가 서늘해진 데 기겁을 하고 돌아보았다. 될수록 몸을 낮추고 사람 눈을 피하려는 자세가 거의 쭈그려 앉은 꼴인데 그 몰골이 가관이었다. 언제 어디서 나타났는지 사람 넷이 빙 둘러싸고 제각기 손에 든 칼이 그의 목덜미에 들어와 있으니 그 놀라움이 얼마나 컸겠는가.

"너 이놈, 너 누구냐! 정체를 밝혀라. 거짓이면 이 칼이 그대로 네 목을 칠 것이다!"

칼을 댄 자가 나서서 낮게 소리쳤다. 상황이 이러니 입에 들은 무살이 넘어갈 리 없고 눈이 희번덕일 수밖에. 잠시 뒤 포박을 당한 홍순언은 거기서 한참 떨어진 동네 복판 어느 여염집에 끌려 들어가 문초를 받았다. 밖에는 같은 옷차림에 병장기를 든 장정 수십 명이 서성거리고 있었다.

그 근방을 지키는 장성 관아에서 편성된 의병의 일부가 고을 순찰을 나갔다가 홍순언이 걸려든 것이었다. 뭐 내보일 증표 같은 것이 있을 턱이 없는 홍순언은 꼼짝없이 왜적 첩자로 몰려 모진 고문을 받았고 헛간에 처박혀 처형을 기다리는 난감한 신세가 되어 버렸다.

하룻밤이 그대로 지났다. 몸수색은 물론 소지품도 모조리 빼앗겼지만 의심받을 만한 것도 없어 더욱 그 처지가 어려웠다. 그는 자신이 당릉군 종2품 홍순언임을 밝혔으나 믿어 줄 사람이 있을 턱이 없었다. 의병들로서는 우선 역관이란 그 직분의 진위를 밝히는 것이 급선무.

"우리 사람보다 저 사람 말 잘해. 나 모르는 우리말 많이 알아서 해. 저 사람 정말 우리말 잘이나 해, 더 못해, 나 저 사람하고 말 더 못해!"

그 다음 날 정오가 지나서야 어디서 나타났는지 의병들이 허리가 휜 노인 한 사람을 데리고 나오는데 그게 명나라 사람이었다. 듣기로 젊을 적에 중국에서 건너와 어부로 일을 하다 조선 여인을 만나 조선에 정착해 살면서 농사를 짓는다는 그 사람은 많은 사람들 앞에서 손짓 발짓을 해대며 홍순언과의 대화 결과를 그렇게 설명하고 있었다. 왜적 첩자로 몰려 곤욕을 치르는 홍순언을 딱하게 여긴 의병 간부가 주선한 중국인과의 대면이었다.

미상불 홍순언 자신의 말마따나 역관이 틀림없는 것 같아 그때부터 의병들의 대우가 달라졌고 무장 현감을 만나, 근거 있는 이야기를 나누는 것을 본 모두가 한 발짝씩 물러나 머리를 조아렸다. 그들은 고경명의 의병으로 전라도 남부를 일괄 방어하고 있었다. 중국 노인과의 대면으로 자기 신분이 입증돼 분위기가 풀리자 그는 소지금에서 얼마를 떼어내 돼지 한 마리를 사들여, 우선 굶주린 관군과 의병들을 위로했다. 일이 그쯤 돌아가자 관아도 그를 존대하고 파견 나온 수군도 그의 쾌거에 흠복欽服하는 태도가 보였다.

그러나 그런 홍순언의 가슴속에는 한 가닥 불만과 부정적 시각이 사라지지 않고 꿈틀거리고 있었다. 의병들의 출신 성분이 거의가 지방토호나 문벌들, 실력자들의 사병私兵이라는 사실은 안타까운 일이었다. 복벽주의復辟主義, 한마디로 이야기해서 그들 사병의 지휘자들은 결코 우국충정이나 반외세의 기치로 일어난 것이 아니었다. 다시 이야기한다면 의병 개개인의 의식에는 그저 평화 시의 주종관계가 있을 따름이었다. 무기를 들었지만 그런 수준의 의식으로 왜적을 상대하고 있으니 그 싸움이 어찌 될 것인지는 불문가지였다. 물론 개중에는 철저한 반외세의 의식으로 무장한 사람이 어찌 없겠는가만 그것은 극히 드문 일이었다. 관군도 대동소이했다. 편제는 그럴듯하나 사기가 없고 투지가 약하기는 의병과 큰 차이가 없었다. 이런 현상은 남쪽보다 북쪽이 현저했다. 상호의존한다고 하고는 있지만 그저 말만 그럴 뿐, 서로 책임을 전가하기에 급급한 것이 한두 번이 아니었으며 서로 간에 편제상의 문제에서 오는 착오가 많아 질서가 없는 것이 아쉬웠다. 홍순언의 눈에 비친 그들은 한마디로 오합지졸이지만, 한 가닥 희망을 걸 수 있는 것은 이순신 휘하 수병水兵들의 전의戰意였다. 판이했다. 관군이나 의병들과는 눈빛부터가 달랐다. 같은 종족種族인데 저럴 수 있을까 싶을 정도로 투철한 군인정신으로 뭉쳐 있었다.

불안해진 것도 안타까운 것도 홍순언이었다. 결국, 국가의 흥망이 집권층의 부패와 전횡에서 비롯되고 군의 사기 저하와 깊은 관계가 있다는 것을 누구보다 잘 알고 있는 홍순언으로서는 마음이 편할 수 없었다.

홍순언이 나주 감영에 닿은 것은 공교롭게 삼남지방 도순찰사 송강 정철이 나주에 닿은 날이었다. 나주 감영은 아침부터 분주하게 접빈에 붙매이고. 홍순언으로서는 반가운 일일 것이 여태 애매했던 자기 신분이 밝혀지게 되기 때문에도 그랬다.

송강 정철은 당당하고 다분히 위압적이었다. 중앙에서 내려왔다는 고관들의 위세 때문인지 피폐한 지방 관아를 점거한 그 일행의 거드름은 너무 도가 지나쳤다.

"허허, 이거 여기서 홍 역관을 만나다니, 참으로 남아하처불상 봉男兒何處不相逢이라고……. 그래 그 사이 어디 있었소이까. 나는 말만 들었다 뿐이지 홍 역관의 논공행상에 대해서는 믿을 수가 없어 그렇잖아도 한번 만났으면 싶었소이다……."

같은 대감 반열인데다가 왕으로부터 군으로까지 가자된 중신을 그런 식으로 호칭한다는 것은 지극히 부당한 일이었으나 그는 안하무인으로 끝까지 홍순언을 일개 역관으로 칭했다. 홍순언은 그런 그가 심히 못마땅하면서도 아무 말도 하지 않았다.

굳이 따지자면 서인에 가까운 홍순언을 보는 송강의 눈은 그렇게 사시斜視가 돼 있었다. 될수록 당파의 색깔을 멀리하는 홍순언이었고 일을 하면서도 동·서인 구분 없이 만났음에도 그렇게 구분되는 것은 안타까운 일이었다. 물론 품계는 정철이 위이지만 지금 전시에서 홍순언이 담당한 과업은 일인지하 만인지상이라는 영의정도 당해 내지 못할 중책인데 하물며 전장에 있어서랴. 지척이 전장이고 수군이 왜적과 가열한 전투를 벌이고 있는 상황에서 너무 한유한 그들 일행의 행태였다.

"거 홍 역관한테 한마디 충고할 말이 있는데 들어 보시겠소? 어저께 홍 역관이 여기 손 목사와 대화하는 자리가 있었다고 들었는데 맞소?"

"예, 있었소이다. 그런데 뭐가 잘못된 거라도 있습니까?"

"네, 있다마다요. 홍 역관의 의병관이 몹시 봉건적이라 하는 이야기요. 지금 의병들 개전 초하고는 많이 달라요. 그전에야 멋모르고 그랬지만 일단 피 맛을 본 그들의 적개심이 하늘을 찌르고 분노에 뭉쳐 있어요. 그러니까 피 맛을 본 사람들과 안 본 사람은 다르다는 이야기요. 내가 직책상 전적지를 다 돌아봤는데 거의가 그래요. 그들이 들으면 섭섭해할 테니 입조심하시오. 내 충고 이해하시오, 홍 역관."

대강 말뜻은 헤아리겠는데 사실도 그런가 싶은 의아심이 생겼다. 자신의 의병관이 저들과 그렇게 다를까 생각하니 웃음도 나오고 가슴 한복판에 구멍이 뚫린 것 같은 허거픈 생각도 들었다.

'그래 사실이 그렇다면 그보다 다행한 일도 없지. 적개심으로 뭉쳤다면 그 의지가 얼마나 가상한가!'

수군통제사 이순신을 만난 것은 그로부터 열흘 후, 조선의 운명을 한손에 거머쥐고 있는 수군대장 이순신의 행보가 그렇게 가벼울 수가 없는 것은 불문가지. 동·서·남, 삼면의 바다를 지키는 그에게 뭐니 뭐니 해도 가장 시급한 것은 화약이었다. 이것만큼 시급한 것이 또 어디 있을까? 중앙에서 조달하는 군수품은 벌써 바닥이 난 지 오래. 화약에 굶주리는 그에게 중국 절강성에서 도착했다는 화약선은 정말 길보가 아닐 수 없고 당장에라도 달려가 하역해, 실전에 투입해야 할 형편이었다. 그런 이유로 이순신은 홍순언을 지옥에서 만난 구세주쯤으로 환대했다. 포로가 됐다 풀려난 조선 선원이 절강성 성장으로부터 화약 3백 근을 받아 홍순언에게 넘겼고 그것은 다시 이순신에게 넘겨졌다.

국가 흥망의 관건을 쥐고 있는 두 사람은 금세 의기투합해 이야기에 깊이 빠져들어 갔다. 이야기를 듣고 그런저런 홍순언의 심적 갈등을 꿰뚫어 본 이순신이 지나가는 말처럼 말했다.

"당릉군께서도 지금 국가 비상시인 줄 알고 계실 것이고 그렇다면 조정에 대해서는 뭔가 이해와 양보가 있어야 될 것 같습니다. 모든 게 비정상적인 지금 조정의 처사를 조금은 이해하셔야 될 것 같소이다. 송강 대감의 처사는 제가 보기에도 민망한 실수였습니다만 어쩝니까. 그는 무반이 아니라 늘 염려했던 문반 출신입니다. 당릉군께서 접어 생각하실 일입니다."

정읍 현감으로 있을 때 잠시 홍순언을 만난 적이 있던 이순신의 배려와 안목은 대단했다. 첫째 그는 홍순언의 청빈에 무게를 두고 보고 있었다. 나는 새도 떨어뜨릴 만치 선조의 총애를 받고 있는 그이지만 그 몸에 배인 겸양이 존경스러웠고 그의 출중한 지모智謀가 부러웠다. 이순신은 잘 알고 있었다. 그가 명나라 조정에서 능수능란하게 지원군 청원 문제를 처리한 내용을 절강성에서 넘어온 선원들의 입을 통해 들어 알고 있었다.

"좋은 말씀이외다. 뭐 내가 거기까지 괘념하지는 않습니다. 소인과 대인의 차이가 본래 있었던 건 아니고 일을 하다 보면 그런 분수分水가 생기는 것이고, 그것을 더 이해하는 것이 대인이 아니겠습니까? 이 제독의 말씀 명심하겠습니다. 하하하하."

그렇게 홍순언은 예의에 어긋나고 지각없는 정철의 몰상식한 언행을 묵살해 버렸다. 이순신은 속으로 고개를 들먹거렸다. '역시 저 정도 인물이니 그 어려운 일을 그렇게 처리했겠구나' 하고. 조선의 명운을 양어깨에 걸머지고 있는 홍순언에 대한 이순신의 평가였다.

홍순언은 거기서 화약 인수인계 업무를 무사히 마치고 무안으로 향했다. 공무를 모두 처리하고 남은 일정이 빠듯했다. 왕의 기다림과 원병 문제의 독촉 때문에도 조급증은 살아 있었다. 전쟁의 중심권에 들어선 평양 근방의 정황이 궁금해서라도 시간을 끌 수 없는 상황이었다. 그의 발걸음은 자연히 빨라질 수밖에 없었다. 흰 구름 한가로운 무안 쪽 하늘이 몹시 시렸다.

그 운명

신안 앞바다를 뒤덮은 대소 민간 선박은 모두 수군의 보급을 맡아 움직이고 있었다. 미끼에 달라붙은 일개미 떼와 흡사하다는 게 맞는 비유 같았다.

홍건, 몇 해 전 부산 서생포에서 왜구에게 목숨을 잃은 어민의 시신 앞에서 비분강개하던 그는 어느덧 원숙한 사업가의 틀을 지니고 있었다. 푼수 없게 큰 갓을 쓰고 어리대던 처지가 새삼스럽게 구릿빛으로 타들어 간 얼굴에는 시름이 가득했다. 고향 근처 해변에서 얼기설기하던 소금밭에 녹아난 그 자신의 기구한 운명을 한탄하고 중간에서 농간 부리던 큰 갓 쓴 도둑놈을 용서하고 다시 신안 바다에 내려와 새로이 터를 닦아 소금을 긁어모은 지 이태가 지나 이제는 사업에도 혜안을 가지고 있어 누구에게 쉽게 농락당할 그가 아니었다.

그런 그에게 갑자기 아버지 홍순언이 나타났으니 놀라운 일이었다. 홍순언으로서는 감개무량할 것이 석성 부인 구출에서 비롯된 공금포흠 사건으로 영어의 몸이 됐고, 햇빛 들지 않는 옥 안에서 장탄식하고 있다가 느닷없이 떨어진 북경행 명령에 영문도 모르고 역관들과 명나라로 나섰을 때에는 이미 집안은 풍비박산이 나 그 야말로 이산가족이 되어 있었다. 찾으려야 찾을 길 없는 아들의 안 부이고 행방이었다. 그 후에 들리는 소문에 따르면 아들은 장사에 뛰어들었다가 낭패를 보았다고 했다. 그리고 이제야 아들의 얼굴 을 보러 가는 길.

"네 패가가 적실하구나. 으음, 고생이 자심했다는 이야기 듣기는 했으나 이 전란 속에서 어찌 국사를 제폐除廢하고 너를 만날 수 있 었겠느냐. 다 천지 운수소관으로 알고 이해해라. 그래, 지금 하는 일에 크게 치패致敗는 없느냐?"

아버지를 만난 아들의 얼굴, 반짝거리는 것은 끝없이 흐르는 눈 물뿐이었다. 누구를 원망하고 미워서 흘리는 눈물이 아니라 그저 육친을 만났다는 감동 그것이 자아내는 슬픔이고 눈물이었다. 그 저 가슴이 뜨거울 뿐…….

"오냐, 오냐, 네 마음 알겠다. 울음을 그쳐라."

자신도 엉겁결에 흘린 눈물을 주체 못하면서 우선 아들의 감격을 자제시키는 그도 황당하기는 마찬가지였다.

오랜 세월이 흘러 만난 부자 사이에 어찌 애절함과 눈물이 없을 수 있겠는가. 두 부자는 밤새 그동안의 안부를 묻고 회포를 풀었 다. 그리고 얼마 후에는 아들이 보낸 인편에 딸 내외가 외손주를 앞세워 달려왔다.

딸 내외는 마지막에 봤을 때보다 더 많이 어려워 보였다. 관것들 의 술수에 빠져 자칫 변을 당할 뻔했던 딸. 그렇게 위기는 지나갔 지만 딸 내외도 전란의 틈바구니 속에서 평탄할 수 없었던 것은 당 연한 일.

이렇게 그가 가족을 만나고 회포를 풀 수 있는 편의를 얻은 데에는 이순신 통제사의 협조가 없고서는 어려운 일이었다. 우선 이순신은 당상역관인 자신을 돌보지 않는 홍순언의 멸사滅私정신에 감동하여 신안군에서 염전을 한다는 아들을 찾는 데 적지 않게 기여했고, 모든 기구를 동원하여 그를 도왔다.

"지금 국가가 전란의 위기에 처해 있다는 것은 내 말이 아니더라도 너희가 잘 알 것이다. 특히 너는 네 사업이 전시에는 쓸모가 없다는 것을 잘 인식하고 우선 네가 움직일 수 있는 인원과 재화를 동원하여 의병을 돕고 너도 거기 참여해라. 이제 남은 일은 이 위기에 처한 국가 구출이다. 모든 사람들이 진솔되게 국가를 떠받들면 무엇인가 고귀한 대가를 얻을 수 있다. 아비로서 제 구실도 못한 내 말이라고 가벼이 여기지 말고 귀담아 듣기 바란다.

거듭 이야기해도 부족함이 없는 말이지만 우리의 적은 왜적뿐만이 아니다. 우리가 믿고 의지하는 명나라의 장래도 심상치 않고 그들도 사태가 불리해지면 언제 어느 때 돌변할지 모르는 우리의 앞날이다. 국제사회 특히 국가 간에는 영원한 적도 영원한 우군도 없는 것이다. 그 뜻을 깊이 새기고 내 말을 따르도록 해라. 나는 그것을 역관이란 직업에서 터득했다. 너는 우선 염전을 정리하고 이순신 장군의 병참을 돕고 경우에 따라서는 수군의 선봉에서 적을 척살하는 임무를 맡도록 할 것이며 그 후 문제는 이순신 장군의 지시를 따르도록 해라. 나는 이 장군에게 자식 하나 있는 것 조국에 바칠 것이니 알아서 처리해 달라고 간청했다.

그리고 또 한 가지, 이 싸움이 그리 쉽게 끝나지 않고 장기화할 것으로 보이고 혹여라도 내가 그 사이에 순국할지 몰라 해 두는 말이다. 우리 집이 사대부가 되어서 하는 이야기가 아니고 나는 나라에서 하사받은 사람들(노예)을 벌써 모두 양민으로 환속시켰다. 또 하사받은 공신전(토지)도 그들에게 나누어 주어 살길을 도모해 주었다. 설령 네가 전쟁통에서 살아남는대도 가문에 기댈 생각은 말고 하던 것을 되찾아 국가에 유공하기 바란다.

더하여 대길에게 부탁하는데… 앞으로 전쟁은 길어지고 명군이 이 땅에 원군으로 도래하면 그들을 도울 우리 인원이 필요할 터. 네가 그 날을 위해, 우선 통성명이라도 할 수 있게 명나라 말을 배워 두기 바란다. 짧은 시일 안에 숙달이 어려운 게 외국어지만 수인사와 통성명 정도는 할 수 있게 배우기 바란다. 우선 말부터 익히고 여력이 있으면 의병을 도와라. 이것이 각자 맡은 바 역할 분담이라는 것이니 깊이 헤아리기 바란다.

그리고 가족의 해후와 화목은 다음으로 미루자. 지금 압록강까지 와 있는 명나라 부대도 왜적의 전의에 짓눌려 있어 쉽게 도강을 못하고 있는 것이 안타깝다. 수군의 눈부신 승전으로 해협이 봉쇄당해 왜적의 북상 전략에 차질이 생긴 것이 무엇보다 다행이다.”

홍순언은 가족을 만난대도 어떤 낭만적이고 감상주의적인 해후를 생각해 본 적이 없었다. 그만치 그는 자신의 책임을 통감하고 전의를 가다듬고 있다고 해도 과언이 아니었다. 그래서 그는 의주 행궁에서 벌어지고 있는 동서 양인 세력의 패권 다툼을 일찌감치 외면하고 기피했던 것이다. 실로 가관인 동서 양측의 권모술수는 의주 땅이라고 다르지 않았고 심지어 압록강까지 와 있는 명의 지원군을 두고도 갑론을박이 자심했다. 그런 아버지의 속내를 아는 것처럼 토를 달고 나온 아들 건의 말이 낯설었다.

“아버지의 그 애타시는 속을 왜 저희들이라고 모르겠습니까? 아버지 직업에 대한 회의는 저희들이라고 다르지 않습니다. 건국 때부터 심지어 국호까지 명나라에서 명명해 주는 그 웃지 못할 사대事大가 어이없습니다. 골수까지 친명사상에 젖어 버리니 이 나라 사대부들의 사고로 무슨 국가 운영이 제대로 되겠습니까? 그런 와중에 아버지의 역관이란 직책 수행이 얼마나 어려웠을지 어찌 짐작을 못했겠어요. 아버지, 저희들도 백성의 한 사람으로서 그것을 두 눈 부릅뜨고 보고 있습니다."

"음. 그래 네 말이 정곡을 찔렀다. 내가 하고 싶은 이야기가 바로 그거다. 나라가 온통 당쟁에 휩싸이고 전란의 위기 속에서도 서로 실권 장악에 여념이 없는 이 나라의 앞날이 어찌 될지 참으로 큰 걱정거리구나. 너희들에게만 하는 말이다만, 이 나라가 지금 상태로 계속된다면 필시 왜것들이나 중국 오랑캐들의 밥이 되고 말 것이다. 내가 역관으로서 명나라에 갈 때마다 느끼는 것은 이 민족의 사대성의 발호……. 그것이 창피했고 명나라의 오만이 가증스러웠다. 그러니 이것이 어찌 주권국가라 할 수 있겠느냐."

"예, 아버지, 말씀 잘하셨습니다. 그렇지요. 나라라면 주권이 있어야 하는데 그게 없으니 이것이 살아 있는 사람들이 운영하는 나라인지 의심스럽습니다. 민족의 주권이 상실된 나라에서… 참으로 말이 나오지 않네요. 아버지, 듣기로 명나라와 왜국이 우리나라를 놓고 서로 많이 차지하려고 흥정을 하고 있다는데 그게 사실입니까? 아버지, 아시는 대로 말씀해 주십시오."

순간, 홍순언의 얼굴에 검은 그림자가 스쳐 갔다. 주저의 빛 또한 감출 수가 없었다. 그는 고개를 떨구고 생각에 잠겼다.

"그렇다. 이 세상에는 비밀이 없다. 지금 이 나라는 명의 지원군에 명운을 의존하고 있다. 그러나 생각해 보아라. 남의 나라 싸움에 제 목숨 버리려고 달려드는 사람이 어디 있겠느냐. 아무리 생각해도 이것은 웃음거리밖에 안 된다. 역관인 내가 이런 소리한 줄 알면 대역으로 몰아 참수당하겠지만 할 수 있느냐. 너희들한테 내 속을 털어놓지 않고 누구에게 하겠느냐. 그게 왜것들의 저의다.

지금 대가大駕는 압록강을 넘을 준비까지 끝내고 사불약차하면 강을 넘을 요량이다. 이 얼마나 용렬하고 슬픈 일이냐. 나라를 찢어 먹으려는 명나라에 파천행렬이 들어가면 그 꼴이 뭐가 되겠느냐. 나는 의주에서 내려오는 길 내내 속으로 통곡하면서 걸음을 옮겼다. 내가 왜 이 고약한 역관직을 맡아 그런 수모를 당해야 하느냐고, 빈 하늘에 내 입김을 수없이 내뿜으며 조상을 원망했다. 그래도 죽는 날까지 한 사람 남는 날까지 백성들은 척왜斥倭의 기치를 높이 들어야 할 것 아니냐.

이야기가 또 길어진다만… 아까 이야기한 대로 골수까지 사대사상에 젖은 지배층이 지배하는 이 나라는 누구 손에 의해서건 뒤집어져야 하고 좀 더 양심적이고 주권의식이 강한 군주가 나타나 치국을 해야 한다는 게 내 생각이다. 태조께서 칼로 일어섰으니 그 후손들도 칼로 망하는 일이 없도록 하려면 지금부터 터를 닦아야 한다.

아무리 생각해도 이 나라의 앞날은 밝지 않다. 몇 백 년 뒤가 될지 몇 십 년 뒤가 될지 모르나 왜것들의 발호는 끝을 내고야 말 것이다. 내 눈에는 보인다. 너희들의 혜안으로 그 질곡을 꿰뚫어 주기 바란다.”

“아버님께서 저한테 명나라 말을 배우라고 말씀하셨는데… 그러면 그것이 결국 아버님이 배척하시는 사대주의의 길이 아닌가요? 저는 당최 헷갈려서 드리는 말씀입니다.”

사위인 대길이가 나직이 하는 말은 다분히 주눅이 들어 있었다.

"응, 좋은 말이다. 대길이 생각이 그렇다면 그게 모든 사람 생각일 수도 있다. 그렇다. 그러나 말이라는 것이 꼭 전쟁에서만 써먹는 것이 아니고 사람 사는 세상 전반에 걸쳐 통용되는 것이기 때문에 한번 배워 두면 요긴하게 써먹을 수가 있는 것이다. 훗날 반드시 써먹을 수가 있다. 말을 잘하면 약고 꾀가 많다는 조조 밥상의 고기 반찬도 얻어먹을 수 있다는 말이 있잖느냐. 그리 알고 열심히 배워 둬라.

여기 오기까지의 과정도 이야기하자면 기가 막히다. 배가 고파 어디 무밭에서 무를 한 개 실례하는데 그만 그것이 들통이 나 의병들 칼밥이 될 줄 알았는데 그 알량한 역관 핑계로 살아난 게 창피하기도 하고 웃음이 나온다. 그만큼 말을 다룰 줄 안다는 것은 이 시대의 큰 무기가 아닐 수 없다. 암튼 이 전란을 통해서 나는 내 능력의 한계를 느꼈고 내 거취를 분명히 해야겠다는 생각을 굳히게 되었다. 그러나 이 전란은 쉽게 끝나지 않을 것이다. 왜적의 야욕도 끝이 없어 앞으로 몇 년이 걸릴지 그건 아무도 모른다. 모든 것이 명의 향배向背에 달려 있으니 그리 알아라.

그리고 특히 대길아, 사람이 너무 취리取利에 치우치면 인간의 도리를 다 못하는 일이 생기니 특히 조심하고 이 사회에서 거둔 이윤은 반드시 다시 사회로 환원하는 기부 행위에도 관심 갖고 너희들이 번 돈이 결코 너희 것이 아니고 어디까지나 그 사람들 돈이라는 것을 잘 인식해라. 혹시 축재蓄財한 것이 있으면 이번 기회에 의병활동에 적극적으로 출연出捐해라. 그것만이 나라에 보답하는 길이니까."

지악스런 사람들이라는, 빈축을 받아 가며 돈을 긁어모은 딸 내외는 제법 취재取財를 했으나 전란이 일어나면서 봉기한 의병 부대에 솔선해서 출연했기 때문에 그 사나운 빈축에도 다치지 않고 살아남아 이렇게나마 생부를 만나는 기쁨을 누리고 있는 터였다.

아들 집 협실에서 고단한 몸을 녹이고 있었지만 홍순언의 머릿속은 조정의 일로 꽉 차 있었다.

"대감, 들어 보세요. 대감이 평양성을 버릴 때의 일을 겪었다면 두 번 다시 파천이란 말이 입에서 안 나올 겁니다. 죽어도 이 땅에서 죽어야지 또 어디로 간단 말씀이오."

평양감사 송언신宋言愼이 하는 말은 거의 울음에 가까웠다. 평양을 버릴 때도 그러했거늘 이제 의주마저 버려야 한다는 그의 분기탱천한 목소리와 그 당시 상황이 선연히 떠올랐다.

'이 일을 어찌할꼬? 빨리 돌아가 불안해하는 왕의 심기를 위로하고 그 길로 다시 명에 입국하여 압록강 변에서 주저하는 지원병을 움직여 볼 것인가? 날은 점점 추워져 전쟁 간에 불편이 많고 매사가 여의치 않을 텐데……'

그런저런 생각 때문에 잠을 청할 수 없던 홍순언은 다시 자리에서 일어나 앉아 곰방대를 찾아 물었다. 아무리 생각해도 자신이 이 시각 여기에 이렇게 죽치고 앉아 있을 사정이 못 된다는 것을 절감한 그는 그대로 뜬 눈으로 새벽을 맞고 일어나 짚신감발을 했다. 그리고 가족들을 떨구고 일어섰다. 다시 북행길을 다그쳐 피난 조정을 거쳐 명나라에 들어갈 요량이었다. 그는 다시금 왜의 정명가도라는 핑계와 그 기만성에 치를 떨고 거기에 놀아나는 명의 이중적 술수에도 경계의 눈길을 보내고 있었다.

동맹군

초겨울의 시린 바람이 강산을 훑기 시작했다. 사람들이 목이 길어지고 눈이 북쪽으로 쏠리기 시작했다. 원군이 온다는 소문이 지나간 지도 두 달이 지났으니 그럴 수밖에 없었다. 피난 조정의 안달은 도가 넘었다. 선조의 경우는 더욱 심해 홍순언이 눈에 띄는 대로 그에게 짜증 아닌 짜증을 부렸다. 꼭 홍순언이 잘못해 원군이 늦는 것으로 오해한 것이다.

전쟁이 나기 전부터 명나라 각지와 조선 반도에 퍼진 해괴한 소문, 조선이 왜국과 짜고 명을 공격할 것이고 조선도 이 계획에 동의하여 그 준비를 하고 있다는 것이었다. 그것은 갈 데 없는 왜군이 조선과 명나라를 이간질하려는 흉계이지 다른 게 아니었는데⋯⋯. 누가 들으나 해괴망측한 터무니없는 유언이었다. 어떻게 해서 전통의 우방국인 명을 배반하고 천년 수구讎仇인 왜국과 공모할 수 있단 말인가. 이는 삼척동자가 들어도 웃을 일인데 명나라는 그것을 꼬투리 삼아 조선을 의심하니 기가 막힐 일이었다.

어쨌든 이런 시기에 전쟁이 일어나고 정명가도를 부르짖는 왜의 조선 공격이 시작됐으니 명으로서는 그 속을 헤아리기까지는 일체의 군사행동을 보류하자는 신중론이 우세해질 수밖에 없었다. 그건 역지사지에서도 가능한 일이 아닐 수 없었다. 물론 유언의 진위나 전파경로, 그 배경이나 상황 판단이 있어야 하거늘 그런 것은 일체 고려하지 않고 우선 그것을 기정사실화한 명나라에 일차적 책임이 있었다. 그런 이유로 조선 파병의 명분 쌓기에 어려움이 있었고 갑론을박이 계속되니 파병은 자연히 지연될 수밖에 없었다.

그런 실정인데 그런 속내도 모르고 눈이 빠지게 원군을 기다리는 조선에 어쩌면 일말의 동정이 갈 수도 있는 일이었다. 명 조정 안의 파병 지지파인 병부상서 석성 일파의 애로隘路가 그것이었음을 어느 누가 꼭 집어서 이야기하겠는가. 그런 양론과 조선 불신 분위기에서 황제도 어찌할 수 없었을 것이 분명하다.

그러나 하늘도 조선을 버리지 않았다. 고민에 고민을 거듭한 황제의 머릿속에는 석 달 전 중화전 어전회의에 나타나 마루에 이마를 짓찧으며 "죽어 가는 조선, 꺼져 가는 조선 백성의 원혼들이 아직도 구천을 맴돌고 있는 이 처참한 전쟁을 외면 마시라"고 울부짖던 홍순언의 얼굴이 떠올랐다. 잠자리에서까지 눈앞에 아른거리는 그의 환영을 지울 길 없던 신종 황제는 드디어 조선 파병의 영을 내리며 무겁게 한숨을 토해 냈다.

변방에 준동하는 오랑캐에 몰려 유능한 장수가 쓰러져 가는 이 엄중한 시기에 또 조선을 돕자고 수족 같은 장수들에게 출병을 호령하는 신종. 그에게도 어찌 양심이 없겠는가. 그러나 일단 떨어진 칙명勅命 앞에 용약하는 휘하 군사들은 용기 백배, 열화와 같은 충성심으로 엎드렸다. 보무도 당당했다.

조선에서는 명나라 원군이 출동했다는 석성의 파발을 받은 홍순언이 석 달 전 일을 생각하며 눈물을 흘렸다. 원병을 청하러 명에 들어갈 적, 만리장성이 시작되는 산해관에 그가 당도하였을 때의 일이 떠올랐기 때문이다.

"너희 나라가 왜것들과 짜고 우리를 배반한 주제에 무엇 때문에 여기 왔느냐!"

그렇게 명나라 사람들은 그에게 손가락질을 해대며 욕을 퍼부었다. 심지어 송국진이란 명나라 관리는

"그대의 나라가 모반을 도모했다는 말이 있다. 나라가 이 지경이 됐는데 어떻게 팔도 관찰사 중 누구 한 사람도 이에 대해 말하는 사람이 없고 누구 하나 의병을 일으키는 사람이 없소? 이것은 우리에 대한 음흉한 반역이 분명하오. 내가 일찍이 조선 국왕을 만나 본 일이 있으니 국왕이 실제로 피난한 것인지 내 눈으로 직접 확인해야겠소."

라고 모욕을 가해 왔지만 그는 거기 대꾸할 말이 없어 그냥 그 자리를 일찍이 피할 수밖에 없었다. 그런데 드디어 원군이 마자수를 건너다니. 감개무량했다. 그는 홀연히 현실로 돌아와 눈물을 거두고 사방을 휘둘러보았다. 시절은 어느덧 삭풍이 나뭇가지에서 우는 섣달로 치닫고 있었다. 몸도 오그라드는 추위에 부르르 몸을 떤 그는 서둘러 옷깃을 여미고 동헌으로 향했다.

드디어 1593년 1월 이여송李如松 장군이 이끈 명군 4만 3천 명이 조선 땅에 나타났다. 선조에게 명의 원병은 봉감우만큼 반가운 소식이며 뛸 듯이 기쁜 낭보가 아닐 수 없었다. 얼마나 애태우며 기다리던 희소식인가. 그러나 심약해져 있는 선조는 시름 또한 깊어갔다. 좋게 말해 동맹군이라고 할 수 있는 명국의 구원병이지만 그

에 알맞은 '격'의 부여가 혼란스러웠고 자칫 원조국과 피원조국 사이의 불평등이나 그것으로 인해 발생할 수 있는 불편한 관계가 걱정거리였다. 또한 흔히 일어날 수 있는 원군들의 우월감과 오만함 같은, 부정적인 감정의 표출로 빚어질 양국 간의 불화도 걱정거리였다. 그러니 자연스레 찾는 것이 홍순언이었고 선조는 매달리듯 하소연으로 그에게 자신의 심중을 털어놓았다.

"보시오, 홍 대감. 이제 구원병도 오고 전세는 걱정 없게 되었소만, 과인은 그에 못잖게 걱정이 있는데 대감이 그 걱정을 덜어줘야 되겠소. 왜적 축출도 시급하지만 명군과의 우호 유지도 중요한 과제요. 혹여 있을지 모를 조선군과의 마찰과 불화가 그것인데 홍 대감이 명군에 나가 우선 그것부터 갈무리해 줘야 하겠소. 전쟁에 있어서는 얼마나 그게 자심하겠소. 홍 대감이 이여송 장군에 밀착해서 그런 일이 없도록 잘 좀 배려해 주시오. 다시 이야기하자면 전투에 패한다든가 뭔가 불이익을 당했을 때 그들은 자칫하면 동맹군인 조선군에 그 화풀이를 할 소지가 있으니 홍 대감이 그것을 조화롭게 처리해 달라는 거요."

"예, 전하의 괘념하심이 무엇인지 모르지 않사옵니다. 소신이 알아서 처리하겠사온즉 심려 거둬 주시기 바라옵니다. 소신도 그 점에 대해서는 원군 이야기가 나올 적부터 걱정하였고 그 점에 소홀하면 어떤 일이 부수되리라는 것을 알고 있었사옵니다. 심려 놓으시지요."

"그리만 된다면 더 바랄 것이 없소. 또 한 번 홍 대감의 노고가 있어야 될 것 같아 미리 말하는 것이니 각별히 마음 써 주시오."

혹한 속에 도착한 지원부대는 어지간히 의기소침해 있었다. 출발 전부터 익히 들어 온 왜적들의 폭악성에 기가 죽은 탓이기도 했지만 조선국의 전세가 예측 불허하기 때문이었다. 거의 전국을 점령 당하다시피 한 조선 상황에 실망했기에 그것은 어쩔 수 없는 일이 었다.

홍순언이 바빠졌다. 예조에 딸린 역관 30여 명을 풀어 이여송 부대에 배치시키는 일도 벅찼다. 동맹군과의 언어소통이 제일 시급한 과제라 명군 측에서는 더 많은 역관을 요구하는 사태가 벌어졌다. 혹한 속에서 작전이 벌어졌다. 영하 20도를 오르내리는 추위 속에서 사기가 오를 왜적은 없었다. 그들의 사기는 땅바닥을 기고 있었다. 개전 이래 승승장구하던 진격이 정체되기 시작했고 각종 보급이 원활치 못해 작전에 차질이 생겨 당황한 그들에게 혹한이란 선물은 큰 타격이었다. 봄옷을 입고 조선에 상륙한 왜적이 그간 여름과 가을을 넘기고 혹한을 맞았으니 얼마나 고통스럽겠는가! 주력군의 복장도 가지각색이었다. 이순신 수군 때문에 보급선단이 제대로일 수 없는 왜적은 완전히 거지꼴이었다. 홑것을 입고 덜덜 떨다가 안 되니까 민가를 습격해 남정네들 핫바지 저고리를 뺏어 입으니 이것이 왜적의 정규군인지, 유격대인지 구분이 안 될 정도로 오합지졸이었다. 조선 의병의 주검에서 벗겨 입은 옷이라든가 조선 관군 것을 뺏어 입은 옷들, 그리고도 용케 정규군이라고 조총을 들고 싸우고 있으니 사기가 오르겠는가. 어떤 것들은 심지어 여인네의 고쟁이까지 뺏어 입은 모습이 실로 가관이었다. 차라리 그 뒤 가을에 증파된 보충병들의 피복 상태가 훨씬 양호했다. 그러나 그들 머리에 쓴 대갓만은 통일되어 있었다. 맹종죽孟宗竹으로 만들어 거기다가 검정 옻칠을 한 것인데, 대의 단단한 외피에다 그랬으니 웬만한 칼이나 창날 또는 화살도 너끈히 막아 내고도 남았으며 무엇보다 왜적들은 그것으로 피아를 구분했다.

이어지는 전투로 뿌리까지 지쳐 있는 그들은 혹한이라는 달갑잖은 조건 때문에 남쪽으로 회군回軍을 기다리고 있었다. 그러다가 엎친 데 덮친다고 조명 연합군의 반격을 맞았으니 어떻겠는가? 전국을 개괄컨대 조일朝日전은 일진일퇴로 판가름이 쉽게 나지 않는 애매한 상황이었다. 우선, 의병들의 뛰어난 전투력으로 내륙에서는 왜적이 고전하고 있대도 과언이 아니고 남쪽 진주성 공방에서는 관군이 고전을 면치 못하고 있는 상황이었으니까.

"사령관 각하, 내 의견은 이렇소이다. 지금 왜적의 사기는 혹한 때문에 말이 아닙니다. 사령관님의 작전 계획이 어떤지 모르나 제 생각으로는 지금 이 시기가 평양 탈환 작전의 호기라 생각되고 지금 공격하면 무혈입성도 쉬이 가능할 것으로 사료됩니다. 어릴 적부터 전장에서 잔뼈가 굵은 고니시 유키나가가 저렇게 시간을 끌고 있는 데는 필시 목적이 있을 것이고 우리는 먼저 그 저의를 알아야 합니다. 어떤 계략이 있다면 오히려 우리가 말려들 수도 있으니까요."

"음… 홍 대인의 충고 고맙습니다. 참으로 혜안입니다."

전쟁이 나고 그간 우여곡절로 왜적과 싸운 관민 합동 부대는 수없이 많았으나 이렇다 할 전과를 올릴 회전會戰은 별로 없었고 일패도지로 회령會寧까지 '걸음아 나 살려라'고 도주하는 관군의 뒷모습만 처량할 뿐이었다.

조명 연합군은 1593년 1월 평양성을 공격하기 시작했다. 고니시 유키나가 부대는 평양에서 느긋하게 서남해를 거쳐 올라올 보급선을 기다리다가 그만 조명 연합군의 공격을 받았으니 그 결과가 뻔했다. 조명 연합군은 예상 외의 적의 반격을 받아 약간 주춤거렸으나 많은 인명손실을 무릅쓴 공성전에서 평양성을 탈환했고 그 여세를 몰아 남진하기 시작했다.

왜적군 1군과 3군이 9일에야 조금씩 퇴각의 기미를 보이고 움직였다. 반면에 명군은 규모는 컸지만 동작이 느린 것이 단점이었다. 의주에서 평양까지 행군도 그렇고 작전 수행 속도가 조선군과 맞지 않아 여러 곳에서 차질을 빚었고 그것 때문에 왜적에게 뜻하지 않은 어부지리를 안겨 주기도 했다.

15일에는 경상도 의병군이 수차례의 혈전을 거듭한 끝에 성주성을 탈환하는 전과를 올렸다. 왜적 제2군의 전면 퇴각이 시작되었다. 그러나 27일에는 퇴각만 거듭하던 왜군이 저 유명한 벽제관碧蹄館에서 느닷없이 반격을 시도해 대명군이 심대한 타격을 입고 물러나고 말았다. 고바야카와가 이끄는 왜적은 시산혈해屍山血海라 해도 틀린 말이 아니게 많은 사상자를 내면서도 공격의 고삐를 늦추지 않았고 기어코 이여송 부대를 물리치고 말았다. 그러니 그 주검들이 얼마나 많았겠는가. 기선을 빼앗긴 명군은 탈환했던 평양성까지 일패도지하고 말았다.

이후에 권율의 행주대첩이 있었고 이순신 함대의 거듭된 공격이 있었으나 한양 이북에 있던 왜적이 한양으로 재집결하였다. 보급에 차질이 있고 사기가 떨어진 명군은 일단 보급창이 있는 평양까지 후퇴하여 전력을 재정비해야만 했다. 그 무렵 이순신 함대는 웅천 5차 공격을 감행해도 속 시원한 전과가 없었다. 웅천은 그만치 해상 왜적들의 진격로여서 방어에 주력할 수밖에 없었다.

3월 10일 왜적의 총수 도요토미 히데요시는 왜적에게 철수령을 내리고 이여송은 개성으로 복귀했다. 용산에서 벌어지고 있는 강화회담 분위기가 긍정적으로 흐르고 있기 때문이었다.

이때 이여송은 3월 내내 평양에 머물고 있었다. 벽제관 패전 뒤 개성으로 물러나 있던 명군은 때마침 군량이 떨어져 병사들의 끼니가 간데없었고 그것을 이유로 장수들이 일제히 철군을 주장하고 나섰다. 그런 면에서는 엄격한 동맹군 이여송은 대노하여 유성룡, 이성중, 이정형을 불러 뜰아래에 무릎을 꿇게 하고 꾸짖었다.

'당신들은 동맹규약을 어긴 죄인이니 군법으로 다스리겠다'고 호통을 치며 일국의 중신들을 좌중에서 모욕했다. 참으로 한심한 일이었다. 유성룡이 백배사죄하고 때마침 군량미를 실은 수십 척의 배가 강화도로부터 들어와 겨우 참수의 화를 면했다. 이런 꼴을 보고 있던 홍순언의 마음이 좋을 까닭이 없었다.

명군과는 이렇듯 사사건건 갈등이 심했고 그들은 핑계만 있으면 전투를 회피하여 자신들의 인명손실을 피해 나가니 전투다운 전투가 벌어질 까닭이 없었다. 그리고 이여송은 끝내 부종령 왕필적王必迪을 개성에 남겨 놓고 자신은 평양으로 돌아가고 말았다.

4월 초, 이여송은 한양 왜적의 철수가 확실해지자 평양을 떠나 다시 개성으로 진주했다. 마지못한 군사행동이었지 결코 자발적인 작전은 아니었다. 1593년 4월 8일 한양의 왜적 장수 고니시 유키나가와 명나라 장수 심유경 사이에 강화회담이 타결됐으나 이것은 서로 가짜 사신이 추진한 강화회담이라 앞날이 불투명했다.

18일부터 왜적 5만 3천 명이 한양을 떠나 한강부교를 건너 남으로 철군하기 시작했다. 19일에는 명군 선봉 사대수査大受가 파주로 진주했다. 유성룡이 이여송을 만나 퇴각하는 왜적의 추격을 권유

했으나 이여송은 잡혀 있는 두 왕자의 신변 안전을 핑계로 응하지 않았다.

이에 유성룡이 권율, 이빈, 고언백, 이시언, 정희현 등을 불러 비밀리에 추격을 지시했다. 이것은 동맹군과의 합동작전이 아닌, 각개 작전이라 어쩌면 불화의 시초가 될 수 있는 위험한 발상이었다. 그러나 충직한 의병장 권율이 먼저 그 비밀 지시를 따랐다. 행주에서 크게 이긴 뒤 파주에 와 있던 권율은 전군을 인솔하여 전속력으로 진군해 한양으로 전입했다.

유서 깊은 조선의 2백 년 수도 한양은 1592년 5월 왜적에게 무혈 점령당한 지 만 11개월 만에 권율 장군 휘하 부대의 무혈입성으로 수복되었다. 왜적은 19일에 모두 한양을 떠났고 20일에는 전군이 한강을 건넜다. 권율이 전군을 그대로 진격시키려 했으나 뒤따라온 명군 유격장 척금이 가로막고 나섰다. 도원수 이여송의 명령 없이는 추격하지 말라는 것이었다. 원수들에게 설욕의 일격을 안기려던 권율 장군은 장탄식을 하며 주저앉았다. 이날 이여송 부대도 한양에 입성하였다.

유성룡은 이여송에게 다시 추격전을 주장했으나 그는 왜적들이 자기들이 건너고 나서 한강의 부교를 모두 불태워 버렸기 때문에 건널 수가 없다고 회피하며 핑계를 댔다. 유성룡이 충청과 경기지사들이 동원한 50여 척의 배를 찾아 냈으나 이여송은 다시 경략도독 송응창의 추격금지령을 언급하며 이를 회피했다. 경략도독이면 분명 자기 수하인데도 그의 핑계를 댄 것이 석연찮았다. 어떤 핑계를 대서든지 싸우려 하지 않는 게 분명했다.

명군이 조선군의 추격을 한사코 방해하고 있는 사이에 왜적은 하루 30~40리씩 남하하면서 주변의 군현을 모조리 불 지르고 분탕질을 해댔다. 한양에서 패주할 때 백성들 가운데 가수歌手, 악공, 미녀들을 납치하여 행군 중에 생황(조선 관악기의 일종)을 불고 북을 치게 하며 느긋하게 남하하였다. 인류 전사戰史에 일찍이 없던 요절복통할 퇴각 진풍경이 아닐 수 없었다. 휴식하거나 야영을 할 때에는 조선인들을 춤추고.노래 부르게 하며 오락회도 열었다.

왜적의 선두는 5월에 밀양에 닿았다. 가는 도중 길목에 위치해 있던 군사들도 철수하는 패주군을 뒤따라 밀양 북쪽 지역으로 철수를 완료하였다. 개전 1년 2개월 만에 왜적들은 제자리로 돌아온 것이다. 말하자면 그 1년 2개월 동안 전 조선을 짓밟고 분탕질하다 돌아온 것이다.

왜군이 철수하면서도 끝내 두 왕자를 돌려보내지 않자 5월 2일에야 이여송이 추격을 시작했고 조명 연합군 선봉이 비로소 한강을 건너기 시작했다. 왜적 선봉대가 조령을 넘어 경상도 땅에 들어가고 있을 때였다. 이여송도 조령을 넘고 문경에 이르러 영남과 호남의 전략 요충지에 주둔했다. 부총령 유정을 대구에 주둔시켜 연합군을 통괄 지휘케 하고 부총령 오유충을 선산에, 부령 조승군을 거창에, 부총령 사대우를 전라도 남원과 전주 사이에 주둔케 했다.

개괄적으로 볼 때 이렇듯 연합군의 작전은 원활히 수행되는 것 같았으나 그 속을 들여다보면 실상은 속이 빈 강정처럼 아무것도 없는 허구적 전략이었고 적개심 없는 전투였다. 동맹군이라는 것이 그런 것인가. 위험 부담이 큰 전투나 회전에는 조선군을 앞세우고 적의 반격이 느슨할 때나 지역 방어 같은 안전한 일에만 자기들이 앞장서는 몰염치한 작전을 스스럼없이 자행하는 명군에게 어찌 조선군의 반감이 없으리오. 물론 직접 이해 당사자가 아니기 때문에 부담감이 어찌 없겠느냐만은 그렇다고 전쟁 자체를 부인할 수 없는 것이 아니겠는가. 조정은 또 조정대로 반대 여론이 들끓고 당장에라도 명 조정에 주청하여 지원군 수뇌를 갈아 치워야 한다는 쪽으로 의견이 모아졌다. 가뜩이나 핍박逼迫한 재정에서 지원군 보급 조달도 어려운데 하물며 명군의 전횡을 무슨 수로 막겠는가. 그럴수록 홍순언에 대한 조정의 압박이 가중되었지만 사실 선조의 기대는 실제 상황을 도외시한 과중한 것으로 홍순언의 운신의 폭이 좁아질 수밖에 없었다. 예정대로 조선군에서 기획한 작전이 수행됐더라면 한두 달 전에 결판이 났을 텐데… 이렇게 맥 빠진 전쟁이 될지는 아무도 몰랐다. 그러나 이런 상황에서도 명군의 눈치를 보지 않을 수 없는 조선군 수뇌부와 조정 중신들이 그저 안타까울 뿐이었다.

그렇게 전쟁이 지지부진해지고 있을 무렵 도요토미 히데요시는 나고야에서 명의 사신을 접견하고 강화 7개항을 제시하였다. 1593년 6월의 일이었다.

그것은 누가 들어도 웃어넘길 수준의 유치한 조건이고 서로 양보할 수 없는 악조건만 제시되어 있어 양측의 처지만 어렵게 만들었다. 강화약관講和約款의 내용은 다음과 같다.

① 화평의 인질로 명나라 황제의 현녀(황녀)를 일본 황제가 후궁으로 맞는다.

② 관선官船과 상선商船을 왕래케 한다.

③ 두 나라 전권 대사가 서로 서약서를 교환한다.

④ 조선 8도 중 4도만 조선 국왕에게 주고 나머지 4도는 일본이 차지한다.

⑤ 조선의 저명한 대신 한두 명을 일본에 보낸다.

⑥ 이미 포로가 된 조선의 두 왕자는 돌려보낸다.

⑦ 조선의 책임 있는 대신이 앞으로 위약하지 않는다는 서약서를 쓴다.

도요토미 히데요시의 이 맹랑한 강화약관을 휴대한 명나라 사신들이 석방된 조선의 두 왕자와 함께 한양으로 돌아왔다. 그들은 명나라에 돌아가서 조선이나 명나라 조정이 들어 줄 턱이 없는 이 허무맹랑한 7개 조항의 강화약관은 내밀지 않고 거짓 보고하였고 오히려 도요토미를 일본 국왕에 봉한다는 칙서를 보내 그를 분노하게 만들었다. 이후에도 지리멸렬한 회담이 계속되었지만 한번 어그러진 일이 제자리를 찾기는 어려운 일. 결국 전쟁은 끝나지 않은 채 장기화되니 아, 고통받는 것은 전란의 틈바구니에 갇힌 백성들이었다.

야차 夜叉

확실히 그들은 다기지고 매서웠다. 내지르는 함성만 들어 봐도 관군과 명나라 군사들은 구분됐다. 어찌 들으면 소름이 끼칠 만치 처절하고 비참했다. 그럴 수밖에 없는 것이, 나도 못 살아 사지가 뒤틀리고 오장육부가 뒤집어지는 판국에서 뭐 먹자고 남의 나라를 침공해 자기들 야욕을 채우겠다고 생목숨에 칼질하는 왜놈 오랑캐들 때문에 가죽과 뼈만 남았으니 백성의 눈에 왜놈 쪽발이는 분명 야차며 원수에 다름 아니었다.

정유년(1597년) 8월, 임진년으로부터 5년이 지난 추석 무렵이라고는 하나 아직도 늦더위에 허덕이는 백성들을 들쑤시는 모기떼가 극성을 부리는 통에 어지간히 지쳐 나가떨어진 백성들에게 또다시 침략해 들어오는 14만 쪽발이 오랑캐 대군은 공포의 대상이며 증오와 원한의 표적이었다.

왜적 총수 도요토미의 명을 받은 왜군이 조선에 상륙함으로써 정유전의 서막은 열리기 시작했다. 임진년의 침략이 실패하고 지리멸렬한 회담 또한 수포로 돌아가자 왜적은 다시 침략해 왔다.

삼도통제사三道統制使 이순신의 눈을 피해 오다 기어코 들통이 나 삼남 지방으로 쫓겨 들어온 왜군의 주력이 잠입한 곳은 전라도 남원 땅이었다. 남쪽으로 남도 땅, 북쪽으로 한양 길을 열어 주고 서쪽으로 서해를 손짓하며 동쪽으로 영남을 부르는 요충지, 남원은 누가 뭐래도 조선반도의 전략적 거점으로 주목받는 곳이었다. 여기에 들이닥친 왜장 카토 기요마사 3만 대군의 말머리가 남원성을 향해 공격을 개시하였다. 북상하는 길에 대소 의병 세력의 저항에 부딪혀 지지부진하였으나 기어코 의병들을 물리치고 남원성 밖 적성강에 진을 치고 항복을 종용하는 상황에 이르렀다.

그때 남원성에는 관군 장수 오세기와 명나라 장졸 2천이 수성하고 있을 뿐이었다. 비축 군량미도 바닥이 나고 원병만을 기다리는 성안 군졸의 사기는 땅에 떨어져 적의 대갈일성만 들어도 추풍낙엽이 될 운명이었다. 오세기 장군은 정기룡의 휘하로 공석 중인 전하 좌변사를 대신하여 임시 수성책임을 맡고 있었다.

둘레 30리도 못 되는 남원성은 성안에 많은 민간인을 포용하고 있어 적의 공성전攻城戰이 벌어지면 작전 수행에 지장을 초래할 정도의 악조건이었다. 우선 병력 보충원이 되는 젊은이는 없고 노약자가 많은 것이 가장 큰 걸림돌이었다. 성벽 높이도 여느 성과는 달리 낮고 부실해 적의 강공을 맞으면 속수무책이었다. 밤에는 적이 매수한 세작들이 드나들며 유언비어를 퍼뜨려 민심을 교란시키고 군졸들의 사기를 추락시켰다. 포위 일주일이 지나도 공격의 기미가 없는 왜적들은 성내 실정을 손금 보듯 하기 때문에 투항 유도로 일관하고 있었다.

왜군에게도 지연 작전을 쓰지 않을 수 없는 고충이 있었다. 1차전에서 승승장구한 왜장 카토 기요마사지만 벌 떼처럼 일어나 야차같이 덤벼 공격의 예봉을 꺾던 조선 의병은 거의 공포의 대상이었으므로 2차 침공 때는 경계 안 할 수 없었다. 그런 이유로 상륙해서 이곳까지 진격해 오는 도중에서도 의병에는 과민하게 대응해 왔다. 전주 근방에서부터 부대 후미를 위협하던, 누가 이끄는지는 알 수 없는 의병 부대가 남원 근처에 와서 홀연히 자취를 감춘 것이 불안했으나 그들이 남원성에 들어가 동맹군인 명군과 합류했다는 사실을 알고 난 뒤부터는 공성전 전술로 바꾼 것이 그 실상이었다. 관군이나 동맹군 같으면 간단히 격파할 수 있으나 의병일 경우 이야기가 달라지기 때문이었다. 무모한 공성전으로 인한 병력 손실이 불을 보듯 뻔한 일이라 겉으로는 투항을 기다리는 척 시간을 끄는 것이 가토 기요마사의 속셈이었다.

조선군 내에도 피치 못할 사정은 산적해 있었다. 일본 세작의 술수에 휘둘린 성내 민간인들의 남부여대한 탈출이 눈에 띄게 늘어나고 전쟁 물자가 분실되어 갔다. 그 현상을 그대로 방치했다가는 적의 무혈입성도 가능케 할 상황이 닥쳤다. 관군 오세기 장군의 소극적인 대응에 당황한 명나라 장군은 오 장군을 불러 책임을 추궁했다.

"여보시오, 오 장군. 적이 성을 포위한 지 벌써 열흘이 넘었는데 이렇게 항전 의지가 없어서야 되겠소! 군량미만 축내고 하는 짓이 뭐요. 이대로 가다가는 적의 침략에 나가떨어질 게 뻔한데 어떡하겠소. 내가 보기에 원군인 우리보다 조선 관군 사기가 엉망이니 어쩌면 좋겠소. 당신들이 차별대우하는 의병 좀 보시오. 그들은 악을 빼면 모두 뒤로 벌떡 넘어질 사람들이오. 어쩌면 자기 나라에 쳐들어온 원수를 대하는 같은 민족의 태도가 그리도 다를 수 있소. 여기가 떨어지면 그때는 걷잡을 수 없는 혼란이 벌어지고 한양까지는 또 일사천리로 패주할 게 뻔하오. 우리 동맹군도 싸우는 데 한계가 있어요. 이대로 있지 말고 결사대라도 꾸려 성 밖에 나가 기습전이라도 감행해 군의 사기를 진작시키시오!"

그건 누가 들으나 시의적절한 독전督戰의 자극이며 화급한 충고였다. 전의를 상실한 조선 관군에게는 그 이상의 해결책이 없었으니까.

한가위가 가까워 오는 마을 중천에 뜬 달은 말없이 대지를 적시지만 그 빛을 받은 온갖 군상들의 행태는 가지가지였다. 왜적들이 쳐들어온다는 유언을 믿고 이고 지고 성을 빠져나가는 군상이 줄을 잇고 있으나 달은 그래도 말없이 그들의 발부리를 넉넉하게 비춰 주고 있었다.

드디어 기회를 엿보던 왜장 카토 기요마사의 명령이 떨어졌다. 남원성의 최후를 알리는 듯 가을비가 사람들의 속살까지 얼어붙게 하는 8월 한가위 전날,

"왜적이 쳐들어왔다아!"

징 소리가 남원성의 네 귀에서 울리기 시작했다. 그것을 전투의 시작이 아니라 패주의 신호쯤으로 곧이들은 병마 민중들의 함성이 거기에 뒤섞여 처절한 메아리로 울려 퍼져 나갔다.

"동문으로 가자! 남문은 벌써 쪽발이가 막아 버렸다아!"

솔래솔래 빠져나가던 피난민이 그 징 소리에 놀라 구름처럼 동문과 북문으로 몰려들었다. 그러나 성안에서는 전투가 없었다. 함성도 없었고, 화살도 없고, 왜적들 조총 소리만 귀청이 아프게 울릴 뿐이었다.

"가시오. 가려면 빨리 가시오. 남아 있어 봤자 우리 짐만 되니 어서 빨리 여길 떠나시오. 우리야 죽기로 각오했으니 그리 알고 한

사람이라도 더 빠져나가 왜놈들 사잣밥이나 되지 마시오. 어서 가요! 빨리!"

의병들이 열려 있는 동문과 북문에서 왜적을 막아 내며 피난민들에게 소리 지르고 있었다. 벌써 그들의 흰 옷에는 어디서 묻었는지 선혈(그것이 아군 것이 됐건 적군의 것이 됐건)이 시뻘겠다.

뭐가 뭔지 알 수 없는 명군들의 노성과 비명과 절규가 들리고 이제는 그들도 피난민 대열에 섞이기 시작했다. 비명이 낭자했다. 시간이 갈수록 그 소리는 더 날카로워지고 잦아졌다. 야차같이 피를 뒤집어쓴 의병들의 누더기 옷들이 달빛에도 피로 번들거린다. 금방 의병 하나가 왜적의 조총을 맞고 흡사 만세를 부르듯이 두 손을 추켜올렸다가 앞으로 고꾸라진다. 그 시체를 왜적이 다시 한 번 확인 사살한다.

"사람 살려요! 사람 살려요!"

그때 어디선가 가냘픈 여인의 비명이 야기夜氣를 타고 들려왔다. 왜적의 무지막지한 손길에 고쟁이라도 찢기는가 싶었다. 보지 않아도 파악할 수 있는 수없는 정황. 이 나라 백성이 짓뭉개지는 수십만 번의 횡액! 그들은 그것을 그저 자신의 운명으로 알고 비명으로 생을 마감했다.

남원성이 떨어졌다. 날이 뿌옇게 밝아 오며 그 둘레 30리도 못 되는 작은 남원성은 피비린내 속에서 다시 그 모습을 드러냈다. 허물어지기 시작한 남원성의 동문과 북문은 왜적이 노리고 있던 곳으로 그들은 그쪽으로 쏟아져 나온 사람들을 향해 밤인데도 조총을 난사해서 피난민들이 삼대 쓰러지듯 했다. 왜적은 성안으로 헤집고 들어와 의병들을 공격하기 시작했다. 관군이나 명군은 안중에도 없고 전 화력을 일시에 의병 쪽으로 돌리니 어찌 되겠는가.

미처 피하지 못한 의병들이 관군이나 동맹군 틈새로 뚫고 들어가기 전에 이미 그들 몸뚱아리는 벌집이 되어 있었다. 왜적의 작전은 적중했다. 거기서 의병들의 기를 누른 왜적들의 예봉을 꺾지 못한 조선군과 동맹군은 그대로 북으로 패주의 길을 열 수밖에 없었다. 우군에게 파발을 띄울 겨를도 없이.

그렇게 혈전이 벌어지기를 닷새, 적은 파상적인 공격으로 성안을 짓이겼다. 명군 총사령관은 마귀麻貴 제독이었고 남원성 전투의 지휘권은 양원이 가지고 있었다. 양쪽 병력은 비슷했으나 조선군은 관군과 의병, 동맹군의 세 갈래로 나뉘어진 지휘체계 때문에 작전에 차질을 빚고 있었다. 의병장은 최담령崔聃齡으로 수천의 의병을 징모하여 임진년 적을 무찌르고 다시 정유년 재침 때도 같은 방법으로 의병을 초모招募하여 남원성 방어에 헌신했다. 그는 사재를 털어 의병을 구휼했으며 의병장 김덕령과 연대하여 전장에서 구원군을 돕기도 했다.

왜적과 백병전을 벌이던 의병들의 기세에 놀란 왜적 일부가 서문 쪽으로 밀리는 후미를 동맹군이 쫓아가다가 의외의 복병을 만나 가던 길을 거꾸로 패주해 도망온다. 그 뒤로는 왜적이 새카맣고 관군도 그 대오가 흐트러져 오합지졸이 되어 의병들과 뒤섞여 우왕좌왕 퇴로를 찾고 있었다.

한편 이쪽 골짜기에서는 의병들에게 몰린 왜적 20여 명이 땅바닥에 엎드려 의병들의 창날 앞에 어육이 되고 있었다.

"치워라! 창칼이 필요 없다. 돌로 찍어 죽여라. 어섯!"

"오까아상, 다스께떼!(어머니, 살려 줘요!)"

큰 돌을 들어 올린 의병 몇 사람이 그 우람한 돌덩이를 그대로 두 손을 싹싹 빌며 울부짖는 왜적 머리 위로 내리꽂았다.

처절한 비명이 골짜기를 짓누른다. 압도한다. 그렇게 창에 칼에 찔리고 베인 시체가 쌓여 가고 큰 돌에 으깨진 헌 걸레짝 같은 시체가 여기저기 나뒹굴었다.

"야! 야! 이건 졸병이 아니다. 조금 높은 놈이다. 이건 생포해서 데리고 가자. 손대지 마라!"

왜적 지휘자쯤으로 보이는, 상투가 풀어져 봉두난발이 된 한 놈이 의병장 앞에 끌려와 땅에 깔렸다.

"통변이 있느냐? 이놈을 문초해 적정을 파악해라!"

"대장님, 저것 한 사람 입 열어 봤자 나올 것이 없습니다. 저것 피라미니까 그냥 까 버립시다."

그렇게 말한 의병 한 사람이 들고 있던 요강 두 배쯤 되는 크기의 큰 돌을 들어 올려 땅바닥에 엎드려 있는 왜적 골통을 그대로 부숴 버렸다.

'으윽!' 하는 간단한 비명. 허연 골이 달빛에도 분명히 비어져 나오며 꾸역꾸역 두개골을 덮어 나가고 있었다. 바르르 떠는 두 다리가 땅을 차면서 경련이 멎는다. 신발은 분명 쪽발이의 것이었다.

네가 살아서는 안되고 네가 죽어야 내가 사는 이 판국, 상대의 목숨이 자기 목숨을 담보하는 극한 상황에서 양보가 있을 수 없고 주저가 다 무엇인가. 본능과 본능이 맞부딪쳐 튕겨 내는 파란 불꽃의 마지막 찰나가 아닐 수 없다. 그것이 최초이고 최후, 목숨들은 그렇게 피아간에 스러져 갔다. 살인이라기보단 본능적인 자기 보존의 방위일 수밖에 없다. 여기저기서 그렇게 죽어 가는 생령들의 단말마가 이어지고 어지러웠다.

그날, 그렇게 조선군은 수적으로 우세했으나 패전의 원인은 전술한 대로 적의 세작전에 따른 내부 교란과 저하된 사기, 보급의 열악, 무기의 열세 때문으로 분석된다. 사실상 조선군은 공격받기 전부터 이미 지휘계통의 파행을 겪고 있었으며 특히 탈영자가 속출해 전력의 공동화空洞化가 이미 시작되어 있었다. 적이 순자강을 중심으로 장기 잠복한 이유도 알고 보면 성내 병력의 자연 붕괴를 기다리고 있었을 것이라는 관측이 옳았다. 결과는 한마디로 비참했다. 처음 3일 동안의 공방은 일진일퇴로 서로 양보가 없었으나 성내 민간인들의 피난이 시작된 나흘부터는 혼잡이 극에 달해 적의 총포를 피해 닫힌 성문을 열지 못하고 성벽에서 떨어져 죽은 시신만도 수천을 헤아리는 아비규환의 도가니가 되고 말았다.

전쟁에도 불문율이라는 게 있기 마련이고 전투원과 비전투원의 구분, 포로의 처우에도 인도가 있기 마련인데 이때의 왜적은 흡사 악마들이었다는 게 맞는 표현이었다. 전투원 공격이 목표가 아니었다. 부녀자 치마 벗기기가 주목적인 왜적들은 가는 곳마다 먼저 찾는 것이 치마 두른 부녀자, 그야말로 색에 굶주린 망령들이지 사람이 아니었다. 임진년의 난리에 이은 이 정유년 싸움에서 치마가 벗겨진 사람들이 수십 만에 이른 것은 묻지 않아도 알 수 있었다. 어쩌다 이 나라의 여자로 태어나 쪽발이 야수의 이빨에 찢기고 씹히는 수모를 견뎌야 하는가! 성안은 차마 눈 뜨고 볼 수 없는 아비규환이었다. 부대는 지리멸렬이 되고 문란한 군기 탓에 쉽게 적의 포로가 될 수밖에 없었다. 끝내 남문도 떨어지고 성내는 온통 쪽발이들이 주고받는 암호 소리와 조총 소리로 넘쳐 났다.

"여보시오, 오 장군! 사태가 이리됐으니 어떡하겠소. 우리가 퇴각할 때는 부대를 될 수 있으면 분산시켜 적의 시선을 헷갈리게 해야 되오. 한데로 뭉치지 말고 둘 셋으로 나눠서 퇴각하잔 말이오. 우리도 부대를 나눌 테니까 조선군은 조선군대로 재편성해서 먼저

오 장군이 북문으로 해서 전주 쪽으로 부대를 돌리시오. 나는 나대로 영남 쪽으로 머리를 두르고 경주 쪽에 파발을 띄우겠소. 그러고 나서 북으로 방향을 잡겠소. 그렇게만 된다면 언젠가는 다시 만날 수 있을 것 아니오. 힘내시오. 저 의병들의 혈전을 도우면서 서서히 퇴각하시오. 오 장군!"

남원성 상실 소식은 북상하는 조선군보다 빠르게 전국으로 퍼져 나가 다시 민중의 곡성이 터지고 조정은 일시에 혼란의 소용돌이에 휘말려 들었다. 더구나 외국에서 그것도 구원군으로 온 처지의 이들은 등 붙이고 쉴 자리마저 궁하고 각 고을의 수령방백이 하물며 패배한 이들을 반기기나 하겠는가. 차디찬 가을비는 숙연한 대오에 더욱 한기를 안겨 줄 뿐이었다.

오목대 10리 안에 사람 그림자가 없다. 희한한 일이 아니고 당연히 그랬다. 정유년 여름인 8월에 남원성을 점령한 왜적 6만이 전주성으로 말머리를 돌렸다. 내리 6년간의 전화에 시달리던 조선 백성은 맹렬한 기세로 짓쳐 들어오는 왜적 앞에 저항 한 번 못하고 전투원 비전투원 할 것 없이 삼대 쓰러지듯 쓰러져 갔다. 먹을 것도 제대로 못 먹은 사람들이 살려 달라는 소리 한 번 지를 수 있겠는가. 골골이 널부러져 있는 것은 지난 전화에 희생된 백성들의 해골. 짐승들도 외면하리 만치 썩어 문드러진 주검들뿐 사람 그림자가 없었다. 그러니 남원성이 무슨 수로 지탱하겠는가. 왜군은 일사천리로 내달렸다. 남원-전주길, 발 빠른 장정 같으면 하루해면 족할 거리지만 쫓고 쫓기는 군대의 속성으로 보자면 그것도 짧을 수 있으니.

휘익, 쾅! 하면서 찌그러져 덜커덩거리던 부엌 문짝 하나가 마저 떨어져 나갔다. 싯누렇게 바래 얼룩져 있는 문 종이, 숭숭 뚫린 그

자리에도 빗방울이 찍히고 심술을 부리며 지나갔다. 거의 가로로 내리긋는 빗줄기는 이제 제정신이 아니었다. 이 초가를 짓고서부터 여태까지 빗물 구경 한 번 못해 본 방문의 창호지가 흠뻑 젖었고 밖에 퍼붓는 빗물은 집 안으로 들이치며 화를 내고 거기다 뇌성벽력까지 번쩍거리니 금세 마당 안이 구정물로 가득하고 안 보이던 거품마저 둥둥 떠다니지 않는가. 방문이며 처마까지 모두 쥐어뜯긴 꼬락서니가 집이 아니라 폐옥 같았다.

방 안은 흙먼지가 풀석이는 장판에 냉기가 여간 아니다. 벌써, 탱이 내가 진동하고 8월 한가위에 맞는 이 느닷없는 장대비에 사람들도 그렇지만 사람에게 기생하는 잡것들의 피신이 분주하다. 우선, 논에서 제멋대로 뛰어놀며 분망하던 메뚜기며 집 안의 파리 · 모기가 몸을 사린다.

언제 피난을 다 갔는지 이 큰 동네에 사람 그림자가 없다. 길가에 자리한 이 집도 인적이 없어진 지 오래인 듯 사방이 쓰렁하다. 다른 때 같으면 집집마다에서 새파랗게 저녁연기가 마을을 휘감아 돌 텐데 참말로 살벌한 적막강산이다. 하기야 전주성 10리 안에 사람 그림자가 없으니 여긴들 별수가 있겠는가. 무슨 역병이 훑고 지나갔어도 이보다는 덜할 텐데⋯ 폐허의 거리에는 그저 차가운 빗발만 사납게 울부짖고 있었다.

"이렇게 적막할까? 아무리 난리가 났대도 사람 씨알머리가 없으니 원. 가만 있자, 남원성이 떨어지고 나서 며칠 만에 전주성이 거덜 났나."

"예, 꼭 열하루 만에 그리됐습니다. 여기가 전주성에서 20리나 떨어져 있는데도 여기까지 분탕질을 친 왜적들이 징그러울 뿐입니다. 장인어른, 참말로 생각만 해도 몸서리가 난다니까요."

"으음… 그랬구나. 전황이 생각보다 치열했고, 피해 또한 엄청나 구나. 그런데 자네 그간 고생 많았구만. 아까 지원군과 말을 나누 는 것을 보니 그만하면 서로 의사소통은 되겠던데?"

"어디가요? 아직 멀었습니다요. 장인어른 말씀 듣고 깨달은 바 있어 깜냥에 애는 써 봤는데 도무지 나아지지 않고 참으로 어려운 게 남의 나라 말이라는 것만 깨달았구만요."

별동유격장군 편갈송 부대를 떠나 호남 지방까지 내려온 홍순언 은 공무 이외에도 호남을 찾을 목적이 있었으니, 전쟁이 나고 헤어 졌던 딸과 그 남편인 천대길을 만나기 위함이었다.

귀밑머리 마주 푼 사이는 아니지만 어찌 됐건 벌써 총각 축에 낄 수 있는 아들까지 있는 사이니 어찌 부부가 아니겠는가. 또 그것을 눈감아 버린 터수에 따질 일도 아니었다. 진주 땅에서 장사를 해 그럭저럭 가세를 유지하며 발을 넓혀 오던 딸 내외가 그립기도 하 고 안부가 염려되어 편갈송 부대 종군 역관으로 내려온 홍순언에 게는 두 가지 목적이 있었다. 자기가 못 다한 진충盡忠의 길, 그것 을 못 다한 아쉬움을 딸 내외를 통해 표출해 보고 싶었고 또 하나 는 혈연의 정, 어쩌면 딸 내외가 알고 있을 아내의 안부가 궁금해 서였다. 병골인 아내를 안양에서 마지막 보았던 게 2년 전이고 그 뒤로는 전란의 소용돌이 속에서 나랏일에 정신없다 보니 안부를 도통 챙길 수 없었고 지금쯤 어찌 됐을까 하는 마음이 간절했으니 까. 모녀간이라면 혹시 알고 있을 제 어미 소식이기에 거기에 쏠린 마음이 어찌 간절하지 않겠는가.

착잡한 심경으로 전주에 닿기는 했으나 어쩔 수 없이 마음에 비 감悲感이 들었다. 우선 산천은 의구하나 인걸은 간데없고 왜적이 휩쓸고 지나간 자리가 적막강산이니 어이하리요.

"그래, 딸아, 지내기가 어떠하냐. 아비가 있지만은 떠돌아다니는 것을 업으로 집안에 보탬을 준 적도 없는 회한이 가슴을 치는구나. 그러나 어쩌랴. 가솔보다 백성들 위하는 나랏일에 부름을 받은 몸이 집안에만 안주할 수 있겠느냐. 그런 탓에 네 어미의 병구완도 못하고 떠돌아다녀야 했는지… 그 죄가 작지는 않을 것이다. 용서해라. 그래, 어머니는 지금 어디 어떻게 하고 계시느냐?"

"……."

고개를 숙이고 울먹이던 딸의 행동이 아버지를 오랜만에 만난 반가움과 부정父情 때문일 줄 알았던 홍순언은 불안한 마음으로 딸에게 시선을 돌렸다. 길가 폐옥에서 만나 회포를 풀면서도 아버지 홍순언의 말투에 딸 내외는 원망스러온 마음이 일지 않을 수 없었다. 자기들이 겪은 전란의 고초 같은 것에도 아랑곳하지 않고 오직 시국에만 괘념하는 그 무심함이 원망스러웠던 것이다.

"아가야, 뭐 내게 섭섭한 것이라도 있느냐? 물론 그렇겠지. 애비가 애비 구실을 못하고 돌아다녔으니 말이다. 용서해라. 이 난리만 끝나면 우리도 남부럽잖게 살아 보자. 네 오빠도 아직 못 만났고……."

거기서 말을 중동무지른 홍순언은 왠지 솟아 나오는 눈물을 훔치지 못하고 시름 긴 한숨을 내쉬었다.

"아버지… 어머니는 돌아가셨어요. 아버지를 기다리다가 그만 병이 도져서 1년 전에 세상을 버리셨어요. 그래서 저는 상복은 못 입어도 흰 댕기는 하고 있잖아요."

그런 딸의 입매를 바라보는 홍순언의 양 볼을 적시는 물기가 있었으니 그건 아내에게 못 다한 정情의 결정체이리라. 그야말로 청천벽력. 그러나 무심했던 남편이기에 누구를 탓할 수도 없는 일.

두 줄기 그것은 꼬리를 물고 흘러내리다 급기야 가느다란 흐느낌으로 바뀌었다. 양 어깨가 물결친다. 그것이 신호인 듯 세 사람은 울음에 묻히고 말았다. 그렇게 얼마를 울었을까.

"그만들 울음을 그쳐라. 돌아가신 네 어머니에 대한 내 잘못은 내가 몸으로 때워서 고혼이라도 위로하겠다. 죄 많은 남편이라고 구천에서 나를 원망하겠지만… 하는 수 없다. 모든 것이 이 지긋지긋한 전란 탓이니 그리 알고 나를 용서해다오. 네 어미에겐 내가 저승에 가서 잘못을 빌겠다. 이 전쟁이란 폭우가 지나가면 또 다시 나타날 푸른 하늘, 그것을 믿고 손을 다시 잡자.

아까 보니 대길이 자네 명나라 말도 제법이던데 언제 그리 숙달했는가? 나 있는 데서 하는 것보다 나 없는 데서 하는 게 더 자연스럽고 막힘이 없는 것 같아 숨어서 보았지."

"부끄럽습니다요. 장인어른, 저도 이 전쟁이 오래갈 줄 알았고 장인어른께서 분부하신 대로 그 나라 말을 배워야겠다고 옹근 마음으로 배웠구만요. 아직 겨우 통성명만 겨우 할 정도지요."

"아니네, 이제 동맹군도 왔고 명나라 말 써먹을 때가 하 많을 텐데 자네가 앞장서서 이 근방 의병들을 건사해 보게나. 기대가 크네. 그런데 이렇게 무참히 짓밟힌 전주성을 편갈송 장군 동맹군이 수복할지 그것이 걱정이네."

"……."

거기에 대해서는 잠시 말이 없던 대길이가 한참 만에 고개를 쳐들고 홍순언을 올려다보았다.

"그렇습니다. 사실이 전쟁이 길어지면 이 강산에 사는 조선 사람은 씨가 마를 것 같습니다. 편 장군이 오셨으니 어떻게 조명 연합군이 합심하여 전주성과 남원성을 수복해야 살길이 생길 것 같습니다. 그래서 우리들도 깜냥에 계략을 짜고 있지요 결사대를 조직하여 일단 유사시에 한몫을 하려고 벼르고 있습지요.”

“그런데 오다 보니 길가에 뒹구는 시체에서 코가 없는 것이 태반인데 어찌 된 건가? 자네가 그 내력을 아는가?”

“예, 기가 막혀서 말도 못합니다. 장인어른, 왜적 괴수 도요토미 히데요시가 지금까지 아무 시체에서 베어 낸 귀때기 가지고는 믿을 수 없다 하여 아주 조선 군사 시체에서 코를 베어다 그것을 증거로 제시하라는 명령이 내려 이 무지막지한 놈들이 코를 베어 그것을 소금에 절여 왜로 보내 그 실적을 인정받고 있답니다. 참으로 눈물이 있어도 나오는 것이 없을 정도로 메말라 버린 조선 사람들 애간장입니다. 어쩌면 좋겠습니까? 장인어른.”

그 대목에 가서는 홍순언의 사위 천대길도 목을 놓고 엉엉 울기 시작했다.

“참, 흉악한 일이구나! 도요토미 히데요시가 시든 제 육신의 회춘回春을 위해 조선의 호랑이 고기를 먹고 싶다고 전 왜적에 명을 내려 호랑이를 잡으라고 했다는 말은 들었어도 사람들 코를 베라는 말은 못 들었는데… 이럴 수가 있어! 이 억울하고 몸서리쳐지는 왜적들을 어찌할꼬! 장수하겠다고 호랑이 뼈까지 바치라는 노망을 부린다니 기가 막힐 일이다. 그놈이 그렇게 노망이 든 걸 보니 살날도 얼마 안 남았구나. 젊은 첩을 얻어 새끼를 낳고 보니 그놈 눈에 뵈는 것이 없는 게로구나. 에이, 이 일을 어찌할꼬. 폭우가 쏟아지고 나면 청정한 하늘이 나타나듯이 이 나라도 왜적들의 침략이 끝나면 다시 맑은 하늘을 볼 수 있을까 그것이 걱정이로구나. 아가야, 이런저런 착잡한 감정 때문에 너희들 얼굴도 제대로 보이지 않는구나. 아이고!”

홍순언이 터뜨린 통곡 때문에 방안이 삽시간에 다시 울음바다가 되어 버렸다.

홍순언으로서는 아무리 국사에 얽매인 몸이라 해도 개인사, 죽은 아내에 대한 최소한의 애도도 표시 못한 것이나 어디 묻힌지도 몰라 무덤도 찾지 못한 것이 못내 마음에 걸렸다. 또 자식들 앞에서도 그것 때문에 떳떳치 못한 것이 매우 부끄러웠다.

그러나 그는 시방 남부 지방에 파견된 명군 유격장군 편갈송 장군 부대를 따라 남하해 왜적이 휩쓸고 함락시킨 남원성과 전주성 탈환 작전에 나서고 있는 터였다. 막중한 임무를 띠고 편갈송 부대를 안내하고 있는 그로서는 조금도 여유가 없는 몸이었다.

"그런데 내 나이 70이 눈앞이고 심신이 극도로 피폐해 더 이상 강행군이 어려운 상태다. 진충보국盡忠報國도 우선 내 몸이 있고 나서 할 수 있는 일인데 이대로는 괜찮을지 모르겠구나!"

그는 어떤 회의에 사로잡혀 잠시 모든 판단을 유보해야 할 정도로 감각적 기능이 저하되어 있었다.

"아버지도 그러시겠지만 아무리 나라에 매인 몸이래도 어머니 산소에는 한 번 가 보셔야죠. 어머니가 지하에서 얼마나 서러워하시겠어요, 아버지."

"그래, 오죽하면 네가 내게 그런 소리를 하겠냐. 나도 명나라 수천 리 수만 리 오가면서 얻은 병인 이 해소에도 손을 못 쓰고 있는 실정이라 어디 진득하니 집에서 치료도 하고 싶지만 동가식서가숙하는 뜨내기 신세가 뭘 어쩌겠냐. 생각하면 내 신세도 따분하고 처량하기는 유리걸식하는 난민들과 하등 다를 게 없다. 내 이 처량한 신세를 눈여겨보신 주상전하께서도 걱정하셔서 어의 허준까지 동원해 진찰을 받게 한 일이 있으나 내 일이 바빠 그 좋은 기회를 거절하기까지 한 적이 있었다. 이게 요즘의 내 생활이다. 그리 알고 애비에 대한 공박은 이제 그만두는 것이 좋을 것 같다.

아가, 네 오빠도 지금 수군과 연계해서 뭔가 일을 도모하고 있는 것 같다만 아직 확인 못했다. 불원간에 편 장군 부대가 전주성 수복 작전에 나온다면 천 서방도 바빠질 것이고 나는 나대로 이 전투에 명운을 걸 수밖에 없게 되겠구나! 나는 이 일을 내 생애 마지막 국가에 대한 진충의 길로 알고 있다. 그래서 너희들한테 유언처럼 하는 이야기다만 우리는 우리 민족의 씨가 말라 죽는 날까지라도 왜적하고는 화합이 안 된다는 것을 명심하고 후손에게 그것을 꼭 각심시켜야 한다. 그러니까 대대로 왜적과 적대관계가 계속된다는 이야기다. 이제 두고 보아라. 내 말이 맞는가, 안 맞는가. 불구대천의 원수라는 표현은 왜를 두고 한 말이니라. 앞으로 어떤 격전이 벌어질지 모르나 신명을 다 바쳐 싸워 이겨야 한다. 대길이가 그 정도로라도 이 싸움에 대한 인식을 높힌 것을 다행으로 여긴다. 앞으로 편 장군께 특별히 부탁해 자네를 충직한 장졸로 써 줄 것을 부탁하겠지만 자넨 자네대로 그분을 동맹군의 상사로 알지 말고 육친의 정으로 모셔야 하네. 이 광풍이 지나가려면 많은 시련이 따르겠지만 목숨에 연연해서는 아무것도 되는 일이 없으니 그리 알아라. 아이고, 이렇게 얘기하지만 나도 이제 환갑을 넘기고 보니 전진戰塵이 귀찮을 때도 있구나, 허허…….”

“그러시겠지요, 장인어른. 새파랗게 젊은 저희도 그보다 못한 일에도 경기를 일으키는데 하물며 장인어른께서야…….”

사실 떳떳하게 장인이라고 부를 수 없는 옛날의 상전 홍순언을 대하는 천대길의 넉살은 그리 좋은 편은 아니었다. 아닌 게 아니

라 주인집 고명딸을 아내로 맞아, 벌써 총각 축에 드는 아들까지
둔 대길은 아내와 지금도 옛날의 앙금이 남아 있어 가끔가다 사이
가 틀어질 때도 있었다. 다리 장수로 근근이 연명하다 부지런히 나
댄 덕택으로 장사가 커 나가다가 그것도 복이라고 전쟁이 나는 바
람에 몸만 빠져나와 옛날 몸 붙여 살던 전주 고을로 흘러든 것이
그간 그들의 발자취였다. 대길은 명나라 말을 배우라는 장인어른
의 간곡한 부탁대로 이미 굳어 버린 혓바닥을 놀리며 지악스레 배
웠다. 전주 변두리의 중국 사람을 찾아다니며 얼기설기 익힌 명나
라 말이 그것이었다. 그리고 발을 디딘 데가 경상도와 전라도 접경
인 함양 근처, 고경명이 이끄는 병부의 본거지 근처였다.

전주성도 왜적이 함락시켰지만 함락하고 며칠 주둔하다 북상해
성은 다시 빈껍데기만 남고 살아 있는 주민들은 다시 이 눈치 저
눈치 보면서 기어들어 와 거덜 난 살림살이 이리저리 주워 맞춰 거
지처럼 토굴을 파고들어 앉으면 되는 것이기에 성의 함락 여부가
없었다. 오직 수많은 양민이 죽어 나가는 일로 함락 여부는 겉으로
나마 나타나는 것이니까. 단지 명군과 의병의 씨가 마를 뿐, 살아
있는 목숨 죽지 못해 왜적의 심부름하는 것은 양민들의 몫이었다.

"그 사람들 여기서 먹을 만치 살았었지요. 다리 장사 잘했었지
요. 그런데 왜적이 쳐들어온다니까 남원 쪽으로 피난 간 거 아니에
요. 다른 다리 장사들 다 잘 있어요. 왜적들한테 재물도 조금 빼앗
기기는 했지만요."

성내를 돌아다니며 딸 내외 소식을 이렇게 알아낸 홍순언은 그
길로 동맹군 편 장군의 선발대를 움직여 그 근방 정탐까지 끝마치
고 나서 남원까지 북상했던 것이다. 홍순언으로서는 남원으로 넘
어온 다리 장수를 찾는 것이 시급했다.

사람 그림자가 없는 연도에 나타난 편갈송 유격군의 모습은 남원 주민들 눈에 신기하게 보인 게 아니라 공포의 그림자로 보였고 숨어서 그것을 지켜보던 그들의 눈은 점점 경이로 차고 있었다. 그렇게 씨가 마른 것 같은 남원성 주변에도 명군이 나타났다는 소문이 퍼지자 어디서 모여들었는지 호기심과 불안이 뒤섞인 비루먹은 망아지 같은 남녀노소, 혹시라도 먹을 것 좀 없나 하고 야윈 목울대 건드렁거리며 나타난 풀기 없는 성급한 사람, 명나라 말 한마디만 할 줄 알아도 어물쩍 끼어드는 사람 등 서로가 앞다투어 명군의 심부름꾼을 자처하고 나섰다. 그런 사람들이 명군 병사 한 사람 앞에 댓 사람씩 달려드니 명군 병사들은 귀찮아하는 기색이 역력했다. 그런데 유심히 그들을 살피는 홍순언의 눈에 낯익은 얼굴이 하나 들어왔다. 남보다 유달리 기골이 장대해 딴 사람과 구분되는 인물, 그는 '저게 누구더라' 하며 고개를 갸웃거렸다.

'아니, 가만, 저게 대길이 아닌가?'

다른 사람보다 목 하나는 더 큰 키의 사내, 천 서방이 뭐라 지껄이는 말은 분명 명나라 말이었다.

'가만있자……'

명군 한 사람이 그런 천 서방을 낚아챘다. 뭐라고 지껄인다. 뭔가 말이 통한다. 군사에게서 뭔가 자루 같은 것을 받아 든 그가 군사가 가리키는 어느 장교복에게 다가가 뭐라고 또 지껄인다. 홍순언은 갓을 깊이 쓰고 좀 더 가까이 다가가 그들의 대화를 엿들었다. 분명한 명나라 말, 근처에서 얼씬거리던 패거리와는 다르게 똑똑한 발음, 어설프나 얼기설기 끼워 맞춘 말이 뜻이 통했다.

'천 서방이 명나라 말을 할 줄은 몰랐는데……'

그러던 홍순언의 머릿속에 수년 전 마지막으로 보았을 적에 언젠가는 써먹을 때가 올 것이니 명나라 말을 배워 두라고 당부했던 말이 되살아났다.

'아, 그래. 그때 그 당부를 잊지 않고 배웠었구나. 기특하다!'

홍순언과 사위 천대길의 해후는 그렇게 손쉽게 이루어졌고 천대길이 한 개 지대支隊를 통솔하는 의병 지대장임을 알게 된 것은 바로 그 다음이었다.

"인자, 말씀드리지만 영태 그놈도 이제 제법 어른 티가 나고 뼈대도 커서 의병 부대에서 한 사람 몫을 단단히 하고 있구만요."

부대의 주둔지는 남원 전주 사이의 임실 땅, 관촌에서 전주 쪽의 협곡이 그들의 본거지였다.

"장인어른이 이 먼 곳까지 오신 것을 보니까 전쟁은 또 시끄러워지겠네요. 저도 본시 마음이 약해 벌레 한 마리도 못 죽였는데요. 이번 전쟁을 겪고 나서 야차가 되어 버렸어요. 장인어른, 왜적들이 우리 조선 사람 죽이는 것은 참말로 자기를 죽이지 말라고 손발 싹싹 비는 파리를 파리채로 탁 때려잡는 것보다 더 쉽다니까요. 인자, 사람 한둘 죽이는 것도 아무것도 아니에요. 친일파 몇 놈, 왜적들 세작들 사형시킬 때 창으로 쑤셔 죽이기도 했었지요."

그 말이 끝나기가 무섭게 무인지경 같은 길 아래쪽에서 사람 소리가 나고 수십 명이 떼 지어 왔다.

"어이, 천 대장, 빨리 나와 봐. 그것들 데리고 왔으니 어서 끝내 버리시게. 그리고 여기 먹을 것 조금 가져왔으니 손님 대접하시오."

그 말과 함께 피골이 상접한 아낙네 하나가 시퍼런 보리개떡 한 접시를 그들 앞에 놓고 나갔다. 밖이 웅성거리고 천 대장이 고의춤을 붙들어 매고 밖으로 나가면서 말했다.

"장인어른도 나와서 보시지요. 우리가 어떻게 왜적 앞잡이를 처단하는가. 참말로 이러고도 우리 조선 사람이 살아 있다고 할 수 있는지 모르겠구만요."

마당에 내려선 대길이 손에는 언제 어디서 났는지 시퍼렇게 날이 선 창이 들려 있었다.

"아부지, 이제 대길이도 사람이 아니에요. 환장했어요. 이렇게 사람을 죽인 것이 벌써 얼만지 모릅니다. 저렇게 죽이고 저도 죽으려고 그러는데 저는 무서워 죽겠어요. 대길이가 본시 용한 성품이 었는데 말입니다, 아버지."

"소저야, 사람은 제각기 환경에 따라서 수시로 성격이 변하는 것이다. 대길이도 얼마나 오장육부와 간경이 뒤집어졌으면 그러겠느냐. 그리고 너도 벌써 대길이를 남편으로 알고 산 지가 10년이 한참 넘었는데 지금도 대길이라 불러서야 되겠느냐. 서방님이라고 불러야지, 응?"

한쪽에서 함성이 오르고 손뼉 치는 소리가 들렸다. 50대쯤으로 보이는 대머리 한 사람이 오라에 묶여 사람들 앞에 끌려나왔다. 대길이의 외마디.

"요런 왜적 개놈은 잡아서 저승에 보내야 우리 귀 없고 코 없는 귀신들이 극락에 가지. 그냥 두면 그 사람들 서러워서 극락왕생도 못 하니까. 에잇, 요놈의 새끼! 너네 계집 딸년은 감춰 두고 남의 집 안사람이나 딸내미 끄집어내다 왜적들 요깃거리나 시켰냐? 죽어랏! 이 개만도 못한 잡것아, 에이요!"

"아이고오!"

기합 소리에 홍순언은 그 자리에서 그냥 고개를 돌려 버렸다. 상투가 흐트러진 천대길의 흰 적삼에 튀어 오른 핏자국이 징그러울 뿐이었다. 몇 개 집어 먹은 보리개떡이 되올라 올 것 같은 구역질을 느끼며 억지로 입 안의 침을 밀어 넣었다. 이윽고 밖이 소원해진 것이 아까의 친일파 숙청 작업이 끝난 모양이었다.

"허허, 세상에 사람이 저리도 달라질 수 있단 말인가. 저 용하디 용한 천 서방이 사람 죽이기를 파리 목숨 때려 잡듯 하니⋯⋯."

가슴속이 울렁거리고 헛것이 보이는 것 같은 현기증이 밀려오고 같은 방에 있는 딸이 딴 사람같이 보이는 게 이상했다.

겉으로는 전쟁의 목적이 무엇이든지, 서로 공평하게 잘 먹고 잘 살자는 핑계가 그것이라면 왜 하필 사람이 사람을 죽여야 하는가 모를 일이었다. 그리고 전쟁이 그렇게 해서 평화를 파괴한다면 누가 전쟁을 원하겠는가? 너무나 부피가 큰 질문, 여태껏 느껴 보거나 맞닥뜨려 본 일 없는 엄청난 문제가 이제 막 눈앞을 가로막는 기분이었다.

홍순언은 자기도 모르는 사이에 깊은 한숨을 내쉬며 눈을 감았다. 버거운 일이었다. 육십 평생 맞닥뜨려 본 적 없는 어두운 눈앞이었다. 그것을 위해 살아 온 평생, 그 살육을 피해 보겠다고 동분서주하며 놀리던 혀와 입의 간사한 움직임, 그것은 작위가 됐건 부작위가 됐건 결국은 구명을 위한 움직임이 아니었는가? 그러나 눈앞에 벌어진 이 참극은 무엇인가. 깔깔거리며 자신의 평생의 노력을 비웃는 그 허깨비 같은 몽상은 웬말인가!

"아가야, 나 이 나이 되도록 수많은 것을 보고 겪었지만 오늘 같은 일은 처음이다. 이것이 생시냐, 꿈이냐, 응? 말 좀 해 봐라."

"그래요, 아버지, 젊었을 적에 소가 코 아파한다고 쟁기질할 때 소 코뚜레 한 번 세게 잡아당겨 본 일 없는 천 서방이 어쩌다가 저리됐는지 생각하면 무서워 죽겠어요. 그러면서 자기 죽으면 의병질하다가 죽은 천 아무개라고 작은 비석 하나 세워 주면 그것으로 족하다고 저러니 저 사람도 필경 저러다 죽을 것 같아 불안해 어쩔지 모르겠어요. 아버지, 또 영태는 어쩌고요."

"왜 그 아이가 어째서 그러냐?"

"그 애비에 그 자식이라 무서운 것은 도맡아 하고 다니고 걔도 왜적이라면 눈에다 불을 킨다니까요."

"조선 사람들이 야차가 다 됐구나. 어이, 무서운 일이 아닌가. 하기야 왜적들이 먼저 두억시니가 되어 우리를 잡아먹으니까 우리도 그리된 것이지만… 큰일이다. 이 전쟁이 어서 끝나야지, 이대로는 안되겠다. 내 듣기로 왜적 대장 도요토미 히데요시가 치매에 걸려 별 희한한 짓을 다 한다는데. 그러니 전쟁이 얼마나 가겠냐. 젊은 첩 소생의 두 살배기 아들놈이 다 컸다고 성혼시켜야 한다고 신붓감 고르라고 성화라는데… 그쯤 되면 일은 끝난 것 같은데 말이다."

"그래요, 아버지. 남원까지 쫓겨 와 남원성이 떨어지는 것도 보았지만 왜놈들 기세가 그전만 같지 못한 것 같고 성을 점령하고도 하는 짓이 좀 이상해요."

"그럴 것이다. 뿌리가 흔들리는데 가지가 그냥 있겠느냐. 도요토미 히데요시가 제 부하 가토 기요마사가 조선 호랑이를 잡아서 저 혼자 먹었다고 펄펄 뛰고 지랄발광을 했다지 않냐. 사람을 시켜서 그가 잡은 호랑이 가죽에 붙어 있는 살점이라도 가져오라고 해서 아직 마르지도 않는 가죽을 인편에 보냈다는구나. 이 이야기는 조명 연합군에서 큰 웃음거리로 박장대소감이란다. 암튼 얼마 안 남았다. 그자만 죽으면 전쟁은 끝이니까. 그자를 노리는 것이 비단 하늘만이 아니라 신흥 군벌 도쿠가와 이에야스도 그를 노리고 있으니 어느 귀신이 잡아가도 곧 잡아갈 것이다."

"그랬으면 얼마나 좋겠어요. 이제 조선 사람들도 더 이상 버틸 힘이 없어 지금 같은 여름에도 산속으로 도망가는데… 겨울이 되면 다 얼어 죽을 판이에요.

아버지, 어쨌든 명나라 군대가 왔으니 무슨 일이 있어도 있어야 할 것 같아요. 그이는 지금 의병에 있지만 무슨 결사대를 만들어 수월찮은 사람들이 모여들고 있나 봐요. 영태도 거기 저희 아버지 부대에 들어박혀 통 얼굴을 볼 수 없어요. 내 낳은 자식은 아니지만 그마저 없어져 버리면 저는 누구를 믿고 살아가야 할지…….''

흐느끼는 딸의 얄팍한 어깨가 애처로웠다. 홍순언은 그 끔찍한 장면을 목격하고 기분이 가라앉아 후일 벌어질 편갈송 장군 부대의 전주성 수복작전이 끝나면 만날 것을 딸에게 약속하고 편 장군 선발대의 주둔지인 삼례로 돌아왔다.

용맹한 사람들

황망히 패주한 조선군과 의병들의 뒤에 남은 것은 오직 보얀 먼지와 돈대墩臺의 시체더미에서 먹이 찾아 쪼아대다 놀라 날아오른 까마귀 떼의 울음소리가 전부였다. 적막강산이었다. 이 적막강산에 진격해 들어오는 왜적들 좌우군은 기세는 하늘을 찌르면서도 한편으론 상대가 없는 진격이라 조금은 겁도 난 게 사실이었다.

조선을 침공한 횟수만 수천 번인 터라 왜적들은 조선 침략이라면 이골이 나 있을 정도였고 누구의 자세한 작전 정보가 없어도 제 발로 걸어서 요지를 찾아들 정도로 모르는 게 없었다. 왜적은 무인지경이 된 성을 점령하면 일단은 부녀자 겁탈이 최우선 순위이고 그 다음에 코 베기, 귀 베기였다. 그러니 그 각 성마다 소금이 동이 날밖에. 귀나 코를 잘라 염장하기 위한 소금까지 짊어지고 오는 왜적들은 없기 때문이다. 또 그런 왜적의 고충을 덜어 주기 위한 수단으로 친일파가 등장했다. 가까운 염전에서 소금을 실어 나르는 소달구지가 생겼으니 잡아먹어도 모자랄 조선의 황소가 소금 가마니를 끌고 등장했다. 그렇게 부역하는 사람들 말고는 모두 자취를 감춰 버리니 성을 점령했다는 왜적들도 허망할 따름이었다.

그래서 생긴 것이 성에서 성으로 또는 성에서 사방 산으로 통하는 길을 봉쇄해서 매복했다가 사람이 나타나기만 하면 남녀노소를 가리지 않고 코 베기, 귀 베기였고 그 참혹상은 말로는 형용할 수가 없었다. 반반한 아녀자는 겁탈을 수십 번 당하고 코까지 베어 출혈과다로 주검이 되니 그 처절한 장면을 뉘라서 어떻게 표현할까. 시아버지가 코를 베이고 소리 지르고 넘어지는 거기서 며느리가 겁탈을 당하고, 또 코를 베이고 피가 낭자한 며느리가 나가자빠지고. 거기에 또 시어머니가 코가 잘려 나가 뒹구는 판이니 뉘라서 그것을 외면 안 하고 견딜 것인가. 왼손 검지와 중지를 콧구멍에 집어넣어 코를 벌리고 그 뿌리를 칼로 도려내는 작업도 만만치가 않아 처음 해 보는 작자 중에는 손가락을 베이는 경우가 있을 정도로 나중에는 그것만 전담하는 자가 생겨날 정도였다.

슬픈 일이기에 앞서 천인이 공노할 왜적들의 만행이었으나 힘이 없어 울부짖는 백성들은 코나 귀가 잘려 나가도 호소무처呼訴無處였다. 아직 나이 어려 코 없는 엄마나 할머니한테 엉겨 붙어 울부짖는 아이들을 보면 왜적들은 조총 개머리판으로 갈겨 버리니 두 말도 못하고 그 자리에서 송장이 되고 마는 참경… 차라리 도망친 의병이나 관군의 코는 번듯했다. 전라도 곳곳에는 그런 시체에서 달랑 두 개 남은 눈알을 빼 먹으려는 까마귀들의 집요한 울음소리만 들려올 뿐이었다. 녀석들은 인적만 사라지면 내려앉아 널려 있는 주검을 쪼아대는 것이 일이었고 쉽게 날아오를 생각을 안 했다. 사람들은 그런 몰골로라도 살겠다고 산속으로 산속으로 자꾸 피해 들어갔다. 먹을 것이 있건 없건 덮어놓고 왜적들이 무서워서.

그러니 천지 사방 어디를 둘러봐도 사람 그림자가 있을 수 없다. 남원에서 전주, 150리길에 먼지만 날릴 뿐이었다. 전주성에 입성한 왜적들은 그들의 정해진 수순대로 먼저 부녀자 겁탈을 끝내고 약탈과 살육을 마치고 코 베기가 끝나면 분탕질해서 잡은 가축을 도살해 한껏 전의를 높이고 부른 배를 부여안고 나가떨어져 잠에 빠지는 게 일이었다.

그러니 성내에 사람이 있을 수 없고 텅 비어 버린 폐허 같은 성내에는 오직 피비린내만 등천할 뿐이었다. 그렇게 성을 지키던 왜적들도 며칠이 지나 상부의 지시가 있으면 미련 없이 4대문 활짝 열어 놓고 떠나 버리니 남은 것은 살아남은 가축 몇 마리가 땅을 뒤지는 일뿐이었다.

사흘이 지나고 나흘이 지나 왜적들의 그림자가 없어지면 어디 숨어 있다 죽지 못해 살아남은 명줄을 원망하며 슬금슬금 성내로 찾아드는 백성이 한두 사람이 아니었다. 그렇게 잔류 부대를 남기고 서군과 북군은 일로 북으로 머리를 두르고 전주를 떠났다. 그것이 1597년의 9월 초사흘, 야기夜氣 선득거리는 초가을 날의 일이었다. 위, 아래, 전후사방을 둘러봐도 사람 그림자가 없는 전주에 인기척이 생긴 것도 그들이 전주성을 버리고 떠난 뒤의 일이었다. 이따금씩 성내에서 개 짖는 소리가 들리고, 잊을 만하면 밤공기를 가르는 왜적들의 조총 소리가 한 번씩 폭죽 터지듯이 밤하늘에 솟구쳐 올랐다. 그것은 잔류 부대 스스로가 자신들의 불안을 알리는 경기 들린 총성이었다. 공포였다. 전주성 사대문은 굳게 닫혀 있었다. 그러나 누구 감히 범접하는 그림자가 없는데도 꼭 숨 죽인 바람처럼 그 우람한 사대문을 흔드는 기척이 있었다.

전주성에서 북쪽으로 30리 거리의 삼례는 본시가 역 터, 거기서 흘러내려 남쪽으로 전주를 지나 내려가면 새원과 관촌 골짜기가 있어 50리가 너끈하다. 바꿔 말하면 삼례에서 전주를 지나 관촌 골짜기까지 50리는 무인지경인데 그 밤 어디서 나타난 그림자인지 의병 복색의 굵은 남정네들이 이 길을 헤집고 있었다. 편갈송 부대가 북상해 왜적의 진격을 가로막았으나 지리에 능한 그들은 고산 방면으로 해서 금마를 에돌아 빠져나간 뒤였다. 적을 놓친 편갈송 부대 본진은 삼례에 들 수밖에 없었다.

그 어둠, 그 밤 전주성을 중심으로 30리를 상거한 지역에 사람들이 집결하기 시작했다. 북쪽의 삼례를 위시하여 동쪽 웅치, 이쪽의 관촌까지 그들의 근거지 전주를 사방에서 에워싼 포위망, 그 선두에 조명 동맹군인 편갈송 장군의 영기帥旗가 펄럭일 수밖에. 24시간 보초와 척후를 놓아 사주를 경계하는 전주성 잔류 왜적들이라고 어찌 조명 연합군의 이런 동태를 모르고 있겠는가. 바야흐로 전운은 전주 전체에 퍼지기 시작했다.

전주성은 고요했다. 몇 날 며칠 이어진 침묵이 뭔가 끔찍한 결과를 예고하는 듯 두려움이 팽팽한 전주성 근처 10리 안에는 강아지 새끼 한 마리 얼씬거리지 않았다. 몰래 숨어들어 쓰던 구닥다리 살림살이를 손보는 아낙네의 손놀림이 잽싼 것이 혹시나 왜적들에게 들켜 그때까지 곱게 간직해 온 콧마루가 내려앉을까 두려워서였다. 흰 무명옷을 검정색으로 갈아입고 스며든 성내는 그야말로 저승 같은 어둠이 켜켜로 내려앉아 있을 뿐이었다. 아무리 손에 익고 낯익은 집이고 살림살이지만 이렇게 어두워서야.

"아이고, 참말로 코를 베어 가도 모르게 어둡네, 워이……."

아낙네 혼자 애태우는 속마음이 엿보이는 목소리였다. 그러나 그 다음이 문제였다. 그 어둠 속에서 무엇인가를 찾겠다고 활개를 벌려 꼭 심봉사 딸 심청이 찾듯 더듬어 들어가던 여자가 갑자기

"아이고머니!!!"

하면서 그 자리에 주저앉아 버렸다.

"칙쇼, 고레와 난카. 온나쟈나이까?(염병할 것, 이게 뭐야. 계집 아냐?) 히히히히."

"아이고머니나! 나 좀 살려 주소."

무언극을 하듯 소리 없이 움직이던 아낙네가 두 손을 들어 올려 싹싹 빌며 왜병에게 비손하는 소리였다.

"에잇, 우루사이! 고이쓰오마즈 지마쓰리니 스룬다.(에잇, 시끄러워! 이것 먼저 제물로 해야겠다.)"

여자의 비명과 남자의 신음이 어둠 속에서 뒤섞이고 울음소리가 계속된다. 왜병의 겁탈은 간단히 끝났으나 두 사람을 받고 난 여인은 데친 채소 꼴이 되어 있었다. 아무리 칠흑 같은 어둠이지만 어둠에 익은 눈은 어느 정도 보이기 마련이었다. 급히 옷을 추슬러 입은 왜병 두 사람이 막 그 자리를 뜨려고 할 때 역시 어둠 속에서 나타난 두 그림자가 번개같이 두 왜병을 덮쳤다. 한쪽은 자리를 피하려는 다급함 때문에 서두르는 몸짓들이고 달려드는 쪽은 그들의 만행을 지켜보던 분기탱천한 사람들이니 동작에 차이가 얼마나 나겠는가. 더구나 덮치는 쪽이 왜병에게 이를 가는 의병이니.

에잇! 하는 낮고 가벼운 짧은 기합 소리와 함께 왜병 하나가 가슴을 움켜쥐고 앞으로 쓰러졌다. 사시나무 떨듯 하던 여인이 재차 비명을 지르면서 그 장면을 외면한다.

"요런, 새깽이들은 두 번, 세 번 쑤셔 죽여야 혀!"

그때 서 있던 다른 왜병이 갑자기 냅다 어둠 속으로 달아나기 시작했다. 빈 손에 몽둥이를 든 의병 한 사람이 얼른 그 앞을 막고 몽둥이로 골통을 후려처 버렸다. 으악! 하는 비명. 먼저 쓰러진 왜병이 아직 꿈틀거리며

"오까아상!(어머니!)"

단말마의 비명을 내질렀다.

"안되겠네. 요것들이 들고 있던 초롱불 이리 주소. 우리가 들키는 한이 있어도 요것들 행색을 좀 봐야 쓰겠네."

부시가 번쩍이고 이윽고 그들의 초롱에 불이 당겨졌다.

"엄마! 이것 좀 보소. 인자 거기 터래기가 날 둥 말 둥 헌 귀때기 새파란 놈의 새끼가 아니라고. 그런디 지 어머니뻘 되는 저 아짐씨를 범혀? 나 오래 산 것은 아니지만 별 징한 꼴 다 보겠네잉."

"야, 이 찢어 쥑일 놈의 새끼야! 너그 진짜 어매가 바로 여그 있다. 이 천지간에 호로새끼야! 그런 것이 그 맛은 알아 갖고. 에이, 요 싹둑머리 없는 놈의 새끼!"

"앗!" 하는 기합과 함께 다시 그의 창이 그 젊은 왜병의 아랫배를 찔러 버렸다. 윽! 하는 마지막 비명 끝에 "오까아상"은 따르지 않았다.

"그놈도 마저 쥑여!"

굵은 목소리는 어디서 많이 듣던 목소리였다. 몽둥이로 정수리를 맞고 쓰러져 다리를 자꾸 떨고 있던 놈의 좆마개를 잡아채 불빛에 비춰 봤다.

"얼라! 요 새끼도 거그 꺼끄락도 안 났겠네. 어쩌까 이것도 요절을 내 버리까?"

"아니여, 쥑이지 마소. 살아남는다면 평생 동안 그 맛도 모르게

고자를 맹글어 버리세. 그놈 징채(생식기) 꺼내소. 우리 백성들 코 멘키로 그놈 징채를 베어 분질랑게."

굵은 목소리가 급했다. 창을 내던지고 다가간 굵은 목소리가 허리에서 단도를 뽑아 들더니 엎어져 버둥거리는 놈 사타구니를 쭉 찢고 양물을 꺼내 단숨에 반절을 잘라 내 휘익 하고 저만치 솔밭 속으로 던져 버렸다. 그 왜병의 날카로운 비명이 어둠 속에서 사방으로 퍼져 나가고 있었다.

"이것으로 보개피가 된 것은 아니지만, 저놈이 살아서 돌아가면 내시가 되어 도요토미 히데요시 당번이 돼서 저녁마다 X구멍 벌려 줄 것 아닌가? 응?"

순식간에 일어난 일이지만 그것은 분명한 사건이었다. 어둠이 뜨고 있었다.

"아짐씨, 코가 살아서 붙어 있는 게 천행이오. 죽었다 살아난 샘 치고 치매(치마) 뒤집어 쓰고 얼릉 남문께로 빠져나가시오. 우리는 의병들인디 오늘 안으로 이 전주성이 쑥밭이 될 텡게. 그리 알고 얼릉 피하시오. 우리 씨가 마르든가 왜놈덜이 다 귀신이 되든가 결판이 날 것이요. 싸게 도망가시오."

이윽고 불화살이 어둠 속 전주성 상공에 일제히 수많은 꽃을 피웠다.

"아짐씨, 싸게 가시오. 저 불화살이 전쟁 신호개라. 빨리 가시오. 북문으로는 왜병이 도망갈 것잉게. 그리로는 절대 가지 말고 남문, 남문 알지라?"

피 묻은 창날과 칼을 쓰러져 있는 왜병 바짓가랑이에 쓱쓱 문질러 닦아 허리에 찬 굵은 목소리는 다름 아닌 조선의 당상역관 홍순언의 사위인 천대길 그 사람이었다. 조선 여인을 겁탈한 왜병을 척살하고 생식기를 잘라 고자를 만들어 버린 조선의 의병 천대길과 그의 일행이 겁탈당한 여인에게 도망갈 길을 일러 주고 사라진 어둠 속에서는 피 냄새가 짙게 풍겨오고 있었다.

언제 어떻게 전주성에 잠입했는지 모르나 전주성 안에는 남아 있는 왜병 숫자를 능가하는 조선군과 의병들이 어둠 속에서 불화살 신호를 기다리고 있었다. 그들의 배후에 조명 동맹군의 유격군이 있었던 것은 두말할 나위가 없고 그들의 지원 아래 전주 20리 밖 남쪽은 세원, 북쪽은 조촌까지 육박해 들어와 있었던 것이다. 전기 戰機는 무르익고 연합군의 사기는 하늘을 찌르고 있었다.

전주 사방 50리 지경까지 피신해 있던 백성들도 목을 길게 뽑고 이 싸움의 향배를 눈여겨보고 있었다. 승자는 누구고 패자는 어느 쪽이냐. 그들의 복색은 전주성 수복에 혈안이 되어 있는 조선군이나 의병들과 거의 비슷했다. 지고 있는 전쟁에서 병참이 원활할 수 없는 건 당연한 일이지만 그것은 보급이 끊어진 왜적들도 마찬가지였다. 그들도 조선의 가을 추위를 막기 위해 덮어놓고 빼앗아 입은 옷가지들로 그 꼴이 군인이 아니라 각설이 패거리와 다를 바 없었다. 손에 든 조총과 대오리로 엮은 벙거지만이 그들이 군사임을 나타내 줄 뿐이었다. 갈 데 없는 거지 떼가 무색했다.

견벽청야堅壁淸野 작전이 시작됐다. 그것은 왜적들의 마지막 전법이고 전쟁을 거의 포기한, 일종의 단말마의 전술이었다. 극히 비인도적인, 바꿔 말하면 적의 근거지를 모두 불태워 없애 버려 다시 적이 그 근거지에 발을 못 붙이게 쓸어 버리는 일종의 소탕전이고 마지막 해결책이었던 것이다. 전주성이 불타기 시작하자 피난 갔던 백성들이 그나마 남아 있는 살림살이를 건져 보려고 불을 끄러 달려들었다.

전주성 남문과 서문 앞을 흐르는 개울에서 퍼 나르는 물동이가 새벽 가을바람에 기승한 매서운 불길을 잡을 수 있겠는가. 그것은 또 하나의 위계僞計였다. 아낙네 노인 할 것 없이 개미 떼같이 달려들어 퍼 나르다가 조총과 화살의 목표가 돼 삼대 쓰러지듯 했다. 전주성의 잔류 왜적이 쏘아대는 사격권에 든 모든 백성들이 피를 쏟으며 쓰러져 가고 전주성은 휘황한 불길 속에 속절없이 무너져 갔다.

성내에서는 백병전이 벌어지고 있었다. 날이 밝아서 피아가 구분되고 세가 불리함을 재빨리 눈치챈 왜적들은 어떻게 하면 조선에 피해를 더 줄까가 궁리의 초점이었다. 왜적들의 퇴각이 시작되었다. 편갈송 주력 부대가 움직이기 시작하자 씻은 듯 없어졌던 난민들이 어디 숨었다가 나타났는지 전주성 주위가 백차일 쳐놓은 것같이 하얗게 뒤덮여 버렸다. 굉장한 인파가 동맹군에 대한 기대를 내보이는 현장이었다. 물밀듯이 밀려 들어오는 조명 연합군은 활 한 번 쏘지 않고 백성들이 질러대는 함성을 앞세워 한 걸음 한 걸음 전주성을 향해 진격을 개시하였다. 그에 앞서 의병들의 성내 백병전이 시작되고 불을 끄러 나온 백성들이 왜적의 조총에 쓰러지는 거기에 야차같이 피에 물든 의병들이 창칼을 휘두르며 왜적한테 육박해 들어왔다. 날이 부옇게 밝아 오는 성안에 화염과 연기가 가득히 피어오르는 것이 멀리서도 장관을 이루고 있었다. 전주 사방 30리 지경이 매캐한 연기에 휩싸여 어디가 길인지 개울인지 분간을 못하고 진화를 위한 물동이 행렬에 퍼부어대는 조총에 쓰러져 가는 부녀자들의 시신이 물 위에 둥둥 떠다니는 꼴을 보는 성내 의병들의 눈자위가 어찌 고울 수 있겠는가. 서로 부딪치는 기합 소리와 병장기 소리, 타는 냄새와 피어오르는 화염, 동맹군이 들어온다는 소식에 힘을 얻은 성내 백성들의 발악!

　백성들의 함성이 천둥소리처럼 점점 가까워 오고 있었다. 군중심리라는 것이 참 묘했다. 얼마 전까지만 해도 조선군이 전멸했다는 소식이 전해지자 사라졌던 피난민들이 언제 어디서 조명 연합군의 역습 소식을 들었는지 저렇게 허옇게 떼 지어 나와 연합군 뒤를 따르고 있으니 말이다.

　전주성 북문이 먼저 열리고 이어 남문이 소리 없이 열리면서 성내 군중들이 새어나가기 시작했다. 왜적들은 타고 있는 집의 불을 끄려는 백성들을 위협하며 행길로 몰아내 쏘아 죽이고 찔러 죽이지만 이미 싸움의 주도권을 장악한 의병들은 그런 왜적들을 등 뒤에서 척살하는 데 혈안이 되어 있었다. 매캐한 연기와 짙은 안개 때문에 시계가 막힌 양쪽은 검은 그림자면 무조건 칼부터 휘둘러댔다. 왜적들이 등에서 피보라를 일으키며 쓰러지자 몽둥이를 든 의병들이 그것을 내리쳐 숨통을 끊었다. 그러나 왜병들도 조련받은 군대임에는 틀림없어 그렇게 만만하지가 않았다. 저들끼리 정한 군호에 따라 집단행동을 하기 때문에 산발적인 피살사건은 그리 흔치 않았다. 쫓고 쫓기는 백병전을 전개하면서 왜적은 명령에 따라 일로 북쪽으로 퇴각하기 시작했다. 북문이 그 목표였다. 북문을 향해 몰려오는 왜적들 뒤에는 기마병인 편갈송 장군의 주력 부대가 서두르지 않고 그들을 유인해 내고 있었다. 복잡한 성내에서 벌어진 백병전보다 드넓은 벌판에서 결판을 내겠다는 전술 때문이리라. 그리고 피아를 구분 못하는 성내보다는 시계가 트인 장소가 역시 싸우기 좋아서도 그랬다. 그렇게 북문 밖에서는 빠져나오는 왜적을 기다리며 매복하는 의병들의 살찬 감시가 기다리고 있었다.

이미 전세는 기울어졌다. 전주성 둘레 30리 어간에서 모여든 피난민 속에 섞였던 의병들의 숫자가 늘어나면서 동북방 금산 쪽으로 향하는 왜적을 곰치에서 매복했다가 짓이기기 시작했다. 곰치라면 금산 땅을 거쳐 충청도 넘어가는 관문이기에 소홀히 할 수 없었다. 주력의 일부를 전주 동북방으로 돌린 편갈송 장군은 의병 소부대를 이끌고 선두에 나섰다.

거기에는 며칠 전 동맹군의 주둔지인 삼례 땅에서 편갈송 장군의 휘하가 된 천대길이 기다리고 있었다. 거기 합류되기 전까지 천대길의 활약은 실로 눈부신 바 있었고 그를 따르는 결사대 또한 용맹하기 그지없는 의병들이었다. 그러나 그렇게 야생마같이 날뛰며 왜적들에게 공포의 대상이 된 천대길이 편갈송 장군 휘하 전속부관으로 임명됐으니 그 기세가 어땠겠는가.

전주성 실함 소식을 접한 금산 지역의 왜적 7천여 명이 회군해 온다는 첩보가 편 장군 사령부에 날아들었다. 전세가 급변했다. 일로 북방으로 패주하던 왜적 부대가 곰치 그 구절 양장 같은 산속으로 은거해 버렸다. 거기서 금산 방면에서 회군해 오는 부대를 기다릴 전략인 것이다.

활기를 되찾은 전주성 근처 주민들은 정성을 다하여 조명 연합군을 환영하고 보필했다. 그러나 거기서 30여 리 밖의 동북방 곰치에는 죽음의 침묵이 무겁게 산 전체를 찍어 누르고 있었다. 은거한 왜적들 눈에는 조명 연합군이 보였지만 반대로 조명 연합군의 눈에는 왜적들이 보이지 않으니 어찌 되겠는가. 그것이 결정적인 약점이었다. 조준사격을 받아 삼대 쓰러지듯 하는 연합군은 그러나 대항할 길이 없었다.

"안되겠구나! 이 깊은 산중에서 저것들 총알받이가 되는 게 억울하고 피를 토하고 죽을 일이다. 차라리 산에 다 불을 놓아 산 전체를 태우면 그 열기 때문에 뛰쳐나올 테니까 그 사이에 왜적들을 산속에서 끄집어내 찢어 죽입시다."

곤혹스런 편갈송 장군 사령부에 이와 같이 조선 의병 천대길이 서투른 명나라말로 제 소견을 털어놓았다. 편 장군과 장수들은 아직 현장에는 없었지만 조총을 상대하려면 연기밖에 방법이 없다는 천대길의 건의를 만장일치로 받아들였다.

소백산맥을 타고 흘러드는 산맥이 노령으로 바뀌면서 비어져 나온 작은 줄기, 서북으로는 대둔산과 덕유산을 안고 남동쪽으로는 지리의 연봉을 안고 있는 이 곰치는 속이 깊어 넘나드는 인마가 고생깨나 하는 고개였다. 거기 그 산 아래 동리에서 동원된 사람들과 연합군이 피워 올린 산불 연기가 온 천지를 휘감아 돌아 오르내려 잿길도 분간할 수가 없을 정도였다. 동네 사람들을 동원시키는 천대길의 목소리가 우렁찼다.

"지금, 산 위에는 명나라 군대가 숨어 있어 넘어오는 왜적들을 기다리고 있으니까 여기서는 빨리빨리 불을 붙여 올려 오소리를 잡읍시다."

그의 전술은 적중했고 산속에 숨어 있던 왜적들은 점점 타올라오는 불기운 때문에 견디지 못해 제대로 대항 한번 못하고 비실비실 산 정상으로 기어올라 진안 쪽으로 넘어가다가 거기 매복한 연합군에게 무자비하게 살육을 당했다. 전주성을 비우고 도주한 왜적들이 곰치에 은거한 지 사흘 되는 날의 일이었다. 제대로 보급도 못 받고 곱다시 굶은 그들은 우선 무엇보다 배가 고파 산으로 기어오르지 못하고 허덕이고 있었다.

날랜 장수 몇 사람과 조를 짜서 골짜기를 뒤지던 천대길은 어지간히 창질이나 칼질이 날쌔 다른 사람들이 하나를 처치할 때 댓 사람씩 거덜을 내 버리니 그 솜씨에 안 놀란 사람이 없었다. 언제부턴가 그는 휘하에 아직 나이 어린 아들 영태를 달고 다녔다.

영태의 임무는 주로 소부대 간의 연락 임무. 말이 안 통하는 영태는 명군 사령부가 써 준 명령서를 조선군에 전달하는 게 소임이었다.

"조선 의병의 모범이구나! 저런 투철한 애국심을 가진 사람만 있으면 조선은 자손만대로 외침을 안 받을 것이다. 참 보기에도 아까운 부자 의병의 모습이 한없이 부럽구나."

그게 천대길 부자에 대한 편갈송 장군의 찬사였다. 그만치 그들은 싸움에 신명을 바치며 나라를 위해 명군의 수족이 돼 일을 처리해 나갔다. 그러니 편 장군의 호의가 발동할 수밖에.

곰치에서 왜적 색출작전이 엿새째 계속되는 그 하루 오전은 티없이 맑은 하늘에 출전하는 의병들의 기합 소리도 우렁찼다. 산이 크고 깊어 화공을 한대도 중도에서 꺼지는 경우가 자주 일어나 작전은 예상 밖으로 어렵고 진척이 더뎠다. 특공대를 이끈 천대길이 곰치 중간, 어제 더듬다 만 골짜기를 다시 뒤지려고 노획한 조총에 장전을 하고 올라간 것까지는 좋았는데 그만 이쪽 위치를 노출시키고 말았다. 연이어 쏟아지는 왜적의 조총 실탄을 피해 바위와 바위 사이를 건너뛰던 천대길의 몸이 갑자기 고주박이 쓰러지듯 개울 속으로 픽! 하고 꼬꾸라지는 게 아닌가. 바로 뒤따르던 아들이 그런 아버지를 쫓아 내려가 얼싸안았다. 방심이 부른 화였다.

"아버지, 왜 그래요. 어디 총 맞았어요?"

울먹이듯 엉겨 붙은 아들을 떼어 내는 아버지 천대길이,

"적이 오고 있다. 너는 빨리 저쪽 바위 뒤로 숨어라. 나 이까짓 것 아무렇지도 않다. 얼른 숨엇!"

왼쪽 어깨 조총을 맞은 자리를 손바닥으로 가리며 하는 소리였다. 총상 자리에서는 피가 울컥울컥 흘러내리고 있었다. 그렇게 혈기 방자하던 천대길 얼굴이 금방 새하얗게 바래 갔다.

왜적의 발포는 그 아들 영태가 숨은 바위를 향해 집중됐다.

"아버지, 피가 많이 나네요. 그 바위 뒤로 돌아서 빨리 마을로 내려가세요. 지가 올라가 저놈들을 박살 낼 테니까요. 아버지, 빨리 가세요."

"오냐, 걱정 마라. 너나 몸조심해서 올라가, 나를 쏜 놈을 꼭 잡아 족쳐라."

몸에서 힘이 빠진 것을 느낀 천대길이지만 어린 아들을 혼자 두고 갈 수는 없는 일이었다. 잠시 뜸을 들이던 이쪽 대원 한 사람이 쫓아 올라가는 것이 보이는가 싶었는데 또 조총 소리가 요란하게 울리면서 아이고머니, 하는 조선 사람 특유의 비명이 터졌다. 그와 동시에 이쪽에서 쏜 조총 소리가 나면서 산꼭대기에서도 비명이 터졌다. 확실히 그것은 왜적들의 비명이었다. 조선군과 왜적은 비명도 달랐다. 그러나 정적도 잠시, 산중에서 왜적과 붙은 백병전 탓인지 기합 소리가 터지고 병장기 부딪치는 소리가 잠시 요란했다. 그리고 터진 함성은 조선군 몫이었다. 한꺼번에 적 몇 놈을 해치운 모양이었다. 사흘을 타들어 가던 산불도 간밤의 궂은 비 탓인지 소강상태라 시계는 밝은 편이었다. 잠시 뒤 산 중턱에서 뛰어내려오는 사람은 분명 의병들이었다.

"대길이, 대길이, 어디를 얼마나 다쳤는가? 응?"

그들은 하나같이 시끌짝했다.

"아버지, 아버지! 괜찮으세요? 나 올라가서 조총이라도 한 자루 주워 왜놈들 골통을 깨 버려야 속이 시원할 것 같아요. 아버지."

의병 네 명이 각자 피신처에서 밖으로 나와 산 중턱까지 올라가 왜병을 쫓아 궁지에 몰아넣은 다음 창날로 포를 뜨고 돌아와 천대길이 쓰러진 자리로 모여들었다. 대길이 쓰러진 자리는 작은 개울가 모래 바닥에 우람한 바위 그늘이었다. 아직도 어깨에 수건을 대고 헐떡거리는 천대길은 이미 얼굴에 핏기가 없고 납인형 같은 몰골이었다.

"으응, 나 괜찮아. 끝까지 쫓아 올라가지 그래. 모두들 나 아무렇지도 않아. 왜들 이 소란이야?"

그러나 모인 네 사람 어느 누구 얼굴에도 안도의 빛은 찾아볼 수 없고 표정은 어둡게 가라앉아 있었다.

천영태가 그 큰 키를 숙이지도 않고 허리를 꼿꼿이 세운 채 왜적 조총을 흔들며 다가왔다.

"야, 이 멍청한 놈아. 왜놈들 총 쏘라고 그렇게 춤을 추면서 오냐? 아직도 산속에 왜적들이 득실거리는데 저것이 겁 없이 저러네. 야, 이놈아, 허리 숙이고 얼른 바위 뒤로 숨어라. 어디서 겨누고 있다 쏘면 너는 즉사다, 즉사! 이 멍청한 놈아."

다 죽어 가면서도 아들 걱정하는 아버지의 꾸중, 그 자신도 자꾸 허물어져 가는 몸뚱아리를 왼팔로 지탱하면서 아들에게만은 허세를 부리고 있었다. 그러나 그것도 잠시, 그의 몸은 작은 개울 속에 첨벙 하고 큰 소리를 내며 쓰러졌다. 그와 동시에 어깨에 댔던 피걸레가 떨어지고 총상 부위에서 쏟아지던 핏줄기도 힘이 빠졌는지 왼팔 상박만을 겨우 적시고 있었다.

"어이, 대길이! 대길이! 정신 차리게. 여기서 이럴 게 아니라 동네로 내려가세. 응? 이러다 죽네 죽어!"

그러나 천대길의 몸은 이미 개울물보다 더 차게 식어 가고 있었다.

"아버지, 아버지! 왜 그래요. 빨리 동네 내려가서 상처 손봐야지요. 여기서 이럴 것이 아니에요. 아버지!"

그 목소리는 이미 거의 울음에 가까웠다. 그때 잊을 만했던 정적을 깨고 가까이서 조총 소리가 꽝 하고 터지면서 그와 동시에 멀대 같이 키만 큰 영태의 몸뚱아리가 휘청하면서 옆으로 기울어지는가 했는데…

"아이고머니!"

하는 비명을 남기고 자기 아버지 천대길 옆 개울물 속으로 첨벙하고 쓰러져 버리고는 움직임이 없었다. 앉은 사람들이 서로 얼굴을 마주 바라보며 수군거렸다. 아무리 생각해도 부자 간의 절명이 믿기지 않다는 듯이. 이마 한가운데를 관통한 왜적의 실탄을 늦게야 총상에서 뽑아냈다. 한줄기 선홍의 핏빛은 그 아버지 천대길의 핏빛과 다름이 없고 밝고 깨끗한 붉은 색, 어찌 보면 곱기까지 한 빛깔이었다. 서로 말이 없었다. 덧없는 두 주검을 어찌할 바 몰라서 서로 어마지두하는 의병들 표정도 어이없었다.

오전 내내 맑고 밝았던 날씨, 점심참을 넘기면서 흐려지더니 이내 검은 구름을 더불고 이 산속에 느닷없는 죽음의 비보를 떠안기고 말았다. 빗방울까지 후두둑거렸다. 두 주검이 곰치 아래 마을에 닿았을 적에는 제법 거센 빗발로 변해 온 산을 훑어 내리고 있었다. 수색 작전이 진행되는 중간중간에도 두 부자의 죽음을 애도하는 깊은 한숨 소리가 새어 나왔다. 온 동네가 슬픔에 잠기고 임시 연락소에 번을 든 의병들도 평소 용맹했던 반면 인정에 약했던 천대길의 죽음을 깊이 애도하고 있었다. 멀리 삼례에 진을 치다 전주성으로 입성한 편갈송 장군에게도 기별은 가 그가 직접 휘하를 거느리고 빈소를 찾았다.

역관 홍순언이 직접 위탁한 사람이라 그런 건 아니었지만 평소 용맹스럽고 사리 밝고 서투른 역관이었던 천대길을 가상하게 여기던 편갈송 장군은 그 부자의 무용담과 장렬한 최후를 듣고 잠시 그 난리법석이 언제였냐는 듯 망연히 흰 구름 한가로이 떠 가는 곰치 영마루를 올려다보며 한숨지었다. 그는 손수 팻말을 깎아 만든 묘비에다 자필로 '용맹스런 조선의 의병 천대길의 묘'라고 썼다.

불과 이레 동안이었지만 그래도 나라 살리고 동족을 구하겠다는 의로운 뜻으로 일어난, 범같이 용맹했고 양같이 살가웠던 천대길을 모르지 않는 마을 사람들도 어느 한 사람 눈물 흘리지 않는 이 없이 모두 그들 부자를 애도했다. 그런 그들과 달리 마음 한구석에 걱정이 없지 않은 편갈송 장군이었다. 그렇게 신신당부하며 사위자식 잘 부탁한다던 홍순언, 그 사람 얼굴이 떠올랐기 때문이었다. 아무리 진충보국이라지만 사위와 외손자를 한꺼번에 잃은 그 마음이 오죽할까.

전주성은 그런 여러 사연을 안고 왜적이 점령한 지 꼭 보름 만에 다시 전주 백성들을 말없이 보듬어 안았다. 그 많은 조명 연합군과 의병들의 귀곡성이 밤이면 밤마다 전주성 남문께에서 마주 바라보이는 초록바위 근처를 맴돌고 있었다.

전주성을 수복해 다시 전주 백성들에게 보금자리를 되돌려 준 편갈송 장군 부대는 전사자나 전상자, 장애자 구호 조처에도 여태까지 피아간 어느 경우에서도 볼 수 없을 정도로 후덕한 예우를 다해, 천추의 한이 없게 인도를 베풀었다. 그 수많은 왜적의 시신도 안장해 주는 아량도 베풀었다. 그의 이러한 덕장다운 행동은 피아의 칭송을 받을 만했다. 그 소문은 삽시간에 전국으로 퍼져 적어도 조명 연합군 체제를 아는 사람에게만은 양국의 우의를 돈독케 하는 밑거름이 되기도 했다.

경주 지방으로 집결한 부대가 대오를 정비해서 한밭 방면으로 진격해 나간 것은 달이 바뀐 9월, 계절도 바뀌고 추수가 시작되어 들산에 인적이 많을 때였다. 조선의 의병 숫자가 줄어든 것도 전쟁 수행에 큰 차질을 초래하는 원인이 되었다. 아무리 전란이지만 먹고사는 농사를 저버릴 수는 없는 일이니까. 조선군 수뇌부는 이러한 사태에 당황했지만 그런 고충이 있기는 동맹군인 편갈송 장군 휘하 부대도 마찬가지였다. 중군도독 편갈송, 그는 임진전쟁이 일어나 선조가 의주까지 몽진해 전 국토가 텅 비어 버린 조선에 처음 들어왔었다. 이여송과 함께 지원군 장수로 들어와 평양성을 탈환한 장수로 이번이 두 번째 조선 출병이라 모두 그에게 거는 기대가 남달랐다. 그는 명나라 남부 출신이며 온화한 성품으로 불편부당함을 생활신조로 삼은 장수라 주위에 좋은 사람이 많았다.

"여러분 우리는 명예로운 대명국 지원군으로 조선을 유린하는 왜적을 소탕하여 명조 우호와 친선이라는 목적을 달성하는 데에 목숨을 내놓은 그야말로 구원군입니다. 우리는 임진년의 싸움에서 명예롭게 대명국의 명예를 빛내고 개선했으나 왜적은 재침하고 조선은 다시 혼란의 도가니에 빠지고 말았습니다. 남원성의 참패는 무엇을 말하는 것입니까? 우리는 자만했어요. 바다에서 조선의 이순신이 연전연승하는 것과는 달리 왜 우리는 연전연패를 당해야 했습니까? 지금 왜적은 우리를 앞질러 한양으로 진격하고 있습니다. 우리는 그 적을 무찔러야 합니다. 이제 우리를 지원할 관군도 없고 조선 의병도 없습니다. 오직 우리 자신들뿐입니다. 우리는 이겨야 합니다. 우리 힘으로 적을 소탕해야 합니다. 목표는 우리를 남원성에서 패퇴시킨 가토 기요마사입니다. 어디서 그들과 또 대치할지 모르나 우리는 살아서 돌아갈 생각을 버리고 죽어서 그 넋만이라도 조국에 개선한다는 각오로 임해야 한다고 생각합니다. 우리의 모든 것이 열악하고 불리합니다. 그래도 우린 자랑스런 대명국 유격 별동대입니다. 북상합시다. 어디서 또 격전이 벌어질지 모르나 내 말 잊지 말고 위대한 대명국 전사의 본분을 보여 주시오. 지난 번의 전란으로 가죽과 뼈만 남은 조선에서 우리를 도울 여력은 없습니다. 이제 우리는 빈약한 무기와 열악한 보급으로 이 엄청난 전쟁을 헤쳐 나가야 할 막중한 책무를 짊어졌습니다. 이제 우리는 이 땅에서 아무런 도움도 받을 수 없고 이 땅에 우리 뼈를 묻을지라도 이 전쟁을 승리로 이끌어 조국 수호의 전위가 되어야 하오. 적은 모든 면에서 우리보다 우세하고 막강합니다. 그러나 사기만은 우리가 더 드높고 앞서 있습니다. 적은 지원 세력이 없습니다. 아무리 무장이 좋대도 고립무원입니다. 우리는 승리가 보장된 전쟁을 하고 있습니다. 그러니 그 사실을 잊지 말고 부디 주어진 임무에 신명을 다 바쳐 주시오."

편갈송 장군의 말 한마디 한마디는 그 자체가 결의에 찬 호소였다. 작전 참모 오유충과 이화룡이 배석한 자리, 5천 용사들은 편갈송 장군의 호소를 묵묵히 듣고 있었다. 어둠 속이었다. 아까까지 자리를 적시던 찬비는 바람으로 바뀌어 이 5천 결사들의 전립자락을 조용히 흔들고 있었다. 모두 지친 모습에 남루한 갑옷 차림이지만 그 눈빛만은 형형히 살아서 반짝거렸다.

그로부터 한 시간 뒤, 9월 열이렛날 밤 해시쯤, 소리 죽여 북상하는 대열이 한밭을 지나고 있었다. 숙숙한 행동에서 찬기를 느끼는 것은 연도에서 몸을 숨겨 이 대오의 행진을 지켜보는 백성들뿐이었다.

그렇게 간고한 행군 사흘 만에 당도한 데가 충청도 땅 소사평 직산이었다. 추위가 가까워 오는 조선 반도에서 북과 남은 기후도 다를 뿐 아니라 농작물 수확에도 상당한 차이가 있었다. 북으로 갈수록 헐벗고 거칠었다. 그야말로 거친 속살을 남김없이 드러내 더 이상 가릴 것 없는 나대지裸大地 그대로였다.

　전령이 물고 들어오는 적정은 시시각각 달랐다. 유격대보다도 일찍 도착, 직산 삼곡리천 근처에 야영 중인 적은 그런대로 허점이 없었다. 멀찍이 적의 시야에서 비켜선 편갈송 장군 예하 5천 결사대는 역시 야산을 등지고 거점을 확보했다. 물론 적도 사주경계가 삼엄해 척후병이 나와서 감시하고 있었다.

　"오 부장, 오는 내내 궁리한 전술인데 우리는 중과부적이오. 정면대결이면 승산이 없고 변칙적인 공격으로 승부를 내야 할 것 같소. 어떻소? 기습이나 야음으로 주도권을 잡아야 될 것 같은데."

　편갈송 장군이 부하 오유충에게 묻는 말은 계획을 세운다기보다는 명령이나 다름없었다.

　"대장군, 그것도 일리가 있습니다만 제 생각은 이렇습니다. 우선 병사들의 휴식을 위해 이틀 정도의 공백을 뒀다가 조선군과 의병의 도움을 받아 일거에 야습으로 결판을 내는 것도 좋을 것 같습니다. 보아하니 적은 분산되지 않고 한곳에 집결 숙면 중인 것 같으니까 유인전을 써 보는 것도 좋을 것 같습니다. 좌우 양측에서 일시에 화공으로 유인·분산시키고 마지막에 관군의 본대가 중앙을 치는 방법입니다. 우측은 제가 맡고 좌는 이 부장이 맡아 공격하면 어떻겠습니까?"

　편갈송 장군의 입이 굳게 닫혀 있고 좌중이 조용하다. 오 부장 제의에 말이 없고 시간이 흐른다.

"좋소. 다시 한 번 적의 동태를 살펴보고 오 부장 의견을 검토해 봅시다. 지금이라도 척후를 띄워 적의 변동 여하를 확인하시오. 작전 개시는 새벽 자시 초로 하고 우선 오 부장 제안대로 부대를 그렇게 이동시키시오. 좌는 이화룡, 우는 오유충. 본부대는 내가 맡기로 하오. 적과의 거리가 있으니 지금부터라도 행동을 개시해야겠소. 야산이 없는 평지뿐이니 차폐물을 잘 선택해야 되겠소. 그러니까 좌와 우에서 화공이 시작되면 적의 대오 산개散開가 달라지니까 그때 가서 반대방향에서도 똑같은 방법으로 적을 교란시킨다는 거요. 부대가 중앙을 치는 시기는 내가 결정하겠소. 아무리 봐도 적은 아군의 접근을 눈치채지 못하고 있는 것 같으니까. 적의 턱밑까지는 절대 소리 나지 않게 접근하시오. 천변의 얕은 뚝을 차폐물로 이용하여 우선 거기까지 가서 매복하시오. 허를 찌르는 게 요체니까 병사들한테 빨리 그것을 주입시키시오. 거듭 말하지만 우리의 공격이 먹혀들면 승산이 있고 백병전이 되면 피아가 백중세가 되니까 일출 전에 결판을 내야 하오. 적은 우리의 다섯 배가 넘은 대병력이지만 주저할 것이 없소. 이 싸움에서 승기만 잡으면 한양은 무사할 것이오."

그렇게 말하는 편 장군도 경주를 출발할 때부터 느끼는 어떤 불안을 떨쳐 내지 못하고 있는 게 사실이었다. 그것은 여태 느껴 보지 못한 야릇한 두려움, 바로 그것이었다. 임진년의 싸움에서도 겪어 보지 않는 전율戰慄 바로 그것이었다.

밤공기는 무척 차가웠다. 저마다 내뿜는 입김이 서릿발처럼 밤눈에도 희게 보였다. 조심할 것은 소리였다. 삼라만상이 정지된 시간. 먹빛 공간에 소리가 다 죽었기에 조그마한 소리로도 적에게 동태를 들키기 마련이었다. 암호도 정했다. 틀림없이 칠흑 속의 백병전이 될 싸움에서 그것은 필수였으니까.

편 장군이 이런 공격전에서 늘 조심하는 것은 병마의 움직임이었다. 투레질하는 마필의 소음, 병장기가 내는 금속의 소리, 또 병사들의 방심한 대담, 그것이 늘 걱정이었다. 위험하다는, 늘 갖는 경계심, 수없이 전장을 누비며 늙어 온 편 장군은 언제나 그것에 마음 써 왔다.

또 그 전율의 의미. 신비하리 만치 적중하는 예감에 연계되는 그 전율, 그는 언제부턴가 그 전율에서 승패勝敗를 예감했고 그러기에 거기에 집착했다. 눈앞에 벌어질 이 밤의 전투를 담보하는 북상길의 행군 전에 느낀, 약간의 흥분이 가미된 또 다른 전율에서 그는 이 밤, 전투의 승리를 예감했었다. 그래서 내리는 명령에 힘이 실려 있었으며 말투에도 자신감이 넘쳐 있었다.

여러 차례 조선에 나와 치른 격전만도 벌써 수십 차례, 그가 세운 무공만도 서른 번 이상, 가는 곳마다 그의 전승을 칭송하는 조선 민중들의 환호와 우대는 조선군이 민망해할 정도였다. 첫째, 그는 조선 의병을 신뢰했고 그들의 작전을 존중하며 연대하였다. 그런 이유로 그의 진중에는 늘 조선 의병 소부대가 그의 명령을 받아 움직이고 있었다.

소사평의 사구릉砂丘陵에 바야흐로 피바람이 몰아칠 것을 아는 이는 아무도 없었다. 남청색 새벽하늘에는 조는 듯 깜빡이는 별빛들의 밀어가 이어지고 있을 뿐이었다.

군마를 버린 편 장군은 이번에는 작전에서 빠진 양원 장군을 대신해 전군을 지휘하고 있었다. 한발 앞서간 우익 공격부대가 드디어 적의 본진에 불화살을 날리며 일정한 거리까지 육박해 들어갔다. 포물선을 그리며 날아간 불화살의 고운 궤적이 칠흑 속에 선명하고 드디어 적진에서 뭔가 함성이 터져 올랐다. 불화살을 날리되 접근을 금지시켜 적을 유인해 내는 작전은 일단 성공했으나 피아를 분간 못하는 어둠 속에서 접전은 쉽지 않았고 일단 벌집이 된 적군은 불화살 쪽으로 내달아왔다. 그것을 기다리고 있던 명군의 공격조가 돌진해 나갔다. 절규와 비명, 기합 소리가 늘어 가고 이내 백병전이 벌어졌다. 그때 적의 후미에서 똑같은 숫자의 불화살이 날아들었다. 이렇듯 소리도 형체도 없는 어둠 속에서 가공할 적의 조총을 막는 방법은 심야의 백병전뿐이었다. 그때서야 적은 명군의 작전을 간파하고 한발 물러서며 후미에 병력을 집중시켰다. 치열한 두 집단의 전투가 벌어지고 적의 주력이 좌우로 나뉘어졌다. 바로 그때, 본대를 지휘하던 편 장군의 지시가 떨어졌다. 좌우로 갈라진 그 중심으로 짓쳐 들어간 본대가 적의 중심부를 짓밟고 또 거기서 양쪽으로 병력을 나눠 각각 그 후미를 공격해 들어갔다. 여기저기서 도검刀劍이 부딪치는 섬광이 번쩍거리고 비명이 이어졌다. 완전한 백병전이었다.

기습은 성공이었다. 완전히 양분된 적 병력은 그저 방어에 급급하고 어둠 속에서 저희들끼리 살육도 마다 않고 혼란 속으로 빠져들었다. 동이 터 오는 하늘에서 희끄무레한 빛이 새어 나오기 시작했다. 이윽고 편 장군의 퇴각 명령이 떨어지고 명군은 아까 출발했던 부대 본거지인 삼곡리 천변의 매복지로 물러났다. 적도 어둠 속 어디론가 자취를 감추고 말았다. 대부대치고는 날랜 왜적의 동작이었다.

날이 밝아 오는 피비린내 가득한 벌판에 사람 그림자가 드물었다. 아무리 소리 죽인 기습이라도 어찌 소리가 완전히 죽겠는가. 생목숨이 끊어지는 그 단말마의 비명을 신호로 싸움은 천지를 뒤흔드는 함성으로 가득한데 우선 무서워서라도 피아간 병졸들은 고함을 질러 자신을 달래야 했기에 자신도 모르는 사이에 잇새에서 비어져 나온 절규를 내뱉어야 했다. 그랬다. 무서웠다. 칠흑 속에서 번득이는 창칼을 다루는 적병인들 어찌 소리가 없겠는가. 그렇게 베이고 찔리면서 지르는 비명, 결국 아비규환은 소리로 그것을 나타내며 판을 벌이는 것이니까. 밤새 벌어진 그 살육을 민중들이 어찌 모르겠는가. 6년 난리판에 모두 몸을 숨기고 눈만 내놓고 바깥을 두려워하는 백성, 농사지어 놓은 것을 못 잊어 어물쩍 피난처에서 돌아와 가솔들, 호구를 챙기던 그들이 어찌 그 피 싸움을 모르겠는가. 행여나 그 싸움에서 불쌍한 자신들의 구명도생이 어긋날까 벌벌 떠는 그들의 관심은 어쩔 수 없이 싸움의 승패로 이기는 편의 동향을 주시할 수밖에 없는 것 또한 서러운 팔자였다. 어느 쪽이 조선군이고 왜적인지 알고 있는 그들은 마음속으로나마 축수하며 자기들이 돕지 못하는 조선군의 승리를 기원할 것은 당연했다. 물론 거기에 곁들여 그 원군인 명군의 무사 또한 바랄 것이고.

그러나 싸움이 끝난 벌판엔 그저 피비린내만 가득하고 뒹구는 시체마다 까막 까치가 내려앉아 그 흉한 부리로 뭔가를 찾고 있는 것이 오싹한 한기를 불러일으켰다. 까마귀는 누구보다 먼저 주검을 알아보고 피내를 맡고 모여드니.

양쪽의 그림자는 씻은 듯 사라졌고 소리 또한 죽었다. 그러나 멀리 못 간 양 진영의 본거지는 어디까지나 그 땅 직산이었고 그들은 나름대로 또 세를 규합하여 2차 공격을 준비하고 있었다. 한낮이 가고 해가 저물고 다시 밤이 왔으나 양 진영 어디에서도 불빛은 없었다. 모두 모습을 보이지 않은 채 숨을 죽이고 있었다. 그렇게 밤이 가고 다시 날이 밝으니 이제는 백주전이 불가피해졌다. 물러설 수 없는 승부가 기다리고 있는 것은 피아의 사정이 같기 때문이었다.

그러나 백주전은 그리 오래가지 못했다. 이미 첫날의 야습에서 승기를 놓친 왜적은 사기를 잃고 수세에 몰려 있었다. 그런 적의 허점을 놓칠 편갈송 장군이 아니었다. 한밭에서 북쪽과 동쪽으로 주력 부대가 분산됐기에 직산에 당도한 왜적의 지휘관은 가토 기요마사가 아니라 후지하라였다.

사흘째 되는 날, 편갈송 장군은 한 사람의 조선 의병을 맞아 그가 하는 말을 듣고 놀라지 않을 수 없었다. 직산 지방에서 세를 규합한 조선 의병 2백여 명이 곧 명군 진영에 합류하겠다는 낭보를 받았기 때문이었다. 의병장은 누군지 모르나 그 근방의 향병鄕兵 출신들이고 희한하게도 어디서 구했는지 왜적들의 조총 20여 자루를 가지고 있어 무기 부족에 애태우는 명군에 큰 도움을 줬다. 그러나 거기에 쓸 화약이 모자란 것이 못내 아쉬운 일이었다.

편 장군은 그렇게 가담한 의병들 덕분에 한층 드높아진 부대의 사기를 이용해 그날 밤을 이용해 이미 파악한 적의 거점을 대담하게 정공법으로 공격하는 작전을 감행해 직산전투를 사실상 마무리 지었고 거기서 패주한 왜적은 더 이상 북상을 못하고 동쪽 가토 기요마사 뒤를 쫓아 패잔병을 동진시켰다. 이것이 이른바 1597년 9월 7일의 직산전투의 진상이었다. 거기서 패배한 왜적은 더 이상 북상 못하고 이순신의 13척 함대가 명량해전에서 왜선 2백 척을 격파하는 대첩을 올리는 바람에 퇴각을 시작했다.

늦가을 직산벌에 쥐불 같은 모닥불이 수없이 타오르고 있었다. 땔감이 추져서인지 불꽃도 없고 연기만 푸실거렸다. 왜적이 사라진 뒤 그 땅에는 민중들, 오랜 전란에 시달려 눈치만 남은 사람들이 흐느끼며 죽은 의병들의 시신 수습 작업에 한창이었다. 물론 명군 시체도 널려 있고 치상의 손을 기다리는 주검이 어찌 그것뿐이겠느냐만 명 구원군의 부대장 편갈송의 지시는 지엄하다. 그것은 조선 의병의 매장 명령이었다. 그들이 먼저 고이 땅에 묻혀야 한다는 게 그 주장이며 배려였다. 또한 그는 의총義塚을 만들라고도 지시했다.

그렇게 그는 의병들을 존중했고 아꼈다. 이름 없이 죽어 간 그들, 패주하는 왜적들을 무찔러 낯선 땅 외진 골에 뛰어들어 적을 주살하던 그들, 그러다가 적의 총칼에 죽은 불쌍한 넋, 그는 그들을 제일 먼저 우대해 치상케 했다. 어디 가서든지 숫자가 많으면 한데 묻어 크게 봉분을 세워 의총이란 팻말을 손수 써 붙이고 간략하게나마 제를 지냈다. 그러니 주위의 흠모와 찬사가 어떻겠는가. 그 다음이 명군 치상이었다. 왜적도 마찬가지였으나 그 명령을 따르는 부하가 몇이나 됐을까. 남의 나라에 침입해 들어와 온갖 악행은 다하고 허옇게 이빨 드러내며 죽이겠다고 달려들던 왜적의 주검이 뭐 그리 좋다고 알뜰히 치상하겠는가. 그것이 명군이나 조선군의 타성이 아닐 수 없었다.

조선군이 개입 안 한 직산전투를 마지막으로 왜적은 북상을 포기하고 오히려 남쪽 길을 택했다. 비산비야非山非野, 들도 아니요 산도 아닌 사구릉, 겨우 삼곡리천이 흐르는 삭막한 직산벌에서 명군과 왜군의 조우는 이틀의 혈전을 끝으로 막을 내리고 말았다. 피아의 손실이 어떻든 서로가 처한 환경은 같았다. 명분이야 어찌 됐건 양쪽 다 외국에서 싸운다는 그 고충은 같으리라. 한쪽은 침략군, 한쪽은 그 침략군을 징치하는 구원군의 처지이니 창칼을 맞댔어도 감회는 비슷했다. 왜적은 이 직산전투에서 명군에게 패퇴해 북상할 전력이 없어지자 얼른 남하해 해변가에 거점을 두고 저항을 계속했다.

구름 낮게 깔린 직산벌 하늘에 까마귀 떼가 수천 마리 높낮이 다르게 날고 있었다. 그것들은 서로 달려들어 부리로 쪼아대며 뭔가에 불만하고 있었다. 그 일부는 벌써 땅 위에 내려앉아 여기저기 흩어져 주검 위에 앉아 그 검은 날개를 펄럭이고 있지 않은가. 그것은 분명 흉조, 흉조를 상징하는 검은색. 뉘라서 그것을 길조라 하겠는가. 죽음을 뜻하는 만장輓章의 색깔. 까마귀는 자신들을 두고 영혼을 저승으로 인도하는 사자라고 하는 인간에게 한 번 더 그 사실을 떠올리게 하고 있었다. 구천에서 헤맬 고혼을 저승으로 인도하는 새, 그것은 정녕 죽음의 빛깔이었다. 까마귀가 즐비한 시체, 미처 사람의 손을 거쳐 매장 안 된 주검들을 못 잊어 맴돌고 있었다.

　편 장군은 고개를 들어 하늘을 우러르며 그것들의 선회를 맥없이 바라보고 있었다. 그리고 이 만리타향에서 억울하게 숨을 거둔 명군의 명복을 빌고 있었다.

　멀리 남쪽 하늘 명군의 지휘부 한밭 하늘도 흐려 있기는 마찬가지. 싸움은 끝났지만 또 하나 남은 난제, 명군 지휘부 편갈송 장군 그 자신도 입지가 어렵게 된 것이 앞으로 넘어야 할 난관이었다. 지금 그는 본국의 오해를 받아 궁지에 몰려 안타까운 상황에 빠져 있었다.

이순신과 홍건

　명색이 일국의 해군사령부라 보기에 좌수영은 너무나 초라한 모습으로 석양 속에서 졸고 있었다. 지키는 수군 병사의 벙거지와 꼬나쥔 삼지창에도 느른한 노을빛이 홍건했다. 큰 동네에서 조금 비켜선 기역자 초가 한 채가 이른바 조선 수군의 좌수영 건물이었다.

　해풍에 시달린 고즈넉한 초옥. 아무 데에도 인적이 없고 저만치 마당가에 달랑 두 사람 수군이 지키는 둘레가 오직 삼엄할 뿐이었다. 단조로운 해조음海潮音이 고즈넉했다. 그러나 자세히 들여다보면 방 안에 인기척이 있고 굵은 목소리가 새어 나오고 있었다.

　"그렇게 말씀입니다. 이 장군이 복귀했기 망정이지 누가 감히 그런 전과를 올리겠습니까? 나도 조정에서 그 사람의 됨됨이를 들은 바 있어서 마음이 그랬는데… 그 사람의 못된 짓으로 장군께서 잠시나마 고생한 것이 천추에 수치스러운 일이 아니고 무엇이겠습니까, 참…….."

　"뭐, 그런 일이 이 인간사회에서는 다반사로 벌어지지 않습니까. 인간의 탐욕이란 전시 평시 가리지 않고 발현되는 것이기 때문에 걷잡을 수가 없는 거지요. 그러나 우리가 직면한 이 상황을 보면 그것도 상상을 초월하는 일입니다. 국가 흥망지추에 일개인에 대한 악감정 때문에 국가의 패망을 가져올 모함극을 벌인다는 것은 누가 들어도 용서할 수 없는 천인공노할 민족적 반역이지 다른 게 아닙니다. 내가 그 사람의 모함을 받은 게 평시였다면 어느 정도는 이해할 수 있지만 민족의 운명이 백척간두에서 위태로운 때 당한 것이 놀라운 일입니다.”

“그러니 그런 일을 직접 당하신 장군께서는 얼마나 당황하셨겠습니까. 더구나 적을 마주 바라보는 건곤일척의 사투 현장에서 말입니다.”

조선의 일등 대역관 당릉군 홍순언이 이렇듯 전라도 순천 고을 후미진 만灣의 깊숙한 곳에 자리한 삼도 수군통제사가 있는 좌수영까지 이순신 통제사를 찾아 들어온 것이다. 실로 희한하고 놀라운 일이었다. 벌써 두 사람이 조촐한 술상을 앞에 한 지 두 식경이 넘어가고 있었다.

“그러게 말입니다. 나도 뭐가 뭔지 모르고 덮어놓고 끌려가 옥사에 들어앉고서야 내가 무고를 당했구나 실감했소이다. 참, 기가 막히고 말이 안 나오는데 내 무고無辜를 들어 줄 사람이 있어야죠. 그러나 나는 그 누구도 원망하지 않았소이다.”

“그러시겠지요. 내 일찍이 이 장군의 모든 것을 알고 있는 터에 어찌 그런 무고를 믿을 수 있겠습니까. 이 작은 나라에서 분열과 반목의 풍조가 사라지지 않으니 마음을 놓을 수가 없는 일이 아니겠소이까.

나는 이 장군이 아시다시피 역관으로 명나라를 많이 드나들었기 때문에 대국이라는 명나라의 치부도 잘 알고 있습니다. 그러나 거기도 조선 조정과 오십보백보, 그저 반대파 의견이나 행동은 모든 것이 그르고 시빗거리고 모함의 대상이 될 정도로 그런 사조랄까, 분위기가 팽배해 있었어요. 제가 비록 외국에서 간 사신의 역관이지만 너무나도 그게 노골적이라 당황하지 않을 수 없었소이다. 우리 정사나 부사 모두 당상관이고 이 몸도 명색이 당상역관으로 황제 앞에 설 정도의 신분이었는데 우리에게까지 당파를 강요하고 그 폐단은 이루 말할 수 없었소이다. '너희들도 우리 편이 아니면 소용없다'는 일종의 위협과 강요가 있었습니다. 오죽해야 북부 사람들이 남부 출신이 추진하는 조선 원병 파견 같은 것도 반대해 잡음을 일으키고 1차 파병에서 좋은 결과를 가져온 파견군 간부를 핍박해 마치 국가에 막중한 손실을 입히고 반국가적 행위를 자행한 양 몰아붙여 개선장군들이 오히려 쥐구멍을 찾을 정도로 입지가 옹색해지고, 병부상서 석성은 하옥까지 되어 그 분함을 못 이겨 분사까지 했으니 기가 막힐 일 아닙니까? 이런 행태가 상식이 되어 버린 명나라 조정이니 큰일 아닙니까? 석성 같은 이는 오직 조선이란 우방을 돕겠다는 순수한 우의에서 파병을 결행하고 전쟁을 지원했는데 국고를 탕진한 매국노라고까지 들고 나오니 황제도 어쩔 수 없이 그를 하옥시킨 게 아닙니까?"

"예, 홍 대감이 직접 당하고 겪으신 일이라 오죽하겠습니까만은 우리 조정도 속병이 깊습니다. 나는 간혹 그 유명한 압구정 한명회韓明會가 생각납니다. 그 사람 뒤에는 늘 피비린내가 풍기고 그 사람은 언제나 권력투쟁에서 승리해 주어진 전리품인 공신책봉을 독점해 왔지 않았습니까? 그런 사람이 없었던들 그 악취 나는 궁궐 내 전쟁은 없었을 것이고 역사의 소용돌이도 일어나지 않았을 것으로 짐작이 됩니다만 홍 대감 생각은 어떠신지… 지금도 규모는 작으나 그때와 똑같은 파고波高가 없다고 장담하겠습니까?"

"그 말씀이 옳습니다. 지금 우리네 사정도 동서인의 대립이 얼마나 격심합니까. 몸소 전쟁을 겪으신 당사자이신 이 장군의 처지에서 본다면 더 깊고 정확하게 추찰推察하실 수 있으리라 봅니다."

원균의 모함으로 수군 도독이었던 이순신이 갑작스런 어명으로 하루아침에 영어의 몸이 됐다가 나중에야 그것이 모함에 의한 옥사였다는 것이 밝혀져 석방되어 백의종군했다가 모함의 주역이던 원균이 죽자 다시 수군도독으로 복귀하여 수군의 대승을 이끈 일, 이 사건을 놓고 홍순언은 자신의 회포를 풀고 있으며 실인즉 세계 해전사에 유례없는 해전의 화신化身인 이순신의 노고를 치하하고 있는 터였다. 전장이고 궁궐 안이고 가리지 않고 들끓는 인간의 추악한 모함극에 치를 떨고 있는 그에게는 그런 이순신이 그냥 평범한 수군의 사령관으로 보이지 않고 굉장히 외경畏敬스런 모습으로 다가왔기 때문이었다. 임진전쟁의 영웅이라 해도 찬사가 모자랄 이순신은 평소 접촉이 적었던 홍순언 역관을 대하면서 궁금한 점이 한두 가지가 아니라 그날의 상면을 속으로 무척 반기고 있는 터였다.

"참, 인사가 늦었소이다만 수년 전 그때 홍 대감이 주선하여 입수한 염초와 궁각은 너무 요긴하게 썼습니다. 그만한 전쟁 물자를 구해 주신 홍 대감의 수완도 수완이지만 그 선원들이 나중에 수군에 편입되어 전공을 세운 것도 그에 못지않게 놀라웠습니다. 참 눈부신 활약이었습니다. 이 자리를 빌려 다시 감사의 말씀 올리는 바입니다."

그것은 예전에 왜적의 농간에 걸려 절강성에서 구금되어 있던 조선 선원들 이야기였다.

"원, 천만의 말씀입니다. 그 염초와 궁각은 워낙 수량이 적어 쓰기에도 모자랐을 텐데 무슨 말씀을…….."

"하하하, 무슨 그런 겸양의 말씀을 다 하십니까. 뵙자마자 제 쪽에서 말씀드렸어야 될 일인데 안부 인사가 너무 길어진 탓에 늦었습니다만, 자제분 이야기가 제일 궁금하실 텐데 어떻습니까? 궁금하지 않으신가요? 홍 대감."

장난기 어린 이순신의 구릿빛 얼굴에 슬쩍 농기가 지나갔다.

"어찌 아니 궁금하겠소이까. 이 장군께 못난 자식 맡겨 놓고 하룬들 마음 편한 날이 없었던 게 솔직한 이야깁니다. 어떻습니까? 이 장군님 심부름이나 제대로 하고 있는지."

아닌 게 아니라 궁금했고 불안했던 못난 아들의 안부가 제일 듣고 싶었었는데 그것을 알고 먼저 풀어 주니 이순신에게 고마울 수밖에. 염전을 때려 치우고 무조건 이순신의 수하가 되라고 우격다짐하던 자신의 처사의 옳고 그름에 아직도 심판을 유보하고 있기 때문에 궁금증은 더했다.

"자, 한잔 받으시오. 홍 대감께서 자제분 하나는 똑 떨어지게 두셨더군요. 축하주로 알고 받으시지요."

술이 모자라 밖에 섰던 군사를 시켜서 가져온 술 주전자 꼴이 말이 아니었다. 놋쇠 주전자, 부피는 크나 찌그러들고 온통 검게 그을려 형체를 알아볼 수 없는 그것은 이런 점잖은 자리에는 아예 내놓을 수 없는 흉물이었다. 그런 주전자를 받아 든 이순신의 얼굴이 살짝 찌푸려진다. 흉한 꼴의 주전자를 손님상에 내놓기 너무 민망한 것이다.

'여자 손이 없는 좌수영이니 오죽할까.'

홍순언 대감의 자위였다. 아닌 게 아니라 여자 손이 없는 살벌한 수군들만의 살림살이에서 어찌 반들거리고 깨끗한 주전자를 바랄 것인가.

"저, 홍 대감은 제게 짐 덩어리를 내어 맡긴 게 아니라 이 세상 둘도 없는 보배를 맡기셨습니다. 무슨 말씀인지 아시겠습니까? 말을 하자면 좀 깁니다만, 제 해전의 승리 뒤에는 늘 홍건의 특공대가 있었다는 것을 자랑스럽게 말씀드릴 수 있어 장합니다. 자제분의 과거는 잘 모르나 제게 그리도 큰 도움을 줄지는 몰랐습니다."

'해전의 화신'이라는 표현이 전혀 과하지 않은 이순신도 감탄하게 하는 홍건은 과연 어떤 활약을 하고 있는 것일까. 일언이폐지一言以蔽之하고 그 소문이나 실황은 왜적들에게 물어보는 것이 빠를 것 같다는 이순신의 말에는 웃음기가 없었다.

홍건 특공대라면 조선 수군에게 널리 알려져 있었다. 그 이름은 누가 지어 준 게 아니라 바람처럼 일어나 소문같이 퍼지고 퍼져 수군들에게 각인된 성스러운 이름이었다.

전라좌수영 내 굽이굽이 돌고 도는 만灣, 갑岬, 도島 할 것 없이 수많은 수군 근거지를 통솔하는 좌수영의 관할은 넓고 물길 사나웠다. 임진전쟁이 일어나기 전부터 밀려드는 왜구들의 놀이마당이 바로 좌수영 관할이었다. 또한 멀리 진도까지 뻗친 왜구의 노략질에 겁을 먹은 주민들이 의지해 들어오는 곳이기도 했다.

왜구들이 속속들이 아는 전라도 일대, 손바닥 속같이 잘 아는 그 물길을 따라 놀아나는 왜구의 근거지를 탐색해 들어가 숙영지나 지휘소 등 그 소굴을 꺾어 버리는 특별한 소규모 선단이 있었으니 그게 바로 홍건 특공대. 어선 4~5척으로 꾸린 선단은 전함戰艦도 아니고 평범한 범선이지만 일단 임무를 띠고 육지 탐색에 나섰다 하면 돛이 없어진 거룻배로 돌변하여 쏜살같이 선족船足이 민첩했다.

아버지 홍순언의 권유로 염전을 정리한 홍건이 손발 맞는 염부 몇 사람을 데리고 이순신 좌수영을 찾은 것이 1597년 가을, 그는 이순신을 만나면서 생각이 굳어졌다. 그 나이 어중간하게 수군에 입대한다는 그것도 그렇고 독자적인 어떤 공격성을 띤 역할이 없을까 궁리하던 그는 일단 왜구의 침략이 자심한 좌수영 관할의 사태를 파악한 뒤, 특공대를 만들 것을 결심했다.

본래 몸에 배인 무예는 아니지만 검술에 특출한 도인을 스승으로 무예를 익히고 배를 건조해 작은 선단을 꾸렸다. 목적은 왜구 근거지 탐색과 파괴, 소탕이었다. 본시 훤한 용모에다 변장술에 능한 그는 특공대답게 수영부터 익히고 뱃놈의 버릇을 모조리 익힌 뒤 이순신을 만나 자신의 포부를 털어놓았다. 항시 좌수영과 긴밀히 관계를 가질 것이며 상호지원을 아끼지 않는 조건이 성립했다. 그런 자발적인 헌신을 마다할 이유가 없는 이순신은 언제든지 명령만 있으면 수군의 신분으로 자신의 휘하에 대기한다는 조건도 붙이고 이들을 포용했다. 그 소문은 경상 우수영까지 퍼져 호기심의 대상이 됐으며 수군은 그들의 정보 지원도 받기로 했다.

위장의 명수답게 그들은 평상시에는 어부로 위장하여 왜구의 본거지에 출몰하다 일단 거사에 착수하면 상선이면 상선, 어선이면 어선, 세곡선이면 세곡선으로 순간순간 위장해 적에게 접근해서 공작을 펼치고 일찍이 왜것들이 사용하던 수기手旗 신호로 낮에는 선단끼리 연락을 하고 밤에는 횃불로 용무를 대행했다. 그 소문은 왜구들이 먼저 알고 '모구리선단'이라는 이름을 붙여 경계했다. 왜 말로 '모구리'라 하면 물속을 헤집는다는 뜻이다. 그들은 자신들의 근거지를 헤집는다는 이유로 그들을 모구리라고 부르며 경계했고, 시일이 지나면서 이들의 수법이 노련·잔인해지니 경계를 넘어 공포의 대상으로 알고 두려워했다. 어디에 무슨 왜구가 상륙했다는 정보만 있으면 두세 척으로 꾸린 선단을 띄워 거기에 접근하면서 진용陣容을 바꿔 적의 눈을 속여 상륙하거나 접근해 살육을 벌이는 게 순서고 경우에 따라서는 왜구 선단을 침몰시키는 과감한 군사행동도 불사했다. 일반 어민이 섞여 있으면 전혀 구별이 안 되리만치 위장에도 능했다. 무기도 별났다. 성벽을 기어오르는 쇠갈고리에다 왜구들에게서 노획한 조총뿐 아니라 왜구들이 쓰는 도검이나 의류 일습도 몇 벌씩 챙겨 두고 위장에 활용했다.

그러면 이런 조직 운영에 필요한 재원은 어디서 충당했을까.

"그 정도의 머리라면 뭘 못하겠습니까. 첫째, 홍건의 천재적인 임기응변의 두뇌! 한둘 수하에 결원이 생겨도 그 벌충은 쉽답니다. 워낙 인기가 있다고나 할까? 유명하니까 그 수하 되기를 앞다툰답니다. 나도 자제분을 만나서 정식 수군에 편입하면 어떻겠냐고 물어도 영 마다합니다. 이대로 자유롭게 움직이면서 기여하겠다는 겁니다. 저로서도 그를 어떻게 처우해야겠다는 복안도 없지 않았지만 다 소용없습니다. 이 전쟁이 끝나면 정식으로 수군에 입대하겠다는 약속만 주고받았습니다. 원체 인기가 좋아 주민들이 편의를 돌보고 보급이나 숙식 같은 것은 문제가 없답니다. 주민들이 알아서 보급원이 되어 주고 그리고 간간이 잡은 고기도 그냥 대 주니까 그런 얄팍한 계산이 없는 것 같아요. 정말 아까운 인재들입니다. 나도 하도 신기해서 내 전용선으로 두어 번 뒤를 따라 봤는데 못 따라갑니다. 어찌나 선족이 빠른지… 하하! 선단이라면 규모가 큰 것 같지만 거룻배 서너 척이에요. 그런 규모로 그 정도 전과를 올리니 참 대단합니다. 솔직한 이야기로 나도 그 선단이 없으면 작전에 많은 차질이 생깁니다. 홍 대감, 이제 시원하십니까? 오늘 아침에 나갈 때도 잠깐 서로 얼굴을 확인했습니다만 일정한 근거지가 없고 내게도 들르는 정확한 날짜가 없어 때로는 작전에 지장도 있습니다."

"모든 게 이 장군의 배려와 후원에서 이루어지는 것이지 그 아이가 무슨 수로 그런 전과를 올리겠습니까?"

"아, 아닙니다. 차라리 이곳 주민들 이야기를 들어 보시지요. 그게 오히려 제 입에서 나온 소리보다 정확할 것입니다. 언제까지 계실지 모르나 이번 행보에서는 자제분 만나기는 어려울 것입니다."

그런 답을 듣는 홍순언의 가슴은 한편 무겁기도 했다. 털어놓고 이야기한다면 이순신 장군을 만나자마자 물어보고 싶은 것이 아들 홍건의 근황이었다. 그게 속된 그의 바람이었다. 그러나 이런저런 이야기 끝에 나온 건이 이야기가 그럴 적에는 금방 하늘로 오를 것 같은 기분이었다. 진정 맛보는 기쁨이었다.

'아아, 자식이라는 게 이렇게 좋은 것인가. 그놈이, 그 건이 놈이 그렇게 큰일을 해내다니… 허허… 기특한지고.'

그는 기쁨을 곧바로 내색할 수 없어 이순신의 얼굴에다 비긋이 자신의 웃는 표정을 포갤 뿐이었다.

"이 장군이니 드리는 말씀이지만 나 같은 일개 역관이 공신책봉을 받는다는 것은 있을 수 없는 일이라 늘 부끄럽게 여겨 오던 터였습니다. 전하께서 내게 군을 책봉하고 가자하신 것은 아무리 생각해도 분수에 넘치는 일이고 가뜩이나 시끄러운 조정에 불화의 불씨를 지피지 않았나 해서 언제나 괴롭고 송구했을 뿐입니다. 이 장군이라도 이런 내 송구함을 부디 인정해 주시구려. 다행이 내 자식 놈이 그렇게나마 나라에 보답하고 있다니 얼마나 기쁘고 보람된 일인지 모르겠습니다."

"허허, 그 무슨 말씀이신가요. 조선 제일의 대역관이신 홍 대감께서 그렇게 사양지심을 내보이신다면 누가 감히 주상전하의 배려를 받겠습니까. 대명회전의 오류를 바로잡은 그 공로가 어찌 그에 못하다는 말씀입니까? 우리나라 뼈대를 바로 잡은 그 대역사를 맡아 하신 홍 대감이야말로 한명회 따위가 따르지 못할 국가적 공적을 쌓은 분 아닙니까. 그리고 오늘날까지 홍 대감이 대명국과의 전쟁 지원 사업을 원만히 해결하신 공로는 누가 뭐래도 개국일등공신에 해당하지요. 그게 어디 보통 힘으로 되는 간단한 문제인가요? 더구나 대감이 그 상으로 받은 노비들을 전부 해방시키고 하사받은 전답을 모두 그들에게 무상분배했다는 소문은 전국을 감동시키고도 남을 일이었습니다. 내 그 말은 마침 옥중에서 들었는데 옥사정끼리 하는 이야기도 대감의 그 사심 없는 노비 해방 일화는 감동적이라는 것이었지요. 조정의 소인배들도 대감 이야기가 나오면 입을 다물어 버리는데… 참 속이 후련했습니다. 그것도 아무나 할 수 있는 일이 아니지요. 나도 그래서 홍 대감의 그 선행을 남다르게 칭송하는 사람입니다. 건의 그 의협심도 알고 보니 아버지이신 홍 대감의 피가 작용한 것이지 다른 게 아니라고 단정해 버렸습니다. 건은 지금쯤 통영 쪽에서 동해를 감시하고 있을 겁니다. 그게 오늘 아침에 들어온 보고입니다. 너무 조급히 여기지 마시고 한이틀 쉬시면서 승전보나 기다려봅시다."

"허허 그렇게만 된다면야 바랄 바가 없습니다만……."

"시간이 넉넉하니 내가 좋아하는 매월당 김시습이 한명회 시를 비웃던 대목을 한번 외워 보겠습니다. '청춘부사직靑春扶社稷 백수와강호白首臥江湖(젊어서는 종묘사직을 붙잡았고 늙어서는 강호에 누웠네)'라는 시가 있는데 그것을 한 자씩 고쳐서 빈정거린 일이 있습니다. '청춘망사직靑春亡社稷 백수오강호白首汚江湖(젊어서는 종묘사직을 망하게 했고 늙어서는 강호를 더럽히네)'였습니다. 김 시습 그 깐깐한 분이 한명회가 얼마나 미웠으면 이렇게 비꼬았을 까요. 그 심정 알 만도 합니다. 어떻습니까? 홍 대감께서는?"

"그러고 보면 아무리 생각해도 내게 내리신 전하의 가자 책봉은 불공평합니다. 부끄럽고 몸 둘 바를 모르겠습니다. 다행히 이 못난 애비의 가자를 건이 놈이 벌충이나 해 주었으면 좋겠는데 그리될 지… 허허… 참."

"그래요. 건이 한 사람의 공로만으로도 내륙의 의병 일개 부대 몫은 단단히 하고 있지요. 만약에 그 공로가 인정되어 포상감을 고 른다면 건이가 제일 먼저 그 대상이 되고도 남을 겁니다. 암, 되고 말구요. 나 지금 유심히 채록採錄하고 있습니다. 기회 보아 전쟁이 조금 소강이 되면 조정에 직접 품신할 생각입니다. 따져 놓고 보면 1등 무공은 홍건이 되고도 남지요. 아직 자세한 것은 모르셔서 그 러시겠지만, 건이 활약은 정말 신출귀몰하고 눈부십니다. 내 부하 장수 누구 한 사람 거기에 토를 다는 이 없으니까요."

"……."

이 모든 것이 영세한 중인 집안에서 이루어진 것이라 늘 열등의 식에 사로잡혀 있는 홍순언으로서는 오늘에야 비로소 가문이란 것 을 생각하게 되었다. 물론 이순신 장군의 고무적인 말이 있었기에 가져 본 꿈이지만 만약 이순신 장군 말같이 건이가 그렇게 변신했 고 그 공로가 인정된다면 '우리도?'라는 가냘픈 꿈이 생기는 것도 무리는 아니었다.

'아아… 세상은 이렇게도 변할 수 있단 말인가?'

그때부터 '조선 제일'이라고 누구나가 인정하는 당릉군 홍순언은 가슴속에 작게나마 어떤 희망 같은 것을 붙잡을 수 있었다. 그러나 아쉬운 것은 그가 전주를 떠나올 때 불붙었던 전주성의 후일담을 들을 수 없는 일이었다. 편갈송 장군에게 맡기다시피 한 사위 자식과 외손주 놈의 뒷일이 궁금하지 않은 것도 아니었다. 그는 그들의 비보를 모르고 있었으니까. 세상사 새옹지마라고 했던가. 그의 아들이 승승장구하는 동안 사위와 외손자는 불귀의 객이 되어 버렸으니…….

여기는 목포 앞바다. 삼학도가 빤히 내려다보이는 어느 무인도로 동쪽에는 조약도助藥島 남쪽에는 신지도新智島가 있다. 한때 전라 좌수영이 자리했던 요지인데 지금은 지난 번 해전이 끝나고 겨우 진鎭으로 명맥을 유지하는 종7품짜리 비장이 수자리를 틀고 있는 섬이다. 시방 거기에 왜구 패잔병이 모여들었다는 첩보를 입수한 홍건 선단은 촉각을 곤두세우고 근처에서 일몰을 기다리고 있었다.

해전에서 대패한 왜선단 2백여 척이 물귀신이 되고 부속 선단이 멸실된 뒤에 일부 육전대가 고금도에 상륙하여 순천만으로 진격하는 왜군과 합류하겠다는 작전을 펴는 상황이었다. 이런 정황을 정탐한 홍건 특공대가 그냥 두겠는가. 그들이 상륙하여 세를 규합하면 광양과 고성이 위태로운데. 일몰이 되기 전에 어선으로 위장하여 섬에 잠입한 특공대가 정탐한 내용은 적선 30여 척에 탑승 인원이 1천여 명, 엄청난 숫자가 고금도에 상륙하여 아주 천하태평으로 노닥거리고 있었다.

"자, 때는 왔소. 이번 출동의 목표는 왜적의 지휘부 괴수들 몇 놈만 척살해서 지휘체계만 교란시키면 되오. 적의 숫자는 중요하지 않소. 어차피 우리가 감당할 수 없는 숫자이니 핵심만 찔러 놓고 퇴각했다가 될 수 있으면 선단 전체를 불태워 버립시다."

대장 홍건의 지시에 움직이는 십여 명 대원이 잽싸게 몸을 날려 횃불 몇 개를 걷어차 버렸다. 한쪽에는 보초를 세우고 다른 한쪽에서는 술판이 벌어지고 있는 그 근방의 주민들 모두는 벌써 홍건 특공대가 잠입한 줄 알고 서로 눈짓을 주고받으며 결과를 지켜보고 있었다. 일부 주민들은 특공대에 합세하여 폐가에 불을 지르는 일을 돕고 있었다. 불을 질러 대부대가 상륙한 것처럼 위장했다가 수괴들의 거처를 알아내 독침으로 몰살시킬 전술이었다. 민가의 손실을 줄이기 위해 불화살은 시늉만 내고 있었다. 술판을 벌이고 있던 것들이 당황해하면서도 이쪽을 향해 달려들었다. 사방이 트여 있어 어디서 누가 접근해도 모를 방만한 모양새의 섬은 어쩔 수 없이 왜적들도 방심하게 만들었다.

灣 속이라면 출입구에 하다못해 초선哨船이라도 띄워야 하나 이런 모양새의 섬에서는 속수무책이었다. 초가 몇 채에 불이 붙자 아연 긴장하기 시작한 왜구들이 소리를 지르며 자기들끼리 우왕좌왕하기 시작했다.

"독침을 쏘아라!"

불이 붙자 금세 지휘부를 중심으로 빙 둘러싼 방어망이 구축됐다. 술판이 깨지고 서로 패도를 뽑아 들고 소리를 질러댔다. 들고 있는 횃불에다 모닥불이 흩어지면서 소란에 빠져들었다.

술판 심부름하던 여인네들 동작이 민첩해졌다. 누가 여자라고 생각할까 싶을 만치 날랬다. 왜적의 수괴로 보이는 두 놈이 목덜미를 거머쥐고 땅바닥에 나뒹굴었다. 호위하던 포위망이 깨졌다. 여기저기서 괴성이 터지고 사람들이 고꾸라졌다. 패도가 번쩍거리고 호위병 몇 놈이 또 땅바닥에 쓰러졌다. 여자 두 사람이 잽싸게 술상을 걷어차며 괴수 한 사람의 등에다 칼을 내리꽂았다.

"온나오 요진시로!(여자를 조심해라!)"

호위 군사 두 놈이 여자들을 손가락질하며 소리쳤다. 그것은 물어볼 것도 없이 주모로 변장한 체구 작은 특공대원이었다. 패도를 빼 든 왜적이 손을 높이 들어 올려 여자 등을 내리칠 기세로 다가섰다. '스테미노가마에'라는 검법劍法 자세, 자기 전신을 노출시켜 적을 내리치겠다는 대담한 검법. 그러나 어둠 속에서 나타난 어느 어부 차림의 칼날이 한 호흡 빨랐다. 두 손으로 패도를 치켜들었던 왜적이 자기 갑옷의 밑을 파고드는 칼날에 찔려 그 자리에서 새우등처럼 몸을 오그려 붙이며 땅바닥에 쓰러졌다.

탕! 하는 조총 방포 소리가 드디어 터져 올랐다. 적이 켜든 횃불의 숫자가 갑자기 늘어나고 현장이 대낮같이 밝아졌다.

"다이쇼오오 하야꾸 후네니 하꼬베!(대장을 빨리 배로 모셔라!)"

지금 바닥에 쓰러진 자가 부대의 지휘관이란 증거였다. 왜적 서넛이 우르르 달려들어 육중한 사내, 땅바닥에서 자반뒤집기를 하는 자를 업고 언덕 아래로 줄달음질친다. 그 뒤를 두엇이 따른다. 그때 뒤쪽에서 에잇! 하는 기합 소리에 맞춰 검광이 또 번쩍했다. 탕! 하는 방포 소리에 칼을 휘둘렀던 어부 차림이 주춤하고 무릎을 꿇고 땅바닥을 짚으며 옆구리를 한 손으로 감싼다. 으윽! 하는 비명이 그 입에서 새어 나오는데 칼을 집고 일어서려 안간힘을 쓴다. 저쪽에서 또 기합 소리와 함께 왜적 하나가 그대로 쓰러진다. 손에 들었던 조총이 딸까닥하고 땅에 떨어진다.

"동지들, 빨리 퇴각하시오! 여기는 이만하면 됐으니까 선단 쪽으로."

꺼질 듯 바람에 부대끼는 횃불 밑에 옆구리에 조총을 맞은 사람이 가까스로 칼을 집고 일어서며 내뱉는 소리였다. 조총을 맞은 것은 모구리선단의 대장 홍건이었다.

패색이 짙게 섬에 들어왔던 왜구들은 애초부터 겁에 질려 있었던 게 확실했다. 민가에 불이 붙기 전에 이미 독화살에 쓰러진 두 놈 때문에 완전히 기를 빼앗긴 상태고 상대가 몇인 줄도 모르는 어둠 속에서 난장판에 겁을 먹고 대장만 챙겨 업고 선단 쪽으로 사라졌던 것이다. 피비린내가 코를 찌르는 주막 안마당은 그야말로 아비규환이었다. 왜적의 시체만 해도 일곱 구, 반면 아군 전사자 한 명이란 전과를 거두고 그 밤의 혈투는 끝이 나 버렸다. 몇 채 지붕에 날아와 꽂힌 불화살에서 옮겨 붙은 불은 주민들이 앞다투어 물동이를 들이대 가까스로 진화됐고.

"모구리가 기단다! 민나 니게로!(모구리가 왔다! 모두 도망쳐라!)"

업혀 가며 신음하는 왜적장의 고통스런 명령이었다. 그 자도 모구리선단의 소문은 알고 있는 것 같았다.

1597년 9월의 어느 밤, 고금도에 상륙한 왜적 선단은 이렇게 모구리선단의 희생물이 됐고 밤을 도와 여수 쪽으로 줄행랑을 치고 말았다. 모두가 대형 수송선단이라 그 숫자의 선단이면 천명 넘게 탑승해도 무난했다. 그중 다섯 척이 불에 탔으니 그 또한 피해가 컸고 아군으로서는 큰 전과가 아닐 수 없었다. 그러나 홍건의 부상이 문제였다. 그 소식은 그 다음 날 오후에야 순천만 깊숙한 좌수영으로 알려졌으나 이를 받는 이가 없었다.

통제사 이순신도 경상도 우수영에서 온 손님과 함께 출타 중이고 한가하게 아들 승전보를 기다릴 수 없는 홍순언은 그 전날 밤에 이미 진주로 향발한 뒤였다. 다행히 생명에는 지장이 없는 홍건 대장은 3~4일 요양만 하면 원상회복이 가능한 상태였다.

그날 밤 특공대의 기습을 받은 왜적 선단은 서로 앞다투어 빠져나가려고 혼란을 벌이다 배끼리 충돌하는 사고에다가 캄캄한 밤에 조타操舵 실수로 침몰하는 바람에 많은 익사자가 생기고 피해가 많았다. 그러나 아쉬워라. 불원천리 아들을 찾아온 아버지 홍순언은 이 기막힌 아들의 승전보를 들을 수 없이 또 임지를 향해 발길을 돌려야 했거늘. 그가 어찌 전주성의 사위와 외손자의 그 비극을 알리요.

그 이름들

우리는 이런 와중에 원병으로 온 수많은 명나라 장수들을 볼 수 있고 또 그들의 거동을 통해 대국 명나라의 편모를 엿보는 것도 재미있는 일이다. 더구나 이는 우리 전쟁사에 기록될 모든 것의 기초가 되는 자료 수집에도 도움이 된다. 그들은 당당했고 모든 전쟁 물자를 우리가 책임진다는 조건이었기 때문에 홀가분하게 조선으로 건너왔다.

그러나 전쟁에 제일 필요한 적개심이 없다는 것이 큰 문제로 지적됐다. 말이 좋아 동맹군이지 왜와는 아무런 이해 상관이 없는 터수에 서로 칼을 겨눠야 하는 부담이 있었다. 물론 전통적 우방인 조선을 침략했으니 적으로 간주해 살해해야 했지만 냉정하게 따지자면, 쓰지도 달지도 않는 왜군과의 교전이었다. 물론 아무리 지원군이래도 그들 개개인이 조선에 갖는 여러 가지 감정은 조금씩 다를 수 있다. 예컨대 조선과 친인척으로 연결된 이해관계가 깊은 사람은 그만치 조선에 관심이 있어 그런 연고를 중시할 것이고 감정 또한 남다를 것이다. 그럴 때 적개심은 어찌 되겠는가.

또 그와 반대의 경우도 있을 것이고. 어쨌든 경우의 수는 수없이 많을 수 있다.

1차 원병 조승훈 부대에 이어 본대에 소속돼 압록강을 건넌 지원군 유격장군 편갈송의 경우는 어떤가. 그는 그 직함대로 일종의 게릴라부대의 장수였다. 그의 고모의 사위가 명나라의 병부상서(국방장관) 석성으로, 그와는 고종사촌 매부가 되는 촌수였다. 편갈송은 그러한 인맥을 타고난 명문거족 출신답게 군에서도 예의 바르고 경우에 밝은 장수로 정평이 나 있고 별대 유격대장답지 않게 온화한 성품의 소유자로 부하들의 신망이 두터웠다. 조선의 편씨 시조 편갈송 장군은 그런 가풍에서 배출된 전형적인 귀족이었다.

편갈송 장군의 출생지는 절강성으로 병부상서 석성과 동향이다. 이 고을은 예부터 백이숙제가 있었던 고장으로 당나라의 발생지이기도 했다. 전국에서 유생들이 모여들고 사당을 짓고 제사를 지내며 백이숙제를 추모했다.

학문과 무예를 닦아 국가 유사시에는 결사대를 편성하여 황실을 지킨 사람들을 두고 절사라고 부르게 되었고 여기의 우두머리를 총절사라고 하였다. 절사들은 남부 지방, 특히 절강도에서 온 사람들이 많았다. 임진전쟁 때의 병부상서 석성과 친교가 돈독했던 심유경, 마지 제독 등이 모두 절사 출신이었으며 편갈송 절사는 당시 어양 총절사 출신이었다.

임진왜란이 한창이던 시기, 명은 이선량의 아들 이여송을 사령관으로 하는 2차 지원군을 파견하였다. 편갈송 장군은 국무총령 유격장군이 되어 이여송 제독의 휘하에 소속된 특별부대 2만 명과 친병을 인솔하고 평양성의 보통문을 공격하였다. 그 결과 왜장 고니시 유키나가는 나머지 군사를 이끌고 평양성을 버리고 도주하였다.

이때, 편 장군은 2만의 별동대를 거느리고 진중을 오가며 유격전을 벌이니 백전백승의 전과를 올리고 작전참모로서 활약이 뛰어났었다. 그 유순한 풍모 어디에서 솟아난 용맹성인가 싶을 정도로 일단 칼을 들었다 하면 야차가 곡을 할 만치 신출귀몰하고 가차 없었다. 평양성의 난공불락 보통문을 편 장군이 격파한 혁훈은 길이 칭송받게 되었다.

1593년 4월에 왜적이 달아나자 편 장군은 군사를 이끌고 한강을 건너 남진하고 한강 이남 천여 리 땅을 모두 수복하였으며 다시 이여송과 더불어 경기도, 경상도, 황해도 등 삼도를 두루 돌아 적을 소탕한 후 10월에 본국으로 개선하였다.

1597년 다시 정유전쟁이 일어나자 명나라는 제위동원 마귀麻貴 장군을 제독으로, 편갈송 장군을 아장제독 국문섭 병부상서 겸 중군 도독으로 도임시켰다. 차마 제독 휘하 좌군, 우군의 남원 실전으로 왜적이 파죽지세로 북상 중인데 편 장군의 지략으로 은진, 천안 소사평에서 대첩을 거두고 패주하는 적의 심장부를 섬멸하였다. 거기서 멈추지 않고 울산 서생포에 이르러 왜적의 총 사령관이 있는 도산 웅성이 또한 난공불락이라 적진을 포위하고 장기전을 계획하였다. 이렇게 되자 그것을 간파한 적장 가토 기요마사가 간계를 써서 명군 경리經理 양호에게 많은 금괴를 내놓으며 거짓 항복하는 척 위계를 썼다. 양호는 그만 속아 넘어가 모든 군사들에게 경계태세를 풀고 휴식을 하명하였다. 그 점을 벼르던 왜적은 그 기회를 놓치지 않고 기습공격을 감행해 왔다. 사태가 이렇게 되자 혼비백산한 조명 연합군은 당황하여 오합지졸이 될 수밖에 없었다. 뒤늦게 전의를 가다듬고 대항했으나 이미 주도권을 빼앗긴 연합군은 패색이 짙어지고 조선군 장수 정기룡이 포위되어 고전하는 것을 목격한 양호는 마귀 제독과 귀엣말을 주고받더니 이내 도주해 버리고 말았다. 이를 지켜보던 명군 장졸들도 슬금슬금 달아나니 조선군도 마찬가지 패주의 소용돌이에 빠져들었다. 오직, 편 장군만이 잔여 명군 몇 백을 거느리고 분연히 적진으로 돌격해 들어가 격전 끝에 장기룡 장군을 구출해 냈는데 이는 실로 기적에 가까운 작전의 성공이었다. 그 길로 정 장군은 군사령부가 있는 경주로 가서 유성룡, 이덕성, 이원식 등에게 편 장군의 무공은 한마디도 말하지 않고 명군의 허물만 지적하여 장계를 올리니, 양호는 즉각 파면되어 본국으로도 돌아가지 못하게 되자, 주획, 정응태로 하여금 본국에 밀사를 보내 황제께 모주하여 편 장군에게 책임을 전가하고 그들만 무사히 귀국해 버렸다. 그러나 이런 정황도 모르고 편 장군은 군졸 약간 명과 더불어 끝까지 서생포에 남아 향민 구휼에만 전념하였으며 그 은덕이 너무도 고마운 나머지 그곳 사람들은 지금도 울산 서생면을 도독동이라 부르며 편 장군의 넋을 위로하고 있다고 전해진다. 그곳 사람들은 창표당蒼表堂이라는 당집을 지어 정월 대보름이면 제를 지내기로 했다.

그의 이런 눈부신 전승에 한번은 선조가 진중의 편갈송 장군에게 편지를 보낼 정도였다.

"진주 사천 일대의 왜적이 합천으로 모여들어 영호남 일대에 그 피해가 많아 조선 군사로는 방비가 어려웠는데 명군의 대첩으로 평화를 되찾았으니 그런 영광이 다시없노라. 이 명군의 대첩이 후일 우리 조선군에게 끼칠 영향이 많고 또한 편 장군을 흠모하는 백성들의 칭송이 어찌 없겠는가. 삼가 사자를 보내 문안을 하고 그 노고를 진심으로 위로하는 바이오."

또한 선조는 이렇게도 말했다.

"금일 대인께서 황제의 명을 받들어 조선에 나와 흉폭한 왜적을 토벌한 공로는 과인이 어찌 다 말할 수 있을까요. 그 노고에 감사와 문안을 드리는 바이오."

그는 투항 권유로 수많은 왜적에게 항복을 받아 내기도 하였다. 그가 남긴 유명한 왜적 투항 권유문을 보면 다음과 같다.

너희들 왜것들이 군사를 거느리고 함부로 조선을 침범하고 있으나 외롭기 그지없을 것이다. 비록 성은 지키고 있으나 굶주림은 심하고 모두가 먹을 것으로 보일 것이다. 너희들 앞에 기다리는 것은 오직 죽음뿐이다. 너희들도 잘 알 것이다.

벌써 7년이란 세월이 흘렀다. 너희들이 조선을 침범한 그 7년 동안 못 만난 너희 가족은 오죽하겠느냐. 고향의 그 풍요로운 전답은 모두 그 흉악한 도요토미 히데요시에게 빼앗기고 처자식들은 굶주리고 있다. 그자는 너희들의 통수권자가 아니다. 너희들을 못살게 하는 야차 같은 약탈자다. 너희들은 그것도 모르고 이 같은 고생을 감내하고 있느냐. 참으로 그놈은 흉악한 놈으로 하루라도 너희들을 못살게 굴지 않고는 못 배기는 놈이다. 그것을 왜 모르느냐. 그놈은 백성들을 약탈하는 데는 귀신같고 잔인하기는 사나운 범 같은 놈이다.

지금 우리 명나라 장수들은 황제의 명을 받아 이 땅을 방위하고 있지만 너희들 목에 들이댈 칼날은 게으르지 않게 날을 세우고 있다. 너희들만 회개하고 항복하면 나는 너희들 한 사람도 다치지 않게 할 것이며 너희들 원수를 갚고 너희들을 위해서 수치스러움을 깨끗이 씻어 줄 것이다.

우리 군대가 바로 대마도와 명호옥을 지나 육십육주六十六州를 평정하고 도적 괴수의 목을 벰으로써 우리 속국의 울분을 풀고 즉시 히데요시 밑에 있던 자들을 다시 각각 그 주의 장으로 봉할 것이며 그렇게 되면 너희들도 대대로 부귀영화를 누리게 되니 서로 좋지 않겠느냐. 만약 항복하지 않고 총과 창을 들고 반항하면 우리는 도요토미 히데요시를 죽이고 그 다음, 가토 기요마사와 고니시 유키나가를 죽이고 말 것이다.

그러나 항복하면 벼슬과 상을 줄 것이다. 사람의 지위를 뺏는 자는 반드시 남에게 그 지위를 빼앗기는 법인즉 도요토미 히데요시가 바로 그런 놈이다. 그놈은 남의 지위를 빼앗고 국왕을 살해한 역적이다. 너희들은 어찌 하여 하루아침에 무모한 침략전을 감행하여 세계만방의 웃음거리가 되는 것을 감수하고 있는가. 반드시 보복과 설치雪恥를 하려면 조용히 사자를 보내어 상의하여 다 같이 대사를 이루도록 하라. 만약 내 말을 듣지 아니하면 결단코 대병을 동원해 너희들을 전멸시킬 것이다. 그렇게 되면 너희들은 진퇴양난에 빠지게 되고 너희들 백성과 더불어 몰살할 것이다.

화친이란 말은 다시 말할 필요 없이 너희들 스스로가 결정할 문제다. 다시 후회 없게 대하라. 이런 논고문은 당연히 동심동사로 삼가 은밀히 논의할 것이며 누설해서도 안 될 것이다. 받은 즉시로 회답하여라.

대명국 중군도독 편갈송

이런 투항 권유문을 보낸 뒤 왜적 진영엔 동요가 일어났고 투항해 온 왜적이 수천 명을 헤아렸으며 조선 조정은 이들을 포로 취급하지 않고 민간인으로 대우했다. 그들은 귀국을 거부하고 조선에 남기를 원했으므로 정부에서는 그들의 영주永住를 허가하였다. 그는 이렇듯 적에 대한 선무공작에도 탁월한 수완을 보여 왜병들을 귀순시켰다. 편갈송 장군은 이와 같이 조전의 전장에서 눈부신 성과를 거둔 명장이었다.

1597년, 절정으로 치닫는 전황 속에서도 편갈송 장군이 애타게 기다리는 사람이 있었으니 그건 다름 아닌 홍순언이었다. 작별한 지 벌써 수삭이 되고 그 뒤로 소식이 없으니 침착한 편 장군으로서도 평상에 없던 초조함을 보일 수밖에 없었다. 그에게는 홍순언에게 전해 줄 긴급 중요한 소식이 있기 때문이었다.

그러나 그렇게 애를 태우기는 홍순언도 마찬가지였다. 그 혹독했던 전주성 전투와 금산으로 물리던 왜적과의 일대 회전을 앞두고 사위와 외손자의 안위를 걱정하던 일, 모든 것을 편갈송 장군에게 맡기고 다른 전장戰場으로 떠나야 했던 그는 어제도 시방도 그들의 소식에 목말라하고 있었다.

그렇게 두 사람은 한 소식에 같이 애달아하고 있었다. 그러나 그 소식 하나 때문에 누가 먼저 사적으로 움직일 수는 없는 일이어서 두 사람의 간극間隙은 항시 같았다. 누가 우긴다고 그 간극이 좁아지는 것도 아니니. 오직 자연스런 전황 변동을 바랄 수밖에 없는 일이었다. 편 장군으로서는 비보 나마 못 전해 주는 것이 부담이었고 홍순언은 타들어 가는 갈망이 있을 뿐이었다.

병들고 지친 노구를 이끌고 이여송 지원군을 종군하는 홍순언. 그도 이제 나이 60이 넘은 해소병 환자였다. 전진에 시달리기 벌써 6년째, 언제 한번 마음 놓고 쉬어 본 적이 없으니 노쇠할 수밖에.

그런데 그렇게 기약할 수 없을 것 같던 두 사람의 만남이 생각보다 쉽게 이루어졌다. 그것은 전주성이 수복되고 이여송 장군의 개선을 축하하는 모임이 열리는 자리였다. 전쟁은 종반으로 치닫고 있었다. 무슨 증후가 있는지는 모르나 왜적의 기세가 전만 같지 못하고 수군으로부터 전해 오는 소식도 왜적 보급선의 숫자가 자꾸 줄어든다는 것이었다. 그러니 내륙의 전황도 소강상태가 될 수밖에.

이런 기미를 재빨리 알아차린 명의 조정도 우선 이여송 장군 개인만이라도 철수하라는 지시를 내렸던 것이다. 주로 이여송을 수행했던 홍순언으로서는 그의 마지막 자리까지 배석해야 하기 때문에 거기에 호출된 편갈송 장군과 안 만나려야 안 만날 수가 없었다. 양쪽 다 기다리던 해후였다. 두 사람 다 전진戰塵에 시달려서 그런지 무척이나 초췌하게 보였다.

"홍 대감, 이게 얼마 만이오. 홍 대감 뵙기를 바라고 있었습니다. 좋은 소식은 아니지만 꼭 전할 말도 있고."

거기서 말을 중동무지른 편갈송 장군이 궁금한 듯 홍순언의 표정을 살폈다.

"예, 오랜만입니다. 그간 얼마나 고생하셨습니까. 무슨 말씀인지 알겠습니다."

"아, 아니 그럼… 서랑壻郎 소식을 알고 계십니까, 홍 대감?"

"예, 이곳에 오면서 대충 들어서 알고 있습니다. 고맙습니다. 평소 그렇게 아껴 주시던 장군님께 아무런 보람도 없이 가 버렸으니 면목이 없습니다. 편 장군."

그 말을 하는 홍순언의 표정은 어쩔 수 없이 침울했다.

"아니, 원 별말씀을… 비록 이름 없는 용사지만 장렬한 그는 분명 조선의 영웅이지 다른 게 아닙니다. 내가 그들 시신까지 수습하고 내 자필로 그 부자父子의 목비木碑까지 써서 세워 줬는데… 참 안됐어요, 홍 대감. 그 아들의 유해를 수습할 때는 나도 모르게 눈물이 나더군요. 조선에는 아직도 그런 사람이 많습니다. 나도 압니다. 그 부자의 뒤를 이을 영웅들이 끝이 없다는 것 잘 압니다. 마음이 아프시겠지만 어쩝니까. 조선의 앞날은 그래서 밝습니다. 너무 애통해 마십시오. 홍 대감의 그 진충보국 정신은 가히 타의 모범이 되고도 남습니다. 훌륭합니다. 내 일찍이 들어서 알고 있지만 노비의 신분 회복이라든가 사재의 의연義捐 같은 것은 어찌 보면 시퍼렇게 살아 있는 이 나라 신분사회 전통에 대한 도전이 아니고 무엇이겠습니까. 참 대단하십니다."

"원 편 장군이야말로 별말씀을 다하십니다. 장군님을 만나면 사위 부자의 소식을 알 수 있을 것 같아 만나 뵙기를 내심 몹시 기다렸습니다. 그런데 이렇게 그 전에 우연히 그 황망한 소식을 접했습니다. 어쨌든… 장군님 손으로 직접 목비까지 써서 거둬 주셨다니 이렇게 고마울 수가 없습니다. 감사합니다. 그들은 죽어서도 만족하게 눈을 감았을 겁니다. 장군님이 조선 민족에게 쏟은 애정은 누가 뭐라 해도 고귀한 인류애에서 비롯된 것 아닙니까? 장군님의 전적지 주민들의 칭송이 자자한 것도 다 알고 있으며 그 원인이 어디에 있는가도 잘 알고 있습니다. 장군님은 분명 조선의 은인이 아닐 수 없습니다.

나도 마음 같아서는 끝까지 장군님과 동맹군을 돕고 싶지만 이제 노쇠한 몸으로 그것도 어렵고, 쉬고 싶은 생각뿐입니다. 전하께서 들으시면 섭섭해하시겠지만, 이번 한양에 올라가면 내 거취를 결정할 생각입니다. 어찌 됐거나 명나라와 맺은 인연으로 조선이 기사회생했다는 것이 역사에 길이 남아 후세에 전해져 '보은'이란 이름으로 양국의 우호 증진에 도움이 됐으면 합니다. 어찌 들으면 내 말이 사대로 들릴지 모르나 사대와 선린善隣은 다릅니다. 내가 국가에서 하사한 공신전 분배나 노비 해방… 해방이라니 거창하게 들리네요, 허허……. 그들을 풀어 준 이유 같은 건 간단합니다. 사람은 본시 귀천이 없고 언제나 그리고 영원히 공정해야 한다는 내 평소의 생각을 현실화한 것뿐이지 다른 게 아닙니다. 이 세상이 공정해야 한다는 것은 백번 주장해도 틀린 말이 아닙니다. 그래서 나는 내 사위자식을 딸과 맺어 줬고, 그의 보국報國을 도왔을 뿐입니다. 그리 장군님의 칭찬을 들을 만한 게 못된 게 부끄럽습니다. 차원 높은 장군님의 인류애에 비하면 하잘것없는 범인凡人의 평범한 독행篤行에 지나지 않습니다. 다시 말씀드리지만 장군님의 전적지 주민들의 칭송은 참 듣기에 좋았습니다."

"변변찮은 이 몸에 과분한 말씀이오. 홍 대감이야말로 7년 전쟁에 끼친 공로가 1등공신에 걸맞은 업적이고 누가 그것을 부인할 것인가요. 우리 동맹군에서도 이야기하지만 임진전쟁과 홍 대감 이야기는 불가분의 관계입니다. 아직 전쟁은 끝나지 않아 평가가 엇갈리지만 해전의 영웅 이순신에 버금가는 보국의 신하래도 틀린 말이 아닙니다. 이 의견을 대감에 대한 우리 명군의 평가로 보아 주시면 되겠습니다.

내 일찍이 석성으로부터 들은 그 기연奇緣으로 이루어진 조명朝明의 특별한 관계를 늘 흡족한 마음으로 지켜보아 왔고 앞으로도 양국관계가 순항順航할 것을 축원하는 사람이지만 석성은 정말 안타깝게 되었습니다. 불행히도 모함에 걸려 옥중에서 분사했지만 그가 조명 연합과 전쟁 수행에 끼친 공로는 동맹군 사령관 이여송에 비길 게 아닙니다. 그야말로 신명을 다 바쳐 조선을 돕고 일본의 야욕을 폭로했지 않았습니까. 내가 알기로 그분이 옥중에 있으면서 가족을 불러 유언을 남기겠다는데, 그게 너무 비감해요. 그분은 자기의 운명을 알고 있었던 것 같았어요."

그렇다. 석성은 보은의 의미로 누구보다 조선을 위해 동분서주했지만 되려 그것이 그 자신에게는 독이 되었고, 결국 조정에서 전쟁 비용을 과도하게 낭비해 국력을 해쳤다는 이유로 모함받아 투옥되어 분사했던 것이다. 이사효, 이화룡과 서성호 등 북부 인사들이 들고 일어나 심유경은 임금을 속이고 왜적과 내통한 매국노이니 중형을 내리고 병부상서 석성은 나라를 그르친 자이니 삭탈관직하고 유배시키라는 상소문을 빗발치듯 황제에게 올렸다. 황제는 이미 거기에 동조하는 자가 많으므로 할 수 없이 심유경을 처형하고 병부상서 석성을 옥에 가두었으니 올곧고 심지 바른 그가 그대로 승복하겠는가. 분통이 터져 분사하고 말았으니 조선으로서는 얼마나 애석한 일인가. 그러나 안타깝게도 조선 조정에서는 그를 위한 아무런 변호의 말도 하지 않았으니… 이 또한 역사 앞에 부끄러운 일이다.

옥에 갇혀 있던 어느 날 밤, 석성이 미리 매수해 둔 옥사장을 따라 몰래 찾아온 아내와 아들을 앞에 앉혀 놓고 남긴 말은 절망적이었다.

"아무리 생각해도 내가 살아서 다시 너희들 앞에 나서기는 어려울 것 같구나. 나에 대한 박해迫害가 심해 너희들도 생명을 보장받기 어려울 것인즉 내 걱정은 말고 즉시 이 땅을 떠나 조선 조정에 구명을 요청해라. 홍순언 대감과의 인연을 전하고 선처를 부탁하면 살길을 마련해 줄 것이다. 한시라도 빨리 가거라. 늦으면 너희들한테까지 추포追捕의 손이 미칠 것인즉 즉시 떠나라. 이것을 내 마지막 유언으로 알고 실행해라. 너희들이 살 땅은 조선밖에 없다."

석성의 비극을 전하며 편 장군이 홍순언에게 남긴 한마디는 의미심장했다.

"그분은 그렇게 자신의 전도를 예감하고 있었어요. 그분은 옥 안에서 분사하셨고 둘째아들이 그 즉시 아버지 유언대로 조선에 나왔다는 이야기를 들었습니다만 자세한 건 모르겠습니다. 일이 그리 돌아가는 것을 보니 나도 맘이 좋지 않습니다. 그렇게 악다구니 같이 모함하는 조정의 군상들을 보고 있노라니 정나미가 싹 떨어져 차라리 본국을 떠나 이곳에서 사는 게 어떨까 싶군요. 혹시라도 그리된다면, 조선과 인연이 닿는다면 내 생명이 다하는 날까지 이 나라를 위해 헌신하고 싶습니다. 많이 보살펴 주십시오, 홍 대감."

홍순언과의 조우를 끝낸 이후에도 편갈송 장군은 연전연승하여 그 위용을 널리 알렸다. 편갈송 장군은 지나가는 곳마다 모두 그 지방 특색을 살핀 작전으로 적을 섬멸하였기 때문에 그 명성이 역력하였다. 울산 전투에서 승전한 그의 전승을 기념하기 위하여 서생포의 층암을 깎아 승첩비문勝捷碑文을 새겨 둔 것은 모두가 아는 바이다.

그런데 그 시기 명나라 조정에서는 황제에게 아첨하기를 일삼고 선량한 공신을 모함하여 나라야 어찌 됐건 자신의 이익만 챙기면 된다는 생각을 가진 간신배가 발호하여 조정은 어지러웠다. 그중에 정응태란 자가 있었는데 그자가 하필이면 편갈송 장군을 걸고 넘어졌다. 양차 조선 파병에서 워낙 공이 큰지라 이를 시기하여 황제에게 근거 없이 중상과 모략을 한다는 말을 조선에서 들은 편갈송 장군은 세상을 개탄하며 말했다.

"내 비록 옛날 위나라 신능군의 신의와 용기에는 미치지 못하더라도 유구한 역사의 빛을 지난 이웃나라의 시급한 위난을 구원코자 출정만리에 시석풍진矢石風塵을 무릅쓰고 사력을 다해 싸웠으니 오늘의 나로서는 대의충절에 사명을 다하였음을 천하가 공인하는 바이다. 옛 성인이 말씀하시기를 어지러운 조정에서는 벼슬자리에 서지 마라고 하셨다. 난정불거亂政不居라는 훈계와 같이 간신과 소인배들이 서로 다투어 예의와 기강이 이미 어지럽게 된 그곳에서 내 어찌 그들과 어깨를 같이하랴. 차라리 금수강산이 명랑한 이 땅에서 나무하고 고기 잡으며 대자연 속에서 마음대로 여생을 즐기는 것이 도리어 쾌적할 것이다.

아, 대장부 세상에 태어나 큰 칼 높이 들고 천하를 호령하여 전필승戰必勝 공심 취하고 부귀공명도 한때의 꿈이로구나. 내 본시 산수의 청담한 낙을 즐겨 신기루와 같은 미몽을 깨이는 때 나머지 생애를 풍월과 같이하리라는 것이 평소의 소원이거늘 무엇을 주저하랴! 오직 나는 이 강산 이 땅에서, 나로부터 내 자손만대에까지, 이 영원히 누릴 낙원에 터를 개척하기로 하겠다."

이에 편갈송은 갑옷을 벗어 던지고 아름다운 풍광을 자랑하는 경주 금오산에 들어가 은거하였다. 이 소식을 접한 선조는 명나라로 사람을 보내 편갈송 장군을 비롯하여 무고한 사람들의 억울한 모함을 변명케 하였다. 사절단 일행은 곧 명 황제 앞에 부복하고 사명을 전달한 바 정응택 등 간신들의 장난질을 알리는 소장을 올리라는 명령을 받고 그날 밤으로 소장을 쓰게 됐는데 간신들(그 소장에 등장할 인물들)은 그 소장이 쓰여서는 안 된다는 것은 알고 사신들이 소장 쓰는 것을 방해했다. 우선 그 소장을 쓰는 방에 불을 꺼 버려 사신들을 옴나위없게 만들었다. 캄캄한 방에서 소장을 쓰게 됐으니 사신들 처지가 어떻겠는가. 기가 막힐 일이었다.

그러나 나라를 위하고 파사현정破邪顯正의 의지에 불타는 사신들의 고결한 의지를 누가 막을 것인가. 애국충정이 깊고 학문적 지혜로 뭉쳐진 이들의 결의를 뉘라서 막을쏜가. 이들은 비록 캄캄한 먹방에서도 조금도 굴하지 않고 심안心眼을 활짝 열고 소장을 써 내려갔다.

한영태의 총명한 안력眼力과 겸하여 그가 애용하는 안경이 능률을 발휘하였다. 어둠을 뚫고 내다볼 수 있는 보물이 있으므로 조금도 어려움 없이 간신들의 음모를 물리치고 소장을 완성하여 그 이튿날 아침 조회 때 황제께 어김없이 올려졌다.

문장이 찬란하고 사리가 곡진한 소장을 보고 아울러 어젯밤 캄캄한 먹방에서 있었던 간신배의 농간을 알게 된 황제는 크게 노하는 한편 감탄해 마지않으며 즉시 정응태 등 간신배들을 엄벌하라 명령을 내림은 물론 모함을 당한 편갈송을 비롯한 여러 신하들에게 사과하는 동시에 그들 모두들 원직에 복귀시키고 공훈록에 등재하라고 하명하였다.

모함과 시기, 중상과 모략은 이렇게 끈질긴 것인가. 평화가 여지없이 짓밟히고 인륜이 간데없는 전쟁 통에도 이런 긴박한 이면은 오롯이 드러나는 것인가. 그런 추악한 인간의 양면성에 치를 떨던 편갈송은 황제의 사면 복권이 주어졌음에도 초지를 바꾸지 않고 조선에 남았다. 그리고 금오산에서 초산어수를 벗하며 시문용, 장해빈 등 친우들과 여생을 즐기다가 세상을 떠났다.

그에게는 풍세豐世 풍원豊源 산포山浦 등 세 아들이 있었는데 이들은 조선으로 건너가 아버지 편갈송을 보양했으며 그가 세상을 떠난 뒤엔 고향인 절강성을 닮은 곳을 찾아 정착하였다. 후일 풍세와 풍원은 나주군 동강면 곡강 근처 운산리에 자리잡고 막내 산포는 전북 만경벌에 터를 잡아 번성하였다.

지금도 그 후손은 전국에 산재, 번성하며 2천여 가구가 살고 있다. 그 후손들 또한 병자호란 때 의병활동을 하거나 일제강점기 때 독립운동을 하는 등 애국 충절의 길을 걸어간 사람들이 많았다.

평생 보은의 마음으로 조선을 물심양면으로 도왔던 석성, 그리고 동맹군의 의리를 다해 타국 땅에서 신명을 다 바쳐 전투를 수행한 편갈송과 수많은 장수들. 우리는 결코 그 이름들을 잊지 말아야 한다.

천명 天命

그렇게 전쟁은 끝났다. 수년 동안 지리멸렬하게 이어진 것 치고는 너무나 갑작스런 결말이었다. 도요토미 히데요시의 죽음으로 침략의 원래 목적조차 잃어버린 왜군은 더 이상 얻을 것이 없는 전쟁을 포기하고 황급히 돌아가 버렸다. 임진년으로부터 7년, 왜적의 침략 야욕과 조선 조정의 안일함, 그리고 그 안에 발을 담갔으나 내키지 않는 동맹군이었던 명나라가 빚어냈던 전쟁이 드디어 끝이 났다.

어느 쪽인들 상처가 없었겠느냐만 왜적과 명나라의 아픔이 조선의 그것에 비기겠는가. 오랜 세월 전란의 소용돌이 속에서 죽지 못해 근근이 연명하던 조선 백성들은 살았어도 산 것이 아니었다. 긴 긴 전란으로 황폐화되어 버린 땅에 다시 삶의 터전을 가꾸어 가야하는 사람들에겐 앞으로의 날 또한 질곡의 세월이 될 것이 너무나 자명했다.

죽어 간 수많은 생령들의 넋은 아직도 구천에서 헤매고 있으며, 거기서 피해를 입은 수많은 목숨들은 그저 하늘만 우러러 장탄식하고 있을 뿐이다. 그런 환경을 못 벗어난 수많은 사람들은 자신의 운명으로 알고 그 아픔을 견디며 살아야 했다.

명군은 위업을 끝내고 개선했지만, 어찌 동료 잃은 슬픔을 이겨내겠는가. 그들은 잘 싸웠고 원군으로서의 본분을 다하고 조명 우호에 굵은 획을 긋고 떠났다.

거기 주춧돌을 놓던 조선의 대역관 홍순언도 이제는 늙음에 쫓겨 칩거할 수밖에 없었다. 아내의 고혼을 달래 주는 불사佛事를 위해 아내가 자주 다녔던 절에 가는 날이 많아진 홍순언은 아들 건이가 정식으로 조선 수군 간부가 되었다는 기별을 받고도 그저 망연자실하니 아내 영전에서 눈물지었다.

그저께로 대궐에서 사신이 왔다 갔고 왕 선조의 간곡한 병문안이 있었지만, 거기 답례 못한 것이 죄스러워 그저 엎드려 역시 병중인 왕의 쾌차만 빌었잖는가.

그는 언젠가 아들이 오면 전해줄 한 가지 유품을 오늘도 어루만지며 그날 오기를 기다리고 있었다. 그것은 옛날 유 낭자로부터 받은 보은단. 그 비단을 볼 적마다 생각나는 게 그 알뜰한 보은심報恩心이었다. 그것은 그의 가보였고 자손대대로 전수할 유품이었다. 또한 그게 오직 하나 남은 그 집의 값나가는 물건이었다. 그는 그렇게 청빈했고 무욕했다. 오직 보국報國이라는 두 글자를 위해 평생을 살아 왔다. 그는 조선의 영웅이오, 진충盡忠의 보기였다.

하지만 얼마 못가 그의 건강은 급격히 나빠져 부득불 자리에 누울 수밖에 없었다. 이미 쇠약해질 대로 쇠약해진 몸을 이끌고 자신을 필요로 하는 전장을 누비고 다녔으니 그 몸이 성할 수 있겠는가. 지금까지 버틴 것이 용할 정도였다.

그렇게 자리 보존을 하게 된 지 벌써 몇 달, 보은동報恩洞 홍순언의 집은 너무 조용했다. 그것보다 침울하다는 표현이 맞을 것 같았다. 안방에서는 아지랑이 같은 따쓰함이 피어오르나 거기 드나드는 사람들의 표정이 그리 밝지 않았다. 드나드는 사람 중의 한 사람, 회색 장삼을 걸친 40대 여인의 눈이 붉게 부어 있었다. 그녀는 숙인 고개를 들지 않고 이리저리 허둥댄다.

"왜 아씨……."

그 가운데 또 그 또래의 비단 옷을 걸치고 느리게 마루로 나선 여인이 그런 여인을 불러세웠다.

"아, 예. 아주머니, 애 쓰시네요. 고마워요. 그런데 틀린 것 같아요. 어제 궁에서 어의까지 다녀갔지만 차도가 없어요."

그 말을 겨우 마친 보살 풍의 여인이 어깨를 떨었다. 뒤이어 활짝 열린 대문으로 두엇 갓쟁이가 거드름을 피우며 들어섰다. 어디서 보고 있었는지 청지기가 얼른 달려나와 하정배下庭拜를 올린다.

"으음, 대감 병세는 좀 어떠하시냐?"

"예, 어제도 궁에서 다녀가셨지만 차도가 없는 줄로 압니다."

"……."

"……."

그때 신발을 끌고 중문에서 나오던 보살풍이 손님들에게 웃음을 슬쩍 내보이며 가볍게 고개를 숙여 알은체를 했다.

"아니, 아씨 아니오? 그래 아버님은 차도가 있으신가?"

"……."

그 말을 되받지 못하고 그대로 중문 안으로 사라지는 여인의 뒷모습을 지키던 두 사람이 서로의 얼굴을 마주 바라보며 쩝하고 입맛을 다시며 찌푸린 얼굴을 숙였다.

"대감, 어의가 왔다 갔다는데 차도가 없다면…….”

"응, 자네 말도 맞네. 왔다가 얼굴도 안 보이고 간다는 것은 도리가 아니네만 우리가 임종을 할 수도 없고. 참, 건이라도 왔나 그것이나 알아보고 가세.”

설백의 도포 자락에 자줏빛 술이 길게 출렁인다. 헌헌한 장부들이다.

"안방마님만 살아 있어도 홍 대감이 10년은 더 살 텐데 내자가 앞서 버렸으니 어디다 여생을 의지하겠는가. 상처가 망처라는 옛말이 맞아. 안됐어, 홍 대감도.”

무당파無黨派이며 중립적인 자세를 취하는 최기석 병조참판과 호조좌랑인 이문구가 타고 온 마필의 소리가 대문 밖에서 청아했다. 평소 홍순언과 교관이 많던 두 사람은 시간이 없는지라 그대로 홍순언가를 작별했다. 지루한 한낮에 시작되는 아침나절의 권태가 꾸역꾸역 몰려오고 있었다.

어의 허준도 혀를 찰 병세는 하룻밤 사이에 달라져 가쁜 숨을 쉬며 딸 소저의 손을 잡고 있는 홍순언의 모습은 애잔했다.

"내… 네게 할 유언은 따로 없다. 사람이면 모름지기 사람답게 살라고 말하고 싶다. 나는 네 할아버지 유언을 따라 어질게 살겠다고 다짐하며 살아왔다. 한 가지 걸리는 게 있다면 먼저 간 네 어미에 대한 죄스러움이다. 네 어미는 깨끗하게 살아갔다. 참으로 흔치 않은 현모양처였고 너를 극진히 사랑했었다. 이제 너는 부처님 품으로 들어가거라.

네 오빠, 그놈도 이제 이 나라 백성을 위해 제 한 몸 바쳤으니 오래비는 생각 말고 남으로 여기고 살아라. 그놈도 걸치적거리는 피붙이가 있으면 오히려 방해가 되니 그리 알고 가까이 마라. 그놈도 이제 충무공께 맹세하고 제 한 몸 바쳤으니 그리 알고. 나도 후회 없이 살아왔다는 것을 자랑하고 싶구나.

딸아. 이 애비의 모든 잘못을 용서해라. 그리고 너희들한테 양해를 구할 일이 한 가지 있다. 내가 나라로부터 받은 가자이니 녹봉 같은 것 등은 내가 죽으면 그것으로 끝나는 것으로 나라에 상신하겠다. 나라로부터 받은 대접은 나 혼자면 족했다. 그것을 너희들이 받을 이유가 없다. 내가 죽으면 모든 것이 끝나고 너희들은 다시 자랑스런 중인의 신분으로 돌아가 자유롭게 살아라. 양반이란 계급이 있음으로 해서 일어나는 세상의 모순이 안타까울 뿐이다. 이 애비의 사상이 무엇인지 그것이나 알고 살아라. 내가 애초에 노예들을 해방하고 하사받은 답을 다 나눠 준 것도 다 그런 의도에서 처음부터 계획했던 일이다. 더 할 말 없고 나를 위해 욕본 모든 이들에게 네가 대신해서 보은해라. 그놈, 네 오래비에게 할 유언도 시방 이 말에 다름 아니다. 그놈도 내 뜻 충분히 이해할 것이다.

딸아, 혼자 어찌 살겠냐. 불쌍한 내 새끼… 남편과 제 새끼 잃고 이제 아비까지 가니 얼마나 쓸쓸할꼬. 다른 건 몰라도 이 애비가 그것만은 마음 아파 어쩔 수 없구나…….”

남양홍씨 홍순언의 주검은 광주 땅에 묻혔다. 동족을 위한 살뜰한 사랑과 나라에 대한 충의가 삶의 전부였던 홍순언은 동족에게 많은 가르침을 남기고 운명을 달리했다. 향년 69세. 지병인 천식과 간염으로 생을 마감했다. 그의 부음을 들은 백성들은 잠시 일손을 놓고 이 희대의 애국자며 유가의 가르침을 몸소 실천한 걸출한 인물에게 감읍하였다. 경향 각지에서 그의 추모행사가 벌어지고 왕 선조도 눈물을 흘리며 추모했다.

"무엇이? 너 지금 무슨 소리를 했느냐. 다시 한 번 아뢰어라."

내관 도일수가 한 발 물러서며 눈을 떨어뜨렸다.

"그때 말씀 올린 대로 홍 대감께서는 사후에도 자기에게 내렸던 가자나 봉작 따위 일체의 국가로부터 받는 신분적 보상을 반납한다는 뜻을 전해달라는 전갈이었사옵니다. 추호도 거짓이 없는 그 어른의 말을 전해 올렸을 뿐이옵니다."

"으음… 그래 너는 그것을 어찌 처리했느냐. 이놈아!"

사모 밑에서 비어져 나온 하얀 머리칼이 한 움큼 허공에서 너울거린다. 많이 늙은 모습이었다.

"네, 하도 어이가 없는 일이오라 전하께 여쭙고 하회를 기다리려던 중이옵니다. 아직 아무에게도 말하지 않았습니다, 전하."

"음… 그건 잘했다. 아무리 개인의 뜻으로 그런 말을 했기로서니 국가에서 정한 일을 손바닥 뒤집듯이 할 수 있겠느냐."

왕의 노기는 거기서 끝났으나 도 내관이 생각하더라도 과연 그것이 개인의 뜻대로 될 일이 아니라는 것을 짐작할 수 있는 일이었다. 그것은 지난 날 왕명으로 홍순언 대감의 문병을 갔다 온 일을 선조에게 복명하면서 드러난 말이었다. 그때의 왕의 분기탱천한 모습이 오늘 재연될까 전전긍긍하고 있었다. 그때 왕의 실의에 빠졌던 얼굴이 떠올랐으니 송구한 마음 어찌할 수 없는 일이었다.

"네, 분부 거행하겠나이다."

선조는 당릉군 홍순언의 죽음을 당하여 거국적인 조의를 표하려 하였으나 뜻한 바 있어 마음을 돌리고 어느 한 날 경기도 광주 땅의 그 유택을 찾을까 궁리하였다. 정말 파격이었다. 그러나 그런 선조도, 특히 동인들의 벌떼 같은 반대에 밀려 뜻을 접고 말았다. 그러나 끝내 홍순언의 세습적 기득권 포기는 윤허하지 않았다.

그는 홍순언의 죽음을 계기로 모든 것을 정중동靜中動으로 처리하였다. 우선 그는 세자 책봉을 문제로 시끄러운 조정을 기피하여 광해군으로 하여금 국사의 일익을 담당케 하는 방법을 써 여론을 무마했다. 특히 치산치수에 근간을 둔 정치를 펴 가고 그 뒤를 격려한 결과 전국의 도로망이 정비되었고 그것이 한양을 중심으로 한 팔도까지의 기간도로基幹道路였다. 그것은 누가 뭐라 해도 선조의 치적治績이었다.

"그런데 도 내관, 너도 들어서 알고 있는 명나라 장수 편갈송이나 그 외 우리를 돕다 명나라 조정의 눈 밖에 나 오도 가도 못한 숱한 장수들이 있지 않느냐."

"네 그런 줄 알고 있습니다만……."

그것은 왕의 말을 재촉하는 아랫사람으로서 할 수 있는 한 가지 재치였다.

"그들은 우리 보은의 대상이다. 어떻게든지 우리 쪽에 망명해 우리 보호를 받게 해야 할 것이고 그들의 그런 수고를 덜어 줘야 할 것이다. 지금 누가 조선에 남아 망명을 서두르고 있는가 알아보고 도와주어라. 알겠느냐?"

"예, 망극하옵니다, 전하. 바로 예조에 알리겠나이다."

편갈송 장군을 따라 망명해 귀화한 인물은 다음과 같았다. 이여송 손자, 마귀 일척, 전린 손자, 두자충 본인, 시문용 본인, 서락 본인, 장미생 본인, 호극기 본인, 석성 두 아들, 장해빈 본인, 왕문양 본인, 유계산 본인, 기타 가씨와 소씨 등 다수였다.

"도 내관, 너는 아는가 모르지만 재란再亂 때 과인은 편갈송 장군과 문통文通도 있었고 그도 과인에게 충의를 약속한 일이 있어 그 뒤가 퍽이나 궁금하다. 그런 줄 알아라."

그 시기 선조는 무엇보다도 그들 망명객에게 많은 관심이 있었고, 인간 상호간의 신의를 위해서도 그들의 안주安住를 염려했었다. 우방에 대한 깊은 성찰이었다.

전라도 진안 땅, 전주의 불빛이 밤이면 보인다는 곰치재는 가을의 가경에 홀로 불타고 있었다. 단풍으로 치장된 그것은 한 폭의 그림이었다. 오르내리는 길손들이 쉬어 가는 그 재의 중간에 고여 있는 석간수가 오늘도 차가웠다.

"나는 말이여, 이 물을 마시고 나면 10년은 젊어지는 것 같고, 이 재를 넘나든 지 30년이지만 그때마다 이 물을 몽땅 마시고 돌아가 예편네를 보듬으면 다르다니까, 응. 거짓말 같아, 정말로!"

에에이, 자내도 입술에나 침이나 바르고 거짓말하게. 그 맹물이 무슨 효험이 있다고 그래. 말짱 거짓말이제."

"허허, 이 사람, 사람 말을 뭘로 듣고. 자네도 한번 시험 삼아 해 보게, 응? 긴 말 말고."

"자네 말을 듣고 작년부터 배가 터지게 마시고 집에 돌아가도 아무 소용이 없고 오줌만 싸느라고 정신 못 차렸구만 그러네."

"그렇다면 그 말이 맞지. 사람은 제각기 체질이 달라 같은 병에 같은 약을 먹어도 효험이 다르다는 건 그 체질 차이가 아닐까?"

두 사람 보부상의 패랭이가 바위틈에서 얼씬거리는 그 산속에 어디선가 분향焚香 냄새가 풍겨 왔다. 이 산중에서 웬일인가 싶은 그 향은 점점 더 깊어졌다 얕아졌다 하며 바위 사이를 떠돌고 있었다.

"어이, 자네 저… 저게 사람이 맞지? 근디 여자야 남자야?"

그 바위틈을 비집고 있는 것은 분명 사람인데 장삼을 입은 여인이 분명했다. 몸매가 우선 유연하고 송낙 밑으로 내보이는 검은 머리가 그것을 말해 주고 있었다.

"보살이네, 보살. 우리와는 상관없는 보살이니까 본 둥 만 둥하세. 무슨 곡절이 있어 이 산중에서 향을 피우고 있겠지."

두 사람 눈길은 거기 장삼 자락으로 몸을 감고 섧게 남편과 아들의 넋을 진혼하는 홍 소저의 추연한 모습을 가리키고 있었다. 산속의 한 암자에 몸을 부린 그녀는 지금까지 모아 온 돈을 시주하고 그 암자를 평생의 근거지로 삼았다. 지금 남편과 아들의 유택을 찾아와 분향을 하고 있는 것이다.

홍 소저는 그렇게 변한 자신의 모습 그대로 남편 대길이를 만나 생전처럼 말을 주고받았다.

"여보, 당신 혼자 외롭다는 그 저승길을 어떻게 가셨소. 물론 아들이 있겠으니 외롭지는 않았겠지만 나 없는 그 길…….

괜찮다고요? 당신이 그렇게 원하시던 의병의 길을 가셨으니 여한이 없겠지만 혼자 남은 나를 한 번이라도 생각해 본 일이 있었던가요. 나 이렇게 변해 이제는 부처님 그늘에서 당신을 사모하며 살 것이요. 나를 보고 싶거든 한 달에 한 번 이 곰치 정상에 뜨는 달이 되어 내게 당신의 모습을 보여 주세요. 우리가 그렇게 마다하던 계급은 오늘도 그 뿌리가 튼튼해 이 땅의 백성들을 쥐어짜고 있으니 언제까지 백성들은 이 질곡을 당해야 하는가요. 그곳 저승에는 그런 것이 없는가요. 듣자니 그 세상은 그런 것이 없고 만민이 평등하다는데, 이 속세에는 왜 그리 어지럽고 무서운지 모르겠어요. 아버지도 그 세상에 가셨으니 혹시나 만나시거든 옛날처럼 정답게 지내세요. 나 갈 때까지…….

나 이 길로 오라버니를 찾아가서 아버지 유언을 전해야겠는데 지금 어디에 있는지 당신이 혹시 알고 있으면 여기 흩날리는 낙엽 아무거나 하나 줏어다 거기 방향을 써서 보내 주세요. 뜬구름 같은 오라버니를 어디서 만날지……."

서기 1601년 선조 34년 10월의 서생포 앞바다는 비안개에 젖어 있었다. 7년 전쟁으로 피폐해질 대로 피폐해진 조선 땅은 한마디로 황무지와 같았다. 그런 곳에 전쟁이 끝나고 나서 여태 볼 수 없던 왜적이 다시 나타났으니 잠들었던 서생포 포구는 그야말로 불이 붙은 초옥 같았다.

"쪽발이가 들어왔다아! 그놈들이 사람을 죽인다아!"

터져 나온 고함 소리에 사람들이 우왕좌왕하며 사방으로 흩어진다. 포구의 주점 몇 집이 작살이 나고 왜놈들이 노략질한 제물들을 작은 배에 실어 난바다에 떠 있는 모선母船으로 옮기고 있었다. 벌써 몇 구의 시체가 선창가에 즐비했다.

징그러운 왜적을 또 보게 된 주민들은 벌써 봇짐을 싸서 도망간 지 오래고 미처 못 도망간 갯가 장사꾼들만 애꿎게 당하고 있었다.

"찢어발길 놈들! 징그러운 왜놈들이 또 쳐들어왔으니 어쩌지?"

비까지 추적거리는 황량한 냇가는 죽음을 부르고 있었다. 그러나 운명의 신은 이들에게 그냥 죽음만을 안겨 주는 게 아니고 살길도 열어 주었다.

그때 어디서 나타났는지 중형 유개선有蓋船 세 척이 쏜살같이 달려와 난바다에서 노략질한 곡식을 싣고 있던 왜적 모선 세 척에 먼저 불화살을 날려 불을 지르고 적선에 뛰어 올랐는데, 그 행동이 굉장히 기민했고 옴나위없었다. 그렇게 되자 숨어 있고 잡혀 있던 갯가 사람들이 일제히 뛰쳐나와 만세를 부르고 작약했다. 불길이 치솟은 세 척의 적선 모선은 그야말로 아비규환이었고 그 배의 선원인 듯한 수십 명의 인원이 각기 배에서 앞다투어 물속으로 뛰어들어 산지사방으로 도망가기 시작했다. 그때 발포 소리가 터져 올랐다.

7년 전쟁에서만 들어 보던 왜적의 소총 소리였다. 그러나 그것이 왜적선에 달려든 유개선에서 터진 게 신기한 주민들은 미동도 않고 그 혈전을 지켜보고 있었다. 적선 세 척을 잠깐 사이에 수장시킨 유개선 세 척이 유유히 포구로 들어오는 거기에는 흰 옷 입은 조선 사람들이 타고 있지 않은가.

"……."

"……."

사람들이 오히려 어리둥절해했다. 아직도 타고 있는 왜적선의 잔해가 열기에 휩싸여 있었다. 은빛 날개를 번뜩이며 날아오른 갈매기가 사뭇 눈부실 뿐, 주민들의 환호성이 계속되고 있었다. 언제 어느새 갯가에 다가왔는지 유개선 세 척에서 내린 흰 옷 입은 사람들이 꾸역꾸역 모래톱에 그 모습을 나타냈다. 눈빛만은 형형했다. 구레나룻이 자랄 대로 자라 얼굴을 덮은 그 모습은 산적이 무색했으나 그 부드러운 입매에서 튀어나온 건 조선말이었다.

"모두 안심하십시오. 이 서생포 참 좋은 포구 아닙니까. 인자 우리가 때때로 순찰할 것이니 마음 놓고 사세요. 우리 홍 대장님이 이 서생포를 못 잊어하시고 그래서 쫓아온 겁니다. 우리 홍 대장님 잘 아는 술집이 있다 해서 왔습니다. 어딥니까, 그 집이?"

"……."

"……."

그 말을 듣고도 눈만 멀뚱멀뚱하던 주민들의 표정이 우스꽝스러웠다. 그중 한 사람, 노루 가죽으로 조끼를 해 입은 사람, 유독 수염이 길었으나 그 행동거지가 신중했고 어딘지 일행을 인도하는 것 같았다.

"여기 밥 딱 서른 그릇만 빨리 해 주시오. 모두 이틀을 꼬박 굶으면서 저놈들을 감시했더니……."

주모에게 공손히 부탁하는 노루 가죽의 말이었다.

"하먼이라. 하먼요. 해 드리고 말고요. 우리를 살린 영웅 분들 아닙니까. 백 그릇이라도 해 드리고 말고요. 근디… 대장님이시제, 아매? 아까 나한테 밥 시킨 분이… 그 대장님… 가만……."

돌아서서 바다의 불구경을 하고 있는 노루 조끼의 옆 얼굴은 벌써 웃고 있었다.

"가만… 대장님이 낯선 분이 아니고 많이 본 것 같은데… 오오라! 오래전 전쟁이 나기 전에 여기 와서 지관과 스님하고 술 자시던 분 맞제? 수염이 길어서 통 알아볼 수가 없었네! 아니, 그 큰 갓 쓰고 있던 젊은 분!"

"하하하하… 아주머니 기억력 한 번 좋으시다. 그때 여기 특별한 안주 만들어 주시겠다고 약속했잖소."

"아이고마, 맞다, 맞아! 그때 그분, 그 큰 갓… 참 얄궂다. 그 어른이 대장님이 돼 갖고 쪽발이들 불태워 쥑였으니… 아이고, 여보시오. 사람들아, 이런 경사가 또 어딨노잉."

"하하하… 네 맞습니다. 내가 그때 그 사람 홍건이오, 아주머니."

조선 수군 좌수영 별동대장別動隊長 홍건의 툭 터진 웃음소리가 바다를 가르고 있었다.

– 끝 –

작가의 말

나는 이 작품을 쓰면서 두 가지 말을 음미했다. 이웃사촌이란 말과 역사는 나선형으로 발전한다는 말. 우리 강토와 육속陸續돼 있는 중국은 누가 뭐래도 만년 이웃이고 우리와 불과분의 관계다. 예부터 중국과는 인간 생활의 시종始終을 같이했대도 과언이 아니다. 우선 인종에서 그렇고 따지고 보면 우리 인종과 성씨姓氏의 발산이 거기가 아닌가. 인종의 구분 없이 한 핏줄이래도 지나친 말이 아니다.

홍순언으로 대표되는 친선의 유대가 없었던들 민족 미증유의 전쟁인 임진전쟁을 어떻게 헤쳐 나갔을까. 꿈만 같은 이야기다. 그 전쟁 끝에 많은 사람들이 터전을 옮겨 와 한 씨족의 중시조中始祖가 되어 그 세를 키우고 재화를 늘려 조선에 기여했고, 오늘 그들의 힘으로 국력은 더욱 부강해지고 문명도 찬란해졌지 않는가.

먼 친척보다 가까운 이웃이 낫다는 속담도 음미해 볼 만하다. 중국과의 교류는 실로 유구하다. 임진전쟁에서 그들이 우리를 도운 것은 누가 뭐래도 사실이다. 그 결과 많은 국력을 소진하여 결국

경국傾國의 원인이 되었지만, 그들은 시대의 조류를 거스르지 않고 청조淸朝의 탄생을 도왔다. 그렇게 등장한 신흥 청조는 조선에 있는 중국 유민流民들에게 귀환歸還을 강권했지만 조선 정부의 슬기로운 대처로 그들은 조선에 정착하여 영생을 누릴 수 있었다. 그 역사는 오늘날 한중 양국 우의의 상징으로 남아 있다. 오늘 많은 중국인들이 한국을 제2의 고향으로까지 여기고 있는 이유는 워낙 많은 씨족이 조선을 거주지로 택했기 때문이고 그들은 그들대로 여기에 만족하며 제2의 향토를 건설하고 있다.

일제강점기 때 그 많던 중국인이 왜제의 강압으로 쫓겨 가 고향을 잃었다. 나는 그 사실을 알고 있다. 그러나 두 번의 세계대전이 끝나도록 그들은 돌아오지 않았다. 1년이 가고 2년이 가도 돌아오지 않았다. 흡사 처마 끝에 둥지 틀고 새끼 까며 해마다 찾아오던, 강남 갔던 제비가 돌아오지 않는 비애를 느꼈듯이 그들의 요릿집, 포목전, 채전, 식재상들의 문이 굳게 닫히고 열리지 않을 때의 적막감은 괴괴했다. 그들과의 전통적인 우의는 이토록 그들의 빈자리를 체감할 수 있을 정도로 친숙했었다.

오늘 그때 그 자리 그 사람들을 대신하며 많은 중국인들이 들어와 옛날의 호황을 누리고 있는 일은 반가운 일이다. 그리고 기하급수적으로 늘어나는 관광객은 또 어떤가. 그렇게 양국은 토양부터가 같다. 그것이 전통이다.

내가 소년기, 청년기, 중년기를 거치면서 배우고 익힌 대로 나선형으로 발전하는 역사는 오늘날 중국을 중심으로 그 주기週期가 맞춰지고 있다. 그리고 세월이 더 지나면 한국에도 그 기운이 도래할 것이다. 그때까지 양국의 우의가 더욱 두터워질 수 있길 기대한다.

나는 나선형으로 발전하는 역사를 깊이깊이 음미하며 또 하나의 작품을 쓰고 있다. 위안부로 끌려갔다가 다시 빨치산이 되었다가 토벌대의 총탄에 죽은 한 여인의 이야기가 될 것이다. 기억해 주기 바란다.

　끝으로 이 작품을 간행하는 데 힘을 보태 주신 여러분들께 감사의 말을 전한다. 지식산업사의 김경희 사장님과 당진의 역사학자 김정록 님께는 더욱더 마음 깊이 감사드린다.

2014. 4.
정창근